얼음공주

ISPRINSESSAN

카밀라 레크베리 지음 | 임소연 옮김

얼음공주

살림

빌레에게

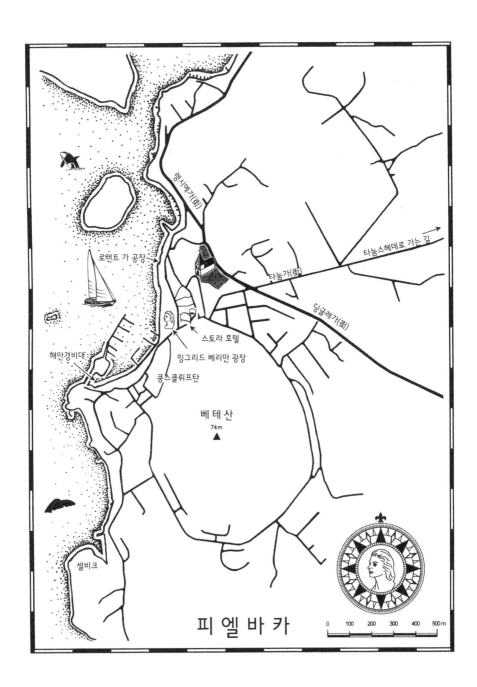

랑스에가(街)

로렌트 가 공장

타눔스헤데로 가는 길

타눔가(街)

딩글레가(街)

스토라 호텔

잉그리드 베리만 광장

해안경비대

쿵스클뤼프탄

베테산

74 m

▲

셀비크

피엘바카

0 100 200 300 400 500 m

1

집은 텅 비어 적막했다. 한기가 구석구석 스며들었다. 욕조 안에는 얼음이 얇게 덮여 있었다. 여자는 벌써 푸르스름한 빛을 띠기 시작했다. 남자는 욕조에 누워 있는 여자가 공주 같다고 생각했다. 얼음공주.

남자가 앉아 있는 바닥은 얼음장 같았지만, 그는 냉기에 아랑곳하지 않았다. 남자는 손을 뻗어 여자를 만졌다.

여자의 손목에서 흘러나오던 피는 이미 오래전에 굳어 있었다.

여자를 향한 남자의 사랑은 그 어느 때보다도 강렬했다. 남자는 육체를 떠난 영혼을 어루만지듯 여자의 팔을 쓰다듬었다.

남자는 여자를 떠나면서 뒤돌아보지 않았다. '안녕'이 아닌, '다시 만날 때까지'였기에.

에일레르트 베리는 행복하지 않았다. 숨 쉬기가 힘들었고 입으로 숨을 내쉴 때마다 허연 입김이 나왔지만, 그가 생각하기에 건강은 가장 큰 문제가 아니었다.

젊었을 때 스베아는 대단히 매력적이어서, 에일레르트는 그녀를 한시라도 빨리 신부의 침대에 눕히고 싶어 안달복달했었다. 스베아는 다정하고 상냥하며 약간 숫기가 없어 보였다. 그러나 너무나도 짧았던 열정의 시기가 지나가자 스베아의 본성이 드러났다. 그녀는 단호하고 철저하게 50년 가까이 그를 구속했다. 그러나 에일레르트에게는 비밀이 한 가지 있었다. 그는 생전 처음으로 인생의 초로기에 약간의 자유를 누릴 수 있는 기회를 발견했고 그것을 놓치고 싶지 않았다.

에일레르트는 평생 어부로 뼈 빠지게 일했지만, 버는 돈은 아내와 자식들을 겨우 먹여 살릴 정도였다. 그가 은퇴하자 식구들은 얼마 되지도 않는 연금으로 생활해야 했다. 수중에 돈이 한 푼도 없는 상태로는 어디 다른 곳에서 홀로 삶을 시작할 도리가 없었다. 이 기회는 하늘이 내린 선물 같았고, 우스울 정도로 수월하기까지했다. 매주 몇 시간 일하는 대가로 쥐꼬리만 한 돈을 받는다는 것은 문제가 되지 않았다. 그는 불평할 생각이 전혀 없었다. 퇴비 더미 뒤에 숨겨 둔 나무상자 속 지폐가 1년 만에 눈에 띌 정도로 불어나서, 얼마 후면 기후가 더 따뜻한 곳으로 떠날 수 있게 될 터였다.

그는 집으로 향하는 마지막 가파른 비탈에서 숨을 돌리려고 멈춰 서서 관절염에 걸린 두 손을 마사지했다. 스페인이나 그리스에서라면 그의 내면 깊은 곳에서 흘러나오는 듯한 냉기를 누그러뜨릴 수 있으리라. 에일레르트는 죽기까지 적어도 10년은 남았다고 계산했고, 그 시간을 최대한 이용할 작정이었기에, 그놈의 늙어 빠진 계집과 집에서 남은 생을 보내면 저주받을 것이라고 생각했다.

그가 평화롭고 고요하게 보내는 시간은 매일 아침 일찍 산책할 때뿐이었다. 이는 그에게 꼭 필요한 운동을 하는 시간이라는 뜻이기도 했다. 에일레르트는 늘 같은 길로 다녔고, 그의 습관을 아는 사람들은 종종 때맞춰 밖으로 나와서 그와 잡담을 나누었다. 그는 호세바켄 학교 옆 언덕의 가장 높은 곳에 자리 잡은 집에서 머무는 예쁜 소녀와 이야기하는 것을 특히 좋아했다. 소녀는 주말에만 집에 있었고 늘 혼자였지만, 그와 날씨 이야기를 하고자 기꺼이 짬을 냈다. 에일레르트는 자신처럼 옛 시절의 피엘바카에 관심이 많은 알렉산드라와도 이야기꽃을 피웠다. 그녀를 보는 것도 좋았다. 그는 나이 든 지금도 여전히 그 점에 감사했다. 물론 그녀에 관한 소문이 무성하긴 했지만, 여자들의 잡담에 귀 기울이기 시작하면 다른 일을 할 시간이 별로 없어지는 법이다.

약 1년 전 알렉산드라는 그에게 금요일 아침에 자기 집 근처를 지나갈 때 잠깐 들르지 않겠느냐고 물었다. 그녀의 집은 낡았고 난로며 배관 상태도 좋지 않았다. 그녀는 주말에 올 때마다 추운 집으로 들어서야 하는 것을 싫어했다. 알렉산드라는 에일레르트에게 열쇠를 건네며 집을 잠깐씩 들여다보고 문제가 없는지 확인해 달라고 부탁했다. 피엘바카에는 주거 침입 사건이 많았던지라, 그는 누군가가 억지로 들어오려고 한 흔적이 없는지 출입문과 창문을 살펴보기도 했다.

일은 별로 성가시지 않았고, 한 달에 한 번은 에일레르트의 이름이 적힌 봉투가 알렉산드라의 우편함에서 그를 기다렸다. 봉투 안에 들어 있는 돈은 그에게는 상당한 액수였다. 게다가 스스로 쓸모 있는 사람이라는 생각이 들어서 기분도 좋았다. 평생 일하다가 빈둥대며 지내려니 무척이나 힘들었기 때문이다.

뒤틀린 대문을 정원 길 쪽으로 밀어서 열자 삐걱대는 소리가 났다. 정원은 아직 눈을 치우지 않은 상태였다. 에일레르트는 동네 소년들 중 한 명에게 눈 치우는 일을 도와 달라고 부탁할까 생각했다. 여자 혼자서 할 수 있는 일이 아니었기 때문이다.

그는 열쇠를 만지작거리며 깊은 눈 속에 떨어뜨리지 않도록 조심했다. 무릎을 꿇어야 하는 상황이 오면 다시는 일어서지 못할 테니까. 현관으로 이어지는 계단은 얼어붙어서 미끄러웠기 때문에 난간을 꽉 붙잡아야 했다. 에일레르트는 자물쇠에 열쇠를 막 집어넣으려던 순간 문이 조금 열려 있는 것을 발견했다. 그는 깜짝 놀라 조심스럽게 문을 열고 통로로 들어섰다.

"이봐요. 집에 누구 있소?"

오늘따라 알렉산드라가 조금 일찍 도착했는지도 모른다. 아무 대답도 없었다. 그는 숨 쉴 때마다 새어 나오는 입김을 보고 집이 무척 춥다는 사실을 알아차렸다. 갑자기 어떻게 해야 할지 알 수가 없었다. 뭔가가 심각하게 잘못되었는데, 그것이 단순히 고장 난 난로 때문이라는 생각은 들지 않았다.

그는 걸어 다니면서 방들을 하나하나 확인했다. 사람이 건드린 흔적은 없어 보였다. VCR과 TV도 제자리에 놓여 있었다. 에일레트르는 1층 전체를 샅샅이 살펴본 뒤 위층으로 올라갔다. 계단이 가팔라서 난간을 단단히 붙잡아야 했다. 그는 위층에 도달하자 먼저 침실로 가 보았다. 침실은 여성스럽지만 세련된 가구들로 꾸며져 있었으며, 집 안의 다른 곳과 마찬가지로 깔끔했다. 침대는 정돈되어 있었고 발치에는 여행 가방이 놓여 있었다. 짐을 전혀 풀지 않은 듯했다. 그는 약간 무안해졌다. 알렉산드라가 조금 일찍 도착해서, 난로가 고장 난 것을 발견하고 고쳐 줄 사람을 부르러 나갔는지도 모른다. 그러면서도 그는 정말로 그렇게 생각하지는 않았다. 뭔가가 잘못되었다. 에일레트르는 폭풍이 다가올 때 종종 그랬던 것처럼 자신의 관절에서 그 사실을 느낄 수 있었다. 그는 계속해서 조심스럽게 집 안을 살폈다. 옆방은 기울어진 천장과 나무 들보가 있는 커다란 다락방이었다. 두 개의 소파가 벽난로 양쪽에 놓인 채 서로 마주 보고 있었다. 커피 테이블 위에 잡지가 몇 권 펼쳐져 있었지만, 그 외에는 모든 것이 제자리에 있었다. 그는 다시 아래층으로 내려갔다. 아래층도 모든 것이 여느 때와 다를 바 없어 보였다. 이제 남은 곳은 화장실뿐이었다. 문을 밀어서 열려는데 뭔가가 그를 주저하게 했다. 집은 여전히 쥐 죽은 듯 조용했다. 그는 문 앞에서 잠시 머뭇거리다가 자신이 좀 우스꽝스럽게 행동한다는 사실을 깨닫고 힘주어 문을 열어젖혔다.

불과 몇 초 뒤, 에일레르트는 최대한 빨리 허겁지겁 현관문으로 달렸다. 마지막 순간에 계단이 미끄럽다는 사실을 기억해 낸 그는 급하게 계단을 내려가면서 넘어지지 않도록 난간을 꽉 붙잡았다. 에일레르트는 정원 길에 쌓인 눈 위를 터덕터덕 걸어가 대문에 이르렀는데 문이 잘 열리지 않자 욕설을 내뱉었다. 이윽고 바깥 보도로 나온 그는 무엇을 어떻게 해야 할지 몰라 멀거니 서 있었다. 그때 약간 아래쪽 거리에서 빠르게 걷고 있는 사람이 눈에 들어왔다. 토레의 딸 에리카였다. 에일레르트는 그녀에게 서라고 소리쳤다.

❄

그녀는 피곤했다. 너무 피곤해서 죽을 지경이었다. 에리카 팔크는 컴퓨터를 끈 뒤 커피 잔을 채우려고 부엌으로 갔다. 그녀는 사방에서 가해 오는 압박을 느꼈다. 출판사에서는 8월에 책의 초고를 보내 달라고 했지만, 거의 시작도 못 한 상태였다. 셀마 라예를뢰프에 관한 책, 즉 스웨덴 여성 작가를 주인공으로 삼은 다섯 번째 전기는 마땅히 최고의 작품이 되어야 하건만, 에리카는 진이 다 빠져서 글을 쓰고 싶은 마음이 손톱만큼도 들지 않았다. 부모님이 돌아가신 지 벌써 한 달이 넘었는데도 그 소식을 처음 접한 날이나 지금이나 슬프기는 매한가지였다. 부모님의 집을 청소하는 일도 자신의 바람처럼 빨리 끝나지 않았다. 모든 것이 추억을 불러일으켰다. 상자 하나를 채울 때마다 몇 시간씩 걸렸다. 각각의 물건을 보면서 때로는 매우 가깝게, 때로는 매우 멀게 느껴지는 삶의 영상들에 빠져들었기 때문이다. 물건 정리하는 일을 서두를 수는 없었다. 스톡홀름에 있는 아파트는 당분간 임대 중이었고, 에리카는 이곳 피엘바카의 부모님 집에 머무르면서 글을 쓰는 편이 낫겠다고 생각했다. 집은 시내에서 조금 떨어진 셀비크에 자리 잡고 있어 주위가 고요하고 평화로웠다.

에리카는 실내 베란다에 앉아서 저 너머 바다에 떠 있는 여러 섬과 바위 섬을 바라보았다. 언제 봐도 숨이 막힐 정도로 아름다운 풍경이었다. 계절이 바뀔 때마다 새로운 장관이 펼쳐졌는데, 오늘은 바다를 두껍게 뒤덮은 얼음 위로 반짝이는 빛의 레이스를 드리우는 밝은 햇빛에 감싸여 있는 모습이었다. 아버지가 살아 계셨다면 이런 날을 무척 좋아하셨을 텐데.

목이 메자 갑자기 집 안의 공기가 답답하게 느껴졌다. 에리카는 산책하러 나가기로 마음먹었다. 온도계 눈금이 영하 15도를 가리키고 있어서 옷을 겹겹이 껴입었다. 문밖으로 나가자 추위가 엄습했지만 빠른 속도로 걸으니 몸이 곧 따뜻해졌다.

바깥은 기분 좋게 조용했다. 주위를 둘러봐도 다른 사람들은 눈에 띄지 않았다. 들리는 소리라고는 오로지 자신의 숨소리뿐이었다. 활기로 충만한 여름과 정반대되는 모습이었다. 에리카는 여름이 되면 피엘바카를 떠나 있는 편이 더 좋았다. 마을의 생존이 관광 사업에 달려 있다는 점은 알지만 여름마다 피엘바카가 메뚜기 떼의 습격을 받는다는 느낌을 떨쳐 버릴 수가 없었다. 머리 여럿 달린 괴물이 바닷가 집들을 사들이면서 매년 천천히, 조금씩 옛 어촌을 집어삼킨 결과, 마을은 일 년에 아홉 달은 유령의 거주지가 되었다.

고기잡이는 수백 년간 피엘바카 주민들의 생계 수단이었다. 청어가 바다로 돌아오느냐 마느냐에 모든 것이 걸려 있는 상황에서, 열악한 환경을 견디며 살기 위해 끊임없이 투쟁한 마을 사람들은 강하고 거칠었다. 그런데 피엘바카가 그림 같은 경치로 주목을 끌면서 주머니가 두둑한 관광객들을 유혹했다. 그와 동시에 고기잡이는 소득원으로서 중요성을 잃어버렸고, 에리카의 눈에는 터줏대감 주민들의 고개가 해가 갈수록 더 낮게 수그러지는 것처럼 보였다. 젊은 사람들은 마을을 떠났고 나이 든 주민들은 지나간 시절의 꿈을 꾸었다. 그녀도 마을을 떠나기로 결정한 사람들 중 한 명이었다.

에리카는 걸음을 좀 더 빨리하여 호세바켄 학교로 올라가는 언덕이 있는 왼쪽으로 돌았다. 언덕 꼭대기에 다 이르렀을 때쯤 뭐라고 소리치는 에일레르트 베리의 목소리가 들렸다. 그는 팔을 흔들면서 다가오고 있었다.

"그녀가 죽었어!"

에일레르트는 짧고 약하게 헐떡이면서 숨을 쉬었다. 폐에서 거칠게 씨근거리는 소리가 흘러나왔다.

"진정하세요, 에일레르트. 무슨 일인데요?"

"그녀가 저기 누워 있다고! 죽은 채로."

그는 에리카에게 애원하는 표정을 지으면서 언덕 꼭대기에 서 있는 커다란 담청색 집을 가리켰다.

시간이 조금 지나서야 에일레르트의 말을 이해한 에리카는 곧바로 뻑뻑한 대문을 밀어젖히고 현관문을 향해 터벅터벅 걸어갔다. 문은 조금 열려 있었고 그녀는 무엇을 보게 될지 확신하지 못한 채 문지방을 주의해서 넘었다. 무슨 까닭에선지 에리카는 물어볼 생각을 하지 않았다.

에일레르트는 조심스럽게 뒤따라와서 말없이 1층 화장실을 가리켰다. 에리카는 서두르지 않았다. 그녀는 뒤돌아서서 에일레르트에게 질문하는 듯한 눈빛을 던졌다. 그의 얼굴은 창백했고 말하는 목소리는 가냘팠다.

"저 안에."

오랫동안 와 보지 않았지만 한때는 잘 알았던 집이기에 에리카는 화장실이 어딘지 알고 있었다. 그녀는 따뜻한 옷을 입었는데도 추워서 몸을 떨었다. 화장실 문이 안쪽으로 서서히 열리자 에리카는 안으로 들어갔다.

사실 그녀는 에일레르트의 짤막한 이야기를 듣고 자신이 무엇을 예상했는지 몰랐지만 피를 볼 준비는 전혀 되어 있지 않았다. 화장실에는 온통 흰색 타일이 깔려 있어서, 욕조 주변에 묻어 있는 빨간색 피가 더욱 두드러져 보였다. 에리카는 잠시 그 대비가 예쁘다고 생각했지만, 곧 실제로 사람이 욕조에 누워 있다는 사실을 깨달았다.

시체는 흰색과 푸른색으로 부자연스럽게 얼룩져 있었지만 에리카는 대번에 여자를 알아볼 수 있었다. 알렉산드라 비크네르. 결혼 전의 성은 칼그렌. 이 집을 소유한 가족의 딸이었다. 그녀와 둘도 없는 친구로 지내던 어린 시절이 전생처럼 멀게 느껴졌다. 지금 욕조 속에 누워 있는 여자는 낯선 사람 같았다.

다행히 시체의 눈은 감겨 있었지만, 입술은 선명한 푸른색이었다. 몸통을 뒤덮은 얇은 얼음막이 하반신을 완전히 가리고 있었다. 핏줄기로 얼룩진 오른팔은 욕조 가장자리 위로 힘없이 늘어져 있었고, 손가락은 바닥의 응고된 피 웅덩이에 살짝 잠겨 있었다. 욕조 가장자리에는 면도칼이 놓여 있었다. 왼팔은 팔꿈치 위쪽만 보였고, 아래쪽은 얼음막에 가려져 있었다. 무릎도 얼음막 위로 튀어나와 있었다. 알렉스의 기다란 금발은 욕조 끄트머리에 부채꼴로 펼쳐져 있었지만 바스러질 듯했고 추위로 얼어붙어 있었다.

에리카는 알렉스를 바라보며 오랫동안 서 있었다. 추위와 소름끼치는 광경에서 느껴지는 외로움 탓에 몸이 덜덜 떨렸다. 그녀는 조용히 화장실에서 나왔다.

❄

그 뒤로는 모든 일이 흐릿한 상태에서 일어난 듯했다. 에리카는 근무 중인 의사에게 휴대전화로 전화를 걸었고, 의사와 구급차가 도착할 때까지 에일레르트와 함께 기다렸다. 그녀는 부모님의 사망 소식을 들었을 때와 같은 쇼크의 징후를 감지했고, 집으로 돌아오자마자 큰 잔에 코냑을 따라 벌컥벌컥 마셨다. 의사가 처방할 만한 방법은 아니었을지 몰라도, 손떨림은 멈추게 할 수 있었다.

죽은 알렉스를 보자 어린 시절의 기억이 되살아났다. 알렉스와 가장 친한 친구로 지낸 때는 25년도 더 되었고, 그 뒤로 많은 사람들이 인생에 들락날락했어도 알렉스는 여전히 소중한 존재였다. 당시 에리카와 알렉스는 그저 어린애들이었을 뿐이다. 성인이 되고 나서는 서로 모르는 사람처럼 지냈다. 그러나 에리카는 자신이 본 것을 해석하면 필연적으로 도달하는 결론, 다시 말해 알렉스가 스스로 목숨을 끊었다는 사실을 받아들이기가 힘들었다. 그녀가 알기로 알렉산드라는 그 누구보다도 활기차고 자신만만한 사람이었다. 매력적이고 자신감 있으며 밝게 빛나서, 많은 사람들이 그녀를 보려고 뒤돌아보곤 했다. 소문에 따르면, 알렉스의 인생은 에리카가 늘 생각했던 대로 순탄했다. 알렉스는 예테보리에서 갤러리를 운영하고 있었고, 성공한 데다 성격도 좋은 남자와 결혼하여, 세뢰 섬의 대저택에 살았다.

그러나 뭔가가 분명히 잘못되었다.

에리카는 주의를 다른 데로 돌려야겠다는 생각에 여동생의 전화번호를 눌렀다.

"자고 있었니?"

"장난해? 아드리안은 새벽 세 시에 날 깨웠고, 여섯 시에 이 녀석이 겨우 잠드나 했더니 엠마가 깨서 놀고 싶어 했다고."

"루카스는 한 번이라도 일어날 수 없었다니?"

에리카는 전화 저편에서 전해 오는 싸늘한 침묵에 혀를 깨물었다.

"그이는 오늘 중요한 회의가 있어서 자야 했어. 게다가 요새 직장에서도 아주 난리거든. 회사가 중요한 전략적 단계에 있대."

에리카는 점점 커지는 안나의 목소리에서 히스테리 기미를 느꼈다. 루카스에게는 늘 준비된 변명거리가 있었고, 안나는 그의 말을 그대로 인용하는 듯했다. 중요한 회의가 있지 않으면, 결정해야 하는 중대한 사안들 때문에 지쳐 있거나, 루카스의 말을 빌자면 '자신처럼 성공한 사업가'가 필연적으로 느끼게 되는 압박감으로 신경쇠약에 걸릴 지경이었다. 따라서 아이들을 돌보는 일은 고스란히 안나의 몫이 되었다. 기운이 넘치는 세 살배기와 태어난 지 네 달 된 아기를 데리고 부모님 장례식에 참석한 안나는 서른 살이라는 나이가 무색하게 열 살은 더 들어 보였다.

"애야, 만지지 마."

안나가 영어로 소리쳤다.

"진지하게 얘기하는 건데, 이제 엠마랑 스웨덴 어로 말할 때도 되지 않았을까?"

"루카스는 우리가 집에서 영어로 이야기해야 한다고 생각해. 그이 말로는 엠마가 초등학생이 되기 전에 다시 런던으로 이사할 거래."

에리카는 "루카스 생각에는", "루카스 말로는", "루카스 예감에는" 등의 이야기를 듣는 데 아주 넌더리가 났다. 그녀의 눈에 제부는 빌어먹을 놈 중에서도 1등급에 속하는 인간의 훌륭한 본보기였다.

안나는 런던에서 오페어(언어를 배우고자 가사를 도와주고 숙식을 제공받는 젊은 외국 유학생이나 여성-옮긴이)로 일할 때 그를 만났고, 성공한 주식 중개인 루카스 맥스웰이 열 살이나 어린 자신에게 보이는 강렬한 관심에 바로 넘어갔다. 안나는 대학 진학을 모두 포기하고, 완벽하고 이상적인 아내가 되는 데 인생을 바치기로 마음먹었다. 문제는 루카스가 모든 일에 절대로 만족할 줄 모르는 남자라는 점이었다.

어릴 때부터 뭐든 늘 자기 마음대로 하던 안나는 루카스와 결혼한 뒤 자기 성격을 완전히 죽였다. 에리카는 조카들이 생기기 전까지만 해도 여동생이 정신을 차려서 루카스를 떠나 자기 삶을 시작하길 바랐다. 그러나 첫째 엠마와 둘째 아드리안이 태어난 뒤에는 안타깝게도 제부의 존재를 인정할 수밖에 없었다.

"루카스나 아이 양육에 관한 그의 의견에 대해선 그만 얘기하자. 귀여운 조카들은 지난번에 만난 뒤로 어떻게 지냈대?"

"뭐, 늘 똑같지. 알잖아. 엠마는 어제 짜증내면서 옷을 여러 벌 망쳐 놨고, 아드리안은 사흘 내내 토하지 않으면 빽빽 울고 있어."

"기분 전환이 필요한 것 같네. 애들 데리고 여기로 와서 일주일 정도 지낼 수 없어? 네가 물건 정리하는 걸 도와주면 좋겠는데. 또 머지않아 서류 작업도 해야 할 거고."

"어, 글쎄. 우리, 언니한테 그 문제에 관해서 얘기하려고 했어."

마음에 들지 않는 일을 처리해야 할 때 늘 그랬던 것처럼, 안나의 목소리가 현저하게 떨리기 시작했다. 에리카는 곧바로 방어 태세에 들어갔다. 그놈의 '우리'라는 말이 불길하게 들렸다. 루카스가 어떤 일에 끼어든다는 것은 곧 그 일에 관계된 다른 사람들은 모두 손해를 보지만 그 자신은 이익을 얻는 게 있다는 뜻이었다.

에리카는 안나가 계속 말하길 기다렸다.

"루카스랑 난 스웨덴의 자회사가 자리 잡는 대로 런던으로 돌아가려고 생각했어. 우린 여기에 굳이 집을 둘 생각이 없거든. 커다란 시골 집 때문에 골치 썩이는 건 언니한테도 좋은 일이 아니잖아. 내 말은, 가족 없이……."

그 뒤는 뻔했다.

"하고 싶은 말이 뭔데?"

에리카는 집게손가락으로 곱슬곱슬한 머리카락을 비비 꼬았다. 신경이 예민해질 때마다 나타나는 어린 시절의 버릇이었다.

"음……. 루카스 생각에는 우리가 집을 팔아야 한대. 집을 처분하지 않고 유지하기가 힘들 거라고. 또 런던으로 돌아가면 켄싱턴에 집을 한 채 사고 싶은데, 루카스가 돈을 많이 벌긴 하지만, 부모님 집을 팔아서 돈이 생기면 도움이 많이 될 거래. 내 말은, 그 지역 서안에 있는 집이면 몇 백만 크로나는 부를 수 있을 거란 얘기지. 독일인들은 바다 풍경이랑 바다 공기라면 사족을 못 쓰잖아."

안나는 자기주장을 고집했지만, 에리카는 충분히 들었다는 생각이 들어서 안나가 이야기하는 도중에 조용히 전화를 끊었다. 안나는 어떻게든 주의를 딴 데로 돌렸다. 여느 때처럼.

에리카는 안나에게 늘 언니라기보다는 엄마에 가까웠다. 그녀는 어릴 때부터 동생을 보호하고 돌봤다. 안나는 진정한 자연의 아이로, 결과를 생각하지 않고 충동에 따라 행동하는 회오리바람이었다. 에리카는 안나를 난감한 상황에서 수도 없이 구해 내야 했다. 그런데 루카스가 안나의 천성과 삶의 기쁨을 몰아내 버렸다. 다른 무엇보다도 바로 그 점 때문에, 에리카는 그를 절대로 용서할 수 없었다.

❄

아침이 되자 전날의 일들이 악몽처럼 느껴졌다. 에리카는 꿈도 꾸지 않고 깊은 잠을 잤지만 선잠만 겨우 잔 듯한 느낌이었다. 너무 피곤해서 온몸이 쑤셨다. 배에서 꼬르륵 소리가 요란하게 났지만 냉장고 안을 들여다본 뒤, 뭘 먹으려면 에바스 마트에 다녀와야 한다는 사실을 깨달았다.

마을은 텅 비어 있었고 잉그리드 베리만 광장에는 여름철에 성행하던 상업의 자취가 남아 있지 않았다. 에리카는 안개나 연무 없이 탁 트인 시야 덕분에 수평선을 배경으로 검은 윤곽을 드러낸 발뢰 섬의 바깥쪽 돌출부까지 볼 수 있었다. 그것은 크로콜멘과 함께 외부 군도(群島)로 이어지는 좁은 통로에 접해 있었다.

에리카는 갈레르바켄으로 걸어가던 도중에 어떤 사람과 마주쳤다. 피하고 싶은 사람을 만난 그녀는 본능적으로 빠져나갈 길을 찾았다.

"안녕."

엘나 페르손이 주눅 좋게 명랑한 목소리로 짹짹거렸다.

"아침 햇볕 아래 걷고 있는 게 우리 사랑스러운 작가님 아니신가."

에리카는 내심 움찔했다.

"네. 쇼핑하러 에바스에 가는 길이었어요."

"불쌍한 아가씨. 그렇게 끔찍한 일을 겪었으니 얼마나 심란하겠어."

엘나의 이중 턱이 흥분으로 떨리는 모습을 보며, 에리카는 그녀가 작고 뚱뚱한 참새 같다고 생각했다. 엘나는 어깨부터 발까지 덮는 녹색 계열의 모직 코트를 입고 있었는데, 커다랗고 못생긴 덩어리처럼 보였다. 그녀의 손은 핸드백을 꽉 쥐고 있었다. 머리 위에는 어울리지 않는 작은 모자가 균형을 잡고 있었다. 소재는 펠트 같았는데 역시 이끼색 계열이었다. 눈은 작았고 깊숙이 파묻혀서 지방층의 보호를 받고 있었다. 엘나의 시선이 에리카에게 고정되어 있었다. 분명 대답하길 바라는 눈치였다.

"네. 뭐, 그렇게 유쾌하지는 않았어요."

엘나는 이해한다는 듯 고개를 끄덕였다.

"그래. 우연히 로센그렌 부인을 만났는데 그이가 지나가다가 칼그렌 네 집 바깥에서 아가씨랑 구급차를 봤다고 얘기하지 뭐야. 우린 바로 뭔가 무서운 일이 일어난 게 틀림없다고 생각했지. 그리고 오후에 마침 야콥손 박사한테 전화했다가 비극적인 사건 얘길 들었어. 음, 물론 박사는 은밀하게 얘기했지. 의사들은 비밀 서약을 하잖아. 그건 존중해야 하는 거지."

엘나는 자신이 야콥손 박사의 비밀 서약을 얼마나 존중하는지 증명하려는 의도로 고개를 끄덕였다.

"그렇게 젊은 나이에 어쩌면 좋누. 다들 이유가 궁금할 거야. 나는 개인적으로 알렉산드라가 지나치게 신경이 예민하다고 생각했어. 몇 년 동안 그 애 엄마 비리트와도 알고 지냈는데, 그이도 항상 신경과민이었거든. 알다시피 그런 건 유전이잖아. 비리트도 칼 에리크가 예테보리에서 그 대단한 관리직을 따내자 아주 거만해졌지. 피엘바카는 성에 차지 않았을 거야. 그렇지만 그 애에겐 큰 도시였어. 내 말해 두는데, 사람은 돈으로 행복을 사지 못해. 그 애가 대도시로 가지 않고 여기에서 자랐더라면 이런 식으로 죽지 않았을 텐데. 내 생각엔, 그 가여운 애가 부모한테 떠밀려서 스위스 학교에 간 거야. 그런 곳에서 일이 어떻게 돌아가는지 알잖아. 그렇지, 그런 일은 한 사람의 영혼에 평생 지워지지 않는 자국을 남기는 법이야. 여길 떠나기 전의 그 애는 지극히 행복하고 발랄한 소녀였는데. 두 사람, 어릴 때 같이 놀지 않았나? 에, 내 생각엔……."

엘나의 독백이 끝날 것 같지 않자, 에리카는 점점 불쾌한 어조를 띠어 가는 대화에서 빠져나갈 방법을 황급히 찾기 시작했다. 엘나가 한숨 돌리려고 말을 끊자, 에리카는 기회를 노렸다.

"아주머니와 말씀 나눌 수 있어서 좋았어요. 그런데 유감스럽게도 이제 가 봐야 해요. 할 일이 많거든요. 이해하실 거라 믿어요."

에리카는 무척 애처로운 표정을 지으면서 엘나가 넘어가길 바랐다.

"물론이지, 아가씨. 내 생각이 짧았네. 그래. 부모님이 돌아가신 지 얼마 되지도 않았는데 이런 비극을 또 겪었으니 얼마나 힘들꼬. 이 경솔한 늙은이를 용서해요."

이쯤 되자 엘나는 거의 눈물을 쏟을 듯했다. 에리카는 정중하게 고개를 끄덕이고는 서둘러 작별 인사를 했다. 그녀는 안도의 한숨을 내쉬고 에바스 마트를 향해 걸어가면서 참견하기 좋아하는 여자들과 더 마주치지 않기를 바랐다.

그러나 행운은 에리카의 편이 아니었다. 흥분한 피엘바카 주민들은 그녀에게 무자비한 질문 공세를 퍼부었고, 그녀는 집이 눈앞에 보일 때까지 숨 한 번 편히 쉴 수 없었다. 그러나 주민들에게서 들은 이야기 하나가 머릿속에서 떠나지 않았다. 알렉스의 부모님이 어젯밤 늦게 피엘바카에 도착해서 알렉스의 이모 집에 머무르고 있다는 것이었다.

에리카는 부엌 테이블에 장바구니를 올려놓고 먹을 것을 꺼내서 정리하기 시작했다. 의도는 좋았건만 장바구니는 마트 가기 전에 계획했던 만큼 가득 차지는 않았다. 허나 이렇게 비참한 날 스스로 한턱내지 않으면 언제 또 그러겠는가? 마치 신호라도 받은 듯 배가 요란하게 꼬르륵거리기 시작했다. 에리카는 웨이트 와처스(Weight Watchers) 프로그램에서 12점이나 매긴 시나몬 롤 두 개를 접시에 화려하게 떨어뜨렸다. 그리고 커피 한잔을 곁들여서 빵을 먹었다.

창밖의 낯익은 풍경을 보면서 앉아 있는 것은 좋았지만 집 안에 감도는 정적에는 도무지 익숙해지지 않았다. 물론 전에도 집에 혼자 있어 봤지만, 그때는 지금과 달랐다. 그때는 사람의 존재, 즉 아무 때고 어떤 사람이 문을 열고 들어올 수 있다는 점을 의식하고 있었다. 그런데 지금은 집의 영혼이 사라져 버린 듯했다.

창가에 놓여 있는 아버지의 담뱃대는 담배가 채워지길 기다리고 있었다. 부엌에 담배 냄새가 아직 남아 있었지만 그나마도 날이 갈수록 약해지는 것 같았다.

에리카는 늘 담배 냄새를 무척 좋아했다. 어릴 때는 종종 아버지의 무릎에 앉아서 등을 기댄 채 눈을 감았다. 온통 담배 연기가 밴 아버지의 옷에서 나는 냄새는 어린 에리카를 안심시켰다.

　어머니와의 관계는 훨씬 더 복잡했다. 에리카는 자라면서 포옹, 가벼운 키스, 달래는 말 등 어머니의 보살핌을 받아 본 기억이 단 한 번도 없었다. 엘쉬 팔크는 엄격하고 가차 없는 여성으로, 집은 나무랄 데 없이 깔끔하게 유지했지만 자신의 삶에는 그 어떤 기쁨도 허용하지 않았다. 그녀는 신앙심이 깊었고, 보후슬렌의 많은 해안 공동체들이 흔히 그렇듯 샤르타우 목사의 가르침을 충실히 따르는 마을에서 자랐다. 엘쉬는 어린 나이에 삶은 끝없는 고통이며, 보상은 다음 생애에 받게 된다고 배웠다. 에리카는 성격 좋고 유머 감각도 있는 아버지가 어머니의 어떤 면을 보고 결혼했는지 의문이 들 때가 많았고, 사춘기 시절의 어느 때인가는 분노에 치를 떨면서 그 의문을 불쑥 내뱉기도 했다. 아버지는 화내지 않았다. 그저 따뜻하게 에리카의 어깨를 감쌌을 뿐. 그러고 나서 엄마를 너무 가혹하게 평가하지 말라고 타일렀다. 감정 표현을 유난히 어려워하는 사람들이 있다고 아버지는 분노로 붉게 물든 에리카의 뺨을 쓰다듬으면서 설명했다. 에리카는 당시 아버지의 말을 받아들이지 않으려 했고, 아버지가 자신에게는 너무나 분명한 사실, 즉 어머니는 자신을 사랑한 적이 없으며 자신은 그 점을 죽을 때까지 짊어지고 가야 할 것이라는 사실을 감추고자 애썼을 뿐이라고 아직도 확신했다.

　에리카는 충동에 이끌려 알렉산드라의 부모님을 만나러 가기로 마음먹었다. 부모를 잃는 것은 힘들지만 자연의 섭리로 받아들일 수 있다. 그러나 자식을 잃는 것은 분명 끔찍하리라. 게다가 자신과 알렉산드라는 한때 둘도 없는 친구가 아니었던가. 물론 거의 25년 전의 일이긴 하지만, 알렉스와 알렉스의 가족은 에리카가 떠올리는 행복한 어린 시절의 추억에서 많은 부분을 차지했다.

집은 사람이 살지 않는 것처럼 보였다. 알렉산드라의 이모와 이모부는 피엘바카 중심부와 셀비크 야영지 중간에 있는 탈가탄 가(街)에 살았다. 탈가탄의 집은 모두 높은 비탈에 자리 잡고 있었다. 잔디밭은 바다와 접하는 도로 쪽으로 가파르게 기울어져 있었고, 현관문은 집 뒤쪽에 있었다. 에리카는 망설임 없이 초인종을 울렸다. 초인종 소리가 울려 퍼지다가 곧 잠잠해졌다. 집 안에서는 아무 소리도 들리지 않았고, 에리카는 뒤돌아서서 가려고 했다. 그때 문이 천천히 열렸다.

"네?"

"안녕하세요. 전 에리카 팔크예요. 저는……."

에리카는 말을 흐렸다. 그렇게 딱딱하게 인사하는 것이 멍청하게 느껴졌다. 알렉스의 이모인 울라 페르손은 에리카가 누구인지 아주 잘 알았다. 울라는 에리카의 어머니와 함께 오랫동안 교회 단체에서 활동했고, 일요일이면 커피를 마시러 놀러 오기도 했다.

울라는 옆으로 비켜 에리카를 안으로 들였다. 집 안에는 불이 하나도 켜 있지 않았다. 물론 저녁이 되려면 아직 몇 시간 더 있어야 했지만, 오후의 땅거미가 내려앉기 시작했고 그림자도 길어지고 있었다. 현관에서도 저 안쪽에서 흘러나오는 숨죽인 흐느낌 소리를 들을 수 있었다. 에리카는 신발과 코트를 벗었다. 그녀는 극도로 조용하고 조심스럽게 움직이려고 애썼다. 집 안 분위기가 그 외에는 아무것도 허용하지 않았기 때문이다. 울라는 부엌으로 들어갔고 에리카는 혼자서 걸어갔다. 에리카가 거실에 들어가자 울음소리가 멈추었다. 커다란 전망창 앞에 놓인 조립식 소파 위에 절망에 빠진 비리트와 칼 에리크 칼그렌이 서로 기대어 앉아 있었다. 두 사람의 얼굴은 눈물로 얼룩져 있었고, 에리카는 지극히 사적인 공간을 침범하고 있다는 느낌이 들었다. 이렇게 들이닥치면 안 되는 거였는데. 그러나 이미 너무 늦어 버렸다.

에리카는 그들의 맞은편 소파에 조심스럽게 앉아 무릎 위에서 손을 깍지 꼈다. 그녀가 들어온 뒤 아직 아무도 입을 열지 않았다.

"그 애 모습이 어땠니?"

처음에 에리카는 비리트의 말을 이해하지 못했다. 비리트의 목소리는 아이의 그것처럼 매우 작았다. 에리카는 뭐라고 대답해야 할지 몰랐다.

"외로워 보였어요."

마침내 입 밖으로 낸 말이었지만, 에리카는 곧바로 후회했다.

"제 말은……."

에리카의 말은 희미하게 사라져서 침묵에 삼켜졌다.

"그 앤 자살하지 않았어!"

비리트의 목소리가 돌연 크고 단호하게 울렸다. 칼 에리크는 아내의 손을 꼭 쥐고 동의한다는 뜻으로 고개를 끄덕였다. 에리카의 회의하는 표정을 알아차린 듯, 비리트가 되풀이해서 말했다.

"그 앤 자살하지 않았어! 난 누구보다도 그 앨 잘 알아. 그 앤 자기 손으로 목숨을 끊을 애가 아니야. 그럴 만한 용기가 절대 없는 애라고! 그걸 알아야지. 너도 그 앨 알잖니!"

비리트는 각 음절을 좀 더 분명하게 발음했고, 에리카는 그녀의 눈에서 튀어 오르는 불꽃을 보았다. 비리트는 경련하는 것처럼 계속해서 주먹을 쥐었다 폈다 했고, 눈싸움이라도 하듯 에리카의 눈을 똑바로 응시했다. 결국 먼저 눈을 돌린 사람은 에리카였다. 그녀는 비리트에게서 시선을 거두고 거실을 둘러보았다. 딸을 잃은 어머니의 슬픔에 시선을 고정하지 않기 위해서라면 무엇이든 좋았다.

거실은 아늑했지만 에리카의 취향보다 약간 과하게 장식되어 있었다. 커튼은 같은 꽃무늬 천으로 바느질된 소파 쿠션에 맞춰 엄청난 프릴로 솜씨 있게 장식되어 걸려 있었다. 곳곳에는 자질구레한 장식품들이 자리를 차지하고 있었다. 십자수 리본 장식이 달려 있는 수공품 목재 사발과 영원히 촉촉한 눈을 유지할 도자기 개들도 놓여 있었다. 거실을 살리는 것은 전경이 펼쳐지는 창문이었다. 창밖 풍경은 무척 아름다웠다. 에리카는 시간을 멈춰서 칼그렌 부부의 슬픔에 끌려들어 가지 않고 창밖만 하염없이 바라볼 수 있다면 좋겠다고 생각했다. 그러나 그녀는 다시 칼그렌 부부에게 시선을 돌렸다.

"아줌마, 전 잘 모르겠어요. 알렉산드라와 제가 친구였던 건 25년 전의 일이에요. 전 알렉스를 잘 몰라요. 사람은 생각만큼 다른 사람을 잘 알지 못할 때도 있는 법이잖아요."

이렇게 말하면서도 에리카는 자기 이야기가 서투르기 짝이 없다고 생각했다. 에리카의 말은 벽에서 튕겨져 나오는 듯했다. 이번에는 칼 에리크가 입을 열었다. 그는 자신을 꽉 붙잡고 있는 비리트에게서 빠져나와 이제부터 하려는 이야기를 에리카가 한 마디도 놓치지 않기를 바라는 듯 몸을 앞으로 숙였다.

"우리가 이미 벌어진 일을 부정하려는 것처럼 보인다는 거 안다. 지금 당장은 조리 있게 이야기하지 못하는 것처럼 보일 거야. 그렇지만 알렉스가 어떤 이유로 자기 목숨을 끊었다고 해도, 그 앤 절대, 다시 말하지만 절대, 이런 식으로 하지는 않았을 거다! 알렉스가 늘 병적으로 피를 무서워한 걸 기억하는지 모르겠구나. 그 앤 아주 살짝만 베여도 다른 사람이 밴드를 붙여 줄 때까지 완전히 통제 불능이었어. 심지어 피를 보고 기절한 적도 있지. 그래서 난 그 애가 이를테면 수면제 같은 다른 방법을 선택했을 거라고 확신한다. 알렉스가 면도칼로 양쪽 손목을 차례로 그었을 리가 없어. 그리고 아내 말대로 알렉스는 심약했다. 그 앤 용감한 사람이 아니었어. 자기 손으로 목숨을 끊으려면 내적으로 강해야 해. 그 애에겐 그런 힘이 없었다."

그의 목소리에는 설득력이 있었다. 에리카는 여전히 절망에 빠진 두 사람이 희망사항을 이야기한다고 확신했지만, 내면에서 의혹의 빛이 깜박이는 것은 어쩔 수가 없었다. 잠시 생각에 잠긴 그녀는 어제 아침 알렉스의 화장실에 들어갔을 때 뭔가가 이상하다고 느꼈다는 사실을 떠올렸다. 시체를 발견해서가 아니라 화장실 분위기 자체에 기묘한 점이 있었다. 어떤 존재, 어떤 그림자. 그것이 에리카가 떠올릴 수 있는 가장 비슷한 표현이었다. 그녀는 뭔가가 알렉산드라 비크네르를 자살로 몰고 갔다고 믿었지만, 칼그렌 부부의 고집스러운 주장에 생각나는 것이 있다는 사실을 부정할 수는 없었다.

갑자기, 어른이 된 알렉스가 어머니의 모습을 빼닮았다는 생각이 들었다. 비리트 칼그렌은 체구가 작고 날씬했으며, 딸과 똑같이 밝은 금발이었다. 다만 알렉스의 머리카락은 긴 반면, 비리트의 머리카락은 어깨 길이의 세련된 스타일이라는 점이 다를 뿐이었다. 비리트는 온통 까만 옷을 입고 있었는데, 슬퍼하는 와중에도 자신이 빛과 어둠의 대조 덕분에 얼마나 아름다워 보이는지 알고 있는 듯했다. 작은 몸짓이 그녀의 허영심을 드러냈다. 그녀는 한 손으로 조심스럽게 머리를 매만지고 목걸이 위치를 바로잡았다. 에리카는 어린 시절을 떠올렸다. 비리트의 옷장은 치장하기 좋아하는 여덟 살짜리 여자아이들에게 진정한 성지인 듯했고, 그녀의 보석은 당시로서는 천국에 가장 가까운 물건이었다.

옆에 있는 남편은 평범해 보였다. 매력이 없지는 않지만, 눈에 띄지도 않았다. 길고 좁은 칼 에리크 칼그렌의 얼굴에는 가는 주름이 잡혀 있었다. 머리는 벌써 많이 벗어져 있었다. 그도 온통 까만 옷을 입고 있었지만, 아내와는 달리 매우 음울해 보였다. 에리카는 이제 떠나야 할 때라고 느꼈다. 칼그렌 부부를 만나서 무엇을 얻으려 했는지 알 수가 없었다.

에리카가 일어서자 칼그렌 부부도 일어섰다. 비리트는 제발 말 좀 하라는 듯 남편을 절박한 눈으로 바라보았다. 마치 에리카가 오기 전에 둘이서 무슨 이야기를 한 듯했다.

"네가 알렉스에 관한 기사를 써 주면 좋겠구나. 「보후슬레닝엔」 신문에 싣게 말이야. 알렉스의 인생과 꿈과 죽음에 관한 기사를 써 주지 않으련? 그 애의 인생을 기념하는 뜻에서. 비리트와 내게 아주 의미 있는 일이 될 거야."

"그렇지만 「예테보리스포스텐」에 싣는 편이 더 낫지 않을까요? 제 말은, 알렉스가 실제로는 예테보리에 살았잖아요. 아줌마, 아저씨도 마찬가지고요."

"피엘바카는 늘 우리의 고향이었고, 앞으로도 그럴 거란다. 알렉스에게도 마찬가지고. 먼저 알렉스의 남편 헨리크와 이야기해 보렴. 우리가 이야기했더니 기꺼이 돕겠다고 하더구나. 물론 비용은 우리가 부담할게."

두 사람은 그것으로 이야기가 끝났다고 생각하는 듯했다. 에리카는 알렉스 이모 집의 문이 등 뒤에서 닫힐 때, 칼그렌 부부의 제안을 실제로 받아들이지도 않은 채 헨리크 비크네르의 전화번호와 주소가 적힌 종이를 손에 들고 바깥 계단에 서 있는 자신을 발견했다. 이 일을 맡을 생각은 없었지만, 정말 솔직하게 말하면 작가의 뇌에서 이미 생각의 싹이 움트기 시작한 상태였다. 에리카는 그런 생각을 하는 것만으로도 나쁜 사람이 된 것 같아 생각하지 않으려 애썼지만, 이미 움터 버린 생각은 끈덕지게도 달라붙어 떨어지지 않았다. 새로운 책의 소재가 될 아이디어, 오랫동안 찾아 헤매던 아이디어가 바로 코앞에 있었다. 운명을 향해 간 한 여성의 인생 이야기. 젊고 아름다우며 모든 것을 다 가진 듯한 여성이 자살로 운명을 달리한 이유. 알렉스의 이름은 당연히 언급하지 않겠지만, 기사는 알렉스가 선택한 죽음으로 향하는 길을 조사하면서 밝혀낸 이야기에 바탕을 두게 되리라. 에리카는 지금까지 네 권의 책을 냈지만, 그것들은 모두 저명한 여성 작가에 관한 전기였다. 직접 이야기를 지어낼 용기는 아직 내지 못했지만, 종이 위에 옮겨질 날만 기다리는 책들이 자기 안에 있다는 사실은 알고 있었다. 이 일은 에리카에게 필요한 추진력, 에리카가 기다려 온 영감을 선사할 수 있었다. 한때 알렉스와 친구였다는 사실은 장점이 될 터였다.

인간 에리카는 그런 생각을 하는 자신이 혐오스러워서 괴로웠지만, 작가 에리카는 환희에 몸을 떨었다.

❄

붓이 캔버스를 가로질러 넓고 빨간 자국을 남겼다. 그는 새벽부터 그림을 그렸고, 몇 시간 만에 처음으로 자신의 작품을 보려고 한 발자국 뒤로 물러났다. 문외한의 눈에는 커다란 빨강, 주황, 노랑 얼룩이 넓은 캔버스에 불규칙하게 퍼져 있는 모습으로 보일 뿐이었다. 그러나 그의 눈에는 굴욕과 체념이 열정의 색으로 재창조된 그림이었다.

그는 항상 같은 색을 써서 그림을 그렸다. 과거가 캔버스에서 새된 소리를 지르며 자신을 조롱하자, 그는 솟구치는 분노를 안고 다시 그림을 그리기 시작했다.

한 시간 뒤, 그는 아침의 첫 맥주를 마셨다는 사실을 깨달았다. 그는 가장 가까이 놓인 캔을 집어 들고, 전날 밤 그 안에 담뱃재를 털었다는 사실을 무시한 채 맥주를 들이켰다. 담뱃재가 입술에 달라붙었지만, 개의치 않고 김빠진 맥주를 마지막 한 방울까지 벌컥벌컥 마신 뒤 빈 캔을 던졌다.

그가 걸친 유일한 옷가지인 속옷은 앞이 노랬다. 맥주 아니면 마른 오줌 때문일 텐데, 그로서는 어느 쪽인지 구별할 수가 없었다. 두 가지 다겠지. 기름진 머리카락은 어깨를 덮었고, 가슴팍은 창백하고 홀쭉했다. 안데르스 닐손의 꼴은 엉망진창이었지만, 이젤 위의 그림은 망가진 화가와 현저하게 대조되는 재능을 보이고 있었다.

그는 그림을 보려고 바닥에 주저앉아 벽에 등을 기댔다. 옆에는 뚜껑을 따지 않은 맥주 캔이 놓여 있었다. 그는 캔 뚜껑을 딸 때 나는 소리를 좋아했다. 캔버스에 칠해진 색깔들이 시끄럽게 비명을 지르면서, 그가 오랫동안 잊으려고 애썼던 뭔가를 떠오르게 했다. 그 계집앤 도대체 왜 이제 와서 모든 걸 망치려고 하는 거야! 왜 그냥 내버려 두질 못하는 거지? 그 망할놈의 이기적인 창녀는 자기 생각만 해. 젠장 맞을 공주처럼 사랑스럽고 순진무구한 여자 같으니. 그러나 그는 그녀의 겉모습 아래 무엇이 있는지 알고 있었다. 그들은 같은 틀에서 만들어졌다. 오랫동안 함께 느낀 고통이 그들을 만들고 서로 결합시켰는데, 갑자기 그녀가 일방적으로 질서를 바꿀 수 있다고 생각한 것이다.

"빌어먹을."

그는 으르렁거리며 반쯤 남은 맥주 캔을 캔버스에 내던졌다. 캔버스가 찢어지지 않자, 그는 더 격분했다. 캔버스는 우그러지기만 했고 맥주 캔은 바닥으로 미끄러져 내렸다. 그림에 온통 튄 맥주 때문에 빨강, 주황, 노랑이 함께 흘러내리면서 한데 섞여 새로운 색조를 만들어 냈다. 그는 그 결과를 만족스럽게 지켜봤다.

그는 어제 하루 종일 술을 퍼마셔서 아직도 정신이 돌아오지 않은 상태였다. 오랫동안 폭음해서 알코올에 내성이 생길 대로 생겼는데도 맥주에 금세 취기가 돌았다. 그는 콧구멍에서 떠날 줄 모르는 오래된 구토 냄새와 함께 친숙한 안개 속으로 서서히 빠져들었다.

❄

그녀는 아파트 열쇠를 갖고 있었다. 완전히 시간 낭비라는 사실을 알면서도, 현관에서 신발을 조심스럽게 털었다. 바깥쪽은 그나마 깨끗한 편이었다. 그녀는 식료품이 든 장바구니를 내려놓고 코트를 벗어 옷걸이에 단정하게 걸었다. 자신이 도착했다고 알리는 것은 좋은 생각이 아니었다. 지금쯤 그 애는 이미 곤드레만드레 취해 있을 테니까.

현관 왼쪽의 부엌은 여느 때와 마찬가지로 엉망이었다. 설거지를 안 한지 몇 주는 되었을 법한 더러운 식기들이 싱크대뿐 아니라 테이블과 의자, 심지어 바닥에도 쌓여 있었다. 또 온 집 안에 담배꽁초, 맥주 캔, 빈 병들이 널려 있었다.

그녀는 먹을 것을 넣으려고 냉장고 문을 열었다가 자신이 때맞춰 잘 왔다고 생각했다. 냉장고가 텅 비어 있었기 때문이다. 그녀는 몇 분 동안 냉장고를 정리한 뒤 먹을 것을 채워 넣고, 잠시 가만히 서서 힘을 그러모았다.

아들이 사는 곳은 자그마한 원룸 아파트였다. 그녀는 몇 점 되지 않는 가구를 들여왔지만, 줄 수 있는 것이 많지 않았다. 창문 옆에 놓인 이젤이 방을 거의 다 차지한 가운데, 낡아 빠진 매트리스가 한쪽 구석에 내팽개쳐져 있었다. 그녀는 아들에게 침대 하나 사 줄 수 없을 정도로 가난했다.

처음에 그녀는 아들이 아파트며 자신을 깔끔하게 유지하도록 도왔다. 걸레로 바닥을 벅벅 문질러 닦고, 아들의 뒤치다꺼리를 하고, 빨래를 하고, 심지어 아들을 씻기기까지 했다. 당시만 해도 그녀는 모든 것이 좋아지리라는 희망을 버리지 않았다. 그러나 그것은 오래전의 일이었다. 언제쯤인지 몰라도, 그녀는 희망을 품지 않게 되었다. 이제는 적어도 아들에게 먹을 것이 있다는 사실을 확인하는 것으로 만족했다.

그녀는 아직 기력이 남아 있다면 좋을 텐데 하고 바랄 때가 많았다. 죄책감이 그녀의 어깨와 가슴을 무겁게 짓눌렀다. 예전에 무릎을 꿇고 아들의 토사물을 닦아낼 때는, 잠시라도 자신이 지은 죄의 대가를 치르고 있다고 생각했다. 그러나 지금은 아무 희망 없이 견디고 있을 뿐이다.

그녀는 벽에 쓰러지듯 기대어 누운 아들을 바라보았다. 고약한 냄새를 풍기는 폐인이지만, 더러운 겉모습 아래 놀라운 재능을 숨긴 아들을. 그녀는 그날 자신이 다른 선택을 했다면 어떻게 되었을지 수도 없이 생각해 봤다. 자신이 달리 행동했다면 삶이 어떻게 되었을지 생각해 보지 않은 날이 25년간 단 하루도 없었다. 25년은 곰곰이 생각하기엔 긴 세월이었다.

때로는 바닥에 누워 있는 아들을 그냥 내버려 두고 떠날 때도 있었다. 그러나 오늘은 바깥에서 한기가 스며들어 왔고, 얇은 스타킹을 신은 발에 얼음처럼 차가운 바닥이 느껴졌다. 그녀는 옆구리에 무기력하게 늘어져 있는 아들의 팔을 잡아당겼다. 아들은 아무 반응도 보이지 않았다. 그녀는 아들의 손목을 두 손으로 감싸 쥔 채, 매트리스 쪽으로 질질 끌고 갔다. 매트리스 위에 아들을 굴리려고 애쓰던 그녀는 아들의 늘어진 허릿살이 손에 닿자 살짝 몸서리쳤다. 얼마간 손을 쓰자, 아들의 몸을 거의 매트리스 위에 눕힐 수 있었다. 가져온 담요가 없어서 현관에 있는 아들의 재킷을 들고 와서 덮어 주었다. 그녀는 숨이 차서 자리에 앉았다. 오랫동안 청소하면서 기른 팔 힘이 없었다면, 지금 나이에 이런 일을 하는 것은 꿈도 꾸지 못했으리라. 기운이 딸려서 아무것도 하지 못하는 날이 오면 어떻게 될지 걱정스러웠다.

그녀는 아들의 얼굴을 덮은 기름진 머리카락 몇 가닥을 집게손가락으로 부드럽게 쓸어 넘겼다. 그녀와 아들의 삶은 그녀가 상상했던 방향으로 흘러가지 않았지만, 그나마 얼마 남지 않은 것을 지키는 데 남은 인생을 바칠 생각이었다.

사람들은 거리에서 그녀를 만나면 재빨리 눈을 돌렸지만, 그때는 이미 그녀가 그들의 동정하는 얼굴을 본 뒤였다. 안데르스는 온 마을에서 악명이 높았고, 지역 알코올중독자 모임의 평생회원이었다. 아들은 때때로 술에 취한 채 마을을 비틀비틀 걸어 다니면서, 만나는 사람들 모두에게 큰 소리로 욕을 퍼부었다. 안데르스는 미움을 받았고, 그녀는 동정을 받았다.

실은 반대가 되어야 했다. 미움받아야 할 사람은 그녀였고, 동정받아야 할 사람은 안데르스였다. 안데르스의 삶은 그녀의 나약함 때문에 망가졌다. 그러나 그녀는 이제 절대로 약해지지 않으리라고 마음먹었다.

그녀는 몇 시간 동안 그대로 앉아서 안데르스의 이마를 쓰다듬었다. 안데르스는 자다가 가끔씩 꿈틀거렸지만, 그녀의 손길에 얌전해졌다. 창문 바깥의 삶은 평소처럼 계속되었지만, 아파트 안의 시간은 멈춰 있었다.

❄

월요일은 영상의 기온과 빗방울을 잔뜩 머금은 구름과 함께 찾아왔다. 에리카는 늘 조심해서 운전했지만, 오늘은 차가 미끄러질 때를 대비해서 좀 더 천천히 여유 있게 운전했다. 운전을 잘하지는 못했지만, E6 고속버스나 기차를 타고 사람들과 부대끼는 것보다는 혼자 운전하는 것이 더 좋았다.

우회전해서 도로 상태가 나은 고속도로로 접어들자 조금 속력을 냈다. 정오에 헨리크 비크네르를 만날 예정이었지만, 피엘바카를 일찍 떠났기 때문에 예테보리를 돌아볼 시간이 충분했다.

그녀는 얼어붙을 듯 추운 화장실에서 알렉스를 발견한 뒤 처음으로 안나와의 통화를 생각했다. 안나가 정말로 집을 팔고 싶어 한다고 생각하기란 아직도 힘들었다. 어쨌든 두 사람이 어릴 때 살던 집인 데다, 부모님이 아시면 충격을 받으실 테니까. 그러나 루카스가 끼어들면 무엇이든 가능했다. 그는 양심의 가책을 느끼는 사람이 아니므로. 루카스의 수준은 점점 낮아지고 있었지만, 이번 일은 그가 전에 한 모든 짓을 뛰어넘는 것이었다.

그러나 진지하게 집 걱정을 하기 전에, 자신이 순전히 법적인 관점에서 어떤 위치에 있는지 알아야만 했다. 그때까지는 루카스의 계략에 넘어가지 않으리라 마음먹었다. 지금은 이제 곧 알렉스의 남편과 나눌 이야기에 집중해야 했다.

전화상으로 헨리크 비크네르는 싹싹한 듯했고, 에리카가 전화했을 때 이미 소식을 전해 들은 상태였다. 물론 에리카는 그를 찾아가서 알렉산드라에 관해 질문해도 된다는 허락을 받았다. 추도 기사가 알렉스의 부모님께 무척 중요하기 때문이었다.

또 한 사람의 슬픔을 마주해야 한다는 사실이 달갑지는 않았지만, 알렉스의 집을 구경하는 일은 흥미로울 터였다. 알렉스 부모님과의 만남은 가슴을 쥐어짜는 느낌이었다. 에리카는 작가로서 거리를 두고 현실을 관찰하는 편을 선호했다. 멀리서 안전하고 객관적으로 살펴보는 것이다. 이번 기회에 성인이 된 알렉스가 어땠는지 짐작할 수 있게 되리라.

학교에 입학한 첫날부터 에리카와 알렉스는 찰싹 붙어 다녔다. 에리카는 알렉스가 자신을 친구로 선택했다는 사실을 대단히 자랑스러워했다. 알렉스는 자기 근처로 오는 모든 사람을 끌어당기는 자석 같았다. 모든 아이들이 알렉스와 친구가 되고 싶어 했지만, 알렉스는 전혀 관심이 없었다. 알렉스의 내성적인 태도는 오히려 자신감을 드러냈는데, 어른이 된 지금 생각해 보면 아이답지 않게 비범한 모습이었다. 에리카를 친구로 선택한 사람은 알렉스였다. 에리카 혼자서는 감히 알렉스에게 다가가지 못했을 것이다. 알렉스가 이사 간 뒤 에리카의 인생에서 영원히 사라지기 전 마지막 해까지 두 사람은 떼려야 뗄 수 없는 사이였다. 알렉스는 점점 더 멀어졌고, 에리카는 자기 방에서 잃어버린 우정을 슬퍼하며 혼자 시간을 보냈다. 그러던 어느 날 에리카가 알렉스의 집 초인종을 울렸는데, 아무도 대답하지 않았다. 그로부터 25년이 지났지만 알렉스가 이사 간다는 말이나 작별인사도 하지 않고 사라져 버렸다는 사실을 깨달았을 때 느낀 아픔을 아직도 생생하게 떠올릴 수 있었다. 사실 에리카는 지금도 당시에 무슨 일이 있었는지 알지 못했다. 어린 그녀는 자신을 탓하면서 알렉스가 자신에게 싫증이 났다고만 생각했다.

에리카는 세뢰로 가는 길에 예테보리를 지나면서 방향을 찾는 데 약간 애를 먹었다. 4년 동안 공부하느라 예테보리에서 지내며 주변 길을 알아두긴 했지만, 당시에는 차를 갖고 있지 않았기 때문에 에리카의 머릿속 지도에서 예테보리는 여전히 빈 공간으로 남아 있었다. 자전거 길로 차를 몰고 갈 수 있었다면 길 찾기가 훨씬 쉬웠으리라. 예테보리는 겁 많은 운전자에겐 악몽 같은 도시였다. 일방통행로가 많고, 원형 교차로에서는 차가 밀리고, 사방에서 달려오는 전차 때문에 긴장을 늦출 수가 없었다. 게다가 어쩐지 모든 도로가 예테보리 북서쪽의 히싱엔으로 통하는 듯했다. 출구를 잘못 나가면 늘 히싱엔에 도달했다.

이번에는 헨리크가 방향을 분명하게 일러 준 덕분에, 히싱엔으로 빠지지 않고 한 번에 주소를 찾을 수 있었다.

집은 에리카의 예상을 완전히 뛰어넘었다. 지난 세기가 바뀔 때 지은 듯한 거대한 흰색 저택이 바다를 바라보며 서 있었고, 따스한 여름밤을 위한 작은 전망대도 보였다. 두껍게 쌓인 흰 눈 아래 숨겨진 정원은 정성껏 설계되어 있었다. 그 크기를 보아하니 솜씨 좋은 정원사의 섬세한 손길이 필요할 것 같았다.

에리카는 차를 몰고 버드나무 길을 따라가다가 높은 연철 대문을 지나 집 앞의 자갈 깔린 안뜰로 들어섰다.

돌계단을 올라가니 견고한 오크 문이 버티고 있었다. 현대식 초인종이 없어서, 에리카는 묵직한 노커로 문을 쿵쿵 두드렸다. 문은 바로 열렸다. 빳빳하게 풀을 먹인 앞치마를 입고 모자를 쓴 가정부가 나올지도 모른다고 생각했지만, 정작 에리카를 맞은 사람은 넉살 좋게 잘생긴 남자였다. 그녀는 남자가 헨리크 비크네르라는 사실을 대번에 알아차렸다. 에리카는 집에서 나오기 전에 외모에 약간의 공을 더 들여서 다행이라고 생각했다.

그녀는 널따란 현관 홀로 들어서자마자 그곳이 스톡홀름에 있는 자신의 아파트 전체보다 더 넓다는 사실을 깨달았다.

"에리카 팔크입니다."

"헨리크 비크네르입니다. 제가 기억하기론 작년 여름에 뵈었죠. 잉그리드 베리만 광장의 그 레스토랑에서요."

"네, 맞아요. 카페 브뤼간이었죠. 여름이 언제였는지 까마득하네요. 특히 요즘 날씨를 생각하면요."

헨리크는 에리크의 말에 정중하게 뭐라고 중얼거렸다. 그는 에리카가 코트 벗는 것을 도와주고 홀에서 응접실로 가는 길을 안내했다. 에리카는 소파 위에 조심스럽게 앉았다. 골동품에 관한 지식이 별로 없는 그녀도 소파가 오래되었으며 매우 비쌀 것이라는 점은 알 수 있었다. 그녀는 헨리크가 커피를 마시겠냐고 묻자 그러겠다고 대답했다. 헨리크가 커피를 준비하는 동안 고약한 날씨에 관해 몇 마디 주고받으면서 그를 몰래 지켜본 에리카는 이 남자가 특별히 아내와 사별한 사람 같아 보이지는 않는다고 결론 내렸다. 그러나 그녀는 그런 결론이 아무 의미 없다는 점도 알고 있었다. 슬퍼하는 방식은 사람마다 다른 법이니까.

헨리크는 평상복 차림으로, 완벽하게 다림질된 치노 바지에 하늘색 랄프 로렌 셔츠를 입고 있었다. 머리카락은 검은색에 가까운 어두운 색이었고, 우아하지만 너무 까다롭지 않은 스타일로 다듬어져 있었다. 눈은 암갈색으로 약간 남유럽 사람 같은 인상을 풍겼다. 에리카는 사뭇 거칠고 강해 보이는 남자를 더 좋아했지만, 패션 잡지에서 바로 빠져나온 듯 잘생긴 이 남자의 매력에 끌릴 수밖에 없었다. 헨리크와 알렉스는 분명 주위의 이목을 끄는 선남선녀 커플이었으리라.

"집이 정말 아름답네요."

"고맙습니다. 저는 이 집에 사는 비크네르 가 4대째죠. 증조할아버지가 지난 세기 초에 지으신 뒤로 우리 가문은 죽 이 집에서 살았어요. 이 벽들이 말을 할 수 있다면……."

헨리크는 벽을 쓸어내리는 몸짓을 하며 에리카에게 미소 지었다.

"음, 그렇게 많은 가족사를 안고 살면 기분이 이상할 것 같아요."

"그렇기도 하고 아니기도 합니다. 그렇지만 어쨌든 막중한 책임이죠. 조상들의 뒤를 이어 어쩌고저쩌고."

그는 조용히 킬킬거렸고 에리카는 그가 특별히 책임감에 짓눌리는 것 같지는 않다고 생각했다. 그녀는 자신이 이 격조 높은 응접실에 어울리지 않는다고 느끼면서, 아름답지만 단출한 소파에 어떻게든 편히 앉으려고 헛되이 애썼다. 그러다가 마침내 소파 끄트머리에 자리 잡고 자그만 모카잔에 담긴 커피를 조심스럽게 홀짝였다. 새끼손가락이 살짝 경련을 일으켰지만 충동을 물리쳤다. 커피 잔은 새끼손가락을 구부리기에 완벽한 모양새였지만, 에리카는 그것이 세련됨의 표시라기보다 우스꽝스러운 패러디에 더 가깝지 않을까 생각했다. 그녀는 테이블 위에 놓인 케이크 접시를 마주하고 또 잠시 고민하다가, 두껍게 자른 스펀지 케이크 한 조각 앞에 무릎을 꿇었다. 이 케이크 조각은 웨이트 와처스 프로그램으로 환산하면 10점은 될 터였다.

"알렉스는 이 집을 아주 좋아했습니다."

에리카는 자신이 여기 앉아 있는 진짜 이유를 어떻게 끄집어낼지 궁리하고 있었기에, 알렉스의 이야기를 먼저 꺼낸 헨리크가 고마웠다.

"알렉스와 함께 이 집에 사신 지 얼마나 됐어요?"

"결혼한 뒤로 죽 살았으니까 15년이겠네요. 우린 파리에서 공부할 때 만났습니다. 알렉스는 미술사를 공부하고 있었고, 저는 가족 기업을 운영하는 데 필요한 비즈니스 지식을 쌓으려고 노력하는 중이었죠. 그래서 실제로 뭘 좀 알게 되긴 했지만, 가까스로 했어요."

에리카는 헨리크 비크네르 같은 사람이 뭔가를 '가까스로' 했을 리가 없다고 생각했다.

"우린 결혼하자마자 스웨덴의 이 집으로 돌아왔습니다. 부모님이 두 분 다 돌아가셔서 제가 외국에 나가 있던 몇 년 동안 집이 비어 있었는데, 알렉스가 곧바로 수리하기 시작했죠. 아내는 모든 게 완벽하길 바랐어요. 이 집의 모든 물건, 모든 벽지, 양탄자, 가구 등은 이 집이 지어질 때부터 있었는데, 예전 모습을 되찾았거나 알렉스가 사들인 겁니다. 아내는 수많은 골동품 상점에 들렀는데, 흠, 제 증조할아버지가 이 집에 사실 때 있던 것들과 똑같은 물건들을 정확하게 찾아낸 골동품상이 얼마나 많았는지는 모르겠네요. 알렉스는 도움이 될 옛날 사진 더미를 갖고 있었는데, 결과는 환상적이었습니다. 그뿐만 아니라 아내는 자기 갤러리를 만드느라 바쁘

기도 했어요. 어떻게 그 모든 일을 다 해낼 시간이 있었는지 아직도 모르겠습니다."

"개인으로서 알렉스는 어땠나요?"

헨리크는 뜸을 들이다가 대답했다.

"아름답고, 차분하고, 철저한 완벽주의자였습니다. 아내를 모르는 사람들은 그녀를 허영덩어리라고 생각했을지도 모르지만, 그건 아내가 자기 인생에 다른 사람을 쉽게 들이지 않았기 때문이에요. 알렉스는 친해지기 위해 무진 애써야 하는 부류의 사람이었습니다."

에리카는 헨리크의 말뜻을 예리하게 알아차렸다. 알렉스에게서 느껴지는 거리감은 호기심을 자극하는 동시에, 어린아이로서는 드물게 거만한 인상을 풍겼다. 그러나 알렉스를 거만하다고 욕한 여자아이들조차 그녀 옆에 앉으려고 치열하게 싸우는 일이 많았다.

"그게 무슨 뜻이죠?"

헨리크는 창밖을 내다보았다. 에리카는 비크네르의 집에 들어온 뒤 처음으로 그의 매력적인 외모 아래 숨겨진 어떤 감정을 본 듯했다.

"아내는 늘 자기 길을 갔어요. 아무도 염두에 두지 않았죠. 악의가 있어서 그런 건 아니었습니다. 악의라곤 눈곱만큼도 없었어요. 단지 필요해서 그랬을 뿐입니다. 아내에게 가장 중요한 건 상처받지 않는 일이었습니다. 그 밖의 다른 것, 다른 모든 감정은 그 우선순위에서 밀려나 부차적인 문제가 됐죠. 그렇지만 문제는 혹시 적이 아닐까 두려워하느라 아무도 마음속으로 들이지 않으면 결국 친구들도 모두 쫓아내게 된다는 겁니다."

그는 침묵하다가 에리카를 바라보았다.

"아내는 당신 이야기를 많이 했어요."

에리카는 놀라움을 감출 수 없었다. 두 사람의 우정이 끝난 방식으로 보아, 에리카는 알렉스가 자신을 저버리고 아예 잊었다고 생각했기 때문이다.

"아내가 했던 이야기가 생생하게 기억납니다. 자기가 마지막으로 사귄 진정한 친구는 당신이라고 했어요. '마지막 순수한 우정.' 바로 이렇게 표현했죠. 전 좀 이상하다고 생각했지만, 아내는 그 얘길 다시 꺼내지 않았습니다. 그리고 시간이 지나면서 전 아내에게 질문해서는 안 된다는 걸 알게 됐어요. 그래서 아무에게도 한 적 없는 알렉스 이야기를 당신에게 하고 있는 겁니다. 그렇게 오랜 세월이 지났는데도 아내의 마음속에 당신의 자리가 있다는 생각이 들더군요."

"알렉스를 사랑하셨나요?"

"세상 그 무엇보다도요. 알렉산드라는 제 인생 그 자체였습니다. 제 말과 행동의 중심은 모두 그녀였어요. 얄궂은 건, 정작 알렉스는 눈치조차 못 챘다는 점이죠. 아내가 절 받아들이기만 했다면 그렇게 죽지 않았을 겁니다. 답은 언제나 코앞에 있었는데, 알렉스는 그걸 보려고 하지 않았어요. 제 아내는 용감하면서도 겁이 많은, 기묘한 여자였습니다."

"알렉스의 부모님은 알렉스가 스스로 목숨을 끊었을 리 없다고 믿고 계세요."

"네, 저도 압니다. 그분들은 저도 그렇게 믿는다고 생각하시지만, 솔직히 말씀드리면 저도 잘 모르겠습니다. 알렉스와 15년 넘게 같이 살았지만, 정말로 그녀를 알았다고 할 수는 없어요."

헨리크의 목소리는 여전히 무미건조하고 사무적이었다. 그의 말투만 보면 날씨 이야기를 하는 것처럼 보일 수도 있지만, 에리카는 헨리크의 첫 인상이 완전히 틀렸다는 사실을 깨달았다. 그의 슬픔은 깊이를 헤아리지 못할 정도였다. 그저 비리트와 칼 에리크 칼그렌처럼 슬픔을 공개적으로 드러내지 않을 뿐이었다. 에리카는 자신의 경험을 떠올리며, 그가 아내의 죽음과 함께 그녀에게 사랑받을 기회를 영영 잃어버린 것이 슬퍼서 괴로 워한다는 점을 본능적으로 알아차렸다. 그 감정은 에리카도 익히 아는 것 이었기에.

"알렉스는 뭘 두려워했나요?"

"저도 그 질문을 스스로 수없이 되뇌었지만, 정말 모르겠습니다. 그 얘 기를 하려고 하면 알렉스는 늘 마음의 문을 닫아 버렸거든요. 전 한 번도 그녀의 마음속에 들어가지 못했습니다. 아내는 아무와도 나눌 수 없는 비 밀을 숨기고 있는 것 같았어요. 제 말이 이상하게 들립니까? 그렇지만 그 비밀이 뭔지 모르기 때문에, 아내가 왜 스스로 목숨을 끊었는지 말씀드리 지 못하겠네요."

"부모님과 여동생과의 관계는 어땠죠?"

"음, 어떻게 표현해야 할까요?"

그는 오랫동안 생각한 뒤 대답했다.

"긴장돼 있었어요. 서로 발끝을 세우고 돌아다니는 것 같았죠. 자기 생 각을 입 밖으로 내는 유일한 사람은 알렉스의 여동생 율리아였는데, 처제 는 대체로 아주 별났습니다. 소리 내어 이야기하는 이면에서 완전히 다른 차원의 대화가 진행되고 있는 느낌이었어요. 그걸 어떻게 설명해야 할지 모르겠군요. 마치 자기들끼리 암호로 이야기했는데, 제게 실마리 주는 걸 잊어버린 듯했습니다."

"율리아가 별나다고 말씀하신 건 무슨 뜻인가요?"

"아시다시피 장모님은 처제를 꽤 늦은 나이에 낳으셨죠. 이미 마흔을 훨씬 넘긴 나이였고, 아이를 낳을 계획도 없었습니다. 그래서 처제는 둥지 안의 뻐꾸기처럼 평화로운 부모 자식 관계를 해치는 침입자 신세를 벗어 나지 못했어요. 게다가 알렉스 같은 언니를 두는 것도 그리 쉬운 일은 아니 었겠죠. 처제는 귀여운 아이가 아니었습니다. 자라면서 예뻐지지도 않았 고요. 그런데 알렉스가 어떻게 보였는지 아시잖습니까. 장인 장모는 항상 지나치다 싶을 정도로 알렉스만 신경 썼고, 처제는 그냥 잊혔습니다. 그 때문에 처제는 내성적인 사람이 됐죠. 그래도 전 처제가 좋습니다. 무뚝뚝 한 겉모습 아래 분명히 뭔가가 있어요. 언젠가 어떤 사람이 그걸 찾아내 주 길 바랄 뿐입니다."

"율리아는 언니의 죽음에 어떻게 반응하던가요? 두 사람의 관계는 어 땠죠?"

"그건 아마 제 장인 장모께 여쭤 보셔야 할 겁니다. 전 처제를 못 본 지 6개월도 더 됐어요. 처제는 우메오에서 교사가 되려고 공부하는 중인데, 이곳으로 돌아오고 싶어 하지 않아요. 작년엔 크리스마스에도 집에 오지 않았습니다. 알렉스와의 관계에 관해서 말씀드리자면, 처제는 나이 차가 많이 나는 언니를 늘 우러렀어요. 알렉스는 처제가 태어났을 때 이미 기숙 학교에 다니고 있어서 집에 있는 날이 많지 않았는데도, 처제는 우리 부부 가 장인 장모 댁에 갈 때마다 자기 언니를 강아지처럼 졸졸 따라다녔습니 다. 알렉스는 그런 걸 별로 좋아하지 않았지만 그냥 내버려 뒀죠. 가끔씩 화를 내면서 뭐라고 쏘아붙이기도 했지만 보통은 그냥 무시했어요."

에리카는 대화가 거의 끝나 가는 것을 느꼈다. 이야기가 끊기자 집 안 에 온통 정적이 흘렀고, 그녀는 이처럼 화려한 공간이 헨리크 비크네르에게는 외로운 집이 되어 버렸다는 사실을 알 수 있었다.

에리카는 일어나서 손을 내밀었다. 헨리크는 양손으로 그녀의 손을 잡았다가 곧 놓고는, 그녀를 문까지 바래다주었다.

"차를 몰고 갤러리로 가서 좀 둘러볼까 하는데요."

에리카가 말했다.

"좋은 생각이에요. 알렉스는 자기 갤러리를 무척 자랑스러워했거든요. 아내는 갤러리 사업을 하는 내내 파리에서 공부할 때 만난 프랑신 비쥬라는 친구와 함께했습니다. 아, 이젠 산드베리죠. 우린 프랑신 부부와 종종 어울렸어요. 그 부부가 아이들을 낳은 뒤로는 자주 만나지 못했지만요. 프랑신은 지금 갤러리에 있을 겁니다. 제가 전화해서 당신 얘기를 해 놓을게요. 기꺼이 도우려고 할 겁니다. 알렉스 이야기도 좀 해 줄 거고요."

헨리크는 에리카를 위해 연 문을 붙잡고 있었다. 에리카는 마지막으로 고맙다고 인사한 뒤 알렉스의 남편에게서 등을 돌려 차로 걸어갔다.

❄

차에서 내린 순간 갑자기 비가 쏟아졌다. 갤러리는 주요 쇼핑가인 아베뉜과 나란히 위치한 살메르스가텐에 있었지만, 에리카는 30분 동안 주차할 곳을 찾다가 지쳐서 결국 헤덴에 차를 세웠다. 사실 그렇게 멀지는 않았지만, 비가 퍼부으니 갤러리까지 가는 길이 10킬로미터는 돼 보였다. 게다가 주차료도 한 시간에 12크로나나 했다. 에리카는 기분이 가라앉는 것을 느꼈다. 당연히 우산을 가져오지 않은 그녀는 자신의 곱슬머리가 곧 망친

파마머리 꼴이 되리라는 것을 알았다.

에리카는 아베뉘 가를 급히 건넜고 천둥소리를 내며 달려오는 필른달행 4번 전차를 가까스로 피했다. 그리고 대학 시절에 많은 저녁을 보낸 발란드를 지나서, 살메르스가텐으로 향하는 왼쪽으로 방향을 틀었다.

추상화 갤러리는 왼편에 있었는데, 커다란 전시창이 거리와 접해 있었다. 갤러리 안으로 들어가자 문 위의 벨이 핑 하는 소리를 냈다. 갤러리 안은 바깥에서 보는 것보다 훨씬 넓었다. 벽과 바닥과 천장은 흰색으로 칠해 놓아, 관람객들이 벽에 걸린 작품에 집중할 수 있게 배려했다.

에리카는 갤러리 끄트머리에서 프랑스 인이 틀림없어 보이는 한 여인을 발견했다. 그녀는 열정적인 몸짓으로 한 손님과 그림 이야기를 하면서 진정한 우아함을 발산했다.

"금방 갈게요. 잠깐 둘러보고 계세요."

여인의 프랑스 식 발음은 매력적으로 들렸다.

에리카는 여인의 말을 그대로 믿었다. 그녀는 등 뒤에서 손을 깍지 낀 채 갤러리 안을 느릿느릿 걸어 다니면서 그림을 구경했다. 갤러리 이름에서 짐작할 수 있듯, 모든 그림이 추상화였다. 정육면체, 정사각형, 원, 기묘한 모양 천지였다. 에리카는 고개를 갸우뚱하고 눈을 가늘게 뜨면서, 그림 애호가들이 무엇을 보는지 알아내려고 애썼다. 그러나 도무지 알 수가 없었다. 그녀에겐 여전히 다섯 살짜리라도 그릴 수 있는 정육면체와 정사각형으로 보일 뿐이었다. 그냥 추상화가 자신의 이해 범주를 넘어선다는 사실을 받아들여야 할 터였다.

노란색이 부분 부분 불규칙한 경계를 긋고 있는 거대한 빨간색 그림 앞에 서 있을 때, 뒤에서 장기판 모양의 바닥을 또각또각 걸어오는 프랑신의 하이힐 소리가 들렸다.

"그 그림 정말 근사하죠."

프랑신이 말했다.

"네, 정말요. 아름다워요. 그렇지만 솔직히 말씀드리면, 전 미술 쪽으로는 아는 게 별로 없어요. 반 고흐의 '해바라기'가 멋지다고 생각하지만, 제 지식은 그 정도가 다예요."

프랑신은 미소 지었다.

"에리카 맞죠? 앙리가 방금 전화해서 당신이 여기 오는 중이라고 하더군요."

그녀는 선이 아름다운 손을 내밀었다. 에리카는 아직도 비에 젖은 손을 황급히 닦은 뒤 프랑신의 손을 잡았다.

에리카와 마주한 여인은 작고 호리호리했으며, 프랑스 여성의 특허인 듯한 우아함을 풍겼다. 에리카는 신발을 벗은 키가 175.3센티미터였는데, 프랑신 앞에 서 있으니 자신이 마치 거인이 된 듯했다.

프랑신의 머리카락은 칠흑처럼 까맸고, 이마에서 매끄럽게 뒤로 넘겨 목덜미에서 틀어 올려 쪽을 찐 모양이었다. 그녀는 몸매가 드러나는 검은색 원피스를 입고 있었다. 원피스 색깔은 의심할 여지없이 친구이자 동료의 죽음을 애도하는 뜻에서 고른 것이리라. 그녀는 강렬한 빨간색이나 노란색 옷을 입는 사람에 더 가까워 보였다. 프랑신의 화장은 산뜻하고 완벽했지만, 빨개진 눈가를 가리기엔 역부족이었다. 에리카는 자신의 마스카라가 흘러내리지 않았길 바랐다. 두말할 나위 없이 헛된 바람이었지만.

"앉아서 커피 한잔하면서 얘기해요. 오늘은 날씨가 아주 포근하네요. 다시 나가죠."

프랑신은 에리카를 갤러리 뒤쪽에 있는 작은 방으로 안내했다. 그 방에는 냉장고, 전자레인지, 커피포트가 모두 갖춰져 있었다. 테이블은 자그마했고 의자 두 개가 들어갈 자리밖에 없었다. 에리카는 자리에 앉자마자 프랑신에게서 김이 올라오는 뜨거운 커피를 건네받았다. 헨리크의 집에서 커피를 몇 잔이나 마신 뒤라 위가 항의했다. 그러나 에리카는 책을 쓰는 데 바탕이 될 정보를 캐내고자 수없이 인터뷰했던 과거 경험을 통해, 무슨 이유에선지 사람들이 커피 잔을 손에 들고 있으면 더 쉽게 이야기한다는 사실을 알고 있었다.

"앙리에게 들은 얘기론, 알렉스의 부모님이 당신에게 추모 기사를 써 달라고 부탁하셨다더군요."

"네. 전 지난 25년간 아주 잠깐씩 알렉스를 봤을 뿐이라, 글을 쓰기 전에 알렉스가 어떤 사람이었는지 알아야겠더라고요."

"기자세요?"

"아뇨, 전 전기를 써요. 이 일을 하는 건 알렉스의 부모님이 부탁하셨기 때문이에요. 그리고 알렉스를 처음, 음, 거의 처음 발견한 사람이 저였거든요. 그래선지 생생하게 살아 있는 알렉스의 이미지를 그려내기 위해서라도 제가 이 일을 해야 한다는 생각이 들어요. 이상한가요?"

"아뇨, 전혀요. 알렉스의 부모님과 알렉스를 위해 이 많은 수고를 아끼지 않는다니 멋지네요."

프랑신은 테이블 너머로 몸을 기울여 깔끔하게 손질된 손을 에리카의 손 위에 얹었다. 에리카는 뺨이 빨갛게 달아오르는 것을 느끼면서 어제 오랫동안 궁리했던 책의 초안을 생각하지 않으려고 노력했다. 프랑신이 말을 이었다.

"앙리는 당신의 질문에 최대한 솔직하게 대답해 주라고 부탁했어요."

그녀는 스웨덴 어를 아주 잘했고, R 발음을 부드럽게 굴렸다. 에리카는 프랑신이 헨리크를 프랑스 이름인 '앙리'로 부른다는 점을 알아차렸다.

"알렉스와는 파리에서 만나셨다고요?"

"네, 우린 미술사를 함께 공부했어요. 첫날 우연히 만났죠. 알렉스는 당황한 것처럼 보였고, 저도 그랬죠. 그 뒤로는 알고 계신 그대로예요."

"서로 안 지는 얼마나 됐나요?"

"어디 보자, 앙리와 알렉스의 열다섯 번째 결혼기념일이 작년 가을이었으니까⋯⋯. 17년이네요. 그중 15년 동안은 이 갤러리를 함께 운영했고요."

프랑신은 침묵을 지키다가, 놀랍게도 담배에 불을 붙였다. 무슨 까닭인지는 몰라도 에리카는 프랑신이 담배 피우는 모습을 상상해 보지 않았다. 프랑스 여인은 손을 살짝 떨면서 담배에 불을 붙인 뒤, 에리카에게서 시선을 떼지 않은 채 담배 연기를 깊이 들이마셨다.

"알렉스가 어디에 있는지 궁금하지 않으셨어요? 우리가 발견하기 전까지 일주일은 족히 방치돼 있었을 텐데."

에리카가 물었다. 에리카는 헨리크에게 같은 질문을 하지 못했다는 생각이 떠올랐다.

"제 얘기가 이상하게 들릴 거라는 건 알지만, 아뇨, 궁금하지 않았어요. 알렉스는⋯⋯."

프랑신은 머뭇거렸다.

"알렉스는 늘 마음 내키는 대로 행동했거든요. 무척 당황스럽긴 했지만, 시간이 지나면서 익숙해진 모양이에요. 알렉스가 잠깐 사라졌던 건 이

번이 처음은 아니었거든요. 보통은 아무 일도 없었다는 듯이 나중에 불쑥 나타났어요. 게다가 알렉스는 제가 출산휴가로 자리를 비워서 혼자 갤러리를 관리해야 했을 때, 자기 몫 이상을 해냈거든요. 음, 어떤 면에서 전 아직도 같은 일이 일어날 거라고 상상해요. 알렉스가 문을 열고 걸어 들어올 거라고요. 그렇지만 이번엔 그러지 못하겠죠."

프랑신의 눈에 고인 눈물 한 방울이 금방이라도 떨어질 듯했다.

"네, 그러지 못할 거예요."

에리카는 커피 잔을 내려다보면서, 프랑신이 조심스럽게 눈물을 닦을 수 있게 배려했다.

"알렉스가 그렇게 사라질 때마다 헨리크는 어떻게 반응하던가요?"

"그 사람 보셨잖아요. 그가 보기엔 알렉스가 뭘 잘못했을 리 없죠. 앙리는 15년 동안 알렉스를 떠받들며 살았어요. 불쌍한 앙리."

"왜 불쌍하죠?"

"알렉스는 그를 사랑하지 않았으니까요. 앙리도 조만간 그 사실을 깨닫게 될 거예요."

프랑신은 피우던 담배를 비벼 끄고 두 번째 담배에 불을 붙였다.

"그렇게 오랫동안 함께했으니 서로 속속들이 알겠어요."

에리카가 말했다.

"저는 진정으로 알렉스를 아는 사람은 없다고 생각해요. 제가 앙리보다는 더 잘 알겠지만요. 앙리는 늘 장밋빛 안경을 벗지 않으려고 했죠."

"헨리크는 저와 이야기하면서, 알렉스가 결혼 생활 내내 자기에게 뭔가를 숨기고 있는 것 같았다고 귀띔하던데요. 그 사실에 대해 아세요? 아신다면, 그 비밀은 뭘까요?"

"앙리로선 흔치 않은 통찰력인걸요. 제가 앙리를 과소평가했나 봐요."

프랑신은 잘 빠진 눈썹 한쪽을 치켜세웠다.

"첫 번째 질문에는 안다고 대답하겠어요. 전 알렉스에게 마음의 짐이 있다는 사실을 늘 알고 있었거든요. 두번째 질문에는 모른다고 대답해야겠네요. 그 비밀이 뭔지 짐작조차 할 수 없어요. 오랫동안 친구로 지내 왔는데도, 알렉스는 항상 어떤 시점에서 '여기까지, 이제 그만' 이라는 신호를 보냈어요. 전 그걸 받아들였지만, 앙리는 받아들이지 않았죠. 그는 조금 이르든 늦든 상처받을 수밖에 없었을 거예요. 그 시기가 조금 일러질 것 같지만."

"왜요?"

프랑신은 주저했다.

"알렉스를 부검하게 되겠죠?"

에리카는 프랑신의 질문에 깜짝 놀랐다.

"네, 으레 그렇게 하죠. 왜 물어보시는데요?"

"그러면 이제 하려는 얘기가 어떻게든 나올 테니까요. 양심의 가책을 덜 느끼는 거죠, 적어도."

프랑신은 담배를 조심스럽게 비벼 껐다. 에리카는 긴장 섞인 기대감에 숨을 죽였지만, 프랑신은 세 번째 담배에 불을 붙이면서 시간을 끌었다. 에리카는 여인의 손가락에 흡연자 특유의 노란 변색 자국이 없는 것을 보고, 프랑신이 평소에는 이렇게 줄담배를 피우지 않으리라고 짐작했다.

"알렉스가 지난 6개월 동안 피엘바카에 유난히 자주 갔다는 사실을 아시겠죠?"

"네, 작은 마을에선 소문이 빨리 퍼지니까요. 사람들이 수군대는 이야기로는, 알렉스가 대개 주말마다 피엘바카에 있었다더군요. 혼자서."

"정확히 말하면 혼자는 아니었어요."

프랑신은 또다시 망설였다. 에리카는 테이블 너머로 몸을 기울여 여인을 붙잡고 흔들면서 뭐가 됐든 빨리 말하라고 재촉하고 싶은 충동을 억눌러야 했다. 이야기를 듣고 싶어 미칠 지경이었다.

"알렉스는 거기서 어떤 사람을 만났어요. 남자였죠. 음, 알렉스가 바람 피운 건 처음이 아니었지만, 이번엔 다르다고 느꼈어요. 오랫동안 친구 사이로 지냈지만, 그렇게 만족해하는 알렉스를 본 건 처음이었거든요. 그래서 전 알렉스가 스스로 목숨을 끊었을 리 없다는 걸 알아요. 알렉스는 살해당한 게 틀림없어요. 의심할 여지도 없죠."

"어떻게 그렇게 장담하시죠? 헨리크조차 알렉스가 자살했는지 확언하지 않았는데요."

"왜냐면 알렉스가 임신했기 때문이에요."

프랑신의 대답은 에리카의 허를 찔렀다.

"헨리크가 그 사실을 아나요?"

"모르겠어요. 어쨌든 그의 아이는 아니었죠. 앙리와 알렉스는 오랫동안 잠자리를 함께하지 않았거든요. 그리고 잠자리를 함께했다고 해도, 알렉스는 헨리크의 아이를 임신하려고 하지 않았어요. 그가 아무리 애원해도요. 아뇨, 아이의 아버지는 분명 알렉스의 새로운 남자였을 거예요. 누가 됐든."

"그 남자가 누군지는 얘기하지 않았나요?"

"안 했어요. 지금쯤 알아차렸을 테지만, 알렉스는 무척 비밀스러운 사람이었어요. 아이 얘길 듣고 충격을 받은 건 인정하지만, 그래서 알렉스가 자살하지 않았다고 절대적으로 확신하는 거예요. 알렉스는 말 그대로 행복에 가득 차 있어서 임신 소식을 비밀로 할 수가 없었어요. 그녀는 아기를 사랑했고 아기에게 해가 될 일은 절대 하지 않았을 거예요. 더군다나 아기의 목숨을 빼앗는 일은요. 전 처음으로 삶에 열정을 품은 알렉산드라를 봤어요. 그렇게 변한 그녀를 아주 좋아하게 됐을 텐데."

프랑신의 목소리에 슬픔이 묻어났다.

"있죠, 알렉스가 과거를 정리하려고 한다는 생각도 들었어요. 어쩔 생각이었는지는 정확히 모르지만, 알렉스가 드문드문 했던 이야기에서 그런 인상을 받았죠."

갤러리 문이 열리고 어떤 사람이 현관 매트에서 신발에 묻은 눈을 터는 소리가 들렸다. 프랑신이 일어섰다.

"아마 손님일 거예요. 가 봐야겠네요. 제가 도움이 좀 됐길 바라요."

"아, 물론이에요. 두 분이 무척 솔직하게 말씀해 주셔서 얼마나 고마운지 몰라요. 도움이 아주 많이 됐습니다."

프랑신은 손님에게 곧 가겠다고 말한 다음, 에리카를 문까지 배웅했다. 두 사람은 파란 바탕에 하얀 정사각형이 하나 그려져 있는 거대한 캔버스 앞에서 걸음을 멈추고 악수했다.

"그냥 궁금해서 여쭤 보는 건데, 이런 그림은 얼마나 하나요? 5,000크로나? 1만 크로나?"

프랑신이 미소 지으며 말했다.

"5만 크로나 이상이에요."

에리카는 낮게 휘파람을 불었다.

"자, 보셨죠? 미술과 고급 와인. 제게 풀리지 않는 수수께끼로 남아 있는 두 분이랍니다."

"전 쇼핑 목록을 제대로 적어 본 적이 없어요. 각자 전문 분야가 있는 법이죠."

그들은 웃음을 터뜨렸다. 에리카는 채 마르지 않아 축축한 코트를 더 꽉 여민 뒤 비가 내리는 바깥으로 나갔다.

❄

비 때문에 눈이 질퍽해지자, 에리카는 만일의 경우를 대비해서 제한 속도보다 약간 느리게 운전했다. 실수로 들어가게 된 히싱엔에서 빠져나오느라 거의 30분을 허비한 그녀는 이제 우데발라로 향했다. 배에서 꼬르륵 소리가 나자 그제야 하루 종일 아무것도 먹지 않았다는 사실이 생각났다. 에리카는 우데발라 북쪽의 토르프 쇼핑센터에서 E6로 빠진 뒤 맥도날드로 차를 몰았다. 그녀는 주차장에 차를 세운 채 치즈버거를 게걸스럽게 먹어 치우고 나서 곧 고속도로로 들어섰다. 그녀의 머릿속은 내내 헨리크와 프랑신과 나눈 대화로 가득 차 있었다. 에리카는 두 사람의 이야기를 바탕으로 주변에 방어벽을 높게 쌓아 올린 여인의 이미지를 그릴 수 있었다.

가장 궁금한 것은 알렉스의 아기 아빠가 누구일까 하는 점이었다. 프랑신은 헨리크의 아기가 아니라고 생각했지만, 다른 사람들의 침실에서 무슨 일이 일어나는지는 아무도 확신하지 못하는 법이므로, 에리카는 헨리크가 아기 아빠일 가능성이 여전히 있다고 생각했다. 아니라면, 문제는 아기 아빠가 프랑신이 귀띔했던 대로 알렉스가 주말마다 피엘바카에서 만난 남자인가, 예테보리에서 바람을 피운 상대인가 하는 점이었다.

에리카는 알렉스의 인생이 다른 시대에 살았던 누군가의 인생과 비슷하다는 인상을 받았다. 알렉스는 마음 내키는 대로 행동하면서, 그것이 가까운 사람들, 특히 헨리크에게 어떤 영향을 미칠지 걱정하지 않았다. 프랑신으로서는 그런 점을 감수하면서 결혼 생활을 유지하는 헨리크를 이해하기가 힘들었으리라. 그래서 헨리크를 경멸하는 것일 테고. 그러나 에리카는 어떻게 그런 일들이 벌어지는지 너무나도 잘 알고 있었다. 안나와 루카스의 결혼 생활을 오랫동안 지켜봤기 때문에.

안나가 스스로 상황을 바꾸지 못하는 것이 슬픈 이유는, 무엇보다도 에리카 자신이 부분적으로 안나의 자존감 결핍을 초래했을지도 모른다는 생각을 떨쳐 버릴 수 없었기 때문이다. 안나가 태어났을 때 에리카는 다섯 살이었다. 그녀는 어린 안나를 처음 본 순간부터 자신이 견뎌 온 눈에 보이지 않는 상처 같은 현실에서 여동생을 보호하고자 노력했다. 안나는 딸을 사랑하지 않는 엄마 때문에 외로워하거나 버림받았다고 느껴서는 안 되었다. 에리카는 엄마 대신 안나를 수없이 안아 주고 애정 어린 말을 건넸다. 그녀는 엄마가 자식을 걱정하듯 어린 여동생을 돌봤다.

안나는 사랑하기 쉬운 아이였다. 삶의 슬픈 면을 전혀 몰랐고 매 순간을 있는 그대로 받아들였다. 나이보다 성숙하고 종종 심란해하던 에리카는 삶의 순간순간을 사랑하는 여동생의 넘치는 활기에 매혹되었다. 동생은 언니의 걱정을 대수롭지 않게 받아넘겼고, 무릎에 가만히 앉아 있거나 오랫동안 안겨 있지 못했다. 안나는 좋아하는 일이라면 무엇이든 하는 무모한 10대이자, 침착하며 자기중심적인 여자아이로 자랐다. 에리카는 정신이 맑을 때, 자기가 안나를 지나치게 보호해서 응석받이로 만들었을지도 모른다고 스스로 인정했다. 그러나 그녀는 단지 자신이 받지 못한 것을 여동생에게 주려고 한 것뿐이었다.

루카스와 만난 안나는 쉬운 먹잇감이 되었다. 안나는 그의 매력적인 겉모습에 반했지만 그 아래 숨겨진 본모습을 보지 못했다. 루카스는 안나의 허영심을 자극해서 천천히, 아주 천천히 삶의 기쁨과 자신감을 빼앗아갔다. 이제 새장 안의 예쁜 새처럼 외스테르말름에 둥지를 튼 안나에게는 자신의 실수를 깨달을 힘도 없었다. 에리카는 매일 안나가 스스로 손을 내밀어 도움을 청하길 바랐다. 그날이 올 때까지는 만반의 준비를 하고 기다리는 수밖에 없었다. 에리카에게는 남자 운이 없었다. 어그러진 관계와 약속이 한두 개가 아니었는데, 관계를 끊고 약속을 저버린 장본인은 보통 그녀였다. 어떤 관계든 특정한 시점에 다다르면 왠지 모르게 견딜 수가 없었다. 너무 두려워서 숨 쉬기도 힘들었다. 그녀는 전부 정리하고 뒤도 돌아보지 않은 채 떠나야 했다. 그러나 에리카는 역설적이게도, 자신이 아이를 낳아 가정을 꾸리길 간절히 바랐다는 사실을 기억했다. 세월은 무심히 지나갔고, 이제 그녀는 서른다섯 살이었다.

젠장. 하루 종일 루카스 생각을 겨우 억누르고 있었건만, 이제 그가 또다시 짜증을 돋우고 있었다. 에리카는 자신이 실제로 얼마나 무력한 처지에 있는지 알아야 했다. 그러나 지금은 그 문제와 씨름하기엔 정말이지 너무나도 피곤했다. 그 일은 내일로 미뤄야 하리라. 지금부터 오늘이 끝날 때까지는 루카스나 알렉산드라 비크네르를 생각하지 말고 푹 쉬어야만 했다.

에리카는 휴대전화의 단축번호를 눌렀다.

"응, 나 에리카야. 오늘 밤에 둘 다 집에 있어? 잠깐 들를까 하는데."

단은 애정 어린 웃음소리를 냈다.

"집에 있냐고? 오늘이 무슨 날인지 몰라?"

수화기 저편에서 흐르는 침묵이 심상치 않았다. 에리카는 열심히 생각했지만 오늘 밤이 왜 특별한지 기억해 낼 수가 없었다. 공휴일도 아니고 아무개의 생일도 아니었다. 단과 페르닐라는 여름에 결혼했으니 두 사람의 결혼기념일도 아니었다.

"몰라. 정말 모르겠어. 뭔데?"

단이 한숨을 깊이 내쉬자, 비로소 에리카는 그 중요한 일이 스포츠와 연관되어 있다는 사실을 알아차렸다. 단은 스포츠광이었고, 그 때문에 가끔씩 아내와 말다툼을 했다. 에리카는 단의 집에 놀러 가서 의미 없는 스포츠 경기를 시청하느라 저녁 시간을 보내야 할 때면, 자기 나름의 방식으로 앙갚음했다. 그녀는 단이 듀르고르텐 하키 팀의 광팬이라는 이유로, AIK의 광팬인 척했다. 사실 에리카는 스포츠, 특히 하키에 전혀 관심이 없었고, 단은 그 점에 더 짜증을 내는 듯했다. 그러나 AIK가 졌을 때 에리카가 상관하지 않는 것처럼 단이 약 올라서 어쩔 줄 모르는 경우는 없었다.

"스웨덴이 벨로루시와 경기하는 날이잖아!"

단은 에리카가 이해하지 못했다는 것을 알아차리고 또 한 번 한숨을 내쉬었다.

"올림픽 경기 말이야, 에리카. 올림픽. 그런 경기가 있는지도 몰랐어?"

"아, 하키 경기 말이지? 물론 알지. 그거 말고 뭔가 특별한 일이 있다고 하는 줄 알았어."

에리카는 오늘 밤에 경기가 있는지 몰랐다는 사실을 분명하게 드러내는 과장된 말투로 말했다. 단이 그런 모독에 말 그대로 머리카락을 쥐어뜯을 것이라고 생각하니 웃음이 나왔다. 스포츠는 단에게 농담거리가 아니었다.

"내가 그리로 갈게. 같이 경기 보면서 살밍이 러시아 수비 무너뜨리는 걸 확인해야지."

"살밍이라고! 살밍이 은퇴한 지 오래된 거 몰라? 너 지금 나 놀리는 거지? 그렇다고 말해."

"맞아, 단. 놀린 거야. 나 그렇게 멍청하진 않아. 거기 가서 순딘을 확인할게. 그게 더 마음에 든다면 말이지. 그나저나 순딘은 무지하게 귀여운 남자야."

단은 다시 한 번 한숨을 깊이 내쉬었다. 이번에는 그녀가 무엄하게도 하키계 거물의 실력이 아닌 외모 이야기를 했기 때문이다.

"좋아, 오라고. 그렇지만 지난번처럼 그러면 안 돼! 경기 보는 동안 재잘거려서도 안 되고, 정강이 보호대를 찬 선수들 모습이 얼마나 섹시한지 말해서도 안 되고, 무엇보다도 선수들이 국부 보호대를 찼는지, 또 그 위에 팬티를 입었는지 물어도 안 돼. 알았지?"

에리카는 웃음을 참고 진지하게 대답했다.

"걸스카우트의 명예를 걸고 맹세할게, 단."

단이 투덜거렸다.

"걸스카우트였던 적도 없으면서."

"응, 없지."

에리카는 휴대전화의 종료 버튼을 눌렀다.

❄

단과 페르닐라는 지은 지 상대적으로 얼마 되지 않은 팔켈리덴 연립주

택단지 중 한 곳에 살았다. 라베쿨렌 언덕을 따라 올라가는 집들은 일렬로 늘어서 있었고, 너무 똑같아서 어느 집이 어느 집인지 구별하기가 거의 불가능했다. 이 지역은 아이들이 있는 가족에게 인기가 있었다. 바다에 근접한 이웃 동네와 달리 바다가 보이지 않아서 집값이 아찔할 정도로 오르지 않았기 때문이다.

그날 저녁은 산책하기엔 너무 추웠는데, 적당히 모래를 뿌려 놓은 미끄러운 얼음 언덕을 억지로 올라가려 하니 차가 격렬하게 항의했다. 그녀는 단과 페르닐라의 집 앞 도로로 들어서자 안도의 한숨을 깊게 내쉬었다.

에리카가 초인종을 울리자마자 집 안에서 자그마한 발들이 떠들썩하게 콩콩거리는 소리가 들려왔고, 잠시 후 파자마 차림의 소녀, 단과 페르닐라의 막내 딸 리센이 현관문을 열었다. 리센이 에리카를 위해 문을 열어준 것이 불공평하다고 생각한 둘째 딸 말린은 분노에 차서, 엄마가 부엌에서 엄한 목소리로 경고할 때까지 리센과 아옹다옹했다. 맏이인 벨리나는 열세 살이었는데, 에리카는 차를 몰고 광장을 지나갈 때 아케의 핫도그 가게 옆에서 모터 자전거를 탄 애송이 몇 명에게 둘러싸여 있는 것을 본 적이 있었다. 단과 페르닐라는 분명 벨리나 때문에 바빠지게 될 터였다.

에리카와 차례로 포옹한 두 소녀가 나타났던 것만큼이나 빠르게 사라지자, 에리카는 평화롭고 조용한 가운데 코트를 걸었다.

페르닐라는 저녁상을 차리느라 부엌에 있었는데, 뺨은 장밋빛이었고 '요리사에게 키스를(Kiss the Cook)'이라는 글자가 커다랗게 박힌 앞치마를 두르고 있었다. 그녀는 저녁 준비에 한창인 듯, 에리카에게 건성으로 손만 흔들고 김이 올라오는 냄비와 지글거리는 프라이팬으로 주의를 돌렸다. 에리카는 단이 있을 거실로 향했다. 그는 유리로 만든 커피 테이블에 발을 올려놓고 리모컨을 오른손으로 꽉 쥔 채 소파에 편히 앉아 있었다.

"여! 마누라는 부엌에서 이마에 땀을 흘리며 일하고 있는데 돼지 같은 남성 우월주의자는 널브러져 있구먼."

"어이, 에리카! 음, 누가 이 집의 주인인지 보여 주고 철권을 휘두르기만 하면 대부분의 여자를 고분고분하게 만들 수 있지."

말과 달리 그의 미소는 따뜻했다. 칼손 가의 주인 노릇을 하는 사람이 누구건, 단은 확실히 아니었다.

에리카는 단을 살짝 끌어안고 나서 검은색 가죽 소파 위에 자리를 잡았다. 그녀도 커피 테이블 위에 발을 올려놓았다. 집에 온 것처럼 아주 편안했다. 단과 함께 아늑한 침묵 속에서 4번 채널 뉴스를 보던 에리카는 처음은 아니었지만, 자신과 단이 결혼해서 이렇게 살 수 있었을지 궁금해졌다.

단은 에리카의 위대한 첫사랑이자 남자친구였다. 그들은 고등학교를 졸업할 때까지 함께했고 3년간은 떼려야 뗄 수 없는 사이였다. 그러나 두 사람은 각자 원하는 바가 달랐다. 단은 피엘바카에 남아서 할아버지와 아버지처럼 어부로 일하길 바랐지만, 에리카는 이 작은 마을을 한시라도 빨리 떠나고 싶어 몸살이 날 지경이었다. 그녀는 피엘바카에 있으면 숨통이 죄이는 것 같았다. 그녀의 미래는 어딘가 다른 곳에 있었으니까.

단은 피엘바카로 돌아갔고 에리카는 예테보리에서 대학을 다녔지만, 두 사람은 한동안 함께하려고 노력했다. 그러나 그들의 삶은 완전히 다른 방향으로 흘러갔다. 고통스럽게 이별한 단과 에리카가 천천히 쌓은 우정은 거의 15년이 지난 지금도 끈끈했다.

페르닐라가 따뜻한 위로의 포옹처럼 단의 인생에 들어온 것은 그가 에리카와 미래를 함께할 수 없다는 생각에 익숙해지려고 노력할 때였다. 페르닐라는 가장 필요할 때 단의 곁에 있었고, 에리카가 남긴 공허함을 부분적으로 채워 주는 방식으로 그를 사랑했다. 단이 다른 사람과 함께하는 모습을 보는 것은 고통스러웠지만, 에리카는 그것이 언젠가는 일어날 일이라는 점을 차츰 깨달았다. 삶은 계속되는 법이니까.

단과 페르닐라는 세 딸을 두었고, 에리카는 단이 가끔씩 불안한 모습을 보이긴 하지만 지난 세월 동안 두 사람이 따뜻한 애정을 나누었다고 생각했다.

처음에는 에리카와 단이 우정을 지속하는 데 애로가 약간 있었다. 페르닐라가 에리카를 의심하면서 질투 어린 눈으로 단을 지켜보았기 때문이다. 에리카는 페르닐라에게 자신이 단을 노리지 않는다는 점을 천천히, 그러나 확실하게 납득시켰고, 둘은 가장 친한 친구가 되지는 못했지만 편안하고 다정한 사이가 되었다. 세 딸이 에리카를 아주 좋아했기 때문이다. 에리카는 심지어 리셴의 대모가 되기도 했다.

"저녁 다 됐어요."

널브러져 있던 단과 에리카는 자리에서 일어나 부엌으로 갔다. 식탁 위에 김이 모락모락 나는 전골 요리가 놓여 있었다. 두 자리밖에 준비돼 있지 않자, 단이 눈썹을 우스꽝스럽게 치켜세웠다.

"난 애들이랑 먹었어요. 애들 재우고 올 동안 식사해요."

에리카는 페르닐라가 자기 때문에 수고했다는 사실에 죄책감을 느꼈지만, 단은 어깨를 으쓱하고 태연한 모습으로 자기 몫의 요리 ― 나중에 알고 보니 국물이 진한 생선 스튜 ― 를 게걸스럽게 먹기 시작했다.

"그런데 넌 어떻게 지냈어? 몇 주 동안 못 봤잖아."

힐난하기보다는 걱정하는 말투였지만, 에리카는 최근 들어 제대로 연락하지 못한 것 때문에 양심의 가책을 느꼈다. 생각할 일이 너무나도 많았다.

"글쎄, 점점 나아지고 있어. 근데 집 때문에 한바탕 싸우게 될 것 같아."
에리카가 말했다.

"무슨 소리야?"

단이 놀라서 고개를 들었다.

"너랑 안나 둘 다 그 집을 좋아하잖아. 합의할 수 있을 거야."

"물론 그렇겠지. 그렇지만 루카스도 개입돼 있다는 걸 잊었구나. 그 인간은 돈 냄새를 맡고 좋은 기회를 놓치지 않으려고 할 거야. 전에도 안나 얘기에 귀 기울인 적이 없는데, 이번이라고 다르겠어?"

"제기랄. 그 자식, 야밤에 손 좀 봐 주고 나면 그렇게 건방지게 굴지 못할 텐데."

단은 주먹으로 테이블을 쿵쿵 두드렸고 에리카는 그가 마음만 먹으면 루카스에게 정말로 한 방 먹일 수 있다는 사실을 한순간도 의심하지 않았다. 단의 몸은 10대에도 무척 건장했는데, 고기잡이배를 타고 중노동을 하면서 근육이 발달해 더 울룩불룩해졌다. 그러나 거친 이미지와는 달리 그의 눈빛은 부드러웠다. 에리카가 아는 한, 단은 살아 숨 쉬는 그 어떤 동물도 때린 적이 없었다.

"아직은 많은 얘길 하고 싶지 않아. 상황이 어떻게 될지 정말 모르겠거든. 내일 변호사인 마리안네한테 전화해서 집을 팔지 못하게 할 수 있는지 알아보려고. 그렇지만 오늘 밤엔 생각하지 않을 거야. 게다가 지난 며칠 동안 많은 일을 겪고 나니까 집 문제를 생각하는 게 좀 시시해 보여."

"그래, 얘기 들었어." 단이 잠시 말을 멈췄다.

"그렇게 죽은 사람을 발견하니까 기분이 어떻디?"

에리카는 무슨 말을 해야 할지 곰곰이 생각했다.

"슬프기도 하고 끔찍하기도 했어. 다시는 그런 일을 겪지 않았으면 좋겠어."

그녀는 그에게 자신이 쓰고 있는 기사와 알렉산드라의 남편과 동료를 상대로 나눈 대화 이야기를 했다. 단은 조용히 경청했다.

"내가 이해할 수 없는 점은 알렉스가 왜 자기 인생에서 그렇게 중요한 사람들을 내쳤느냐는 거야. 네가 알렉스 남편을 봤어야 해. 그 사람, 정말로 알렉스를 사랑했더라고. 대부분의 사람들이 그렇겠지, 아마도. 겉으로는 미소 짓고 행복해 보이지만 실은 세상의 모든 걱정거리와 문제를 끌어안고 허덕이는 거야."

단이 갑자기 끼어들었다.

"에리카, 이제 3초 후면 경기가 시작될 거야. 난 네 사이비 철학 해설을 듣기보단 아이스하키 경기를 보고 싶은데."

"걱정 붙들어 매셔. 경기가 지루할 경우를 대비해서 책도 한 권 가져왔지."

당황한 표정으로 에리카를 바라보던 단은 그녀의 눈이 짓궂게 빛나고 있다는 사실을 알아차렸다.

그들은 시합 개시에 딱 맞춰서 거실로 돌아왔다.

❄

마리안네는 첫 신호음에 전화를 받았다.

"마리안네 스반입니다."

"안녕, 나 에리카야."

"안녕, 이게 얼마 만이야. 전화해 줘서 고마워. 어떻게 지내? 네 생각 많이 했는데."

다시 한 번 에리카는 최근 들어 친구들에게 신경 쓰지 못했다는 생각이 들었다. 친구들이 자신을 걱정한다는 건 알았지만, 지난달에는 안나와도 거의 연락하지 못했다. 그러나 친구들은 이해하리라.

마리안네는 대학 시절부터 좋은 친구였다. 그들은 문학을 전공했지만, 거의 4년이 지난 뒤 마리안네는 사서가 되는 것은 자신의 사명이 아니라는 사실을 깨닫고 법학과로 전과했다. 마리안네의 결정은 좋은 결과로 이어져서, 그녀는 현재 예테보리에서 가장 규모가 크고 평판이 좋은 법률 회사의 최연소 파트너로 일하는 중이었다.

"음, 그럭저럭 잘 지내. 조금씩 제자리를 찾아가고 있는데, 아직도 처리할 일이 많네."

마리안네는 잡담을 하는 유형이 아니었고, 에리카가 단순히 수다나 떨자고 전화한 것이 아님을 정확한 직감으로 알 수 있었다.

"그래, 내가 뭘 해 줄 수 있을까, 에리카? 목소리 들으니까 뭔가 마음에 걸리는 게 있나 본데, 어디 얘기 좀 들어 보자."

"오랫동안 연락 한 번 안 하다가 이제 와서 네 도움이 필요하다고 전화하는 게 참 부끄럽다."

"바보 같은 소리 하지 마. 어떻게 도와줄까? 재산 문제야?"

"응, 그렇다고 할 수 있어."

에리카는 아침에 배달 온 편지 때문에 안절부절못한 채 부엌 테이블에 앉아 있었다.

"안나, 아니 루카스라고 해야겠다. 그가 피엘바카 집을 팔고 싶어 해."

"그게 무슨 소리야?"

마리안네가 평소의 침착함을 잃고 폭발했다.

"도대체 자기가 뭐라고 생각하는 거야? 네가 그 집을 얼마나 좋아하
는데!"

속에서 뭔가가 갑자기 뚝 끊어지는 것을 느낀 에리카는 눈물을 왈칵 쏟
았다. 마리안네는 곧 흥분을 가라앉히고 에리카를 위로했다.

"그래, 정말 어떻게 지내는 거야? 내가 갈까? 오늘 밤이면 도착할 수
있어."

눈물이 폭포수처럼 쏟아졌지만, 몇 분 동안 울고 나니 눈가를 훔칠 수
있을 정도로 진정이 되었다.

"정말 고마운 얘긴데, 나 괜찮아. 정말로. 요새 너무 힘들어서 그래.
엄마, 아빠 물건을 정리하는 일도 마음이 아팠는데, 이젠 책 쓰는 일도 늦
어져서 편집자가 날 쪼고 있지, 거기다 집 문제까지……. 그리고 마무리
로 지난 금요일에는 어린 시절 가장 친했던 친구가 죽어 있는 걸 발견했
지 뭐야."

이번에는 웃음이 터지려고 했다. 에리카는 눈물이 그렁그렁한 채로 히
스테리를 일으킨 사람처럼 웃기 시작했다.

"너 '죽어 있다'고 했니? 아니면 내가 잘못 들은 거니?"

"안타깝게도 제대로 들은 거야. 미안해, 내 웃음소리 끔찍했지. 그냥 너
무 힘들었어. 그 앤 내가 어릴 때 가장 친하게 지낸 친구였거든, 알렉산드
라 비크네르라고. 걔가 피엘바카 고향 집 욕조에서 자살했어. 아마 너도

걜 알 거야. 걔랑 걔 남편 헨리크 비크네르랑 예테보리 최상류층에 편입한 것 같던데. 너 요새 그런 사람들이랑 어울리잖아, 그치?"

에리카는 미소 지었다. 마리안네도 수화기 건너편에서 함께 미소 짓고 있으리라. 대학 시절에 마리안네는 예테보리의 마요르나 지구에 살면서 노동자 계층의 권리를 위해 싸웠다. 그러나 고상하고 오래된 법률 회사에서 상대하는 계층의 사람들에게 맞추려면 완전히 다른 문제들을 생각하는 수밖에 없었다. 이제 마리안네는 목에 리본이 달린 블라우스와 세련된 정장을 차려입고, 외리뤼테에서 열리는 중요한 칵테일파티에 참석했다. 그러나 에리카는 그런 것들이 마리안네의 반항적인 기질을 감추는 얄팍한 겉치장에 지나지 않는다는 사실을 알고 있었다.

"헨리크 비크네르라. 알다마다. 그 남자랑 나랑 같이 아는 사람들도 있는걸. 그렇지만 그를 직접 만나 볼 기회는 없었지. 무자비한 사업가라고들 하더라. 아침 먹기 전에 직원 백 명을 해고하고도 입맛을 잃지 않는 유형이라고. 그 남자 아내는 부티크를 운영했다지, 아마?"

"갤러리야. 추상화 전문."

에리카는 마리안네의 말에 충격을 받았다. 스스로 사람 보는 눈이 있다고 생각한 데다, 자기 눈에 비친 헨리크는 무자비한 사업가 이미지와는 거리가 멀었기 때문이다.

그녀는 알렉스에 관한 이야기를 그만두고, 전화한 진짜 이유를 설명하기 시작했다.

"오늘 편지를 한 통 받았어. 루카스의 변호사한테서 온 거야. 부모님 집을 파는 문제로 금요일에 스톡홀름에서 모일 건데 나더러 오라고 하더라. 근데 나 법에 관해서는 정말 아무것도 모르잖아. 내 권리가 뭐야? 나한테 권리가 있기는 해? 루카스가 정말 집을 팔 수 있는 거야?"

에리카는 아랫입술이 다시 떨리기 시작하자 흥분을 가라앉히려고 숨을 깊게 들이마셨다. 부엌 창문 바깥의 만에서는 지난 이틀 동안 내린 비가 영하의 밤 기온에 얼어붙어 반짝반짝 빛나고 있었다. 참새 한 마리가 창턱에 내려앉는 모습을 보자 새들에게 줄 지방 덩어리를 사기로 한 것이 생각났다. 참새는 호기심이 가득한 표정으로 고개를 갸웃하고는 창문을 가볍게 콕콕 쪼았다. 그러다가 그녀가 먹을 것을 내주지 않으리라는 확신이 들었는지 포르르 날아가 버렸다.

"너도 알다시피 난 세금 전문이지 가족 권리 전문이 아니라 바로 대답해 줄 수 없어. 이렇게 하자. 내가 사무실에 있는 전문가들한테 물어보고 이따가 전화할게. 넌 혼자가 아니야, 에리카. 우리가 도와줄게. 정말이야."

마리안네의 자신만만한 확언을 들으니 기분이 좋았고, 전화를 끊을 때는 실제로 알게 된 것이 하나도 없었는데도 삶이 한결 밝아진 듯했다.

거의 동시에 불안이 밀려왔다. 에리카는 억지로 전기를 쓰기 시작했지만, 진도가 잘 나가지 않았다. 책을 완성하려면 아직도 절반 이상이나 남았는데, 편집자들은 초고를 받지 못해서 점점 조바심을 냈다. 그녀는 거의 두 페이지 분량의 글을 쓰고 죽 읽어 본 다음, 엉망진창이라고 생각하며 몇 시간 동안 일한 흔적을 재빨리 지웠다. 전기를 쓰면 기운만 빠졌다. 일하는 즐거움은 오래전에 사라져 버렸다. 에리카는 전기 대신 알렉산드라 추모 기사를 완성해서 「보후슬레닝엔」 신문사 주소가 적힌 봉투에 넣었다. 이제 어젯밤 스웨덴이 대패한 뒤 거의 치명적인 마음의 상처를 입은 단에게 전화를 걸어 조금 놀려 줄 차례였다.

꽃

멜베리 서장은 불룩한 배를 만족스럽게 두드리며 낮잠을 잘까 말까 고민했다. 그는 여전히 할 일이 거의 없다는 사실을 대수롭지 않게 여겼다.

그는 잠깐 졸면서 배부르게 먹은 점심을 평화롭고 고요하게 소화시키는 것이 좋겠다고 결정했다. 그러나 눈을 막 감기도 전에 용건이 있다고 알리는 비서 안니카 얀손의 단호한 노크 소리가 들려왔다.

"뭐야? 나 바쁜 거 안 보여?"

그는 바쁜 것처럼 보이려고 책상 위에 쌓여 있는 서류를 괜히 뒤적거리다가, 되레 커피 컵만 뒤집어엎고 말았다. 쏟아진 커피가 서류뭉치 쪽으로 흐르자 그는 가장 가까이 있는 것을 되는 대로 움켜쥐고 책상을 닦았는데, 알고 보니 바지 속으로 넣어 입는 일이 거의 없는 자신의 셔츠 자락이었다.

"빌어먹을, 난 이 망할 경찰서의 서장이야! 자넨 상관에게 약간의 존경심을 표시하는 뜻에서 안으로 쳐들어오기 전에 노크하라는 것도 안 배웠나?"

그녀는 바로 그렇게 했다는 사실을 지적하고 싶지 않았다. 나이 들고 경험이 쌓이면서 생긴 지혜를 발휘하여, 그의 발광이 끝날 때까지 침착하게 기다렸다.

"할 말이 있겠지."

멜베리가 끓어오르는 화를 억누르며 말했다. 안니카는 차분한 목소리로 대답했다.

"예테보리 법의학 팀에서 서장님을 찾습니다. 정확히는 법의학 병리학자 토르드 페데르센 박사님이요. 이 번호로 전화하시면 됩니다."

그녀는 전화번호가 인쇄된 종이를 내밀었다.

"무슨 용건인지 얘기하던가?"

호기심으로 뱃속이 다 울렁거렸다. 이 두메산골에서는 법의학 팀의 연락을 받는 일이 그리 많지 않았다. 영감을 받은 어떤 경찰이 그냥 한번 전화해 봤을 가능성도 있었다.

멜베리는 건성으로 손을 흔들어 안니카를 내보내고 귀와 어깨 사이에 수화기를 끼운 다음, 열심히 다이얼을 돌렸다.

안니카는 신속하게 서장실에서 물러나와 등 뒤로 문을 쾅 닫았다. 그녀는 자기 책상에 앉아서 전에도 몇 번이나 그랬듯, 멜베리를 타눔스헤데의 조그만 경찰서로 보낸 윗선을 욕했다. 경찰서에서 떠도는 소문으로는, 그가 예테보리 서에서 자기 소관의 난민들을 학대하는 바람에 달갑지 않은 존재가 되었다고 했다. 멜베리가 저지른 잘못은 그 외에도 많았지만, 그건은 최악이었다. 그의 상관은 마침내 진절머리를 냈다. 내사로는 아무것도 증명할 수 없었지만, 멜베리가 또 무슨 짓을 했는지 모른다고 걱정한 상관은 그를 즉각 타눔스헤데 경찰서장으로 보내 버렸다. 멜베리는 대부분 법을 잘 지키는 1만 2,000명의 타눔스헤데 시민 한 사람 한 사람을 볼 때마다, 자신이 좌천당했다는 사실을 떠올렸다. 예테보리 서의 전 상관은 멜베리가 타눔스헤데에서는 나쁜 짓을 그다지 많이 하지 못하리라고 생각했다. 지금까지는 그의 판단이 옳았다. 그러나 멜베리는 착한 일도 그다지 많이 하지 않았다.

이전에 안니카는 일을 잘 해냈지만, 멜베리가 상관이 된 지금은 지나간 이야기가 되어 버렸다. 그는 끊임없이 무례하게 구는 데서 그치지 않고, 자신이 여자들에게 내린 신의 선물이라고 착각했다. 안니카는 그런 공격적인 무례함의 가장 직접적인 피해자였다. 비열한 아부, 엉덩이 꼬집기, 상스러운 말은 그녀가 요즘 직장에서 참아내야 하는 것들의 일부에 지나지 않았다. 그러나 그녀가 생각하는 멜베리의 가장 혐오스러운 점은 바로 대머리를 감추기 위해 올려 빗은 머리카락이었다. 그는 그나마 남아 있는 머리카락을 길러서—부하직원들은 그의 머리카락이 얼마나 긴지 그저 추측만 할 수 있을 따름이었다—정수리 부근에 둥글게 감았는데, 그 모양이 꼭 버려진 까마귀 둥지 같았다.

안니카는 그 머리카락을 올려 빗지 않으면 어떻게 보일지 생각하다가 몸서리를 쳤다. 그녀는 그 꼴을 보지 않아도 되리라는 점에 감사했다.

그녀는 법의학 팀에서 원하는 것이 무엇일지 궁금했다. 뭐, 머지않아 알게 되겠지만. 타눔스헤데 경찰서는 워낙 작아서 흥미로운 정보가 뜨면 으레 한 시간도 지나지 않아 다 퍼졌다.

❆

베르틸 멜베리는 신호음이 울리는 동안 안니카가 사무실에서 나가는 모습을 지켜보았다.

끝내주게 예쁜 여자였다. 탄탄하고 늘씬하지만 나올 데는 다 나온 몸매. 기다란 금발, 탱탱한 유방, 풍만한 엉덩이. 그런 몸으로 만날 긴 치마와 헐렁한 블라우스만 입다니 유감스럽기 짝이 없었다. 좀 더 붙는 옷이 어울린다고 지적해 줘야겠다. 상관에겐 부하 직원의 옷차림에 관해 이야기할 권리가 있으니까. 서른일곱 살. 그는 안니카의 인사 기록을 확인해서 알고 있었다. 자기보다 스물 몇 살 정도 어렸고, 딱 그의 취향이었다. 늙은 여자들은 다른 놈들이나 상대하라지. 그는 젊은 여자들을 거느릴 자격이 충분한 남자였다. 원숙하고 노련한 데다 당당하고 매력적인 풍채를 자랑하지 않는가. 세월이 흐르면서 머리숱이 좀 적어졌다는 사실을 알아차릴 사람은 아무도 없을 터였다. 멜베리는 손으로 머리 위를 조심스럽게 만졌다. 좋아. 머리카락은 제자리에 잘 있었다.

"토르드 페데르센입니다."

"예, 안녕하십니까. 타눔스헤데 경찰서의 베르틸 멜베리 서장입니다. 절 찾으셨다고요?"

"네, 맞습니다. 그쪽에서 넘긴 시신에 관한 겁니다. 알렉산드라 비크네르라는 이름의 여잔데, 자살한 것처럼 보였죠."

"네?" 멜베리의 흥미는 한껏 고조되었다.

"어제 사체를 부검했는데 확실히 자살이 아니라는 사실을 입증했습니다. 그 여자는 살해당했어요."

"염병할!"

멜베리가 흥분해서 커피 컵을 또 뒤엎자 그나마 얼마 남아 있지 않던 커피가 책상 위로 흘러나왔다. 또다시 걸레 노릇을 하게 된 셔츠자락에 새로운 얼룩이 생겼다.

"그걸 어떻게 아십니까? 제 말씀은, 무슨 근거로 살인이라고 하시는 겁니까?"

"부검 보고서를 팩스로 보내드릴 수는 있습니다만, 거기서 건질 만한 게 있을진 모르겠습니다. 그렇지만 가장 중요한 점들을 요약해서 말씀드리죠. 잠시만요, 안경 좀 쓰겠습니다."

페데르센이 말했다. 멜베리는 수화기 건너편에서 보고서를 스캔할 때 나는 윙윙 소리를 들었다. 그는 정보를 간절히 기다렸다.

"됐습니다. 어디 보자. 여성, 35세, 전반적인 건강 상태 양호. 이건 이미 아시는 내용이죠. 여자는 죽은 지 일주일쯤 됐지만, 시신이 발견된 화장실의 온도가 낮았던 덕분에 보존 상태가 아주 좋았습니다. 하체 주변의 얼음도 시신 보존에 한몫했고요.

양쪽 손목의 동맥에 난 깊은 자상은 현장에서 발견된 면도칼에 베인 것이었습니다. 여기서부터 의심스러워지더군요. 양쪽 자상은 깊이도 같고 똑바로 나 있는데, 무척 보기 드문 현상입니다. 전 감히 자살 사건에서 절대 볼 수 없는 현상이라고 하겠습니다. 사람들은 오른손잡이나 왼손잡이거든요. 오른손잡이라면 오른팔의 자상보다 왼팔의 자상이 훨씬 똑바르고 깊을 겁니다. 그러니까 깊이가 같고 똑바른 자상은 '틀린' 손을 써야 할 때 생긴다고 할 수 있죠. 저는 양쪽 손의 손가락을 살펴보고 제 의심이 맞았다는 점을 확인했습니다. 면도날 가장자리는 아주 날카로워서 대부분의 경우 손에 미세하게 베인 상처를 남깁니다. 그런데 알렉산드라 비크네르에겐 그런 상처가 없었습니다. 다른 사람이 그녀의 손목을 그었다는 뜻이죠. 자살로 위장하려고 했는지도 모릅니다."

페데르센은 잠시 말을 멈췄다가 다시 이었다.

"그러고 나서 제가 스스로 던진 질문은 이겁니다. 어떻게 희생자의 저항에 맞닥뜨리지 않고 그렇게 할 수 있었을까? 그 답은 독극물 보고서에서 나왔습니다. 희생자의 피에서 강한 진정제 성분이 검출됐거든요."

"그게 뭘 증명하는 겁니까? 그 여자가 단순히 수면제를 복용했을 수도 있지 않습니까?"

"물론 그럴 수도 있습니다. 그러나 현대 과학은 고맙게도, 법의학에 반드시 필요한 도구와 방법을 여럿 선사했죠. 그중 하나로 요즘엔 다양한 약물, 심지어 독극물의 감소율까지 대단히 정확하게 계산할 수 있습니다. 우린 희생자의 피를 몇 번이나 검사했고, 매번 같은 결론에 도달했습니다. 알렉산드라 비크네르가 자신의 손목을 긋기란 불가능했을 겁니다. 출혈과다로 심장이 멈추기 전에 이미 오랫동안 의식이 없는 상태였거든요. 유감스럽게도 사망 시간에 관해서는 정확한 정보를 드릴 수가 없습니다. 아직 과학이 그 정도로 발달하지는 못했어요. 그러나 그녀가 살해당했다는 사실엔 의문의 여지가 없습니다. 서장님께서 이 사건을 해결하시길 진심으로 바랍니다. 서장님 관할 지역에는 살인 사건이 많지 않죠?"

페데르센의 목소리에는 의심하는 기색이 역력했고, 멜베리는 그것을 자신에 대한 직접적인 비판으로 받아들였다.

"이곳 타눔스헤데에 살인 사건이 많지 않다는 점은 사실입니다. 운 좋게도, 저는 이곳에 임시로 부임했습니다. 본래 제 근무지는 예테보리의 경찰 본부고요. 오랫동안 경찰로 일하면서 쌓은 경험이 있으니 살인 사건 수사도 문제없이 잘 해낼 겁니다. 지방 당국은 진짜 경찰이 일하는 모습을 볼 수 있게 될 거고요. 머지않아 사건이 해결될 겁니다. 제 말씀을 기억해 두십쇼."

멜베리는 호언장담하면서 법의학자 페데르센에게 자신이 그저 그런 풋내기가 아니라는 점을 분명히 밝혔다고 생각했다. 의사들이란 늘 잘난 척해야 직성이 풀리는 법이었다. 어쨌든 페데르센이 할 일은 끝났고, 이제 전문가가 바통을 넘겨받을 차례였다.

"아, 잊어버릴 뻔했네요."

페데르센은 멜베리가 보인 자부심에 놀라서 하마터면 두 가지 중요한 추가 발견 사실을 깜박하고 말하지 않을 뻔했다.

"알렉산드라 비크네르는 임신 3개월째였고, 이전에도 출산 경험이 있었습니다. 이 점이 사건 수사와 관련이 있을지는 모르겠지만, 정보가 거의 없는 것보다는 많은 게 낫겠죠?"

멜베리는 코웃음으로 대답했고, 두 사람은 마지막으로 농담을 몇 마디 주고받은 뒤 전화를 끊었다. 페데르센은 과연 살인범을 추적할 수 있을지 의심스러웠지만, 멜베리는 원기를 회복하고 새로운 열의를 느꼈다. 시신이 발견되자마자 화장실을 조사하긴 했지만, 이제는 알렉산드라 비크네르의 집을 물샐틈없이 다시 조사하게 할 생각이었다.

2

남자는 여자의 머리카락 한 타래를 양 손바닥의 온기로 감쌌다. 작은 얼음 결정이 녹자 남자의 손바닥이 젖었다. 남자는 조심스럽게 물을 핥았다.

남자는 욕조 가장자리에 뺨을 대고 살갗을 찌르는 듯한 한기를 느꼈다. 얼음 조각 안에 떠 있는 여자는 너무나도 아름다웠다.

그들 사이의 유대는 아직도 존재했다. 아무것도 변하지 않았다. 아무것도 달라지지 않았다. 그들은 같은 부류의 사람이었다.

남자는 여자의 굳은 손을 애써 벌려서 자신의 손바닥을 맞댔다. 그리고 손가락으로 여자의 손가락에 깍지를 꼈다. 말라서 굳은 피 부스러기가 남자의 살갗에 묻었다.

여자와 함께 있으면 시간은 아무런 의미도 없었다. 며칠, 몇 주, 몇 년이 흐르든 뭉뚱그려진 덩어리가 된 시간 속에서 의미가 있는 것이라고는 오로지 하나뿐이었다. 두 사람의 손바닥이 맞닿는 것. 그 때문에 배신이 더욱 고통스러웠다. 여자는 시간에 다시 의미를 부여했다. 그것이 이제 여자의 혈관에 뜨거운 피가 흐르지 않는 이유였다.

남자는 떠나기 전에 여자의 손을 원래대로 되돌려 놓았다.

남자는 뒤돌아보지 않았다.

꿈도 꾸지 않은 깊은 잠에서 깨어난 에리카는 언뜻 소리를 제대로 분간할 수 없었다. 그것이 자신을 깨우는 날카로운 전화벨 소리라는 사실을 깨달았을 때는, 이미 오랫동안 벨이 울린 상태였다. 그녀는 침대에서 벌떡 일어나 전화를 받았다.

"에리카 팔큽니다."

그녀의 목소리는 잔뜩 쉬어 있었다. 에리카는 쉰 목소리를 가다듬으려고 송화구를 손으로 가린 채 큰 소리로 헛기침을 했다.

"아, 미안해요. 제가 깨웠습니까? 사과할게요."

"아뇨, 깨어 있었어요."

에리카는 반사적으로 대답했지만 자신의 목소리가 무척 빤하게 들린다는 사실을 알아차렸다. 줄잡아 말해도 피곤에 찌든 목소리가 분명했다.

"음, 어쨌든 미안합니다. 저 헨리크 비크네르예요. 방금 장모님이 전화하셨는데, 당신에게 연락해 보라고 부탁하셨어요. 오늘 아침에 아주 무례

한 타눔스헤데 경찰서 서장이 장모님께 전화한 모양이에요. 별로 정중하지 않은 말투로 거의 명령하듯 경찰서로 오라고 했답니다. 저도 가야 하고요. 무슨 일인지는 말하고 싶어 하지 않았다지만, 우린 용건이 뭔지 알 것 같아요. 장모님은 무척 당황하셨는데, 장인이나 율리아나 여러 가지 이유로 지금 당장은 피엘바카로 갈 수 없는 상황이라서, 혹시 당신이 장모님께 가 주실 수 있을까 해서요. 이모님과 이모부님도 출근해서 장모님 혼자 계시거든요. 제가 피엘바카로 돌아가려면 2시간은 걸릴 텐데, 장모님이 그렇게 오랫동안 혼자 계시지 않았으면 합니다. 서로 잘 알지 못하는 사이에 큰 부탁이라는 건 알지만, 달리 의지할 사람이 없어서요."

"그럼요, 제가 아줌마를 뵈러 갈게요. 문제없어요. 그냥 옷만 입으면 되는데요, 뭐. 15분 정도면 도착할 수 있을 거예요."

"좋습니다. 이 은혜 영원히 잊지 않을게요. 진심입니다. 장모님은 늘 불안해하시는 분이라, 제가 피엘바카로 돌아가기 전까지 어떤 사람이 곁에 있어 주길 바랐어요. 장모님께 전화해서 당신이 간다고 얘기할게요. 저는 정오가 좀 넘어서 도착할 테니, 그때 더 얘기합시다. 다시 한 번 고마워요."

에리카는 여전히 졸음이 가득한 눈으로 서둘러 화장실에 가서 세수했다. 어제 하루 종일 입었던 옷을 도로 걸친 다음, 머리를 빗고 마스카라를 바른 뒤 10분도 채 지나지 않아 자동차 운전석에 앉았다. 셀비크에서 탈가탄까지는 5분 정도 거리여서 에리카는 헨리크와 통화한 지 거의 정확하게 15분 뒤에 초인종을 울렸다.

비리트는 며칠 사이에 몸무게가 몇 킬로그램은 줄어든 듯했다. 에리카는 지난번처럼 거실로 향하지 않고, 비리트를 따라 부엌으로 들어갔다.

"일부러 이렇게 와 줘서 고맙다. 너무 불안해서 헨리크가 도착할 때까지 걱정하면서 가만히 앉아 있질 못하겠더구나."

"타눔스헤데 경찰서에서 전화가 왔다면서요?"

"응, 오늘 아침 8시에 멜베리 경찰서장이 전화해선 나더러 남편이랑 헨리크랑 같이 곧장 자기 사무실로 오라고 하더라. 난 남편이 급한 일 문제로 집을 비웠는데, 내일이면 돌아올 테니 그때까지 기다려도 괜찮겠느냐고 물었어. 경찰서장 말로는 그런 건 용납할 수 없으니까 우선 헨리크와 나라도 와야 한대. 그 남자 정말 무례하더구나. 물론 난 헨리크에게 바로 전화했어. 헨리크는 최대한 빨리 오겠다고 했고. 그런데 내가 좀 당황한 것 같았는지, 네게 전화해서 두어 시간 동안 나와 함께 있어 줄 수 있는지 물어보겠다고 하더라. 우리가 너무 많은 걸 부탁한다고 생각하지 않았으면 좋겠구나. 넌 우리 가족의 비극에 더 말려들지 않길 바라겠지만, 난 어디에 의지해야 할지 모르겠더라고. 게다가 넌 옛날에 우리 집 딸이나 마찬가지였잖니. 그래서 나는……."

"그런 말씀 마세요. 전 도와드릴 수 있어서 기쁜 걸요. 경찰이 무슨 일인지 얘기하던가요?"

"아니, 경찰서장은 한 마디도 하지 않았어. 그렇지만 난 뭔지 알 것 같아. 알렉스가 자살하지 않았다고 얘기했잖니? 그렇지?"

에리카는 충동에 이끌려 비리트의 손 위에 자신의 손을 얹었다.

"아줌마, 우리 섣불리 결론 내리지 말아요. 아줌마 말이 맞을지도 모르지만, 확실히 알게 될 때까지는 추측하지 않는 게 좋아요."

그들은 두 시간 동안 부엌 테이블에 앉아 있었다. 잠시 후 대화가 잦아들며 침묵이 흐르자, 부엌 시계가 째깍대는 소리만 들렸다. 에리카는 매끈매끈한 테이블보 표면의 무늬를 따라 집게손가락으로 원을 그렸다. 비리트의 옷차림은 단정했고 화장도 지난번과 다름없이 완벽했다. 그러나 그녀의 얼굴은 가장자리가 닳아 버린 사진처럼 뭐라 말할 수 없이 피곤하고 지쳐 보였다. 너무 야윈 모습은 비리트에게 어울리지 않았다. 지난번에 만났을 때도 많이 마른 상태였는데, 그 뒤로 살이 더 빠져서 눈가와 입가에 새로운 주름이 생겼다. 커피 컵을 쥔 손은 힘을 너무 많이 준 나머지 주먹 관절이 하얗게 질려 있었다. 오랜 기다림이 에리카에게 따분한 일이라면, 비리트에게는 참을 수 없는 일일 터였다.

"누가 알렉스를 죽이고 싶어 했는지 모르겠어."

비리트의 말은 마침내 침묵을 깨고 발사된 권총소리처럼 들렸다.

"그 애한텐 적이 없었는데. 알렉스는 헨리크와 함께 지극히 평범하게 살았을 뿐이야."

"우린 이게 무슨 일인지 모르잖아요. 경찰이 원하는 게 뭔지 알기 전까지는 추측해 봐야 소용없어요."

에리카가 다시 말했다. 비리트가 대답하지 않자, 에리카는 그녀의 반응을 암묵적인 동의로 해석했다.

헨리크는 정오가 조금 지나서 집 앞의 작은 주차 공간에 차를 세웠다. 그들은 부엌 창문으로 그를 보았고 한시름 놓은 기분으로 자리에서 일어나 코트를 입었다. 헨리크가 초인종을 울렸을 때 두 사람은 이미 갈 준비를 마친 채 현관에서 기다리고 있었다. 비리트와 헨리크는 서로 양쪽 뺨에 번갈아 가며 가볍게 키스했다. 그 다음에는 에리카가 같은 인사를 받을 차례였다. 그녀는 그런 습관에 익숙하지 않았기 때문에 엉뚱한 뺨을 먼저 갖다 대서 난처한 상황을 연출하면 어쩌나 걱정했다. 그러나 그 순간은 문제없이 지나갔고, 에리카는 잠깐이나마 헨리크의 애프터셰이브 로션이 풍기는 남성적인 향기를 즐겼다.

"당신도 함께 갈 거죠?"

에리카는 이미 자신의 차가 있는 곳으로 걸어가고 있었다.

"음, 글쎄요."

"그래 주면 정말 고맙겠어요."

비리트의 머리 너머로 헨리크와 눈이 마주치자, 에리카는 조용히 한숨을 쉬며 그의 BMW 뒷좌석에 올라탔다. 긴 하루가 되겠구나.

타눔스헤데까지는 차로 20분밖에 걸리지 않았다. 그들은 날씨와 시골의 점진적인 인구 감소에 관해 잡담을 나누었다. 그러나 곧 도착할 경찰서에 방문하는 이유에 관해서는 일절 말하지 않았다.

에리카는 뒷좌석에 앉아서 자신이 도대체 뭘 하는 건지 생각해 보았다. 살인 사건으로 판명될지 모르는 일에 굳이 개입하지 않아도, 이미 문제가 산더미처럼 쌓여 있지 않은가? 게다가 알렉스의 죽음이 살인이라면, 책을 쓰려고 생각해 둔 아이디어도 무용지물이나 다름없었다. 벌써 초고를 대강 써 놓았는데, 이제 그 원고를 쓰레기통에 버려야 할지도 모르는 상황이 되었다. 뭐, 그렇게 되면 적어도 전기 집필에 완전히 집중할 수 있겠지. 그러나 원고는 약간만 손보면 여전히 쓸 만할지도 몰랐다. 사실 더 나을지도 모르고. 살인 사건은 대단한 플러스 요인이 될 수 있었다.

에리카는 문득 자신이 무슨 짓을 하고 있는지 깨달았다. 알렉스는 책속에 등장하는 가상의 인물처럼 자신이 멋대로 할 수 있는 사람이 아니었다. 그녀는 현실에서 사람들에게 사랑받았던 실재 인물이었다. 에리카도 알렉스를 사랑했다. 그녀는 백미러로 헨리크를 바라보았다. 그는 몇 분 뒤면 자신의 아내가 살해당했다는 말을 들을 텐데도, 전과 똑같이 태연해 보였다. 살인 사건의 범인이 대부분 희생자의 가족 중 한 사람이라는 게 사실일까? 에리카는 다시 한 번 자신의 생각에 부끄러움을 느꼈다. 줄줄이 꼬리를 무는 생각을 애써 밀어내자 마침 고맙게도 차가 목적지에 도착했다. 이제 그녀는 이 일을 끝내고 상대적으로 사소한 자신의 문제로 돌아갈 수 있기만을 바랐다.

❄

책상 위의 서류 더미는 눈에 띄게 높이 쌓여 있었다. 타눔처럼 작은 도시에서 범죄가 그렇게 많이 일어날 수 있다니 놀라운 일이었다. 물론 대부분 시시한 문제였지만, 신고한 범죄는 일일이 수사해야 했다. 그가 자리에 앉아서 동유럽 정부의 행정 의무에 버금가는 수많은 서류를 검토하는 이유는 바로 그 때문이었다. 푹 퍼진 궁둥짝을 하루 종일 붙이고 앉아 있는 멜베리가 도와주었다면 이렇게 괴롭지는 않았을 텐데. 그러나 그는 상관의 일까지 해야 했다. 파트리크 헤드스트룀은 한숨을 쉬었다. 블랙 유머 없이는 이렇게 오래 버티지 못했으리라. 최근에는 이게 정말 인생의 전부인가 하는 의심도 들기 시작했다.

오늘의 중요 사건은 매일 똑같은 일상에 끼어드는 반가운 활력소가 될 터였다. 멜베리는 피엘바카에서 살해당한 채 발견된 여자의 어머니와 남편을 신문할 때 파트리크도 참석하라고 했다. 사건의 비극성을 깨닫지 못하거나 희생자의 가족을 딱하게 여기지 않는 것은 아니었지만, 경찰로 일하면서 한 번도 흥분되는 일을 겪어 보지 않은 터라 기대감으로 울렁대는 마음을 어찌할 수가 없었다.

파트리크는 경찰학교에서 신문하는 법을 훈련받았지만, 지금까지는 도둑맞은 자전거나 가정 폭력과 관련된 사건에서만 자신의 재능을 시험할 수 있었다. 그는 시계를 보았다. 멜베리의 사무실로 건너갈 시간이었다. 오늘의 만남은 엄밀히 말하면 정식 신문이 아니지만, 그래도 여전히 중요했다. 파트리크는 희생자의 어머니가 딸이 자살했을 리 없다고 주장하며 다닌다는 소문을 들었다. 그는 이제 사실로 증명된 그 주장 뒤에 무엇이 숨어 있는지 듣고 싶었다.

파트리크는 공책과 펜 한 자루, 커피 컵을 챙겨서 복도를 따라 걸어갔다. 손에 든 물건이 많아서 팔꿈치와 발로 문을 연 그는, 물건을 내려놓고 사무실 안쪽으로 돌아선 뒤에야 비로소 그녀를 발견했다. 심장이 멎는 듯했다. 다음 순간 그는 열 살로 되돌아가 그녀의 땋은 머리를 잡아당기려 하고 있었다. 잠시 후에는 열다섯 살이 되어 자신의 모터 자전거를 타고 한 바퀴 돌자고 그녀를 설득하려 애쓰고 있었다. 그러나 스무 살이 되어 그녀가 예테보리로 떠나자 그는 희망을 버렸다. 파트리크는 머릿속으로 재빨리 계산해 본 뒤, 그녀를 마지막으로 본 때가 적어도 6년 전이라고 미루어 짐작했다. 그녀는 변한 것이 하나도 없어 보였다. 큰 키에 볼륨 있는 몸매, 어깨까지 내려오는 길이에 여러 가지 색조가 서로 섞여서 따스한 그림자를 만들어 내는 곱슬곱슬한 금발까지. 어린 나이에도 허영심이 강했던 에리카는 아직도 외모의 세세한 부분까지 무척 신경 쓰고 있었다. 파트리크를 보자 그녀의 얼굴이 놀라움으로 환해졌다. 그러나 자리에 앉으라며 험악한 표정을 짓고 있는 멜베리 때문에, 그는 소리 없이 입만 뻐끔거리며 인사했다.

파트리크의 앞에 앉은 사람들은 잔뜩 긴장한 상태였다. 알렉산드라 비크네르의 어머니는 작고 마른 여인으로, 그의 취향에는 너무 과하다 싶을 정도로 금 장신구를 주렁주렁 매달고 있었다. 그녀는 헤어스타일도 완벽했고 옷도 매우 잘 차려입었지만 눈 밑의 그늘 때문에 모습이 형편없어 보였다. 그녀의 사위는 그렇게 슬퍼하지 않는 듯했다. 파트리크는 남자의 신상 정보를 대강 훑어보았다. 헨리크 비크네르, 예테보리의 성공한 사업가이자 여러 세대를 거슬러 올라가는 상당한 재산의 상속자. 그렇게 보였다. 비쌀 것이 분명한 옷이나 방 안에 감도는 고급 애프터셰이브 로션 냄새 때문이 아니라, 정의하기 어려운 어떤 분위기 때문이었다. 세상의 내로라 할 위치에 오른 사람에게서 볼 수 있는 자신만만함은 그가 살면서 한 번도 불리한 입장에 놓인 적이 없었다는 사실을 드러냈다. 파트리크는 긴장한 것처럼 보이는 헨리크가 늘 스스로 상황을 통제한다고 생각한다는 점을 알 수 있었다.

멜베리는 자기 책상 뒤에서 불쑥 나타났다. 그는 셔츠를 가까스로 바지 속에 넣었지만, 얼룩덜룩한 커피 자국을 감출 수는 없었다. 멜베리는 일부러 입을 다물고 자기 앞에 앉은 사람들을 하나하나 살피면서, 한쪽으로 너무 미끄러져 내려온 머리카락을 오른손으로 바로잡았다. 파트리크는 되도록 에리카를 보지 않으려고 멜베리의 셔츠에 묻은 커피 얼룩에 집중했다.

"자, 여러분을 오시라고 한 이유를 이미 아실지도 모르겠습니다."

멜베리는 극적인 효과를 노리느라 말을 길게 쉬었다.

"저는 타눔스헤데 경찰서장인 베르틸 멜베리고, 이 친구는 이번 사건 수사에서 절 도울 파트리크 헤드스트룀입니다."

그는 자신의 책상 앞에 반원 형태로 둘러앉은 세 사람과 조금 떨어져 앉은 파트리크에게 고개를 끄덕였다.

"수사라고요? 그 앤 살해당했다니까요!"

비리트가 앉은 의자에서 몸을 앞으로 숙이자, 헨리크가 보호하려는 듯 재빨리 그녀의 어깨에 팔을 둘렀다.

"네, 저흰 따님이 스스로 목숨을 끊지 않았다는 점을 확인했습니다. 검시관의 보고서에 따르면, 자살 가능성은 확실히 배제할 수 있다고 하더군요. 물론 자세한 내용을 말씀드릴 수는 없지만, 이번 사건이 살인이라고 확신하는 주된 이유는 따님이 손목을 베였을 당시 의식불명 상태였기 때문입니다. 따님의 피에서 대량의 진정제가 검출됐어요. 어떤 사람이 의식이 없는 따님을 욕조에 넣고 물을 튼 다음, 자살처럼 보이게 하려고 면도칼로 손목을 그은 것 같습니다."

한낮의 따가운 햇볕을 가리느라 커튼을 닫은 사무실 분위기는 날이 선 듯 무척 날카로웠다. 비리트는 알렉스가 자살하지 않았다는 사실에 눈에 띄게 안심하면서도 침울해하는 것처럼 보였다.

"누가 그랬는지 아시나요?"

비리트는 핸드백에서 수놓인 작은 손수건을 꺼내, 화장이 지워지지 않도록 눈가를 조심스럽게 닦았다.

멜베리는 불룩한 올챙이배 위로 두 손을 깍지 낀 채, 사람들을 빤히 바라보았다. 그러고는 권위 있게 목청을 가다듬었다.

"그건 두 분이 말씀해 주실 수 있을 것 같은데요."

"우리가요? 우리가 그걸 어떻게 압니까? 이건 정신병자의 소행이 분명해요. 알렉산드라에겐 적이 없었습니다."

헨리크는 진심으로 놀란 듯했다.

"그렇군요."

파트리크는 순간 알렉스 남편의 얼굴에 그림자가 스쳐 지나갔다고 생각했다. 그러나 다음 순간 그림자는 사라졌고, 헨리크는 차분하고 통제된 평소 모습으로 되돌아갔다.

파트리크에게는 헨리크 비크네르 같은 사람들을 늘 적당히 의심하는 버릇이 있었다. 성공하기 위해 태어난 부류의 사람들. 손가락 하나 까딱하지 않아도 모든 것을 가질 수 있는 사람들. 물론 헨리크는 유쾌하고 매력적인 사람으로 보였지만, 파트리크는 그런 겉모습 아래 사뭇 복잡한 성격이 자리하고 있다는 점을 느낄 수 있었다. 헨리크의 잘생긴 외모 뒤에 숨겨진 무자비함을 어렴풋이 알아차린 파트리크는 알렉스가 살해당했다는 말을 들었을 때 전혀 놀라지 않은 그를 의아하게 생각했다. 뭔가를 믿는 것과 그 믿음이 사실이라는 말을 듣는 것은 완전히 다른 문제였다. 10년차 경찰로서 그 정도는 알았다.

"우리가 용의자인가요?"

비리트는 눈앞에서 서장이 호박으로 변신하기라도 한 것처럼 몹시 놀란 듯했다.

"살인 사건에 관한 통계를 보면 그렇습니다. 대다수의 범인이 가까운 가족 중 한 사람으로 밝혀지거든요. 이번 사건에서도 마찬가지라는 얘기는 아닙니다만, 그 점을 분명히 짚고 넘어가야 한다는 건 이해하시리라 믿습니다. 저희는 모든 수단을 강구할 겁니다, 제가 개인적으로 보증하죠. 살인 사건에 관한 저의 폭넓은 경험을 살려서…… —또 한 번 극적으로 쉰 다음— 이 사건을 빠른 시일 내에 해결할 겁니다. 그러나 알렉산드라가 살해당했다고 추정되는 시점에 이르기까지 두 분이 뭘 하셨는지 진술서를 작성해서 제출해 주셔야겠습니다."

"그 시점이 언젭니까? 우리 둘 중에 알렉스와 마지막으로 이야기한 사람은 장모님이지만, 장모님이나 저나 일요일까지는 그녀에게 전화하지 않았습니다. 그러니까 알렉스는 토요일에 살해당했을 수도 있어요. 저는 금요일 밤 9시 30분쯤 알렉스에게 전화했습니다만, 아내는 잠자리에 들기 전 저녁에 종종 산책했기 때문에, 그날도 산책하고 있을 거라고 생각했다고요."

"검시관이 할 수 있는 말은 부인이 약 일주일 전에 사망했다는 게 전붑니다. 물론 선생님이 전화하셨다는 시간을 확인해 보겠지만, 부인이 금요일 밤 9시 전에 사망했다는 사실을 확실하게 증명해 주는 정보가 하나 있습니다. 6시경—분명 부인이 피엘바카에 도착한 직후였을 겁니다—라르스 텔란데르에게 전화가 왔답니다. 부인이 제대로 작동하지 않는 난로를 고쳐 달라고 했다는군요. 그는 바로 갈 수 없었지만, 그날 저녁 9시까지는 가겠다고 약속했답니다. 텔란데르의 증언에 따르면, 그가 문을 두드린 시간은 정확히 9시였습니다. 그런데 아무도 문을 열어 주지 않자, 잠시 기다리다가 집으로 돌아갔답니다. 그래서 저희는 부인이 피엘바카에 도착한 날 저녁 어느 때쯤 사망한 것으로 보고 있습니다. 집 안이 얼어붙을 정도로 추웠다는 점을 감안할 때, 부인이 난로 수리공이 온다는 사실을 잊어버렸을 것 같지는 않거든요."

멜베리의 머리카락이 다시 미끄러져 내려왔다. 이번에는 왼쪽이었다. 파트리크가 보니, 에리카는 그 광경에서 눈을 떼지 못하고 있었다. 모르긴 몰라도, 황급히 손을 뻗어 멜베리의 머리카락을 바로잡고 싶은 충동을 억누르고 있을 터였다. 경찰서에서 근무하는 모든 사람들이 그 단계를 거쳤으니까.

"따님에게 전화한 게 몇 시라고 하셨죠?"

멜베리가 비리트에게 질문했다.

"음, 잘 모르겠어요." 비리트는 잠시 생각한 뒤 다시 입을 열었다.

"7시 넘어서일 거예요. 7시 15분이나 7시 30분쯤? 누가 왔다고 해서 짧게 통화했어요." 비리트의 얼굴이 창백해졌다.

"혹시?"

멜베리가 엄숙하게 고개를 끄덕였다.

"확실히 가능성 있는 얘깁니다, 칼그렌 부인. 그러나 범인을 찾아내는 건 저희 일이고, 이 사건을 해결하기 위해 백방으로 노력하겠습니다. 용의자 소거는 아주 중요한 경찰 업무 중 하나이니, 금요일 저녁의 이야기를 자세하게 작성해 주시기 바랍니다."

"저도 알리바이를 입증해야 하나요?" 에리카가 물었다.

"그러실 필요는 없을 것 같습니다. 허나 그날 집 안에서 그녀를 발견했을 당시 무엇을 보셨는지 전부 말씀해 주셨으면 합니다. 진술서는 여기 헤드스트림 형사에게 제출하시면 됩니다."

모두 고개를 돌려 파트리크를 바라보자, 그가 동의하는 뜻으로 고개를 끄덕였다. 그들은 자리에서 일어나기 시작했다.

"이것 참 비극적인 사건입니다. 특히 아이를 생각하면요."

모든 시선이 멜베리에게 쏠렸다.

"아이라고요?"

비리트가 당혹한 표정으로 멜베리와 헨리크를 번갈아 바라보았다.

"네, 검시관 말로는 따님이 임신 3개월째라고 하더군요. 부군께는 전혀 놀라운 일이 아니겠죠?"

멜베리는 이를 드러내고 싱긋 웃으면서 헨리크에게 짓궂은 윙크를 던졌다. 파트리크는 상관의 요령 없는 행동에 완전히 질려 버렸다.

헨리크의 얼굴은 핏기를 잃고 서서히 창백해져서 마침내 대리석처럼 새하얘졌다. 비리트는 놀란 눈으로 그를 바라보았다. 에리카는 망연자실했다.

"둘이 아이를 낳기로 했니? 왜 나한테 말하지 않았어? 오, 하느님."

비리트는 손수건으로 입을 누르고 걷잡을 수 없이 흐느꼈다. 마스카라가 뺨으로 흘러내렸다. 헨리크는 다시 한 번 비리트의 어깨에 팔을 둘렀지만, 비리트의 머리 위로 파트리크와 눈이 마주쳤다. 그는 아내의 임신 사실을 짐작조차 하지 못한 것이 분명했다. 그러나 에리카의 절망적인 표정으로 미루어 보건대, 그녀는 그 사실을 알고 있었다.

"집에 가서 얘기해요, 장모님."

헨리크는 비리트에게 말한 뒤 파트리크를 바라봤다.

"금요일 저녁에 관한 자필 진술서는 반드시 제출하겠습니다. 진술서를 받으시고 나면 더 자세한 이야기를 듣고 싶으시겠죠."

파트리크는 그렇다는 뜻으로 고개를 끄덕이고, 의심쩍은 눈으로 에리카를 바라보며 눈썹을 올렸다.

"헨리크, 금방 갈게요. 파트리크와 잠깐 이야기할 게 있어요. 제 소꿉친구거든요."

에리카는 헨리크가 비리트를 바깥에 세워 둔 차로 안내하는 동안 복도에서 서성거렸다.

"여기서 널 만날 줄이야. 깜짝 놀랐어."

파트리크는 발뒤꿈치를 앞뒤로 초조하게 움직이며 말했다.

"응, 조금만 생각해 봤으면 네가 여기서 일한다는 걸 당연히 기억해 냈을 거야."

에리카는 손가락으로 가방 손잡이를 비틀면서, 고개를 한쪽으로 약간 갸우뚱한 채 그를 바라보았다. 그가 너무나도 잘 아는 몸짓들이었다.

"오랜만이야. 장례식에 못 가 봐서 미안하다. 너랑 안나, 요새 어떻게 지내?"

키 큰 에리카가 갑자기 작아진 듯하자, 파트리크는 그녀의 뺨을 어루만지고 싶은 충동에 맞서 싸워야 했다.

"우린 잘 지내. 안나는 장례식이 끝나자마자 돌아갔는데 나는 2주째 여기 머무르면서 집을 정리하고 있어. 쉽지 않네."

"피엘바카에서 한 여자가 희생자를 발견했다는 얘긴 들었지만 그게 넌 줄은 몰랐어. 정말 끔찍했겠다. 너희 둘 어릴 때 친구였잖아, 그렇지?"

"응. 그 광경은 마음속에서 평생 지울 수 없을 것 같아. 아, 이제 가 봐야겠다. 두 사람이 차에서 기다리고 있거든. 언제 한번 보자. 얼마 동안 여기 피엘바카에 있을 생각이거든."

에리카는 이미 복도를 따라 걷고 있었다.

"토요일 저녁 어때? 우리 집에서 8시? 집 주소는 전화번호부에 있어."

"좋아. 그럼 8시에 보자."

그녀는 문을 열고 밖으로 나갔다.

파트리크는 에리카가 보이지 않게 되자마자 복도에서 즉흥적으로 춤을 추어 동료들을 놀랐다. 그러나 집을 그럭저럭 볼 만한 모습으로 만들려면 고생깨나 해야 한다는 사실을 뒤늦게 깨닫고 흥분을 약간 가라앉혔다.

카린이 떠난 뒤로는 영 집안일을 하고 싶지 않았다.

그와 에리카는 태어났을 때부터 서로 알고 지냈다. 그들의 어머니들이 어릴 때부터 가장 친한 친구였고, 친자매처럼 가깝게 지냈기 때문이다. 파트리크에게 어린 시절의 놀이동무 에리카는 첫사랑이나 다름없었다. 사실 그는 자신이 태어날 때부터 에리카를 사랑했다고 믿었다. 에리카를 대하는 그의 감정에는 늘 그처럼 자연스러운 구석이 있었다. 그에 비해 에리카는 강아지처럼 자신을 좋아하며 따르는 파트리크를 그저 당연하게 받아들였다. 파트리크는 에리카가 예테보리로 떠나고 나서야 비로소 자신의 꿈을 접어야 할 때가 왔다고 깨달았다. 물론 그는 그 뒤로 다른 여자들과 사랑에 빠지기도 했다. 그리고 카린과 결혼하면서 그녀와 함께 늙어 가리라고 100퍼센트 확신했지만, 마음 한 구석에는 늘 에리카가 있었다. 몇 달 동안 그녀를 생각하지 않은 적도 있었지만, 하루에도 몇 번씩 그녀를 생각한 적도 있었다.

그가 자리를 비운 동안 서류 더미가 줄어드는 기적은 일어나지 않았다. 파트리크는 한숨을 깊이 내쉬며 자리에 앉아서 가장 위에 있는 서류를 집었다. 일이 워낙 단조로워서 서류 작업을 하는 동시에 토요일 저녁에 준비할 메뉴를 곰곰이 생각할 수 있었다. 이미 결정한 디저트만 빼고. 에리카는 아이스크림이라면 사족을 못 썼다.

그는 입안에서 메스꺼운 맛을 느끼며 잠에서 깼다. 어제는 그야말로 거하게 술판을 벌였다. 오후에 친구들이 와서 밤늦게까지 술을 마셨다. 어젯밤 어느 때쯤 경찰이 왔다 간 것 같은데 기억이 희미해서 긴가민가했다. 그는 일어나 앉으려고 애썼지만 방 전체가 빙글빙글 돌아서 잠시 가만히 있기로 했다.

오른손이 아파서 천장 쪽으로 들어 올려 살펴보았다. 주먹 관절이 심하게 긁혀 있었고 온통 피가 엉겨 붙어 있었다. 망할. 어젯밤에 좀 싸운 모양이었다. 그래서 경찰이 나타난 거고. 기억이 점점 돌아오기 시작했다. 친구들이 자살이라는 주제를 꺼냈고, 그중 한 명이 알렉스에 관해 말도 안 되는 헛소리를 지껄이기 시작했다. 그 새끼는 알렉스를 '상류층 암캐', '사교계의 갈보'라고 욕했다. 안데르스는 순간적으로 꼭지가 돌았다. 그 뒤로는 분노의 빨간 안개 속에서 그 새끼를 두들겨 팼다는 것밖에 기억나지 않았다. 물론 안데르스 자신도 알렉스의 배신에 화가 나서 어쩔 줄 모를 때면 그녀를 욕했다. 그러나 그건 다른 문제였다. 다른 사람들은 그녀를 알지 못했다. 알렉스를 판단할 권리가 있는 사람은 오로지 자신뿐이었다.

전화벨 소리가 날카롭게 울렸다. 안데르스는 무시하려고 했지만, 소음이 머릿속을 헤집게 놔두느니 일어나서 전화를 받는 것이 덜 성가시겠다고 결론 내렸다.

"네, 안데르습니다."

그의 말은 어눌하게 나왔다.

"애야, 엄마다. 어떻게 지내니?"

"엿 같아요."

그는 벽에 등을 기댄 채 미끄러져 내려가서 바닥에 앉았다.

"도대체 지금 몇 시예요?"

"오후 4시가 다 됐어. 나 때문에 깼니?"

"아뇨."

그는 자신의 머리가 몸에 비해 너무 커서 금방이라도 무릎 사이로 떨어질 것 같다고 느꼈다.

"오전에 쇼핑하려고 시내에 갔는데, 사람들이 쑥덕거리는 얘길 네게 알려 주고 싶어서 말이야. 듣고 있니?"

"네, 제기랄, 듣고 있어요."

"알렉스는 자살한 게 아니라고 하더구나. 살해당한 거래. 그냥 네게 알려 주고 싶었어."

침묵.

"안데르스, 얘야? 내가 한 얘기 들었니?"

"네, 물론이에요, 들었어요. 뭐라고 했죠? 알렉스가…… 살해당했다고요?"

"응, 사람들이 그렇다더라. 비리트가 오늘 타눔스헤데 경찰서에 가서 그런 얘길 들은 모양이야."

"이런 젠장. 엄마, 나 할 일이 많아요. 나중에 얘기해요."

"안데르스? 안데르스?"

전화는 이미 끊겼다.

그는 무진 애를 써서 샤워하고 옷을 입었다. 타이레놀 두 알을 먹고 나자 좀 더 인간다워진 것 같았다. 부엌에 있는 보드카 병이 그를 유혹했지만, 그는 굴복하지 않았다. 지금 당장은 맑은 정신을 유지해야 했다. 뭐, 최소한 상대적으로 맑은 정신이라도.

전화벨이 다시 울렸다. 그는 벨소리를 무시하고 현관 서랍장에서 전화번호부를 꺼내 자신이 원하는 전화번호를 재빨리 찾았다. 전화번호를 누르는 손이 부들부들 떨렸다. 신호음이 백 번은 울리는 듯했다.

"나 안데르스야."

수화기 저편의 상대방이 마침내 전화를 받자 그가 말했다.

"아니, 끊지 마, 염병할. 우리 얘기해야 돼……. 음, 네겐 빌어먹을 선택의 여지가 그렇게 많지 않아, 너한테 할 말이 있어……. 15분 뒤에 너희 집으로 갈게. 거기 꼼짝 말고 있는 게 좋을 거야……. 다른 사람이 있든 말든 신경 안 써, 씨팔! 잃을 게 가장 많은 사람이 누군지 잊지 말라고……. 지랄하네. 나 지금 간다. 15분 뒤에 봐."

안데르스는 수화기를 쾅 소리가 나게 내려놓고 두어 번 심호흡한 뒤, 재킷을 입고 나갔다. 그는 굳이 문을 잠그려고 하지 않았다. 전화가 또다시 사납게 울리기 시작했다.

❄

부모님의 집으로 돌아온 에리카는 지쳐 있었다. 돌아오는 동안 차 안에는 부자연스러운 침묵이 흘렀고, 에리카는 헨리크가 어려운 선택의 기로에 서 있다고 생각했다. 그는 비리트에게 아이 아버지가 자신이 아니라고 말해야 할까, 아니면 그저 침묵을 지키면서 수사가 진행되는 동안 아이 아버지가 밝혀지지 않기를 바라야 할까? 에리카는 이제 헨리크가 부럽지 않았다. 자신이 그와 같은 상황이라면 어떻게 행동했을지 알 도리가 없었다. 진실이 늘 최선의 해결책이라고 할 수는 없는 법이니까.

날은 벌써 어두워지고 있었고, 에리카는 사람이 집에 가까이 가면 자동으로 불이 켜지는 외등을 달아 둔 아버지에게 감사했다. 그녀는 늘 어둠을 지독하게 두려워했는데, 어릴 때는 자라면서 그런 두려움이 사라질 것이라고 생각했다. 어른들이 어둠을 두려워할 리는 없으니까. 그렇지 않은가? 그러나 에리카는 서른다섯 살이 된 지금도, 침대 밑을 들여다보면서 어둠 속에 아무것도 숨어 있지 않다는 사실을 확인했다. 안쓰럽기도 하지.

그녀는 집 안의 모든 불을 켜고 커다란 잔에 레드 와인을 따른 다음 베란다에 놓인 고리버들 소파 위에 웅크리고 앉았다. 꿰뚫을 수 없는 어둠이 짙게 깔려 있어 눈앞이 온통 새카맸지만, 에리카는 여전히 암흑 속을 똑바로 응시했다. 외롭다는 생각이 들었다. 알렉스에게는 그녀의 죽음을 큰 충격으로 받아들이고 애도하는 사람들이 아주 많았다. 그러나 에리카에게는 이제 안나밖에 없었고, 가끔씩은 안나가 자신을 그리워하기는 할지 의문스럽기도 했다.

에리카와 알렉스는 소녀 시절에 무척 가까운 사이였다. 그래서 알렉스가 에리카에게서 멀어지기 시작하여 이사를 계기로 마침내 완전히 사라져 버렸을 때, 에리카는 세상이 끝난 것처럼 느껴졌다. 유일하게 자신을 진정으로 걱정해 준 아버지를 제외하면, 알렉스는 에리카가 유일하게 독점한 사람이었다.

에리카는 레드 와인 잔을 테이블 위에 너무 세게 내려놓는 바람에 하마터면 유리잔 바닥을 깰 뻔했다. 너무 불안해서 가만히 앉아 있을 수가 없었다. 뭔가를 해야 했다. 알렉스의 죽음에 그다지 충격을 받지 않은 척해 봐야 아무런 소용도 없었다. 가장 마음에 걸리는 것은 가족과 친구들이 이야기하는 알렉스의 이미지가 자신이 알던 것과 전혀 일치하지 않는다는 점이었다. 사람이 자라면서 변하기는 해도, 가장 기본적인 성격은 변하지 않는 법이었다. 그런데 그들이 묘사한 알렉스는 완전히 낯선 사람이었다.

그녀는 자리에서 일어나 다시 코트를 걸쳤다. 자동차 열쇠는 주머니 안에 있었고, 에리카는 집을 떠나기 직전에 휴대용 손전등을 집어 코트의 다른 쪽 주머니에 쑤셔 넣었다.

언덕 꼭대기에 자리한 집은 가로등의 보라색 불빛 아래 버려진 것처럼 보였다. 에리카는 학교 뒤쪽 주차장에 차를 세웠다. 자신이 집으로 들어가는 모습을 아무에게도 보이고 싶지 않았기 때문이다.

그녀는 정원의 덤불을 보호막 삼아 살금살금 조심스럽게 베란다로 다가가서는, 알렉스의 옛날 버릇이 그대로 남아 있길 바라며 발판을 들춰 보았다. 25년 전과 정확히 똑같은 장소에 여벌의 열쇠가 숨겨져 있었다. 문이 열릴 때 약간 삐걱거렸지만, 이웃 사람들이 아무 소리도 듣지 못했기를 바랐다.

어두운 집으로 들어서니 섬뜩한 느낌이 들었다. 어둠 공포증 탓에 숨쉬기가 힘들어서 불안한 마음을 진정시키고자 억지로 심호흡을 몇 번 했다. 그녀는 다행스럽게도 코트 주머니에 있는 손전등을 기억해 내고 배터리가 나가지 않았기를 조용히 기도했다. 배터리는 멀쩡했다. 손전등에서 빛이 새어 나오자 마음이 조금 진정되는 듯했다.

에리카는 1층 거실에 불빛을 비추었다. 자신이 이 집에서 무엇을 찾고 있는지도 모른 채, 그저 이웃 사람이나 지나가는 사람이 집 안의 불빛을 보고 경찰에 신고하지 않기만 바랐다.

거실은 아름답고 널찍했지만, 자신의 어린 시절 기억에 남아 있는 1970년대 스타일의 갈색과 오렌지색 가구가 깔끔한 스칸디나비아 식 디자인의 가벼운 자작나무 가구로 바뀌어 있었다. 알렉스는 집에 자신의 흔적을 남겨 놓았다. 모든 것이 완벽하게 정돈되어 있었지만, 그 때문에 쓸쓸한 느낌이 들었다. 소파에는 주름 하나 잡혀 있지 않았고, 심지어 커피 테이블에도 잡지 한 권 펼쳐져 있지 않았다. 좀 더 자세히 살펴볼 만한 것은 없어 보였다.

에리카는 부엌이 거실 너머에 있다는 사실을 기억해 냈다. 부엌은 크고 넓고 깨끗했으며, 옥의 티라고 할 만한 것은 식기 선반 위에 홀로 놓인 커피 잔뿐이었다. 그녀는 거실로 돌아가서 위층으로 올라갔고, 계단 꼭대기에서 오른쪽으로 방향을 틀어 큰 침실로 들어갔다. 에리카는 그곳을 알렉스 부모님의 침실로 기억했지만, 이제는 알렉스와 헨리크 부부가 쓰는 것이 분명했다. 침실도 세련되게 꾸며져 있었지만, 좀 더 이국적인 정취가 풍겼다. 이불은 초콜릿색과 자홍색이었고, 벽에는 아프리카 부족의 나무 가면이 걸려 있었다. 침실은 넓었고, 높은 천장에는 커다란 샹들리에가 매달려 있었다. 알렉산드라는 집 안을 여름 투숙객들이 머무는 집들처럼, 온통 바다와 관련된 것들로 꾸미고 싶은 유혹에 저항한 듯했다. 여름철 피엘바카의 구멍가게에서는 조개껍데기로 장식한 커튼에서 복잡한 매듭을 그린 그림까지 바다와 관련된 모든 것들이 불티나게 팔렸다.

에리카가 들여다본 다른 방들과는 달리, 침실은 사람이 산 티가 났다. 자지레한 개인 물건이 여기저기 흩어져 있었기 때문이다. 탁자 위에는 안경 하나와 구스타프 프뢰딩(향토의 자연과 농민 생활을 깊은 애정으로 묘사한 스웨덴 시인-옮긴이)의 시집 한 권이 놓여 있었다. 바닥에는 스타킹 한 켤레가, 침대보 위에는 점퍼 몇 벌이 팽개쳐져 있었다. 알렉스가 정말로 이 집에 살았다는 사실이 처음으로 절절하게 와 닿았다.

에리카는 조심스럽게 서랍과 장식장을 살펴보았다. 여전히 자신이 무엇을 찾고 있는지 몰랐고, 알렉스의 예쁜 실크 속옷을 뒤적거리면서는 관음증 환자가 된 기분이었다. 그러나 다음 서랍을 뒤지기로 마음먹었을 때, 서랍 밑에서 뭔가 바스락거리는 소리가 들렸다.

에리카는 레이스 장식이 달린 팬티와 브래지어를 잔뜩 손에 든 채 갑자기 행동을 멈췄다. 고요함이 감도는 집 안의 아래층에서 분명히 어떤 소리가 들려왔다. 문이 조심스럽게 열렸다가 닫히는 소리. 에리카는 공포에 질려서 주변을 두리번거렸다. 방 안에 숨을 데라고는 침대 밑이나 한쪽 벽을 차지하는 옷장 안뿐이었다. 갑자기 밀실공포증이 엄습했다. 꼼짝도 하지 못하던 그녀는 계단을 올라오는 발소리가 들리자, 본능에 따라 가장 가까운 옷장으로 살금살금 다가갔다. 다행히도 문은 삐걱대는 소리를 내지 않았고, 에리카는 재빨리 옷 사이로 들어가서 등 뒤로 문을 닫았다. 집으로 들어온 사람이 누군지 볼 틈은 없었지만, 점점 다가오는 발소리는 분명히 들을 수 있었다. 그 사람은 침실 문 바깥에서 잠시 멈췄다가 안으로 들어왔다. 순간 에리카는 자신이 손에 뭔가를 쥐고 있다는 사실을 깨달았다. 아무 생각 없이 서랍에서 바스락거리던 것을 움켜쥐고 옷장 안으로 들어온 것이다. 에리카는 그것을 조심스럽게 재킷 주머니 속에 넣었다.

감히 숨 한 번 제대로 쉴 수도 없었다. 코가 근질거리기 시작하자 재채기하지 않으려고 필사적으로 코를 쥐고 흔들었다. 행운은 그녀의 편이었고, 재채기는 멈췄다.

침입자는 침실을 뒤지고 있었다. 소리를 들어 보니 에리카가 방해받기 전까지 하던 것과 똑같이 이곳저곳 살펴보는 듯했다. 서랍이 열리는 소리가 들렸고, 다음 차례는 옷장이었다. 에리카의 공포는 극에 달했다. 이마에 땀방울이 맺혔다. 어떻게 해야 할까? 그녀가 할 수 있는 일은 오로지 옷 뒤로 최대한 깊숙이 파고드는 것뿐이었다. 그래도 운 좋게 롱코트가 걸려 있는 옷장으로 들어왔기 때문에, 코트 사이로 조심스럽게 파고들어 몸을 가렸다. 에리카는 바닥 위의 신발 한 켤레에서 비어져 나온 발목을 들키지 않길 바랐다.

침입자가 서랍장을 살펴보는 데는 시간이 조금 걸렸다. 에리카는 나프 탈렌 특유의 곰팡내를 들이마시며, 나프탈렌이 제 기능을 다해서 이 어두 운 옷장 안을 기어 다니는 벌레가 없길 간절히 바랐다. 또 엎어지면 코 닿 을 거리에 있는 침입자가 알렉스를 살해한 범인이 아니길 바랐다. 그러나 범인이 아니라면 알렉스의 집에 몰래 들어올 까닭이 없지. 에리카는 자신 도 초대받지 않았다는 사실을 무시한 채 생각했다.

갑자기 옷장 문이 벌컥 열리자, 드러나 있는 발목으로 바깥에서 들어온 신선한 공기가 느껴졌다. 에리카는 숨을 죽였다.

옷장에는 아무런 비밀이나 귀중품이 숨겨져 있지 않은 듯했고—적어 도 집 안을 뒤지는 사람에게는—문은 거의 바로 다시 닫혔다. 다른 옷장의 문도 그렇게 열렸다 닫혔고, 다음 순간 침실을 나가서 계단을 내려가는 발 소리가 들렸다. 에리카는 현관문이 조심스럽게 닫히는 소리를 듣고 나서 도 꽤 오랫동안 감히 옷장 바깥으로 나가지 못했다. 숨 쉴 때마다 신경을 바짝 곤두세우지 않고 마침내 자연스럽게 호흡하니 그렇게 좋을 수가 없 었다.

침실은 에리카가 들어왔을 때와 똑같아 보였다. 침입자가 누구였는지 는 몰라도, 아주 조심스럽게 뒤져서 흔적을 남기지 않은 것이 분명했다. 에리카는 그가 강도는 아니라고 확신한 뒤, 자신이 숨어 있던 옷장을 좀 더 자세히 살펴보았다. 옷장 안쪽으로 깊숙이 들어가자 뭔가 단단한 것이 종아리 뒤쪽을 누르는 느낌이 들었다. 옷을 옆으로 젖히니 커다란 캔버스가 보였다. 캔버스는 뒷면을 보인 채 세워져 있었다. 에리카는 그것을 조심스럽게 들어 올려서 돌려보았다. 믿을 수 없을 정도로 아름다운 그림이었다. 문외한인 에리카가 봐도 재능 있는 화가의 작품이라는 것을 알 수 있었다. 그림 속에서는 벌거벗은 알렉산드라가 한 손으로 머리를 받친 채 옆으로 누워 있었다. 화가가 따뜻한 색을 써서 그런지, 알렉스의 얼굴이 평화로워 보였다. 에리카는 이렇게 아름다운 그림이 왜 옷장 구석에 처박혀 있는지 궁금했다. 그림을 보건대, 알렉스가 부끄러워할 것은 하나도 없었기 때문이다. 알렉스의 몸은 그림에서와 똑같이 완벽했다. 에리카는 왠지 모르게 그림에서 느껴지는 익숙함을 떨쳐 버릴 수가 없었다. 분명히 비슷한 그림을 본 적이 있었다. 그러나 이 그림은 아니었으니, 다른 것일 터였다. 그림 오른쪽 아래 공간에 서명이 없어서 캔버스를 뒤집어 보았지만, 그림을 완성한 해인 듯한 '1999'라는 숫자 외에는 아무것도 쓰여 있지 않았다. 그녀는 그림을 다시 조심스럽게 옷장 뒤쪽에 세워 두고 옷장 문을 닫았다.

에리카는 마지막으로 침실을 둘러보았다. 콕 집어낼 수 없는 이상함이 있었다. 뭔가가 빠져 있었지만, 아무리 해도 그것이 무엇인지 생각나지 않았다. 아, 뭐, 나중에 생각날 수도 있겠지. 이 집에 더 머무를 용기가 나지 않았다. 그녀는 집에서 나와 열쇠를 원래 있던 자리에 돌려놓았다. 주차해 둔 차에 타고 시동을 거니 비로소 안전하다는 느낌이 들었다. 하루 저녁의 흥분으로는 충분했다. 독한 코냑 한 잔이면 영혼을 달래고 불안을 조금은 물리칠 수 있으리라. 도대체 무슨 생각으로 알렉스의 집에 가서 기웃거린 걸까? 에리카는 자신의 멍청함에 이마를 찰싹 때리고 싶었다.

집 앞 차도로 들어서면서 시간을 확인하니 한 시간도 채 지나 있지 않았다. 에리카는 깜짝 놀랐다. 영원처럼 느껴진 시간이었는데.

❄

스톡홀름은 가장 멋진 모습으로 바뀌어 가고 있었다. 그러나 에리카는 음울한 구름이 머리 위를 맴돌고 있다고 느꼈다. 평소 같았으면 그녀도 베스테르브론을 지나가면서 리다르피에르덴에 쏟아지는 햇빛을 보고 무척 기뻐했을 것이다. 그러나 오늘은 아니었다. 모임은 2시로 잡혀 있었다. 에리카는 피엘바카에서 출발할 때부터 내내 이것저것 궁리하면서, 해결책을 생각해 내려고 헛되이 애쓰고 있었다. 유감스럽게도 마리안네는 에리카의 법적인 처지를 매우 분명하게 밝혀 주었다. 안나와 루카스가 집을 팔자고 고집스럽게 주장하면, 에리카는 그에 따를 수밖에 없었다. 유일한 대안은 집을 시가의 반액에 사들이는 것뿐이었는데, 피엘바카의 집들이 얼마나 비싼 값에 팔리는지 감안하면 에리카가 집을 되사기란 어림 반 푼어치도 없는 일이었다. 물론 집이 팔리면 성가신 일은 없을 것이다. 200만 크로나나 되는 돈이 그녀의 몫으로 굴러들어올 테니까. 그러나 에리카에게 중요한 것은 돈이 아니었다. 제아무리 많은 돈이라도 엄마 아빠의 집을 대신할 수는 없었기 때문이다. 그녀는 선원 모자를 쓴 것만으로 스스로 바닷가 주민이 되었다고 생각하는 스톡홀름 사람이 아름다운 베란다를 뜯어내고 전경이 보이는 창문을 다는 모습을 상상하다가 메스꺼움을 느꼈다. 그 상상이 과장이라고 말할 사람은 아무도 없으리라. 그녀는 그런 일이 몇 번이고 되풀이해서 일어나는 것을 직접 보았으니까.

에리카는 외스테르말름의 루네베리스가탄에 있는 변호사 사무실로 들어갔다. 건물 앞에 기둥이 늘어선 모습이 웅장했다. 그녀는 엘리베이터 안의 거울을 보며 자신의 모습을 마지막으로 확인했다. 상황에 맞게 신경 써서 차려입은 모양새였다. 이곳에 온 것은 처음이었지만 루카스가 어떤 변호사를 고용했을지는 쉽게 짐작할 수 있었다. 루카스는 거짓된 정중함이 묻어나는 몸짓으로, 에리카도 변호사를 대동할 수 있다고 말했다. 그러나 에리카는 혼자 오는 쪽을 택했다. 변호사를 고용할 돈이 없었기 때문이다.

사실 그녀는 모임 전에 안나와 조카들을 만나서 뭐라도 간단히 먹고 싶었다. 안나의 행동에 화가 나긴 했지만, 최선을 다해서 둘의 관계를 어떻게든 이어 가기로 마음먹었으므로.

그러나 안나는 생각이 다르다는 듯, 스트레스를 너무 많이 받을 것 같다면서 에리카의 제안을 거절했다. 변호사 사무실에서 만나는 것이 낫다고. 에리카가 그러면 모임이 끝난 뒤에 보자고 말하려는데 안나가 선수를 쳤다. 모임이 끝나면 바로 친구를 만나러 가야 한다는 것이었다. 대단한 우연의 일치군. 에리카는 생각했다. 자신을 피하고 싶어 하는 안나의 속이 빤히 보였다. 문제는 그것이 안나 자신의 마음인지, 아니면 루카스가 일하느라 안나를 감시할 수 없을 때 에리카를 만나지 못하게 한 것인지 알 수 없다는 점이었다.

에리카가 사무실로 들어갔을 때는 이미 모든 사람이 와 있었다. 그들은 그녀가 꾸며 낸 미소를 지으며 루카스의 두 변호사에게 악수를 청하는 모습을 엄숙하게 지켜보았다. 루카스는 인사의 뜻으로 고개만 끄덕였지만, 안나는 그의 등 뒤에서 살짝이나마 손을 흔드는 모험을 했다. 그들은 곧 자리에 앉아 협상하기 시작했다.

협상은 그리 오래 걸리지 않았다. 두 변호사는 건조하고 사무적인 태도로 에리카가 이미 알고 있는 사실을 설명했다. 안나와 루카스에게 집을 팔자고 요구할 권리가 충분히 있다는 것, 에리카에게 집을 시가의 반에 사들일 능력이 있다면 그렇게 해도 된다는 것, 그럴 능력이 없거나 그럴 의지가 없다면 집은 부동산 감정사가 가격을 매기는 대로 경매에 붙여지리라는 것이었다.

에리카는 안나의 눈을 똑바로 응시했다.

"너 정말 이렇게 하고 싶어? 네겐 그 집이 아무런 의미도 없니? 부모가 세상을 떠나자마자 작은 딸이 집을 팔려고 한다는 걸 엄마 아빠가 아시면 어떻게 생각하실까? 이게 정말 *네가* 원하는 거니, 안나?"

에리카는 자신이 '*네가*'라고 강조할 때 루카스가 얼굴을 찌푸리는 모습을 곁눈질로 확인했다.

안나는 눈을 내리깔고 자신의 우아한 원피스에서 보이지 않는 먼지를 털어냈다. 금발은 깔끔하게 뒤로 넘겨 하나로 묶은 모습이었다.

"그 집을 뭐에다 쓸 건데? 낡은 집은 골칫거리만 잔뜩 안길 뿐이야. 그리고 집을 팔아서 받을 수 있는 돈을 생각해 봐. 난 엄마 아빠가 우리 둘 중 한 명의 실용적인 생각을 좋아할 거라고 확신해. 내 말은, 우리가 언제 그 집을 쓰겠어? 루카스랑 난 차라리 스톡홀름 군도에 여름 별장을 사서 언니랑 좀 더 가까이 있을 수 있는 편을 택하겠어. 언니는 그 집으로 뭘 할 건데?"

루카스는 진심으로 걱정하는 척 안나의 등을 토닥이며 에리카에게 조소를 보냈다. 안나는 아직도 감히 에리카의 시선을 마주하지 못하고 있었다.

에리카는 다시금 어린 여동생이 얼마나 피곤해 보이는지 깨닫고 충격을 받았다. 안나는 평소보다 여위었고, 검은색 원피스는 가슴과 허리 부분이 헐렁했다. 눈 밑에는 그늘이 드리웠고, 오른쪽 뺨에는 파우더 아래 푸르스름한 흔적이 있는 듯했다. 이 상황에서 아무 힘도 발휘하지 못하는 자신의 무력함에 머리끝까지 화가 난 에리카는 루카스를 쏘아보았다. 그는 에리카의 시선을 침착하게 맞받았다. 직장에서 곧바로 온 루카스는 검은색에 가까운 짙은 회색 양복에 흰색 와이셔츠를 입고 반질반질한 진회색 넥타이를 맨 정장 차림이었다. 그는 고상하고 세련돼 보였다. 분명 많은 여자들이 매력적이라고 생각할 만한 남자였다. 그러나 루카스에게는 그처럼 보기 좋은 외모를 걸러 내는 잔인한 구석이 있었다. 마른 얼굴은 날카로운 광대뼈와 단호해 보이는 턱선으로 각이 져 있었는데, 머리카락을 넓은 이마 뒤로 반듯하게 빗어 넘긴 탓에 그 모양이 더욱 도드라져 보였다. 루카스는 얼굴빛이 불그스름하지 않아서 전형적인 영국인처럼 보이지 않았다. 오히려 밝은 금발에 차가운 푸른색 눈을 한 노르웨이 인처럼 보였다. 윗입술은 여자의 그것처럼 굴곡이 있고 도톰해서 게으른, 아니 거의 퇴폐적인 인상을 풍겼다. 에리카는 루카스의 시선이 자신의 목선을 따라 가슴골로 향하는 것을 깨닫고, 본능적으로 재킷을 여몄다. 그가 자신의 반응을 알아차렸다는 사실에 굴욕감이 느껴졌다. 에리카는 루카스가 자신에게 어떤 식으로든 영향을 미친다는 점을 보이고 싶지 않았다.

마침내 협상이 끝나자, 에리카는 공손한 작별 인사를 하느라 시간을 낭비하지 않고 뒤돌아서서 문 밖으로 나갔다. 에리카의 입장에서 보면, 할 수 있는 말은 다한 셈이었다. 그녀는 집에 가격을 매기려고 오는 사람을 맞게 될 테고, 그러고 나면 집은 빠른 시일 내로 경매에 붙여지게 될 터였다. 설득은 아무런 소용도 없었다. 에리카는 참패했다.

바사스탄의 아파트는 박사 과정을 밟고 있는 사근사근한 커플에게 다시 빌려 주었기 때문에, 그리로 돌아갈 수는 없었다. 에리카는 바로 차를 출발시켜 다섯 시간이나 걸리는 피엘바카로 돌아가고 싶지는 않아서, 스투레플란의 차고에 차를 세우고 후믈레고르스파르켄에 가서 앉았다. 생각을 정리할 필요가 있었다. 아름다운 공원은 스톡홀름 한복판에 자리 잡은 오아시스 같았고, 매우 평화로워서 사색하기에 안성맞춤이었다.

눈이 내리다가 금방 그쳤는지 잔디가 아직도 하얬다. 스톡홀름에서는 하루나 이틀이면 눈이 더러운 회색 진창으로 탈바꿈했다. 에리카는 공원 벤치에 벙어리장갑을 깔고 그 위에 앉았다. 요로 감염증으로 고생하고 싶지 않았고, 그래서도 안 되었으므로.

그녀는 지나가는 사람들을 보면서 생각이 흘러가도록 내버려 두었다. 마침 점심시간이라서 사람들로 한창 북적였다. 에리카는 스톡홀름에서 사는 것이 얼마나 스트레스를 받는 일인지 거의 잊어버리고 있었다. 스톡홀름 사람들은 정말로 잡을 수 없는 것을 쫓느라 늘 바빴다. 그녀는 갑자기 피엘바카가 그리워졌다. 지난 몇 주 동안 그곳에서 얼마나 마음 편히 지냈는지 미처 깨닫지 못한 모양이었다. 처리해야 할 일이 많긴 했지만, 스톡홀름에서는 느낄 수 없었던 마음의 평화를 찾은 것이다. 스톡홀름에 혼자 있으면 완전히 고립된다. 반면 피엘바카에 있으면 절대 혼자가 될 수 없는데, 여기에는 좋은 점도 있고 나쁜 점도 있다. 피엘바카 주민들은 끊임없이 이웃을 챙기고 지켜본다. 때로는 정도가 너무 지나친 경우도 있어서 소문에 일일이 신경 쓰지는 않았지만, 이렇게 벤치에 앉아서 북적이는 도시를 보고 있노라니 다시는 이런 생활로 돌아오지 못할 것 같았다.

최근에 여러 번 그랬던 것처럼 생각의 방향이 알렉스에게 돌아갔다. 알렉스는 왜 주말마다 피엘바카에 갔을까? 누굴 만났을까? 그리고 무엇보다도, 알렉스가 임신한 아이의 아빠는 누구일까?

갑자기 어두운 옷장 안에 숨어 있을 때 재킷 주머니에 쑤셔 넣은 종잇조각이 기억났다. 어떻게 그 종잇조각을 까맣게 잊어버릴 수 있었는지 도무지 이해가 가지 않았다. 에리카는 오른쪽 주머니에서 구겨진 종잇조각을 꺼냈다. 그녀는 장갑을 끼지 않아 추위에 곱은 손가락으로 조심스럽게 종이를 펼치면서 주름을 폈다.

종이는 「보후슬레닝엔」에 실린 기사를 복사한 것이었다. 날짜는 없었지만, 글자체와 흑백 사진으로 미루어 보아 최근 기사는 아닌 듯했다. 사진을 보니 1970년대 기사 같았다. 에리카는 사진에 찍힌 사람들과 기사에서 자세히 설명한 이야기를 쉽게 기억해 낼 수 있었다. 알렉스는 왜 이 기사를 서랍 아래 숨겨 놓았을까?

에리카는 일어서서 기사를 주머니에 도로 넣었다. 여기서는 답을 찾을 수 없었다. 이제 집으로 돌아갈 시간이었다.

❄

장례식은 고상하고 경건하게 치러졌다. 피엘바카 교회는 추도객으로 꽉 차지 않았다. 대부분의 사람들은 알렉산드라를 알지 못했지만, 단순히 호기심을 채우고자 장례식에 참석했다. 가족과 친구들은 앞줄에 앉았다.

알렉스의 부모님과 헨리크를 제외하고 에리카가 알아본 사람은 오로지 프랑신뿐이었다. 그녀의 곁에는 남편으로 보이는, 금발에 키가 큰 남자가 앉아 있었다. 알렉스의 친구들은 많지 않아서, 고작 두 줄을 채워 앉았을 뿐이었다. 에리카는 다시금 알렉스의 면모를 확인할 수 있었다. 아는 사람은 수없이 많았지만, 가까운 친구는 거의 없었던 것이다. 나머지 좌석에는 호기심 많은 주민 몇 명이 여기저기 흩어져 앉아 있었다.

에리카는 2층 발코니석에 자리를 잡았다. 비리트는 교회 바깥에서 에리카를 발견하고 같이 앉자고 했지만, 에리카는 정중하게 거절했다. 가족과 친구들 사이에 앉으면 위선자가 될 것 같았다. 에리카에게 알렉스는 사실상 낯선 사람이었으니까.

에리카는 불편한 의자에 앉아서 꼼지락거렸다. 그녀와 안나는 어린 시절 내내 일요일마다 교회에 끌려갔다. 어린아이에게, 기나긴 설교와 멜로디를 기억하기 힘든 찬송가를 들으며 내내 앉아 있기란 끔찍하게 지루한 일이었다. 에리카는 지루함을 달래고자 머릿속에서 이야기를 만들어 냈다. 그러나 그렇게 지어낸 수많은 모험담—용과 공주가 등장하는—을 종이 위에 옮겨 적지는 않았다. 10대가 되어서는 격렬하게 반항했기 때문에, 교회에 가는 일이 훨씬 많이 줄어들었다. 대신 교회에 갈 때는 모험담이 아닌 낭만적인 이야기를 지어냈다. 얄궂게도 그녀는 사실상 억지로 교회에 간 덕분에—또는 교회에 간 탓에— 작가라는 직업을 선택하게 되었다.

에리카는 여전히 어떤 형태의 종교도 믿지 않았다. 그녀에게 교회는 전통에 빠져 있는 아름다운 건물에 지나지 않았다. 어린 시절에 들었던 설교는 신앙을 받아들이는 데 아무런 도움이 되지 않았다. 목사들은 종종 지옥과 원죄를 이야기했는데, 그들에게는 에리카가 그 존재를 믿지만 한 번도 개인적으로 체험해 보지 못한 신에 대한 밝은 믿음이 없었다. 그러나 지금은 많은 것이 변했다. 여성이 목사 예복을 입고 제단 앞에 서서 영원한 저주 대신 빛과 희망과 사랑을 이야기했다. 에리카는 그런 이야기를 들으면서 자라지 못한 것이 무척 아쉬웠다.

눈에 띄지 않는 발코니 자리에서 보니, 비리트 옆에 젊은 여자가 앉아 있었다. 비리트는 경련을 일으키듯 젊은 여자의 손을 쥐고 있었고, 때때로 그녀의 어깨에 머리를 기댔다. 에리카는 여자가 누군지 알 것 같았다. 분명 알렉스의 어린 여동생 율리아이리라. 너무 멀리 떨어져 있어서 얼굴은 잘 안 보였지만, 율리아는 비리트가 자신을 만질 때마다 움찔하는 것처럼 보였다. 그녀는 비리트가 잡은 손을 매번 뺐지만, 비리트는 모르는 척하거나 슬픔 때문에 정신이 없어서 딸의 반응을 알아차리지 못하는 듯했다.

높이 나 있는 스테인드글라스 창문으로 햇빛이 쏟아져 들어왔다. 에리카는 딱딱하고 불편한 의자 때문에 점점 허리가 아파왔다. 그녀는 장례식이 비교적 짧다는 사실에 감사했다. 그리고 장례식이 끝난 뒤에도 자리에 그대로 앉아서 사람들이 교회에서 느릿느릿 걸어 나가는 모습을 내려다보았다.

바깥에는 구름 한 점 없는 하늘을 배경으로 태양이 눈부시게 빛나고 있었다. 사람들은 교회 묘지가 있는 작은 언덕으로 줄지어 걸어갔다. 이제 새로 판 묘지의 구덩이 속에 알렉스의 관을 묻을 차례였다.

에리카는 부모님의 장례식을 치르기 전까지만 해도 땅이 꽁꽁 얼어붙은 겨울에 어떻게 관을 매장하는지 생각해 본 적이 없었다. 그러나 이제는 관을 묻을 구역의 땅을 미리 덥혀서 파낸다는 사실을 알았다. 각 구역은 매장될 관이 알맞게 들어갈 만한 넓이였다.

에리카는 알렉스가 묻힐 장소로 걸어가는 길에 부모님의 무덤을 지나갔다. 그녀는 맨 뒤에서 걸어가고 있었기 때문에 묘비 옆에서 잠시 멈췄다. 묘비 가장자리에 눈이 두껍게 쌓여 있어서 조심스럽게 털어냈다. 에리카는 마지막으로 한 번 더 무덤을 보고 사람들이 모여 있는 저 앞쪽으로 서둘러 걸어갔다. 구경꾼들이 매장식에 참석하지 않아서 가족과 친구들만 남아 있었다. 에리카는 가야 하나 말아야 하나 고민하다가, 결국 알렉스가 마지막 안식처로 들어가는 모습을 지켜보기로 마음먹었다.

헨리크는 고개를 숙이고 코트 주머니에 손을 깊이 찔러 넣은 채 앞쪽에 서 있었다. 그의 시선은 천천히 꽃―대부분 빨간 장미―으로 덮이고 있는 관에 고정돼 있었다.

에리카는 헨리크도 주위를 돌아보면서 아이의 아버지가 무덤에 모인 사람들 중에 있지 않을까 궁금해할지도 모른다고 생각했다.

관이 땅속으로 들어가자, 비리트가 한숨을 길게 내쉬었다. 칼 에리크는 의연했고 눈물을 보이지 않았다. 그는 비리트가 쓰러지거나 감정을 폭발시키지 않도록 붙잡는 데 온 힘을 쏟아야 했다. 율리아는 세 사람과 조금 떨어진 곳에 서 있었다. 율리아는 헨리크가 묘사한 대로 칼그렌 가의 미운 오리 새끼였다. 긴 금발인 언니와는 달리 짧은 흑발이었고, 그나마도 헤어스타일이라고 부르기도 힘들 만큼 꼴사납게 잘려 있었다. 다듬어지지 않은 모습의 그녀는 너무 긴 앞머리 아래 움푹 들어간 눈으로 관이 매장되는 모습을 응시하고 있었다. 화장하지 않은 피부에는 심한 여드름 자국이 선명하게 남아 있었다. 율리아 옆에 서 있는 비리트는 평소보다 더 작고 연약해 보였다. 작은 딸은 엄마보다 키가 10센티미터 이상 컸고, 몸이 펑퍼짐하고 육중해서 볼품없었다. 에리카는 율리아의 얼굴에 일련의 상반된 감정이 회오리바람처럼 스쳐 지나가는 모습을 흥미롭게 지켜보았다. 고통과 분노가 전광석화로 엇갈렸다. 눈물은 흘리지 않았다. 율리아는 관에 꽃을 던지지 않은 유일한 사람이었고, 매장이 끝나자마자 구덩이에서 등을 돌려 교회 쪽으로 걸어갔다.

에리카는 알렉스와 율리아의 관계가 어땠는지 궁금했다. 늘 알렉스와 비교당하고 밀지기만 한 것이 마음 편했을 리 없었다. 율리아는 등을 돌리고 가족에게서 점점 멀어지면서 일종의 거부 의사를 표시했다. 그녀의 어깨는 시큰둥한 모양새로 축 처져 있었다.

헨리크가 에리카에게 다가왔다.

"나중에 조촐하게 모여서 식사할 건데 당신도 오셨으면 좋겠습니다."

"글쎄요, 잘 모르겠어요."

에리카가 말했다.

"적어도 잠깐 들르실 수는 있잖아요."

에리카는 망설였다.

"음, 알았어요. 어디죠? 울라의 집인가요?"

"아뇨, 거기서 할까 했는데 결국 장인 댁에서 하기로 했습니다. 그런 일이 일어나긴 했지만, 알렉스는 그 집을 아주 좋아했거든요. 우리 모두에게 행복한 추억을 선물한 집이니, 알렉스를 기억하는 데 그보다 더 좋은 장소가 어디 있겠습니까? 당신에겐 조금 힘들지도 모르겠지만요. 제 말은, 마지막 방문이 그리 유쾌한 기억은 아니었을 거라는 얘깁니다."

에리카는 정말 마지막으로 그 집에 갔던 때가 떠올라서 부끄러움에 얼굴을 붉혔다. 그녀는 재빨리 얼굴을 돌렸다.

"괜찮을 거예요."

그녀가 말했다.

에리카는 다시금 호세바켄 학교 뒤쪽 주차장에 차를 세우고 알렉스 부모님의 집으로 들어갔다. 집은 이미 사람들로 꽉 차 있어서, 그녀는 뒤돌아서서 집에 가면 어떨까 하고 생각했다. 그러나 그 순간은 금세 지나갔다. 헨리크가 다가와서 그녀의 재킷을 받았기 때문이다. 이제 마음을 바꾸기엔 너무 늦어 버렸다.

향긋한 키시(파이 껍질 위에 구운 베이컨이나 치즈·양파 따위를 많이 얹고, 커스터드를 쳐서 구운 프랑스식 요리-옮긴이)가 차려져 있는 식당 테이블 주변은 사람들로 붐볐다. 에리카는 새우를 얹은 커다란 키시 파이를 한 조각 골라서 재빨리 한쪽 구석으로 갔다. 구석에서는 조용하고 평화롭게 음식을 먹으면서 사람들을 구경할 수 있기 때문이었다.

파티는 상황에 어울리지 않게 쾌활한 분위기로 진행되는 것 같았다. 자그맣게 이야기하는 목소리들이 들뜬 듯 명랑하게 들렸다. 그러나 에리카 주변에서 대화하는 사람들은 모두 억지스러운 표정을 짓고 있는 듯했다. 알렉스가 살해당했다는 생각이 표면 바로 아래에서 맴돌고 있었던 것이다.

에리카는 방 안을 훑어보면서 사람들의 얼굴을 하나하나 살폈다. 비리트는 소파 가장자리에 앉아서 손수건으로 눈을 훔치고 있었다. 칼 에리크는 비리트 뒤에 선 채로, 한 손은 그녀의 어깨에 어설프게 올려놓고 다른 한 손은 음식 접시를 들고 있었다. 헨리크는 프로처럼 움직였다. 그는 무리 지은 사람들에게 차례로 가서 악수하고, 애도의 말에 답례로 고개를 끄덕이고, 커피와 케이크도 준비되어 있다고 말했다. 헨리크는 어느 모로 보나 완벽하게 주인 노릇을 했다. 마치 아내의 장례식 연회가 아닌 칵테일파티를 주관하는 것처럼 보였다. 다음 무리로 옮겨가기 전에 새로 힘을 모으려는 듯 심호흡을 하고 잠시 머뭇거리는 모습만이 그가 애쓰고 있다는 사실을 드러냈다.

연회에 참석한 다른 사람들과 영 딴판으로 행동하는 유일한 사람은 율리아였다. 그녀는 베란다 창턱에 앉아서 한쪽 무릎을 올린 채 창밖에 펼쳐진 바다를 바라보고 있었다. 어떤 사람이 약간 친절을 보이거나 위로의 말을 건네며 다가오려고 하면 매몰차게 거절했다. 율리아는 말을 걸어 보려는 모든 사람을 무시하고 창문 바깥으로 한없이 넓게 펼쳐진 흰 바다만 응시했다.

에리카는 어떤 사람이 자기 팔을 가볍게 건드리는 느낌에 자기도 모르게 움찔하여 접시에 커피를 약간 쏟았다.

"미안해요, 놀라게 할 생각은 없었는데."

프랑신이 미소 짓고 있었다.

"아, 괜찮아요. 그냥 생각하는 중이었어요."

"율리아에 관해서요?"

프랑신은 고갯짓으로 창가에 앉은 인물을 가리켰다.

"율리아를 지켜보고 있더군요."

"네, 율리아가 제 관심을 끈다고 인정해야겠네요. 저 애는 식구들과 완전히 차단돼 있어요. 저로선 율리아가 알렉스의 죽음을 슬퍼하는지, 제가 이해하지 못하는 이유로 버림받은 건지 알 수가 없네요."

"율리아를 이해할 수 있는 사람은 아무도 없을 거예요. 그러나 분명 힘든 시간을 보냈겠죠. 두 마리 아름다운 백조와 함께 자라는 미운 오리 새끼였을 테니까. 율리아는 늘 떠밀리고 무시당했어요. 식구들이 대놓고 심술 궂게 대한 건 아니었지만, 저 애는 필요 없는 아이였죠. 알렉스만 해도 저와 함께 프랑스에서 공부하는 동안 한 번도 동생 얘길 한 적이 없었어요. 스웨덴에 와서 알렉스에게 나이 어린 여동생이 있다는 사실을 알고 얼마나 놀랐는지. 알렉스는 율리아보다 당신 얘기를 더 많이 했어요. 두 사람, 아주 특별한 관계였나 봐요."

"전 정말 모르겠어요. 우린 어린애들이었는걸요. 그 나이 또래 애들이 다 그렇듯, 우린 친자매처럼 가까웠고 서로 떨어지려고 하지 않았어요. 하지만 알렉스가 이사 가지 않았더라면, 우리에게도 같은 일이 벌어졌을지 몰라요. 함께 자라서 10대로 접어드는 여자애들에게 일어나는 일 있잖아요. 같은 남자친구를 두고 싸운다든지, 옷 취향이 다르다든지, 사회적 계층이 달라진다든지, 속하거나 속하길 바라는 무리에 더 잘 어울리는 다른 친구들을 사귀려고 서로 버린다든지 하는 거요. 그렇지만 물론 알렉스는 제 인생에 많은 영향을 미쳤어요. 어른이 되고 나서도요. 전 알렉스에게 느낀 배신감을 평생 떨쳐 버릴 수 없을 거예요. 항상 제가 뭔가 잘못 말하거나 잘못하지 않았는지 궁금했거든요. 알렉스는 점점 더 멀어지더니 어느 날 아예 사라져 버렸어요. 어른이 되어 다시 만났을 때, 알렉스는 모르는 사람이었어요. 기묘한 방식이긴 하지만, 이제 다시 알렉스를 알아 가는 듯한 느낌이에요."

에리카는 집에서 쓴 원고를 생각했다. 지금까지는 자신의 생각과 감상이 뒤섞인 여러 가지 인상과 일화만 모아 놓았을 뿐이다. 사실 그 자료를 가지고 어떤 형태의 이야기로 만들어야 할지도 몰랐지만, 반드시 이야기를 뽑아내야 한다는 점만은 알았다. 작가의 본능으로 이번이야말로 진짜

배기 글을 쓸 수 있는 기회임을 알았지만, 작가로서 느끼는 욕구와 개인적으로 알렉스와 맺은 관계 사이의 경계가 어디인지 알 도리가 없었다. 글을 쓰는 데 필수적인 호기심도 알렉스의 죽음에 관한 수수께끼를 훨씬 더 개인적인 차원에서 조사하여 답을 찾으라고 그녀를 닦달했다. 에리카는 알렉스와 그녀의 운명을 무시하고, 알렉스의 죽음을 슬퍼하는 사람들에게 등을 돌린 채 자기 일에만 집중할 수도 있었다. 그러나 그녀는 그렇게 하지 않고, 잘 알지도 못하는 사람들로 북적이는 식당에 서 있었다.

문득, 알렉스의 옷장에서 발견한 그림을 거의 잊고 있었다는 사실이 떠올랐다. 이제 에리카는 알렉스의 나체 그림에서 본 따뜻한 색깔들이 왜 그렇게 익숙했는지 깨달았다. 그녀는 고개를 돌려 프랑신을 바라보았다.

"저기요, 갤러리에서 만났을 때……."

"네?"

"출입문 바로 옆에 걸려 있던 그림이요. 커다란 캔버스에 노랑, 빨강, 주황 등 온통 따뜻한 색깔로 그린 그림 있잖아요……."

"네, 어떤 그림인지 알겠어요. 그게 왜요? 설마 당신이 수집가라고 말하려는 건 아니죠?"

프랑신이 미소 지었다.

"아니에요, 그냥 궁금해서요. 누가 그린 그림이에요?"

"음, 그거 아주 슬픈 얘긴데. 화가의 이름은 안데르스 닐손이에요. 여기 피엘바카 출신이죠. 그를 발견한 사람은 알렉스였어요. 그는 대단히 재능 있는 화가예요. 그러나 유감스럽게도 심각한 알코올중독자이기도 해서, 화가로서 성공할 기회를 놓치게 될 거예요. 요즘에는 그림을 갤러리에 넘기고 성공을 바라는 것만으로는 부족하거든요. 화가로서 자신을 홍보하는 일도 잘해야 해요. 전시회 첫날 모습을 보이고, 여러 행사에 참석하고, 모든 면에서 화가의 이미지에 어울리게 살아야 하죠. 그러나 안데르스 닐손은 교양 있는 손님들에게 어울리지 않는 주정뱅이 알코올중독자예요. 우린 가끔 화가의 재능을 알아보는 손님에게 그림을 팔지만, 안데르스는 절대 미술계의 큰 별이 되지 못할 거예요. 정말 적나라하게 표현하면, 그는 술을 퍼마시다 죽어야 스타가 될걸요. 죽은 화가들은 항상 일반 대중에게 인기가 있는 법이거든요."

에리카는 자기 앞에 서 있는 우아한 여인에게 깜짝 놀란 표정을 지었다. 프랑신이 그녀의 표정을 보고 덧붙였다.

"비꼬려던 건 아니었어요. 전 그렇게 재능 있는 사람이 술 마시느라 빛을 발하지 못하는 걸 보면 속이 부글부글 끓거든요. 정말 비극이 따로 없어요. 알렉스가 그의 그림을 발견한 건 행운이었죠. 그러지 않았다면 그 멋진 그림을 피엘바카의 알코올중독자들만 감상하게 됐을 테니까요. 전 그런 사람들에게 고급 미술을 알아볼 능력이 있다는 걸 믿기 힘들었어요."

퍼즐 한 조각이 제자리를 찾았지만, 에리카는 그것이 나머지 조각들과 어떻게 맞아 들어가는지 도무지 알 수가 없었다. 알렉스는 왜 안데르스 닐손이 그린 자신의 누드화를 옷장에 숨겼을까? 알렉스가 헨리크나 불륜 상대에게 선물로 주려고, 자신이 재능을 높이 평가하는 화가에게 그림을 의뢰한 것일 수도 있다. 그러나 그 답은 진실이 아닌 듯했다. 초상화에는 낯선 사람들의 관계에서는 볼 수 없는 관능과 성적 욕망이 담겨 있었다. 알렉스와 안데르스는 모종의 관계를 맺고 있었던 것이다. 그러나 다른 한편으로, 에리카는 자신이 미술 감정가가 아니라는 사실을 잘 알고 있었다. 그녀의 육감은 모두 틀렸을지도 모르는 일이었다.

갑자기 웅성대는 소리가 집 안에 퍼져 나갔다. 처음에는 현관문에 가장 가까이 있던 사람들이 속삭이더니, 곧 나머지 참석자들도 술렁이기 시작했다. 모든 사람들의 시선이 문 쪽으로 향했다. 뜻밖의 방문자가 거드름을 피우며 들어오고 있었기 때문이다. 넬뤼 로렌트가 문 안으로 들어서자, 사람들은 너무 놀라서 숨을 죽였다. 에리카는 알렉스의 침실에서 찾은 신문 기사를 생각했다. 머릿속에서 아무 연관도 없어 보이는 사실들이 의미 없이 맴돌고 있었다.

✳

1950년대 초기부터 피엘바카의 생계는 로렌트 통조림 공장의 부침에 지대한 영향을 받았다. 사지가 멀쩡한 피엘바카 주민의 절반 정도가 통조림 공장에서 일했고, 로렌트 가는 작은 마을의 왕족으로 대우받았다. 그러나 피엘바카는 상류 사회의 온상이 아니었기 때문에, 로렌트 가는 나 홀로 상류층이었다. 그들은 언덕 꼭대기에 서 있는 거대한 저택에서 신중하게 우월감을 드러내며 피엘바카를 내려다보았다.

통조림 공장은 1952년에 파비안 로렌트가 세웠다. 그는 어부 집안 출신으로, 선조들의 발자취를 따라야 할 처지였다. 그러나 어획량은 점점 줄어들어 바닥을 보였고, 야심만만하고 똑똑한 파비안은 아버지처럼 쥐꼬리만 한 돈으로 겨우 먹고살 생각이 없었다.

그는 맨손으로 통조림 공장을 세웠고, 70대 후반에 세상을 떠났을 때는 아내 넬뤼에게 활황을 맞은 사업과 상당한 재산을 함께 남겼다. 사람들에게 쉽게 호감을 샀던 파비안과는 달리, 넬뤼 로렌트는 오만하고 냉정하기로 유명했다. 그녀는 이제 마을에 모습을 드러내지 않고, 여왕처럼 몇몇 사람들만 특별히 초대해서 만났다. 그런 그녀가 문 안으로 들어섰으니, 그 야말로 대사건이 아닐 수 없었다. 이 일은 앞으로 몇 달 동안 사람들의 입방아에 오르내릴 터였다.

집 안은 너무 조용해서 핀 떨어지는 소리도 들릴 정도였다. 로렌트 부인은 자애롭게도 헨리크에게 모피코트 벗는 일을 돕도록 허락한 뒤, 그의 팔을 잡고 거실로 들어왔다. 헨리크는 그녀를 비리트와 칼 에리크가 앉아 있는 거실 중앙의 소파로 안내했고, 그녀는 걸어가는 동안 선택받은 참석자 몇몇에게 고개만 간단히 끄덕이며 인사했다. 넬뤼 로렌트가 칼그렌 부부가 앉은 소파에 이르자, 마침내 멈췄던 대화가 다시 시작되었다. 사람들은 이런저런 잡담을 나누면서도, 세 사람이 무슨 이야기를 하는지 엿들으려고 귀를 쫑긋 세웠다.

로렌트 부인의 자애로운 인사를 받은 사람들 중에는 에리카도 포함되었다. 에리카가 준유명인이 되어 어울릴 만하다고 생각했는지, 넬뤼 로렌트는 부모님의 상을 치른 그녀에게 같이 차 한잔하자고 초대하기도 했다. 에리카는 아직 부모님의 죽음을 애도하고 있다고 하면서 정중히 초대를 거절했다.

이제 그녀는 넬뤼가 비리트와 칼 에리크에게 형식적으로 조의를 표하는 모습을 호기심 어린 눈으로 지켜보았다. 저렇게 비쩍 마른 몸속에 동정하는 마음이 조금이라도 있을지 의심스러웠다. 넬뤼는 무척 여위었고, 솜씨 있게 재단된 원피스 소매 아래 뼈마디가 튀어나온 손목을 드러내고 있었다. 젊은 시절에는 자연스러운 굴곡 때문에 마른 몸이 아름다워 보였을지 몰라도, 나이 들면 그리 근사해 보이지 않는다는 사실을 깨닫지 못한 채, 평생 맵시 있게 날씬한 몸매를 유지하고자 쫄쫄 굶은 듯한 모양새였다. 그녀의 얼굴은 날카롭고 각이 졌는데, 피부가 놀라울 정도로 매끈하고 주름도 없었다. 에리카는 넬뤼가 현대 의학의 도움을 받아 피부 나이를 되돌린 것이 아닌가 생각했다. 넬뤼의 외모에서 가장 보기 좋은 부분은 머리카락이었다. 그녀는 굵은 은회색 머리카락을 프랑스식으로 우아하게 꼬아 올렸지만, 너무 팽팽하게 빗어 넘긴 나머지 이마의 피부가 당겨 올라가서 약간 놀란 것처럼 보였다. 넬뤼는 여든 살을 약간 넘긴 듯했다. 소문에 따르면, 젊은 시절 무용수였던 넬뤼는 상류층 아가씨들이 감히 얼굴을 보이려고 하지 않는 예테보리 극장의 발레단에 있을 때 파비안 로렌츠를 만났다고 한다. 그러나 공식적인 이야기에 따르면, 그녀는 무용 학교 근처에도 가 본 적이 없으며 스톡홀름 출신 영사의 딸이라고 했다.

넬뤼는 몇 분 동안 칼그렌 부부와 조용하게 이야기를 나눈 뒤, 그들을 떠나 베란다로 나가서 율리아와 자리를 함께했다. 그 모양새가 이상하다고 생각하는 티를 내는 사람은 아무도 없었다. 사람들은 대화를 계속하면서 그 기묘한 한 쌍을 지켜보았다.

프랑신이 사람들과 어울리려고 자리를 뜬 뒤, 에리카는 다시 한 번 구석에 혼자 서 있게 되었다. 그곳에서는 방해받지 않고 율리아와 넬뤼를 지켜볼 수 있었다. 에리카는 그날 처음으로 율리아의 얼굴에 미소가 번지는 모습을 보았다. 율리아는 창턱에서 뛰어내려 등나무 소파에 자리 잡은 넬뤼 옆에 앉았고, 두 사람은 이마를 맞대고 소곤소곤 이야기하기 시작했다.

그처럼 어울리지 않는 두 사람에게 도대체 어떤 공통점이 있을까? 에리카는 비리트 쪽을 힐끗 보았다. 그녀의 뺨에 흘러내리던 눈물은 드디어

멈춘 듯했다. 비리트는 공포가 적나라하게 드러난 얼굴로 율리아와 넬뤼 로렌트를 빤히 바라보고 있었다. 에리카는 로렌트 부인의 초대를 받아들이기로 마음먹었다. 그녀와 따로 이야기하는 일이 흥미로울 것 같았기 때문이다.

그녀는 진심으로 안도감을 느끼면서 마침내 언덕 위의 집을 떠났다. 상쾌한 겨울 공기를 들이마시니 살 것 같았다.

❄

파트리크는 조금 불안했다. 한 여자를 위해 저녁을 준비해 본 것이 너무 오래 되었기 때문이다. 게다가 그냥 여자도 아니고, 강렬하게 이끌리는 여자가 아닌가. 모든 것이 완벽해야 했다.

그는 샐러드에 넣을 오이를 썰면서 콧노래를 불렀다. 오랫동안 머리를 쥐어뜯으며 고민한 끝에, 저녁 메뉴를 쇠고기 필레로 정했다. 깔끔하게 다듬어진 고기는 오븐에 들어가 있었고, 이제 거의 다 되어 갔다. 스토브 위에서 지글지글 끓는 육즙 소스 냄새에 배가 꼬르륵거렸다.

정신이 하나도 없는 오후였다. 그는 바라던 만큼 일찍 퇴근하지 못해서, 눈 깜짝할 사이에 집을 청소해야 했다. 그는 카린이 떠난 뒤로 집을 얼마나 방치했는지 알아차리지 못했다. 그러나 에리카의 눈으로 다시 보니, 돼지우리를 사람 사는 집처럼 보이게 하려면 애깨나 써야겠다는 생각이 새삼 들었다.

전형적인 독신남의 덫—집은 구질구질하고 냉장고에는 먹을 것이 하나도 없는 상황—에 걸렸다는 사실이 조금 당황스러웠다. 그는 카린이 집에서 얼마나 커다란 짐을 지고 있었는지 진정으로 이해하지 못했다. 깔끔하고 단정한 집을 당연하게 여겼고, 그런 상태를 유지하는 데 얼마나 많은 노력이 필요한지 생각해 보지 않았다. 많은 것을 당연하게 받아들였던 것이다.

초인종이 울리자, 그는 앞치마를 벗어 던지고 거울을 흘긋 보면서 헤어스타일을 확인했다. 머리카락은 젤을 발랐는데도 여느 때처럼 제멋대로 흐트러져 있었다.

에리카는 늘 그랬듯 근사해 보였다. 뺨은 추위 때문에 분홍빛으로 물들었고, 금발은 오리털 재킷 옷깃 위로 굵게 말려 있었다. 그는 그녀를 살짝 포옹하면서 잠시 눈을 감고 그녀의 향수 냄새를 들이마신 다음, 따뜻한 집 안으로 들였다.

그들은 이미 차려진 식탁에 앉아서 전채 요리를 먹으며 주 메뉴 요리가 끝나길 기다렸다. 파트리크는 에리카를 몰래 훔쳐보았다. 그녀는 새우로 속을 채운 아보카도를 기꺼이 맛보고 있었다. 아보카도는 그리 어려운 요리도 아니고, 망칠 가능성도 낮았다.

"네가 세 코스짜리 저녁식사를 준비할 거라곤 생각도 못했어."

에리카가 아보카도를 한 입 더 베어 물면서 말했다.

"나도 믿기 힘들어. 어쨌든 건배! 헤드스트룀 레스토랑에 온 것을 환영합니다."

그들은 잔을 부딪치고 차가운 화이트 와인을 한 모금 마신 뒤, 얼마 동안 정다운 침묵 속에서 식사했다.

"어떻게 지냈어?"

파트리크는 눈앞으로 내려온 머리카락 사이로 에리카를 응시했다.

"좀 나아진 것 같아."

"왜 그 사람들이랑 같이 왔어? 알렉스나 알렉스 가족이랑 연락하지 않은지 꽤 오래 됐잖아."

"응, 아마 25년 정도 됐을 거야. 나도 내가 왜 갔는지 모르겠어. 꼭 소용돌이로 빨려 드는 느낌이야. 거기서 빠져나올 수 있는지, 아니 빠져나오고 싶은지도 모르겠고. 비리트 아줌마는 날 보면서 옛날 생각을 하는 것 같아. 게다가 난 외부인이잖아, 그래서 날 보면 안심이 되는지도 모르지."

에리카는 잠시 말을 멈췄다가 다시 이었다.

"수사는 잘 돼 가?"

"미안. 사건 얘긴 할 수 없어."

"아냐, 이해해. 미안. 내 생각이 짧았어."

"괜찮아. 근데 네가 날 도울 수 있을 것 같다. 이제 칼그렌 가족을 꽤 많이 봤을 테니까. 그리고 예전부터 알던 사람들이잖아. 칼그렌 가족의 인상이 어땠는지, 알렉스에 관해 아는 게 뭔지 좀 얘기해 줄 수 있어?"

에리카는 은그릇을 내려놓고 자신이 받은 인상을 파트리크에게 말하고 싶은 순서대로 정리하려고 애썼다. 그녀는 알렉스와 관계가 있는 사람들의 인상과 함께 자신이 알아낸 모든 것을 말했다. 파트리크는 식탁에서 일어나 전채 요리를 치우고 쇠고기 필레를 가져오면서 줄곧 에리카의 말을 경청했다. 그는 때때로 질문을 던졌다. 파트리크는 에리카가 그렇게 짧은 시간 동안 엄청난 양의 정보를 알아냈다는 사실에 깜짝 놀랐다. 마지막으로 에리카가 아는 어린 시절의 알렉스에 관해 듣고 나니, 지금까지 단순한 희생자였던 여자가 갑자기 입체적인 사람으로 바뀌는 듯했다.

"사건 얘길 하면 안 된다는 건 아는데, 파트리크, 경찰이 뭐든 단서를 잡았는지 얘기해 줄 수 있어? 알렉스를 살해한 범인에 관한 정보라든지?"

"아니, 사실 수사가 별로 진척되지 않았어. 지금은 사소한 단서만 나와도 쌍수를 들어 환영할 판이야."

그는 한숨을 쉬며 와인 잔의 가장자리를 따라 손가락으로 원을 그렸다. 에리카는 머뭇거리며 말했다.

"내가 흥미를 끌 만한 걸 갖고 있는지도 몰라."

그녀는 핸드백을 뒤져서 종이 한 장을 꺼내 파트리크에게 건넸다. 그는 건네받은 종이를 펼쳐서 그 내용을 흥미롭게 읽었지만, 다 읽고 나서는 의문스럽다는 듯 눈썹을 올렸다.

"이게 알렉스와 무슨 상관이 있지?"

"나도 그게 궁금해. 이 기사, 서랍장에서 찾은 거거든. 알렉스 속옷 아래 숨겨져 있었어."

"찾았다는 게 무슨 뜻이야? 언제 서랍장을 살펴봤는데?"

그는 에리카의 얼굴이 빨개지는 모습을 보고 그녀가 무엇을 숨기고 있는지 궁금해졌다.

"음, 언젠가 밤에 그 집에 가서 좀 기웃거렸거든."

"뭘 했다고?"

"아, 알아. 얘기하지 않아도 돼. 정말 멍청한 짓이었어. 그러나 내가 어떤지 알잖아. 먼저 행동하고 나중에 생각하는 거."

에리카는 더 혼나지 않으려고 빠른 속도로 말했다.

"아무튼, 알렉스의 서랍장에서 이 기사를 발견하고 간신히 가져왔어."

파트리크는 그녀가 어떻게 기사를 '간신히' 가져올 수 있었는지 묻고 싶었지만, 꾹 참았다. 모르는 게 약이었다.

"이게 뭘 의미하는 걸까? 25년 전에 일어난 실종 사건에 관한 기사라. 이게 알렉스와 무슨 상관이 있는 거지?"

"그밖에 아는 건?" 파트리크는 기사를 흔들면서 물었다.

"사실, 내가 아는 건 기사에 실린 내용이 다야. 파비안과 닐뤼 로렌트의 아들 닐스 로렌트가 1977년 1월에 흔적도 없이 사라졌어. 시신도 발견되지 않았고. 시간이 지나면서 추측만 무성해졌을 뿐이지. 그가 익사해서 시체가 바다로 떠내려갔다고 생각하는 사람들도 있고, 아버지에게 거액의 돈을 가로챈 뒤 외국으로 도망쳤다고 말하는 사람들도 있어. 내가 들은 얘기에 따르면, 닐스 로렌트는 행실이 바르지 못한 사람이었대. 그래서 대부분의 사람들이 후자의 가능성에 무게를 실었다고 하더라. 닐스는 외동아들이었는데, 닐뤼가 버릇을 망쳐 놓은 것 같아. 닐뤼는 아들이 사라진 뒤 슬픔에 빠졌고, 파비안은 상실의 아픔을 이겨 내지 못했어. 결국 1년인가 뒤에 심장마비로 죽었고. 현재 유일한 재산 상속인은 닐스가 사라지기 1년 전쯤 데려온 양자야. 파비안이 죽은 지 2년 정도 지나고 나서 닐뤼가 입양했지. 음, 이건 항간에 떠도는 소문의 일부일 뿐이야. 난 아직도 이게 알렉스의 죽음과 무슨 상관이 있는지 모르겠어. 두 가족이 서로 관계를 맺은 건 알렉스와 내가 어렸을 때 칼 에리크 아저씨가 로렌트 통조림 공장 사무실에서 일했을 때뿐이야. 알렉스네가 예테보리로 이사하기 전에. 그러나 그건 25년 전에 끝난 일이라고."

에리카는 갑자기 또 다른 연결 고리를 기억해 냈다. 그녀는 파트리크에게 닐뤼가 장례식 연회에 나타났고, 율리아에게 온통 주의를 기울였다고 말했다.

"이런 얘기들을 그 기사와 어떻게 연관 지어야 할지 모르겠어. 하지만 분명히 뭔가 있어. 알렉스랑 갤러리를 함께 운영하는 프랑신도 알렉스가 어떻게든 과거를 정리하길 바라는 것 같다고 했거든. 프랑신이 아는 건 그게 다였지만, 난 일리 있는 얘기라고 생각해. 여자의 육감이든 뭐든 마음대로 불러도 되는데, 뭔가 연결 고리가 있다는 느낌이 들어."

에리카는 파트리크에게 모든 사실을 말하지 않았다는 점 때문에 약간 부끄러웠다. 작지만 매우 이상한 퍼즐 조각이 하나 더 있었고, 그녀는 그 조각을 혼자 간직할 셈이었다. 적어도 더 많은 것을 알게 될 때까지.

"에, 여자의 육감을 두고 왈가왈부할 순 없지. 와인 좀 더 할래?"

"응, 그럴게."

에리카는 부엌을 둘러봤다.

"근사한데. 네가 직접 꾸민 거야?"

"아니, 그건 내가 생색낼 수 없겠다. 꾸미는 재주가 있는 사람은 카린이었지."

"아 그래, 네 부인 카린. 두 사람, 도대체 무슨 일이 있었던 거야?"

"흠, 정말 흔해 빠진 얘기야. 여자가, 허리까지 오는 짧은 재킷을 입은 댄스 밴드 가수를 만나서 사랑에 빠지지. 그래서 남편과 이혼하고 댄스 밴드 가수와 같이 사는 거야."

"농담하지 마!"

"유감스럽게도 농담이 아니야. 카린이 날 버렸다는 사실만으로도 충분히 힘들었는데, 알고 보니 보후슬렌에서 가장 유명한 댄스 밴드 '레페스'의 인기 가수이자 우상인 레이프 라르손 때문에 날 떠났더라고. 서안에서 가장 예쁜 하키선수 여자친구를 둔 남자지. 술 달린 신발을 신은 남자와 경쟁할 수 있는 방법은 많지 않아."

에리카는 놀란 토끼 눈을 하고 그를 바라봤다. 파트리크는 미소 지었다.

"뭐, 과장이 좀 섞였을 수도 있는데, 대충 그런 얘기야."

"그래도 엄청 힘들었을 텐데. 쉽지 않았겠다."

"한동안 풀이 죽었지만 지금은 괜찮아. 좋은 게 아니라 괜찮다는 거지만."

에리카는 화제를 바꿨다.

"알렉스의 임신 소식을 들었을 땐 폭탄이 터지는 것 같았어."

그녀는 파트리크를 물끄러미 바라보았고, 그는 언뜻 별 뜻 없어 보이는 그녀의 말 뒤에 뭔가가 숨겨져 있다고 느꼈다.

"어쨌든 알렉스는 임신 소식을 남편에게 말하지 않은 것 같았어."

에리카가 말했다. 파트리크는 그녀가 말을 이을 때까지 잠자코 기다렸다. 잠시 후 에리카는 여전히 망설임이 가시지 않은 듯 낮은 목소리로 말했다.

"알렉스의 가장 친한 친구 말에 따르면, 헨리크는 아이 아버지가 아니래."

파트리크는 눈썹을 치켜세우며 휘파람을 불었지만, 에리카가 좀 더 말하길 바랐기 때문에 아무 말도 하지 않았다.

"프랑신은 알렉스가 여기 피엘바카에서 어떤 사람을 만났다고 했어. 주말마다 그 사람을 만나려고 왔다는 거야. 프랑신 말로는, 헨리크의 아이는 절대 낳고 싶어 하지 않던 알렉스가 이 남자를 만나고 나서 변했대. 임신 소식에 뛸 듯이 기뻐했다나. 프랑신은 알렉스가 자살했을 리 없다고 강력하게 주장했어. 그렇게 행복해하는 알렉스는 처음 봤다면서."

"그 남자가 누군지 안대?"

"아니, 모른댔어. 알렉스가 비밀로 했대."

"그런데 알렉스의 남편은 왜 아내가 주말마다 혼자서 피엘바카에 가게 내버려 뒀지? 다른 사람을 만난다는 건 알았을까?"

파트리크는 와인을 한 모금 더 마셨고 뺨이 달아오르는 것을 느꼈다. 와인 때문인지, 에리카 때문인지는 알 수 없었지만.

"그 두 사람 관계는 꽤 독특했던 모양이야. 예테보리에서 헨리크를 만났는데, 서로 교차되지 않는 평행선 위를 달린 것 같았어. 헨리크와 나눈 짧은 대화로는 그가 뭘 알고 뭘 모르는지 알 수 없었어. 그 남잔 감정을 전혀 드러내지 않았거든. 뭘 알든 내색하지 않을 만큼 아주 신중한 사람이야."

"그런 사람은 압력솥처럼 될 수도 있어. 울분이 쌓이고 쌓이다가 어느 날 폭발하는 거지. 그랬을 가능성이 있다고 생각해? 어느 날 버림받은 남편이 더 참지 못하고 바람난 아내를 죽였다?"

파트리크가 물었다.

"모르겠어, 파트리크. 정말 모르겠어. 그러나 난 우리가 와인을 더 마시면서 이런저런 얘기를 해야 한다고 생각해. 살인과 급사(急死) 얘기만 빼고."

그는 기꺼이 동의하며 잔을 들어 건배했다.

그들은 소파로 자리를 옮겨서 남은 저녁 시간 동안 편안하게 이야기했다. 그녀는 자신의 삶과 집을 둘러싼 소동과 부모님을 잃은 슬픔을 이야기했다. 그는 이혼한 뒤에 느낀 분노와 낭패감, 아이를 낳아 가족을 꾸리고 카린과 평생 함께하리라고 철석같이 믿었을 때로 돌아간 자신을 보면서 느낀 좌절감을 이야기했다.

대화 도중에 잠깐씩 말이 끊길 때조차 편안한 분위기가 이어졌다. 파트리크는 그때마다 몸을 앞으로 숙여서 에리카에게 키스하고 싶은 마음을 억눌러야 했다. 그는 자제했고, 기회는 날아가 버렸다.

3

남자는 그들이 여자를 밖으로 내오는 모습을 지켜보았다. 담요에 싸인 여자의 시신 위로 울부짖으면서 몸을 던지고 싶었다. 여자를 영원히 소유하기 위해.

이제 여자는 정말로 가 버렸다. 낯선 사람들이 여자의 시신을 쿡쿡 찌르며 빈정거리겠지. 그들 중에 남자가 본 것처럼 여자의 아름다움을 볼 수 있는 사람은 아무도 없을 것이다. 그들에게 여자는 고깃덩어리에 지나지 않을 터였다. 생명도 없고 열정도 없는 서류상의 숫자.

남자는 왼손으로 오른손바닥을 쓰다듬었다. 어제는 이 손으로 여자의 팔을 쓰다듬었는데. 남자는 손바닥을 뺨에 누르면서 여자의 차가운 피부를 얼굴로 느껴 보려고 애썼다.

그러나 아무것도 느껴지지 않았다. 여자는 가 버렸다.

파란 불빛들이 번쩍이고 있었다. 사람들은 급히 오락가락하며, 집을 들락날락했다. 왜 서두르는 걸까? 이미 너무 늦었는데.

아무도 남자를 보지 못했다. 남자는 보이지 않는 존재였다. 늘 그랬다. 그러나 상관없다. 여자가 자신을 봤으니까. 여자는 늘 남자를 볼 수 있었다. 여자가 푸른 눈으로 남자를 물끄러미 바라볼 때면 남자는 자신이 보인다고 느꼈다.

이제 남은 것은 아무것도 없다. 열정의 불은 오래전에 꺼졌다. 남자는 잿더미 속에 서서 자신의 목숨이 노란 병원 담요에 싸인 채 빠져나가는 모습을 지켜보았다. 막다른 길에 다다르면 선택의 여지가 없는 법이었다. 남자는 진작부터 그 점을 잘 알고 있었고, 이제 마침내 그때가 왔다. 남자는 그때를 갈망하고 있었으므로, 기꺼이 받아들였다.

여자는 가 버렸다.

넬뤼는 에리카의 전화를 받고 약간 놀란 듯했다. 에리카는 잠시 자신이 침소봉대하는 것이 아닌지 생각해 보았다. 그러나 넬뤼가 알렉스의 장례식 연회에 나타난 것이 매우 기묘하다는 생각을 떨쳐 버릴 수는 없었다. 거의 율리아하고만 이야기했다는 점도 마찬가지였다. 칼 에리크가 가족과 함께 예테보리로 이사 갈 때까지 파비안 로렌트의 통조림 공장 사무실 매니저로 일한 것은 사실이지만, 에리카가 아는 한 두 집안은 사회적으로 어울린 적이 한 번도 없었다. 칼그렌 가가 로렌트 가에서 받아들일 수 있는 사회 계층의 기준에 훨씬 못 미쳤기 때문이다.

에리카가 안내받은 응접실은 무척 아름다웠다. 응접실 한쪽 끝에서는 항구가 보였고 다른 쪽 끝에서는 여러 섬들 너머로 탁 트인 수평선이 보였다. 오늘처럼 눈 덮인 얼음에 햇빛이 반사되는 겨울날의 전망은 햇빛 찬란한 여름철의 전경과 맞겨룰 수 있을 정도였다.

그들은 아치 있는 소파에 앉았고, 에리카는 은쟁반에 담긴 작은 카나페를 대접받았다. 카나페의 맛은 환상적이었지만, 그녀는 촌스러워 보이지 않으려고 애써 식욕을 억눌렀다. 넬뤼는 딱 하나만 먹었다. 그렇게 툭툭 불거진 뼈에 살이 1그램이라도 붙을까 봐 걱정하는 거겠지.

대화는 느릿하지만 정중하게 흘러갔다. 중간 중간 긴 정적이 흐르면, 두 사람이 뜨거운 차를 조용히 홀짝이는 소리와 시계가 째깍거리는 소리 밖에 들리지 않았다. 그들은 중립적인 주제로 대화를 이어 갔다. 피엘바카를 떠나는 젊은 사람들, 부족한 일자리, 관광객들이 아름다운 옛 집들을 사들여서 여름 별장으로 바꾸는 모습을 보며 느끼는 안타까움 등. 넬뤼는 젊은 시절 갓 결혼해서 피엘바카에 왔을 때 마을이 어떤 모습이었는지 조금 이야기했다. 에리카는 주의 깊게 들으면서, 가끔 공손하게 질문했다.

두 사람은 조만간 그 주제를 꺼내야 하리라는 것을 알면서도 주변만 맴도는 것 같았다. 마침내 용기를 낸 사람은 에리카였다.

"음, 지난번에 뵀을 때는 좀 슬픈 상황이었죠."

"그래요. 참 안타까웠죠. 그렇게 젊은 아가씨가."

"칼그렌 가족을 그렇게 잘 아시는지 몰랐네요."

"칼 에리크가 우리 공장에서 오랫동안 일했고, 그 사람 가족과도 여러 번 만났어요. 개인적으로 애도를 표하는 게 마땅하다고 생각했죠."

넬뤼는 눈을 내리깔았다. 에리카는 그녀가 무릎 위에 올려놓은 손을 불안하게 꼼지락거리고 있다는 사실을 알아차렸다.

"율리아도 아시는 것 같다는 인상을 받았어요. 칼그렌 가가 피엘바카에 살 당시에 율리아는 태어나지도 않았죠?"

뻣뻣해진 등과 약간의 고갯짓만이 넬뤼가 그 질문을 불편하게 여긴다는 점을 드러냈다. 그녀는 금 장신구로 뒤덮인 한 손을 흔들었다.

"아뇨, 율리아는 새로 알게 됐어요. 아주 매혹적인 젊은 아가씨라고 생각해요. 알렉산드라 같은 미녀는 아니지만, 언니와는 달리 의지력과 용기가 있죠. 내가 보기엔 멍청한 언니보다 동생 율리아가 훨씬 흥미로워요."

넬뤼는 손으로 입을 막았다. 그녀는 순간 자신이 죽은 사람 이야기를 하고 있다는 사실을 잊어버렸을 뿐만 아니라, 아주 잠깐이지만 틈을 보였다. 에리카가 그 잠깐 사이에 본 것은 다름 아닌 증오였다. 알렉스가 어릴 때를 제외하면 그녀를 만난 적도 거의 없었을 텐데, 넬뤼 로렌트는 왜 알렉스를 증오하는 걸까?

넬뤼가 말실수를 얼버무릴 틈도 없이, 전화가 울렸다. 그녀는 눈에 띄게 안도하며 양해를 구한 뒤 전화를 받으러 갔다.

에리카는 응접실을 기웃거려 보기로 했다. 아름답지만 비인간적인 공간이었다. 실내 장식가의 보이지 않는 손길이 응접실 전체에 드리워져 있었다. 그는 모든 물건의 색을 아주 사소한 부분까지 세심하게 맞춰 놓았다. 에리카는 자연스럽게 부모님 집의 수수한 가구들을 떠올렸다. 부모님은 순전히 모양을 내고자 물건을 들인 적이 없었고, 수십 년 동안 유용성을 따져서 구입했다. 에리카는 낡고 인간미가 느껴지는 물건들이 이 세련된 전시실보다 훨씬 아름답다고 생각했다. 그녀의 눈에 들어온 사적인 물건이라고는 오로지 벽난로 위에 한 줄로 진열된 가족사진뿐이었다. 에리카는 몸을 앞으로 숙이고 사진들을 꼼꼼하게 살펴보았다. 사진들은 왼쪽부터 연대순으로 나열되어 있는 듯했고, 맨 왼쪽에는 결혼 예복을 차려입은 우아한 부부의 흑백사진이 놓여 있었다. 몸에 달라붙는 흰색 시스 드레스를 입은 넬뤼는 정말 눈부시게 아름다웠지만, 턱시도를 입은 파비안은 불편해 보였다.

다음 사진에서는 식구가 늘어나서, 넬뤼가 아기를 안고 있었다. 그 옆의 파비안은 여전히 뻣뻣하고 심각해 보였다. 그 다음에는 혼자 또는 넬뤼와 함께 있는 다양한 연령대의 아이들 사진이 길게 늘어서 있었다. 마지막 사진에 찍힌 닐스 로렌트는 스물다섯 살가량 되어 보였다. 사라져 버린 아들이었다. 온 식구가 함께 찍은 첫 가족사진을 제외하면, 로렌트 가에는 닐스와 넬뤼만 남은 것처럼 보였다. 파비안이 사진 찍히는 것을 별로 좋아하지 않아서 사진사 노릇을 했을 수도 있지만. 양자인 얀을 찍은 사진은 닐스와 넬뤼의 부재로 더욱 눈에 띄었다.

에리카는 응접실 한쪽 구석에 있는 책상으로 눈을 돌렸다. 진한 색을 띤 벗나무로 만들어진 책상에는 아름다운 상감 무늬가 새겨져 있었다. 에리카는 그 무늬에 손가락을 대고 따라 그렸다. 책상 위에는 아무것도 없었다. 책상도 순전히 장식용인 듯했다. 그녀는 서랍을 몰래 들여다보고 싶은 유혹에 이끌렸지만, 넬뤼가 얼마나 오래 자리를 비울지 확신할 수 없었다. 통화하는 데 시간이 조금 걸리는 것 같기는 했지만, 언제든지 응접실로 돌아올 수 있다. 문득 쓰레기통이 눈에 띄었다. 쓰레기통 안에는 구겨진 종이가 몇 장 들어 있었다. 에리카는 맨 위에 있는 종이 공을 꺼내 조용히 펼친 다음, 종이에 쓰인 내용을 흥미진진하게 읽었다. 전보다 더 놀란 그녀는 소리를 내지 않게 조심하면서 종이를 쓰레기통에 도로 넣었다. 모든 것이 겉보기와 달랐다.

에리카는 등 뒤에서 누군가가 헛기침하는 소리를 들었다. 얀 로렌트가 의심쩍다는 듯 눈썹을 치켜세운 채 문간에 서 있었다. 그녀는 그가 얼마나 오랫동안 거기 서 있었는지 궁금했다.

"에리카 팔크, 맞죠?"

"네, 맞아요. 당신은 넬뤼 아주머니의 아들 얀이겠죠?"

"맞습니다. 만나서 반가워요. 당신은 이 마을의 화젯거리예요, 아시겠지만."

얀은 활짝 미소 지으며 손을 내민 채 에리카에게 다가왔다. 그녀는 마지못해 그 손을 잡았다. 그의 무엇인가가 그녀의 팔에 난 솜털을 빳빳하게 세웠다. 얀은 에리카의 손을 지나치게 오래 잡았다. 그녀는 손을 빼고 싶은 충동에 맞서 싸웠다.

그는 사업상 회의에서 곧바로 온 듯, 다림질이 잘 된 정장 차림에 서류 가방을 들고 있었다. 에리카는 가족 사업을 운영하는 ─ 그것도 매우 성공적으로 ─ 사람이 바로 얀이라는 사실을 알았다.

그는 머리카락을 매끄럽게 뒤로 빗어 넘겼는데, 젤을 너무 많이 바른 듯했다. 입술은 남자치고 좀 지나치게 도톰했으며, 까만 속눈썹이 길게 난 눈은 아름다웠다. 각지고 강인하며 끝이 오목하게 파여 있는 턱이 아니었다면, 다소 여성스러워 보였을지도 몰랐다. 사실 모남과 화려함이 어우러진 얼굴은 약간 기묘했고, 매력적인지 아닌지 똑 부러지게 말할 수가 없었다. 에리카가 보기에는 불쾌했지만, 그녀의 판단은 왠지 모를 감에 좀 더 의존한 것이었다.

"자, 어머니가 마침내 당신을 꾀어 오는 데 성공했군요. 당신의 첫 책이 출간된 뒤로 줄곧 당신을 만나고 싶어 안달했다고 말씀드려야겠습니다."

"그러셨군요. 흠, 여기 분들은 그걸 세기의 사건으로 생각하신 모양이에요. 어머님이 절 초대하신 지는 좀 됐는데, 때가 아닌 것 같아서 오늘까지 미뤘어요."

"부모님 얘긴 들었습니다. 정말 안타까워요. 고인의 명복을 진심으로 빕니다."

얀은 용케 동정하는 미소를 지었지만, 감정이 드러나지 않는 눈까지 속일 수는 없었다.

그때 넬뤼가 응접실로 돌아왔다. 얀은 허리를 굽혀 어머니의 뺨에 키스했다. 넬뤼는 무관심한 표정으로 아들이 키스하게 내버려 두었다.

"어머니, 드디어 에리카를 만나게 돼서 얼마나 좋으세요. 오랫동안 고대하셨잖아요."

"그래, 아주 좋구나."

소파에 앉은 그녀가 갑자기 고통스러운 듯 얼굴을 찌푸리며 오른쪽 팔을 잡았다.

"어머니, 왜 그러세요? 아프세요? 약 가져올까요?"

얀은 몸을 앞으로 숙이면서 넬뤼의 어깨에 손을 올렸지만, 그녀는 아들의 손을 퉁명스럽게 털어냈다.

"아니다, 난 괜찮아. 그냥 나이 들어서 쑤시고 아픈 거야. 그게 다다. 걱정할 것 없어. 그런데 너 공장에 있어야 하지 않니?"

"네, 서류 좀 가지러 잠깐 들렀어요. 이제 두 분이 조용히 얘기하실 때가 온 것 같네요. 너무 무리하지 마세요, 어머니. 의사가 한 얘기 잊지 마시고요."

넬뤼는 대답 대신 코웃음만 쳤다. 얀의 얼굴에 진심으로 보이는 걱정과 연민의 감정이 드러났다. 그러나 에리카는 그가 응접실을 나가면서 잠시 뒤돌아보았을 때 살짝 올라간 입가를 보았다고 맹세할 수 있었다.

"절대 늙지 말아요. 해가 갈수록, 절벽에서 뛰어내려 죽음을 택한다는 옛 바이킹의 생각이 점점 좋아 보인다니까. 나의 유일한 희망은 노망이 들어서 다시 스무 살이 됐다고 생각하게 되는 거예요. 인생을 다시 살면 재미있겠죠."

넬뤼는 쓴웃음을 지었다. 나이 이야기는 그리 유쾌한 대화 주제가 아닌 듯했다. 에리카는 넬뤼의 말에 뭐라고 중얼거리고 나서 화제를 바꿨다.

"아무튼 가족 사업을 이끌어 갈 아들을 두셨으니 위안이 되겠어요. 아드님과 며느님이 이 집에 함께 사는 걸로 아는데."

"위안이라……. 네, 그럴지도 모르죠."

넬뤼는 벽난로 위에 진열된 사진들을 흘긋 보았다. 그녀는 아무 말도 하지 않았고, 에리카는 감히 아무 질문도 하지 못했다.

"나와 우리 가족 얘긴 그만하죠. 요즘 새 책을 쓰고 있나요? 최근에 나온 카린 보위에 전기, 참 좋았는데. 아가씨는 사람들을 살아 숨 쉬게 만들어요. 그런데 여자들에 관해서만 글을 쓰는 이유가 있어요?"

"처음엔 우연이었던 것 같아요. 대학에서 스위스의 위대한 여성 작가들을 주제로 논문을 쓰다가 그들에게 완전히 매혹됐죠. 그래서 그들이 개인적으로는 어떤 사람이었는지 알고 싶었어요. 전, 아실지도 모르겠지만, 안나 마리아 렌그렌에서 시작했어요. 아는 게 가장 적은 작가였거든요. 거기서부터 일이 눈덩이처럼 커진 거예요. 지금은 셀마 라예를뢰프 전기를 쓰는 중인데, 흥미로운 면을 많이 보고 있어요."

"다른 걸 쓸 생각은 한 번도 안 해 봤어요? 그러니까…… 전기 형식이 아닌 글? 언어 능력을 타고났으니 이야기를 직접 지어내도 좋을 텐데. 아가씨가 쓴 소설을 읽으면 참 재미있을 거예요."

"물론 그쪽으로도 생각해 놓은 게 있어요."

에리카는 자책하는 것처럼 보이지 않으려고 애썼다.

"그러나 지금은 라예를뢰프 전기를 쓰느라 정신이 하나도 없어서요. 이번 책을 끝내고 나면 두고 봐야죠."

에리카는 시계를 흘긋 보았다.

"글 쓰는 얘기가 나와서 말인데요. 유감스럽게도 이제 정말 가 봐야 해요. 제 직업상 시간을 따로 기록하지는 않지만, 스스로 정한 원칙을 지키는 게 중요하거든요. 이제 집에 가서 하루 치 분량의 글을 써야 해요. 차 정말 잘 마셨습니다. 맛있는 카나페도 잘 먹었고요."

"뭘요. 아가씨 덕분에 즐거웠어요."

넬뤼는 소파에서 우아하게 일어났다. 이제는 쑤시거나 아프지 않은 모양이었다.

"배웅할게요. 옛날엔 우리 집 하녀 베라가 손님들을 배웅했지만, 시대가 바뀌었잖아요. 요즘엔 하녀를 쓰는 집이 없죠. 또 대부분 그럴 만한 경제적 여유도 없고. 난 베라를 계속 하녀로 쓰고 싶었어요. 여유가 있으니까. 헌데 얀이 반대하더군요. 집에 낯선 사람을 들이고 싶지 않다나. 그러면서도 베라가 일주일에 한 번씩 와서 청소하는 건 괜찮다고 하더라고요. 휴, 아가씨처럼 젊은 사람들을 이해하는 게 늘 쉽지는 않아요."

그들은 이제 의심할 여지없이 전보다 더 친숙해졌다. 에리카가 작별 인사로 손을 내밀었을 때, 넬뤼가 손을 잡는 대신 양쪽 뺨에 가볍게 키스했기 때문이다. 이번에는 에리카도 본능적으로 어느 쪽 뺨을 먼저 대야 하는지 알았다. 그녀는 스스로 사뭇 교양 있는 사람이 되었으며, 더 세련된 응접실도 편하게 느낄 것 같다고 생각했다.

에리카는 서둘러 집으로 돌아갔다. 넬뤼에게는 집에 가야 하는 진짜 이유를 말하고 싶지 않았다. 그녀는 시간을 확인했다. 2시 20분 전이었다. 2시에 부동산 중개업자가 경매에 붙일 집을 보고 가격을 매기러 오기로 되어 있었다. 에리카는 남이 집 안을 걸어 다니면서 들쑤시고 다닐 것이라는 생각에 이를 갈았지만, 달리 어찌 할 도리가 없었다. 그냥 내버려 둘 수밖에.

그녀는 차를 집에 두고 와서, 제시간에 도착하려고 걸음을 빨리했다. 그러나 부동산 중개업자가 좀 기다릴 수도 있는 노릇이었다. 그녀는 그렇게 생각하면서 속도를 늦췄다. 내가 서두를 필요는 없잖아?

머릿속에 기분 좋은 생각이 슬며시 떠올랐다. 토요일에 파트리크의 집에서 함께한 저녁 식사는 그야말로 기대 이상이었다. 두 사람은 동갑이었지만, 지금까지 에리카는 파트리크를 착하지만 살짝 짜증나는 남동생 같은 존재로 여겼다. 그래서 그가 여전히 성가시게 구는 소년 같을 것이라고 예상했다. 그러나 다시 만난 파트리크는 성숙하고 따뜻하며 유머러스한 남자가 되어 있었다. 에리카는 그가 꽤 괜찮아 보였다고 인정해야 했다. 얼마나 빨리 그에게 저녁 먹으러 오라고 점잖게 말할 수 있을까? 물론 그의 초대에 답례하려는 것뿐이지만.

셀비크 야영장으로 올라가는 마지막 언덕은 길고 완만한 비탈로, 믿을 수 없을 만큼 평평해 보였다. 에리카는 심하게 헐떡거리면서 오른쪽 길로 접어들어 집으로 향하는 낮은 비탈을 올라갔다. 꼭대기에 도착한 그녀는 갑자기 걸음을 멈췄다. 집 앞에 커다란 메르세데스 한 대가 주차되어 있었기 때문이다. 에리카는 그 차의 주인이 누군지 분명히 알았다. 그날의 일과가 이전에 비하면 그렇게 괴롭지 않으리라고 생각한 것은 오산이었다.

"안녕, 에리카."

루카스는 팔짱을 낀 채 현관문에 기대고 있었다.

"여기서 뭐 하는 거예요?"

"그게 제부를 환영하는 방식인가?"

그의 스웨덴어는 영국식 악센트가 섞여 있었지만 문법적으로 완벽했다. 루카스는 그녀를 포용하려는 것처럼 팔을 활짝 벌렸다. 에리카는 그의 몸짓을 무시했다. 루카스의 눈치를 보니, 정확히 그런 반응을 예상한 듯했다. 그녀는 루카스를 과소평가하는 실수를 저지른 적이 한 번도 없었다. 루카스 앞에서 늘 조심하고 또 조심하는 이유는 바로 그 때문이었다. 무엇보다도, 싱글거리는 그의 따귀를 갈기고 싶었지만 그렇게 했다가는 후회할 일이 벌어지리라는 점을 잘 알았다.

"내 질문에 대답해요. 여기서 뭐 하는 거예요?"

"내가 틀리지 않았다면……. 흠, 어디 보자, 정확히 이 집의 사 분의 일은 내 거죠."

루카스는 손짓으로 집을 가리켰지만, 사실은 온 세상을 가리키고 있는 것이나 다름없었다. 그의 자신감은 그만큼 대단했으니까.

"반은 내 거고 반은 안나 거예요. 제부는 이 집이랑 아무 상관없어요."

"처형이 부부공동재산법을 잘 모르시나 본데, 하긴 처형이랑 결혼할 만큼 멍청한 놈을 찾지 못했으니 그럴 만도 하지. 아무튼 그 법에 따르면, 결혼한 부부는 모든 것을 똑같이 나눠 가져요. 바닷가 집 소유권도."

에리카는 그의 이야기가 사실임을 잘 알고 있었다. 그녀는 잠시, 두 딸이 집을 독점으로 소유하도록 선견지명을 발휘하지 못한 부모님을 원망했다. 부모님은 루카스가 어떤 인간인지 아셨지만, 당신들에게 남은 시간이 얼마 남지 않았다고 생각하시지는 못한 것이다. 하기야 자신의 죽음을 상기하고 싶어 하는 사람은 아무도 없는 법이니, 부모님도 다른 많은 사람들처럼 그런 결정을 미루셨던 것이리라.

그녀는 독신으로 살고 있는 자신을 경멸하는 도발에 넘어가지 않고 루카스의 발언에 반박하지 않기로 했다. 루카스 같은 남자와 결혼하는 우를 범하느니 차라리 평생 늙다리 하녀로 사는 것이 나을 터였다.

그가 말을 이었다.

"난 부동산 중개인이 도착했을 때 여기 있고 싶었어요. 자기 재산을 확인해서 나쁠 건 없거든요. 우린 모든 게 순조롭게 흘러가길 바라요. 그렇지 않아요?"

루카스는 다시금 특유의 악마 같은 미소를 지었다. 에리카는 현관문을 열고 그를 밀어젖히며 들어갔다. 늦는 중개인이 곧 나타나길 바랐다. 루카스와 단둘이 있고 싶지 않았기 때문이다.

그는 그녀를 따라 집으로 들어왔다. 에리카는 재킷을 걸고 부엌에서 어슬렁거리기 시작했다. 루카스를 다룰 수 있는 유일한 방법은 그저 무시하는 것뿐이었다. 그가 집 안을 살피면서 돌아다니는 소리가 들렸다. 루카스가 집에 들어온 것은 이번이 세 번째인가 네 번째밖에 안 되었다. 그는 소박한 아름다움을 높이 평가하지도 않았고, 안나의 가족을 방문하는 일에 눈곱만큼도 관심을 보이지 않았다. 아버지는 사위를 참을 수 없어 하셨는데, 그것은 루카스도 마찬가지였다. 안나와 아이들이 이 집에 올 때는 루카스 없이 셋만 왔다.

에리카는 루카스가 집 안의 물건—가구와 장식품—을 만지면서 돌아다니는 것이 싫었다. 그녀는 걸레를 들고 루카스의 뒤를 따라다니면서 그가 만지는 모든 것을 닦아 내고 싶은 마음을 억눌러야 했다. 다행히도 회색 머리 남자를 태운 커다란 볼보가 차도로 들어오는 모습이 보였다. 에리카는 서둘러 현관문을 열어 주고 나서 자신의 방으로 들어가 문을 닫았다. 고향 집을 둘러보면서 평방미터당 가격을 매기는 중개인을 지켜보고 싶지 않기 때문이다.

컴퓨터는 이미 켜져 있었다. 파일도 열린 채로, 그녀가 다시 작업하러 오기를 기다리고 있었다. 에리카는 여느 때와 달리 일찍 일어나서 글을 제법 써 놓았다. 그녀는 아침에 쓴 네 페이지짜리 초고를 다시 한 번 처음부터 읽어 보았다. 알렉스에 관한 책을 어떤 형식으로 써야 할지 아직도 감이 잡히지 않았다. 처음에 알렉스의 죽음이 자살이라고 생각했을 때는 '왜?'라는 질문에 답하는 책을 쓰려고 생각했다. 그러면 전기에 가까운 책이 될 터였다. 그러나 이제 자료들은 점점 더 범죄 소설, 즉 에리카가 딱히 끌린 적 없는 장르의 형태를 띠어 갔다. 그녀는 사람들—사람들 사이의 관계와 심리적 동기—에게 관심이 있었고, 대부분의 범죄 소설이 피비린내 나는 살인 사건과 등줄기를 오싹하게 훑는 전율에 열광하느라 사람들을 등한시한다고 생각했다. 그런 소설에서 툭하면 써먹는 뻔한 줄거리와 표현들이 싫었고, 진실한 이야기를 쓰고 싶었다. 어떤 사람이 최악의 죄—다른 사람의 목숨을 빼앗는 일—를 저지르는 까닭은 무엇인지 설명하려는 이야기를. 에리카는 지금까지 다른 사람들에게서 들은 말에 자신의 관찰과 결론을 섞어서 시간 순서대로 이야기를 써 내려갔다. 그러나 이제 그 이야기는 줄여야 할 터였다. 진실에 최대한 가까이 다가가기 위해. 알렉스의 가족이 어떤 반응을 보일지는 아직 생각하고 싶지 않았다.

에리카는 파트리크에게 알렉스가 죽은 채로 발견된 집에 다시 갔던 이야기를 전부 털어놓지 않은 것을 후회했다. 정체불명의 방문자와 옷장에서 발견한 그림에 관해 말했어야 했다. 그리고 그녀가 처음 그 집에 들어갔을 때 있던 어떤 것이 사라져 버렸다는 느낌이 든 것도. 에리카는 당장이라도 전화해서 할 얘기가 더 있다고 말하고 싶었다. 그러나 적절한 때가 되면 다 얘기하리라고 마음속으로 맹세했다.

루카스와 부동산 중개인이 집 안에서 걸어 다니는 소리가 들렸다. 분명 중개인은 겨우 인사만 하고 후닥닥 달려가서 방으로 쏙 들어가 버린 그녀가 아주 이상하게 행동한다고 생각했을 것이다. 에리카가 처한 상황은 중개인의 탓이 아니었기 때문에, 그녀는 이를 갈면서 자신이 배운 대로 예절 바르게 행동하기로 마음먹었다.

에리카가 거실로 들어갔을 때, 루카스는 중간문설주가 있는 커다란 창으로 들어오는 햇빛이 얼마나 근사한지 과장된 말투로 설명하는 중이었다. 별일이군. 에리카는 바위 아래에서 기어 나오는 생명체가 햇빛을 즐길 줄은 몰랐다. 그녀의 눈에 루카스는 커다랗고 반질반질한 딱정벌레처럼 보였다. 부츠 굽으로 콱 찍어서 영원히 없애 버릴 수만 있다면 얼마나 좋을까.

"무례함을 사과드릴게요. 급하게 처리해야 할 일이 있었거든요."

에리카는 활짝 웃으면서, 자신을 키엘 에크라고 소개한 중개인에게 손을 내밀었다. 그는 기분 상하지 않았으니 괜찮다고 그녀를 안심시켰다. 집을 팔려면 적극적으로 감정에 호소해야 했다. 그가 무슨 이야기를 할지 알 수만 있다면……. 에리카는 더 활짝 미소지으며 속눈썹을 교활하게 팔락거리기까지 했다. 루카스는 그녀를 의심스럽게 바라보았다. 그녀는 그를 무시했다.

"음, 하던 얘기 계속하세요. 어디까지 들으셨어요?"

"제부 되시는 분이 아름다운 거실을 보여 주셨습니다. 아주 분위기 있다고 말씀드려야겠네요. 창으로 들어오는 빛과 어우러져 무척 아름답습니다."

"네, 정말 아름답죠. 외풍이 좀 심하긴 하지만."

"외풍이오?"

"네, 유감스럽게도 창문이 제대로 봉해지질 않아서 바람이 아주 조금만 불어도 제일 따뜻한 모직 양말을 신어야 한답니다. 하지만 고칠 수 없는 창문을 전부 갈아 끼우는 건 문제도 아니죠."

루카스는 격노하여 그녀를 노려보았지만, 에리카는 못 본 척하고 키엘의 팔짱을 꼈다. 키엘이 개였다면, 이쯤에서 신나게 꼬리를 흔들었으리라.

"위층은 이미 보셨을 테니 지하실로 내려가야겠네요. 곰팡이 냄새는 걱정하지 마세요. 알레르기가 있지 않는 한, 위험하지 않으니까요. 전 사실상 지하실에 살았는데 아무렇지도 않았어요. 의사들도 제 천식이 곰팡이와 아무 관련 없다는 걸 확인했고요."

에리카는 마무리로, 갑자기 격렬하게 기침하며 허리를 꺾었다. 곁눈질로 보니 루카스의 얼굴이 더 벌게져 있었다. 그녀는 자신의 과장된 설명으로 중개인이 더 꼼꼼하게 집을 살펴보리라는 점을 알았다. 그러나 그때까지는 루카스를 조금이라도 약 올리는 것을 자그마한 위안으로 삼아야 했다.

열의에 넘치는 에리카에게 지하실의 이런저런 장점을 소개받은 뒤, 다시 바깥으로 나와서 신선한 공기를 쐰 키엘은 매우 안심하는 것처럼 보였다. 루카스는 그동안 내내 침묵을 지키며 수동적인 태도를 보였다. 에리카는 심한 불안감을 느끼며 자신의 유치한 장난이 좀 지나쳤던 것은 아닌지 생각해 보았다. 루카스는 진짜 감정사라면 에리카가 말한 집의 '단점들' 중 어느 하나도 중요하게 여기지 않으리라는 점을 알고 있었다. 그러나 그녀는 그를 웃음거리로 만들려고 했다. 루카스 맥스웰은 바로 그 점을 참을 수 없었다. 중개인은 다락부터 지하실까지 꼼꼼히 살펴볼 공인 감정사가 연락할 것이라고 말한 뒤 기분 좋게 손을 흔들면서 차를 몰고 떠났고, 에리카는 약간의 두려움을 안은 채 그 모습을 지켜보았다.

루카스는 그녀를 따라 현관으로 들어왔다. 다음 순간 그는 에리카의 목을 난폭하게 그러쥔 채 그녀를 벽에 밀어붙였다. 그는 얼굴을 그녀의 코앞으로 들이밀었다. 에리카는 그의 얼굴에 드러난 분노를 보고, 안나가 루카스를 떠나는 일이 왜 그리 어려운지 처음으로 이해했다. 에리카가 본 것은 자신의 앞길에 그 어떤 장애물도 허용하지 않는 남자였다. 그녀는 너무 무서워서 꼼짝도 못한 채로 서 있었다.

"다시는 그런 짓 하지 마, 알아들었어? 날 바보로 만들면 반드시 대가를 치러야 해. 조심하라고!"

루카스가 단어 하나하나를 너무 세게 발음하며 으르렁거린 나머지 그녀의 얼굴에 침이 튀었다. 에리카는 얼굴에 묻은 그의 침을 닦아 내고 싶은 충동을 억눌러야 했다. 그녀는 소금기둥처럼 움직이지 않고 선 채로, 그가 집에서 나가 사라져 버리기를 조용히 기도했다. 놀랍게도 루카스는 그렇게 했다. 그는 그러쥐었던 그녀의 목을 놓고 돌아서서 문 쪽으로 향했다. 그러나 에리카가 안도의 한숨을 깊이 내쉬려던 찰나, 루카스가 한 걸음 만에 돌아와서 다시 그녀 앞에 섰다. 그는 에리카가 반응할 틈도 주지 않고, 그녀의 머리카락을 움켜쥔 채 입술을 눌렀다. 루카스는 그녀의 입술을 강제로 벌려 혀를 집어넣으면서 가슴을 꽉 쥐었다. 에리카는 브래지어의 언더와이어가 피부 속으로 파고드는 것을 느꼈다. 그는 씩 웃으며 돌아서서 문으로 나간 뒤 겨울 추위 속으로 사라졌다. 에리카는 차 빠져나가는 소리가 들릴 때까지 감히 움직이지 못했다. 그녀는 벽에 등을 기댄 채 바닥에 맥없이 주저앉아서 넌더리를 내며 손등으로 입을 닦았다. 루카스의 키스는 목 조르기보다 더 위협적이었다. 에리카는 몸이 떨리는 것을 느끼며, 두 팔로 다리를 감싸 안고 무릎에 머리를 기댄 채 울었다. 자신이 아닌 안나를 위해.

❄

파트리크는 월요일 아침마다 기분이 좋지 않았다. 오전 11시가 넘어야 비로소 정신이 들었기 때문이다. 그래서 묵직한 서류 더미가 둔탁한 소리를 내며 자신의 책상 위에 놓였을 때, 비로소 무아지경에 가까운 상태에서 깨어났다. 정신을 차리고 본 현실은 너무 가혹했다. 한 방에 서류 더미가 두 배로 늘어났던 것이다. 그는 끙 하고 신음소리를 냈다.

안니카 얀손은 장난기 어린 미소를 지으며 천진난만하게 물었다.

"로렌트 가에 관한 과거 자료를 전부 원한다고 하지 않았어요? 그 가족에 관해 한 단어라도 언급된 기사를 다 찾아서 이렇게 어마어마한 자료를 가져왔는데, 그 노력의 대가로 받은 게 뭔 줄 알아요? 신음 소리예요. 자, 나한테 어떻게 영원한 고마움을 표시할 거죠?"

파트리크는 미소 지었다.

"영원한 고마움을 표시해도 당신에겐 충분하지 않을 텐데요, 안니카. 당신이 그렇게 빨리 결혼하지 않았다면, 내가 당신에게 청혼해서 밍크코트와 다이아몬드를 무더기로 안겼을 텐데. 내 마음을 아프게 하고 그 얼간이 남편과 계속 살겠다고 고집을 부리니, 그저 고맙다는 말로 만족해야 할 거예요. 물론 영원한 고마움을 표시하는 것도 포함해서요."

대단히 기쁘게도, 이번에는 그녀의 얼굴을 붉히는 데 거의 성공한 듯했다.

"좋아요, 도가 좀 지나쳤지만. 그런데 왜 이 많은 자료를 다 보고 싶어 하는 거예요? 이게 피엘바카에서 일어난 살인 사건과 무슨 관련이 있죠?"

"솔직히 말하면 모르겠어요. 여자의 육감이라고 해 두죠, 뭐."

안니카는 눈썹을 치켜세웠다. 지금 당장은 파트리크에게서 알아낼 수 있는 것이 없다는 생각이 들었지만 호기심이 일었다. 로렌트 가는 타눔스헤데에서도 모르는 사람이 없었으므로 그 일가가 어떤 식으로든 살인 사건에 관여되었다면 줄잡아 말해도 대사건이 될 터였다.

파트리크는 문을 닫고 나가는 안니카를 바라보았다. 믿을 수 없을 만큼 유능한 여자였다. 그는 그녀가 멜베리 밑에서 잘 견뎌 주길 진심으로 바랐다. 어느 날 안니카가 참을 만큼 참았다고 생각하며 사표를 내면 서에 크나큰 손해가 될 테니까. 파트리크는 안니카가 두고 간 자료에 집중하려고 애썼다. 재빨리 훑어보니 읽는 데만 남은 하루가 꼬박 걸릴 것 같았다. 그는 의자에 등을 기대고 앉아서, 책상 위에 발을 올려놓고 첫 번째 기사를 집어 들었다.

여섯 시간 뒤, 파트리크는 뻐근한 목을 마사지했다. 눈이 가렵고 따끔따끔했다. 그는 가장 오래된 기사부터 시작하여 시간 순서대로 읽었다. 자료 읽기는 흥미진진했다. 파비안 로렌트와 그의 성공에 관한 이야기는 과거 여러 해 동안 기사에 실렸다. 대부분 긍정적인 내용이었고, 파비안의 인생은 오랫동안 탄탄대로를 달린 것처럼 보였다. 그의 회사는 놀라운 속도로 발전했다. 파비안은 재기가 넘친다고 말할 수는 없어도 매우 능력 있는 사업가인 듯했다. 넬뤼와의 결혼 기사는 신문의 사교란을 장식했는데, 야회복 차림의 두 사람을 찍은 사진이 첨부되어 있었다. 그 뒤로는 넬뤼와 아들 닐스의 사진이 서서히 신문에 등장했다. 넬뤼는 지칠 줄 모르는 열정으로 다양한 자선 행사와 사교 모임에 참석했고, 닐스는 늘 그녀의 곁에 있었다. 겁먹은 얼굴로 어머니의 손을 꽉 잡은 채.

닐스는 어머니와 함께 있는 모습을 공공연히 보이는 것이 조금 꺼려질 10대가 되어서도 변함없이 어머니의 곁을 지켰다. 이때는 자랑스러운 표정을 지으며 어머니의 팔짱을 끼고 있는 모습이었다. 파트리크는 닐스가 대단히 있는 척하는 것처럼 보인다고 생각했다. 파비안의 모습은 갈수록 덜 보였고, 중요한 사업상 거래에 관한 뉴스가 보도될 때만 이름이 언급될 뿐이었다.

그중 뭔가 달라 보이는 기사 하나가 파트리크의 주의를 끌었다. 「알레르스」는 1970년대 중반에 넬뤼가 '비극적인 가정' 출신의 남자 아이를 입양했을 때 그 소식을 대서특필했다. 기사에는 곱게 화장하고 멋지게 차려입은 넬뤼가 우아한 거실에서 열두 살 난 소년에게 팔을 두른 모습을 찍은 사진이 실려 있었다. 소년은 반항적이고 부루퉁한 표정을 짓고 있었다. 사진 찍힐 때 마침 넬뤼의 앙상한 팔을 뿌리치려던 것처럼 보였다. 당시 20대 중반의 젊은이였던 닐스는 어머니 뒤에 서 있었는데, 역시 웃는 얼굴이 아니었다. 검은색 정장을 입고 머리카락을 매끈하게 빗어 넘겨 진지하고 엄격해 보이는 그는, 혼자 두드러지는 소년과 달리 우아한 분위기에 완전히 섞여 들어간 듯했다.

신문에서는 소년을 입양한 넬뤼의 희생정신과 위대한 사회적 공헌을 입에 침이 마르도록 칭찬했다. 기사에 따르면, 넬뤼는 어린 시절에 끔찍한 비극을 겪은 소년이 마음의 상처를 극복하도록 돕겠다고 다짐했다. 그녀는 건강하고 애정이 넘치는 환경이 소년을 치유해서 한 사람의 생산적인 인간으로 바꾸어 놓으리라고 자신했다. 파트리크는 소년이 안쓰러웠다. 얼마나 순진한 이야기인가.

약 1년 뒤, 사교란의 멋진 사진과 부러움을 자아내는 '익숙한' 기사들은 커다란 검은색 표제로 바뀌었다.

'로렌트 가의 상속자, 실종되다.'

지방 신문들은 몇 주 동안 그 소식을 떠벌렸는데, 「예테보리스포스텐」마저 그것을 중요하다고 생각했는지 기사를 실었다. 눈길을 끄는 표제들 아래에는 젊은 로렌트에게 무슨 일이 일어났는지 나름의 근거를 바탕으로 추측한 이야기가 수없이 나열되어 있었다. 모든 가능성이 제기되었다― 닐스가 아버지의 전 재산을 횡령하여 알려지지 않은 곳에서 호화로운 생활을 즐기고 있다는 이야기, 또는 자신이 파비안 로렌트의 친아들이 아니며 엄청난 재산을 물려받지 못하리라는 사실을 알고 스스로 목숨을 끊었다는 이야기 등. 대부분의 소문은 노골적으로 보도된 것이 아니라, 조심스럽게 암시되었을 뿐이었다. 그러나 판단력이 조금이라도 있는 사람이라면 쉽게 행간을 읽을 수 있을 터였다.

파트리크는 머리를 긁었다. 25년 전의 실종 사건을 현재의 살인 사건과 어떻게 연결해야 할지는 알 수 없었지만, 어떤 연결 고리가 있다는 느낌은 강하게 들었다.

그는 눈을 쓱쓱 비빈 다음 이제 거의 바닥이 보이는 서류 더미를 이어서 살펴보았다. 얼마 후, 닐스의 운명이 어떻게 되었는지 새로운 정보가 나오지 않자, 대중의 관심은 시들해졌고 실종 사건은 거의 언급되지 않았다. 그 뒤로는 넬뤼도 사교란에 거의 등장하지 않았다. 1990년대를 통틀어 그녀를 언급한 기사는 딱 하나뿐이었다. 1978년 파비안의 죽음이 「보후슬레닝엔」 부고란에 크게 실렸는데, 사회의 기둥이 어쩌고저쩌고 하는 의례적인 추모의 글이 함께 게재되어 있었다. 파비안의 이름이 언급된 것은 그때가 마지막이었다.

그러나 입양한 아들 얀은 점점 더 자주 신문에 실렸다. 닐스가 사라진 뒤, 얀은 가족 사업의 유일한 상속자가 되었고, 스물한 살에는 대번에 CEO로 데뷔했다. 그의 지휘 아래 회사는 계속 번창했으며, 얀과 얀의 부인은 넬뤼와 닐스 대신 끊임없이 사교란에 등장했다.

파트리크는 잠시 읽기를 멈췄다. 종이 한 장이 팔락이며 바닥으로 떨어졌기 때문이다. 그는 허리를 구부려서 종이를 주운 뒤 흥미진진하게 읽기 시작했다. 기사는 20년도 더 된 것이었고, 로렌트 가와 엮이기 전의 얀과 그의 인생에 관해 무척 흥미로운 정보를 담고 있었다. 마음에 걸리지만 눈길을 끄는 정보. 로렌트 가의 일원이 되고 나서 얀의 인생은 완전히 바뀌었다. 문제는 얀 자신이 그렇게 바뀌었느냐 하는 점이었다.

파트리크는 단호하게 기사를 그러모은 뒤, 책상에 대고 톡톡 쳐서 가장자리를 골랐다. 그는 이제 무엇을 해야 할지 곰곰이 생각해 보았다. 지금까지는 그의—그리고 에리카의—육감만으로 일을 진행했다. 파트리크는 사무실 의자에 등을 기대고 책상 위에 발을 올린 다음 손을 머리 뒤로 올려 깍지 끼었다. 눈을 감은 채 생각을 정리하여 대안을 비교 검토하려고 애썼다. 그러나 눈을 감은 것은 실수였다. 토요일 저녁 이후, 눈에 보이는 것이라곤 오로지 에리카뿐이었다.

그는 억지로 눈을 뜨고, 우울한 담녹색으로 칠해 놓은 콘크리트 벽에 집중했다. 경찰서는 1970년대 초반에 세워졌는데, 90도 각도와 콘크리트와 흐릿한 초록색 페인트가 선호된 것으로 보아 정부기관 전문 설계자의 손을 거친 듯했다. 파트리크는 사무실 분위기를 조금이나마 밝게 하고자 창가에 두어 개의 화분을 놓고 벽에 액자 그림을 걸었다. 유부남이었을 때는 책상 위에 카린의 사진을 세워 두기도 했다. 그 뒤로 책상 위의 먼지를 수없이 털어냈지만, 아직도 사진이 세워져 있던 흔적이 보이는 것 같았다. 그는 그 자리에 고집스럽게 펜대를 놓은 다음 재빨리 대안을 비교 검토하는 일로 돌아갔다. 눈앞에 있는 자료를 가지고 무엇을 해야 할까?

사실상 두 가지 방법밖에 없었다. 첫 번째 방법은 이 단서를 가지고 혼자, 다시 말해 자유 시간에 수사하는 것이었다. 멜베리는 자기 업무가 너무 많아서 하루 종일 덴 쥐처럼 뛰어다녀야 한다고 입버릇처럼 말했다. 파트리크는 사실 근무 시간에 기사를 볼 겨를이 거의 없었지만, 순전히 문제를 일으키려는 반항심에서 기사를 읽었다. 그 대가는 저녁에 일하는 것으로 치러야 할 터였다. 그는 얼마 되지도 않는 자유 시간을 멜베리가 던져 준 일을 하면서 보내고 싶지 않았으므로 두 번째 방법을 시도라도 해 봐야 했다.

멜베리에게 가서 이 문제를 제대로 말하면 근무 시간에 이 단서를 추적하라고 허락받을 수도 있었다. 멜베리의 약점은 허영심이었기 때문에 적당히 비위를 맞춰 주면 승낙을 얻어낼 수 있을지도 몰랐다. 파트리크는 서장이 알렉스 비크네르 사건을 예테보리 경찰서로 돌아갈 수 있는 절호의 기회라고 생각한다는 점을 잘 알고 있었다. 들리는 소문으로 미루어 볼 때 멜베리는 이미 배수의 진을 친 듯했지만, 여전히 그의 허영심을 이용할 가능성이 남아 있었다. 파트리크가 살인 사건과 로렌트 가와의 연관성을 약간 과장하면 — 얀이 아이의 아버지라는 정보를 전해 들었다고 암시한다거나 — 멜베리를 넘어오게 할 수도 있을 터였다. 그리 윤리적인 행동은 아닐지 몰라도 그는 어쩐지 자기 앞에 쌓여 있는 서류 더미에서 알렉스의 죽음과 연관된 뭔가를 찾아낼 수 있을 것만 같았다.

파트리크는 물 흐르는 듯한 동작으로 책상에서 발을 내리는 동시에 의자를 뒤로 밀었는데, 힘이 너무 셌는지 의자가 계속 굴러가서 뒤쪽 벽에 쾅 소리를 내며 부딪쳤다. 그는 자료를 전부 집어 들고 참호처럼 생긴 복도 끝을 향해 걸어갔다. 파트리크는 마음이 변하기 전에 멜베리의 사무실 문을 힘주어 쿵쿵 두드렸고, 들어오라는 목소리를 들었다고 생각했다.

그는 여느 때처럼, 손가락 하나 까딱하지 않는 남자가 그처럼 많은 양의 서류를 쌓아 놓을 수 있다는 사실에 충격을 받았다. 서류 뭉치들은 책상 위를 남김없이 덮는 것도 모자라서 창틀과 온 의자 위에도 잔뜩 쌓인 채 먼지투성이가 되어 가고 있었다. 서장 뒤에 있는 책꽂이는 바인더의 무게로 휘어져 있었는데, 파트리크는 서류들이 분명 꽤 오랫동안 빛을 보지 못했으리라고 짐작했다. 멜베리는 통화중이었지만, 파트리크에게 들어오라고 손짓했다. 파트리크는 놀라서 무슨 일이 일어났나 했다. 멜베리가 크리스마스이브에 창가에서 밝게 빛나는 별처럼 미소 짓고 있었기 때문이다. 파트리크는 서장이 통화중이라서 다행이라고 생각했다. 그렇지 않으면 저 미소가 서장의 머리까지 온통 감쌀 테니까.

멜베리는 통화하면서 반은 짧고 무뚝뚝하게 대답했다.

"네."

"네, 물론이죠."

"천만의 말씀입니다."

"네, 분명합니다."

"잘하셨습니다."

"맙소사, 아닙니다."

"네, 정말 감사합니다. 부인. 꼭 다시 연락드리겠습니다."

의기양양한 서장이 수화기를 쾅 내려놓는 소리에 파트리크는 의자에서 펄쩍 뛰어올랐다.

"일은 이렇게 해야지!"

멜베리는 여전히 유쾌한 산타클로스처럼 환하게 미소 짓고 있었다. 문득 파트리크는 멜베리의 치아를 본 것이 처음이라는 사실을 깨달았다. 서장의 치아는 놀라울 정도로 하얗고 가지런했다. 지나치게 완벽하다고 할 수 있을 정도로.

서장은 기대하는 눈빛으로 그를 바라보았고, 파트리크는 멜베리가 무슨 일이 있느냐는 질문을 받고 싶어 한다고 생각했다. 그는 순순히 질문했지만, 멜베리의 대답은 뜻밖이었다.

"내가 그놈을 잡았어! 내가 알렉스 비크네르의 살인범을 잡았다고!"

멜베리는 너무 흥분해서 빗어 올린 머리카락이 한쪽으로 미끄러져 내려갔다는 사실도 눈치채지 못했다. 파트리크는 이번만큼은 그 모습을 보며 낄낄대고 싶은 마음이 들지 않았다. 그는 서장이 동료들과 공을 나눌 생각이 없다는 뜻에서 '나'라는 대명사를 쓴 사실을 무시하고, 무릎에 팔꿈치를 올린 채 몸을 앞으로 숙이면서 진지하게 물었다.

"무슨 뜻입니까? 사건에 돌파구가 생긴 겁니까? 통화하신 사람은 누굽니까?"

멜베리는 질문 공세를 멈추려고 손을 들어 올린 다음, 의자에 등을 기대고 배 위에서 손을 깍지 꼈다. 지금이야말로 그가 마지막 한 방울까지 짜내고 싶은 순간일 터였다.

"이봐, 파트리크, 나처럼 오랫동안 이 일을 하다 보면 돌파구는 생기는 게 아니라 얻는 거라는 걸 알게 될 거야. 나의 폭넓은 경험과 기술과 노력 덕분에 실제로 사건에 돌파구가 생겼지. 다그마르 페트렌이라는 여자가 전화해서 시체가 발견되기 직전에 흥미로운 걸 봤다고 얘기하더구먼. 그래, 중요한 목격자 진술이라고 하겠네. 이 진술을 토대로 위험한 살인범을 잡아넣을 수 있을 테니까."

파트리크는 조바심 때문에 속이 콕콕 찔리는 느낌이었지만, 분별이 있었기 때문에 멜베리가 말할 때까지 기다리는 수밖에 없다는 점을 잘 알았다. 결국에는 문제의 핵심에 도달하게 될 테니까. 파트리크는 자신이 은퇴하기 전에 그 순간이 오기만을 바랐다.

"1967년 가을에 예테보리에서 일어났던 사건이 기억나는군……."

파트리크는 한숨을 쉬고 오랫동안 기다릴 준비를 했다.

❄

에리카는 예상했던 곳에서 단을 찾았다. 그는 배 위에서 기다랗고 굵은 밧줄, 선원용 마대, 커다란 방현물(뱃전을 보호하기 위한 장치-옮긴이) 등 무거운 장비를 옮기고 있었는데, 마치 솜으로 채운 자루를 옮기는 듯했다. 에리카는 그가 일하는 모습을 즐거운 마음으로 지켜보았다. 손으로 뜬 스웨터 차림에 모자를 쓰고 장갑을 낀 채 숨을 쉴 때마다 하얀 입김을 내뿜고 있는 단은 등 뒤의 배경과 아주 잘 어울렸다. 높은 하늘에서 내리쬐는 햇빛이 갑판 위의 눈에 반사되었고, 사방이 쥐 죽은 듯 고요했다. 단은 효율적이고 단호하게 일했고, 에리카는 그가 그 모든 순간을 사랑한다는 사실을 알 수 있었다. 이곳은 그에게 딱 맞는 장소였다. 배, 바다, 배경으로 보이는 섬들. 단은 마음속으로 얼음이 깨지는 모습과 자신의 배 베로니카가 전속력으로 수평선을 향해 나아가는 모습을 그리고 있으리라. 겨울은 그저 오랫동안 기다려야 하는 시간이었다. 해안에 사는 사람들에게 겨울은 늘 혹독했다. 과거에는 여름 어획량이 많으면 겨울을 나기에 충분한 양의 청어를 소금에 절여 두었다. 그러나 그렇지 않으면 살아남기 위해 다른 일을 찾아야 했다. 단도 많은 어부들처럼 고기잡이만으로 생계를 유지할 수가 없어서 야학에 다녔다. 그는 이제 타눔스헤데 고등학교에서 임시 교사 자격으로 일주일에 두 번씩 스웨덴 어를 가르쳤다. 에리카는 단이 매우 능력 있는 교사라고 생각했지만, 그의 심장은 교실이 아닌 이곳에 있었다.

그는 배 위에서 하는 일에 완전히 몰두하고 있었다. 그녀는 발소리를 내지 않고 걸어가서, 단이 부두에 서 있는 자신을 발견할 때까지 일하는 모습을 조금 더 지켜보려 했다. 에리카는 그와 파트리크를 비교하지 않을 수 없었다. 외모로 보면 그들은 정반대였다. 단의 머리카락은 무척 옅은 금색이어서 여름이면 흰색에 가깝게 변했다. 반면 파트리크의 머리카락은 그의 눈과 같은 검은색이었다. 단은 근육질이었지만 파트리크는 호리호리한 편이었다. 그러나 성격으로 보면 그들은 형제 같았다. 둘 다 차분하고 부드러운 데다 적절한 때 농담을 던질 줄도 알았다. 사실 에리카는 자신을 즐겁게 해 주는 두 사람의 기질이 얼마나 비슷한지 미처 생각지 못했다. 단과 헤어진 뒤로는 다른 사람과 관계를 맺으면서 진정으로 행복했던 적이 없었다. 그녀는 그동안 완전히 다른 유형의 남자를 찾거나 그런 남자와 관계를 맺었다.

"이 철부지야."

안나가 지적했었다.

"넌 성숙한 남자를 찾는 대신 소년을 키우려고 해. 그러니 관계가 잘될 리 없지."

마리안네가 말했었다.

두 사람의 말이 맞았을지도 모른다. 세월이 유유히 흘러가면서 에리카는 자신이 약간 당황하기 시작했음을 인정해야 했다. 부모님의 죽음도 인생에서 놓치고 있는 것이 무엇인지 살펴보는 뼈아픈 계기가 되었다. 또 지난 토요일 밤도. 갑자기 파트리크 헤드스트룀에 생각이 미쳤다.

단의 목소리가 그녀의 생각을 방해했다.

"어, 안녕. 거기 얼마나 오래 서 있었던 거야?"

"아, 얼마 안 됐어. 네가 일하는 모습을 보는 게 재미있을 것 같더라고."

"그래, 네가 일하는 모습과는 분명히 다르지. 넌 하루 종일 엉덩이를 붙이고 앉아서 이야기를 만들어 내는 걸로 돈을 받잖아. 바보 같은 짓이라니까."

그들은 함께 미소 지었다. 그 이야기는 두 사람의 오래된 농담거리였다.

"너 몸 좀 따뜻해지라고 좋은 걸 가져왔어."

에리카가 한 손에 든 바구니를 흔들었다.

"와, 웬 호사야? 뭘 원해? 내 몸? 내 영혼?"

"됐네요, 둘 다 네가 간수해. 후자 쪽이 당기긴 하지만."

단은 바구니를 받아 들고 손을 내밀어 에리카가 난간을 건너올 때 넘어지지 않도록 도왔다. 그녀는 엉덩방아를 찧을 뻔했지만 단이 허리를 단단히 감아 안아 준 덕분에 위기를 모면했다. 그들은 물고기 포장상자 덮개에 쌓인 눈을 털어 내고, 벙어리장갑을 조심스럽게 얹은 다음 그 위에 앉아 바구니에서 먹을 것을 꺼냈다. 단은 보온병에 담긴 핫초콜릿과 포일에 깔끔하게 싸인 살라미 샌드위치를 보더니 기쁨에 겨운 미소를 지었다.

"넌 최고야."

그는 살라미 샌드위치를 한 입 가득 베어 문 채 말했다.

그들은 한동안 음식에만 온 신경을 집중하며 조용히 앉아 있었다. 아침 햇살 아래 앉아 있으니 평화롭기 그지없었다. 에리카는 일의 원칙을 지키지 않았다는 죄책감을 밀어냈다. 지난주에 열심히 일했으니 조금은 쉬어도 괜찮겠지.

"알렉스 비크네르 소식은 뭐 더 없어?"

"응, 경찰 수사에 별다른 진척이 없나 보더라고."

"흠, 소문을 들었는데 네가 내부 정보에 특별히 접근할 수 있다더라."

단은 짓궂게 미소 지었다. 에리카는 소문이 퍼지는 속도에 놀라움을 금치 못했다. 파트리크와 만났다는 소문이 어떻게 온 마을에 퍼졌는지 알 수가 없었다.

"무슨 얘긴지 모르겠는데."

"그렇군. 둘이 어디까지 갔어? 시승해 본 거야? 아니면?"

에리카는 팔로 단의 가슴을 쿡 찔렀지만 웃음을 터뜨리지 않을 수 없었다.

"뭐야, '시승' 같은 건 하지 않았어. 그에게 관심이 있는지 없는지도 모르겠다고. 혹 관심이 있어도, 더 진도를 나가고 싶은지 아닌지 모르겠고. 물론 그가 관심이 있다고 전제하면 말이지. 그럴 리는 없겠지만."

"다른 말로 하면, 네가 겁쟁이라는 거지."

에리카는 단이 거의 항상 옳은 말을 한다는 점이 싫었다. 가끔씩 그가 자신을 너무 잘 안다는 생각이 들었다.

"그래, 좀 불안한 건 사실이야."

"음, 기회를 잡을지 말지 결정할 수 있는 사람은 너뿐이야. 관계가 잘 풀리면 어떤 기분일지 생각은 해 봤어?"

물론 에리카도 생각해 봤다. 지난 며칠 동안 몇 번이나. 그러나 지금 그 질문은 지나치게 비현실적이었다. 그들이 한 일이라고는 함께 저녁을 먹은 것이 다였으니까.

"에, 어쨌든, 난 네가 밀고 나가야 한다고 생각해. 호랑이 굴에 들어가야 호랑이를 잡지. 그리고……."

에리카는 재빨리 화제를 바꿨다.

"그건 그렇고 알렉스 말이야, 나 우연히 묘한 걸 발견했어."

"그래? 뭔데?"

단의 목소리에 호기심이 잔뜩 묻어났다.

"음, 이틀 전에 알렉스네 집에 갔다가 흥미로운 종이 한 장을 발견했어."

"네가 어쨌다고?"

에리카는 대답하고 싶지 않아서, 놀란 그에게 손만 내저었다.

"닐스 로렌트 실종 사건에 관한 오래된 기사의 복사본이었어. 알렉스는 왜 25년 전 기사를 속옷 서랍 바닥에 숨겨 두려고 했을까?"

"속옷 서랍이라고! 에리카, 도대체 무슨 짓이야!"

그녀는 한 손을 들어 올려 그의 항의를 멈추고 차분하게 말을 이었다.

"이건 내 육감인데, 이 기사, 알렉스가 살해당한 이유와 연관이 있어. 어떤 연관이 있는지는 모르겠지만 수상한 냄새가 나. 게다가 내가 그 집에 있는 동안 누군가가 들어와서 집 안을 뒤지더라고. 그 사람, 기사를 찾고 있었는지도 몰라."

"너 미쳤어?"

단이 놀라서 입을 딱 벌린 채 그녀를 응시했다.

"도대체 그게 너랑 무슨 상관인데? 알렉스를 살해한 범인을 찾아내는 건 경찰이 할 일이야."

그의 목소리가 가성 높이까지 올라갔다.

"그래, 나도 알아. 그렇게 소리 지르지 않아도 돼. 나 귀 안 먹었으니까. 나랑 상관없는 일이라는 거 나도 잘 알아. 그렇지만 무엇보다도 난 이미 알렉스의 가족을 통해서 사건에 발을 담갔어. 둘째로, 우린 한때 아주 친한 사이였다고. 셋째로, 알렉스의 시체를 처음 발견한 뒤로 그 사건을 잊어버리기가 힘들단 말이야."

에리카는 책 이야기는 하지 않았다. 그 이야기를 입 밖으로 내면 어쩐지 지독한 냉혈한으로 보일 것 같았기 때문이다. 단이 과민 반응한다는 생각도 들었지만, 그는 늘 그렇게 극성스러울 정도로 에리카를 걱정했다. 그녀는 상황을 생각했을 때 알렉스의 집을 돌아다녔다는 이야기가 그리 현명하게 들리지 않는다는 사실을 인정해야 했다.

"에리카, 이 일 다 관두겠다고 약속해."

단은 그녀의 양 어깨에 손을 올리고 자신의 얼굴을 마주하게 했다. 그의 맑은 눈은 여느 때와 달리 단호했다.

"난 네게 무슨 일이 일어나는 걸 원치 않아. 그런데 네가 계속 이 일을 쑤시고 다니면 점점 더 깊이 빠져들까 봐 걱정돼. 그냥 내버려 둬."

단은 에리카를 똑바로 바라보면서 그녀의 어깨를 잡은 손에 힘을 주었다. 에리카는 단의 반응에 당황해서 입을 열어 대답하려고 했지만, 뭐라고 말하기도 전에 부두 위에서 페르닐라의 목소리가 들려왔다.

"그래, 둘이서 단란한 시간을 보내고 있단 말이지. 알았어."

페르닐라는 에리카가 처음 들어보는 냉랭한 목소리로 말했다. 그녀는 눈을 번쩍이며 주먹을 계속 쥐었다 폈다 했다. 에리카와 단은 페르닐라의 목소리에 그대로 얼어붙었다. 단은 순식간에 불에 데기라도 한 것처럼 에리카의 어깨에 올렸던 손을 치우고 차려 자세로 섰다.

"안녕, 여보. 오늘은 일찍 끝났어? 에리카가 점심거리를 싸 갖고 와서 잠깐 이야기했어."

단은 들뜬 사람처럼 빠르게 말했고 에리카는 놀라서 그와 페르닐라를 번갈아 가며 바라보았다. 페르닐라는 에리카가 알던 사람이 아니었다. 그녀는 증오가 가득한 눈으로 에리카를 노려보았고, 주먹은 너무 꽉 쥐어서 관절이 하얘져 있었다. 에리카는 순간 페르닐라가 자신을 한 대 치지 않을까 생각했다. 도대체 무슨 일이 일어나고 있는지 알 도리가 없었다. 단과의 관계는 이미 오래전에 분명히 했건만. 페르닐라는 에리카와 단이 이제 서로 아무런 감정도 느끼지 않는다는 사실을 알았다. 아니, 적어도 에리카는 페르닐라가 안다고 생각했다. 그러나 이제는 확신할 수 없었다. 궁금한 점은 페르닐라가 왜 이런 반응을 보이느냐는 것이었다. 에리카는 단과 페르닐라를 번갈아 가며 살폈다. 소리 없는 파워 게임이 벌어지고 있었는데, 단이 지고 있는 듯했다. 더 할 말이 없었던 에리카는 조용히 빠져나가서 두 사람이 문제를 해결하도록 내버려 두는 것이 최선이겠다는 결정을 내렸다.

그녀는 컵과 보온병을 허둥지둥 챙겨서 바구니에 도로 넣었다. 부두를 걸어가는 에리카의 귀에 침묵을 깬 단과 페르닐라의 흥분한 목소리가 들려왔다.

4

그는 말할 수 없이 외로웠다. 그녀가 없는 세상은 공허하고 냉랭했고, 냉기를 누그러뜨릴 방법은 아무것도 없었다. 그녀와 함께 있을 때는 고통을 참기가 더 쉬웠다. 그러나 그녀가 떠난 뒤로 그는 혼자서 두 사람 몫의 고통을 고스란히 견뎌내야 했고, 고통의 강도는 생각보다 더 셌다. 그는 자신을 질질 끌어 가며 하루하루 겨우 살아 냈다. 바깥의 현실은 존재하지 않았고, 그가 유일하게 의식하는 사실은 그녀가 영원히 떠났다는 것뿐이었다.

죄인들은 죄책감도 똑같이 나누어 느껴야 했다. 그는 그것을 오로지 혼자서 짊어질 생각이 없었다. 절대 혼자 짊어질 생각이 없었다.

그는 자신의 손을 바라보았다. 무척 증오하는 손이었다. 그의 두 손은 아름다움과 죽음—둘은 서로 양립할 수 없지만 그는 이중성과 함께 살아가는 법을 배웠다—을 함께 가져왔다. 그의 손은 오로지 그녀를 쓰다듬을 때만 완전히 선했다. 그의 피부가 그녀의 피부에 닿으면 모든 악을 쫓아낼 수 있었다. 잠깐이라도 사라지게 할 수 있었다. 동시에 그들은 각자 비밀스러운 바람을 품었다. 사랑과 죽음, 증오와 생명. 서로 반대되는 바람을 품은 그들은 원을 그리며 날면서 불꽃에 점점 가까이 다가가는 나방이 되었다. 먼저 타 버린 쪽은 그녀였다.

그는 목 뒤에서 불의 열기를 느꼈다. 이제 자신도 얼마 남지 않았다.

그녀는 지쳤다. 다른 사람들의 더러움을 닦아 내는 데 지쳤고, 아무 기쁨 없이 그저 살아가기만 하는 데 지쳤다. 매일 똑같은 생활이 반복되었다. 그녀는 언제나 자신을 내리누르는 죄책감을 견뎌 내는 데 지쳤다. 아침마다 눈을 뜨고 밤마다 자러 가고 안데르스가 어떻게 지내고 있는지 궁금해하는 데 지쳤다.

베라는 커피를 끓이려고 주전자를 스토브 위에 올렸다. 부엌 시계가 째깍거리는 소리를 제외하면 집 안은 쥐 죽은 듯이 조용했다. 그녀는 부엌 테이블에 앉아 커피가 끓길 기다렸다.

베라는 오늘 하루 종일 로렌트 가의 집을 청소했다. 집이 너무 커서 청소하는 데 하루가 꼬박 걸렸다. 그녀는 가끔씩 옛날이 그리웠다. 늘 같은 곳으로 일하러 가는 데서 느끼던 안정감과 보후슬렌 북부에서 가장 부유한 가족의 가정부라는 이유로 누리던 지위가 그리웠다. 그러나 항상 그렇게 느끼는 것은 아니었다. 사실은 그 집에 매일 가지 않아도 되어 다행이라고 생각하는 때가 더 많았다. 이유 없이 싫은 넬뤼 로렌트에게 고개 숙여 공손히 인사하지 않아도 되었으니까. 베라는 마침내 시대가 변해서 가정 부가 유행에 뒤떨어지게 될 때까지 매년 넬뤼를 위해 일했다. 그녀는 30년 이 넘도록 눈을 내리깔고 "네, 감사합니다, 로렌트 부인." "알겠습니다, 로 렌트 부인." "곧바로 그렇게 하겠습니다, 로렌트 부인." 하고 중얼거렸지 만, 동시에 자신의 튼튼한 손으로 넬뤼의 가녀린 목을 감아서 숨이 끊어질 때까지 조르고 싶은 욕망을 억눌러야 했다. 때때로 욕망이 너무 강해지면 떨리는 손을 넬뤼가 눈치채지 못하도록 앞치마 아래로 숨겼다.

주전자가 휘파람 소리를 내며 커피가 다 되었다고 알렸다. 베라는 힘들 게 일어나서 허리를 편 뒤 오래된 낡은 컵을 꺼내 커피를 따랐다. 컵은 아 르비드와 결혼할 때 그의 부모님이 주신 결혼 선물 가운데 마지막으로 남 은 물건이었다. 고급스러운 덴마크 자기였고, 흰 바탕에 파란 꽃들이 그려 져 있었는데 세월이 지나면서 색이 거의 다 바랬다. 이제 이 컵은 하나밖에 남지 않았다. 아르비드가 살아 있을 때는 식기를 질 좋은 자기 제품으로 이 용했지만, 그가 세상을 떠난 뒤에는 평범한 날과 특별한 날을 구별하는 것 이 별 의미가 없어 보였다. 대부분 세월이 흐르면서 닳거나 긁혔고, 나머 지는 안데르스가 10년도 더 전에 갑자기 정신착란을 일으켰을 때 박살냈 다. 하나 남은 이 컵은 베라의 가장 소중한 재산이었다.

그녀는 기분 좋게 커피를 홀짝거렸고 컵 바닥이 보일 때가 되자 남은 커 피를 받침 접시에 부어서 마셨는데, 이 사이에 각설탕 하나를 물어 커피가 스며들게 했다. 베라는 하루 종일 청소해서 피로하고 아픈 다리를 조금 쉬 게 하려고 자기 앞에 놓인 의자에 발을 올려놓았다.

집은 작고 간소했다. 그녀는 이 집에서 거의 40년 동안 살았고, 죽는 날까지 머무를 생각이었다. 사실 집은 그렇게 실용적이지는 않았다. 가파른 언덕 꼭대기에 자리 잡고 있어서 올라가는 길에 몇 번이나 멈춰 서서 숨을 골라야 했고, 몹시 허름했으며 안팎으로 낡고 황폐했다. 위치가 좋아서 집을 팔고 아파트로 이사하면 돈을 꽤 벌 수 있었지만 그런 생각은 한 번도 해 보지 않았다. 이사를 가느니 차라리 집이 허물어지게 내버려 두는 것이 나았다. 어찌 되었건 이 집은 아르비드와 함께 살았던 곳이었고 몇 년 안 되는 세월 동안이나마 행복한 결혼 생활을 꾸려 나갔던 장소였다. 부모님의 집 바깥에서 처음 잔 곳이 이 집의 침실이었다. 바로 결혼 첫날밤에. 그리고 같은 침실에서 안데르스를 임신했다. 배가 너무 불러서 옆으로 누워 잘 수밖에 없었을 때, 아르비드는 슬며시 다가와서 그녀의 등 뒤에 누워 부른 배를 쓰다듬어 주었다. 그는 앞으로 함께할 삶에 관한 이야기를 귓속말로 속삭였다. 이 집에서 아이들이 자랄 것이고, 앞으로 행복한 웃음소리가 집을 가득 채울 것이라고. 또 그들이 늙고 아이들이 자라서 집을 떠나면 벽난로 앞 흔들의자에 앉아서 두 사람이 함께 얼마나 멋진 삶을 살았는지 이야기하게 될 것이라고. 당시 그들은 20대였고 수평선 너머에서 두 사람을 기다리는 것이 무엇인지 상상조차 할 수 없었다.

　그 소식을 들었을 때 베라가 앉아 있던 곳은 이 부엌 테이블이었다. 폴이라는 경찰관이 모자를 손에 든 채 현관문을 두드렸고, 그녀는 그를 보자마자 무슨 일이 일어났는지 알았다. 베라는 말하지 말라는 뜻으로 자신의 입술에 손가락을 대면서, 그에게 부엌으로 들어오라고 손짓했다. 그녀는 만삭의 몸으로 뒤뚱거리며 그의 뒤를 따랐고 느릿느릿 커피를 끓였다. 커피가 끓기를 기다리는 동안 베라는 부엌 테이블에 앉아서 건너편에 앉은 남자를 바라보았다. 그는 차마 그녀를 보지 못하고 벽을 둘러보면서 강박

증에 걸린 사람처럼 셔츠 칼라를 잡아당겼다. 베라는 두 사람이 각자 뜨거운 김이 모락모락 피어오르는 커피 컵을 손에 든 뒤에야 비로소 경관에게 말하라고 손짓했다. 그녀 자신은 그때까지 한 마디도 하지 않았다. 머릿속에서 윙윙거리는 소리가 점점 크게 들렸다. 경관의 입이 움직였지만, 한 단어도 머릿속의 잡음을 뚫고 들어오지 못했다. 베라는 이야기를 들을 필요가 없었다. 아르비드가 이제 바다 밑에서 해초와 함께 흔들리고 있다는 사실을 알았으니까. 어떤 말로도 그 사실을 바꿀 수는 없었다. 어떤 말로도 하늘에 잔뜩 낀 회색 먹구름을 쫓아 버릴 수는 없었다.

오랜 시간이 지난 지금, 베라는 부엌 테이블에 앉아 한숨을 쉬고 있었다. 사랑하는 사람들을 잃은 다른 이들은 죽은 사람의 이미지가 시간이 지날수록 흐릿해진다고 했지만, 그녀의 경우는 정반대였다. 아르비드의 이미지는 점점 더 선명해졌고, 때로는 눈앞에 너무 분명하게 보여서 철로 된 끈이 심장을 조이는 듯한 고통에 괴로워하기도 했다. 안데르스가 아르비드를 쏙 빼닮았다는 사실은 저주인 동시에 축복이었다. 아르비드가 살아 있었더라면 나쁜 일이 일어나지 않았을 터였다. 아르비드는 그녀의 힘이었기에 그가 곁에 있었다면 필요했던 만큼 힘을 낼 수 있었을 것이다.

베라는 전화가 울리자 깜짝 놀랐다. 옛 추억에 깊이 빠져 있던 터라 날카로운 전화벨 소리에 방해받은 것이 탐탁지 않았다. 그녀는 저린 다리를 의자에서 내려야 했다. 그런 다음 현관에 있는 전화를 받으러 절뚝거리며 걸어갔다.

"엄마, 나야."

안데르스는 꼬부라진 발음으로 말했고, 그녀는 몇 년간의 경험으로 아들이 얼마나 취했는지 정확히 알 수 있었다. 안데르스는 지금 곤드레만드레 취해서 반쯤 나가떨어진 상태였다. 그녀는 한숨을 쉬었다.

"그래, 안데르스. 어떻게 지내니?"

안데르스는 질문을 무시했다. 그들의 대화는 거의 늘 이런 식이었다.

베라는 현관 거울로 귀에 수화기를 대고 서 있는 자신의 모습을 볼 수 있었다. 거울은 오래되고 낡은 데다 유리에 군데군데 까만 얼룩이 있었다. 그녀는 자신이 거울과 많이 닮았다고 생각했다. 머리카락은 덥수룩한 회색이었고, 원래 머리 색깔이 아직 드문드문 까맣게 보였다. 베라는 늘 머리를 단정하게 빗어 뒤로 넘겼고, 화장실 거울 앞에서 손톱가위로 머리카락을 직접 잘랐다. 미용사에게 돈을 낭비할 수는 없었기 때문이다. 얼굴은 오랫동안 걱정에 찌들어서 주름이 자글자글했다. 옷은 그런 외모에 어울리게 흐릿한 색—대체로 회색이나 녹색—이었지만 실용적이었다. 몸은 오랫동안 힘들게 일하고 음식을 신경 써서 먹지 않았기 때문에 그 나이 또래의 많은 여자들처럼 뚱뚱해지지 않았다. 그녀는 억세고 강해 보였다. 짐을 나르는 말처럼.

갑자기 안데르스가 수화기 저편에서 무슨 말을 하고 있는지 깨달은 그녀는 충격에 휩싸인 채 거울에서 눈을 뗐다.

"엄마, 밖에 경찰차가 와 있어. 빌어먹을 호송차야. 그놈들이 잡으러 온 거야. 분명해. 나 어떡해?"

베라는 아들이 점점 흥분하고 있다는 사실을 알았다. 안데르스는 한 마디 한 마디 할 때마다 더해 가는 공포에 떨고 있었다. 베라의 몸에 지독한 냉기가 퍼져 나갔다. 거울 속의 그녀는 주먹 관절이 하얘진 채 수화기를 붙잡고 있었다.

"아무것도 하지 마렴, 안데르스. 그냥 거기서 기다려. 엄마가 갈게."

"알았어. 빨리 와야 돼. 이건 평소랑 달라, 엄마. 경찰들은 한 차에 타고 온단 말이야. 근데 지금은 경찰차 세 대가 죄다 파란 경광등을 켜고 사이렌을 울리고 있어. 망할⋯⋯."

"안데르스, 엄마 말 들어. 심호흡 한 번 하고 진정해. 엄마가 지금 전화 끊고 최대한 빨리 갈게."

베라는 가까스로 아들을 조금 진정시켰다는 사실을 알 수 있었지만, 전화를 끊자마자 급히 코트를 입고 문도 잠그지 않은 채 바깥으로 달려 나갔다.

그녀는 옛 택시 승강장 너머에 있는 주차장을 건너서 에바스 마트 물류 창고 뒤쪽의 지름길로 들어섰다. 힘들어서 속도를 조금 늦추긴 했지만, 거의 10분 만에 안데르스가 사는 아파트에 도착했다.

마침 두 명의 건장한 경찰관이 안데르스에게 수갑을 채워 끌어내고 있었다. 가슴에서 새된 비명이 터져 나올 듯했지만, 기웃거리는 독수리처럼 창문 밖으로 몸을 내밀고 있는 이웃사람들을 보고 억지로 눌러 참았다. 그들이 이미 본 것 이상의 쇼를 연출할 생각은 전혀 없었다. 마지막 남은 자존심이 허락하지 않았으므로. 베라는 자신과 안데르스에게 풍선껌처럼 붙어 있는 소문이 싫었다. 이제는 늘 공기처럼 떠돌던 수군거림에 불이 붙을 터였다. 그녀는 사람들이 뭐라고 말할지 알았다.

"불쌍한 베라, 남편이 익사한 것도 모자라서 이젠 아들이 술 때문에 인생을 망치네. 본인은 그렇게 믿음직스러운 사람이건만."

그렇다. 그녀는 그들이 뭐라고 말할지 정확히 알았다. 그러나 스스로 피해를 줄이고자 할 수 있는 모든 일을 하리라는 점도 알았다. 그녀는 지금 이대로 주저앉을 수는 없었다. 그러면 모든 것이 모래 위에 지은 집처럼 무너져 내릴 테니까. 베라는 가장 가까이 있는 경찰관—수수한 경찰관 제복이 어울리지 않는 듯한 금발의 작은 여자—에게 몸을 돌렸다. 그녀는 여자도 뭐든 좋아하는 일을 할 수 있다고 말하는 새로운 제도에 아직도 익숙해지지 않았다.

"전 안데르스 닐손의 엄맙니다. 무슨 일인가요? 그 애를 어디로 데려가는 거죠?"

"유감스럽지만 아무 말씀도 드릴 수 없습니다. 타눔스헤데 경찰서에 확인해 보셔야 할 거예요. 아드님을 체포해서 그쪽으로 데려가는 거거든요."

경찰관의 말 한 마디 한 마디에 그녀의 심장이 내려앉았다. 이번에는 술에 취해 싸우다가 체포된 것이 아니었다. 경찰차가 한 대씩 차례차례 떠났다. 마지막 경찰차에는 안데르스가 두 명의 경찰관 사이에 앉아 있었다. 아들은 차가 떠날 때 고개를 뒤로 돌려서 완전히 보이지 않게 될 때까지 엄마를 바라보았다.

❄

파트리크는 안데르스 닐손을 태운 차가 타눔스헤데로 향하는 모습을 보았다. 경찰을 우르르 출동시킨 것은 좀 지나쳤다는 생각이 들었다. 그러나 멜베리가 쇼를 원하면, 쇼를 해야 했다. 서장은 우데발라 서에도 원활한 체포를 명목으로 추가 지원을 요청했다. 파트리크의 생각에는 출동한 여섯 명 중 적어도 네 명은 공연히 시간만 낭비한 셈이었다.

한 여자가 아직도 주차장에 서서 경찰차들을 눈으로 뒤쫓고 있었다.

"범인의 엄마야."

우데발라 경찰서의 레나 발틴 경장이 말했다. 그녀는 파트리크를 도와 안데르스 닐손의 아파트를 수색하려고 남아 있었다.

"그렇게 얘기하면 안 된다는 걸 알 텐데, 레나. 유죄 선고를 받을 때까지는 '범인'이 아니야. 그때까지는 우리처럼 무고한 시민이라고."

"난 그렇지 않다고 확신해. 안데르스 닐손이 유죄라는 데 내 1년 치 연봉을 걸겠어."

"그렇게 확신한다면 쥐꼬리 연봉보다는 더 많이 걸었겠지."

"하하, 아주 웃겼어. 경찰이랑 연봉을 가지고 농담하는 건 장애인을 넘어뜨리는 거랑 똑같다니까."

파트리크는 동의해야 했다.

"기대할 게 별로 없겠지. 올라갈까?"

그는 안데르스의 어머니가 여전히 그 자리에 서서 이미 사라져 버린 경찰차들을 눈으로 좇고 있는 모습을 보았다. 진심으로 안쓰러운 마음에 위로의 말이라도 건넬까 잠시 생각했지만, 레나가 소매를 잡아당기며 건물 입구 쪽을 가리키는 바람에 한숨을 쉬며 어깨를 으쓱한 다음 그녀를 따라 안데르스의 집을 수색하러 들어갔다.

안데르스 닐손의 아파트 문이 잠겨 있지 않았던 터라, 그들은 곧장 현관으로 들어갈 수 있었다. 파트리크는 주위를 둘러보고 1분 만에 두 번째로 한숨을 쉬었다. 아파트가 워낙 엉망진창이어서, 중요한 단서를 찾아낼 수는 있을지 의문이 들었다. 그들은 현관에서 굴러다니는 빈 병들을 넘어서 거실과 부엌을 둘러보았다.

"맙소사."

레나가 넌더리를 내며 고개를 흔들었다. 그들은 주머니에서 비닐장갑을 꺼내 손에 끼었다. 암묵적인 동의 아래 파트리크는 거실을, 레나를 부엌을 맡았다.

안데르스 닐손의 거실에 있으니 살짝 정신분열증 환자가 된 느낌이었다. 지저분하고, 쓰레기 천지에, 가구와 개인 물품은 거의 없는 모습이 술주정뱅이의 전형적인 거처 같았다. 파트리크는 경찰 일을 하면서 그런 집을 많이 보았다. 그러나 벽이 온통 그림으로 뒤덮인 주정뱅이의 아파트는 본 적이 없었다. 그림들 사이의 간격이 너무 좁아서 바닥 위 90센티미터 정도부터 천장까지 벽이 전부 그림으로 가려져 있었다. 폭발하는 색채 때문에 눈이 아파진 파트리크는 손을 올려 눈을 보호하고 싶은 충동을 억눌렀다. 그림들은 따뜻한 색깔의 물감으로만 그려진 추상화였는데, 그에게 배를 걷어 차인 듯한 고통을 안겼다. 그 느낌이 너무 생생한 나머지 파트리크는 똑바로 서 있기 위해 싸워야 했다. 억지로 그림들을 외면해야 했다. 그것들이 벽에서 뛰쳐나와 덮칠 것 같았으므로.

파트리크는 조심스럽게 안데르스의 물건들을 조사하기 시작했다. 살펴볼 만한 것이 그리 많지는 않았다. 그는 잠시, 안데르스와 비교되는 자신의 혜택 받은 삶에 매우 감사했다. 자신이 문제라고 생각했던 것들이 갑자기 무척 사소해 보였다. 삶의 질이 현저히 떨어지는 상황에서도 살아남으려는 의지가 강해서 며칠, 몇 년을 계속 살아가는 인간이란 참 알 수 없는 존재였다. 안데르스 닐손 같은 사람의 삶에도 기쁨을 느낄 일이 남아 있을까? 그는 즐거움, 기대, 행복, 의기양양함 등 인생을 살맛 나게 해 주는 감정을 느껴 보기는 했을까? 아니면 모든 것이 다음에 술을 마실 때까지 그저 잠깐씩 머물렀다 가는 정류장일 뿐일까?

파트리크는 거실에 있는 모든 것을 살펴보았다. 안에 뭔가 숨겨진 것이 없는지 보려고 매트리스를 더듬어 보았고, 하나 있는 서랍장의 서랍들도 꺼내 보았고, 그 아래도 확인했다. 또 벽에 걸린 그림들을 하나하나 조심스럽게 떼어 내서 뒤쪽을 살폈다. 아무것도 없었다. 그의 흥미를 불러일으키는 것은 하나도 없었다. 파트리크는 레나가 뭔가 발견했는지 보려고 부엌으로 갔다.

"돼지우리가 따로 없네. 어떻게 인간이 이렇게 살 수 있지?"

레나는 역겹다는 표정을 지으면서 신문 위에 쏟아 놓은 쓰레기통의 내용물을 살펴보았다.

"뭐 흥미로운 거라도 찾았어?"

파트리크가 물었다.

"그렇기도 하고 아니기도 해. 쓰레기에서 영수증을 몇 개 찾았어. 전화 요금 명세서에 나와 있는 통화 내역은 좀 더 자세히 조사해 볼 만할 것 같아. 그러나 나머지는 그냥 쓰레기야."

그녀는 비닐장갑을 휙 잡아당겨 벗었다.

"어떡할래? 이만 끝낼까?"

파트리크는 시계를 보았다. 벌써 두 시간이나 지났고, 바깥은 어두웠다.

"그래, 오늘은 더 건질 게 없을 것 같다. 집에 어떻게 가? 태워 줄까?"

"내 차 가져왔으니까 괜찮아. 어쨌든 물어봐 줘서 고마워."

그들은 한시름 놓은 기분으로 아파트를 떠나면서, 도착했을 때처럼 문이 열려 있지 않도록 주의했다.

두 사람이 주차장으로 나가자 가로등이 켜졌다. 아파트에 있는 동안 눈이 내려서 둘 다 차창에 쌓인 눈을 꽤 많이 털어 내야 했다. 파트리크는 OK

Q8 주유소로 향해 가는 동안, 마음속에서 뭔가가 떠오르는 것을 느꼈다. 하루 종일 그를 괴롭히던 것이었다. 조용한 차 안에서 혼자 생각하던 그는 안데르스 닐손의 체포에 뭔가 개운치 않은 구석이 있다는 점을 인정해야 했다. 멜베리가 안데르스를 경찰서로 불러들이는 데 결정적인 역할을 한 증인을 신문할 때 질문을 제대로 했는지 확신할 수가 없었다. 자신이 좀 더 자세히 알아봐야 할 것 같았다. 파트리크는 주유소 교차로 한가운데서 결단을 내리고, 운전대를 확 꺾어서 타눔스헤데가 아닌 피엘바카 중심가로 향했다. 그는 다그마르 페트렌이 집에 있길 바랐다.

✻

에리카는 파트리크의 손을 생각하고 있었다. 그녀는 보통 남자의 손과 손목을 먼저 보았다. 남자의 손은 무척 섹시해 보일 수 있었다. 작아서도 안 되지만, 그렇다고 변기 뚜껑처럼 클 필요도 없었다. 그저 적당히 크고 힘줄이 불거져 있으며, 털이 없고, 강하면서도 유연해 보여야 했다. 파트리크의 손이 딱 그랬다.

그녀는 억지로 공상에서 빠져나왔다. 아직까지 약간의 떨림 정도로만 느끼는 감정을 생각하는 것은 아무리 줄잡아 말해도 쓸데없는 짓이었다. 그리고 자신이 여기에 얼마나 오래 있을지도 모르는 일이었다. 집이 팔려서 더 여기에 남을 이유가 없어지면, 자신을 기다리는 스톡홀름의 아파트와 그곳 친구들과 함께하는 삶으로 돌아가게 될 것이다. 피엘바카에서 보낸 몇 주는 십중팔구 자신의 삶에서 아주 짧은 막간에 지나지 않을 터였다.

그 모든 것들을 고려해 볼 때, 어린 시절의 소꿉친구를 생각하며 공중누각을 쌓는 것은 멍청하기 짝이 없는 일이었다.

에리카는 오후 3시밖에 되지 않았는데도 수평선 위로 내려앉는 어스름을 내다보며 한숨을 내쉬었다. 그녀는 아버지가 추운 날 바다에서 종종 입던 크고 넉넉한 스웨터를 입은 채 몸을 웅크렸다. 또 차가운 손을 녹이려고 팔을 긴 소매 안으로 깊숙이 넣은 뒤 소매 끝을 서로 꼬았다. 순간 자신이 조금 안쓰러웠다. 지금은 기뻐할 일이 그리 많지 않은 듯했다. 알렉스는 죽었지, 집 문제도 있지, 책 진도는 안 나가지……. 모든 것이 무거운 짐처럼 그녀의 가슴을 내리눌렀다. 게다가 부모님이 돌아가신 뒤 현실적으로나 감정적으로 처리할 일도 아직 많이 남아 있었다. 최근에는 정리를 계속할 짬이 나지 않아서, 온 집 안에 반쯤 찬 쓰레기봉투와 상자들이 널려 있었다. 그리고 마음속에도 감정의 느슨한 실과 풀리지 않은 매듭으로 반쯤 찬 공간이 있었다.

에리카는 오후 내내 단과 페르닐라 사이에서 본 장면을 곰곰이 생각하고 있었다. 도무지 이해가 가지 않았다. 자신과 페르닐라 사이에 갈등이 있었던 것은 아주 오래전의 일이었고, 여러 해가 지난 지금은 모두 해소되지 않았는가. 에리카는 그렇게 생각했다. 그런데 페르닐라는 왜 그런 태도를 보였을까? 그녀는 단에게 전화할까 했지만, 페르닐라가 전화를 받을까 봐 두려웠다. 지금 당장은 또 다른 갈등에 맞닥뜨리고 싶지 않았기 때문에 그 문제는 더 생각하지 않기로 마음먹었다. 에리카는 페르닐라가 단순히 아침부터 기분이 사나웠던 것뿐이길, 그래서 다음에 만날 때는 모든 것이 제자리로 돌아와 있길 바랐다. 그러나 그 장면은 계속 그녀를 괴롭혔다. 페르닐라는 홧김에 그런 것이 아니었다. 분명 더 심오한 이유가 있었다.

그러나 에리카는 그 이유가 무엇일지 짐작도 할 수 없었다.

원고 작업이 자꾸 늦어지는 것도 스트레스 요인이었기에, 양심의 가책을 덜고자 얼마 동안 글을 쓰기로 마음먹었다. 작업실 컴퓨터 앞에 앉은 에리카는 일을 하려면 손을 따뜻한 스웨터 밖으로 꺼내야 한다는 사실을 깨달았다. 처음에는 모든 것이 느릿느릿했지만 잠시 후에는 글이 술술 풀리면서 몸도 따뜻해졌다. 그녀는 글쓰기 원칙을 엄격하게 지키는 작가들을 부러워했다. 자신은 매번 억지로 앉아서 글을 써야 했기 때문이다. 그러나 그것은 게을러서가 아니라 지난번에 쓴 것을 끝으로 글쓰기 능력이 사라져 버렸을까 봐 진심으로 두려워서였다. 머릿속이 텅 비어서 아무 말도 생각나지 않으면, 다시는 종이 위에 한 문장도 쓰지 못하리라는 점을 깨달을 터였다. 그렇기에 그런 일이 일어나지 않는 순간순간은 위안이 되었다. 이제 에리카의 손가락은 키보드 위를 날아다녔고, 한 시간 만에 두 페이지도 넘는 글을 썼다. 그녀는 세 페이지를 더 쓰고 나서, 보상받았다는 생각이 들어 알렉스에 관한 책을 쓰는 데 얼마간의 시간을 할애했다.

❄

감방은 매우 익숙했다. 그가 이곳에 갇힌 것은 처음이 아니었다. 상태가 정말 좋지 않을 때는 술에 취해 감방 바닥에 토악질을 해 놓은 채 밤을 보내는 것이 일과였다. 그러나 이번에는 달랐다. 상황이 심각했다.

그는 딱딱한 침대에 모로 누워서, 태아처럼 몸을 웅크리고 플라스틱에 얼굴이 찔리는 느낌을 피하고자 손베개를 벴다. 감방의 한기와 체내 알코올 부족으로 등골이 오싹해졌다.

경찰에게서 들은 이야기라고는 그가 알렉스를 살해한 혐의를 받고 있다는 것뿐이었다. 그들은 그를 감방에 처넣고는 기다리라고 말했다. 자신이 이렇게 추운 곳에서 달리 무엇을 할 수 있다고 생각했을까? 인생 그리기 강의? 안데르스는 쓴웃음을 지었다.

그는 눈을 둘 곳이 없어서 멍하니 생각에 잠겼다. 낡은 콘크리트 벽은 담녹색으로 칠해져 있었는데, 페인트가 벗겨진 곳은 회색을 띠었다. 안데르스는 상상 속에서 벽을 과감한 색으로 칠했다. 여기는 빨간색으로, 저기는 노란색으로. 힘찬 붓놀림으로 바랜 녹색을 재빨리 없애 버렸다. 마음속에서 감방이 강렬한 색의 불협화음으로 바뀌자, 그제야 생각에 집중할 수 있었다.

알렉스가 죽었다. 그것은 안데르스가 원하면 그저 외면하고 달아날 수 있는 생각이 아닌, 반박할 수 없는 사실이었다. 그녀는 죽었고, 그의 미래도 그녀와 함께 죽었다.

그들은 곧 그를 잡으러 와서 질질 끌고 갈 것이다. 그리고 눈앞에서 벌거벗은 진실이 벌벌 떨 때까지 거칠게 떠밀고 조롱하고 괴롭힐 것이다. 그는 그들을 멈출 수 없었다. 사실 그들을 멈추고 싶은지 알 수도 없었다. 알 수 없는 것들이 너무 많았다. 그렇다고 전에 아주 많은 것을 알았다고 할 수도 없었지만. 알코올이라는 구제의 안개를 헤치고 들어올 만한 힘이 있는 것은 거의 없었다. 오직 알렉스뿐. 그녀가 어딘가에서 같은 공기를 마시고, 같은 생각을 하고, 같은 고통을 느끼고 있다는 사실만이 그의 모든 기억을 자비로운 어둠 속에 파묻어 버리려고 안간힘을 쓰는 짙은 안개를 사방에서 뚫고 들어올 수 있었다.

침대 위에서 몸을 쭉 뻗고 누우니 다리가 저렸지만 그는 몸의 신호를 무시하고 고집스럽게 꼼짝도 하지 않았다. 움직이면 통제력을 상실해서 색의 향연 대신 또다시 민숭민숭한 벽을 보아야 할지도 몰랐기 때문이다.

좀 더 정신이 맑을 때는 약간의 유머, 또는 적어도 얄궂음을 볼 수 있었다. 끊임없이 미를 추구하는 욕망과 함께 더럽고 타락한 삶을 살아야 하는 운명을 타고났다는 사실이 그것이었다. 이놈의 운명은 태어나기도 전에 이미 별에 쓰여 있었나 보지. 재수 없는 날에 다시 쓰였던지.

만약. 그의 생각은 이 '만약'이라는 단어 주위를 수없이 맴돌았다. 만약 그랬다면 삶이 어떻게 흘러갔을까. 가족과 집이 있는 훌륭하고 고귀한 삶을 살았을지도 모르지. 미술은 절망이 아닌 기쁨의 원천이 되었을 테고. 아이들은 화실 바깥의 정원에서 뛰어놀고 부엌에서는 향기로운 음식 냄새가 풍겼을지도 몰라. 가장자리가 장밋빛으로 반짝이는 안데르스의 환상은 칼 라르손(스웨덴 화가로 전원생활을 묘사한 그림을 많이 그렸다-옮긴이)의 전원 풍경을 완벽하게 재현한 모습이었다. 알렉스는 언제나 이 그림의 한 가운데 있었다. 그는 그런 그녀의 주변을 행성처럼 빙글빙글 돌았다.

이런 환상은 늘 그의 마음을 따뜻하게 해 주었지만, 따뜻한 이미지는 갑작스레 푸르스름하고 얼음처럼 차가운 이미지로 바뀌었다. 안데르스는 그 이미지를 잘 알았다. 밤마다 평화로운 고요 속에서 그것을 연구했기에, 아주 세세한 부분까지 완벽하게 알고 있었다. 피는 그가 가장 두려워하는 것이었다. 빨간색은 파란색과 뚜렷하게 대조되었다. 죽음도 늘 그렇듯 거기에 있었다. 그것은 기쁨에 취해 두 손을 비비면서 가장자리에 숨어 있었다. 그는 그것이 움직이거나 무슨 짓이든 하길 기다렸다. 그가 할 수 있는 유일한 일은 죽음을 못 본 체하는 것이었다. 사라질 때까지 무시하는 것이었다. 그러면 차갑고 푸르스름한 이미지가 다시 장밋빛을 띨 수 있을지도 몰랐다. 알렉스가 다시 한 번 그에게 미소 지을 수 있을지도 몰랐다. 그의 마음을 아프게 하는 미소를. 그러나 죽음은 무시하기엔 너무나 친숙한 동료였다. 안데르스는 죽음과 오랫동안 알고 지낸 사이였지만 세월이 흘러도 유쾌한 기분이 들지는 않았다. 알렉스와 함께했던 빛나는 순간에조차 죽음은 그들 사이에 끼어 있었다. 집요하고 성가시게.

감방 안의 정적은 위안이 되었다. 멀리서 사람들이 돌아다니는 소리가 들리긴 했지만 아주 멀리 다른 세계에 있는 것처럼 느껴졌다. 안데르스는 누군가가 다가오는 소리를 듣고 재빨리 환상에서 벗어났다. 복도에서 울리는 발자국 소리가 감방 문 쪽으로 계속 다가왔다. 곧 자물쇠가 덜걱이더니 문이 활짝 열리고 땅딸막한 서장이 문간에 나타났다. 안데르스는 맥없이 침대 가장자리로 다리를 내려서 바닥에 발을 디뎠다. 신문받을 시간이었다. 얼른 해치워 버리는 게 낫겠지.

❄

멍이 희미해져서 파우더를 두껍게 발라 가릴 수 있게 되었다. 안나는 거울에 비친 얼굴을 바라보았다. 지치고 시달린 모습이었다. 화장을 하지 않으면 피부에 생긴 푸른 자국이 선명하게 보였다. 한쪽 눈은 아직도 약간 충혈되어 있었다. 금발은 색이 흐릿하고 축 처져 있어 다듬을 필요가 있었다. 안나는 미용사와 새로 약속을 잡을 여유가 없었다. 그냥 그럴 힘이 없었다. 그녀는 매일 아이들을 돌보고 자기 앞가림을 하는 데 온 힘을 쏟았다. 어쩌다 일이 이 지경에 이르렀을까?

안나는 머리카락을 뒤로 넘겨 단단히 묶고, 아픈 갈비뼈를 피하려고 애쓰면서 힘들게 옷을 입었다. 이전에 루카스는 옷으로 가릴 수 있는 곳만 용의주도하게 골라서 때렸지만, 지난 6개월 동안은 마구잡이로 때리면서 얼굴에도 여러 번 손찌검을 했다.

그러나 구타 자체는 최악이라고 할 수 없었다. 가장 끔찍한 것은 늘 구타의 위협 아래 살면서 다음 구타를, 다음 주먹을 기다려야 하는 점이었다. 루카스는 잔인무도하게도 그 점을 잘 알고 있었고 그녀의 두려움을 이용하기까지 했다. 그는 금방이라도 때리려는 듯 손을 올렸다가 갑자기 태도를 바꿔 그녀를 어루만지며 미소 짓곤 했다. 가끔은 특별한 이유 없이 때리기도 했다. 정말 느닷없이. 대단한 이유가 있어서 때리는 것이 아니었다. 저녁거리로 무엇을 살지, 어떤 TV 프로그램을 볼지 이야기하는 도중에 갑자기 주먹으로 배, 머리, 등 또는 아무 데나 겨냥해서 때리는 것이었다. 그러고 나서 마치 아무 일도 일어나지 않은 것처럼, 한순간도 자신이 하던 이야기를 잊지 않고 대화를 이어 나갔다. 그녀가 바닥에 누워서 숨을 헐떡이는데도. 루카스는 힘이 있다는 느낌을 즐겼다.

루카스의 옷이 침실에 온통 널브러져 있었다. 안나는 옷을 하나하나 힘들게 주워서 옷걸이에 걸거나 빨래 바구니에 넣었다. 침실을 완벽하게 정돈한 그녀는 아이들을 보러 갔다. 아드리안은 고무젖꼭지를 입에 물고 바로 누워서 평화롭게 자고 있었고, 엠마는 자기 침대에 앉아서 조용히 놀고 있었다. 안나는 문간에 잠시 서서 엠마를 지켜보았다. 엠마는 루카스를 쏙 빼닮았다. 단호해 보이는 각 진 얼굴에 담청색 눈, 고집스러움까지.

엠마는 그녀가 루카스를 사랑하지 않을 수 없는 이유 가운데 하나였다.

그를 사랑하지 않는 것은 엠마의 일부를 부정하는 것과 같았다. 루카스는 엠마의 일부였고, 그 때문에 안나의 일부이기도 했다. 그는 아이들에게 좋은 아빠였다. 아드리안은 아직 너무 어려서 이해하지 못했지만, 엠마는 아빠를 존경했고, 안나는 딸을 아빠에게서 떼어 놓을 수가 없었다. 어떻게 아이들을 아빠에게서 떼어 놓고, 그 애들에게 익숙하고 중요한 모든 것을 엉망으로 만들어 버릴 수 있겠는가? 엄마이자 아내인 자신이 가족을 위해 강해지려고 노력해야 했다. 그러면 이 상황을 벗어날 수 있게 되리라. 처음에는 이렇지 않았으니, 다시 좋아질 수 있었다. 그녀가 강해지기만 하면. 나중에 루카스는 그녀를 정말 때리고 싶지 않았다고, 해야 할 일을 하지 않은 그녀를 일깨우기 위해 때렸다고 했다. 그리고 그녀는 자신을 이해하지 못한다고도 했다. 무엇이 그를 행복하게 하는지 알 수만 있다면, 매번 그를 실망시키지 않도록 일을 제대로 할 수만 있다면 참 좋으련만.

언니는 이해하지 못했다. 독립적이고 고독한 언니. 용기 있고 답답할 정도로 동생을 지나치게 염려하는 언니. 안나는 언니의 목소리에 깃든 경멸을 알아차릴 수 있었고, 그 때문에 화가 났다. 언니가 결혼 생활을 유지하고 가족을 꾸려 나가는 책임에 관해, 너무 무거워서 똑바로 서기도 힘든 짐을 어깨에 지고 가는 것에 관해 도대체 뭘 알까? 언니가 걱정해야 할 사람은 언니 자신뿐이었다. 언니는 늘 그렇게 다 아는 체했다. 안나는 자신에 대한 언니의 지나친 모성적 관심 때문에 때때로 숨이 막힐 것 같았다. 그녀는 어디에서든 끊임없는 감시의 눈길을 느꼈고, 언니가 자신을 제발 가만히 내버려 두기를 바랐다. 엄마가 그들을 돌보지 않은 것이 뭐가 어떻다는 말인가? 그들에겐 적어도 아빠가 있었다. 부모 중 한 명은 그렇게 나쁘지 않았다. 현실을 받아들인 안나와는 달리, 언니는 항상 이유를 찾으려고 했다.

또 언니는 종종 의문을 마음속으로 돌리고, 자기 안에서 이유를 찾으려고 했다. 그래서 늘 지나치게 노력했다. 반면에 안나는 아예 노력하지 않기로 마음먹었다. 걱정하지 않고 흐름을 따르며 하루하루 살아가는 것이 더 쉬웠다. 그래서 언니에게 그토록 반감을 느낀 것이었다. 언니는 어린 동생을 걱정하고 사소한 일에도 안절부절못하며 동생의 버릇을 망쳐 놓았다. 안나는 바로 그 점 때문에 현실과 주변 사람들을 외면하기가 더 힘들었다. 부모님의 집을 떠나게 되었을 때는 속이 다 시원했다. 그러고 나서 얼마 후에 루카스를 만났을 때, 그녀는 마침내 자신을 있는 그대로 사랑하고, 무엇보다도 자신의 자유를 존중해 줄 수 있는 유일한 사람을 찾았다고 생각했다.

안나는 루카스의 아침상을 치우면서 씁쓸하게 미소 지었다. 자유? 그녀는 그 단어를 어떻게 쓰는지도 잊어버렸다. 그녀의 삶은 이 아파트 안에 있었다. 그녀가 숨 쉴 수 있는 것은 오로지 아이들 덕분이었다. 아이들과 희망. 올바른 방법과 올바른 답을 찾으면 모든 것이 예전으로 돌아갈 수 있으리라는 희망.

안나는 느린 동작으로 버터 통의 뚜껑을 닫고, 치즈를 비닐봉지에 넣고, 더러운 접시를 식기세척기에 집어넣고, 식탁을 훔쳤다. 모든 것이 반짝이고 깨끗해지자 그녀는 부엌 의자에 앉아서 주위를 둘러보았다. 아이들 방에서 엠마가 재잘대는 소리를 제외하면 아주 조용했다. 안나는 얼마간 혼자만의 평화로운 고요를 즐겼다. 부엌은 밝고 널찍했으며, 나무와 스테인리스강으로 세련되게 꾸며져 있었다. 그들은 부엌용품을 구입하는 데 돈을 아끼지 않았기 때문에, 필립 스타크 제품과 포겐폴 제품을 잔뜩 사들였다. 안나는 좀 더 아늑한 부엌을 원했지만, 외스테르말름의 방 다섯 개짜리 아파트로 이사했을 때는 이미 자신의 의견을 입 밖으로 내지 않는 것이 더 좋다는 사실을 알고 있었다.

피엘바카 집을 걱정하는 언니의 마음을 헤아릴 여유 따위는 없었다. 안나는 감상에 젖을 처지가 아니었고, 집을 팔아서 돈이 생기면 자신과 루카스도 새로 시작할 수 있었다. 그는 이곳 스웨덴에서 하는 일에 만족하지 못했고 런던으로 돌아가고 싶어 했다. 런던을 자신의 활동 무대이자 취업 기회가 열려 있는 곳으로 생각했기 때문이다. 전문가의 입장에서 루카스는 스톡홀름을 침체된 곳으로 보았다. 또 그가 현재 직장에서 봉급을 많이, 아주 많이 받기는 하지만, 피엘바카 집을 팔아서 생기는 돈과 지금까지 저축한 돈을 합하면 런던에서 그들의 사회적 지위에 걸맞은 집을 한 채 살 수 있을 터였다. 그것이 루카스에게 중요했기 때문에, 안나에게도 덩달아 중요해졌다. 언니는 잘 지낼 것이다. 언니는 자신만 생각하면 되니까. 언니에겐 직업도 있고 스톡홀름에 아파트도 있다. 피엘바카의 집은 여름 별장으로만 쓰이게 될 것이다. 돈은 언니에게도 도움이 될 터였다. 작가는 이렇다 할 돈을 벌지 못하니까. 안나는 언니가 때때로 힘든 시기를 보낸다는 사실을 알고 있었다. 언니도 곧 이렇게 하는 게 둘 다에게 최선이라고 깨닫게 되리라.

아이들 방에서 아드리안의 날카로운 목소리가 들렸다. 안나의 짧은 휴식이 끝났다. 앉아서 고민할 시간은 없다. 멍은 늘 그렇듯 사라질 테고, 내일은 내일의 태양이 뜨니까.

❄

파트리크는 이상하게 마음이 가벼워서 한 번에 두 계단씩 오르며 다그

마르 페트렌의 집으로 향했다. 그러나 꼭대기에 거의 다 왔을 때쯤엔, 무릎에 손을 얹고 허리를 숙인 채 가쁜 숨을 골라야 했다. 이제 그는 확실히 스무 살이 아니었다. 문을 열어 준 여인도 마찬가지였고. 파트리크는 마른 자두가 든 봉지를 열어 본 뒤로 그렇게 작고 쪼글쪼글한 뭔가를 본 적이 없었다. 허리가 구부정한 노파는 키가 그의 허리께를 겨우 넘었고, 아주 약한 산들바람에도 두 동강이 날 것 같았다. 그러나 그를 올려다보는 눈은 소녀처럼 맑고 또랑또랑했다.

"거기 서서 헐떡거리지 말고 들어와서 커피 한잔해요, 젊은이."

놀랍게도 노파의 목소리는 힘이 넘쳤고, 파트리크는 순순히 그녀를 따라 안으로 들어갔다. 갑자기 학생 때로 되돌아간 느낌이었다. 그는 고개 숙여 인사하고 싶은 강력한 충동에 맞서 싸웠고 달팽이 걸음을 유지하면서 페트렌 부인을 치지 않으려고 애썼다. 문 안으로 들어선 파트리크는 갑자기 뚝 멈췄다. 지금까지 살면서 그렇게 많은 산타클로스를 본 적은 한 번도 없었다. 온갖 곳에, 여유가 있는 모든 공간에 산타클로스가 서 있었다. 큰 산타, 작은 산타, 늙은 산타, 젊은 산타, 윙크하는 산타, 우울해 보이는 산타가 종류별로 다 있었다. 그는 뇌가 한꺼번에 흘러들어오는 감각 정보를 처리하느라 지나치게 뜨거워지는 것을 느꼈다.

"어때요? 장관이지?"

파트리크는 정말 뭐라고 말해야 할지 몰라서, 잠시 후에 겨우 말을 더듬으며 대답했다.

"네, 정말요. 환상적이네요."

그는 자신의 이야기와 말투가 서로 어울리지 않는다는 사실을 페트렌 부인이 알아차렸을까 봐, 불안한 표정으로 그녀를 바라보았다. 놀랍게도 그녀는 눈을 반짝이며 짓궂게 미소 지었다.

"걱정 마요, 젊은이. 이게 젊은이 취향이 아니라는 건 잘 알고 있으니까. 사람이 늙으면 책임이 따르는 법이지."

"책임이요?"

"재미있는 사람이 되기 위해 약간의 엉뚱함을 보여 줘야 한다는 뜻이라오. 그러지 않으면 그냥 불쌍한 쪼그랑할멈이 되거든. 그렇게 되길 바라는 사람은 아무도 없잖수."

"그렇지만 어째서 산타 모형을?"

파트리크는 여전히 이해할 수 없었다. 페트렌 부인은 아이에게 말하듯 조곤조곤 설명했다.

"에, 가장 좋은 점은, 젊은이도 알겠지만, 1년에 한 번만 세워 두면 된다는 거예요. 그 외에는 집을 깔끔하고 단정하게 유지할 수 있지. 또 아이들이 크리스마스 시즌에 우르르 몰려온다는 장점도 있고. 찾아오는 사람이 많지 않은 쪼그랑할멈에겐 어린 것들이 산타를 보겠다고 와서 초인종을 울리는 게 아주 기쁜 일이지."

"얼마나 오랫동안 세워 두십니까, 페트렌 부인? 지금은 2월 중순인데요."

"음, 10월에 산타를 꺼내서 4월쯤 집어넣어요. 꺼내고 집어넣는 데 일주일에서 이 주일 정도 걸린다는 점을 감안해야지."

파트리크는 그 일에 시간이 걸리리라는 점을 어렵지 않게 상상할 수 있었다. 머릿속으로 잽싸게 계산해 보려고 했지만, 집 안 광경을 보고 충격을 받은 뇌가 아직 회복되지 않은 듯했다. 그래서 페트렌 부인에게 직접 질문했다.

"몇 개나 갖고 계시는 거예요?"

답은 곧바로 튀어나왔다.

"1,443개, 아니지, 1,442개지. 어제 실수로 하날 깨뜨렸다오. 더군다나 제일 근사한 걸."

페트렌 부인은 슬픈 표정을 지었다.

그러나 그녀는 금세 마음을 가라앉히고 눈을 다시 반짝였다. 페트렌 부인은 놀라운 힘으로 파트리크의 소매를 잡아당겨 그를 질질 끌다시피 해서 부엌으로 데려갔다. 부엌에는 산타 모형이 하나도 없었다. 파트리크는 조심스럽게 재킷의 주름을 펴면서, 페트렌 부인이 조금만 더 키가 컸다면 자신의 귀를 잡았을 것이라고 생각했다.

"우리 여기 앉읍시다. 주변에 늙은이들이 많으면 성미가 좀 급해진다오. 여기 부엌은 늙은이들 출입금지 구역이지."

그는 몇 번이나 돕겠다고 했지만 번번이 거절당하는 바람에 할 수 없이 딱딱한 부엌 의자에 앉았다. 멀겋고 맛이 형편없는 커피를 대접받으리라는 생각에 마음을 굳게 먹었던 파트리크는, 조리대 위에 당당하게 놓인 지극히 현대적이고 거대한 스테인리스강 커피포트를 보고 두 번째로 입을 떡 벌렸다.

"뭐로 하려나? 카푸치노? 카페오레? 도피오 에스프레소는 어떠우? 마실 수 있을 것 같은데."

파트리크는 겨우 고개만 끄덕였다. 페트렌 부인은 그가 놀라는 모습을 보면서 즐기는 듯했다.

"뭘 예상했을까? 1943년산 여과식 커피포트와 손으로 직접 간 원두? 아니지, 내가 쪼그랑할멈이라고 해서 인생의 좋은 것들을 즐기지 못한다는 법은 없지. 이건 우리 아들이 2년 전에 크리스마스 선물로 준 건데, 늘 잘 돌아가요. 내 보장할 수 있어. 가끔씩 이웃집 할망구들이 커피 한잔 마시려고 줄을 서서 기다린다오."

그녀는 커피포트를 가볍게 토닥거렸다. 커피포트는 우유를 휘저어 거품을 만들면서 푸푸 쉿쉿 하는 소리를 내고 있었다.

커피가 준비되는 동안, 파트리크의 눈앞에 환상적인 패스트리가 차례로 나타났다. 그것들은 핀란드 핀 롤이나 칼스바트 꽈배기 도넛이 아닌, 커다란 시나몬 번스, 모양이 예쁜 머핀, 달콤한 초콜릿 비스킷, 폭신한 머랭 케이크였고, 파트리크의 눈은 점점 더 커졌다. 입안에 침이 너무 많이 고여서 입가로 흘러내릴 것 같았다. 페트렌 부인은 그의 얼굴에 나타난 표정을 보고 낄낄거리면서 맞은편에 있는 윈저 의자에 앉았다. 그녀는 막 뽑아낸 뜨겁고 향기로운 커피 한 잔을 빵과 함께 내놓았다.

"젊은이는 길 건넛집에 살던 아가씨 얘기를 하고 싶어서 온 거지? 음, 이미 경찰서장한테 내가 아는 걸 다 얘기했는데."

파트리크는 방금 이로 베어 문 끈적거리는 번스를 애써 떼어 냈다. 입을 열기 전에 혀로 앞니를 닦아야 했다.

"네, 페트렌 부인. 그 이야기를 다시 해 주실 수 있을까 해서요. 그런데 녹음기를 틀어도 괜찮을까요?"

그는 녹음기의 빨간 버튼을 누르고 페트렌 부인의 답을 기다리면서 빵을 꼭꼭 씹어 넘겼다.

"물론 그래도 되지. 에, 그때가 1월 22일 금요일 6시 30분이었다오. 그런데 너무 예의 차리지 말아요. 내가 고대인이라도 된 기분이야."

"어떻게 날짜와 시간을 그렇게 확실하게 기억하실 수 있죠? 그 뒤로 2주나 지났는데요."

파트리크는 빵을 또 한 입 베어 물었다.

"음, 그러니까, 그날이 내 생일이라서 우리 아들과 아들네 가족이 여기 와 있었어요. 난 케이크를 자르고 선물을 받았지. 걔들은 4번 채널에서 하는 6시 30분 뉴스가 시작되기 직전에 떠났어요. 그때 바깥에서 엄청난 소리가 들렸지. 그 아가씨네 집 쪽으로 나 있는 창문으로 달려가서 보니까 그놈이 있더라고."

"안데르스요?"

"화가 안데르스, 맞아요. 거나하게 취해 갖고 그 집 앞에 서서 미친놈처럼 소리 지르면서 문을 두드렸지. 결국 아가씨가 그놈을 들이고 나서야 조용해졌다오. 뭐, 그놈이 계속 소리 질렀을지도 모르지만 거기까진 모르겠수. 집 안에서 무슨 일이 일어나는지 들을 방법은 없으니까."

페트렌 부인은 파트리크의 접시가 비었다는 사실을 알아차리고, 시나몬 번스가 놓인 쟁반으로 그를 유혹했다. 파트리크는 금세 유혹에 넘어가서 맨 위에 있는 번스를 재빨리 집어 먹었다.

"그 사람이 안데르스 닐손이라는 걸 확신하시는 거죠, 페트렌 부인? 의심할 여지가 없는 건가요?"

"아이고, 난 그 건달이 어디에 있든 알아봤을 거라오. 그놈은 아무 때나 찾아왔거든. 여기에 없으면 저기 광장에서 주정뱅이들이랑 같이 있었고. 난 그놈이 알렉산드라 비크네르와 무슨 상관이 있는지 통 모르겠네. 내 말해 두지만, 그 아가씨는 품위가 있었어요. 예쁘고 집안도 좋은 아가씨지. 어릴 땐 종종 우리 집에 와서 번스도 먹고 주스도 마시고 그랬는데. 바로 그 의자에 앉곤 했다오. 토레네 딸이랑 같이. 그 딸내미 이름이……?"

"에리카요."

파트리크가 입안 가득 시나몬 번스를 문 채 말했다. 에리카의 이름을 말하는 것만으로도 명치가 콕콕 쑤셨다.

"에리카, 맞아. 에리카도 괜찮은 아이였지. 그러나 알렉산드라에겐 특별한 게 있었어요. 광채가 났다고 해야 할까. 그런데 뭔가 일이 생겼지⋯⋯. 그 앤 더 놀러오지도 않고 인사도 거의 하지 않았어요. 그러더니 두 달인가 뒤에 예테보리로 이사 가더라고. 그 뒤로는 죽 못 봤는데, 2년 전부터 그 애가 주말마다 여기 오기 시작했지."

"칼그렌 가 사람들이 그 사이에 여기 온 적은 없었습니까?"

"아니, 전혀. 하지만 집은 늘 깔끔하게 유지했어요. 화가들과 목수들이 종종 들렀고, 베라 닐손이 한 달에 두 번씩 청소하러 왔지."

"그러면 칼그렌 가가 예테보리로 이사 가기 전에 무슨 일이 일어났는지는 모르시는 거군요, 페트렌 부인. 그러니까 무엇이 알렉스를 변화시켰는지 말이죠. 그들이 싸우지는 않았는지요?"

"물론 소문은 있었지, 소문이야 늘 있는 법이니까. 그러나 기억나는 건 아무것도 없다오. 여기 피엘바카 사람들이 다른 사람들에게 일어나는 일을 대부분 안다고 주장해도, 한 가지 분명히 해야 할 점은 아무도 남의 집 안에서 무슨 일이 일어나는지 알 수 없다는 거지. 그래서 나도 함부로 추측하지 않으려고 하는 거라오. 쓸데없는 짓이야. 자, 패스트리 하나 더 먹어요. 아직 내 머랭 케이크 안 먹어 봤지?"

파트리크는 배를 두드려 보고는 머랭 케이크가 들어갈 자리가 아주 조금 남아 있다는 사실을 깨달았다.

"그 뒤로 뭔가 보신 게 있나요? 예를 들면 안데르스 닐손이 떠나는 걸 보셨다든지?"

"아니, 그날 저녁엔 그놈을 더 보지 못했다오. 그러나 그 다음 주에 그 놈이 알렉스의 집에 몇 번 들어가는 건 봤지. 거 참 이상하단 말이야. 내가 듣기론, 그때 알렉스는 이미 죽었다는데. 도대체 그놈은 거기서 뭘 하고 있었던 걸까?"

파트리크도 바로 그 점이 궁금했다. 페트렌 부인은 미심쩍은 얼굴로 그를 바라보았다.

"그래, 맛있었나?"

"제가 먹어 본 패스트리 가운데 최고였습니다, 페트렌 부인. 어떻게 패스트리 한 쟁반을 그렇게 빨리 만드실 수 있는 거죠? 제가 여기 온다고 전화 드린 게 고작해야 15분 전이었는데요. 슈퍼맨처럼 빠르지 않고서야 이 빵들을 다 구울 수 없을 것 같은데."

그녀는 칭찬을 기분 좋게 받아들이며 고개를 자랑스럽게 쳐들었다.

"우리 남편과 나는 30년 동안 피엘바카에서 패스트리 가게를 운영했어요. 사람은 세월이 지나면서 뭔가 배우길 바라지. 오래된 습관은 고치기가 힘든 법이라, 난 아직도 매일 새벽 다섯 시에 일어나서 빵을 굽는다오. 우리 집에 오는 애들이나 할망구들에게 나눠 주고 남은 빵은 새들에게 주지. 그리고 새로운 레시피를 시도하는 건 언제나 재미있어요. 요새는 옛날에 대량으로 구웠던 딱딱한 핀란드 핀 롤보다 훨씬 맛있는 현대식 빵들이 아주 많지. 난 음식 잡지에 실린 레시피를 보고 내 취향대로 수정해요."

페트렌 부인은 부엌 의자 옆 바닥에 엄청나게 쌓인 음식 잡지들을 손짓으로 가리켰다. 「아멜리아 마트」에서 「알트 옴 마트」까지 온갖 잡지가 몇 년 치는 쌓여 있는 듯했다. 잡지 한 부당 가격으로 미루어 볼 때, 페트렌 부인은 패스트리 가게를 운영하면서 돈을 꽤 많이 저축해 둔 것이 분명했다.

파트리크에게 좋은 생각이 떠올랐다.

"혹시 칼그렌 가와 로렌트 가 사이에 무슨 연결 고리가 있는지 아세요? 칼 에리크가 로렌트 공장에서 일한 것 빼고요. 예를 들어, 두 가족이 사회 사교 모임에서 함께 어울린 적이 있나요?"

"맙소사, 로렌트 가가 칼그렌 가와? 아니지, 젊은이, 그런 일은 일주일에 목요일이 두 번일 때나 일어날 거야! 그 사람들은 같은 계층에 속하지 않았어요. 내가 들었는데, 넬뤼 로렌트가 칼그렌네 집에서 열린 장례식 연회에 나타났다는 사실은 대사건이나 다름없어!"

"그 아들은요? 사라진 아들 말이죠. 그가 칼그렌 가와 무슨 연관이라도 있었는지 혹시 아세요?"

"아니, 누구든 없길 바랄 거요. 아주 비열한 놈이었거든. 우리 가게에서 항상 몰래 패스트리를 훔치려고 했어요. 한번은 우리 남편한테 걸려서 단단히 혼이 났지. 그렇게 혼난 건 처음이었을걸. 물론 넬뤼가 여기로 달려와서 야단을 했지. 경찰을 불러서 우리 남편을 잡아가게 하겠다고 협박했다니까. 흠, 우리 남편이 닐스가 도둑질하는 걸 본 사람들이 있으니 가서 검사에게 전화하라고 하니까 그제야 입을 다물더군."

"그러면 칼그렌 가와 연관이 없다는 말씀이시죠?"

그녀는 고개를 저었다.

"저, 이건 그냥 제 생각인데요, 알렉스 살인 사건을 제외하면 이곳에서 일어난 가장 극적인 사건은 아마 닐스의 실종일 겁니다. 또 모르는 일이죠. 아주 흥미로운 우연의 일치가 갑자기 나타날 때도 있으니까요. 이제 더 여쭤볼 게 없는 것 같네요. 커피 잘 마셨습니다. 둘이 먹다 하나가 죽어도 모를 만큼 맛있는 패스트리도 잘 먹었고요. 며칠 동안 샐러드만 먹어야겠습니다."

그가 배를 두드렸다.

"오, 젊은이는 토끼처럼 풀만 먹을 필요가 없어요. 아직도 자라나는 소년인데, 뭘."

파트리크는 서른다섯 살에 아직도 자라나는 건 허리둘레밖에 없다고 지적하려다가 그냥 칭찬을 받아들이기로 했다. 그는 부엌 의자에서 일어 났지만 곧 다시 앉아야 했다. 배에 1톤짜리 콘크리트가 들어 있는 것 같았고, 구역질이 목구멍까지 올라왔다. 돌이켜 보니, 그 많은 패스트리를 꾸역꾸역 밀어 넣은 것은 그리 현명한 행동이 아니었다.

거실을 지나가면서 슬쩍 곁눈질하니 1,442명의 산타가 모두 반짝반짝 빛을 내며 그에게 윙크하고 있었다.

현관문까지 가는 데는 들어올 때만큼 시간이 오래 걸렸다. 파트리크는 페트렌 부인 뒤에서 발을 질질 끌며 현관문으로 가는 동안 그녀를 앞질러 가고 싶은 마음을 억눌러야 했다. 페트렌 부인은 정정한 노파였다. 그것은 의심할 여지가 없었다. 또 그녀는 믿을 만한 증인이기도 했다. 그녀의 증언이 있으니 퍼즐에 또 다른 조각을 더하고 안데르스 닐손에 대한 혐의를 물샐틈없이 굳히는 일은 시간문제였다. 지금은 정황 증거가 대부분이었지만, 이제 알렉산드라 비크네르 살인 사건은 해결된 것처럼 보였다. 그러나 파트리크는 속이 불편했다. 패스트리 때문이 아니라, 간단한 해법이 늘 올바른 것은 아니라는 생각 때문이었다.

신선한 공기를 들이마시니 살 것 같았고, 메스꺼움도 약간 덜했다. 페트렌 부인에게 다시 한 번 고맙다고 인사하고 돌아서서 문을 닫으려는데, 그녀가 그의 손에 뭔가를 들려주었다. 파트리크는 그것이 무엇인지 확인했다. 작은 산타클로스 모형 하나와 패스트리가 잔뜩 들어 있는 ICA 봉지였다. 그는 배를 움켜쥐며 신음했다.

✳

"이봐, 안데르스, 네 상황은 별로 좋지 않아."

"그래요?"

"그래요? 그것밖에 할 말이 없어? 넌 거기 꼼짝도 않고 앉아만 있다고! 그건 알아?"

"전 아무것도 안 했어요."

"빌어먹을! 넌 거기 앉아서 나한테 헛소리만 지껄이고 있어. 난 네놈이 그 여잘 살해했다는 걸 알아. 그러니까 죄를 자백해서 우리 수고를 덜어 주는 게 좋을 거야. 내 수고를 덜어 주면, 네놈의 수고도 같이 덜게 되는 거지. 무슨 얘기하는지 알겠어?"

멜베리와 안데르스는 타눔스헤데 경찰서에 있는 유일한 신문실에 앉아 있었다. 이곳의 신문실에는 미국 경찰 드라마에서 보여 주는 것과 달리 동료들이 신문을 지켜볼 수 있는 일방향 유리가 없었는데, 멜베리에게는 안성맞춤이었다. 신문 대상인 피의자와 단둘이 있는 것은 규정 위반이었지만, 그게 뭐가 어떻다는 건가? 자백만 받아 내면 쓸데없는 규정 따위에 신경 쓸 사람은 아무도 없을 텐데. 그리고 안데르스가 변호사나 다른 사람을 불러 달라고 요청하지 않았는데, 멜베리가 굳이 다른 사람을 불러다 앉혀야 할 이유가 있을까?

신문실은 작고 가구가 거의 없는 데다 벽도 민숭민숭했다. 가구라고는 테이블 하나와 현재 안데르스 닐손과 베르틸 멜베리가 앉아 있는 의자 두 개뿐이었다. 안데르스는 손을 무릎 위에서 깍지 끼고 긴 다리를 테이블 아래로 쭉 편 채, 의자에 등을 기대고 무심하게 앉아 있었다. 멜베리는 일어서서 테이블 위로 몸을 반쯤 기대고 자신의 얼굴을 안데르스의 얼굴에 들이댔다—그의 고약한 입 냄새를 참을 수 있을 정도로만. 그러나 멜베리가 말을 내뱉을 때마다 안데르스의 얼굴에 침이 튈 정도로 충분히 가까운 거리였다. 안데르스는 얼굴을 닦으려고 하지도 않았다. 서장을, 찰싹 때려 쫓아 보낼 가치도 없는 성가신 파리라고 생각하기로 마음먹었으므로.

"네놈이나 나나 네가 알렉산드라 비크네르를 살해했다는 걸 알고 있어. 네놈은 그 여잘 속여서 수면제를 먹이고, 욕조에 넣고 손목을 그은 다음, 그 여자가 피를 흘리며 죽어 가는 모습을 차분하게 지켜봤지. 그러니 우리 둘 다 좀 편해지자고! 네놈은 자백하고 나는 받아 적는 거야."

멜베리는 신문을 효과적으로 시작했다는 생각에 매우 뿌듯했다. 그는 의자에 앉아서 자신의 커다란 배 위로 두 손을 깍지 꼈다. 그리고 기다렸다. 안데르스는 아무 말도 하지 않았다. 그의 고개는 앞으로 수그러져 있었고, 머리카락 때문에 표정이 보이지 않았다. 멜베리의 입가가 씰룩거렸다. 자신의 말을 무관심으로 받아치는 모양새가 영 마음에 들지 않는다는 표시였다. 그는 조금 더 침묵을 지키며 기다리다가, 안데르스가 반응하게 하려고 주먹으로 테이블을 쾅 내리쳤다. 안데르스는 꼼짝도 하지 않았다.

"도대체 뭐야, 이 망할 놈의 주정뱅이야! 거기 가만히 앉아서 아무 말도 하지 않으면 이 상황에서 빠져나갈 수 있을 줄 알아? 그럼 넌 경찰을 잘못 만난 거야. 내 보장하지. 여기 하루 종일 앉아 있으면, 네놈의 입으로 진실을 말하게 될걸!"

멜베리가 한 마디 할 때마다 그의 셔츠 겨드랑이에 난 땀자국이 점점 더 커졌다.

"넌 질투가 났던 거야, 그렇지? 우린 네놈이 그린 그 여자 그림을 찾았어. 둘이 붙어먹었던 게 확실하더군. 그리고 더 의심할 것도 없이, 네놈이 그 여자에게 쓴 편지도 찾았지. 구역질나게 달콤하고 애처로운 연애편지 말이야. 맙소사, 네놈 좀 보라고. 지저분하고 정나미 떨어지고 돈 후안 같은 작자랑은 거리가 멀어도 한참 멀지. 그 여잔 변태였던 게 분명해. 추접하고 역겨운 주정뱅이 늙은이들을 보고 흥분한 거지. 그 여자가 피엘바카의 다른 주정뱅이하고도 그 짓을 했나? 아니면 네놈에게만 서비스를 해 줬나?"

안데르스는 족제비처럼 빠르게 일어섰다. 그는 테이블 너머로 몸을 날려서 두 손으로 멜베리의 목을 졸랐다.

"개새끼, 죽여 버리겠어, 이 빌어먹을 짭새 자식!"

멜베리는 안데르스의 손을 떼어 내려고 헛되이 애썼다. 그의 얼굴은 점점 벌게졌고, 머리카락은 둥지에서 떨어져 오른쪽 귀 위로 늘어졌다. 안데르스가 깜짝 놀라 멜베리의 목을 조르던 손을 풀자, 서장은 심호흡을 할 수 있었다. 안데르스는 도로 의자에 주저앉아서 멜베리를 노려보았다.

멜베리는 목소리를 내기 위해 기침하고 목을 가다듬어야 했다.

"다시는 그런 짓하지 마! 내 말 알아들었어? 다시는 그러지 말라고! 이제 가만히 앉아 있어, 젠장맞을, 안 그러면 감방에 처넣고 열쇠를 던져 버릴 거야, 알았어?"

그는 다시 의자에 앉았지만 눈으로는 안데르스를 계속 경계했다. 멜베리의 눈에는 이전에 보이지 않던 두려움이 서려 있었다. 그는 공들여 손질한 머리가 엉망이 된 것을 알아차리고 숙련된 동작으로 두피 중앙의 반들거리는 부분에 올려놓으면서 아무 일도 일어나지 않은 척하려고 애썼다.

"자, 하던 얘기로 돌아가지. 희생자 알렉산드라 비크네르와 성관계를 했나?"

안데르스가 뭐라고 웅얼거렸다.

"안 들려, 뭐라고?"

멜베리는 손을 깍지 낀 채 테이블 너머로 몸을 숙였다.

"우린 서로 사랑했다고 했어요!"

안데르스의 말이 아무것도 없는 벽에 튕겨서 방안에 울려 퍼졌다. 멜베리는 경멸이 담긴 미소를 지었다.

"좋아, 둘이 서로 사랑했다. 미녀와 야수가 서로 사랑했다. 얼마나 감동적인지. 그래, 그럼 서로 '사랑'한 지는 얼마나 됐지?"

안데르스는 또다시 이해할 수 없는 말을 중얼거렸고, 멜베리는 그에게 다시 말하라고 해야 했다.

"어릴 때부터요."

"아, 그렇군, 좋아. 그러나 난 네놈이 다섯 살 때부터 토끼처럼 그짓을 하지는 않았을 거라고 생각하는데. 그럼 질문을 바꿔서 하지. 둘이 성관계를 한 지 얼마나 됐나? 그 여자가 네놈이랑 바람을 피운 지 얼마나 됐지? 둘이 누워서 뒹군 지 얼마나 됐어? 계속해야 하나? 아니면 질문을 이해했나?"

안데르스는 증오가 가득한 눈으로 멜베리를 노려보았지만 침착함을 유지하려고 무진 애를 썼다.

"모르겠어요. 몇 년에 걸쳐서 불규칙적으로요. 정말 모르겠어요. 달력을 보고 날짜를 확인하지 않아서요."

그는 바지 위의 보이지 않는 실을 만지작거렸다.

"그녀는 당시 여기에 그렇게 자주 오지 않았어요. 그러니까 그렇게 자주는 아니었어요. 그냥 그녀를 그릴 때가 많았어요. 그녀는 정말 아름다웠어요."

"그 여자가 죽은 날 밤엔 무슨 일이 있었지? 연인끼리 말다툼을 한 건가? 그 여자가 섹스하기 싫다고 하던가? 아니면 그 여자가 임신한 사실 때문에 화가 난 건가? 그래, 그랬을 게 분명해. 그 여자가 임신했는데 네놈은 뱃속의 애가 네놈의 앤지 그 여자 남편의 앤지 몰랐겠지. 그 여잔 네 인생도 지옥으로 만들겠다고 협박했을 거야, 그렇지 않나?"

멜베리는 대단히 만족스러웠다. 그는 안데르스가 살인범이며, 자신이 제대로 밀고 나가기만 하면 당연히 안데르스의 자백을 받아 낼 수 있으리라고 확신했다. 의심할 여지도 없었다. 그러면 예테보리 서에서 제발 돌아와 달라고 애원할 터였다. 뜸을 좀 들이면 승진과 높은 봉급으로 유혹하려 할지도 모르고. 그는 만족스럽게 배를 문지르다가 문득 안데르스가 눈을 크게 뜨고 자신을 쳐다보고 있다는 사실을 알아차렸다. 안데르스의 얼굴은 핏기가 하나도 없이 하얬고, 손은 경련을 일으키고 있었다. 안데르스가 고개를 들어 처음으로 멜베리를 똑바로 바라보았을 때, 서장은 안데르스의 떨리는 아랫입술과 눈물이 글썽이는 눈을 보았다.

"거짓말! 그녀가 임신했을 리 없어요!"

코에서 콧물이 떨어지자, 안데르스는 소매로 쓱 닦았다. 그는 멜베리에게 거의 애원하는 표정을 지었다.

"무슨 소리야? 콘돔은 100퍼센트 안전하지는 않다고. 그 여잔 임신 3개월째였어. 그러니까 내 앞에서 쇼하지 마. 그 여잔 임신했고, 네놈은 어떻게 하면 그렇게 되는지 잘 알잖아? 임신시킨 게 네놈이든 그 여자의 상류층 남편이든, 뭐, 누가 알겠어, 안 그래? 그건 남자가 받는 저주라고. 나도 몇 번 코 꿰일 뻔한 적이 있지만, 지금까지 어떤 계집년도 내가 혼인신고서에 사인하는 꼴을 보지 못했지."

멜베리가 낄낄거렸다.

"당신이 알 바는 아니지만, 우린 넉 달이 넘게 섹스하지 않았어요. 이제 더 말하고 싶지 않아요. 날 감방으로 데려가요. 지금부턴 한 마디도 하지 않을 거니까."

안데르스는 코를 킁킁거렸고 금방이라도 눈물을 쏟을 것 같았다. 그는 팔짱을 낀 채 의자에 등을 기대고 덥수룩한 머리카락 사이로 멜베리를 사납게 노려보았다. 멜베리는 한숨을 깊이 내쉬었지만 동의했다.

"좋아, 몇 시간 뒤에 계속하지. 네놈도 알다시피, 난 네놈이 하는 빌어먹을 말을 한 마디도 믿지 않아! 가서 감방에 앉아 잘 생각해 보라고. 다음에 얘기할 땐 전부 자백해야 해."

그는 안데르스가 감방으로 끌려간 뒤에도 한동안 그대로 자리에 앉아 있었다. 저 악취 나는 주정뱅이가 자백하지 않았다. 멜베리는 그 사실을 도저히 믿을 수가 없었다. 그러나 그에게는 아직 다 펼쳐 보이지 않은 카드 패가 있었다. 알렉산드라 비크네르가 살아 있다는 사실이 마지막으로 확인된 시간은 1월 22일 금요일 오후 7시 15분으로, 그녀가 시체로 발견되기 정확히 일주일 전이었다. 전화회사 텔리아에 따르면, 그즈음 그녀는 자기 어머니와 5분 50초 동안 통화했다. 이는 검시관이 말한 시간대와도 맞아 떨어졌다. 또 이웃인 다그마르 페트렌 덕분에, 안데르스 닐손이 그날 저녁 6시 30분 직후뿐만 아니라 그 다음 주에도 몇 번이나 알렉스의 집에 들어갔다는 증언을 확보했다. *그때 알렉산드라 비크네르는 이미 숨이 끊어진 채로 욕조 안에 누워 있었다.*

자백을 받아 내면 일이 한결 편해지겠지만, 멜베리는 안데르스가 계속 고집스럽게 나온다고 해도 유죄 판결을 받아 낼 수 있으리라고 확신했다. 페트렌 부인의 증언도 확보한 데다, 알렉스 비크네르의 집을 수색한 결과에 관한 보고서도 책상 위에 놓여 있었기 때문이다. 가장 흥미로운 것은 그녀가 발견된 화장실을 철저하게 조사해서 알게 된 사실이었다. 바닥의 응고된 피에서 발견된 발자국이 안데르스의 아파트에서 압수한 신발의 밑창과 일치했을 뿐만 아니라, 희생자의 몸에서 안데르스의 지문도 발견되었던 것이다. 단단하고 고른 표면에 남은 것만큼 뚜렷하지는 않았지만, 그래도 알아볼 수 있을 정도는 되었다.

그는 자신의 패를 오늘 다 써 버리고 싶지는 않았지만, 다음 신문 때는 비장의 수를 내놓을 생각이었다. 그러면 저 새끼도 자백하지 않고는 못 배길 것이다.

멜베리는 스스로 뿌듯해하면서, 손바닥에 침을 뱉어 머리카락을 뒤로 넘겼다.

❄

전화벨이 울렸을 때, 그녀는 마침 헨리크 비크네르와 나눈 대화를 타이핑하고 있었다. 짜증이 난 에리카는 키보드에서 손을 떼고 수화기를 집었다.

"네?"

의도했던 것보다 더 신경질적인 목소리가 나왔다.

"안녕, 나 파트리크야. 내가 방해했어?"

에리카는 의자에 똑바로 앉으면서 전화 받을 때 좀 더 나긋한 목소리를 내지 않은 것을 후회했다.

"아니, 전혀 아냐. 그냥 앉아서 글 쓰고 있었는데, 너무 몰입해 있느라 전화가 울렸을 때 펄쩍 뛰었어. 그래서 목소리가 좀……. 그러나 네가 방해한 건 절대 아냐, 정말 괜찮아, 내 말은……."

그녀는 자신이 열네 살 소녀처럼 끝없이 재잘댄다는 사실을 깨닫고 이마를 찰싹 때렸다. 이제 냉정을 되찾고 호르몬을 억제할 때였다. 이건 우스꽝스러운 짓이었다.

"음, 지금 피엘바카에 있는데 네가 집에 있으면 잠깐 들러도 될까 해서 말이야."

그의 목소리는 자신 있고, 남자다우며, 안정되고 차분했다. 에리카는 10대처럼 말을 더듬은 자신이 더욱 멍청하게 느껴졌다. 그녀는 자신이 입고 있는 옷―약간 지저분한 조깅복―을 내려다보면서 동시에 머리를 만져 보았다. 두려워했던 대로였다. 아무렇게나 틀어 올린 머리에서 빠져나온 머리카락이 사방으로 뻗쳐 있었다. 거의 재난이라고 할 수 있는 상황이었다.

"여보세요, 에리카, 듣고 있어?"

파트리크는 당황한 눈치였다.

"어, 응, 듣고 있어. 잠깐 안 들렸나 봐."

에리카는 약 10초 만에 두 번째로 이마를 찰싹 때렸다. 맙소사, 그녀는 이런 일엔 완전히 초짜였다.

"여보세요오오, 에리카, 내 말 들려? 여보세요?"

"어, 잘 들려. 집으로 와. 15분만 있다가. 왜냐면 어…… 아주 중요한 부분을 쓰고 있는 중이라서 마저 끝내고 싶거든."

"그래, 알았어. 내가 방해하는 거 정말로 아니야? 내 말은, 어차피 내일 보게 될 테니까 말야."

"아니, 전혀 아니야. 정말로. 그냥 15분만 있다가 와."

"그래. 이따 보자."

에리카는 수화기를 조심스럽게 내려놓고 기대감에 부풀어 숨을 깊이 들이마셨다. 심장이 너무 콩닥거려서 소리가 다 들릴 정도였다. 파트리크가 집으로 오고 있었다. 파트리크가……. 그녀는 차가운 물을 뒤집어쓰기라도 한 듯 깜짝 놀라 의자에서 펄쩍 뛰어올랐다. 15분 뒤면 그가 도착할 텐데 그녀는 일주일 넘게 세수도 안 하고 머리도 안 빗은 사람처럼 보였다. 에리카는 한 번에 두 계단씩 밟고 위층으로 올라가면서 조깅복 상의를 벗어 던졌다. 침실로 간 그녀는 바지를 벗으려고 몸부림치다가 발이 걸려서 엎어질 뻔했다.

에리카는 화장실에서 겨드랑이를 씻으며 아침에 샤워할 때 겨드랑이털을 밀었다는 사실에 조용히 감사 기도를 했다. 손목과 가슴골과 맥박이 강하게 뛰는 것이 느껴지는 목에 향수를 가볍게 찍어 바른 그녀는 옷장을 확 열어젖히고 옷을 거의 다 꺼내서 침대 위에 던지다가, 단정한 까만색 필립파 상의와 몸에 달라붙는 발목 길이의 까만 스커트를 입기로 결정했다. 시계를 보니 10분이 남아 있었다. 그녀는 다시 화장실로 갔다. 파우더를 바르고, 마스카라를 칠하고, 립글로스와 아이새도를 가볍게 발랐다. 립스

틱은 바를 필요가 없었다. 그렇잖아도 얼굴이 이미 충분히 빨갰으니까. 그녀가 노린 효과는 생기발랄한 맨얼굴로 보이는 것이었는데, 해가 갈수록 화장을 점점 더 짙게 해야 목적을 달성할 수 있을 듯했다.

초인종이 울렸다. 마지막으로 거울을 확인한 에리카는 머리가 대충 틀어 올려 노란색 고무줄로 질끈 묶은 상태 그대로라는 사실을 깨닫고 경악했다. 그녀는 고무줄을 벗겨 내고 빗질과 약간의 무스로 머리카락을 겨우 보기 흉하지 않게 가다듬었다. 초인종이 또 한 번 울렸다. 이번에는 좀 더 오랫동안. 그녀는 급히 아래층으로 내려갔지만, 중간에 멈춰 서서 잠시 숨을 돌리고 마음을 가라앉혔다. 그런 다음, 자신이 지을 수 있는 가장 근사한 표정으로 활짝 미소 지으며 문을 열었다.

❄

초인종을 누르는 손가락이 약간 떨렸다. 그는 몇 번이나 방향을 돌리고 그녀에게 전화해서 변명하려고 했지만, 차가 제멋대로 셀비크 쪽을 향했다. 물론 그는 그녀가 어디에 사는지 기억했고, 그녀의 집으로 올라가는 길에 있는 야영장 앞에서 운전대를 오른쪽으로 확 꺾었다. 아직 오후밖에 안 되었는데 하늘이 밤처럼 어두웠다. 그러나 가로등이 밝아서 바다를 볼 수 있었다. 그는 갑자기 에리카가 부모님의 집을 얼마나 아끼는지 깨달았다. 그 집을 잃는다는 생각에 그녀가 얼마나 가슴 아파할지도. 또 자신이 그녀에게 느끼는 감정에 가망이 없으리라는 점도 깨달았다. 에리카와 안나는 집을 팔 테고, 그러고 나면 에리카가 피엘바카에 남아 있을 이유가 없어진다. 그녀는 스톡홀름으로 돌아갈 것이고 타눔스헤데의 시골 경찰은 스투레플란의 제비들에 비하면 별다른 인상을 남기지 못할 것이다. 그는 몰록처럼 터벅터벅 현관문으로 걸어가서 초인종을 눌렀다.

아무도 나오지 않아서 다시 초인종을 울렸다. 이건 페트렌 부인의 집에서 오는 길에 처음 상상했던 것과는 달리, 좋은 생각이 아닌 듯했다. 에리카가 너무 가까이 있었기 때문에 그녀에게 전화하지 않을 수가 없었다. 그러나 그녀가 전화를 받자마자 모든 것이 후회되기 시작했다. 에리카는 무척 바쁜 듯했고, 전화를 받을 때 심지어 짜증을 내는 것 같았다. 그러나 이제 와서 걱정하기엔 너무 늦었다. 초인종 소리가 두 번째로 집 안에 울려 퍼졌다.

그는 누군가가 계단으로 내려오는 소리를 들었다. 발걸음은 잠시 멈췄다가 다시 문 쪽으로 향해 왔다. 문이 열리자 활짝 미소 짓고 있는 그녀가 서 있었다. 그녀의 모습에 숨이 막혔다. 어떻게 늘 이처럼 생기발랄하게 보일 수 있는지 알 수가 없었다. 그녀는 화장을 전혀 하지 않았고, 그가 여자들의 가장 큰 매력이라고 생각하는 자연스러운 아름다움을 뽐내고 있었다. 카린은 단 한 번도 자신의 맨얼굴을 보이려 하지 않았지만, 에리카는 그의 눈에 더 아름다워지기가 불가능해 보일 정도로 근사했다.

집은 그가 어린 시절에 놀러 와서 보았던 모습과 똑같았고, 가구와 함께 품위 있게 나이 들어 가는 듯했다. 나무와 흰색 페인트가 눈에 가장 많이 띄었고, 연한 파란색과 흰색 천들이 가구의 낡아 가는 외관과 어우러져 있었다. 그녀는 겨울의 어둠을 쫓기 위해 촛불을 켜 두었다. 집 전체가 차분하고 고요하게 숨 쉬고 있었다. 그는 에리카를 따라 부엌으로 갔다.

"커피 한잔할래?"

"응, 그래. 아, 나 이거 가져왔어."

파트리크는 패스트리 봉지를 건네며 말을 이었다.

"몇 개는 서로 가져가야겠지만, 양이 워낙 많아서 다들 먹고도 남을 것 같더라고."

에리카는 비닐봉지 안을 살짝 들여다보고 미소 지었다.

"페트렌 부인네 집에 갔었구나."

"응. 너무 배불러서 움직이질 못하겠어."

"매력적인 노부인이지, 안 그래?"

"멋지던데. 내가 아흔두 살 정도만 됐어도 페트렌 부인과 결혼하는 건데."

그들은 서로 마주 보며 미소 지었다.

"그래, 어떻게 지내?"

"잘 지내, 고마워."

잠깐 침묵이 흐르자 두 사람은 어색해서 우물쭈물했다. 에리카는 커피 잔 두 개에 커피를 따랐고, 남은 커피는 테이블 위에 있던 보온병에 따랐다.

"베란다에 앉자."

그들은 커피를 한 모금 마셨다. 이제 침묵은 불편하지 않았고, 오히려 기분 좋았다. 에리카는 건너편에 있는 고리버들 소파에 앉았다. 그는 헛기침을 했다.

"책은 어떻게 돼 가?"

"잘돼 가, 고마워. 넌 어때? 수사는 어떻게 돼 가고 있어?"

파트리크는 잠시 생각하다가 본래 해야 하는 것보다 조금 더 많은 이야기를 해 주기로 마음먹었다. 에리카는 이미 사건에 발을 담그고 있으니, 말해 줘도 별로 상관없을 것 같았다.

"사건을 해결한 것 같아. 사실상 용의자를 수감했거든. 지금 신문하는 중이야. 증거가 물샐틈없이 확실해."

에리카는 호기심 어린 표정으로 몸을 앞으로 숙였다.

"누군데?"

파트리크는 잠시 망설였다.

"안데르스 닐손."

"결국 안데르스 닐손이었구나. 묘하네. 근데 왜 딱 떨어지는 것 같지가 않지."

파트리크는 그녀의 말에 동의하고 싶었다. 안데르스를 체포하는 것만으로는 분명해지지 않는 미심쩍은 구석이 너무 많았다. 그러나 살인 현장에서 발견된 물적 증거와 목격자 증언—안데르스 닐손이 알렉스가 살해당하기 직전뿐만 아니라 살해당한 후에도 몇 번이나 그녀의 집에 들어갔다—은 의심의 여지를 남기지 않았다. 그래도…….

"음, 그러면 끝난 것 같네. 우습다, 난 좀 더 마음이 놓일 줄 알았는데. 내가 찾은 기사는 어떻게 되는 거야? 닐스의 실종에 관한 거 말이야. 안데르스가 살인범이라면 그 기사는 전체 그림에 어떻게 연관되는 거지?"

파트리크는 어깨를 으쓱하며 손바닥을 위로 향한 채 손을 올렸다.

"모르겠어, 에리카. 난 모르겠어. 그 기사는 살인 사건과 아무 연관이 없는지도 몰라. 순전한 우연의 일치일 뿐. 어찌 됐건 이제 더 뭘 뒤지고 다닐 이유가 없어. 알렉스가 비밀을 무덤까지 가져갔으니까."

"알렉스가 임신한 아기는? 안데르스의 아이야?"

"누가 알겠어? 안데르스의 아인지, 헨리크의 아인지……. 추측은 너도 나만큼 하잖아. 난 그 두 사람을 하나로 묶어 준 게 뭔지 정말 궁금해. 기묘한 한 쌍이잖아. 사람들이 바람을 피우는 건 특별한 일이 아니지만, 알렉산드라 비크네르와 안데르스 닐손이라니? 내 말은, 안데르스가 누군가를 침대로 끌어들일 수 있었다는 걸 믿기 힘들다는 거야. 게다가 알렉산드라 비크네르는…… 흠, 끝내주게 매력적이라는 말밖에 생각나지 않네."

순간 파트리크의 눈에 에리카가 눈썹을 찌푸리는 모습이 보였지만, 다음 순간 에리카는 아무 일도 없었다는 듯 평소의 예의 바르고 상냥한 모습으로 되돌아갔다. 적어도 그는 그렇게 생각했다. 그녀가 막 입을 열어 뭐라고 말하려는 찰나, 현관에서 아이스크림 광고 주제곡이 들렸다. 파트리크와 에리카 둘 다 흠칫 놀랐다.

"내 휴대전화야. 잠깐 실례할게."

그는 전화를 받으려고 서둘러 현관으로 나가 재킷 주머니를 뒤진 끝에 휴대전화를 꺼냈다.

"파트리크 헤드스트룀입니다."

"흠……. 네……. 알겠습니다……. 음, 그러면 다시 한 번 원점으로 돌아간 거군요. 네, 압니다. 아, 그가 그렇게 얘기했습니까? 음, 그걸 아셨을 리가 없죠. 알겠습니다, 서장님. 이따가 뵙겠습니다."

그는 딸각 하는 소리를 내며 휴대전화를 닫고 에리카에게 돌아갔다.

"얼른 재킷 입고 나가자."

"어디로?"

에리카는 잔을 입으로 가져가다 말고 어리둥절한 표정을 지었다.

"안데르스의 사건 연루에 관해 새로운 정보가 들어왔어. 그를 용의자

선상에서 제외해야 할 것 같아."

"정말? 근데 어디로 갈 거야?"

"너나 나나 이 사건에 뭔가 잘못된 점이 있다고 느꼈지. 네가 알렉스의 집에서 닐스의 실종에 관한 기사를 찾긴 했지만, 거기서 찾을 게 더 있을지도 모르겠어."

"그러나 경찰이 이미 집을 조사하지 않았어?"

"물론이야, 하지만 우리가 제대로 수색했는지는 모르겠다. 내 생각을 좀 시험해 보고 싶어. 가자."

파트리크는 벌써 반쯤 문밖으로 나갔다. 에리카는 서둘러 재킷을 걸치고 그의 뒤를 따랐다.

집은 작고 낡아빠진 듯했다. 그녀는 어떻게 이런 집에서 사람이 살 수 있는지, 이렇게 음울하고 우중충하고 가난한 삶을 견뎌 낼 수 있는지 이해할 수가 없었다. 그러나 세상이란 그런 법이었다. 누군가는 부유하고 누군가는 가난한 것. 넬뤼는 자신이 운 좋게도 후자가 아닌 전자에 속했다는 사실에 감사했다. 가난하게 사는 것은 자신에게 맞지 않았다. 자신은 모피 코트를 입고 다이아몬드로 치장하기 위해 태어난 여자였다.

문을 연 여자는 지금까지 살면서 진짜 다이아몬드를 본 적이 한 번도 없었을 터였다. 이 여자는 어느 모로 보나 음울하고 칙칙했다. 넬뤼는 넌더리를 내며 베라의 낡은 카디건과 젖가슴 위로 옷자락을 여미고 있는 그녀의 튼 손을 바라보았다. 베라는 아무 말도 하지 않고 그저 문간에 서 있기만 했다.

넬뤼는 초조하게 주위를 둘러보고 나서 마침내 입을 열어야 했다.

"음, 날 들어가게 할 건가, 아니면 여기서 둘이 하루 종일 서 있을까? 우리 둘 다 내가 여기 찾아온 걸 누군가가 보길 바라지 않는다고 생각하는데, 내 말이 맞나?"

베라는 여전히 아무 말도 하지 않은 채 넬뤼가 들어올 수 있도록 현관으로 물러나기만 했다.

"우리 얘기 좀 해야지, 당신이랑 나랑, 그렇지 않아?"

넬뤼는 바깥에서 늘 끼는 장갑을 우아하게 벗고 혐오스럽다는 듯 집을 한 번 둘러보았다. 현관, 거실, 부엌, 작은 침실. 베라는 눈을 내리깐 채 넬뤼의 뒤를 따라 걸었다. 집은 어둡고 음침했으며 벽지는 빛이 바랜 지 무척 오래되어 보였다. 요즘 오래된 집에 사는 대부분의 사람들처럼 리놀륨을 뜯어내서 그 아래 깔린 단단한 나무바닥을 드러내려고 하지도 않은 듯했다. 그러나 집 안은 반들반들 윤이 날 정도로 깨끗하고 깔끔했으며, 구석에는 먼지 하나 없었다. 음울한 절망이 바닥부터 천장까지 온 집 안에 스며 있었을 뿐.

넬뤼는 거실에 있는 낡은 안락의자 끄트머리에 조심스럽게 앉았다. 그녀는 자신이 집주인인 양, 베라에게 소파에 앉으라고 손짓했다. 베라는 명령에 따라, 역시 끄트머리에 앉았다. 그녀는 아무 소리도 내지 않았지만, 손은 무릎 위에서 안절부절못하고 있었다.

"우린 이걸 계속 비밀로 해야 해. 당신도 알지?"

넬뤼의 목소리는 절박했다. 베라는 무릎에 시선을 고정한 채로 고개를 끄덕였다.

"음, 알렉스에게 일어난 일이 유감스럽다고 얘기할 순 없겠어. 그래도 싼 애니까. 당신도 그렇게 생각하지? 그 창녀 같은 계집앤 조만간 파멸할 운명이었어, 내 그럴 줄 알았지."

베라는 넬뤼의 말에 고개를 들어 그녀를 흘긋 보았지만, 여전히 한 마디도 하지 않았다. 넬뤼는 몸속에 티끌만큼의 의지도 남아 있지 않은 듯한 이 못생기고 애처로운 여자를 무척 경멸했다. 눈을 내리간 모양새가 딱 전형적인 노동계층이었다. 이 여자의 모습이 달라져야 한다고 생각하는 것은 아니었지만, 그녀는 그처럼 품위나 고상함이 없는 사람들을 경멸하지 않을 수가 없었다. 무엇보다도 짜증이 나는 것은 자신이 베라 닐손에게 의지한다는 점이었다. 그러나 어떤 대가를 치르더라도, 그녀는 베라의 입을 확실히 다물게 해야 했다. 전에도 통했으니 이번에도 통해야 할 터였다.

"일이 그렇게 된 건 유감이지만, 이제 더욱 경솔하게 행동하지 말아야 해. 모든 게 전과 다를 바 없어야 한다고. 과거를 바꿀 순 없는 일이고 옛 쓰레기를 바깥으로 끌어낼 이유는 없지."

넬뤼는 핸드백을 열고 흰 봉투를 꺼내서 커피 테이블 위에 올려놓았다.

"이거 살림에 보탬이 좀 될 거야. 어서 넣어 둬."

넬뤼는 봉투를 베라 쪽으로 밀었다. 베라는 봉투를 집어 들지 않고 그저 빤히 바라보기만 했다.

"안데르스 일이 그렇게 된 건 유감이야. 그러나 그 애에겐 좋은 일일지도 몰라. 내 말은, 감옥에선 술을 그렇게 많이 마시지 못한다는 거지."

넬뤼는 곧바로 자신이 도를 넘었다는 사실을 깨달았다. 베라는 떨리는 손가락으로 현관문 쪽을 가리키며 소파에서 천천히 일어났다.

"나가!"

"자, 자, 친애하는 베라, 그걸 그렇게 받아들이면 안 되지⋯⋯."

"내 집에서 나가! 안데르스는 감옥에 가지 않을 거야. 넌 그 더러운 돈을 가지고 지옥에나 가, 이 망할 년아! 난 너 같은 인간이 어디에서 오는지 아주 잘 알아. 아무리 향수를 들이부어도 소용없어. 똥냄새는 사라지지 않으니까!"

넬뤼는 베라의 눈에 적나라하게 드러난 증오를 보고 뒷걸음질 쳤다. 베라는 주먹을 꽉 쥐고 꼿꼿하게 서서 넬뤼의 눈을 똑바로 바라보았다. 몸 전체가 오랫동안 억눌린 분노로 떨리는 듯했다. 예전처럼 굴종하는 모습이 털끝만큼도 보이지 않자, 넬뤼는 이 상황이 매우 불편해졌다. 과민 반응하기는! 진실을 말했을 뿐인데. 사람은 자고로 약간의 진실을 견뎌 낼 수 있어야 하는 법이거늘. 그녀는 급히 문 쪽으로 걸어갔다.

"나가서 다시는 네 낯짝 보이지 마!"

베라는 넬뤼를 집에서 거의 쫓아내다시피 했고, 문을 쾅 닫기 직전에 봉투를 내던졌다. 넬뤼는 힘들게 허리를 구부려서 봉투를 집어야 했다. 5,000크로나는 그냥 버리고 갈 만한 액수의 돈이 아니었다. 이웃 사람들이 커튼을 젖히고 쳐다보는 것이 아무리 굴욕적일지언정. 그들은 그녀가 자갈밭에서 사실상 기는 모습을 지켜보았다. 은혜도 모르는 것! 뭐, 돈이 떨어지고 자길 청소부로 고용하는 사람이 아무도 없어지면 좀 더 겸손해질지도 모르지. 이제 로렌트 가에는 발도 들여놓지 못할 테고, 조금만 손을 쓰면 다른 일도 더 하지 못하게 될 터였다. 넬뤼는 베라를 끝장내기 전에 그녀가 복지기관까지 맨 무릎으로 기어가게 할 셈이었다. 아무도 넬뤼 로렌트를 모욕하고 무사할 수 없었다.

마치 물속에서 걷는 기분이었다. 감옥 침대 위에서 하룻밤을 보내고 났더니 팔다리가 무겁고 뻣뻣했고, 머릿속은 술을 마시고 싶다는 생각으로 가득 차 있었다. 안데르스는 아파트를 둘러보았다. 경찰이 장화를 신고 돌아다닌 탓에 바닥이 진흙투성이였다. 그러나 그는 신경 쓰지 않았다. 구석에 진흙이 좀 묻어 있는 것쯤은 대수롭지 않았다.

안데르스는 냉장고에서 여섯 개들이 맥주를 꺼내서 거실 매트리스 위에 털썩 내려놓았다. 그는 왼쪽 팔꿈치에 몸을 기댄 채 오른손으로 캔 뚜껑을 따서 맥주를 마지막 한 방울까지 벌컥벌컥 들이켰다. 곧 빈 맥주 캔이 커다란 포물선을 그리며 날아가 저 멀리 구석 바닥 위에 찰캉 하는 소리를 내며 떨어졌다. 가장 급한 욕구가 일시적으로 만족되자, 그는 머리 뒤로 손을 깍지 낀 채 매트리스 위에 누웠다. 안데르스는 멍하니 천장을 바라보면서 잠시 옛 기억에 빠져들었다. 그의 영혼은 오로지 과거에서만 잠깐이나마 휴식을 취할 수 있었다. 좋았던 옛날을 회상하는 순간, 격렬한 고통이 심장을 파고들었다. 과거의 일이 그처럼 멀고도 가깝게 느껴진다는 것이 놀라웠다.

그의 기억 속에서 태양은 늘 밝게 빛나고 있었다. 발 아래 아스팔트는 따뜻했고, 바다에서 수영하고 나온 뒤라 입술에서 짠 맛이 느껴졌다. 이상하게도 여름철밖에 기억나지 않았다. 겨울, 흐린 날, 비 오는 날은 기억나지 않았다. 오로지 산들바람이 부드럽게 부는 청명한 날, 구름 한 점 없는 푸른 하늘에서 내리쬐는 햇빛이 거울처럼 반짝이는 바다에 부서지는 모습만 기억났다.

알렉스는 가벼운 여름 원피스 차림이었고 치맛자락이 다리에 달라붙어 있었다. 자르지 않은 금발은 허리께까지 길고 곧게 내려와 있었다. 기억 속 그녀의 향기는 때로 너무 강렬해서 안데르스의 콧구멍을 간질이고 갈망을 일깨웠다. 딸기, 바닷물, 큰조아재비가 첨가된 샴푸 향기. 다리에 힘이 하나도 없어질 때까지 자전거를 타거나 바위 언덕을 기어오를 때는 전혀 불쾌하지 않은 땀 냄새도 섞였다. 그들은 베데베레트 꼭대기에 도착하면, 발을 바다 쪽으로 향하고 손을 배 위에서 깍지 낀 채 드러누웠다. 알렉스는 머리카락이 부채처럼 활짝 펼쳐진 상태로 두 사람 사이에 누워서 하늘을 올려다보았다. 아주 가끔은 두 사람의 손을 잡기도 했는데, 그럴 때면 그들은 셋이 아닌 하나가 된 듯했다.

그들은 함께 있는 모습을 다른 사람들에게 들키지 않도록 조심했다. 들키면 마법이 풀려서 현실과 맞닥뜨려야 할 테니까. 현실은 무슨 짓을 해서라도 피해야 했다. 그것은 추악하고 음울했으며 그들이 함께 있을 때 만들 수 있는 햇빛 찬란한 꿈의 세계와 전혀 관계가 없었다. 그들은 현실의 이야기를 입 밖으로 꺼내지 않았고, 시시한 게임과 가벼운 대화로 하루를 가득 채웠다. 아무것도 심각하게 받아들이지 않았다. 그래야 자신들이 아무도 상처 입힐 수 없고, 정복할 수 없고, 다가갈 수 없는 존재인 척할 수 있었기 때문이다. 그들 각자는 아무것도 아니었다. 그러나 함께 있는 그들은 삼총사였다.

그들이 만든 꿈의 세계에서 어른들은 단순한 엑스트라로, 그들에게 영향을 미치지 않고 여기저기 돌아다니기만 하는 존재였다. 또 입은 움직여도 소리는 내지 못했다. 의미 있는 듯한 몸짓을 하고 표정을 지어도 상황에 맞지 않게 부자연스럽고 의미 없어 보였다.

안데르스는 옛 기억에 희미하게 미소 지었지만, 꿈꾸듯 멍한 상태에서 천천히 깨어날 수밖에 없었다. 자연이 그를 불렀고, 그는 또다시 불안한 세계로 돌아왔다. 그는 볼일을 보려고 일어났다.

변기는 먼지와 얼룩으로 뒤덮인 거울 아래 있었다. 그는 오줌을 누면서 거울 속의 자신을 흘긋 보았다. 그리고 오랜만에 다른 사람들의 눈에 비친 자신의 모습을 보았다. 머리카락은 기름지고 헝클어져 있었고, 얼굴은 창백한 데다 아픈 사람처럼 납빛을 띠고 있었다. 또 오랫동안 방치한 탓에 앞니가 두어 개 빠져서 실제 나이보다 몇 년은 더 늙어 보였다.

안데르스는 자신이 실제로 무엇을 하는지도 모르는 채 결정을 내렸다. 그는 바지 지퍼를 올리면서 다음에 무엇을 해야 할지 깨달았다. 부엌으로 향하는 그의 눈빛은 단호했다. 그는 서랍을 뒤져서 발견한 커다란 부엌용 칼을 바지에 닦았다. 그런 다음 거실로 가서 벽에 걸린 그림들을 차례로 내렸다. 그는 오랜 세월 동안 그린 그림들을 한 번에 하나씩 내렸다. 그가 보관하고 걸어 둔 그림들은 스스로 매우 만족하는 것들뿐이었고, 눈에 차지 않는 다른 그림들은 모두 내다 버렸다. 이제 그 그림들은 차례차례 칼에 찢겨 나갔다. 그는 천천히 침착하게 그림을 조각내어 무엇을 그린 그림인지 알아볼 수 없게 만들었다. 캔버스를 찢는 것은 예상 외로 힘든 일이었고, 일을 마친 그의 이마에는 구슬 같은 땀방울이 맺혀 있었다. 거실은 온통 색깔들이 전쟁을 벌인 듯했다. 거실 바닥은 찢어진 캔버스 조각으로 뒤덮여 있었고, 그림틀은 이 빠진 잇몸처럼 휑하게 비어 있었다. 안데르스는 만족스럽게 주위를 둘러보았다.

"안데르스가 알렉스를 살해한 범인이 아니라는 건 어떻게 알아?"

에리카가 물었다.

"안데르스와 같은 아파트에 사는 한 여자가 7시 직전에 그가 돌아오는 걸 봤대. 알렉스는 7시 15분에 어머니와 통화했고. 안데르스가 그렇게 짧은 시간에 알렉스의 집으로 다시 가는 건 불가능했을 거야. 그러니까 다그마르 페트렌의 증언은 알렉스가 아직 살아 있을 때 안데르스가 그 집에 있었다는 점밖에 증명하지 못하는 셈이지."

"하지만 화장실에서 찾은 지문이랑 발자국은?"

"그런 건 안데르스가 그녀를 살해했다는 증거가 되지 못해. 그저 그녀가 죽고 나서 그 집에 있었다는 증거만 될 뿐이지. 아무튼 그를 더 잡아 둘 수가 없게 됐어. 멜베리야 당연히 그를 다시 불러들이겠지. 아직도 안데르스가 살인범이라고 확신하고 있으니까. 그러나 지금으로선 그를 풀어 주는 수밖에 없어. 그러지 않으면 변호사에게 묵사발이 될 수도 있으니까. 계속 뭔가 이상하다고 생각했는데, 이번 일로 확인했어. 안데르스는 여전히 혐의에서 벗어나지 못하지만, 그를 계속 지켜봐야 하는지는 의문이야."

"그래서 알렉스의 집으로 가는 거야? 거기서 뭘 찾을 건데?"

에리카가 물었다.

"모르겠어. 그냥 사건이 어떻게 벌어졌는지 좀 더 확실하게 알아야겠다는 생각이 들어."

"비리트 아줌마 얘기로는 알렉스가 통화 도중에 누가 왔다고 하면서 전화를 끊었대. 그 사람이 안데르스가 아니라면 누구였을까?"

"흠, 그게 문제지?"

파트리크는 에리카가 보기에는 차를 너무 빨리 몰았다. 그녀는 문 위쪽 손잡이를 꽉 붙잡았다. 그는 요트 클럽 옆 분기점을 거의 지나칠 뻔하다가 마지막 순간에 우회전하면서, 간발의 차이로 담장을 들이받지 않고 지나칠 수 있었다.

"빨리 가지 않으면 집이 사라질까 봐 그래?"

에리카가 그에게 창백한 얼굴로 미소 지었다.

"엇, 미안. 내가 좀 흥분했나 봐."

그는 속도를 상당히 줄였고 에리카는 차가 알렉스의 집으로 향하는 마지막 도로를 달릴 때 겨우 손잡이를 놓을 수 있었다. 그녀는 파트리크가 왜 같이 가자고 했는지 이해할 수 없었지만, 어쨌든 동의했다. 책을 쓰는 데 도움이 되는 정보를 얻을 수 있을지도 모르니까.

차에서 내린 파트리크는 열없는 표정을 지으면서 멈춰 섰다.

"열쇠가 없다는 걸 깜박했어. 못 들어갈지도 모르겠다. 자기 부하가 창문으로 기어들다가 현장에서 잡히면 멜베리가 가만히 있지 않을 테니까."

에리카는 한숨을 내쉬며 허리를 구부리고 발판 아래를 더듬었다. 그녀는 놀리는 듯한 미소를 지으며 파트리크의 눈앞에 열쇠를 들어 보이고는 문을 열고 그를 먼저 들여보냈다.

누군가가 난로를 다시 켜 놓은 모양인지, 집 안이 바깥보다 사뭇 따뜻했다. 그들은 코트를 벗어 위층으로 향하는 계단 옆 옷걸이에 걸었다.

"이제 뭐 하지?"

에리카는 팔짱을 끼고 의심적은 표정으로 파트리크를 바라보았다.

"알렉스는 어머니와 통화 중이던 7시 15분이 지나서 수면제를 대량으로 복용했어. 그런데 누군가가 침입한 흔적은 없으니까, 십중팔구 알렉스가 아는 사람이 왔을 거야. 그 사람이 알렉스에게 수면제를 줬겠지. 어떻게 그렇게 할 수 있었을까? 흠, 분명히 뭔가를 함께 먹거나 마셨을 거야."

파트리크는 말하면서 거실을 서성댔다. 에리카는 소파에 앉아서 그를 흥미롭게 지켜보았다. 그가 서성대기를 멈추고 집게손가락을 공중으로 들어올렸다.

"사실, 검시관이 알렉스의 위에 남은 내용물을 보고 마지막으로 먹은 음식이 뭔지 얘기해 줬어. 알렉스는 살해당한 날 저녁에 뭘 먹었을까? 검시관에 따르면, 그녀의 위에는 생선찜 요리와 사과주스가 남아 있었어. 쓰레기통에 텅 빈 핀더스 생선찜 요리 통이 들어 있었고 조리대에 빈 사과주스 병이 있었으니까 서로 맞아 떨어지는 것 같아. 좀 이상한 건 냉장고에는 커다란 쇠고기 필레 두 조각이, 오븐에는 감자 요리가 들어 있었다는 점이야. 그런데 오븐이 켜져 있지 않아서 감자 요리는 익지 않은 상태였어. 조리대에는 화이트 와인도 한 병 있었는데 마개가 열려 있었고 와인이 140그램 정도 사라진 채였어. 약 한 잔 분량의 와인이지."

파트리크는 엄지와 검지로 양을 쟀다.

"그런데 알렉스의 위에는 와인이 없었다?"

에리카는 호기심이 동해서 팔꿈치를 무릎에 올린 채 몸을 앞으로 숙였다.

"그래, 바로 그거야. 알렉스는 임신했으니 와인 대신 사과주스를 마셨겠지. 문제는 누가 와인을 마셨느냐는 거야."

"음식 접시는 없었어?"

"있었어, 생선찜 요리 찌꺼기가 남아 있는 접시와 포크와 나이프가 있었지. 싱크대에는 잔도 두 개 있었어. 한 잔에는 온통 알렉스의 지문이 묻어 있었는데, 다른 한 잔에는 지문이 전혀 나오지 않았어."

그는 서성대기를 멈추고 에리카의 맞은편에 있는 안락의자에 앉아서, 긴 다리를 죽 뻗고 손을 배 위에서 깍지 꼈다.

"그렇다는 건 누군가가 잔의 지문을 닦았다는 뜻이네."

에리카가 말했다. 그녀는 의자에 앉아서 추론해 내는 자신이 대단히 똑똑하게 느껴졌고, 파트리크는 점잖게도 전에는 그런 생각을 해 보지 못했다는 표정을 짓고 있었다.

"그래, 그런 것 같아. 누군가가 잔을 씻어 버려서 수면제 잔여물을 찾을 수가 없었어. 그러나 난 알렉스가 수면제를 탄 사과주스를 마셨다고 생각해."

"하지만 부엌에 2인분짜리 쇠고기 필레라는 훌륭한 저녁거리가 있었는데 왜 혼자 생선찜 요리를 먹었을까?"

"그래, 그것도 문제야. 여자가 진수성찬을 마다하고 전자레인지에 다른 음식을 데워 먹는 이유는 뭘까?"

"둘만의 낭만적인 저녁식사를 계획했는데, 상대가 나타나지 않았기 때문이겠지."

"나도 그렇게 생각해. 기다리고 또 기다리다 결국 포기하고 냉장고에 있는 음식을 꺼내서 전자레인지에 넣은 거야. 이해가 가고도 남아. 혼자서 쇠고기 필레를 먹는 게 그리 즐겁지는 않을 테니까."

"안데르스는 한 번 왔다 갔으니까, 알렉스가 기다리던 사람은 아니었을 거야. 혹시 아이의 아빠였을까?"

파트리크가 말했다.

"응, 그게 가장 그럴 듯해 보여. 정말 비극이다. 임신한 걸 축하하려고 최고의 진수성찬과 냉장고에 넣어서 차갑게 한 와인을 준비했는데, 아이 아빠가 나타나지 않다니. 알렉스는 여기 앉아서 기다리고 또 기다렸을 거야. 문제는 아이 아빠 대신 누가 왔느냐는 거지."

"알렉스가 기다리던 사람을 배제할 순 없어. 예정보다 늦게 나타났을 수도 있으니까."

파트리크가 말했다.

"그래, 맞아. 아, 이거 정말 답답하다! 벽이 말을 할 수 있다면 얼마나 좋을까."

에리카는 거실을 둘러보았다.

아름답기 그지없는 거실은 새롭고 생기 있어 보였다. 코를 킁킁거리니 페인트 냄새도 희미하게 났다. 벽에 칠해진 색깔은 에리카가 좋아하는 회색 기가 도는 담청색으로, 창틀과 가구의 흰색과 뚜렷하게 대조되었다. 차분한 느낌 때문에 소파에 머리를 기댄 채 눈을 감고 싶었다. 그녀는 이전에 스톡홀름의 부티크 하우스에서 이 소파를 보았지만, 그녀의 수입으로는 그림의 떡일 뿐이었다. 소파는 크고 푹신했으며 가장자리가 약간 늘어져 있었다. 새 가구가 오래된 가구와 어우러져 있는 모습이 아주 멋졌다. 알렉스는 분명 예테보리의 집을 리모델링하면서 오래된 가구들을 찾아냈으리라. 오래된 가구는 대부분 1770~1780년대의 구스타브 스타일이었다. 에리카는 이케아 덕분에 그 스타일을 알아볼 수 있었다. 그녀는 딱 이런 스타일의 이케아 제품을 두 점 정도 살 수 있으면 좋겠다고 종종 바랐었다. 에리카는 부러운 마음에 한숨을 깊이 내쉬다가 문득 이 집에 온 이유를 기억해 냈다. 그러자 부러움이 순식간에 가라앉았다.

"그러니까 네 말은, 연인이든 다른 누구든 알렉스가 아는 사람이 와서 같이 한잔했는데, 그 사람이 알렉스의 사과주스 잔에 수면제를 넣었다는 거지?"

에리카가 말했다.

"응, 그게 가장 그럴 듯한 시나리오야."

"그러고 나서는? 그 다음에는 무슨 일이 일어났을까? 알렉스는 어떻게 욕조에 누워 있게 됐을까?"

에리카는 소파에 더 깊숙이 파묻히면서 발을 커피 테이블 위에 올려놓았다. 이런 소파 살 돈을 저축해 놨어야 하는 건데! 잠깐이었지만, 부모님의 집을 팔면 원하는 가구를 뭐든 살 수 있는 돈이 생길 것이라는 생각이 들었다. 그녀는 곧바로 그 생각을 쫓아 버렸다.

"난 범인이 알렉스가 잠들 때까지 기다려서 옷을 벗기고 욕조로 끌고 갔다고 생각해."

"왜 범인이 알렉스를 들지 않고 끌고 갔다고 생각하는데?"

"부검 보고서에서 알렉스의 뒤꿈치에 끌린 자국이 있고 팔뚝 밑에 멍이 있다고 했거든."

파트리크는 안락의자에서 허리를 꼿꼿하게 세우더니 기대하는 표정으로 에리카를 바라보았다.

"나 뭐 좀 해 봐도 될까?"

에리카는 회의적으로 대답했다.

"뭔지 들어 보고."

"네가 살인 희생자 역할을 하면 어떨까 해."

"아이고, 정말 고맙네. 내 연기력이 그만큼 따라 줄 거라고 생각해?"

그녀는 웃었지만 기꺼이 일어섰다.

"아냐, 아냐, 도로 앉아. 내 생각엔 둘이 여기 앉아 있을 때 알렉스가 소파 위에서 잠든 것 같아. 그러니까 기절한 여자처럼 축 늘어져 볼래?"

에리카는 투덜거렸지만 의식이 없는 사람처럼 연기하려고 최선을 다했다. 파트리크가 끌어당기기 시작했을 때, 그녀는 한쪽 눈을 뜨고 말했다.

"내 옷도 벗길 생각은 아니겠지."

"아, 아냐, 절대 아냐, 안 그럴 거야, 그럴 생각 없었어, 내 말은……."
그는 말을 더듬으며 얼굴을 붉혔다.

"좋아, 그냥 농담한 거였어. 계속해. 죽여 버리라고."

그녀는 파트리크가 커피 테이블을 옆으로 약간 민 다음 자신을 바닥에 질질 끄는 것을 느꼈다. 그는 처음에 손목을 잡고 끌다가 잘 안 되자 겨드랑이를 잡고 화장실로 끌고 갔다. 에리카는 갑자기 자신의 몸무게를 적나라하게 의식했다. 파트리크는 분명히 그녀가 500킬로그램은 나간다고 생각하고 있을 것이다. 그녀는 약간 속임수를 써서 무게가 덜 나가게 해 보려고 했지만, 파트리크에게 잔소리만 들었다. 아, 왜 지난 몇 주 동안 웨이트 와처스 다이어트 프로그램을 좀 더 엄격하게 따르지 않았을까? 솔직히 말하자면 그럴 생각도 하지 않았지만. 그녀는 그동안 아귀처럼 음식을 먹어 치웠다. 게다가 파트리크가 자신을 질질 끌자 재킷이 위로 올라가 허리띠 위로 두둑한 뱃살이 삐져나오기 일보 직전이었다. 에리카는 숨을 깊이 들이마셔서 배를 집어넣으려고 애썼지만, 몇 초 뒤에 숨을 내쉴 수밖에 없었다.

등에 느껴지는 화장실 타일 바닥은 차가웠고, 그녀는 무심결에 몸을 부르르 떨었다. 그러나 추워서 그런 것만은 아니었다. 파트리크는 그녀를 욕조까지 끌고 가서 조심스럽게 내려놓았다.

"흠, 여기까지는 잘 왔어. 무겁긴 하지만 끌고 올 수 없을 정도는 아니야. 알렉스는 너보다 가벼웠을 거고."

그거 정말 고맙네. 에리카는 바닥에 누운 채 재킷을 조심스럽게 배 위로 끌어내리면서 생각했다.

"이제 범인이 해야 할 일은 알렉스를 욕조에 넣는 거야."

그는 에리카의 발을 들려고 했지만, 그녀는 재빨리 일어나서 몸을 툭툭 털었다.

"아니, 파트리크, 그건 안 할래. 벌써 하루치 멍이 다 들었다고. 그리고 난 알렉스가 발견된 저 욕조에 들어가지 않을 거야. 그거 하난 빌어먹게 확실해!"

파트리크는 마지못해 그녀의 항의를 받아들였다. 그들은 화장실에서 나와 거실로 돌아갔다.

"알렉스를 욕조에 넣은 뒤에 물을 틀고 약장에 들어 있던 통에서 면도칼을 꺼내 그녀의 손목을 긋는 건 간단했을 거야. 범인은 자기 뒤처리만 하면 됐겠지. 잔을 씻고 지문을 지우는 것 말이야. 그동안 알렉스는 화장실에서 피를 흘리며 천천히 죽어 갔을 테고. 정말 끔찍한 냉혈한이야."

"그럼 난로는? 알렉스가 피엘바카에 도착했을 때 이미 꺼져 있었을까?"

"응, 그랬던 것 같아. 우리에겐 다행이었지. 일주일 동안 따뜻했더라면 시신에서 증거를 모으기가 훨씬 힘들었을 테니까. 예를 들어, 안데르스의 지문을 알아보기도 불가능했을 거야."

에리카는 몸서리쳤다. 시체에서 지문을 채취한다는 생각만 해도 모골이 송연해졌기 때문이다.

그들은 화장실 외에 다른 곳을 함께 뒤졌다. 에리카는 갑자기 방해받은 지난번과는 달리, 이번에는 알렉스와 헨리크의 침실을 여유 있게 더 꼼꼼히 훑어보았다. 그러나 아무것도 찾지 못했다. 뭔가가 사라졌다는 느낌은 남아 있었지만, 그것이 무엇인지 생각나지 않아서 짜증이 났다. 그녀는 파트리크에게 말하기로 했다. 그가 자신과 똑같이 좌절하고 있었기 때문이다. 침입자가 들어오는 바람에 옷장 안에 숨을 수밖에 없었다는 말을 들으면서 걱정하는 파트리크를 보자 만족스러웠다.

그는 한숨을 내쉬고 사주식 침대의 가장자리에 앉아서, 에리카가 기억을 더듬으며 사라진 것을 생각해 내도록 도왔다.

"작은 거였어, 큰 거였어?"

"모르겠어, 파트리크. 아마 작은 거였을 거야. 그렇지 않으면 바로 알아차리지 않았을까? 예컨대, 사주식 침대가 사라졌다면 알아차렸을 거야." 에리카는 미소 지으면서 그의 옆에 앉았다.

"그게 어디에 있었는데? 문 옆? 침대 위? 책상 위?"

파트리크는 침대 옆 테이블에서 발견한 작은 가죽 조각을 손가락으로 만졌다. 그것은 단체의 휘장 같았고, 어린아이의 글씨체로 'T.T.M. 1976'이라고 새겨져 있었다. 가죽을 뒤집으니 마른 피로 보이는 희미한 자국이 보였다. 그는 그것이 어디에서 나왔는지 궁금했다.

"난 그게 뭔지 모르겠어, 파트리크. 안다면 여기 앉아서 머리카락을 쥐어뜯고 있지 않겠지."

에리카는 그의 옆모습을 흘긋 보았다. 속눈썹이 무척 길고 새카맸다. 또 턱에 난 짧은 수염은 완벽했다. 피부에 닿을 때 약간 사포 같은 느낌이

들 정도로 길었지만, 피부를 긁어서 불쾌하다는 느낌이 들지 않을 정도로 짧았기 때문이다. 그녀는 그의 턱수염이 자신의 피부에 닿으면 어떤 느낌일지 궁금했다.

"뭔데? 내 얼굴에 뭐 묻었어?"

파트리크가 신경질적으로 입을 닦았다. 그녀는 빤히 쳐다보는 모습을 그에게 들켰다는 사실에 당황해서 재빨리 시선을 돌렸다.

"아무것도 아니야. 초콜릿 부스러기가 묻어 있었는데 지금은 없어졌어."

잠시 침묵이 흘렀다.

"흠, 이제 더 찾을 게 없는 거야?" 마침내 에리카가 입을 열었다.

"응, 아마도. 그러나 뭐가 사라졌는지 생각나면 바로 전화해. 누군가가 여기 와서 찾을 정도로 중요한 거라면, 수사하는 데도 분명히 중요할 테니까."

그들은 조심스럽게 문을 잠갔고, 에리카는 열쇠를 발판 밑에 돌려놓았다.

"집까지 태워다 줄까?"

"아니, 괜찮아, 파트리크. 그냥 걸을래."

"그럼 내일 밤에 보자."

파트리크는 열다섯 살 소년처럼 쑥스러워하며 몸의 중심을 한 발에서 다른 발로 옮겼다.

"그래, 8시에 봐. 배고픈 채로 와야 해." 에리카가 말했다.

"노력해 볼게. 하지만 약속할 순 없어. 지금 같아선 다시는 배가 고프지 않을 것 같거든."

파트리크는 길 건너 다그마르 페트렌의 집을 고갯짓으로 가리키면서 배를 두드리며 웃었다.

에리카는 미소 지은 뒤 그가 볼보를 몰고 떠날 때 손을 흔들었다. 그녀는 벌써부터 기대감과 불안감, 걱정과 노골적인 두려움이 뒤엉켜 속을 휘젓는 것을 느낄 수 있었다.

그녀는 집을 향해 걷기 시작하다가 곧 멈춰 섰다. 갑자기 어떤 생각이 떠올랐고, 잊어버리기 전에 시험해 봐야 할 것 같았다. 에리카는 단호하게 걸어서 알렉스의 집으로 돌아가 발판 밑의 열쇠를 꺼낸 뒤, 신발에 묻은 눈을 털고 집으로 들어갔다.

낭만적인 저녁식사에 나타나지 않는 남자를 기다리는 여자는 뭘 할까? 당연히 그에게 전화해 볼 것이다! 에리카는 알렉스가 1950년대에 유행하던 코브라 전화에 푹 빠졌거나 구식 베이클라이트 전화기를 놔두지 않고 현대식 전화기를 사용했길 기도했다. 그녀는 운이 좋았다. 최신식 도로 전화기가 부엌 벽에 걸려 있었다. 에리카는 떨리는 손가락으로 최근 발신번호 버튼을 누르면서, 알렉스가 죽은 뒤 아무도 전화를 사용하지 않았길 바랐다.

신호음이 계속 울렸다. 일곱 번이나 울리고 나서 전화를 끊으려는데, 수화기 저편에서 자동응답 안내 메시지가 켜졌다. 그녀는 메시지를 들었지만 삐 소리가 나기 전에 전화를 끊었다. 그녀의 얼굴이 창백해졌다. 천천히 수화기를 돌려놓았다. 머릿속에서 퍼즐 조각들이 달각거리며 제자리를 찾아가는 소리가 들리는 듯했다. 갑자기 위층 침실에서 사라진 것이 무엇인지 분명하게 떠올랐다.

❄

멜베리는 분노로 부글부글 끓고 있었다. 그는 잔뜩 화가 난 채 경찰서를 성큼성큼 돌아다녔다. 타눔스헤데 경찰서 직원들은 할 수만 있다면 책상 아래로 숨고 싶었다. 그러나 성인으로서 그럴 수는 없었기에, 하루 종일 분노에 찬 악담과 질책과 독설을 견뎌 내야 했다. 그리고 안니카는 그 모든 것을 정면으로 받아 내야 했다. 멜베리가 상관이 된 뒤 몇 달 동안 튼튼한 방어벽을 쌓았지만, 처음으로 울음을 터뜨리기 직전의 상태가 되었다. 그리고 오후 4시가 되자 더 참을 수 없었다. 퇴근해서 콘숨에 들러 커다란 아이스크림 통을 사 들고 집으로 간 안니카는 TV를 켜고 글래머 채널을 보면서 눈물이 초콜릿 아이스크림 통 속으로 흘러내리게 내버려 두었다. 재수 없는 하루였다.

멜베리는 안데르스를 감옥에서 풀어 줄 수밖에 없었다는 사실에 화가 났다. 그는 안데르스가 알렉스 비크네르를 살해한 범인이라고 100퍼센트 확신했다. 조금만 더 시간을 들였어도 자백을 받아 낼 수 있었을 텐데. 그러기는커녕 안데르스가 〈서로 다른 세계〉라는 TV 프로그램이 시작되기 직전에 집으로 들어가는 모습을 보았다고 말한 망할 놈의 증인 때문에 그를 풀어 줄 수밖에 없었다. 그 증언은 곧 안데르스가 7시에 자기 집에 있었다는 이야긴데, 알렉스는 비리트와 7시 15분에 통화했다. 젠장맞을.

게다가 젊은 경찰 파트리크 헤드스트룀도 있었다. 그 여자를 살해한 범인은 안데르스 닐손이 아닌 다른 사람이라고 멋대로 주장하고 다닌 놈. 멜베리가 경찰 생활을 하면서 배운 것이 있다면, 그것은 바로 모든 일이 대부분 보이는 그대로라는 사실이었다. 숨겨진 동기나 복잡한 음모 따위는 없다. 쓰레기 같은 인간이 선량한 시민들의 삶을 위협할 뿐. 인간쓰레기를 찾으면 범인을 찾게 된다. 그것이 멜베리의 좌우명이었다.

그는 파트리크의 휴대전화 번호를 눌렀다.

"도대체 어디 있는 거야?"

농지거리는 필요 없었다.

"어디 앉아서 생각 부스러기 따위를 줍고 있나? 여기 서에서는 다들 일하고 있어. 초과근무라고. 자네에겐 익숙하지 않은 상황인지 모르겠군. 익숙하지 않다면 내가 더 걱정할 필요가 없게 해 주지. 여기에서 말고."

멜베리는 건방진 애송이에게 압력을 가할 때면 기분이 조금 나아졌다. 목줄을 짧게 매어 두지 않으면, 애송이들은 분수를 모르고 날뛰게 되는 법이었다.

"차 몰고 가서 안데르스 닐손이 7시에 집에 있었다고 증언한 여자랑 얘기해 봐. 압박하고 팔을 좀 비틀어서 뭘 알아낼 수 있는지 보라고……. 그래, 지금! 망할."

그는 수화기를 쾅 내려놓으면서, 다른 사람들에게 궂은 일을 시킬 수 있는 위치에 올라 있는 데 감사했다. 갑자기 삶이 훨씬 밝아 보였다. 멜베리는 의자에 등을 기대고 맨 위의 서랍을 열어 초콜릿볼 통을 꺼냈다. 그는 소시지 같이 짧고 통통한 손가락으로 통에서 초콜릿볼을 하나 꺼내 입안에 넣고 만족스럽게 씹었다. 다 먹고 난 뒤에 또 하나를 꺼냈다. 그처럼 열심히 일하는 남자에겐 에너지원이 필요한 법이었다.

❄

파트리크는 멜베리가 전화했을 때 벌써 그레베스타드를 통해 타눔스헤데로 향하던 중이었다. 그는 피엘바카 골프 연습장 입구로 들어가서 차를 돌렸다. 한숨이 나왔다. 시간은 늦은 오후로 접어들었고, 서로 돌아가면 할 일이 쌓여 있었다. 피엘바카에 그렇게 오래 머무는 게 아니었는데. 그러나 에리카와 함께 있다는 사실이 그를 유난히 강하게 끌어당겼다. 마치 자기장에 빨려 들어가는 것 같아서, 빠져나오기 위해 힘과 의지력을 동시에 발휘해야 했다. 또 한 번 한숨이 나왔다. 이건 일방적으로 끝나게 될 터였다. 유감스럽게도. 카린과 헤어진 아픔에서 마침내 벗어난 지 얼마 되지도 않았는데, 벌써 새로운 아픔을 향해 전속력으로 달려가는 꼴이었다. 자멸이 따로 없었다. 이혼 수속을 밟는 데는 1년이 넘게 걸렸다. 그는 TV 앞에 멍하니 앉아 〈워커〉, 〈텍사스 레인저〉, 〈미션 임파서블〉 같은 고화질 영화를 보면서 수많은 밤을 보냈다. 'TV 쇼핑' 프로그램조차 더블 사이즈 침대에 혼자 누워 이리저리 뒤척이면서 삼류 드라마에서 나오는 것처럼 다른 남자와 뒹구는 카린의 모습을 떠올리는 것보다는 나은 듯했다. 그러나 처음에 카린에게 느꼈던 끌림은 지금 에리카에게 느끼는 끌림에 비하면 아무것도 아니었다. 이성이 사악한 목소리로 그의 귓가에 속삭였다. 이번에 잘 안 풀리면 타격이 훨씬 크지 않을까?

파트리크는 피엘바카 앞에서 마지막 커브를 돌 때 평소처럼 지나치게 속도를 냈다. 이번 사건이 신경을 건드리고 있었다. 그는 공연히 차에 화풀이했고, 한때 오래된 저장고가 서 있던 곳으로 향하는 언덕 앞에서 위험하게 속도를 올려 마지막 커브를 돌았다. 저장고가 헐린 곳에는 구식 집과 보트하우스가 자리를 차지하고 있었다. 이 집들은 가격이 한 채에 200만 크로나 정도였다. 그는 그 가격에 여름 별장을 사려면 얼마나 많은 돈이 있어야 하는지 생각할 때마다 놀라지 않을 수 없었다.

커브에서 갑자기 오토바이가 튀어나오자 파트리크는 당황해서 운전대를 확 꺾었다. 심장이 쿵쾅대며 빠르게 뛰었다. 그는 브레이크를 약간 밟아서 차가 규정된 제한속도 이하로 달리게 했다. 위기일발이었다. 파트리크는 백미러로 오토바이가 잘 가고 있음을 확인하고 나서야 가던 길을 갈 수 있었다.

그는 쭉 직진하여 미니골프 연습장을 지나 주유소 옆 사거리까지 가서는 좌회전을 해서 아파트 단지로 향했다. 새삼 아파트 건물이 끔찍하게 보기 흉하다는 생각이 들었다. 1960년대에 지어진 갈색과 흰색의 건물들은 피엘바카로 들어가는 남문 옆에 내던져진 커다란 사각 블록 같았다. 그는 이 건물들을 설계한 건축가의 머릿속이 궁금했다. 실험 삼아 건물을 최대한 보기 흉하게 짓기로 마음먹은 걸까? 아니면 아예 외관을 신경 쓰지 않은 걸까? 분명 이 아파트들은 1960년대를 풍미했던 주택 100만 채 짓기 열풍의 결과물일 터였다. '모든 사람에게 집을.' 파트리크는 다음 표어를 내걸지 않은 것이 무척 유감스러웠다. '모든 사람에게 아름다운 집을.'

그는 주차장에 차를 세우고 정문으로 들어갔다. 5번. 안데르스의 집과 증인 옌뉘 로센의 집이 있는 층계참이었다. 그들은 2층에 살았다. 그는 계단을 다 올라가서 숨을 헐떡거리며, 요새 운동은 거의 하지 않고 커피 케이크는 너무 많이 먹었다는 사실을 떠올렸다. 운동에 미친 적은 한 번도 없었지만, 그래도 이 정도로 체력이 엉망이었던 적은 없었다.

그는 안데르스의 문 앞에 잠깐 멈춰 서서 귀를 기울였다. 아무 소리도 들리지 않았다. 집에 없거나 술에 취해 뻗어 있겠지.

엔뷔의 집은 오른쪽에 있었고, 대문이 안데르스네와는 정반대였다. 그녀는 원래 있던 문패를 자신이 직접 만든 나무 문패로 바꾸어 놓았다. 둘레가 장미 문양으로 장식된 문패에는 엔뷔와 막스 로센이라는 이름이 화려한 글씨체로 적혀 있었다. 그래, 결혼한 여자로군.

엔뷔는 오늘 아침 일찍 경찰서에 전화해서 증언했다. 파트리크는 그녀가 아직 집에 있기를 바랐다. 어제 경찰이 같은 층계참에 있는 집 문을 모두 두드려 보았을 때, 그녀는 집에 없었다. 그러나 그녀에게 경찰서로 전화해 달라는 쪽지를 남겼다. 그래서 오늘에야 알렉스가 살해당한 금요일 저녁에 안데르스가 집으로 돌아왔다는 정보를 입수한 것이다.

초인종 소리가 울려 퍼지자, 곧바로 아이의 날카로운 고함 소리가 들려왔다. 현관으로 걸어오는 발소리가 들렸고, 곧이어 누군가가 문구멍으로 파트리크를 살피는 것이 느껴졌다. 안전 고리가 풀리고 문이 열렸다.

"네?"

한 살배기 아이를 안은 여자가 서 있었다. 몸은 깡마르고 머리는 탈색한 금발이었다. 머리 뿌리를 보니, 원래 머리카락은 어두운 갈색 내지는 검은색인 것이 분명했다. 눈도 짙은 갈색이었으니까. 그녀는 맨얼굴로 피곤해 보였고, 무릎이 나온 낡은 조깅 바지에 커다란 아디다스 로고가 앞면에 새겨진 티셔츠를 입고 있었다.

"엔뷔 로센이신가요?"

"네, 저예요. 무슨 일이시죠?"

"저는 파트리크 헤드스트룀이고 경찰서에서 나왔습니다. 오늘 아침에 전화하셨죠. 저희에게 말씀하신 정보에 관해서 좀 이야기하고 싶습니다."

그는 층계 너머에서 들을 수 없도록 낮은 목소리로 말했다.

"들어오세요." 그녀는 옆으로 비켜서서 그를 안으로 들였다.

작은 원룸 아파트 안에는 분명 남자가 살지 않는 듯했다. 적어도 1년 정도는. 아파트는 온통 분홍색투성이였다. 양탄자, 테이블보, 커튼, 전등, 모든 것이 분홍색이었다. 장미꽃 무늬도 전등이며 촛대에서 지나치다 싶을 정도로 많이 보였다. 벽에는 집주인의 낭만적인 성향을 더욱 강조한 그림들이 걸려 있었다. 날개를 파닥이며 지나가는 새들과 흐릿한 여자의 얼굴을 그린 그림이었다. 침대 위에는 우는 아이의 그림도 걸려 있었다.

그들은 하얀 가죽 소파에 앉았는데, 그녀는 고맙게도 그에게 커피를 권하지 않았다. 그는 오늘 커피를 충분히 많이 마셨다. 그녀는 아이를 무릎에 앉혔지만, 아이는 엄마의 손에서 **빠져나가려고** 버둥댔다. 그녀가 아이를 바닥에 내려놓자, 아이는 아직 비틀거리는 다리로 아장아장 걸어 다녔다.

파트리크는 여자가 매우 젊다는 사실을 깨달았다. 그는 10대를 채 벗어나지 못한 듯한 그녀가 열여덟 살 정도 됐을 것이라고 추측했다. 그러나 시골 마을 소녀들이 스무 살 이전에 아이를 하나나 둘쯤 낳는 것은 보기 드문 일이 아니었다. 소녀가 아이를 막스라고 부르는 것을 보니, 아이 아버지는 함께 살지 않는 것 같았다. 그것도 보기 드문 일이 아니었다. 10대 청소년들의 관계는 아기를 키우면서 받는 스트레스를 견디지 못하는 경우가 많으니까.

그는 공책을 꺼냈다.

"그러니까 안데르스 닐슨이 7시에 집으로 돌아오는 모습을 본 게 지지난주 금요일, 1월 22일이었죠? 어떻게 그렇게 확신할 수 있어요?"

"전 〈서로 다른 세계〉를 한 번도 빼먹지 않고 보거든요. 그 프로그램은 7시에 시작하는데, 제가 바깥에서 시끄러운 소리를 들은 게 7시 직전이었어요. 특별한 건 없었다고 해야겠네요. 안데르스의 집은 늘 활기찬 편이거든요. 술친구들이 아무 때나 오고, 가끔은 경찰도 나타나죠. 하지만 전 문구멍으로 확인하러 갔어요. 그때 안데르스를 봤고요. 안데르스는 거나하게 취해서 문을 열려고 했어요. 그런데 열쇠 구멍이 한참 멀리 있는 것처럼 헤매더라고요. 그래도 결국 문을 열고 안으로 들어갔어요. 전 마침 〈서로 다른 세계〉 주제곡이 들려서 급히 TV를 보러 갔죠."

그녀는 긴 머리카락 한 줌을 신경질적으로 씹고 있었다. 파트리크는 그녀가 하도 손톱을 깨물어서 아래 속살이 드러나 있는 모습을 보았다. 남아 있는 손톱에는 진분홍색 매니큐어 자국이 있었다.

막스는 커피 테이블을 돌아서 파트리크가 있는 쪽으로 아장대며 걸어오더니 의기양양하게 그의 바지 자락을 잡았다.

"위, 위, 위."

막스가 외치자 파트리크는 의아한 표정으로 엔뉘를 바라보았다.

"안아 올려 주세요. 아저씨가 좋은가 봐요."

파트리크는 서투르게 아이를 안아 올려 무릎에 앉히고 열쇠 뭉치를 장난감으로 건넸다. 아이는 태양처럼 환하게 미소 지으면서 작은 쌀알 같은 앞니 두 개를 보였다. 파트리크는 아이에게 역시 환한 미소로 답했다. 가슴이 떨렸다. 상황이 다르게 흘러갔더라면 지금쯤 자신의 아이를 무릎에 앉힐 수도 있었을 터였다. 그는 막스의 보드라운 머리를 조심스럽게 쓰다듬었다.

"애가 몇 살이죠?"

"11개월이에요. 걔 때문에 얼마나 바쁜지 몰라요."

아들을 바라보는 그녀의 얼굴이 부드럽게 빛나자, 파트리크는 피곤해 보이는 모습 뒤에 숨겨진 사랑스러움을 발견했다. 그로서는 소녀처럼 어린 나이에 한부모가 된다는 것이 얼마나 힘든 일일지 상상도 할 수 없었다. 그녀는 파티를 즐기고 친구들과 함께해야 할 나이에 기저귀를 갈고 집안일을 하면서 저녁 시간을 보냈다. 마음속의 긴장을 내보이기라도 하듯, 소녀는 테이블 위에 놓인 담뱃갑에서 담배를 하나 꺼내 불을 붙였다. 그리고 연기를 깊이, 만족스럽게 들이마신 다음 파트리크에게 담뱃갑을 건넸다. 그는 고개를 저었다. 그는 아기와 함께 있는 방에서는 담배를 피우면 안 된다는 원칙을 고수했지만, 이것은 자신이 아닌 소녀의 일이었다. 개인적으로 그는 담배처럼 역겨운 냄새가 나는 것을 빠는 사람들을 이해할 수 없었다.

"안데르스가 집에 왔다가 다시 나가지는 않았을까요?"

"이 건물은 벽이 너무 얇아서 핀이 땅에 떨어지는 소리도 들을 수 있어요. 여기 사는 사람들은 누가 언제 오고 가는지 정확히 알죠. 전 안데르스가 다시 나가지 않았다고 확신해요."

파트리크는 더 얻을 정보가 없으리라는 점을 깨달았다. 그는 호기심에서 물었다.

"안데르스가 살인 용의자라는 말을 들었을 때 어땠어요?"

"말도 안 된다고 생각했어요."

그녀는 다시 한 번 깊이 연기를 들이마시고 고리 모양으로 뿜어냈다. 파트리크는 간접흡연의 위험에 관해 말하고 싶은 마음을 억눌러야 했다. 막스는 그의 무릎 위에서 열쇠고리를 빠는 데 온통 정신이 팔려 있었다. 아이는 열쇠 뭉치를 통통하고 작은 손가락으로 쥔 채, 이렇게 환상적인 장난감을 빌려 줘서 고맙다는 듯 가끔씩 파트리크를 올려다보았다.

엔뉘가 말을 이었다.

"물론 안데르스는 구제 불능의 폐인이지만, 사람을 죽이지는 못할 거예요. 그는 점잖은 사람이거든요. 종종 우리 집 초인종을 누르고 담배 한 개비만 달라고 하는데, 정신이 멀쩡하든 술에 취해 있든 늘 점잖아요. 급하게 시장에 가야 할 때 몇 번은 막스를 봐 달라고 하기도 했는걸요. 정신이 아주 멀쩡할 때만요. 그렇지 않을 때는 절대 안 맡겼죠."

그녀는 담배꽁초가 수북이 쌓인 재떨이에 담배를 비벼 껐다.

"사실 여기 사는 술주정뱅이들은 나쁜 사람들이 아니에요. 그저 술로 세월을 보내는 불운한 사람들일 뿐이죠. 그들이 해를 입히는 사람은 오로지 그들 자신밖에 없어요."

엔뉘는 고개를 흔들어 얼굴에 붙어 있던 머리카락을 떨어뜨리고 다시 담뱃갑으로 손을 뻗었다. 그녀는 니코틴으로 노랗게 변색된 손가락에 두 번째 개비를 끼우고 첫 개비 때와 마찬가지로 맛있게 피웠다. 파트리크는 슬슬 연기에 질식되는 것 같았고 엔뉘에게서 더 유용한 정보를 얻지 못할 것이라고 생각했다. 그는 무릎에서 내려가기 싫다고 칭얼대는 막스를 엄마에게 도로 안겼다.

"도와줘서 고마워요. 다시 올지도 모릅니다."

"음, 전 늘 여기 있어요. 어디 가지 않을게요."

이제 재떨이에 놓인 담배는 막스 쪽으로 연기를 피웠고, 막스는 짜증을 내며 눈을 가늘게 떴다. 아이는 여전히 열쇠를 깨물면서 파트리크에게 어디 한번 가져가 보라는 표정을 짓고 있었다. 파트리크는 조심스럽게 열쇠를 잡아당겼지만 쌀알 같은 이는 생각보다 힘이 셌다. 열쇠는 침으로 범벅이 되어 제대로 잡기도 어려웠다. 그가 주저하며 좀 더 세게 잡아당기자 막스는 화가 난 듯 으르렁거렸다. 이런 상황을 다루는 데 익숙한 엔뉘는 열쇠를 단단히 잡고 겨우 빼내서 파트리크에게 건넸다. 막스는 열쇠를 빼앗겨서 화가 났다고 시위라도 하듯 목청껏 소리를 질렀다. 파트리크는 열쇠고리를 엄지와 검지로 잡고 바지 자락에 조심스럽게 닦은 다음 주머니에 도로 집어넣었다.

엔뉘와 소리 지르는 막스가 문까지 따라 나왔다. 파트리크가 문이 닫히기 전에 마지막으로 본 것은 아이의 둥근 뺨에 흘러내리는 커다란 눈물방울이었다. 그는 또다시 심장 깊은 곳이 아파 오는 것을 느꼈다.

❄

이제 그에게 집은 너무 컸다. 헨리크는 여러 방을 돌아다녔다. 집의 모든 것이 알렉산드라를 생각나게 했다. 알렉산드라는 이 집을 아주 좋아해서 구석구석 신경 써서 돌봤다. 때로는 그녀가 집 때문에 그와 결혼한 것이 아닌지 궁금할 정도였다. 알렉스는 그를 따라 이 집에 와 보고 난 뒤에야 그들의 관계를 진지하게 생각하기 시작했다. 그러나 헨리크는 외국인 학생들이 참석한 대학 모임에서 그녀를 처음 본 순간부터 줄곧 진지했다. 키가 큰 금발의 그녀는 냉담한 분위기를 풍겼고, 그것이 세상 그 무엇보다도 그를 매혹했다. 그는 살면서 알렉스를 원하듯 뭔가를 간절히 원해 본 적이 없었고, 자신이 원하는 것을 무엇이든 얻는 데 익숙했다.

그의 부모님은 당신들의 삶을 살기도 너무나 바빠서 아들에게 신경 쓸 시간이 없었다. 부모님의 시간은 사업이 아니면 끝없는 사교 모임에 할애되었다. 자선 무도회, 칵테일파티, 동료 사업자들과의 저녁식사 등등. 헨리크는 보모와 함께 집에 얌전히 있어야 했다. 그가 가장 생생하게 기억하는 것은 어머니가 그에게 작별 인사로 키스할 때 풍기던 향수 냄새였다. 어머니의 마음은 이미 화려한 파티로 가고 있었겠지만. 그는 그 보상으로 뭔가를 가리키기만 하면 그것을 가질 수 있었다. 부모님은 그가 원하는 물질적인 것을 모두 주었지만, 자기를 봐 달라고 끙끙대는 개를 건성으로 긁어주듯 무심하게 주었다.

알렉스는 헨리크가 주문만 하면 되는 다른 것들과는 달랐다. 헨리크의 인생에서 알렉스 같은 존재는 처음이었다. 그녀는 접근하기 어려웠고 제멋대로였기에 더욱 매력적이었다. 그는 그녀에게 끈질기게 열정적으로 구애했다. 장미, 저녁식사, 선물, 찬사 등 아낌없이 노력을 퍼부었다. 그러자 알렉스는 내키지 않는다는 듯 구애를 받아들이고 그의 연인이 되었다. 마지못해서가 아니라―그는 단 한 번도 그녀에게 강요하지 못했다―그저 무심하게. 그녀가 둘의 관계에 적극적으로 관심을 보이기 시작한 때는 그가 여름에 그녀를 예테보리에 데려와서 이곳 세뢰 섬에 있는 집을 보여준 뒤였다. 알렉스는 그의 포옹에 새로 찾은 열렬함으로 화답했고, 그는 그렇게 행복할 수가 없었다. 그들은 그해 여름 서로 알게 된 지 고작 몇 달 만에 스웨덴에서 결혼했다. 그리고 프랑스로 돌아가서 대학 마지막 학기를 마치고 졸업한 뒤에는 아예 세뢰의 집에 정착했다.

지금 돌아보니, 그가 진심으로 행복해하는 알렉스를 본 것은 집을 새로 단장했을 때뿐이라는 생각이 들었다. 그는 서재의 커다란 체스터필드 안락의자에 앉아서 머리를 뒤로 기대고 눈을 감았다. 알렉스의 이미지가 슈퍼 8밀리미터 필름에 찍힌 옛 영상처럼 깜박이며 스쳐 지나갔다. 그는 두 손 아래로 시원하고 팽팽한 가죽을 느끼며 세월이 남긴 구불구불한 흔적을 따라 손가락을 움직였다.

가장 잘 기억나는 것은 알렉스의 여러 가지 미소였다. 정확히 자신이 찾고 있던 가구를 발견했을 때나 칼로 낡은 벽지를 잘라내고 그 아래에서 보존이 잘된 오래된 벽지를 발견했을 때, 그녀는 진심으로 환하게 미소 지었다. 그가 그녀의 목덜미에 키스할 때나 뺨을 어루만질 때나 사랑한다고 말할 때도, 그녀는 미소 지었다―가끔씩. 매번 미소 짓지는 않았다. 그럴 때 그녀의 미소는 그의 증오를 불러일으켰고, 멀게만 느껴졌으며, 어딘가에 정신이 팔린 사람이 짓는 미소 같았다. 그러고 나면 그녀는 늘 고개를 돌렸는데, 그는 그녀의 비밀이 표면 바로 아래에서 작은 뱀처럼 꿈틀거리는 모습을 볼 수 있었다.

그는 한 번도 뭔가를 물어본 적이 없었다. 순전히 겁이 나서였다. 그는 질문이 그 결과에 대처할 준비도 되어 있지 않은 연쇄반응을 일으킬까 봐 두려웠다. 언젠가는 그녀가 완전히 자신의 여자가 되길 바라면서, 그녀의 몸이라도 곁에 두는 것이 더 나았다. 그는 그녀의 전부를 가지지 못할지도 모른다는 위험을 무릅쓸 준비가 되어 있었지만, 적어도 그녀의 일부를 간직하게 되리라고 확신했다. 알렉스의 일부로도 충분했으니까. 그것이 그가 그녀를 사랑하는 방식이었다.

헨리크는 서재를 둘러보았다. 벽을 온통 뒤덮은―그녀가 예테보리 고서점들을 힘들게 뒤져서 찾아낸―책들은 오로지 전시용이었다. 그는 그녀가 대학 교재를 제외하고 책을 한 권이라도 읽는 모습을 본 기억이 없었다. 자신의 고통이 너무 커서 굳이 다른 사람들의 고통까지 알 필요가 없었는지도 몰랐다.

가장 받아들이기 어려운 것은 알렉스의 임신이었다. 그녀는 그가 아이 이야기를 꺼낼 때마다 고개를 절레절레 흔들었다. 이런 세상에서 아이를 낳고 싶지는 않다고 하면서.

헨리크는 알렉스에게 다른 남자가 있다는 사실을 받아들였다. 그는 그녀가 혼자 있으려고 주말마다 그렇게 열심히 피엘바카에 가지 않는다는 사실을 알고 있었지만, 그대로도 살 수 있었다. 또 1년 이상 부부관계를 하지 않았지만, 그대로도 살 수 있었다. 그녀가 죽었다는 사실마저도 시간이 지나면 받아들이고 살 수 있었다. 받아들일 수 없는 것은 그녀가 다른 남자의 아이를 임신할 준비는 되어 있으면서, 그의 아이는 임신하고 싶어 하지 않았다는 사실이었다. 헨리크는 밤마다 그 생각으로 잠을 이루지 못했다. 그는 땀에 젖은 채 잠자기를 포기하고 시트 사이에서 이리저리 뒤척였다. 눈 밑에 그늘이 생겼고 몸무게가 몇 킬로그램이나 빠졌다. 자신이 늘어나고 늘어나서 조만간 딱 소리를 내며 끊어질 고무줄 같다고 느꼈다. 지금까지는 울지 않고 슬퍼했지만, 이제 헨리크 비크네르는 몸을 앞으로 숙여 두 손에 얼굴을 묻은 채 눈물을 흘렸다.

5

비난, 무자비한 말, 모욕이 모두 물처럼 그에게서 빠져나갔다. 몇 시간 동안 모욕당한 것은 수십 년 동안 느낀 죄책감에 비하면 아무것도 아니었다. 몇 시간 동안 모욕당한 것은 얼음공주가 없는 삶에 비하면 아무것도 아니었다. 그는 자신에게 죄를 인정하게 하려는 애처로운 시도를 비웃었다. 죄를 인정할 까닭이 없었다. 그가 그렇게 생각하는 한, 그들은 성공하지 못할 것이다. 그러나 어쩌면 그녀가 옳았는지도 몰랐다. 심판의 날이 마침내 온 것 같았으니까. 그녀와 달리 그는 인간이 자신을 심판하지는 못하리라는 점을 알고 있었다. 그를 심판할 수 있는 것은 인간보다 위대한 어떤 것, 육체보다 위대한 어떤 것, 바로 영혼뿐이었다. 나를 심판할 수 있는 건 내 영혼을 볼 수 있는 자뿐이야, 그는 생각했다.

정반대인 감정들이 합쳐져서 완전히 새로운 감정을 만들어 내는 방식은 기묘했다. 사랑과 증오는 무관심이 되었고, 복수와 용서는 단호함이 되었다. 부드러운 애정과 씁쓸한 비통함은 크나큰 슬픔이 되어 한 사람을 망가뜨릴 수 있었다. 그에게 그녀는 늘 빛과 어둠의 놀라운 혼합체였다. 야누스의 얼굴이라는 말 외에는 달리 표현할 길이 없었다. 어떤 때는 그의 불쾌한 몰골에 아랑곳하지 않고 뜨거운 키스를 퍼부었다. 그러나 어떤 때는 불쾌하다면서 그를 욕하고 미워했다. 여자의 양면성에서는 휴식이나 평화를 찾아볼 수가 없었다. 그가 그녀를 가장 사랑한 때는 그녀를 마지막으로 보았을 때였다. 그녀가 마침내 완전히 그의 여인이 되었기 때문이다. 기쁘게도, 그녀는 마침내 완전히 남자에게 속하게 되었다. 사랑받거나 미움받거나, 그는 자신의 사랑이 그녀의 무관심에 부딪히는 모습을 더 보지 않아도 되었다.

전에는 베일을 사랑하는 것 같았다. 종잡을 수 없고, 투명하며, 매혹적인 베일을. 그녀를 마지막으로 보았을 때는 베일이 신비감을 잃어버려 육체만 남았을 뿐이었다. 그러나 그랬기 때문에 그녀에게 다가갈 수 있었다. 그는 처음으로 그녀가 누구인지 알겠다고 생각했다. 그는 뻣뻣하게 얼어붙은 그녀의 팔다리를 만졌고, 얼음 감옥 안에서 아직도 몸부림치고 있는 영혼을 느꼈다. 그때만큼 그녀를 사랑한 적은 없었다. 이제는 자신의 운명과 직접 마주해야 할 시간이었다. 그는 운명이 관대하게 나오기를 바랐다. 그럴 리 없다고 생각하면서도,

전화벨 소리가 그녀를 깨웠다. 분별 있는 사람이라면 이 시간에 전화할 리가 없는데.

"에리카 팔큽니다."

"언니, 나 안나야."

안나의 목소리는 조심스러웠다. 이유가 있겠군. 에리카는 생각했다.

"그래."

에리카는 안나를 쉽게 용서할 생각이 없었다.

"어떻게 지내?"

안나는 지뢰밭을 가만가만 걷고 있었다.

"잘 지내. 고마워. 넌 어때?"

"고마워. 잘 지내고 있어. 책은 잘돼 가?"

"잘됐다가 안 됐다가 그래. 하지만 적어도 진도는 나가고 있어. 애들은 잘 있고?"

에리카는 미끼를 던지기로 마음먹었다.

"엠마는 지독한 감기에 걸렸지만, 아드리안은 점점 덜 우는 것 같아. 그래서 이제 밤에 한 시간은 잘 수 있게 됐어."

안나는 웃었지만 에리카는 동생의 목소리에 묻어나는 씁쓸함을 느꼈다.

잠시 침묵이 흘렀다.

"있지, 우리 집 얘기를 해야 하잖아."

"그래, 나도 그렇게 생각해."

이제 에리카가 씁쓸함을 느낄 차례였다.

"우린 집을 팔아야 해, 언니. 언니가 집을 사들일 수 없으면 팔아야 할 거야."

에리카가 대답하지 않자, 안나가 안달이 나서 웅얼거렸다.

"루카스가 부동산 중개인이랑 얘기했는데, 집 가격은 300만 크로나가 적당하겠대. 300만이야, 언니. 상상이 가? 언니 몫인 150만이면 돈 걱정 없이 조용하고 평화롭게 글을 쓸 수 있어. 작가로 먹고사는 게 쉽지 않잖아. 책 한 권 낼 때마다 얼마나 찍어? 2,000부? 3,000부? 책 한 권 써서 돈 별로 많이 못 벌지 않아? 이건 언니한테도 아주 좋은 기회야. 언닌 항상 소설을 쓰고 싶다고 했잖아. 이 돈이 있으면 시간을 낼 수 있어. 부동산 중개인이 그러는데, 적어도 4월이나 5월 성수기까지는 집을 내놓지 말고 기다려야 한대. 그러나 일단 집을 내놓으면 2주 안에 팔릴 거래. 집을 팔아야 한다는 거 언니도 이해하지?"

안나의 목소리는 애원하는 듯했지만, 에리카는 동조하고 싶은 기분이 아니었다. 어제 알아낸 사실 때문에 밤늦게까지 잠도 제대로 못 자고 걱정했기 때문이다. 그녀는 배신감을 느꼈고 심술이 났다.

"아니. 이해 못해, 안나. 이건 우리 부모님 집이야. 우린 여기서 자랐어. 엄마 아빠는 신혼 때 이 집을 샀고. 엄마 아빠 이 집을 사랑했어. 그리고 나도 마찬가지야, 안나. 넌 이러면 안 돼."

"하지만 돈이……."

"돈 같은 건 상관 안 해! 난 지금까지 잘 지냈고, 앞으로도 그럴 거야."

화가 머리 끝까지 난 에리카의 목소리가 떨렸다.

"집을 팔고 싶어 하는 사람이 너라면, 아주, 아주 유감스럽겠지만 네 의견을 받아들일 거야. 문제는 내가 듣고 있는 게 다른 사람의 의견이라는 거지. 집을 팔고 싶어 하는 사람은 네가 아니라 루카스야. 넌 네가 뭘 원하는지 알기는 해?"

에리카는 안나의 대답을 기다릴 생각도 하지 않았다.

"난 루카스 맥스웰이 내 인생을 좌지우지하게 내버려 두지 않을 거야. 네 남편은 완전 빌어먹을 개새끼라고! 그리고 넌 여기로 와서 엄마 아빠의 물건 정리하는 일을 도와야 해, 젠장. 몇 주 동안 나 혼자서 정리하려고 했는데, 아직 반밖에 못했다고. 왜 나 혼자서 이래야 해? 네가 그 집에 묶여서 부모님의 집을 정리하는 일조차 도울 수 없다면 남은 평생 그렇게 살고 싶은지 진지하게 생각해 봐야 할걸."

에리카는 수화기를 쾅 소리가 나게 내려놓았다. 그 힘에 수화기가 테이블에서 날아가 버릴 뻔했다. 그녀는 너무 화가 나서 몸을 떨었다.

안나는 스톡홀름에서 손에 전화기를 쥔 채 바닥에 앉아 있었다. 루카스는 직장에 있었고 아이들은 잠들어서 혼자만의 시간이 났기에 언니에게 전화할 수 있었다. 며칠 동안 통화를 미뤘지만, 루카스가 언니에게 전화해서 집 이야기를 하라고 채근하는 바람에 결국 굴복했다.

사방팔방 천 갈래 만 갈래로 찢겨져 나가는 느낌이었다. 그녀는 언니를 사랑했고 피엘바카의 집도 사랑했다. 언니가 이해하지 못하는 것은 자신이 가족을 우선시해야 한다는 점이었다. 안나는 아이들을 위해서라면 어떤 일이나 희생도 감수할 준비가 되어 있었고, 언니와의 관계를 희생해서 루카스를 행복하게 할 수 있다면 그렇게 할 셈이었다. 엠마와 아드리안은 그녀가 아침에 일어나고 이 세상에 계속 살아가는 유일한 이유였다. 루카스를 행복하게 할 수만 있다면 모든 것이 잘 되리라. 그녀는 그 점을 알았다. 그가 자신에게 그처럼 모질게 굴 수밖에 없는 이유는 자신이 너무 까다로운 데다 그가 원하는 일을 하지 않기 때문이었다. 이 선물을 그에게 준다면, 그를 위해 부모님의 집을 희생한다면, 루카스도 내가 그와 우리 가족을 위해 모든 것을 바칠 준비가 되어 있다는 사실을 깨닫게 되리라. 그러면 모든 것이 다시 좋아질 것이다.

그러나 그녀의 내면 깊숙한 곳에서 들려오는 목소리는 전혀 다른 말을 하고 있었다. 안나는 고개를 숙이고 울었다. 그리고 눈물로 내면의 희미한 목소리를 떠내려 보냈다. 그녀는 바닥에 전화를 놔둔 채 자리를 떴다.

＊

에리카는 짜증이 나서 침대보를 걷어차고 침대 가장자리에서 다리를 흔들었다. 안나에게 심한 소리를 한 것이 후회됐지만, 그녀는 이미 기분이 나쁜 상태였고 수면 부족 때문에 완전히 이성을 잃었다. 어떻게든 상황을 수습해 보려고 안나에게 다시 전화를 걸었지만 통화중 신호음만 들려왔다.

"젠장!"

그녀는 공연히 화장대 앞의 의자를 걷어찼다가, 기분이 나아지기는커녕 발가락을 세게 부딪치는 바람에 아픈 발가락을 붙잡고 한 발로 껑충껑충 뛰면서 울부짖어야 했다. 아이를 낳을 때도 이렇게 아프지는 않을 것 같았다. 마침내 통증이 사라지자 그녀는 그럴 필요가 없는데도 체중계 위에 올라섰다.

에리카는 그러지 말아야 한다는 것을 알았지만 내면의 마조히스트 때문에 어쩔 수 없이 확인해야 했다. 그녀는 잘 때 입는 티셔츠를 벗었다. 티셔츠를 입고 재면 항상 몇 그램 정도가 더 나갔기 때문이다. 그녀는 심지어 팬티도 무게가 나가는지 궁금했다. 아니겠지. 에리카는 오른발을 먼저 올려놓았지만 아직 바닥을 딛고 있는 왼발에 체중을 어느 정도 싣고 있었다. 그녀는 점차 오른발에 체중을 실었고, 체중계 바늘이 60킬로그램에 도달했을 때 그대로 멈춰 있길 바랐다. 그러나 아니었다. 마침내 모든 체중을 싣자, 체중계 바늘은 무자비하게도 73킬로그램을 가리켰다. 그렇군. 그녀가 걱정한 대로, 예상 몸무게보다 1킬로그램이 더 나갔다. 1킬로그램 정도는 더 나갈 것이라고 예상했지만, 지난번, 그러니까 알렉스를 발견한 날 아침에 몸무게를 쟀을 때보다 무려 2킬로그램이나 더 찐 셈이었다.

그날 이후로 그녀는 체중을 잴 필요가 전혀 없다고 느꼈다. 허리띠가 꽉 죄는 것을 보고 살이 쪘다는 사실을 알아차렸기 때문이 아니라, 눈으로 체중계 눈금을 확인하기 전까지는 부정하는 것이 속 편했기 때문이다. 옷장에 습기가 찼다거나 세탁기의 뜨거운 물 때문에 옷이 줄어들었다는 변명은 이전에 수없이 써먹었다. 이제는 가망이 없어 보였고, 파트리크와의 저녁식사를 취소하고 싶은 마음이 굴뚝같았다. 그녀는 그에게 비대하고 뚱뚱한 여자가 아닌 섹시하고 예쁘고 날씬한 여자로 보이고 싶었다. 그녀는 침울하게 자신의 배를 보면서 최대한 집어넣으려고 애썼다. 그러나 소용없었다. 그녀는 전신 거울로 옆모습을 비춰 보면서 방금 전과는 달리 최대한 배를 부풀리려고 애썼다. 그랬다. 그녀는 지금 자신이 그처럼 배가 빵빵하게 부풀어 오른 모습이라고 느꼈다.

에리카는 한숨을 쉬며, 허리가 고무줄로 처리되어 있는 헐렁한 조깅바지와 간밤에 입고 잔 티셔츠를 그대로 입었다. 그녀는 월요일부터 다시 다이어트를 하겠다고 다짐했다. 지금 시작해 봐야 소용이 없었다. 오늘밤에 이미 세 코스짜리 저녁식사를 준비하려고 계획했던 데다, 요리로 남자를 매혹하려면 크림과 버터를 빼놓을 수 없었기 때문이다. 게다가 월요일은 새로운 삶을 시작하기에 안성맞춤인 날이었다. 그녀는 월요일부터 운동을 시작하고 웨이트 와처스 다이어트 프로그램을 따르겠다고 만 번째로 엄숙하게 다짐했다. 그러나 오늘은 아니었다.

더 큰 문제는 어제 이후 앓아누울 정도로 걱정하는 이유였다. 에리카는 무엇을 해야 할지 곰곰이 생각하면서 온갖 방법을 떠올려 보았지만, 아무 해결책도 찾지 못했다. 그녀는 갑자기 진심으로 알고 싶지 않았던 뭔가를 깨닫게 되었다.

커피포트에서 향긋한 커피 냄새가 풍기기 시작하자, 삶이 약간 밝아진 듯했다. 저 사소해 보이는 뜨거운 음료의 힘이란. 에리카는 부엌 조리대 옆에 서서 컵에 커피를 따르고 아무것도 넣지 않은 채로 무척 기분 좋게 마셨다. 그녀는 아침을 많이 먹지 않았는데, 오늘 저녁식사에 대비해서 몇 칼로리 정도라도 아끼기 위해서였다.

초인종이 울렸을 때 에리카는 너무 놀라서 티셔츠에 커피를 조금 쏟았다. 그녀는 욕설을 내뱉으면서, 도대체 누가 이렇게 이른 아침에 왔나 했다. 부엌 시계를 흘긋 보니 8시 30분이었다. 그녀는 컵을 내려놓고 문을 열었다. 현관에 서 있는 사람은 율리아 칼그렌이었다. 그녀는 몸을 따뜻하게 한답시고 팔을 찰싹찰싹 때리고 있었다.

"안녕."

에리카가 호기심 어린 목소리로 인사했다.

"안녕하세요."

율리아는 달랑 한 마디만 하고 입을 다물었다. 에리카는 화요일 아침 일찍 알렉스의 어린 여동생이 여기에 와서 뭘 하고 있는 건지 궁금했지만, 어릴 때 배운 대로 예의를 차려서 율리아에게 들어오라고 했다.

율리아는 쿵쾅거리며 기운차게 안으로 들어와서 코트와 스카프를 걸고, 에리카보다 앞서서 거실로 들어갔다.

"저 향기로운 커피 좀 한잔 마실 수 있을까요?"

"아, 물론이지, 한잔 갖다 줄게."

율리아가 보이지 않는 부엌에서 에리카는 커피를 따르며 눈을 굴렸다. 저 애는 뭔가 이상해.

에리카는 율리아에게 컵을 건네면서 베란다의 고리버들 소파에 앉으라고 했다. 그들은 조용히 커피를 마셨다. 에리카는 잠자코 기다리기로 마음먹었다. 이 애가 먼저 말을 꺼내고 자기가 왜 여기 왔는지 설명해야 할 테니까. 율리아가 부자연스러운 침묵을 깬 것은 몇 분이 지난 뒤였다.

"지금 여기 사시는 거예요?"

"아니야. 사실 난 스톡홀름에 사는데 집 문제를 정리하려고 여기 있는 거야."

"네, 들었어요. 유감이에요."

"고마워. 나도 조의를 표할게."

율리아는 엉뚱하고 놀랍게도 약간 웃었다. 넬뤼 로렌트 집의 쓰레기통에서 발견한 서류를 떠올린 에리카는 퍼즐 조각들이 서로 어떻게 맞아떨어지는지 궁금했다.

"제가 왜 여기 왔는지 궁금하실 거예요."

율리아가 묘하게 침착한 눈으로 에리카를 바라보았다. 그녀는 눈을 거의 깜박이지 않았다.

에리카는 율리아가 자기 언니와 정반대라는 사실에 다시 한 번 충격을 받았다. 율리아의 피부는 여드름 흉터로 파여 있었고, 머리카락은 손톱가위로 혼자서 자른 듯했다. 거울을 보지 않고. 율리아는 왠지 아파 보였다. 병자 같은 창백함이 탁한 회색 필름처럼 피부에 내려앉아 있었기 때문이다. 옷 입는 취향도 알렉스와 정반대인 것 같았다. 율리아의 옷은 은퇴한 노파들이 가는 가게에서 산 것처럼 보였고, 간신히 가장행렬 복장으로 보이지 않을 정도로 요즘 스타일과 동떨어져 있었다.

"언니 사진 갖고 계세요?"

"뭐라고?" 에리카는 단도직입적인 질문에 깜짝 놀랐다.

"사진? 응, 있을 거야. 꽤 많을걸. 아빠가 사진 찍는 걸 좋아하셔서 우리가 어릴 때 많이 찍어 두셨거든. 알렉스는 우리 집에 무척 자주 와서 사진에 많이 찍혔을 거야."

"볼 수 있어요?"

율리아는 에리카가 바로 사진을 가져오지 않은 것을 훈계라도 하듯, 그녀를 나무라는 눈빛으로 바라보았다. 에리카는 잠시나마 율리아의 날카로운 응시에서 벗어날 수 있다는 사실에 감사하며 앨범을 가지러 갔다.

앨범은 위층 다락방의 수납상자 안에 있었다. 아직 다락까지 정리하지는 못했지만 수납상자가 어디에 있는지는 정확히 알았다. 모든 가족사진이 상자 안에 들어 있었다. 에리카는 앉아서 사진을 살펴볼 생각에 전율했다. 대부분의 사진은 분류되지 않은 채 쌓여 있었지만, 그녀가 찾는 사진들은 조심스럽게 앨범에 끼워져 있었다. 에리카는 맨 위의 앨범부터 차례대로 페이지를 넘겼고, 세 번째 앨범에서 자신이 찾던 사진들을 발견했다. 네 번째 앨범에도 알렉스의 사진이 끼워져 있어서, 그녀는 두 앨범을 꼭 잡고 조심해서 다락방 계단을 내려왔다.

율리아는 아까와 똑같은 자세로 앉아 있었다. 에리카는 자신이 앨범을 찾으러 간 사이에 율리아가 아예 움직이지 않은 건 아닌지 궁금했다.

"여기 네 흥미를 끌 만한 게 있을 거야."

에리카는 숨이 찼다. 두꺼운 사진 앨범들을 커피 테이블 위에 너무 세게 떨어뜨리는 바람에 먼지가 날렸다.

율리아는 기대에 차서 첫 번째 앨범을 펼쳐 보았고, 에리카는 옆에 앉아서 사진을 설명해 주었다.

"이건 언제 찍은 거예요?"

율리아는 두 번째 페이지에서 처음으로 찾은 알렉스의 사진을 가리키고 있었다.

"어디 보자. 이건 아마…… 1974년에 찍었을 거야. 응, 맞는 것 같아. 그때 우린 아홉 살이었지."

에리카는 손가락으로 사진을 훑으면서 깊은 애수에 잠겼다. 정말 오래전의 사진이었다. 그녀와 알렉스는 따뜻한 여름날 정원에서 벌거벗은 채서 있었다. 그녀의 기억이 맞다면, 그들은 정원 호스에서 뿜어져 나오는 물줄기를 맞으며 이리저리 뛰어다니느라 벌거벗은 것이었다. 사진에서 약간 이상해 보이는 점은 알렉스가 겨울용 벙어리장갑을 끼고 있다는 사실이었다.

"언니는 왜 벙어리장갑을 꼈어요? 7월쯤인 것 같은데."

율리아가 놀란 얼굴로 에리카를 돌아보았다. 에리카는 당시를 기억하며 웃었다.

"네 언니는 그 장갑을 너무 좋아해서 겨울뿐만 아니라 여름에도 그걸 끼고 있겠다고 고집을 부렸어. 알렉스는 노새처럼 고집불통이어서, 아무도 그놈의 지겨운 벙어리장갑 좀 벗으라고 설득할 수 없었지."

"언니는 자기가 뭘 원하는지 알았어요, 그렇죠?"

율리아는 거의 다정하다고 할 수 있는 표정으로 앨범 속 사진을 보았다. 그러나 다음 순간 그 표정은 사라졌고, 그녀는 조바심을 내며 다음 페이지로 넘어갔다.

사진들은 에리카에게 또 다른 생애의 유물 같았다. 사진을 찍은 것은 아주 오래전의 일이었고, 그 뒤로 정말 많은 일들이 일어났다. 때로는 알렉스와 함께했던 어린 시절이 꿈처럼 느껴지기도 했다.

"우린 친구라기보다는 자매 같았어. 깨어 있는 동안 늘 함께 있었고, 서로의 집에서 잘 때도 많았지. 우린 매일 저녁 메뉴가 적힌 쪽지를 비교해보고 마음에 드는 집으로 갔어."

"다시 말하면, 언니네 집에서 자주 저녁을 먹었다는 거네요."

율리아의 입술에 처음으로 미소가 슬며시 번졌다.

"응. 뭐니 뭐니 해도 너희 어머닌 요리로 먹고사실 수는 없었을걸."

한 사진이 에리카의 눈에 띄었다. 그녀는 그 사진을 조심스럽게 만져보았다. 정말 사랑스러운 사진이었다. 알렉스가 아버지의 보트 뒤쪽에 앉아서 깔깔 웃고 있었다. 금발이 바람에 날려서 얼굴을 휘감고 있었고, 알렉스 뒤로 피엘바카의 전경이 펼쳐져 있었다. 햇살 좋은 날에 바위섬으로 수영하러 가는 길이었음이 분명했다. 그때는 그런 날이 많았다. 엄마는 늘 그랬듯 함께 가지 않았다. 엄마는 항상 챙겨야 할 사소한 문제가 많다고 하면서 집에 있겠다고 했다. 언제나 그런 식이었다. 엄마 엘쉬와 함께 간 소풍 횟수는 다섯 손가락 안에 꼽혔다. 에리카는 같은 보트 여행에서 찍은 안나의 사진을 보고 낄낄거렸다. 안나는 평소처럼 원숭이 흉내를 내고 있었다. 이 사진에서는 대담하게도 난간 바깥에 매달려서 얼굴을 찌푸린 채 카메라를 보고 있었다.

"언니 동생이에요?"

"응, 내 동생 안나야."

에리카는 무뚝뚝한 목소리로 대답하면서 동생 이야기를 더 하고 싶지 않다고 내비쳤다. 에리카의 메시지를 알아차린 율리아는 계속해서 짧고 통통한 손가락으로 앨범을 넘겼다. 율리아의 손톱은 물어뜯겨서 속살이다 보였다. 어떤 손가락의 손톱은 너무 심하게 물어뜯겨서 가장자리에 상처가 나 있었다. 에리카는 율리아의 상처 난 손가락에서 억지로 시선을 돌려 그녀가 페이지를 넘기면서 보는 사진들로 향했다.

두 번째 앨범의 끝으로 가자 갑자기 사진에서 알렉스의 모습이 보이지 않았다. 뚜렷한 차이가 아닐 수 없었다. 전에는 페이지마다 알렉스가 있었는데, 이제는 알렉스가 찍힌 사진이 없었다. 율리아는 앨범을 조심스럽게 커피 테이블 위에 쌓아 놓고 커피 컵을 손에 든 채 소파 구석에 등을 기댔다.

"커피 새로 한잔할래? 지금쯤 다 식었을 텐데."

율리아는 자신의 컵을 보고 에리카가 옳다는 사실을 알았다.

"네, 더 있으면 마실게요. 고맙습니다."

그녀는 에리카에게 컵을 건넸다. 에리카는 다리를 조금 펼 수 있게 되어 기뻤다. 고리버들 소파는 보기에는 멋지지만, 잠깐만 앉아 있어도 등과 엉덩이가 아팠다. 율리아도 에리카와 생각이 같은지, 일어나서 에리카를 따라 부엌으로 들어왔다.

"훌륭한 장례식이었어. 많은 친구들이 너희 집에서 열린 장례식 연회에도 참석했고."

에리카는 율리아에게 등을 보인 채 서서 컵에 커피를 새로 따랐다. 율리아는 애매하게 뭐라고 중얼거리기만 했다. 에리카는 조금 캐물어 보기로 했다.

"넬뤼 로렌트 아주머니랑 꽤 잘 아는 사이 같더라. 둘이 어떻게 알게 된거야?"

에리카는 숨을 죽였다. 넬뤼의 집 쓰레기통에서 찾은 서류 때문에 율리아의 대답이 무척 궁금했다.

"아빠가 아줌마네 공장에서 일했어요."

율리아가 마지못해 대답했다. 그녀는 스스로 의식하지도 못한 상태에서 한 손가락을 입에 넣고 미친 듯이 깨물기 시작했다.

"그래, 하지만 그건 네가 태어나기 훨씬 전의 일이었을 텐데."

에리카가 말했다. 그녀는 여전히 정보를 얻어내려고 했다.

"어릴 때 통조림 공장에서 여름 아르바이트를 했어요."

율리아는 이를 뽑는 것처럼 대답했고, 대답하는 동안에만 손톱 물어뜯기를 멈췄다.

"서로 마음이 잘 맞는 것 같던데."

"음, 넬뤼 아줌마가 제게서 다른 사람들이 보지 못하는 뭔가를 보시는 것 같아요."

율리아의 미소는 쏠쓸하고 내성적이었다. 에리카는 갑자기 율리아가 무척 안쓰러웠다. 미운 오리 새끼로 사는 것은 분명 힘들었을 것이다. 그녀는 아무 말도 하지 않았고, 몇 분 동안 침묵이 흐르자 율리아가 할 수 없이 말을 이었다.

"우린 여름마다 여기에 왔어요. 제가 10학년이었던 여름에 넬뤼 아줌마가 아빠에게 전화해서 저더러 사무실에서 일하면서 돈을 조금 벌어 보지 않겠느냐고 물었죠. 전 거절할 수가 없어서 그 뒤로 여름마다 거기서 일했어요. 교육대학에 들어갈 때까지요."

에리카는 율리아의 대답에 많은 이야기가 빠져 있다는 점을 깨달았다. 그러나 율리아는 그렇게 대답해야 했을 터였다. 또 에리카는 율리아에게 넬뤼와의 관계를 더 캐묻지 못하리라는 점도 깨달았다. 그들은 다시 베란다 소파에 앉아서 말없이 커피를 몇 모금 마셨다. 두 사람 다 바깥의 수평선 쪽으로 뻗어 나간 얼음 너머를 멍하니 응시했다.

"엄마 아빠와 언니가 이사 갔을 때 힘들었겠어요."

먼저 입을 연 사람은 율리아였다.

"그렇기도 했고 그렇지 않기도 했어. 그즈음엔 같이 놀지 않았거든. 물론 슬픈 일이었지만 이별이 그렇게 극적이지는 않았어. 그때까지 우리가 서로 가장 친한 친구였다면 얘기가 달라졌겠지만."

"무슨 일이 있었는데요? 왜 같이 놀지 않게 된 거예요?"

"그걸 알 수만 있다면 얼마나 좋겠니."

에리카는 옛 기억의 아픔이 아직도 극심할 수 있다는 사실에 깜짝 놀랐다. 알렉스를 잃어버렸다는 느낌이 여전히 생생하게 느껴졌다. 그 뒤로 세월이 많이 흘렀는데, 어린 시절의 가장 친한 친구가 인사도 없이 떠나는 것은 예외라기보다는 규칙인지도 몰랐다. 자연스러운 결말도 없었고, 무엇보다 아무런 설명도 없었기 때문이다. 서로 말다툼을 한 것도 아니었고 알렉스가 새로운 친구를 찾은 것도 아니었다. 그들의 우정은 평범한 이유로 끝나지 않았다. 알렉스는 무관심의 벽 뒤로 물러나서 한 마디도 하지 않고 사라져 버렸다.

"무슨 일로 싸우기라도 했어요?"

"아니, 내가 알기론 아니야. 알렉스는 그냥 흥미를 잃었어. 갑자기 전화도 하지 않고 같이 할 일을 생각해 보자고 하지도 않았지. 내가 뭔가 하자고 하면 싫다고 했고. 난 알렉스가 완전히 무관심하다는 걸 알 수 있었어. 그래서 마침내 알렉스에게 뭘 하자고 말하지 않게 됐지."

"언니한테 새 친구가 생긴 거였어요?"

에리카는 율리아가 왜 이렇게 알렉스와 자신의 일을 캐묻는지 궁금했지만 옛 기억을 되살리는 것이 싫지는 않았다. 책에 쓸 수 있을지도 모르고.

"난 알렉스가 다른 친구와 함께 있는 걸 보지 못했어. 학교에서도 늘 혼자 있었고. 하지만……."

"뭔데요?"

율리아가 기대에 차서 몸을 앞으로 숙였다.

"난 누군가가 있다는 느낌이 들었어. 하지만 내가 틀렸을 수도 있지. 그냥 느낌이었을 뿐이니까."

율리아는 생각에 잠겨 고개를 끄덕였다. 에리카는 율리아가 이미 알고 있는 뭔가를 단순히 확인했다는 느낌이 들었다.

"이런 질문해서 미안한데, 왜 알렉스와 나의 어린 시절 얘기를 그렇게 알고 싶어 해?"

율리아는 에리카의 눈을 피했다. 그녀는 애매하게 대답했다.

"언니는 나보다 나이가 훨씬 많았고 내가 태어났을 때 이미 스웨덴을 떠나 있었어요. 게다가 우린 정말 달랐고요. 전 제가 언니를 제대로 알지 못했다고 생각해요. 그런데 이젠 너무 늦었죠. 집에서 언니 사진을 찾아봤는데, 거의 없더라고요. 그래서 언니 생각을 했어요."

에리카는 율리아의 대답이 거짓말이라고 할 수 있을 정도로 진실하지 않다고 느꼈지만 마지못해 받아들였다.

"음, 저 이제 가 봐야겠어요. 커피 잘 마셨어요."

율리아는 벌떡 일어나더니 부엌에 가서 커피 잔을 싱크대에 넣었다. 갑자기 서둘러 떠나려는 듯했다. 에리카는 율리아를 문까지 바래다주었다.

"사진 보여 주셔서 고맙습니다. 도움이 많이 됐어요."

율리아는 그 말을 끝으로 가 버렸다.

에리카는 문간에 서서 율리아가 걸어가는 모습을 오랫동안 지켜보았다. 살을 에는 추위를 막아 보려고 두 팔을 몸에 꼭 붙인 채 바삐 거리를 걸어가는 볼품없는 회색 형체를. 에리카는 천천히 문을 닫고 따뜻한 집 안으로 들어갔다.

❄

파트리크가 그렇게 안절부절못한 것은 실로 오랜만이었다. 명치에 느껴지는 감각은 멋진 동시에 두렵기도 했다.

그가 계속 다른 옷을 입어 보는 동안 침대 위의 옷 더미는 점점 쌓여 갔다. 입어 본 옷은 하나도 마음에 들지 않았다. 너무 구식이거나, 너무 너저분하거나, 너무 화려하거나, 너무 답답해 보이거나, 단순히 너무 꼴사납게 느껴졌다. 게다가 대부분의 바지는 허리가 불편할 정도로 꽉 꼈다. 그는 한숨을 쉬며 또 한 벌의 바지를 옷 더미 위로 던지고 팬티 차림으로 침대 가장자리에 앉았다. 갑자기 오늘 저녁에 대한 기대감이 사라지고 오래된 불안감이 엄습했다. 전화해서 약속을 취소하는 것이 나을지도 몰랐다.

파트리크는 침대에 바로 누워서 머리 뒤로 손을 깍지 낀 채 천장을 올려다보았다. 그는 카린과 함께 쓰던 2인용 침대를 아직도 버리지 않고 있었고, 이제 감상에 빠져서 손으로 그녀의 자리를 쓰다듬었다. 그는 최근에야 자는 동안 카린의 자리 쪽으로 돌아눕기 시작했다. 사실 그녀가 떠나자마자 새 침대를 샀어야 했는데 차마 현실을 마주할 수가 없었다.

카린이 떠났을 때 느낀 그 모든 슬픔에도, 그는 가끔씩 자신이 그리워하는 것이 정말로 카린인지, 아니면 제도로서의 결혼에 품었던 환상인지 알 수가 없었다. 아버지는 그가 열 살이었을 때 다른 여자 때문에 어머니를 떠났다. 부모님의 이혼은 몹시 가슴 아팠고, 그와 여동생 로타는 중요한 무기로 이용당했다. 그는 절대로 바람을 피우지 않고, 무엇보다도 절대로 이혼하지 않으리라고 다짐했다. 자신이 결혼한다면 평생 해로하리라고. 그래서 5년 전 타눔스헤데 교회에서 카린과 결혼했을 때, 그는 그들이 백년해로하리라는 점을 한순간도 의심하지 않았다. 그러나 삶이란 생각대로 흘러가는 경우가 거의 없는 법이다. 카린과 레이프는 그에게 덜미를 잡힐 때까지 1년도 넘게 그의 등 뒤에서 몰래 만나고 있었다. 우라지게도 전형적이었다.

파트리크가 몸이 좋지 않아서 일찍 퇴근한 날, 두 사람은 침실에 있었다. 그가 지금 누워 있는 침대에. 그의 내면에는 마조히즘 성향이 있는지도 몰랐다. 그렇지 않으면 이 침대를 오래전에 없애 버리지 않은 이유를 어떻게 설명할 수 있겠는가? 이제 모두 과거의 일이 되어 버리긴 했지만. 이제 이유 따위는 중요하지 않았다.

그는 침대에서 몸을 일으켰지만 아직도 오늘밤 에리카의 집에 가고 싶은지 아닌지 확신할 수 없었다. 가고 싶기도 했고 가고 싶지 않기도 했다. 자기 비하의 공격 한 방에 하루 종일, 아니 일주일 내내 느꼈던 기대감이 날아가 버렸다. 그러나 거절하기엔 너무 늦어 버려서, 선택의 여지가 많지 않았다.

마침내 허리가 잘 맞는 치노 바지를 찾아내 산뜻하게 다림질된 파란색

셔츠와 함께 입자, 갑자기 기분이 조금 나아졌다. 그는 다시금 저녁식사를 기대하게 되었다. 머리카락에 젤을 발라 적당히 헝클고, 거울 속의 자신에게 행운을 빌면서 손을 흔들었다. 갈 준비가 되었다.

아직 7시 30분이었지만 바깥은 칠흑처럼 어두웠고, 가볍게 날리는 눈 때문에 피엘바카로 운전해서 가는 내내 앞이 잘 보이지 않았다. 파트리크는 시간을 잘 맞춰 떠나서 서두를 필요가 없었다. 그는 최근에 있었던 일들 때문에 에리카 생각을 잠시 제쳐 두었다. 멜베리는 증인—안데르스의 이웃인 옌뉘—의 말을 확증한 것이나 다름없는 파트리크에게 불쾌감을 표시했다. 안데르스에게는 정말로 범행 시간대에 알리바이가 있는 듯했다. 파트리크는 이 점에 멜베리처럼 화를 내지는 않았지만, 절망적인 기분을 느꼈다는 사실은 부정할 수 없었다. 알렉스의 시신을 발견한 뒤로 2주가 지났지만, 그들은 사건 해결에 아무런 진전도 보이지 못하고 있었다.

지금은 완전히 낙담하지 않는 것이 중요했다. 그들은 팀을 재편성해서 처음부터 다시 시작해야 했다. 모든 단서와 모든 증언을 새로운 눈으로 다시 살펴보아야 했다. 파트리크는 머릿속으로 내일 해야 할 일의 목록을 만들었다. 최우선과제는 알렉스가 임신한 아이의 아빠가 누군지 찾는 일이었다. 분명히 피엘바카에서 누군가는 알렉스가 주말마다 만나는 사람을 봤거나 그에 관한 이야기를 들었을 터였다. 허나 그렇다고 해서 헨리크가 아이 아빠일 가능성을 배제하지는 않았고, 안데르스도 가능성 있는 후보로 염두에 두었다. 물론 알렉스가 아이 아빠 후보로 안데르스를 고려했으리라고 생각하지는 않았지만. 그는 프랑신이 에리카에게 했던 이야기가 진실에 훨씬 가깝다고 생각했다. 알렉스의 인생에는 매우, 매우 중요한 사람이 있었다. 기꺼이 그의 아이를 임신했을 정도로—남편의 아이는 임신할 수 없었거나 임신하지 않으려 했으니까—중요한 사람이.

파트리크는 알렉스와 안데르스의 성적인 관계도 좀 더 알아보고 싶었다. 예테보리의 상류층 여자와 무일푼 술주정뱅이의 공통점은 무엇이었을까? 두 사람의 인생이 어떻게 교차되었는지 알아내면 많은 답을 찾아낼 수 있으리라는 생각이 들었다. 또 한 가지 문제는 닐스 로렌트의 실종을 다룬 기사였다. 알렉스는 당시 어린아이였다. 그녀는 왜 25년 전의 신문기사를 서랍장에 숨긴 채 보관하고 있었을까? 서로 얽힌 실들이 너무 많았다. 그는 마치 서로 아무 연관 없는 점들의 집합체로 보이는 그림을 응시하고 있는 듯했다. 그런 그림은 올바른 방식으로 눈의 힘을 빼고 보면 갑자기 형태를 분명히 드러낸다. 유일한 문제는 그가 점들의 집합체를 무늬로 볼 수 있는 완벽한 위치를 찾지 못했다는 사실이었다. 파트리크는 때때로 마음이 약해질 때면, 자신이 그 위치를 찾을 수 있을 만큼 능력 있는 경찰인지 의심하기도 했다. 살인범은 그의 능력 부족으로 빠져나갈지도 몰랐다.

사슴 한 마리가 차 앞으로 뛰어들자, 파트리크는 우울한 생각에서 갑자기 확 벗어났다. 그는 브레이크를 밟았고 간발의 차이로 사슴의 궁둥이를 치지 않을 수 있었다. 차가 눈 쌓인 도로 위에서 영원처럼 느껴진 몇 초 동안 멈추지 않고 미끄러졌다. 무시무시한 순간이었다. 마침내 차가 멈추자 파트리크는 여전히 운전대를 꽉 쥐고 있는 손에 머리를 기댄 채, 심장 박동이 정상으로 돌아올 때까지 기다렸다. 그는 몇 분 동안 그렇게 앉아 있다가 다시 차를 출발시켜 피엘바카로 향했다. 그는 2~3킬로미터 정도 기어가는 속도로 가다가 대담하게 속도를 올렸다.

에리카의 집으로 향하는 셀비크의 모래 언덕을 올라갈 때는 이미 5분

늦은 상황이었다. 그는 차도에 서 있는 그녀의 차 뒤에 주차하고 선물로 가져온 와인 병을 손에 쥐었다. 심호흡을 한 번 하고 백미러로 헤어스타일을 마지막으로 점검한 그는 준비를 마쳤다.

꽃무늬

에리카의 침대에 쌓인 옷가지들은 파트리크의 그것만큼이나 많았다. 아니, 어쩌면 더 많은지도 몰랐다. 옷장은 휑하게 비었고, 옷걸이들은 봉 위에서 덜렁거렸다. 에리카는 한숨을 깊이 내쉬었다. 제대로 맞는 옷이 하나도 없었다. 지난주에 슬그머니 불어난 살 때문에 바라는 옷 태가 나오지 않았다. 그녀는 아침에 체중을 잰 자신을 아직도 욕하면서 몹시 후회하고 있었다. 에리카는 전신 거울에 비친 모습을 냉정하게 살펴보았다.

샤워한 뒤에 떠오른 첫 딜레마는 가장 좋아하는 소설 속 여주인공 브리짓 존스처럼 어떤 팬티를 입을지 결정해야 한다는 것이었다. 혹시 파트리크와 침대에 가게 될 때를 대비해서 레이스 장식이 달린 예쁜 T팬티를 입어야 할까? 아니면 뱃살과 엉덩이 살을 잡아 줄 큼지막하고 끔찍하게 볼품 없는 팬티를 입어서 그와 침대에 갈 확률을 높여야 할까? 어려운 선택이었지만, 에리카는 곰곰이 생각한 끝에 불룩한 뱃살을 감안하여 후자를 택했다. 그녀는 팬티 위에 배를 납작하게 보정해 주는 팬티스타킹을 신었다. 다시 말하면 중무장을 한 셈이었다.

에리카는 시계를 흘긋 보고 이제 결정해야 할 시간이라는 것을 깨달았다. 그녀는 침대 위에 쌓인 옷가지들을 한번 더 보고 나서 맨 밑에 깔린, 맨 처음에 입었던 옷을 꺼냈다. 검은색은 날씬해 보이는 효과가 있었고, 재클린 케네디 스타일의 고전적인 무릎길이 원피스는 그녀를 실제보다 더 나아 보이게 했다. 그녀는 진주 귀고리를 하고 손목시계를 찬 다음, 머리카락을 어깨 위로 느슨하게 늘어뜨렸다. 그리고 다시 한 번 거울로 옆모습을 보며 시험 삼아 배를 집어넣어 보았다. 좋아. 기능성 팬티와 스타킹의 도움을 받고 조심해서 숨 쉬니 아주 훌륭했다. 살찐 게 그렇게 나쁘지는 않군. 그녀는 인정해야 했다. 뱃살이 찌지 않았더라면 더 좋았겠지만, 가슴은 살이 붙은 덕분에 깊이 파인 옷깃 사이로 가슴골이 눈에 띄게 드러났다. 물론 패드가 있는 푸시업 브라의 도움을 받기는 했지만, 요즘에는 다들 보정속옷의 도움을 받으니 상관없었다. 게다가 에리카가 하고 있는 브라는 최신 기술이 적용되어 컵에 든 젤 덕분에 가슴이 움직일 때 브라를 하지 않은 듯 자연스러워 보였다. 과학의 발달이 인류에 공헌하고 있다는 훌륭한 증거였다.

이 옷 저 옷 입어 보면서 스트레스를 받아 땀이 난 그녀는 한숨을 깊이 내쉬며 다시 겨드랑이를 닦았다. 완벽하게 화장하는 데는 거의 20분이 걸렸다. 준비가 다 되었을 때쯤 에리카는 멋 부리는 데 시간을 너무 많이 썼고 음식 준비를 할 때가 지났다는 점을 깨달았다. 그녀는 재빨리 침실을 깔끔하게 치웠다. 옷을 일일이 걸려면 시간이 너무 많이 걸릴 듯해서 옷 무더기를 한꺼번에 들어 올려 옷장 바닥에 던져 놓고 문을 닫았다. 그리고 혹시 몰라서 침대를 정돈하고 바닥에 널브러진 팬티가 없는지 방 안을 둘러보았다. 더러운 슬로기 팬티를 보면 어떤 남자든 욕망이 식을 테니까.

그녀는 숨을 헐떡이며 부엌으로 달려갔다. 스트레스 때문에 정말 어찌해야 좋을지 알 수가 없었다. 어디서부터 시작해야 하는 걸까.

에리카는 가만히 서서 억지로 숨을 크게 들이마셨다. 눈앞의 테이블 위에는 두 가지 레시피가 놓여 있었고, 그녀는 각 요리에 필요한 시간을 효과적으로 분배하려고 노력했다. 에리카는 요리의 대가는 아니었지만 꽤 솜씨 있는 요리사였고, 「엘 고메이」 과월호를 뒤져서 레시피를 찾아냈다. 전채 요리로는 크렘 프레시를 얹은 감자 팬케이크, 쑤기미 캐비아, 잘게 썬 붉은 양파를, 주 요리로는 부풀린 반죽에 넣어 구운 돼지고기 필레에, 포트와인 소스와 으깬 감자를 곁들여서 낼 생각이었다. 디저트는 바닐라 아이스크림을 얹은 이노(스웨덴에서 디저트로 많이 내는 화이트 초콜릿 그라탱 - 옮긴이)로 정했다. 다행히도 이노는 오후에 미리 준비해 두었기 때문에 음식 목록에서 지울 수 있었다. 에리카는 먼저 감자를 삶은 다음, 전채 요리에 쓸 생감자를 갈기로 했다.

1시간 30분 동안 요리에 집중하던 그녀는 초인종이 울리자 펄쩍 뛰었다. 시간이 너무 빨리 지나갔다. 그녀는 파트리크가 배고프다고 울부짖지 않길 바랐다. 음식이 완성되려면 시간이 좀 더 필요했다.

에리카는 문으로 가다가 아직 앞치마를 두르고 있다는 사실을 깨달았다. 등 뒤로 묶은 매듭을 풀려고 애쓰는데 초인종이 또 한 번 울렸다. 마침내 매듭을 푼 에리카는 머리 위로 앞치마를 벗어 현관 의자 위에 던졌다. 손으로 머리카락을 가다듬고, 배를 집어넣어야 한다는 사실을 떠올리면서 숨을 깊이 들이마신 뒤 미소 지으며 문을 열었다.

"안녕, 파트리크. 잘 왔어. 들어와."

파트리크는 에리카를 짧게 포옹하고 알루미늄 포일에 싸인 와인 한 병을 건넸다.

"아, 고마워. 멋진데!"

"응, 주류 판매점에서 이걸 추천해 주더라. 칠레산이야. 레드베리와 초콜릿 맛이 살짝 곁들여진 감칠맛 나고 잘 숙성된 와인이라나."

"분명히 훌륭한 맛이 날 거야."

에리카는 다정하게 웃고는 파트리크가 재킷 벗는 것을 도우려고 와인 병을 현관의 낡은 서랍장 위에 잠시 내려놓았다.

"들어와. 네가 굶주려 있지 않으면 좋겠다. 여느 때처럼 계획을 너무 거창하게 세우는 바람에, 음식이 다 되려면 시간이 좀 걸리거든."

"난 괜찮아."

파트리크는 와인 병을 들고 에리카를 따라 부엌으로 들어갔다.

"도와줄까?"

"응, 맨 윗서랍에서 코르크 스크루를 꺼내서 와인 병 좀 따 줘. 네가 가져온 와인부터 맛보는 게 어때?"

그는 기꺼이 그녀의 말을 따랐다. 에리카는 조리대 위에 커다란 와인 잔을 두 개 세워 놓은 다음 냄비 안을 휘젓고 오븐 안의 음식이 잘되고 있는지 확인했다. 돼지고기 필레는 아직 더 익혀야 했고, 감자는 찔러 보니 아직 반밖에 익지 않았다. 파트리크는 짙은 레드 와인으로 가득 채운 와인 잔을 그녀에게 건넸다. 에리카는 와인 향이 풍기도록 잔을 살짝 돌리고, 코를 잔 안으로 깊숙이 넣은 다음, 입을 다문 채 향을 들이마셨다. 강한 오크향이 콧구멍으로 빨려 들어가 발끝까지 쫙 퍼지는 듯했다. 기분 좋았다. 에리카는 와인을 조심스럽게 맛보았다. 입안에서 와인을 굴리며 공기를 약간 빨아들였다. 향만큼이나 맛도 좋았고, 파트리크가 와인에 꽤 돈을 썼다는 것을 알 수 있었다.

파트리크는 기대하는 표정으로 그녀를 바라보았다.

"환상적이야!"

"그래, 지난번에 네가 와인 맛을 안다는 걸 깨달았어. 유감스럽게도 난 한 상자에 50크로나 하는 와인이랑 한 병에 수천 크로나나 하는 와인이랑 뭐가 다른지 모르겠지만."

"너도 알 수 있어. 이건 습관의 문제이기도 해. 와인을 제대로 맛보려면 벌컥벌컥 마시지 말고 시간을 들여야 하거든."

파트리크는 부끄러워하며 손에 든 와인 잔을 바라보았다. 벌써 3분의 1이나 비어 있었다. 그는 에리카가 스토브에서 요리를 확인하려고 등을 돌렸을 때 그녀의 와인 시음법을 흉내 내려고 애썼다. 정말 전혀 새로운 와인을 맛보는 것 같았다. 그는 에리카가 했던 대로 와인 한 모금을 입안에서 굴렸다. 그랬더니 갑자기 완전히 다른 맛이 났다. 심지어 아주 약간의 초콜릿 맛, 다크 초콜릿 맛, 다소 강한 레드베리 맛, 약간의 딸기 맛이 섞여 있다고 느끼기까지 했다. 굉장했다.

"수사는 어떻게 돼 가?"

에리카는 아무렇지 않게 질문하려고 노력했지만, 그의 대답을 초조하게 기다렸다.

"말하자면 출발점으로 돌아간 것 같아. 안데르스에겐 살인이 벌어진 시간에 알리바이가 있고, 지금으로선 수사를 진척할 다른 단서가 별로 없어. 유감스럽게도 전형적인 실수를 저지른 것 같거든. 범인을 잡았다고 너무 확신한 나머지 다른 가능성을 조사하지 않았어. 안데르스가 알렉스를 살해한 범인에 딱 들어맞는다는 서장의 의견엔 동의해야겠지만. 어떤 술 주정뱅이가 감히 어울릴 수 없는 여자와 성적인 관계를 맺다가 운이 다하자 질투심에 사로잡혀 돌이키지 못할 죄를 저지른 거지. 시신과 화장실에 온통 그의 지문이 묻어 있어. 심지어 바닥의 피 웅덩이에서도 그의 발자국을 찾았고."

"그 증거로 충분하지 않아?"

파트리크는 와인 잔을 돌린 뒤 생각에 잠긴 얼굴로 잔 안에 생긴 붉은 소용돌이를 내려다보았다.

"알리바이가 없다면 충분했을지도 모르지. 하지만 이제 안데르스에겐 살인 추정 시간대에 확실한 알리바이가 있는 셈이야. 그리고 전에도 얘기했듯이 그 증거로는 안데르스가 살인 사건이 일어난 *뒤에* 화장실에 있었다는 사실밖에 증명하지 못해. 작지만 중요한 차이야. 기소가 유효하길 바란다면 말이지."

부엌에 근사한 냄새가 퍼졌다. 에리카는 냉장고에서 아까 기름에 살짝 튀긴 감자 팬케이크를 꺼내 오븐에 넣고 데웠다. 또 전채 요리 접시를 두 개 준비한 다음, 냉장고를 다시 열고 크렘 프레시와 쑤기미 캐비아 단지를 꺼냈다. 잘게 썬 양파는 조리대 위에 놓인 그릇에 준비되어 있었다. 에리카는 파트리크가 얼마나 가까이 서 있는지 강하게 의식했다.

"에리카, 넌 집에 관해서 더 들은 얘기 없어?"

"있어, 유감스럽게도. 부동산 중개인이 어제 전화해서 부활절 휴일 기간에 집을 내놔야 한다고 하더라. 안나랑 루카스는 아주 좋은 생각이라고 했다면서."

"부활절까진 아직 두 달 남았잖아. 그 전에 많은 일이 일어날 수 있어."

"응, 난 항상 루카스가 심장마비 같은 걸로 죽길 바라지. 아냐, 미안해. 그냥 너무 화가 나서 그래!"

그녀는 오븐 문을 너무 쾅 닫았다.

"어이, 기계는 살살 다뤄야지."

"그냥 그 사실을 인정하고 집 팔아서 나오는 돈으로 뭘 할지 생각해 볼까 봐. 백만장자가 되면 더 행복할 것 같다는 생각은 늘 했지만."

"백만장자가 될까 봐 걱정할 필요는 없어. 이 나라에서 걷어 가는 세금으로 네 수익의 대부분을 끔찍한 학교와 갈수록 엉망인 의료보험 지원에 쓰게 될 테니까. 대단히, 터무니없이, 심하게 박봉인 경찰에 돈이 들어가리라는 건 말할 것도 없지. 모르긴 몰라도 우리가 네 재산을 상당히 갉아먹을 거야. 두고 봐."

에리카는 웃지 않을 수 없었다.

"음, 그거 멋진걸. 그러면 밍크코트를 살지 청색 여우 모피 코트를 살지 걱정할 필요 없겠네. 파트리크, 믿거나 말거나 이제 전채 요리가 준비됐어."

에리카는 양손에 접시를 하나씩 들고 파트리크를 식당으로 이끌었다. 그녀는 부엌에 앉을지 식당에 앉을지 심사숙고하다가, 마침내 아름다운 상판접이식 나무 테이블―촛불을 켜면 더 아름다워 보였다―이 있는 식당으로 결정했다. 그리고 양초를 아끼지 않았다. 양초만큼 여자를 아름다워 보이게 하는 것은 없다고 어느 잡지에서 읽었기에.

테이블에는 은식기와 리넨 냅킨뿐만 아니라 주 요리를 위한 뢰르스트란드 접시도 준비되어 있었다. 파란 장식이 있는 하얀 뢰르스트란드 접시는 어머니가 가지고 있던 접시들 중 가장 고급스러운 것이었다. 에리카는 어머니가 그 접시를 얼마나 조심스럽게 다뤘는지 기억했다. 뢰르스트란드 접시는 아주 특별한 행사에만 모습을 드러냈는데, 에리카와 안나의 생일 등 두 딸과 연관된 경우에는 한 번도 나오지 않았다. 딸들에게는 평소 쓰던 접시를 내주는 것으로도 충분했다. 그러나 목사 부부나 교구 목사나 집사가 저녁을 먹으러 오면 아주 야단법석이 났다. 에리카는 억지로 옛 기억에서 빠져나와 테이블 위에 전채 요리 접시를 서로 마주 보게 놓았다.

"맛있겠는데."

파트리크는 감자 팬케이크를 한 조각 썰어 양파 약간, 크렘 프레시, 캐비아를 곁들여 포크로 찍은 뒤 입으로 가져가려다가, 에리카가 와인 잔을 손에 들고 한쪽 눈썹을 치켜세운 채 앉아 있다는 사실을 알아차렸다. 그는 부끄러워하면서 포크를 내려놓고 와인 잔을 들었다.

"건배, 그리고 환영해."

"건배."

에리카는 그의 실수에 미소 지었다. 그는 스톡홀름에서 데이트했던 남자들과 비하면 무척 신선했다. 스톡홀름 남자들은 모두 너무나 교육을 잘받은 에티켓 박사들이라서 복제 인간을 보는 것 같았다. 파트리크는 그들과는 달리 정말 인간답게 느껴졌다. 그리고 에리카가 보기에, 그는 원하면 손가락으로 음식을 집어 먹을 수도 있었다. 그녀는 그런 모습에 신경 쓰지 않을 테고. 게다가 얼굴을 붉히는 파트리크는 무척 귀여워 보였다.

"오늘 뜻밖의 방문자가 왔었어."

"그래? 누구?"

"율리아."

파트리크는 놀란 표정을 지었다. 에리카는 음식에서 주의를 돌리기 힘들어하는 그를 보자 기분이 좋았다.

"두 사람이 서로 아는 사인 줄 몰랐는데."

"아는 사이 아니야, 정말로. 알렉스의 장례식에서 처음 봤는걸. 그런데 오늘 아침에 율리아가 우리 집 문 앞에 서 있었어."

"왜 왔대?"

파트리크는 접시를 깨끗이 비웠는데, 포크로 너무 열심히 긁은 나머지 접시에 입힌 색깔을 긁어내려는 것처럼 보였다.

"알렉스와 내가 어릴 때 찍은 사진을 보여 달라고 했어. 자기네는 사진이 많지 않은 것 같아서 내 생각을 했다나. 나한테 알렉스 사진이 많긴 하지. 아무튼 그러더니 우리 어릴 적 얘기 같은 걸 많이 물어보더라고. 내가 만난 사람들 말로는 알렉스와 율리아가 별로 친하지 않았대. 나이 차를 생각하면 이상할 것도 없지. 그런데 이제 와서 율리아가 알렉스에 관해 더 알고 싶다는 거야. 언니를 알고 싶다고. 여하튼 그게 내가 받은 인상이야. 그나저나 율리아 본 적 있어?"

"아니, 아직. 그러나 들리는 얘기론 언니랑 별로 비슷하지 않다던데."

파트리크가 말했다.

"맙소사, 아냐. 둘은 정반대에 가까워. 적어도 외모로는. 둘 다 내성적인 것 같긴 한데, 알렉스가 율리아처럼 부루퉁했던 것 같진 않아. 알렉스는 더, 뭐라고 해야 하나…… 무관심해 보였어. 내가 만난 사람들의 말에 따르면 말이지. 율리아는 화난 사람처럼 보여. 격노한 것처럼 보이기도 하고. 피부 바로 아래에서 분노가 쉿쉿 소리를 내면서 부글부글 끓고 있는 것 같다는 인상을 받았어. 화산 같다고 해야겠다. 휴화산. 바보 같은 얘기로 들려?"

"아니, 그렇지 않아. 난 네게 사람을 보는 감이 있다고 생각해. 작가로서의 감이지. 인간 본성을 파악하는 능력."

"아, 작가라고 부르지 마. 난 아직 그 호칭으로 불릴 자격이 없다고 생각해."

"책을 네 권이나 냈으면서 작가가 아니라고?"

파트리크가 절대로 이해할 수 없다는 표정을 짓자, 에리카는 자신이 한 말의 의미를 설명하려고 노력했다.

"음, 전기를 네 권 냈고, 다섯 번째 책을 쓰고 있지. 그걸 과소평가하려는 건 아냐. 그렇지만 작가란 자신의 가슴과 머리에서 나오는 글을 쓰는 사람이야. 다른 사람의 인생을 묘사만 하는 사람이 아니라. 나중에 내 이야기를 쓰는 날이 오면, 그때 날 스스로 작가라고 부를 수 있겠지."

그녀는 그 말이 완전한 진실은 아니라는 사실에 갑자기 충격을 받았다. 겉으로만 봤을 때, 자신이 내린 정의에 따르면 지금까지 쓴 역사적 인물에 관한 전기와 현재 쓰고 있는 알렉스에 관한 책은 별다를 바가 없었다. 이번 책도 다른 사람의 삶에 관한 것이니까. 그러나 분명히 다른 점이 있었다. 첫째로, 알렉스의 삶과 그녀의 삶 사이에는 뚜렷한 접점이 있었다. 둘째로, 그녀는 이 책에서 자신의 의견을 표현할 수 있었다. 심지어 실제 사건의 테두리 안에서 책의 방향을 결정할 수도 있었다. 그러나 그것을 파트리크에게 설명할 수는 없었다. 그녀가 알렉스에 관한 책을 쓰고 있다는 사실은 아무도 몰라야 했기 때문이다.

"아무튼 율리아가 여기 와서 알렉스에 관해 이것저것 물어봤단 말이지? 혹시 넬뤼 로렌트에 관해서 물어봤어?"

에리카는 내면에서 자신과 격렬하게 싸우다가 마침내 이 정보를 파트리크에게 말하지 않을 수 없겠다고 결정했다. 아마 파트리크도 이 정보로 같은 결론을 내릴 수 있을 터였다. 이것은 그의 집에 저녁식사를 하러 갔을 때는 말하지 않았던 작지만 중요한 퍼즐 조각이었다. 그러나 이 조각으로 뭔가를 더 알아내지 못했기 때문에, 침묵을 지켜야 할 필요를 느끼지 못했다. 그러나 먼저 주 요리를 내와야 했다.

그녀는 그의 접시를 집을 때 몸을 평소보다 조금 더 앞으로 숙였다. 자신이 쥔 패를 최대한 이용할 생각이었다. 파트리크의 표정으로 미루어 보건대, 그녀는 자신이 에이스 세 장을 들고 있다는 사실을 확신했다. 지금까지 윈더브라는 500크로나를 투자한 가치가 있다고 증명했다. 덕분에 지갑이 상당히 홀쭉해지긴 했지만.

"내가 할게."

파트리크는 접시를 받아 들고 에리카를 따라 부엌으로 갔다. 그녀는 그에게 물 뺀 감자를 으깨라고 했다. 그리고 육즙을 마지막으로 한 번 더 데워서 맛을 보았다. 포트와인을 뿌리고 커다란 버터 덩어리를 얹으니 내갈 준비가 되었다. 이런 요리에 저지방 크림 따위는 어울리지 않지! 이제 남은 것은 오븐에 구운 돼지고기 필레를 꺼내서 써는 일이었다. 필레는 완벽했다. 가운데가 연분홍색이 된 필레에서는 고기가 덜 익었다는 표시인 빨간 육즙이 배어 나오지 않았다. 그녀는 야채 요리로 삶은 완두콩을 선택했고 으깬 감자와 함께 뢰르스트란드 접시에 담았다. 두 사람은 음식을 함께 날랐다. 에리카는 폭탄을 떨어뜨리기 전에 파트리크가 음식을 먹게 내버려 두었다.

"율리아는 넬뤼 로렌트의 재산을 물려받을 유일한 상속자야."

파트리크는 마침 와인을 마시는 중이었는데, 잘못 삼켰는지 기침을 하면서 가슴을 움켜쥐었다. 그의 눈에서 눈물이 솟아났다.

"미안해. 뭐라고?"

파트리크가 부자연스러운 목소리로 물었다.

"율리아가 넬뤼의 재산을 물려받을 유일한 상속자라고. 그게 넬뤼의 유언이야."

에리카는 차분하게 말하면서 파트리크의 기침을 진정시키려고 물을 따라 주었다.

"그걸 어떻게 알았어?"

"넬뤼가 차 한잔하자고 초대했을 때 그 집 쓰레기통을 뒤졌거든."

파트리크는 또 한 번 발작하듯 기침을 하고는 에리카에게 의심스러운 눈길을 보냈다. 그가 단숨에 물 잔을 비우자, 에리카가 말을 이었다.

"쓰레기통에 넬뤼의 유언장 복사본이 들어 있었어. 거기에 율리아 칼그렌이 넬뤼 로렌트의 재산을 상속받을 거라고 분명하고 명확하게 쓰여 있었어. 물론 얀도 자기 몫을 물려받지만, 율리아가 나머지를 다 물려받아."

"얀이 그걸 알까?"

"모르겠어. 알 것 같아. 아니지, 아마 모를 거야."

에리카는 음식을 먹으면서 이야기를 계속했다.

"사실 율리아가 여기 왔을 때 어떻게 넬뤼 로렌트를 그렇게 잘 아느냐고 물어봤어. 예상했던 대로 실없는 대답만 들었지만. 몇 년 동안 통조림 공장에서 여름마다 일했다고 하더라고. 그 말은 사실이겠지만 나머지 얘기는 빠뜨린 게 분명해. 말하기 싫어하는 눈치였거든."

파트리크는 생각에 잠긴 듯했다.

"그거, 아주 안 어울리는 두 쌍인 거 알아? 난 아예 존재할 수 없는 두 쌍이라고 부르겠어. 알렉스와 안데르스, 율리아와 넬뤼. 최소공통분모가 뭘까? 그 연결 고리를 찾으면 모든 문제의 해답이 나올 것 같은데."

"알렉스. 알렉스가 최소공통분모 아닐까?"

"아니야. 그건 너무 간단해. 다른 거야. 우리가 보지 못하거나 이해하지 못하는 것."

그는 흥분해서 포크를 흔들었다.

"거기다 닐스 로렌트도 있지. 좀 더 정확히 하자면 그의 실종 사건. 너 그때 피엘바카에 살고 있었잖아. 뭐 기억나는 거 있어?"

"난 그때 그렇게 나이 들지 않았어. 애한테는 아무것도 얘기해 주지 않는다고. 그렇지만 다들 쉬쉬했다는 건 확실히 기억나."

"쉬쉬했다고?"

"응. 있지, 내가 방으로 들어가면 대화가 뚝 끊겼어. 어른들은 낮은 목소리로 '쉬, 애들 들을라.' 하는 식으로 얘기했지. 달리 말하면 내가 아는 거라곤 닐스가 실종됐을 당시 말이 많았다는 것뿐이야. 난 너무 어렸어. 그래서 아무 얘기도 듣지 못했고."

"흠, 이거 좀 더 깊이 파고들어 봐야겠는걸. 내일 할 일 목록에 넣어야겠어. 그런데 지금은 아름다울 뿐만 아니라 요리 솜씨도 환상적인 여인과 저녁식사를 하는 중이지. 여주인에게 건배."

그는 잔을 들어 올렸고 에리카는 그의 칭찬에 마음이 따뜻해지는 것을 느꼈다. 요리 솜씨가 환상적이라고 해서라기보다는 자신이 아름답다고 했기 때문이다. 상대방의 마음을 읽을 수 있다면 모든 일이 얼마나 쉬워질까. 그러면 이렇게 바보 같은 제스처 게임을 하지 않아도 될 텐데. 그러나 현실의 그녀는 그가 자신에게 관심이 있다는 티를 아주 약간이라도 내 주길 바라면서 앉아 있었다. 10대 때는 몸을 던져서 기회를 잡아도 괜찮았지만, 세월이 흐르면서 심장이 자꾸 뻣뻣해지는 것 같았다. 노력은 점점 더 많이 해야 했고 자신감에 입는 상처는 매번 점점 더 커졌다.

파트리크가 요리를 세 접시 더 먹는 동안 갑작스러운 죽음 대신 꿈과 인생과 세상의 다양한 문제를 이야기한 그들은 디저트를 먹기 전에 위를 잠시 쉬게 하려고 베란다로 자리를 옮겼다. 그리고 소파의 양쪽 끄트머리에 앉아서 와인을 홀짝였다. 두 번째 와인 병이 거의 비자, 두 사람 다 술기운을 느낄 수 있었다. 팔다리는 무겁고 따뜻했으며, 머리는 폭신하고 부드러운 솜으로 싸인 것 같았다. 창문 바깥은 칠흑처럼 어두웠고 하늘을 밝히는 별이 하나도 보이지 않았다. 바깥의 짙은 어둠 때문에 마치 커다란 고치에 싸인 느낌이었고, 지구상에 오로지 둘만 있다는 환상에 빠져들었다. 혼자 있을 때는 이렇게 만족스럽고 편안했던 적이 없었다. 그녀는 와인 잔을 든 손으로 베란다 전체뿐만 아니라 집 전체를 슥 어루만지는 시늉을 했다.

"안나가 이 모든 걸 팔고 싶어 한다는 게 믿겨? 이 집은 세상에서 가장 아름답기도 하지만, 역사도 오래됐다고. 안나와 나의 역사뿐만 아니라 우리보다 이전에 살던 사람들의 역사도 새겨져 있어. 1889년에 한 선장이 가족을 위해서 이 집을 지은 거 알아? 빌헬름 얀손 선장이야. 이 얘기는 사실 아주 슬퍼. 이 마을의 많은 얘기들이 그렇듯이. 선장은 자신과 아내 이다를 위해 집을 지었어. 그 부부는 5년 동안 다섯 명의 아이들을 뒀는데, 이다가 여섯 번째 아이를 출산하다가 죽은 거야. 당시에는 홀아비가 아이들을 키운다는 건 불가능했기 때문에, 얀손 선장의 결혼하지 않은 누나가 이 집에 와서 선장이 7대양을 항해하는 동안 아이들을 돌봤어. 그러나 선장의 누나 힐다는 좋은 양어머니가 되지 못했어. 그녀는 몇 개 주를 통틀어서 가장 신앙심이 깊은 여인이었는데, 이곳의 모든 사람들이 얼마나 신앙심이 깊은지 생각해 보면 뒷이야기는 빤한 셈이지. 아이들은 사사건건 꾸중을 들었고, 경건하고 엄격한 손이 벌을 내리는 거라고 주장하는 힐다에게 매를 맞았지. 힐다가 요즘 사람이라면 사디스트라고 불렸겠지만 당시에는 그런 성향을 종교의 겉모습 아래 숨기는 게 당연하게 받아들여졌어.

얀손 선장은 집에 자주 오지 않아서 아이들이 얼마나 심한 대우를 받고 있는지 알아차리지 못했어. 물론 의심은 했겠지. 그러나 대부분의 남자들처럼 선장도 아이 양육을 여자들의 일로 여겼고, 자신은 아이들에게 잘 집과 먹을 음식을 제공하는 것으로 아버지로서 의무를 다하고 있다고 생각했지. 그런데 어느 날 집에 왔을 때, 막내딸 메르타가 일주일 동안 한 팔이 부러진 채로 다녔다는 사실을 알았어. 선장은 힐다를 쫓아내고, 행동력 있는 사람답게 이 마을의 미혼 여성들 중에 아이들의 새어머니가 될 만한 사람을 찾아냈지. 그는 사람을 잘 골랐어. 선장은 두 달 안에 농부의 튼튼한 딸인 리나 몬스도테르와 결혼했고, 그녀는 아이들을 친자식처럼 돌봤어. 두 사람은 슬하에 자식을 일곱이나 더 뒀지. 그러니 이 집은 엄청나게 북적거렸을 거야. 잘 살펴보면 그 아이들의 흔적을 볼 수 있어. 약간 파인 자국, 움푹 들어간 자국, 닳아서 해진 자국을 온 집 안에서 볼 수 있지."

"너희 아버지는 어떻게 이 집을 사시게 된 거야?"

"세월이 흐르면서 얀손 형제들은 바람과 함께 뿔뿔이 흩어졌어. 서로 무척 사랑했던 얀손 선장과 아내 리나는 세상을 떠났고, 이 집에 남은 유일한 사람은 큰아들 알란이었어. 그는 독신으로 살았는데 나이가 들어서 혼자 힘으로 집을 유지할 수 없게 되자 팔기로 결심했지. 아빠는 엄마랑 갓 결혼해서 집을 구하고 있었어. 아빠는 이 집을 보자마자 반했다고 했어. 그래서 한순간도 망설이지 않았고.

알란은 아빠에게 집을 팔 때 이 이야기도 함께 들려줬어. 이 집과 자기네 가족의 역사를. 알란은 그게 자기에게 중요하다고 했고, 아빠는 오래된 나무 바닥을 닳게 한 게 누구 발인지 알게 됐지. 알란은 편지도 조금 남겼어. 얀손 선장이 세계 곳곳에서 보낸 편지였는데 처음엔 이다에게, 그다음엔 리나에게 쓴 거였지. 또 힐다가 아이들을 벌줄 때 사용했던 말채찍도 남겼는데, 아직도 지하실에 걸려 있어. 안나랑 난 어릴 때 가끔씩 지하실에 내려가서 그걸 만져 봤어. 아빠한테 힐다 얘기를 들어서, 거칠게 휘두른 채찍이 맨살에 닿으면 어떤 느낌일지 상상해 보려고 했지. 우린 그렇게 가혹한 대우를 받은 아이들이 불쌍하다고 생각했어."

에리카는 파트리크를 보면서 말을 이었다.

"이제 내가 왜 이 집을 판다는 생각에 가슴 아파하는지 알겠지. 이 집을 팔면 다시는 돌려받지 못할 거야. 돌이킬 수 없다고. 어떤 돈 많은 스톡홀름 사람이 쿵쾅거리며 이 집에 들어와서 바닥을 사포로 문지르고 조그만 조개껍데기가 붙은 새 벽지를 바를 거라고 생각하면 화가 나. 물론 이 베란다엔 내가 '멋없다'고 채 얘기하기도 전에 전경이 보이는 창을 내겠지. 찬장 문 안쪽에 리나가 매년 자라는 아이들의 키를 표시한 연필 자국이 남아 있는 걸 보존하려고 할 사람이 있겠어? 얀손 선장이 교구를 거의 벗어나본 적도 없는 두 아내에게 남태평양의 모습이 어떤지 설명하려고 노력한 편지를 읽어 보려고 할 사람이 있겠냐고. 그 사람들의 역사는 지워질 거고 이 집은 그냥…… 집이 될 거야. 그냥 오래된 집. 매력적이지만 영혼이 없는 집."

에리카는 자신이 주절거리고 있다는 사실을 알았지만 왠지 파트리크가 이해하는 것이 중요하다고 느꼈다. 그녀는 그를 보았다. 그는 그녀를 뚫어지게 바라보고 있었고 그녀는 그의 시선에 얼굴을 붉혔다. 어떤 일이 일어났다. 파트리크는 에리카를 완전히 이해했고, 그녀가 무슨 일이 일어나는지 채 의식하기도 전에 옆자리에 앉아서, 잠깐 망설이다가 자신의 입술을 그녀의 입술에 눌렀다. 처음에 그녀는 와인 맛밖에 느끼지 못했지만 다음 순간 파트리크를 느꼈다. 에리카는 조심스럽게 입을 벌리고 자신의 혀를 찾는 그의 혀끝을 느꼈다. 온몸이 감전된 듯 짜릿했다.

잠시 후 참을 수 없어진 에리카는 자리에서 일어나 그의 손을 잡고, 말없이 그를 침실로 이끌었다. 그들은 침대에 누워 키스하고 서로 애무했다. 이윽고 질문하는 듯한 표정으로 그녀를 바라보던 파트리크가 원피스 뒤쪽의 단추를 풀기 시작했다. 그녀는 그의 셔츠 버튼을 풀면서 조용히 동의했다. 그러다가 갑자기 오늘 자신이 고른 속옷은 파트리크에게 보이고 싶지 않은 것이라는 점을 깨달았다. 지금 신고 있는 스타킹이 세상에서 가장 섹시한 속옷이 아니라는 사실은 신만이 아셔야 했다. 문제는 어떻게 파트리크에게 보이지 않고 스타킹과 보정 팬티를 벗을 수 있느냐는 점이었다. 에리카는 벌떡 일어나 앉았다.

"미안, 나 화장실 좀 갔다 올게."

그녀는 화장실로 달려가서 재빨리 주위를 둘러보았다. 운이 좋았다. 빨래 바구니에 시간이 없어서 치우지 못한, 깨끗한 옷들이 쌓여 있었다. 에리카는 낑낑대며 꽉 끼는 스타킹을 벗은 다음 노인네 팬티와 함께 빨래 바구니에 넣었다. 그리고 브라와 잘 어울리는 얇고 하얀 레이스 팬티를 입었다. 그녀는 드레스를 뒤쪽으로 끌어내리고 거울로 자신의 모습을 조심스럽게 확인했다. 머리카락은 헝클어져 곱슬곱슬했고, 눈빛은 열에 들떠 있었다. 입술은 평소보다 빨갰고 키스 때문에 약간 부풀어 올라 있었다. 그녀는 자신이 꽤 섹시해 보인다고 생각했다. 보정 팬티를 입지 않아서 배가 원하는 만큼 납작하지는 않았지만. 에리카는 배를 집어넣고 가슴을 내민 채 파트리크에게 갔다. 그는 그녀가 화장실에 갔을 때와 똑같이 침대에 누워 있었다.

몸에서 사라지기 시작한 옷들이 점점 바닥에 쌓였다. 처음에는 로맨스 소설에서 늘 그러는 것처럼 환상적이지 않았다. 오히려 강렬한 감정과 어색함이 뒤섞여 있었다. 서로의 몸을 애무하는 손길에 격정적으로 반응하면서도, 자신들이 알몸이고 몸매가 완벽하지 않다는 사실을 예민하게 의식하면서 창피한 소리를 낼까 봐 걱정했던 것이다. 그들은 서툴렀고 상대방이 무엇을 좋아하고 싫어하는지 잘 몰랐다. 그래서 자신들의 생각을 말로 대담하게 옮기지 못했다. 그 대신 작은 신음소리로 무엇이 효과적이고 무엇이 별로인지 넌지시 알렸다. 두 번째는 더 좋았다. 세 번째는 꽤 만족스러웠다. 네 번째는 아주 좋았고 다섯 번째는 환상적이었다. 그들은 숟가락처럼 서로 몸을 구부린 채 잠들었다. 에리카가 잠들기 전에 마지막으로 본 것은 자신의 가슴을 보호하듯 감싼 파트리크의 팔과 서로 겹쳐진 손가락이었다. 그녀는 입술에 미소를 머금은 채 잠들었다.

❄

파트리크는 머리가 잘게 쪼개지는 것 같았다. 입안도 너무 말라서 혀가 입천장에 붙어 있었지만 어느 때인가는 침이 고여 있었던 것이 분명했다. 뺨으로 베개에 묻어 있는 젖은 침 자국이 느껴졌기 때문이다. 마치 누군가가 눈꺼풀을 눌러서 눈을 뜨지 못하게 방해하는 듯했다. 그는 두어 번 힘들여 시도한 끝에 마침내 눈을 떴다.

그는 자신의 눈에 비친 모습을 바라보았다. 에리카가 몸을 그의 쪽으로 향한 채 옆으로 누워 있었다. 그녀의 금발은 얼굴에서 말려 있었다. 속눈썹이 파르르 떨리고 눈꺼풀이 경련을 일으키는 모습을 보니 꿈을 꾸고 있는 듯했다. 파트리크는 이대로 누워 질리지 않고 영원히 그녀를 볼 수 있을 것 같다고 생각했다. 필요하다면 평생이라도. 에리카는 자다가 흠칫 놀랐지만 금세 다시 고른 숨소리를 내기 시작했다. 자전거 타기와 같다고 하는 말이 사실이었다. 비단 섹스뿐만 아니라 한 여자를 사랑하는 감정도. 어둡고 우울했던 시절에는 이런 감정을 다시 느끼는 것이 불가능하리라고 생각했다. 그러나 이제는 이런 감정을 느끼지 *못하는* 것이 불가능하다는 생각이 들었다.

에리카가 계속 꿈틀거리자 그는 그녀가 곧 눈을 뜨겠다고 생각했다. 그녀도 눈꺼풀을 들어 올리려고 애썼다. 그러나 마침내 그녀가 눈을 떴을 때, 그는 그녀의 눈이 얼마나 파란지 깨닫고 다시 한 번 놀랐다.

"안녕, 잠꾸러기."

"안녕."

그녀의 얼굴에 퍼지는 미소를 보자 파트리크는 백만장자가 된 것 같았다.

"잘 잤어?"

에리카가 물었다. 파트리크는 알람시계의 선명한 숫자를 보았다.

"응, 두 시간 동안 아주 달게 잤어. 그 전에 깨어 있던 시간이 훨씬 달콤하긴 했지만."

에리카는 미소로 대답을 대신했다.

파트리크는 입에서 악취가 날 것이라고 생각했지만 몸을 숙여 그녀에게 키스하지 않을 수 없었다. 키스는 점점 깊어졌고 또 한 시간이 훌쩍 지나갔다. 에리카는 파트리크의 왼팔을 베고 누워서 손가락으로 그의 가슴에 원을 그리다가 그를 올려다보았다.

"여기 왔을 때 우리가 침대에 갈 거라고 생각했어?"

그는 대답하기 전에 오른손을 머리 뒤에 받치고 잠시 생각했다.

"아니, 그럴 거라고 생각하지 않았어. 그러길 바랐지."

"나도 그랬는데. 생각했다는 게 아니라 그러길 바랐다고."

파트리크는 잠시 자신이 얼마나 대담해져야 하는지 곰곰이 생각했다. 그러나 에리카를 품에 안고 있으면 어떤 일이든 할 수 있을 것 같았다.

"차이가 있다면 넌 최근에 바라기 시작했다는 거겠지? 넌 내가 얼마나 오랫동안 이렇게 되길 바랐는지 알아?"

그녀는 모르겠다는 표정을 지었다.

"아니, 얼마나 오래 바랐는데?"

파트리크는 극적인 효과를 위해 잠시 기다렸다.

"내가 기억할 수 있는 만큼 오랫동안. 내가 기억할 수 있는 만큼 오랫동안 널 사랑했어."

그렇게 소리 내어 말하고 보니 그 말이 무척 진실하게 들렸다. 에리카는 휘둥그레진 눈으로 그를 바라보았다.

"말도 안 돼! 난 네가 나한테 눈곱만큼이라도 관심이 있는지 걱정했단 말이야! 그런데 이제 와서 네가 처음부터 내 남자였다고 얘기하다니."

에리카는 들뜬 목소리로 말했지만, 그는 그녀가 자신의 말에 약간 흔들리는 것을 알아차렸다.

"음, 그렇다고 해서 내가 평생 독신이었다거나 감정이 메마른 상태로 살았다는 건 아니야. 물론 다른 여자들을 사랑하기도 했어. 예를 들면 카린 말이지. 하지만 넌 늘 특별했어. 난 널 볼 때마다 여기에서 뭔가를 느꼈어."

그는 손으로 심장이 있는 부분을 눌렀다. 에리카는 그의 손을 잡고 키스한 다음 자신의 뺨에 댔다. 그 몸짓이 모든 것을 말해 주었다.

그들은 아침 시간을 서로 알아 가면서 보냈다. 에리카는 여가 시간을 어떻게 보내느냐는 질문에 파트리크가 대답했을 때 절망한 나머지 신음했다.

"안돼애애애애! 스포츠광은 안 돼! 난 도대체 왜 잔디밭에서 공을 쫓아다니는 게 다섯 살만 돼도 할 수 있는 지극히 평범한 취미라고 깨닫는 현명한 남자를 찾질 못하는 거야! 아니면 적어도 누군가가 공중으로 2미터를 뛰어서 가로대를 넘는 게 인류에게 무슨 소용이 있느냐고 묻는 남자든지."

"2.45야."

"2.45라니 그게 무슨 뜻이야?"

에리카가 대답에 별 관심이 없다는 목소리로 물었다.

"세계에서 가장 높이 뛴 남자는 소토마요르고, 2.45미터를 뛰었어. 여자는 2미터 정도 뛰었고."

"네, 네, 어련하시겠어요."

그녀는 의심스러운 눈으로 그를 바라보았다.

"혹시 유로스포츠 채널 봐?"

"응."

"스포츠 전용 채널 카날 플러스는?"

"봐."

"TV1000도 같은 이유로?"

"응. 정확히 말하자면 TV1000은 스포츠 외에 다른 이유로도 봐."

에리카는 장난으로 그의 가슴을 찰싹 때렸다.

"나 뭐 잊은 거 있어?"

"응, TV3도 스포츠 프로그램이 많아."

"내 스포츠광 레이더는 정말 성능이 좋은가 봐. 지난주에는 친구 단의 집에서 올림픽 하키 경기를 보면서 엄청 지루한 저녁을 보냈는데. 거대한 패드를 찬 남자들이 쪼끄만 까만색 뭐시기를 쫓아다니는 걸 보는 게 뭐가 재미있는지 이해가 안 돼."

"어쨌건 하루 종일 이 부티크에서 저 부티크로 옮겨 다니면서 시간을 보내는 것보단 훨씬 재미있고 생산적이지."

자신의 가장 큰 약점을 뻔뻔스럽게 공격하는 파트리크의 말에 에리카는 코를 찡그리며 인상을 썼다. 갑자기 그의 눈에서 생기가 사라졌다.

"빌어먹을."

그는 침대에 똑바로 앉았다.

"뭐라고?"

"빌어먹을, 젠장, 우라질."

에리카는 놀란 토끼 눈을 하고 그를 바라보았다.

"어떻게 그런 걸 놓칠 수가 있지?"

그는 손으로 이마를 몇 번 쳤다.

"이봐요, 파트리크 씨! 부탁인데 무슨 소릴 하는 건지 얘기해 줄래요?"

에리카는 그의 눈앞에서 손을 흔들었다. 파트리크는 그녀가 손을 흔들 때 맨가슴이 흔들리는 것을 보고 잠시 넋을 잃었다. 그러다가 기세 좋게 침대에서 뛰어내린 뒤 벌거벗은 채 아래층으로 달려 내려갔다. 그는 신문을 들고 올라와서 다시 침대에 앉아 미친 듯이 페이지를 넘기기 시작했다. 에리카는 대답 듣기를 아예 포기하고 그저 흥미로운 눈으로 그를 지켜보았다.

"아하! 지나간 TV 편성표를 버리지 않았다니 운이 좋아."

파트리크가 의기양양하게 소리쳤다. 그는 에리카의 눈앞에서 신문을 흔들었다.

"스웨덴 대 캐나다!"

에리카는 여전히 침묵을 지키면서, 정말 무슨 소린지 모르겠다는 표시로 눈썹을 올렸다. 파트리크는 조바심을 내며 설명하려고 노력했다.

"올림픽 경기에서 스웨덴이 캐나다에 이겼어. 1월 22일 금요일에. TV4에서."

그녀는 여전히 무표정한 얼굴로 그를 바라보았다. 파트리크는 한숨을 쉬었다.

"그 경기 때문에 모든 정규 방송이 취소됐어. 안데르스는 그날 〈서로 다른 세계〉가 시작하는 시간에 집에 왔을 리가 없어. 방송이 취소됐거든. 이해가 가?"

에리카는 그가 무슨 말을 하는지 서서히 깨달았다. 안데르스에게는 이제 알리바이가 없었다. 보잘것없는 알리바이라고 해도 경찰에서는 그것을 무시하기가 어려웠을 터였다. 그러나 이제 증거가 있으니 안데르스를 다시 체포할 수 있었다. 파트리크는 에리카가 이해한 것을 보고 만족스럽게 고개를 끄덕였다.

"그러나 넌 안데르스가 살인범이라고 생각하지 않잖아. 그렇지?"

에리카가 말했다.

"물론 아니야. 하지만 첫째로, 나도 가끔씩 틀릴 수 있어. 믿기 어렵겠지만."

그는 에리카에게 윙크했다.

"그리고 둘째로, 내가 틀리지 않았다면 안데르스는 우리에게 얘기한 것보다 훨씬 더 많이 아는 게 분명해. 이제 그를 더 강하게 압박할 수 있어."

파트리크는 침실을 돌아다니면서 자신의 옷을 줍기 시작했다. 옷은 여기저기 흩어져 있었는데, 가장 놀라운 점은 아직도 양말을 신고 있다는 사실이었다. 그는 재빨리 바지를 입으면서 에리카가 뜨거운 열정 때문에 양말을 보지 못했기를 바랐다. '타눔스헤데 IF'가 수놓인 흰색 튜브 양말을 신은 채 섹스의 신처럼 보이기는 힘들었다.

시간 낭비할 때가 아니라는 생각이 갑자기 든 그는 서툰 손가락을 놀리면서 옷을 입었다. 처음에는 셔츠 단추를 잘못 끼우는 바람에 단추를 모두 풀고 처음부터 다시 채워야 했다. 파트리크는 문득 자신의 경망스러운 행동이 어떻게 보였을지 깨닫고, 침대 가장자리에 앉아서 에리카의 손을 잡고 그녀의 눈을 침착하게 응시했다.

"이렇게 오두방정을 떨어서 미안해. 그렇지만 서둘러야 해. 어젯밤은 내 인생 최고의 밤이었고 우리가 다음에 만날 때까지 기다리기 힘들 것 같다는 걸 네가 알아주길 바라. 나랑 다시 만나고 싶어?"

그들이 함께 나눈 것은 아직 약하고 부서지기 쉬웠기에, 그는 그녀의 대답을 숨죽여 기다렸다. 그녀는 고개를 끄덕였다.

"그럼 일 끝내고 다시 여기로 와도 돼?"

에리카는 다시 고개를 끄덕였다. 그는 몸을 숙여 그녀에게 키스했다.

그가 떠날 때 그녀는 몸에 침대보를 느슨하게 감고 무릎을 세운 채 침대에 앉아 있었다. 작고 둥근 창문으로 들어오는 햇빛 덕분에 그녀의 금발 주변에 반짝이는 후광이 생긴 것처럼 보였다. 그렇게 아름다운 광경은 처음이었다.

❄

젖은 눈이 벵트 라르손의 얇은 로퍼에 자꾸만 스며들었다. 그의 신발은 여름 날씨에 더 잘 어울렸지만, 알코올은 추위에 둔감해지게 하는 효과적인 방법이었다. 겨울 신발 한 켤레와 1리터짜리 네덜란드 진 중에 하나만 사야 한다면 쉽게 선택할 수 있었다.

수요일인 오늘은 이른 아침 공기가 무척 깨끗하고 맑은 데다 햇빛도 아주 부드러웠다. 벵트는 가슴속에서 오랫동안 품어 보지 못한 감정을 느꼈다. 놀랍게도 그 감정은 평화로움 같았다. 그는 평범한 수요일 아침의 무엇이 그렇게 특별한 감정을 불러일으켰는지 궁금했다. 벵트는 걸음을 멈추고 눈을 감은 채 아침 공기를 들이마셨다. 자신의 삶이 이런 아침으로 가득하면 어떨지 상상하면서.

그는 인생의 갈림길에 섰을 때가 언제인지 분명하게 기억했다. 인생이 불운의 길로 접어든 날이 언제인지, 심지어 그때가 몇 시였는지도 말할 수 있었다. 사실 변명거리는 뻔한 것들뿐이었다. 외적인 상황을 탓할 수 없었다. 가난하지도 않았고, 굶주리지도 않았고, 애정 결핍을 느끼지도 않았으니까. 그가 탓해야 할 것은 오로지 자신의 우둔함과 지나친 자신감이었다. 물론 여자 문제도 끼어 있었다.

당시 그는 열일곱 살이었고, 모든 일이 여자와 관련되어 있었다. 그러나 이 여자는 특별했다. 짐짓 겸손한 체하던 풍성한 금발의 마우드는 그의 자존심을 잘 조율된 바이올린처럼 가지고 놀았다. "사랑하는 벵트, 나 그거 꼭 가져야 해." "사랑하는 벵트, 그거 사 주지 않을래?" 그녀는 목줄을 잡고 있었고 그는 그녀가 마음대로 하게 내버려 두었다. 벵트는 번 돈을 몽땅 저축해서 고급스러운 옷과 향수 등 그녀가 원하는 모든 것을 사 주었다. 그러나 마우드는 무엇이든 받자마자 또다시 다른 것을 간절히 원했고 그것을 받으면 내던져 버리고 또 다른 것을 원했다. 그것만이 자신을 행복하게 해 줄 수 있다고 하면서.

마우드는 그의 핏속에 흐르는 열기 같았다. 운명의 수레바퀴는 그가 눈치챌 틈도 없이 점점 빠르게 회전해서 마침내 어디가 위고 어디가 아랜지 알 수 없게 되었다. 벵트가 열여덟 살이 되었을 때 마우드는 캐딜락 컨버터블 같은 차를 타고 드라이브를 하고 싶다고 했다. 캐딜락은 그의 1년 치 급료보다 더 비싼 차였고 그는 어떻게 하면 돈을 구할 수 있을지 고민하면서 밤마다 뜬눈으로 머리를 쥐어짰다. 벵트가 이렇게 고뇌하는 동안, 마우드는 입을 삐죽거리면서 그가 차를 사지 않으면 자신의 가치를 알고 제대로 대접해 줄 다른 남자에게 가겠다고 점점 노골적으로 말했다. 수면 부족의 고통에 더해 질투심까지 느끼게 되자, 벵트는 더 이상 참을 수 없었다.

1954년 9월 10일 오후 2시 정각, 그는 아버지가 수년 동안 집에 보관해 둔 구식 군용 권총으로 무장하고 나일론 스타킹을 머리에 뒤집어쓴 채 타눔스헤데 은행으로 들어갔다. 그러나 처음부터 제대로 되는 일이 없었다.

은행 직원이 벵트가 가져온 가방에 지폐를 던져 넣었지만 그가 바랐던 것보다 턱없이 적었다. 게다가 손님들 가운데 한 사람, 그러니까 같은 반 친구의 아버지가 나일론 스타킹을 뒤집어쓴 벵트를 알아보았다. 한 시간도 채 안 돼서 부모님의 아파트에 온 경찰은 그의 방 침대 아래에 놓여 있는 돈 가방을 발견했다. 벵트는 어머니의 얼굴에 떠오른 표정을 결코 잊지 못했다. 이제 어머니는 돌아가신 지 오래되었지만 그 눈은 알코올성 우울증이 도질 때마다 그를 괴롭혔다.

수감 생활 3년 동안 미래에 대한 희망은 모두 사라졌다. 벵트가 출소했을 때 마우드는 이미 오래전에 떠나고 없었다. 그는 그녀가 어디에 있는지 몰랐지만 상관하지 않았다. 옛 친구들은 모두 안정된 직장에 다니면서 가족을 꾸렸고 그와는 아무것도 하고 싶어 하지 않았다. 아버지는 벵트가 감옥에 있을 때 교통사고로 세상을 떠났기 때문에 그는 어머니와 살게 되었다. 벵트는 손에 모자를 든 채 일자리를 찾으려고 했지만, 가는 곳마다 퇴짜를 맞았다. 아무도 그를 고용하려고 하지 않았다. 벵트가 마침내 술병에서 미래를 찾게 된 이유는 그를 계속 따라다니는 표정들 때문이었다.

거리에서 만나는 사람마다 서로 인사하고 상호 유대가 긴밀한 작은 마을에서 자란 사람에게 소외감은 육체적인 고문과 마찬가지로 고통스러웠다. 그는 피엘바카에서 떠나 버릴까 생각하기도 했지만, 달리 갈 곳이 없었다. 그냥 이 마을에 머무르면서 행복한 고주망태가 되는 것이 더 쉬웠다.

그와 안데르스는 대번에 서로 알아보았다. 두 명의 불쌍한 개새끼. 그들은 종종 쓸쓸하게 웃으면서 그렇게 말했다. 벵트는 안데르스에게 부성애에 가까운 애정을 품었고 자신보다 그의 운명에 더 깊은 슬픔을 느꼈다. 그는 종종 안데르스의 인생을 다른 방향으로 돌려놓기 위해 자신이 뭔가를 할 수 있었으면 하고 바랐다. 그러나 마음을 달래는 알코올의 거부할 수 없는 힘을 알았기에, 세월이 흐르면서 요구가 많은 연인이 되어 버린 술을 뿌리치기가 불가능하다는 점도 알았다. 술은 모든 것을 요구했지만 아무것도 돌려주지 않았다. 벵트와 안데르스가 할 수 있는 일은 오로지 서로 위로하면서 친구가 되어 주는 것이었다.

안데르스가 사는 건물의 정문까지 올라가는 길에는 모래가 깔려 있었다. 그래서 벵트는 미끌미끌하고 반짝이는 얼음이 계단까지 죽 깔리는 혹독한 겨울에 수없이 그랬던 것처럼, 안주머니에 든 술병 때문에 조심해서 걷지 않아도 되었다.

안데르스의 집이 있는 2층까지 올라가는 계단은 늘 도전 과제였다. 건물 안에 엘리베이터가 없었기 때문이다. 그는 숨을 돌리기 위해 몇 번이나 멈춰야 했고, 기운을 내기 위해 안주머니에 든 술을 두 번이나 벌컥벌컥 마셔야 했다. 마침내 안데르스의 집 문 밖에 선 벵트는 심하게 헐떡였다. 그는 문설주에 잠시 기댔다가 문을 열었다. 안데르스는 문을 잠그는 법이 없었다.

아파트 안은 조용했다. 안데르스가 집에 없는지도 몰랐다. 자고 있다면 그의 깊은 숨소리와 쿵쿵대며 코 고는 소리가 현관까지 들렸을 테니까. 벵트는 부엌을 들여다보았다. 늘 있던 박테리아 떼를 제외하면 아무도 없었다. 화장실 문은 활짝 열려 있었는데, 그곳도 비어 있었다. 모퉁이를 도는데 명치에 소름이 끼쳤다. 벵트는 거실 광경을 보고 갑자기 멈췄다. 손에 들고 있던 병이 바닥에 떨어지면서 둔탁한 소리를 냈지만 깨지지는 않았다.

벵트의 눈에 처음 들어온 것은 바닥에서 약간 뜬 채 매달려 있는 발이었다. 맨발이 앞뒤로 약간 흔들리고 있었다. 안데르스는 바지는 입고 있었지만 위에는 아무것도 입고 있지 않았다. 목은 기묘한 각도로 꺾여 있었다. 얼굴은 부어오르고 변색된 상태였고, 입술 사이로 빠져나온 혀는 입에 비해 너무 커 보였다. 그렇게 슬픈 광경은 처음이었다. 그는 바닥에 떨어진 술병을 집어 올린 뒤 몸을 돌려 조용히 아파트에서 나왔다. 벵트는 마음속으로 떠오르는 것을 잡으려고 했지만 공허 외에는 아무것도 찾지 못했다. 그래서 자신이 아는 유일한 생명줄을 잡았다. 그는 안데르스의 아파트 문간에 앉아서 술병을 입에 물고 울었다.

❄

혈중알코올농도가 의심스러웠지만, 그것은 지금 걱정할 문제가 아니었다. 파트리크는 안전을 위해 평소보다 조금 천천히 운전했다. 그러나 휴대전화로 통화하고 있었기 때문에 안전에 얼마나 도움이 될지는 알 수 없었다.

그는 먼저 TV4에 전화해서, 1월 22일 금요일에 하키 경기 때문에 〈서로 다른 세계〉 방영이 취소되었다는 사실을 확인했다. 그다음에는 멜베리에게 전화했다. 예상대로 그는 파트리크의 이야기를 듣고 뛸 듯이 기뻐하면서, 즉시 안데르스를 체포해 오라고 명령했다. 세 번째 통화에서 지원을 요청한 파트리크는 곧장 안데르스가 사는 아파트 쪽으로 차를 몰았다. 옌뉘 로센은 날짜를 헷갈린 것이 틀림없었다. 그것은 증인이 흔히 저지르는 실수였다.

파트리크는 사건의 돌파구를 찾았을지도 모른다는 생각에 흥분했는데도 정말로 일에 집중할 수가 없었다. 생각은 자꾸 에리카와 그들이 함께 보낸 어젯밤으로 돌아갔다. 그는 바보처럼 입이 귀에 걸린 채 자기도 모르게 리듬에 맞춰 손으로 운전대를 두드리고 있다는 것을 알아차렸다. 라디오를 켜니 옛날 음악을 틀어 주는 채널에서 어리사 프랭클린의 'Respect'가 흘러나왔다. 흥겨운 미국 팝송이 기분에 완벽하게 들어맞자 파트리크는 음량을 높였다. 그는 후렴 부분에서 목청껏 노래를 따라 부르며 앉은 자세에서 할 수 있는 한 신나게 춤을 추었다. 파트리크는 자신이 노래를 끝내주게 잘 부른다고 생각했다. 적어도 라디오의 음악이 끝나고 'R-E-S-P-E-C-T'를 외치는 자신의 목소리만 들릴 때까지는. 그의 고막에 메아리치는 소리는 별로 훌륭하지 않았다.

어젯밤은 취한 상태에서 꾼 꿈 같았는데, 그들이 마신 와인 때문만은 아니었다. 마치 열정과 사랑과 섹스의 베일이나 흐릿한 커튼이 밤 시간 위로 내려앉은 듯했다.

파트리크는 아파트 단지 주차장으로 들어가면서 마지못해 어젯밤 생각을 제쳐 두었다. 지원을 요청받은 경찰차들이 평소답지 않게 벌써 도착해 있었다. 분명히 근처에 있었으리라. 그는 파란 경광등이 번쩍이는 차 두 대를 보고 얼굴을 살짝 찌푸렸다. 그들이 지시를 오해하는 일은 비일비재했다. 차 한 *대*를 요청했지, 두 대를 요청하지 않았건만. 파트리크는 그쪽으로 다가가면서 경찰차 뒤에 구급차 한 대가 서 있는 모습을 보았다. 뭔가가 잘못되었다.

그는 우데발라 서의 금발 여경 레나를 알아보고 그녀에게 다가갔다. 레나는 휴대전화로 통화하는 중이었지만, 그가 다가가자 입을 다물었다. 그녀는 파트리크에게 인사한 뒤 휴대전화를 벨트 위에 찬 케이스에 쑤셔 넣었다.

"안녕, 파트리크."

"안녕, 레나. 무슨 일이야?"

"술주정뱅이 하나가 안데르스 닐손이 자기 아파트에서 목이 매달린 채 죽어 있는 걸 발견했어."

그녀는 고갯짓으로 정문 쪽을 가리켰다. 파트리크는 뱃속이 얼음처럼 차가워지는 것을 느꼈다.

"아무것도 손대지 않았지?"

"응, 우릴 어떻게 생각하는 거야? 방금 우데발라 서에 전화해서 범죄현장 수사팀을 보내 달라고 했어. 멜베리 서장과도 통화했고. 난 네가 서장 전화를 받고 온 줄 알았는데."

"아니야, 난 신문 때문에 안데르스를 체포하러 오는 길이었어."

"그렇지만 그에겐 알리바이가 있다고 들었는데?"

"그래, 우리도 그렇게 생각했어. 하지만 방금 그게 깨져서 다시 체포하려고 했어."

"음, 그럼 운이 무지하게 나빴네. 도대체 이게 무슨 뜻일까? 내 말은, 여기 피엘바카에 갑자기 살인범이 둘이나 나타날 가능성은 0에 가깝다는 거야. 안데르스는 알렉스 비크네르를 죽인 범인에게 살해당한 게 틀림없어. 안데르스 말고 다른 용의자는 없어?"

파트리크는 마음을 가라앉혔다. 이 사건이 모든 것을 바꾸어 놓은 것은 사실이지만 그는 아직 레나와 같은 결론, 즉 안데르스가 알렉스를 죽인 범인에게 살해당했다는 결론을 이끌어 낼 준비가 되지 않았다. 물론 살인범이 두 명이라는 것은 통계상으로 거의 불가능한 일이었다. 수십 년간 살인 사건이 한 번도 일어나지 않은 마을에 갑자기 두 명의 살인범이 나타났을 리는 없었다. 그러나 그는 그 가능성을 완전히 배제하지는 않을 것이다.

"글쎄, 올라가서 한번 보자. 그리고 지금까지 뭘 발견했는지 얘기해 줘. 음, 전화는 어떻게 걸려왔어?"

레나는 파트리크보다 앞서 층계참으로 들어가며 길을 안내했다.

"흠, 아까 얘기했듯이 안데르스를 발견한 사람은 그의 술친구 벵트 라르손이야. 벵트는 오늘 아침에 안데르스와 술을 마시려고 여기로 왔지. 그는 보통 그냥 바로 들어간대. 오늘도 그렇게 했고. 아무튼 아파트에 들어갔는데 안데르스가 거실 천장의 전등 고리에 묶어 놓은 밧줄에 목이 매여 죽어 있는 걸 발견한 거야."

"바로 신고한 거야?"

"아니. 벵트는 아파트 문간에 앉아서 익스플로러 보드카로 슬픔을 잊으려고 했어. 그런데 우연히 한 이웃이 자기 집에서 나왔다가 벵트를 보고는 내친걸음에 무슨 일이냐고 물어본 거야. 벵트는 그때서야 자기가 본 걸 불쑥 얘기했어. 그 얘길 듣고 이웃 사람이 우리한테 전화한 거지. 벵트 라르손은 너무 취해서 더 자세히 물어볼 수가 없더라고. 그래서 그냥 너희 술 주정뱅이 보호실로 보냈어."

파트리크는 멜베리가 왜 자신에게 전화해서 이런 이야기를 해 주지 않았는지 잠자코 생각해 보다가, 서장의 일 처리 방식이 늘 그렇게 불가사의하다는 사실을 깨닫고 체념했다.

파트리크는 한 번에 두 계단씩 올라가 레나를 앞질렀다. 2층에 도착하니 문은 활짝 열려 있었고, 아파트 안에서는 사람들이 돌아다니고 있었다. 옌뉘는 막스를 품에 안은 채 자기 집 문간에 서 있었다. 파트리크가 다가가

자 막스가 기쁨에 겨워 작고 토실토실한 손을 흔들면서 앞니 두 개를 드러내며 미소 지었다.

"무슨 일이에요?"

옌뉘가 품안에서 빠져나오려고 안간힘을 쓰는 막스를 더 꼭 끌어안으며 물었다.

"아직 확실하지 않아요. 안데르스 닐손이 죽었지만, 그 이상은 모르겠어요. 평소와 다른 걸 보거나 듣기라도 했나요?"

"아뇨, 특별한 건 없었어요. 소리를 처음 들은 건 옆집에 사는 이웃이 여기 층계참에 있는 사람에게 말을 걸 때였어요. 그러고는 잠시 후에 경찰차와 구급차가 도착했고 아주 북새통이 벌어졌어요."

"오늘 아침이나 어젯밤에도 특별한 건 없었다?"

파트리크는 여전히 미끼를 던졌다.

"네, 전혀요."

파트리크는 우선 여기서 끝내기로 했다.

"알았어요. 도와줘서 고마워요, 옌뉘."

그는 막스에게 미소 지으면서 녀석이 손가락을 움켜쥐게 내버려 두었다. 막스는 뭐가 그렇게 재미있는지 너무 심하게 웃어서 숨이 막힐 것 같았다. 파트리크는 마지못해 아이에게서 떨어져 나와 안데르스의 아파트 쪽으로 천천히 물러나면서 막스에게 손을 흔들며 '안녕.' 하고 인사했다.

레나는 입술에 조소를 띤 채 아파트 문간에 서 있었다.

"네 아이가 필요한 거지?"

파트리크가 당황해서 얼굴을 붉히자 레나는 더욱 실실대며 웃었다. 그는 대답한답시고 알아들을 수 없는 말을 중얼거렸다.

그녀는 파트리크보다 먼저 집으로 들어가면서 어깨너머로 말했다.

"음, 말만 해. 난 자유의 몸이고 싱글인 데다 생물학적 시계가 너무 시끄럽게 째깍거려서 밤에 잠을 거의 못 자거든."

파트리크는 그녀가 별 뜻 없이 농담하고 있다는 것을 알았지만, 얼굴이 홍당무처럼 새빨개지는 것은 어찌할 수가 없었다. 그는 대답하지 않고 거실로 들어갔다. 순간 미소 짓고 싶은 생각이 싹 달아났다.

누군가가 밧줄을 끊어서 매달려 있던 안데르스를 거실 바닥에 내려놓은 상태였다. 안데르스의 시신 바로 위에는 전등 고리에서 10센티미터 정도 내려온 부분에서 잘린 밧줄 토막이 매달려 있었다. 나머지 밧줄은 안데르스의 목에 올가미처럼 감겨 있었고, 밧줄이 목의 피부를 죄어서 생긴 깊고 시뻘건 상처가 보였다. 죽은 사람들을 볼 때마다 가장 당혹스러운 점은 부자연스러운 안색이었다. 교살되면 얼굴이 푸르스름한 자줏빛을 띠게 되어 매우 기묘해 보였다. 입술 사이로 삐져나온 채 두껍게 부어오른 혀도 눈에 띄었다. 이것도 교살되거나 질식사한 희생자들에게서 흔히 볼 수 있는 모습이었다. 살인 희생자들은 그리 많이 보지 못했지만, 경찰은 줄잡아 말해도 매년 꼭 몇 번은 자살한 사람들의 시체를 보게 되었다. 파트리크도 경찰로 일하면서 목매달아 죽은 사람을 세 명 보았다.

그러나 거실을 둘러보니 보통 목매달아 자살한 사람들이 발견되는 현장의 모습과 분명히 다른 점이 한 가지 있었다. 안데르스가 천장의 올가미에 스스로 머리를 넣었을 가능성은 없었다. 근처에 의자나 테이블이 없었기 때문이다. 안데르스는 소름끼치는 인간 모빌처럼 거실 한가운데서 홀로 흔들리고 있었던 것이다.

살인 사건에 익숙하지 않은 파트리크는 시신 주변에 큰 원을 그리듯 조심스럽게 움직였다. 안데르스는 눈을 뜬 채 허공을 뚫어지게 응시하고 있었다. 파트리크는 몸을 숙여서 죽은 남자의 눈을 감겨 주지 않을 수 없었다. 검시관이 도착하기 전까지는 절대로 시신을 만져서는 안 된다―사실 밧줄을 끊어서 시신을 내려놓아도 안 되었다―는 점을 알았지만, 그 눈을 보고 있노라니 괜히 온 신경이 날카로워졌다. 마치 그의 눈이 거실을 돌아다니는 자신을 따라다니는 것 같았다.

거실은 이상할 정도로 적막했다. 파트리크는 그림들이 전부 벽에서 내려진 것을 알아차렸다. 그림이 걸려 있던 자리에는 보기 흉한 자국만 커다랗게 남아 있었다. 거실은 지난번에 이 집에 와서 보았을 때와 똑같이 지저분했지만, 그때는 그림들 덕분에 조금 밝아 보였다. 그림들이 더러움과 아름다움을 결합시켜 어느 정도 퇴폐적인 분위기를 내기도 했고. 그러나 이제 거실은 더럽고 역겨워 보이기만 했다.

레나는 휴대전화로 끊임없이 통화하고 있었다. 그녀는 맹세라도 하듯 한 마디씩만 하던 통화를 끝내자, 자그마한 에릭손 휴대전화 폴더를 탁 닫고 파트리크에게 몸을 돌렸다.

"법의학 팀에서 현장을 수사할 사람들이 올 거야. 지금 예테보리에서 출발한대. 우린 아무것도 손대면 안 돼. 안전을 위해 바깥에서 기다리는 게 나을 것 같은데."

그들은 층계참으로 나갔고 레나는 조심스럽게 문을 닫고 잠갔다. 바깥으로 나가자 추위가 뼈에 사무치는 듯했다. 레나와 파트리크는 제자리에서 발을 동동 굴렀다.

"안네는 지금 어디 있어?"

파트리크는 레나와 함께 경찰차에 타고 있어야 할 그녀의 파트너가 어디에 있는지 물었다.

"오늘 아아돌 중이야."

"아아돌?"

파트리크가 어리둥절한 표정을 지었다.

"아픈 아이 돌보기. 아아돌. 그놈의 봉급 삭감 덕분에 갑자기 데려올 사람이 없어서 전화 받고 혼자 왔어."

파트리크는 건성으로 고개를 끄덕였다. 레나의 결론에 동조해야 할 것 같았다. 그들이 찾는 범인이 동일한 사람임을 암시하는 증거가 많았기 때문이다. 경찰로서 성급하게 결론을 내리는 것은 분명 매우 위험했지만 이 작은 마을에 서로 다른 두 명의 살인범이 있을 확률은 지극히 낮았다. 게다가 두 희생자가 긴밀하게 연관되어 있다는 사실은 그 확률을 더 낮췄다.

레나와 파트리크는 법의학 팀이 예테보리에서 이곳까지 오려면 적어도 1시간 30분에서 2시간은 걸린다는 사실을 알았기 때문에 파트리크의 차에 앉아서 히터를 틀었다. 라디오도 켠 두 사람은 오랫동안 낙천적인 분위기의 팝송을 들었다. 오래 기다려야 하는 이유를 잊을 수 있는 반가운 기분 전환거리였다. 1시간 40분이 지나자 경찰차 두 대가 주차장으로 들어왔고, 그들은 지원 팀을 맞이하려고 차에서 내렸다.

❄

"제발, 얀, 우리 둘만 살 집을 사면 안 돼? 바드홀멘에 집 하나가 매물로 나왔던데. 거기 가서 한번 둘러보면 안 될까? 풍경도 근사하고 작은 보트

하우스도 있던데. 응?"

리사의 징징거리는 목소리에 짜증이 솟구쳤다. 요즘 그녀는 늘 이런 식이었다. 입을 다물고 예쁘게 가만히 있으면 결혼 생활이 훨씬 더 즐거울 텐데. 최근에는 그녀의 크고 탱탱한 가슴과 둥근 엉덩이가 온갖 성가심을 견뎌 낼 만한 가치가 있다는 생각은 들지 않았다. 그녀는 점점 더 앙앙대기만 했고, 그럴 때에는 결혼하자고 조르던 그녀에게 그러마고 한 것이 지독하게 후회되었다.

리사를 처음 봤을 때, 그녀는 그레베스타드의 뢰데 오름에서 웨이트리스로 일하고 있었다. 그의 친구들은 리사의 깊이 파인 네크라인과 긴 다리를 보고 말 그대로 침을 질질 흘렸고, 그는 그 자리에서 그녀를 자신의 여자로 만들어야겠다고 마음먹었다. 그는 대개 자신이 원하는 것을 손에 넣었고 리사도 예외가 아니었다. 그는 못생긴 얼굴도 아니었지만, 자신을 얀 로렌트라고 소개하는 것으로 결정타를 날리는 경우가 많았다. 여자들은 그의 성을 들으면 눈을 빛냈고, 그 다음에는 일이 술술 풀렸다.

그는 처음부터 리사의 몸에 집착했다. 그녀를 아무리 안아도 성에 차지 않았고, 그녀가 새된 목소리로 짱알거리는 온갖 멍청한 이야기는 들은 척도 하지 않았다. 리사를 팔에 안고 나타났을 때 그를 바라보는 다른 남자들의 부러워하는 표정도 그녀의 매력을 더했다. 처음에는 결혼하자고 조르는 리사의 말을 귓등으로 흘렸다. 정말 솔직히 말하면, 시간이 갈수록 그녀의 멍청함에 질려 시큰둥해졌다. 그러나 넬뤼가 격렬하게 반대하는 바람에 리사를 아내로 삼겠다는 마음을 굳혔다. 넬뤼는 리사를 처음 본 순간부터 노골적으로 싫다는 티를 냈다. 반항하고 싶다는 유치한 소망 때문에 이 지경에 이르렀으니, 자신의 멍청함을 욕할 수밖에 없었다.

리사는 커다란 2인용 침대에 배를 깔고 누워서 입을 삐죽거렸다. 그녀는 발가벗은 채 유혹하려고 애를 썼지만, 그는 흥미가 없었다. 리사는 대답을 기다리고 있었다.

"어머니를 떠날 수 없다는 거 알잖아. 몸이 좋지 않아서 이 큰 집을 혼자 관리하지 못하셔."

그는 리사에게 등을 돌린 채 큰 거울이 달린 화장대 앞에서 넥타이를 맸다. 거울 속에서 리사가 짜증을 내면서 얼굴을 찌푸렸다. 별로 어울리지 않는 표정이었다.

"그 할망구는 왜 시설 좋은 요양소에 가지 않고 가족에게 짐을 떠안기는 거야? 우리에게도 둘만의 삶을 살 권리가 있다는 걸 모르는 거야? 우린 날이면 날마다 그 할망구를 돌봐야 하잖아. 그리고 그 많은 돈을 깔고 앉아 있으면 뭐가 좋은데? 그 할망구는 우리가 자기 테이블에서 굴러떨어진 코딱지만 한 부스러기를 받아먹으려고 기어 다니는 꼴을 지켜보는 게 재미있는 거야. 당신이 자기를 얼마나 위해 주는지 모른대? 당신은 그 회사에서 뼈 빠지게 일하는 것도 모자라서 나머지 시간에 할망구 뒤치다꺼리까지 하잖아. 그 마귀할멈은 우리한테 감사 표시로 이 집에서 가장 좋은 방을 쓰게 해 주지도 않아. 할망구는 응접실에서 어슬렁거리는데 우린 지하실에서 살아야 하잖아."

얀은 몸을 돌려서 리사에게 차가운 시선을 보냈다.

"내 어머니를 그런 식으로 얘기하지 말랬지?"

"당신 어머니라."

리사가 콧방귀를 뀌었다.

"그 할망구가 당신을 아들로 보지 않는다는 거 몰라, 얀? 당신은 그냥 자선사업의 일환일 뿐이야. 할망구의 사랑스런 닐스가 사라지지 않았으면, 당신은 얼마 후에 쫓겨났을걸. 당신은 일시적으로 이용당하는 것뿐이야, 얀. 당신이 아니면 또 누가 사실상 24시간 동안 그 할망구에게 무료 봉사를 하려고 하겠어? 당신은 할망구가 죽으면 모든 재산을 물려받을 거라고 기대하겠지만, 무엇보다도 그 망할 할망구는 최소한 100살까진 살 거고, 둘째론 유기견 쉼터에 재산을 물려주고 우리 등 뒤에서 배꼽이 빠져라 웃을 게 틀림없어. 당신은 가끔 정말 지독히도 멍청해, 얀."

리사는 몸을 굴려서 등을 대고 누운 채 잘 손질된 손톱을 살펴보았다. 얀은 소름이 끼칠 정도로 침착하게, 리사가 누워 있는 침대로 한 걸음 다가갔다. 그는 쪼그리고 앉아서, 침대 가장자리에 늘어진 기다란 금발을 손에 감아쥐고 조금씩 천천히 잡아당겨, 리사가 아파서 얼굴을 찌푸리게 만들었다. 얀은 그녀의 숨결이 얼굴에 느껴질 정도로 바싹 다가가서 낮은 목소리로 으르렁거렸다.

"다시는, 다시는 날 멍청하다고 하지 마. 알았어? 그리고 내 장담하건대, 돈은 언젠가 내 것이 될 거야. 유일한 문제는 네가 과연 그때까지 내 곁에 있을까 하는 거지."

얀은 리사의 눈에 두려움이 확 피어오르는 것을 보고 만족했다. 멍청하지만 교활함을 타고난 리사의 뇌는 정보를 소화하여 작전을 바꾸기로 결론내린 듯했다. 그녀는 침대에서 몸을 쭉 뻗고 시무룩한 표정을 지으며 손으로 가슴을 받쳤다. 손가락으로 젖꼭지를 돌려서 단단하게 만든 리사는 가르랑거리는 목소리로 말했다.

"용서해 줘. 내가 멍청했어, 얀. 내가 어떤지 알잖아. 가끔 생각 없이 말하는 거. 보상할 방법이 없을까?"

그녀는 뭔가를 연상시키듯 집게손가락을 빨더니 손을 은밀한 곳으로 미끄러뜨렸다.

얀은 몸이 반응하는 것을 마지못해 느끼면서 적어도 한 가지 목적으로 그녀를 이용할 수 있겠다고 생각했다. 그는 넥타이를 풀었다.

❄

멜베리는 생각에 잠긴 채 사타구니를 긁었다. 그 행동 때문에 자기 앞에 모여 앉은 사람들이 혐오감을 드러낸다는 사실도 알아차리지 못한 채. 그는 오늘을 위해 정장을 차려입었다. 조금 끼기는 했지만, 세탁소에서 드라이클리닝을 제대로 못한 탓이리라. 실수로 정장을 너무 높은 온도에서 돌린 것이 틀림없었다. 젊었을 때보다 아주 약간 몸무게가 늘었다는 사실은 알았지만, 새 정장을 사는 것은 돈 낭비라는 생각이 들었다. 질 좋은 옷은 시간에 구애받지 않는 법이니까. 세탁소의 바보들이 일을 제대로 못하는 것까지 자신이 어떻게 할 수는 없는 노릇이었다.

멜베리는 사람들의 주의를 끌려고 헛기침을 했다. 잡담 소리와 의자 끄는 소리가 멈추고 모든 시선이 책상 뒤에 앉은 그에게 향했다. 한데 모인 의자들은 그의 앞에서 반원을 그리고 있었다. 멜베리는 말없이 엄숙한 표정으로 사람들을 바라보았다. 이 순간을 최대한 즐기고 싶었다. 그는 기진맥진해 보이는 파트리크를 보며 얼굴을 찌푸렸다. 부하들이 자유 시간에 무엇을 하든 그가 상관할 바는 아니었지만, 한창 근무하는 주중에는 파티나 음주 따위를 자제하는 것이 마땅했다. 멜베리는 자신이 어제 저녁에 술을 반병이나 비웠다는 사실은 무시한 채, 파트리크를 따로 불러서 경찰서의 음주 방침을 일러둬야겠다고 머릿속에 메모했다.

"모두 알다시피 피엘바카에서 또 다른 살인 사건이 발생했다. 범인이 둘일 확률은 매우 낮으니, 알렉산드라 비크네르를 살해한 범인이 안데르스 닐손도 살해했다는 전제 아래 수사를 진행해야 한다고 생각한다."

멜베리는 자신의 목소리 울림과 눈앞의 얼굴들에 드러난 열의와 관심을 한껏 즐겼다. 이것이야말로 그의 전문 분야였다. 그는 이 역할을 맡고자 태어난 것이었다.

"안데르스 닐손이 오늘 아침에 술친구인 벵트 라르손에게 발견되었다. 희생자는 목매달려 있었고, 예테보리 서의 사전 정보에 따르면 적어도 어제부터 그 상태로 있었다고 한다. 더 정확한 정보를 입수하기 전까지는 이 가설을 토대로 수사해야 할 것이다."

멜베리는 '가설'이라는 단어의 어감을 좋아했다. 눈앞에 있는 사람들의 숫자는 그리 많지 않았지만, 그의 마음속에서는 그 숫자가 훨씬 더 많았고 그들이 보이는 관심도 대단했다. 그들이 기다리는 것은 자신의 말과 명령이었다. 멜베리는 만족스럽게 주위를 둘러보았다. 안니카는 코끝에 독서용 안경을 걸친 채 랩톱 컴퓨터의 키보드를 열심히 두드리고 있었다. 풍만하고 여성스러운 몸은 잘 재단된 노란색 재킷과 그에 어울리는 치마에 가려져 있었다. 멜베리는 그녀에게 윙크했다. 그녀를 놀라게 하지 않으려면 그 정도가 최선일 터였다. 안니카 옆에는 금방 쓰러질 것 같은 파트리크가 앉아 있었다. 눈꺼풀은 무거워 보였고 눈은 확실히 충혈되어 있었다. 멜베리는 정말로 최대한 빨리 그와 이야기해야겠다고 다짐했다. 자신에겐 부하가 직업 경찰로서 어떤 모습을 보여야 하는지 말할 권리가 있으니까.

파트리크와 안니카 외에도 타눔스헤데 경찰서 직원이 세 명 더 있었다. 예스타 플뤼가레는 서에서 가장 나이가 많았다. 예스타는 앞으로 2년밖에 남지 않은 정년퇴직까지 되도록 일을 하지 않으려고 애썼다. 퇴직하고 나면 무척 좋아하는 골프를 치면서 여생을 보낼 생각이었다. 그는 10년 전 아내가 암으로 죽었을 때, 갑자기 주말이 너무 길고 외롭게 느껴져서 골프를 치기 시작했다. 그런데 곧 골프에 푹 빠지게 되어, 이제는 처음부터 손톱만큼도 관심 없었던 경찰 일을 골프장에 가지 못하게 하는 방해물 정도로 여겼다.

예스타는 얼마 안 되는 봉급을 열심히 저축해서 스페인의 코스타 델 솔에 아파트를 한 채 사 두었다. 머지않아 여름철에는 스웨덴에서 골프를 치고 그외 계절에는 스페인에서 골프를 치며 여생을 보내게 될 터였다. 이번 연쇄살인 사건이 처음으로 흥미를 불러일으켰다는 사실은 인정했지만, 계절이 허락하면 당장이라도 골프장을 돌고 싶은 마음이 더 간절했다.

예스타 옆에는 서에서 가장 나이가 어린 경찰관이 앉아 있었다. 마르틴 몰린은 전 직원에게서 각기 다양한 정도의 부성애(또는 모성애)를 이끌어냈다. 직원들은 마르틴이 눈치채지 못하게 조심하면서, 번갈아 가며 그의 보이지 않는 목발이 되어 주었다. 그에게는 어린아이라도 쓸 수 있는 보고서만 맡겼고, 그것도 멜베리에게 제출하기 전에 미리 훑어보고 전부 고쳤다.

마르틴은 경찰 아카데미를 졸업한 지 기껏 해야 1년밖에 되지 않았다. 그들은 그가 어렵게 훈련 과정을 이수해서 시험에 통과했다는 사실에 놀라움을 금치 못했다. 마르틴은 싹싹하고 성격 좋고 경찰 일에 어울리지 않게 순진했지만, 그 때문에 타눔스헤데 서에 대단한 해를 끼친 적은 없었다. 그래서 그들은 마르틴이 온갖 장애물을 넘을 수 있도록 기꺼이 도왔다. 특히 안니카는 마르틴을 어미 새처럼 보살폈고, 때때로 커다란 젖가슴에 그를 와락 껴안아서 직원들에게 재미있는 볼거리를 제공했다.

그럴 때면 마르틴의 얼굴은 늘 뻗쳐 있는 새빨간 머리카락과 빨간 주근깨처럼 벌겋게 달아올랐다. 그러나 그는 안니카를 무척 따랐고, 항상 잘 풀리지 않는 연애 문제를 상담하고 싶을 때 저녁에 안니카 부부를 보러 갔다. 마르틴의 순진함과 상냥함은 아침으로 남자를 먹고 나서 나머지를 뱉어내는 여자들을 자석처럼 끌어당기는 듯했다. 그러나 안니카는 변함없이 그의 말을 들어 주고 갈가리 찢긴 자신감을 꿰매서 세상으로 돌려보냈다. 언젠가는 주근깨투성이 외모 아래 숨겨진 보석 같은 남자를 알아볼 여자가 나타나길 바라면서.

마지막으로 남은 직원은 인기도 꼴찌였다. 에른스트 룬드그렌은 다른 사람들을 희생시켜서 승진할 수 있는 기회를 절대 놓치지 않는 최고의 아첨꾼이었다. 에른스트가 아직 독신이라는 사실에 놀라는 사람은 아무도 없었다. 그는 매력적인 남자와는 거리가 멀었다. 그보다 더 못생긴 남자도 좋은 성격을 내세워 파트너를 찾건만, 에른스트는 성격도 완전히 꽝이었다. 그래서 지금은 타눔스헤데에서 남쪽으로 약 10킬로미터 떨어진 곳에 있는 농장에서 노모와 함께 살고 있었다. 소문에 따르면 그 지역에서 알코올중독자에 매우 난폭하기로 악명 높은 에른스트의 아버지는 헛간에서 건초용 갈퀴 위로 떨어졌을 때 아내의 도움을 받았다고 한다. 이제는 오래된 일이있지만 사람들은 달리 재미있는 이야깃거리가 없을 때면 번번이 그 소문을 입에 올렸다. 어찌 됐건 오로지 어머니만이 에른스트를 사랑할 수 있는 사람이라는 점은 분명했다. 뻐드렁니, 헝클어진 머리, 커다란 귀에 불같은 성질과 자기 자랑까지, 호감을 품을 구석이 하나도 없었기 때문이다. 그는 멜베리의 말이 진주알이라도 되는 것처럼 한 마디 한 마디 새겨들으면서, 서장이 말하는 데 감히 아주 조그만 소음이라도 내는 사람들을 조용히 시키느라 여념이 없었다.

"안데르스가 그 술주정뱅이에게 살해당하지 않았다는 사실은 어떻게 압니까? 그가 오늘 아침에 안데르스를 발견한 척만 하는 거라면요?"

멜베리는 에른스트의 안목을 칭찬하듯 고개를 끄덕였다.

"아주 좋은 질문이야, 에른스트. 아주 좋아. 하지만 내가 말했듯이, 우린 범인이 알렉스 비크네르를 살해한 놈과 같다는 가정 아래 수사할 것이다. 그러나 만약을 위해, 어제 벵트 라르손이 어디 있었는지 확인해야 할 것이다."

멜베리는 펜으로 에른스트를 가리키면서 나머지 사람들을 둘러보았다.

"우리가 이 사건을 해결하는 데 필요한 건 이런 기민한 생각이다. 모두 에른스트를 본받도록. 나머지는 에른스트의 수준에 이르려면 한참 노력해야 한다."

에른스트는 겸손하게 눈을 내리깔았지만, 멜베리가 다른 곳으로 주의를 돌리자마자 동료들을 의기양양하게 바라보았다. 안니카는 큰 소리로 코웃음치고는 에른스트의 화난 얼굴을 눈 하나 깜짝하지 않고 쏘아보았다.

"자, 무슨 얘길 하고 있었지?"

멜베리는 엄지손가락을 재킷 아래 입은 멜빵 고리에 걸고 의자를 빙글 돌렸다. 그는 알렉스 비크네르 사건을 추적하고자 뒤쪽 벽에 세워 둔 화이트보드를 마주하게 되었다. 비슷한 화이트보드가 옆에 놓여 있었지만, 그 위에는 구급대원들이 안데르스의 시체를 내리기 전에 찍은 폴라로이드 사진만 한 장 붙어 있을 뿐이었다.

"그럼, 지금까지 우리가 아는 게 뭐냐? 안데르스 닐손의 시신이 오늘 아침에 발견됐고, 사전 보고서에 따르면 그는 어제 죽었다고 한다. 안데르스의 목을 매단 사람은 한 명이나 그 이상으로 보이는데, 성인 남자를 천장까지 끌어 올리려면 상당한 힘이 필요할 테니 한 명 이상일 것이다. 우리가 모르는 건 범행 방법이다. 아파트 안이나 안데르스의 시신을 살펴봐도 싸운 흔적은 없다. 살해 전이든 후든 안데르스를 거칠게 다뤘다면 멍이 생겼을텐데 그것도 없다. 방금 말한 것들은 사전 정보일 뿐이지만 부검이 끝나는 대로 확인할 수 있을 것이다."

파트리크가 펜을 흔들었다.

"부검 보고서는 언제 볼 수 있습니까?"

"부검할 시체가 쌓여 있는 모양이라서, 유감스럽게도 보고서가 언제 완성될지 알 수 없다."

아무도 놀라지 않은 듯했다.

"우린 안데르스 닐손과 첫 살인 희생자인 알렉산드라 비크네르 사이에 분명한 연관이 있다는 점도 안다."

이제 멜베리는 일어서서 첫 번째 화이트보드 중앙에 있는 알렉산드라의 사진을 가리켰다. 그녀의 어머니에게서 받은 사진이었는데, 생전의 그녀가 얼마나 아름다웠는지 깨닫고 모두 다시 한 번 놀랐다. 그래서 그 옆에 붙은 사진, 즉 머리카락과 속눈썹에 얼음이 언 채 푸르스름하고 창백한 얼굴로 욕조에 누워 있는 알렉산드라의 사진이 더욱 끔찍해 보였다.

"이 안 어울리는 한 쌍은 성관계를 했다. 안데르스 자신이 시인했고, 그의 진술을 뒷받침할 증거도 있다. 우리가 모르는 건 그 관계가 얼마나 오래

지속되었고, 그들이 어떻게 서로 알게 되었으며, 무엇보다도 아름다운 상류층 여자가 침대 파트너로 왜 지저분하고 역겨운 알코올중독자를 선택했느냐는 점이다. 여기엔 의심스러운 점이 있다. 냄새가 나."

멜베리는 빨간 주먹코 옆을 집게손가락으로 두어 번 톡톡 쳤다.

"마르틴, 자넨 이걸 더 깊이 파고들어. 지금보다 훨씬 더 강하게 헨리크 비크네르를 압박해야 해. 그 남자는 인정한 것보다 더 많이 알고 있어. 확실해."

마르틴은 열심히 고개를 끄덕이면서 필사적으로 메모했다. 안니카는 독서용 안경 너머로 다정하고 자애로운 표정을 지으며 마르틴을 바라보았다.

"유감스럽게도, 첫 번째 살인 사건의 용의자가 살해당했기 때문에 수사가 원점으로 돌아갔다. 안데르스는 살인범에 아주 잘 맞아떨어지는 것처럼 보였지만 이제 사건은 완전히 다른 국면으로 접어들었다. 파트리크, 자넨 비크네르 살인 사건에 관한 모든 자료를 검토해야 할 거야. 아주 상세한 부분까지 확인하고 또 확인해. 그 자료 속에 우리가 놓친 단서가 있어."

멜베리는 TV 경찰 드라마에서 그 대사를 듣고 나중에 써먹으려고 외워 두었다.

이제 임무를 할당받지 않은 사람은 예스타뿐이었다. 멜베리는 자신의 목록을 보며 잠시 생각했다.

"예스타, 자넨 가서 알렉스 비크네르의 가족과 이야기해. 우리에게 말하지 않은 게 더 있을지도 몰라. 알렉스의 친구와 적, 어린 시절, 성격 등 알아낼 수 있는 건 다 물어봐. 부모와 여동생과 얘기하되, 한 번에 한 사람씩 이야기해야 해. 내 경험으로는 그렇게 하면 사람들을 최대한 이용할 수 있어. 헨리크 비크네르와 이야기할 마르틴과 함께 움직여."

예스타는 구체적인 임무가 떨어지자 움찔하면서 체념한 듯 한숨을 쉬었다. 혹독한 겨울에 골프 칠 시간을 뺏겨서가 아니라, 지난 몇 년 동안 일을 제대로 하지 않는 데 익숙해졌기 때문이다. 시간을 죽이려고 컴퓨터로 혼자 카드 게임을 하면서 바쁜 척하는 기술을 터득했건만, 이제 구체적인 결과를 내야 하는 짐을 지게 된 것이었다. 평화로운 시절은 끝났다. 아마 초과근무 수당을 받지도 못할 터였다. 예테보리를 왔다 갔다 하는 데 드는 휘발유 값이라도 받을 수 있으면 다행이었다.

멜베리는 손뼉을 치며 그들을 쫓아냈다.

"자, 어서 시작하자고. 이 사건을 해결하고 싶으면 엉덩이를 붙이고 앉아 있어선 안 돼. 모두 이전보다 훨씬 열심히 일할 거라고 생각한다. 그리고 이 사건이 끝날 때까지 휴일은 없다. 그때까지 자네들의 시간은 내 거야. 어서들 움직이라고."

어린아이들처럼 쫓아내는 데 이의를 제기할 사람이 있을 법도 했지만 아무도 입을 열지 않았다. 그들은 일어서서 지금까지 앉아 있던 의자를 한 손에 들고 공책과 펜을 다른 손에 들었다. 에른스트 룬드그렌만 남았지만, 멜베리는 웬일로 아첨을 들을 기분이 아니어서 에른스트도 쫓아냈다.

아주 생산적인 하루였다. 물론 비크네르 살인 사건의 주요 용의자가 막다른 골목으로 드러난 점에는 대단히 실망했다. 그러나 적어도 하나 더하기 하나는 둘 이상이었다. 이렇게 작은 구역에서는 한 건의 살인이 사건이라면, 두 건의 살인은 대사건이었다. 이전에는 비크네르 사건을 해결하면 예테보리 서로 가는 편도 차표를 확보했겠지만, 이제 두 건의 살인 사건을 깔끔하게 해결하면 예테보리 서에서 제발 돌아오라고 먼저 애원할 것이 분명했다.

베르틸 멜베리는 밝은 앞날을 상상하면서, 의자에 등을 기대고 세 번째 서랍에서 멈스 멈스 초콜릿 머랭 비스킷을 꺼내어 즐거운 마음으로 한입에 모두 털어 넣었다. 그런 다음 머리 뒤로 손을 깍지 긴 채 눈을 감고 잠깐 낮잠을 자기로 마음먹었다. 어쨌든 곧 점심시간이었으니까.

✳

파트리크가 떠난 뒤 에리카는 두어 시간 정도 자려고 애썼지만 실패했다. 안에서 온갖 감정이 서로 부대끼는 바람에 침대에서 뒤척이기만 했다. 자꾸 미소가 슬금슬금 비어져 나왔다. 이렇게 행복해도 되는 걸까? 어떻게 해야 할지 모를 정도였다. 그녀는 옆으로 누워서 손으로 오른뺨을 받쳤다.

오늘은 모든 것이 더 밝아 보였고, 더 쉽게 다룰 수 있을 듯했다. 알렉스의 죽음, 출판사에서 초조하게 기다리고 있지만 진도가 잘 나가지 않는 책, 부모님의 죽음 때문에 느끼는 슬픔, 어린 시절에 살던 집을 파는 문제 등 모든 것이 오늘은 견디기 쉽게 느껴졌다. 문제가 사라진 것은 아니었지만, 에리카는 처음으로 자신의 세계가 무너지지 않을 것이고 어떤 문제든 해결할 수 있다고 진심으로 확신했다.

하루 스물네 시간 만에 이렇게 변하다니. 어제 이 시간에는 가슴에 묵직함을 느끼며 잠에서 깨어났다. 그 너머를 볼 수 없는 외로움에 깨어났다. 그런데 오늘은 아직도 피부에서 파트리크의 손길이 실제로 느껴지는 것 같았다. '실제로'라는 말은 사실 틀렸다. 아니면 너무 의미가 제한되었거나.

그녀는 외로움이 둘이 함께한다는 느낌으로 바뀌었다는 것을 온몸으로 알 수 있었다. 영원히 위협적일 것 같던 침실의 고요함은 이제 평화롭게 느껴졌다. 벌써 파트리크가 그리웠지만 그가 어디에 있든 자신을 생각하고 있다는 것을 알았기에 든든했다.

마치 구석에 자리 잡은 오래된 거미집과 마음속에 쌓인 먼지를 빗자루로 모두 쓸어 버린 것 같았다. 그러나 그 때문에 지난 며칠 동안 마음속을 차지한 생각에서 더 이상 달아날 수 없다는 점도 깨달았다.

알렉스 아이 아버지의 정체가 하늘에서 활활 타오르는 글씨처럼 나타난 뒤로, 그 사실에 직면하기가 두려웠다. 실은 여전히 피하고 싶었다. 그러나 내면에서 느껴지는 새로운 힘 덕분에 딜레마를 제쳐 놓지 않고 마주할 수 있게 되었다. 그녀는 무엇을 해야 할지 알았다.

에리카는 끓는 듯이 뜨거운 물을 맞으며 오랫동안 샤워했다. 모든 것이 새롭게 시작된 듯한 오늘 아침을 깨끗한 몸으로 맞고 싶었다. 옷을 따뜻하게 입은 그녀는 바깥 기온을 흘긋 살펴보고 차 시동이 쉽게 걸리기를 기도했다. 운이 좋았다. 한 번 만에 시동이 걸렸다.

에리카는 운전을 하면서 어떻게 말을 꺼낼지 줄곧 생각했다. 연습 삼아 몇 번 시도해 보았지만 매번 점점 더 어설퍼져서, 결국 생각나는 대로 말해야겠다고 마음먹었다. 그럴 능력은 없었지만, 그렇게 하는 것이 옳다는 자신의 감을 따르기로 했다. 파트리크에게 전화해서 자신의 의혹을 말할까 아주 잠시 생각했지만, 먼저 직접 확인해야겠다고 결심하며 그 생각을 재빨리 털어 버렸다. 너무 많은 것들이 걸려 있었다.

목적지까지는 금방이었지만, 가는 시간이 영원처럼 느껴졌다. 바드호

텔 아래 있는 주차장으로 들어가자 단이 배에서 활짝 미소 지으며 손을 흔들었다. 그녀는 그가 여기 있으리라고 생각했다. 에리카는 손을 흔들었지만 미소 짓지는 않았다. 차 문을 잠그고 연갈색 더플코트 주머니에 손을 넣은 그녀는 단과 배가 있는 쪽으로 어슬렁어슬렁 걸어갔다. 안개가 끼고 우중충한 날이었지만 공기는 신선했다. 에리카는 어젯밤에 와인을 많이 마셔서 머릿속에 낀 안개를 쫓아 버리려고 두어 번 심호흡을 했다.

"안녕, 에리카."

"안녕."

단은 배 위에서 계속 일하고 있었지만 친구가 와서 반가워하는 듯했다. 에리카는 약간 불안한 마음으로 주위에 페르닐라가 없는지 살폈다. 지난번에 보인 그녀의 표정이 아직도 걱정스러웠기 때문이다. 그러나 현재 알고 있는 사실로 미루어 보니 갑자기 그녀를 훨씬 잘 이해할 수 있었다.

에리카는 낡고 오래된 고기잡이배가 얼마나 아름다운지 처음으로 깨달았다. 단은 아버지에게 물려받은 배를 매우 정성 들여 손질했다. 어부의 피가 흐르는 그에게 이제 고기잡이로 가족을 먹여 살릴 수 없다는 사실은 깊은 슬픔으로 다가왔다. 물론 타눔 학교의 교사 역할도 잘 해내고 있었지만, 그의 진정한 천직은 고기잡이였다. 그는 배에서 일할 때마다 미소 짓지 않을 수가 없었다. 힘든 일은 아무렇지도 않았고, 겨울 추위는 옷을 여러 벌 껴입어서 물리쳤다. 그는 무거운 밧줄을 들어 올려 어깨에 얹고 에리카 쪽을 돌아보았다.

"이게 뭐야? 오늘은 먹을 거 없어? 그게 버릇이 되지 않길 바라."

니트 모자 아래로 그의 금발이 몇 가닥 늘어뜨려져 있었다. 에리카의 앞에 거대한 기둥처럼 선 단은 크고 강해 보였다. 그는 힘과 기쁨으로 빛나고 있었고, 에리카는 그 기쁨에 종지부를 찍어야 한다는 사실이 마음 아팠다. 그러나 자신이 하지 않으면 다른 사람이 할 터였다. 최악의 경우에는 경찰이. 그녀는 지금부터 할 일이 그에게 친절을 베푸는 것이라고 확신했지만 자신이 감정의 회색 지대로 들어가고 있다는 사실을 알고 있었다. 주된 이유는 개인적으로 알고 싶어서였다. 그녀는 사실을 알아내야 했다.

단은 밧줄을 어깨에 얹은 채 배 앞쪽으로 가서 그것을 갑판 위로 던진 뒤, 뒤쪽 난간에 기대고 있는 에리카에게 돌아왔다.

에리카는 수평선 너머 먼 곳을 응시했다.

"나는 돈으로 사랑을 샀네, 그 외에는 아무것도 원하지 않았네."

단은 웃으면서 이어지는 시구를 덧붙였다.

"떨리는 현이여, 아름답게 노래하라. 내 사랑을 아름답게 노래하라."

에리카는 미소 짓지 않았다.

"아직도 프뢰딩을 가장 좋아해?"

"늘 그랬고, 앞으로도 그럴 거야. 학생들은 프뢰딩의 시를 더 읽으면 토할 것 같다고 난리지만, 그의 시는 아무리 많이 읽어도 모자라다고."

"그래, 우리가 함께였을 때 네가 준 프뢰딩의 시집, 아직도 갖고 있어."

단이 반대편 난간에 놓인 그물 상자를 옮기려고 뒤돌아보는 바람에, 에리카는 그의 등에 대고 말하는 셈이 되었다. 그녀는 가차 없이 말을 이었다.

"여자 친구가 생기면 늘 그 시집을 줘?"

그는 갑자기 일을 멈추고 충격을 받은 표정으로 에리카를 돌아보았다.

"그게 무슨 뜻이야? 네게 한 권 줬고. 그래, 페르닐라에게도 한 권 줬어. 페르닐라가 시집을 읽었는지는 의심스럽지만."

에리카는 단의 얼굴에 떠오른 불안함을 보았다. 그녀는 장갑 낀 손으로 기대고 있는 난간을 좀 더 꽉 쥐고 그의 눈을 똑바로 바라보았다.

"그럼 알렉스는? 알렉스에게도 줬어?"

단의 얼굴이 얼어붙은 만을 뒤덮은 눈처럼 새하얘졌다. 그러나 그 얼굴에는 안도감도 스쳐 지나갔다.

"그게 무슨 소리야? 알렉스라니?"

그는 항복하지 않았다.

"내가 저번에 지난주 어느 날 저녁, 알렉스의 집에 갔었다고 했지. 너한 테 얘기하진 않았지만, 그때 누군가가 집으로 들어왔어. 침실로 곧장 들어와서 뭔가를 가지고 갔지. 처음에는 그게 뭔지 기억나지 않았지만, 나중에 알렉스가 집에서 건 마지막 전화를 확인해 봤어. 그랬더니 네 휴대전화로 걸리더라. 그때서야 침실에서 뭐가 없어졌는지 기억났어. 우리 집에 있는 것과 똑같은 책."

단은 아무 말도 하지 않았다.

"왜 굳이 알렉스의 집에 들어와서 시집처럼 별 것 아닌 물건을 훔쳤는지 추측해 보는 건 어렵지 않았어. 책에 헌사가 쓰여 있기 때문이지, 안 그래? 누가 그녀의 연인인지 곧바로 지목해 줄 헌사 말이야."

"'나의 사랑과 열정을 바치며. 단.'"

그는 감정을 듬뿍 담은 목소리로 말했다. 이제 그가 바다를 멍하니 응시할 차례였다. 단은 갑자기 갑판 위의 상자에 앉아서 모자를 휙 벗었다. 머리카락이 사방으로 뻗쳤다. 장갑을 벗고 손으로 머리카락을 매만진 그는 에리카를 똑바로 바라보았다.

"난 들킬 수 없었어. 우리가 공유한 건 광기였거든. 강렬하고 모든 것을 태우는 광기. 우리의 현실과 부딪치게 내버려 둘 수 없는 거였어. 우린 둘

다 관계를 끝내야 한다는 걸 알았다고."

"알렉스가 죽은 금요일에 둘이 만나기로 했어?"

에리카의 말에 단의 얼굴 근육이 경련을 일으켰다. 알렉스가 죽은 뒤 단은 그날 알렉스를 만났다면 어떻게 되었을지 분명 수없이 생각해 보았으리라. 그랬다면 그녀가 아직 살아 있지 않을는지.

"응, 우린 금요일 저녁에 만나기로 했어. 페르닐라가 애들이랑 문케달에 사는 여동생 집에 가기로 했거든. 난 몸이 안 좋아서 집에 있겠다고 핑계를 댔어."

"그런데 페르닐라가 가지 않았구나, 그렇지?"

긴 침묵이 흘렀다.

"아니, 페르닐라는 나갔지만 난 집에 있었어. 휴대전화를 꺼 놓고. 알렉스가 절대 집으로 전화하지 않으리라는 걸 알았거든. 난 두려워서 가지 않았어. 감히 알렉스의 눈을 똑바로 보고 우리 관계가 끝났다고 할 수 없었어. 그녀도 조만간 그래야 한다는 걸 깨달았겠지만 내가 먼저 관계를 끝내고 싶지는 않았거든. 내가 천천히 물러나면 알렉스가 싫증을 내고 헤어지자고 할 줄 알았어. 아주 남자답지, 안 그래?"

에리카는 가장 힘든 부분이 남아 있다는 사실을 알았지만, 대화를 이어 갈 수밖에 없었다. 자신이 말하는 것이 나을 테니까.

"하지만 단, 알렉스는 관계가 끝나야 한다는 걸 이해하지 못했어. 그 앤 너와의 미래를 꿈꿨다고. 네가 가족을 떠나고 자기가 헨리크를 떠나서 두 사람이 영원히 행복하게 사는 미래 말이야."

단은 그녀의 말 한 마디 한 마디에 움츠러드는 듯했다. 그러나 아직 최악의 이야기가 남아 있었다.

"단, 알렉스는 임신한 상태였어. 네 아이야. 금요일 밤에 너한테 말하려고 했던 것 같아. 그 앤 축하 파티를 준비하면서 샴페인을 얼음에 담가뒀어."

단은 에리카를 볼 수가 없었다. 시선을 멀리 고정하려고 애썼지만, 눈물이 흘러 모든 것이 뿌옇게 변했다. 내면 깊은 곳에서 슬픔이 차올랐고, 눈물이 뺨을 타고 흘렀다. 그는 흐느껴 울면서 장갑으로 콧물을 계속 닦아냈다. 그러다가 마침내 양손에 머리를 묻고 얼굴 닦는 것을 그만두었다.

에리카는 단의 옆에 쪼그리고 앉아서 그를 위로하려고 팔을 둘렀다. 그러나 단은 그녀의 팔을 떨어냈다. 그녀는 그가 제 발로 들어간 지옥에서 혼자 빠져나와야 하리라는 것을 알았다. 그래서 눈물이 잦아들고 단이 다시 숨을 쉴 만할 때까지 팔짱을 낀 채 기다렸다.

"알렉스가 임신한 건 어떻게 알았어?"

그는 말을 더듬었다.

"비리트 아줌마와 헨리크와 함께 경찰서에 갔을 때 들었어."

"헨리크의 아이가 아니라는 걸 그 사람들이 알아?"

"헨리크는 확실히 알겠지만, 비리트 아줌마는 몰라. 아줌마는 헨리크가 애 아버지라고 생각해."

단이 고개를 끄덕였다. 알렉스의 부모님이 아이 아버지의 정체를 모른다는 사실이 조금 위로가 되는 듯했다.

"둘이 어떻게 만났어?"

에리카는 단이 잠깐만이라도 태어나지 못한 아기를 생각하지 않길 바랐다. 그에게 작으나마 숨 쉴 여유를 주고 싶었다.

그가 쓸쓸하게 미소 지었다.

"아주 전형적이야. 피엘바카에서 우리 나이에 사람들을 만나게 되는 곳이 어딜까? 물론 갈레렌에서 맥주 한잔하면서지. 우린 술집에서 서로 눈을 마주쳤는데 꼭 배를 걷어차인 것 같았어. 난 지금까지 여자에게 그렇게 끌려 본 적이 한 번도 없었어."

에리카는 그 말에서 약간, 아주 약간 질투를 느꼈다. 단이 말을 이었다.

"그때는 아무것도 하지 않았어. 하지만 2주 뒤에 알렉스가 내 휴대전화로 전화했어. 난 차를 몰고 그녀를 보러 갔지. 그때부터 일이 점점 걷잡을 수 없게 됐어. 우린 페르닐라가 외출할 때만 만났어. 밤에는 그렇게 많이 만나지 못했다는 얘기지. 우린 보통 낮에 만났어."

"이웃 사람들이 네가 알렉스네 집에 가는 걸 볼지도 모른다는 생각은 안 해 봤어? 이 마을에서 소문이 얼마나 빨리 퍼지는지 알면서."

"물론 생각해 봤어. 난 뒤뜰 담장을 넘어 지하실 출입문으로 들어갔어. 정말 솔직하게 말하면, 그것도 아주 흥분되는 일 중 하나였어. 위험과 도박."

"그렇지만 네가 얼마나 많은 걸 걸고 있었는지 몰랐어?"

단은 모자를 만지작거리면서 시선을 계속 갑판에 고정하고 말했다.

"물론 알았어. 한편으로는. 하지만 다른 한편으로는 들키지 않을 거라고 생각했어. 다른 사람들은 잡혀도 나는 아닐 거라고. 다들 그렇게 생각하잖아?"

"페르닐라는 알아?"

"아니. 확실히는 몰라. 그렇지만 의심은 하는 것 같아. 우리가 여기 있는 걸 보고 어떻게 반응하는지 봤잖아. 지난 몇 달 동안 계속 그랬어. 질투하고 경계하고. 어떤 일이 일어나고 있다는 걸 알아차린 게 분명해."

"지금 페르닐라에게 얘기해야 한다는 거 알잖아."

단은 고개를 마구 흔들었다. 다시 두 눈에 눈물이 차올랐다.

"안 돼, 에리카. 난 못해. 난 이번 일이 벌어진 뒤에야 페르닐라가 얼마나 소중한 사람인지 깨달았어. 알렉스는 열정이었지만, 페르닐라와 아이들은 내 인생이라고. 난 못해!"

에리카는 몸을 앞으로 숙여 단의 손 위에 자신의 손을 얹었다. 그녀의 목소리는 차분하고 또렷했으며 내면에서 느끼는 동요가 전혀 드러나지 않았다.

"단, 얘기해야 해. 경찰은 아이 아빠가 누군지 알아야 하는데, 지금이면 페르닐라에게 네 방식대로 말할 수 있어. 조만간 경찰이 자력으로 알아내면, 넌 페르닐라에게 네가 원하는 방식으로 설명할 수 없게 돼. 그러면 선택의 여지가 없어지는 거야. 그리고 페르닐라가 뭘 알고 있거나 적어도 의심하는 것 같다며. 네가 얘기하면 너희 두 사람에게 위안이 될지도 몰라. 의심을 풀어 줘."

에리카는 단이 자신의 이야기를 받아들이고 있다는 것을 알았다. 또 그가 떨고 있다는 것도 느낄 수 있었다.

"하지만 페르닐라가 날 떠나면 어떡해? 애들을 데리고 날 떠나면 어떡하냐고, 에리카. 그럼 난 어디로 가지? 난 가족 없이는 아무것도 아냐."

에리카의 내면에서 아주 작은 목소리가 그런 생각을 더 일찍 했어야 했다고 잔인하게 속삭였지만, 더 큰 목소리가 작은 목소리를 누르면서 비난할 시간은 지나갔다고 말했다. 지금은 더 중요한 문제에 신경 써야 할 때였다. 에리카는 몸을 앞으로 숙여 그를 안고 손으로 등을 쓰다듬었다. 처음에는 흐느낌이 더 심해졌지만 이내 서서히 잦아들었다. 그녀는 단이 자신의 품에서 벗어나 눈물을 닦는 모습을 보고, 그가 피할 수 없는 일을 미루지 않으리라고 결심했다는 것을 알았다.

에리카는 차를 몰고 부두를 빠져나오면서 백미러로 단을 보았다. 그는 사랑하는 배 위에 꼼짝 않고 서서 수평선을 뚫어지게 바라보고 있었다. 그녀는 단이 적절한 말을 찾길 기도했다. 쉽지 않을 테니까.

❄

하품이 발끝에서 온몸으로 좍 퍼지는 듯했다. 파트리크는 살면서 이렇게 피곤했던 적이 없었다. 이렇게 행복했던 적도 없었고.

눈앞에 놓인 거대한 서류 더미에 집중하기가 쉽지 않았다. 살인 사건이 일어나면 엄청난 양의 기사가 쏟아져 나오는데, 그는 이제 수사를 진전시킬 아주 작은 퍼즐 조각을 찾기 위해 모든 기사를 샅샅이 훑어봐야 했다. 파트리크는 눈을 비빈 다음 에너지를 모으려고 숨을 깊이 들이마셨다.

그는 10분마다 의자에서 일어나 스트레칭을 하고, 커피를 마시고, 제자리에서 조금 뛰는 등 잠들지 않고 좀 더 오래 집중하는 데 도움이 될 만한 일은 다 했다. 에리카에게 전화하고 싶어서 손을 몇 번이나 전화기 쪽으로 뻗었지만 자제했다. 에리카가 자신만큼 피곤하다면 아직 자고 있을지도 모르니까. 사실 그는 에리카가 자고 있길 바랐다. 오늘밤에도 그녀를 일찍 재울 생각이 전혀 없었기 때문이다.

지난번에 기사를 훑어본 뒤로 한 더미의 서류가 더 쌓여 있었다. 로렌트 가에 관한 정보가 담긴 자료였다. 변함없이 부지런한 안니카는 로렌트

가가 언급된 과거 기사와 자료를 모두 찾아내서, 파트리크의 책상에 깔끔하게 쌓아 놓았다. 그는 서류 더미를 뒤집어서 맨 아래 있는 자료, 즉 전에 읽은 기사부터 차례대로 읽었다. 두 시간 뒤, 그의 상상력을 가동한 것은 아무것도 없었다. 놓친 것이 있다는 느낌은 강하게 들었지만, 그것이 무엇인지 여전히 알 수 없었다.

서류 더미 한참 아래쪽에서 처음으로 흥미진진한 새 정보가 나왔다. 안니카가 끼워 넣은 자료로, 피엘바카에서 약 48킬로미터 떨어진 불라렌에서 일어난 방화 사건을 다룬 기사였다. 1975년에 쓰인 기사는 「보후슬레닝엔」의 한 면을 거의 다 차지하고 있었다. 1975년 7월 6일 밤, 한 집이 불에 타서 폭발한 것처럼 무너졌다. 불이 꺼졌을 때는 재만 남았고 집 안에서 두 사람의 유골이 발견되었다. 유골은 집주인 스티그 노린과 엘리사베트 노린으로 밝혀졌다. 부부의 열 살짜리 아들은 기적적으로 화재를 피했다. 아들은 별채 중 한 곳에서 발견되었다. 「보후슬레닝엔」에 따르면 화재를 둘러싼 정황이 의심스러우며 경찰은 이 사건을 방화로 추정했다고 한다.

기사는 폴더에 클립으로 고정되어 있었고 폴더 안에는 경찰 보고서가 있었다. 파트리크는 이 기사가 로렌트 가와 무슨 상관이 있는지 아리송했지만, 일단 보고서를 열어 보았다. 노린 부부의 열 살짜리 아들 이름이 나와 있었다. 소년의 이름은 얀이었다. 폴더에는 양부모의 집으로 로렌트 가가 언급되어 있는 사회복지기관의 보고서도 들어 있었다. 파트리크는 낮게 휘파람을 불었다. 이것이 알렉스의 죽음이나 안데르스 살인 사건과 어떤 연관이 있는지는 확실하지 않았지만, 의식 가장자리에서 어떤 영상이 떠올랐다. 집중하려고 하자마자 희미하게 사라졌지만, 그것은 올바른 길로 접어들었다는 뜻이기도 했다. 그는 머릿속으로 메모한 다음 또다시 책상에 쌓인 자료를 하나하나 꼼꼼히 살펴보았다.

파트리크의 공책은 서서히 채워졌다. 카린은 괴발개발인 그의 글씨를 보며 차라리 선생님이 되었어야 한다고 놀렸다. 그러나 중요한 것은 그가 자기 글씨를 알아볼 수 있다는 점이었다. 할 일 목록을 구체적으로 적기도 했지만, 자료를 읽으면서 생긴 궁금증을 크고 까만 물음표와 함께 적은 것이 대부분을 차지했다. 알렉스가 화려한 만찬을 준비해 놓고 기다린 남자는 누구일까? 알렉스가 남몰래 만나던 남자는 누구일까? 알렉스가 임신한 아이의 아빠는 누구일까? 혹시 안데르스일까? 물론 그는 아니라고 했지만. 아니면 아직 경찰에서 정체를 밝히지 못한 사람일까? 왜 알렉스처럼 아름답고 품위 있고 돈도 많은 여자가 안데르스 같은 남자와 바람을 피우려고 했을까? 알렉스는 왜 서랍장에 닐스 로렌트의 실종 사건에 관한 기사를 숨겼을까?

질문 목록은 점점 길어졌다. 파트리크는 공책 세 번째 페이지를 펴고 안데르스의 죽음을 다룬 기사들을 살펴보았다. 아직까지 안데르스에 관한 기사는 별로 많지 않지만, 곧 척척 쌓일 터였다. 지금은 안데르스의 아파트를 압수수색한 결과 보고서를 포함해서 열 건의 자료밖에 없었다. 안데르스에 관한 가장 큰 의문은 그가 어떻게 죽었는가 하는 점이었다. 파트리크는 그 질문에 까만 펜으로 밑줄을 여러 번 박박 그었다. 살인범 또는 살인범들은 어떤 방법으로 안데르스를 천장 고리까지 들어 올렸을까? 부검 보고서가 나오면 더 많은 사실을 알게 되겠지만, 현장에서 안데르스의 시신을 봤을 때는 오늘 아침 회의에서 멜베리가 지적한 대로 싸운 흔적이 전혀 없었다. 의식이 없는 사람은 대단히 무겁게 느껴지는 법인데, 범인은 밧줄을 고리에 묶기 위해 안데르스를 꽤 높이 들어 올려야 했을 터였다.

파트리크는 이번만큼은 멜베리가 옳을지도 모른다—범인이 한 명 이 상이다—는 가능성에 무게를 싣고 있었다. 알렉스가 살해당했을 때의 모습과는 사뭇 달랐지만, 그들이 찾고 있는 살인범이 같은 사람이라는 점만큼은 맹세할 수 있었다. 그는 처음 의문을 품은 후, 점점 더 그것이 진실이라고 확신하게 되었다.

파트리크는 안데르스의 아파트에서 찾은 서류들을 살펴보면서 책상에 부채꼴 모양으로 펼쳐 놓았다. 그리고 연필 한 자루를 이로 문 채 자기도 모르게 질겅질겅 씹었다. 입안에서 연필의 노란 조각들이 잔뜩 느껴졌다. 그는 몇 조각을 뱉고 혀에 붙은 나머지 조각들을 떼어 내려고 했다. 그러나 소용없는 일이었다. 연필 조각들은 손가락에도 달라붙었다. 파트리크는 조각들을 떼어 내려고 손가락을 몇 번 더 튀기다가 결국 포기하고 책상에 펼쳐 놓은 서류들로 주의를 돌렸다. 첫눈에 흥미를 불러일으키는 자료가 없어서, 우선 텔리아 전화 영수증을 집어 들었다. 안데르스는 전화를 거의 걸지 않았지만 고정 요금을 포함한 요금 합계는 꽤 많았다. 요금청구서에는 발신 내역도 첨부되어 있었다. 파트리크는 오늘이 지루하고 반복적인 일을 하기에 안성맞춤인 날이라고 생각하지 않았지만, 이제부터 조금 구식으로 일해야 하리라는 점을 깨닫고 한숨을 쉬었다.

그는 목록에 있는 전화번호를 차례대로 돌려 보았고, 이내 안데르스가 몇 안 되는 번호로만 전화를 걸었다는 사실을 알았다. 그러나 유독 한 번호가 눈에 띄었다. 목록 윗부분에서는 한 번도 보이지 않았지만, 처음 나타난 뒤로는 가장 빈번하게 눈에 띈 번호였다. 파트리크는 그 번호로 전화를 걸고 신호가 울리게 내버려 두었다.

신호가 여덟 번 울리고 나서 전화를 막 끊으려던 찰나 자동응답기가 켜졌다. 파트리크는 수화기 저편에서 들려오는 이름을 듣고 갑자기 허리를 꼿꼿하게 세우다가 허벅지 근육이 땅기는 바람에 고통에 몸부림쳤다. 다리를 책상 위에 올려놓았기 때문이다. 그는 다리를 바닥으로 내려놓고 오른쪽 허벅지 안쪽 근육을 마사지했다.

파트리크는 메시지를 남기라는 삐 소리가 끝나기 전에 수화기를 내려놓았다. 공책에 적은 메모들 중 하나에 동그라미를 치고, 잠시 생각해 본뒤 다른 번호로 전화를 걸었다. 하나는 혼자서 해결하고 싶었지만, 다른 하나는 안니카에게 맡길 수 있을 터였다. 그는 공책을 들고 안니카의 사무실로 들어갔다. 코끝에 안경을 걸친 채 열심히 키보드를 두드리던 그녀는 궁금한 표정으로 그를 바라보았다.

"나 도우러 온 거죠? 터무니없이 무거운 내 짐을 덜어 주려고. 맞죠?"

"음, 그 생각으로 온 게 아닌데요."

파트리크가 싱긋 웃었다.

"내 그럴 줄 알았지."

안니카는 짐짓 화난 표정을 지었다.

"자, 위궤양 초기인 이 몸에게 무슨 일로 오셨을까?"

"정말 작은 부탁이에요."

파트리크는 엄지와 검지 사이를 1밀리미터 정도 벌렸다.

"좋아요. 어디 들어 봅시다."

파트리크는 의자를 끌어당겨 안니카의 책상 앞에 앉았다. 그녀의 사무실은 무척 작았지만 확실히 서에서 가장 기분 좋은 곳이었다. 수많은 식물들은 건강하고 잘 자랐는데 그야말로 작은 기적이었다. 사무실 안의 빛이라곤 휴게실 쪽으로 난 창문으로 들어오는 것밖에 없었기 때문이다. 차가운 콘크리트 벽은 안니카와 남편 렌나르트가 사랑해 마지않는 개들과 단거리 자동차 경주 사진들로 뒤덮여 있었다. 안니카와 렌나르트가 키우는 까만 래브라도 두 마리는 주말마다 자동차 경주가 열리는 곳이면 어디든 함께 갔다. 실제로 경주에 참가하는 사람은 렌나르트였지만, 안니카는 늘 따라가서 남편을 응원했고 점심이 되면 먹을 것과 커피 보온병이 든 바구니를 건넸다. 사실 경주에서 만나는 사람들은 늘 똑같았기 때문에 시간이 흐르면서 서로 끈끈한 관계를 맺게 되었다. 그들은 서로 가장 친한 친구라고 생각했다. 자동차 경주는 한 달에 적어도 두 번은 열렸는데, 그런 날에는 안니카를 설득해서 일하게 하는 것이 불가능했다.

파트리크는 자신이 쓴 메모를 내려다보았다.

"음, 알렉산드라 비크네르의 삶을 목록으로 만드는 걸 좀 도와줄 수 있을까 해서요. 그녀의 죽음부터 시작해서 우리가 받은 모든 자료를 역순으로 재확인하는 거예요. 헨리크와 결혼한 지는 얼마나 되었는지, 스웨덴에 산 지는 얼마나 되었는지, 프랑스와 스위스에서 다닌 학교에 관한 정보는 무엇이 있는지 등등. 내가 뭘 바라는지 알겠어요?"

파트리크의 이야기를 들으면서 메모하던 안니카는 알겠다는 표정으로 그를 올려다보았다. 파트리크는 그녀가 모든 것을 찾아내리라고 확신했다. 무엇보다도 그녀는 파트리크가 받은 정보 가운데 불필요한 것들을 가려낼 터였다. 굳이 덧붙이지 않아도 될 정보가 분명히 있을 테니까.

"도와줘서 고마워요, 안니카. 당신은 최고예요."

파트리크는 의자에서 일어나려다가 "앉아요!" 하는 안니카의 무뚝뚝한 명령에 얼어붙어서 도로 의자에 주저앉았다. 그녀가 키우는 래브라도 두 마리가 왜 그렇게 훈련이 잘 되었는지 알 수 있었다.

안니카는 유쾌한 미소를 지으면서 뒤로 기대앉았고, 파트리크는 간단히 메모를 남기는 대신 직접 그녀의 사무실로 찾아온 것이 실수였음을 깨달았다. 안니카가 늘 자신을 꿰뚫어본다는 점을 알았어야 했다. 게다가 연애 냄새를 귀신같이 잘 맡는 여인이 아니던가. 안니카에게는 백기를 들고 항복하는 편이 나았다. 그는 등을 기대고 의심할 여지없이 곧 쏟아질 질문들을 기다렸다. 안니카는 살며시, 음흉하게 시작했다.

"오늘 유난히 지쳐 보이네."

"음……."

그녀에게 말하지 않으려는 게 아니었다.

"어젯밤에 파티라도 했어요?"

안니카는 마키아벨리처럼 교활한 꾀를 부려 그의 갑옷에 빈틈이 없는지 꼼꼼히 살피면서 계속 미끼를 던졌다.

"에, 파티라고 할 수도 있을 거예요. 관점에 따라 다르겠지만. 그런데 '파티'를 어떻게 정의하죠?"

파트리크는 팔을 내밀며 순진한 척 눈을 크게 떴다.

"아유, 허튼소린 집어치워요, 파트리크. 바로 말해요. 누구예요?"

그는 침묵으로 안니카를 괴롭혔다. 잠시 후 안니카의 눈이 반짝였다.

"아하!"

그녀는 의기양양하게 감탄사를 뱉으면서, 손가락을 흔들며 승리를 확신했다.

"그 아가씨구나. 이름이, 이름이……."

안니카는 흥분해서 기억을 뒤진 끝에 손가락을 딱 튀겼다.

"에리카! 에리카 팔크!"

그녀는 진정한 듯 다시 의자에 등을 기댔다.

"자아, 파트리크…… . 얼마나 됐어요?"

그는 안니카가 늘 틀림없이 정곡을 찌른다는 사실에 놀라움을 금치 못했다. 부인해 봐야 소용없는 일이었다. 파트리크는 머리부터 발끝까지 온통 새빨개지는 것을 느꼈고, 그 모습이 시인하는 것보다 더 분명하게 말해주었다. 그 뒤에 얼굴에 번진 환한 미소는 그야말로 결정타였다.

파트리크는 5분 동안 신문을 받은 뒤, 마침내 안니카의 사무실에서 터덜터덜 빠져나왔다. 마치 탈수기 속에 들어가 있다가 나온 느낌이었다. 그러나 에리카에 관해 말하는 것은 싫지 않았다. 당장 처리해야 할 일로 돌아가는 데는 애깨나 써야 했다. 그는 코트를 입고 안니카에게 외근한다고 말한 다음 커다란 눈송이가 살포시 땅에 내려앉는 바깥으로 나갔다.

✻

에리카는 창밖으로 눈이 휘날리는 모습을 보았다. 전원을 끈 컴퓨터 앞에 앉아 있던 그녀는 까만 모니터를 응시했다. 머리가 심하게 울렸지만 억지로 셀마 라예를뢰프에 관한 전기를 열 페이지 정도 썼다. 이제 전기는 쓰고 싶지 않았지만, 계약에 매인 데다 몇 달 안으로 원고를 완성해야 했다. 단과의 대화를 생각하자 좋은 기분이 한풀 꺾였다. 그가 페르닐라에게 모든 사실을 털어놓았는지 궁금했다. 에리카는 단을 걱정하는 마음으로 창조적인 일을 하겠다고 결심하며 다시 컴퓨터를 켰다.

알렉스에 관한 책의 초고를 쓴 파일을 열어 보니, 족히 백 페이지 분량은 되었다. 그녀는 처음부터 끝까지 글을 죽 읽어 보았다. 잘 쓴 글이었다. 아주 잘 썼다고 할 수도 있었다. 유일하게 걱정스러운 점은 책이 출간되면 알렉스의 친구들과 가족이 어떤 반응을 보일까 하는 것이었다. 물론 에리카는 인명과 지명을 바꾸고 상상력을 약간 가미해서 이야기를 꾸몄다. 그러나 책의 핵심은 분명히 자신의 눈으로 본 알렉스의 인생에 기반을 둔 것이었다. 단에 관한 부분은 유난히 골치가 아팠다. 어떻게 단과 그의 가족을 이야기에서 뺄 수 있을까? 그러나 에리카는 그 이야기를 써야 한다고 생각했다. 책에 쓸 이야깃거리를 생각하면서 이렇게 흥분한 것은 처음이었다. 미처 꺼내지 못하고 수년 동안 거부했던 다른 생각들이 무척 많았기에 이번 생각만큼은 놓칠 수 없었다. 그녀는 먼저 책을 끝낸 뒤, 연관 있는 사람들의 반응을 어떻게 다룰 것인지 생각할 작정이었다.

정력적으로 글을 쓴 지 거의 한 시간이 지났을 무렵 초인종이 울렸다. 처음에는 가까스로 시작했는데 방해받은 것이 짜증났지만, 이내 파트리크일지도 모른다는 생각에 의자에서 벌떡 일어났다. 재빨리 거울을 비춰본 뒤 에리카는 계단을 뛰어 내려가 현관으로 향했다. 입가에 머금었던 미소가 문을 열고 서 있는 사람을 보자마자 사라졌다. 페르닐라는 끔찍해 보였다. 지난번에 봤을 때보다 10년은 더 늙어 버린 것 같았다. 눈은 울어서 빨갛게 부어 있었고, 머리카락은 빗질하지 않은 듯 헝클어져 있었으며, 서둘러 나오느라 코트 입는 것을 잊어버렸는지 얇은 카디건 차림으로 떨고 있었다. 에리카는 페르닐라를 따뜻한 집으로 들였다. 그런 다음 충동적으로 그녀를 끌어안고 고작 몇 시간 전에 단에게 그랬던 것처럼 그녀의 등을 쓰다듬었다. 페르닐라는 그나마 남은 자제력을 잃고, 에리카의 어깨에 기댄 채 길게 쥐어짜는 듯한 울음을 토해 냈다. 잠시 후 고개를 든 그녀는 더 심하게 얼룩진 마스카라 때문에 우스꽝스러운 광대처럼 보였다.

"미안해요."

페르닐라는 눈물이 고여서 흐릿한 눈으로 에리카의 어깨를 보았다. 에리카의 하얀 점퍼는 마스카라로 까맣게 물들어 있었다.

"괜찮아요. 걱정하지 말고 들어와요."

에리카는 페르닐라의 어깨에 한 팔을 두른 채 그녀를 거실로 데려갔다. 페르닐라는 온몸을 떨고 있었는데 단지 추위 때문만은 아닌 듯했다. 에리카는 잠시 페르닐라가 왜 자신에게 왔는지 궁금해했다. 자신은 언제나 페르닐라의 친구라기보다는 단의 친구였으므로. 그녀가 다른 여자 친구들이나 여동생에게 가지 않은 것이 조금 이상했다. 그러나 페르닐라는 어쨌든 여기에 왔고, 에리카는 그녀를 도울 수 있는 모든 일을 해야 했다.

"커피포트 켜 놨는데 한잔할래요? 한 시간 정도 켜 놓긴 했지만, 아직 마실 만할 거예요."

"네, 고마워요."

페르닐라는 소파에 앉아서, 그냥 내버려 두면 산산조각 날까 봐 두려워서 스스로 다잡으려는 것처럼 자신의 두 팔을 감싸 안았다. 어떻게 보면 그녀의 두려움은 사실인지도 몰랐다.

에리카는 커피 컵을 두 개 들고 돌아와서 하나는 페르닐라 앞에 있는 커피 테이블에, 하나는 자기 앞에 놓으면서 커다란 안락의자에 앉아 소파에 앉은 페르닐라와 마주 보았다. 그리고 페르닐라가 먼저 말하길 기다렸다.

"알았어요?"

에리카는 망설였다.

"네, 하지만 아주 최근에 알았어요."

그녀는 다시 망설였다.

"내가 단에게 얘기하라고 했어요."

페르닐라는 고개를 끄덕였다.

"어떻게 해야 하죠?"

에리카는 그녀의 질문이 수사적이어서 굳이 대답하지 않았다. 페르닐라는 말을 이었다.

"난 처음부터 단이 당신을 잊으려고 날 만났다는 걸 알았어요."

에리카는 항의하려 했지만 페르닐라는 손을 흔들어서 그녀의 말을 막았다.

"그건 사실이었어요. 하지만 시간이 흐르면서 상황이 변했고 우리가 서로 정말 사랑한다고 생각했어요. 우린 잘 지냈고 난 그이를 완전히 믿었죠."

"단은 당신을 사랑해요, 페르닐라. 난 알아요."

페르닐라는 에리카의 말을 듣지 않는 듯, 커피 컵을 가만히 바라보면서 계속 말했다. 컵을 너무 꽉 쥐어서 주먹 관절이 다 하얘져 있었다.

"난 그이가 바람을 피워도 중년 초기의 위기라고 위로하면서 참을 수 있어요. 하지만 그 여잘 임신시킨 건 절대 용서할 수 없어요."

페르닐라의 목소리에 깃든 분노가 너무 강렬해서 에리카는 뒤로 물러나고 싶은 충동에 맞서 싸워야 했다. 페르닐라가 고개를 들어 증오가 타오르는 눈빛으로 자신을 보자, 에리카는 얼음처럼 차가운 예감을 느꼈다. 페르닐라는 지금까지 한 번도 그렇게 뜨겁고 강렬한 분노를 표출한 적이 없었다. 순간 페르닐라가 단과 알렉스의 관계를 얼마나 오랫동안 알고 있었는지 궁금해졌다. 그리고 어떻게 앙갚음하려는지도. 그러나 에리카는 그 생각을 금세 털어 냈다. 이 여자는 페르닐라였다. 단과 오랫동안 결혼 생활을 유지한 주부이자 세 아이의 엄마지, 격렬한 분노에 사로잡힌 복수의 천사처럼 남편의 연인에게 앙갚음할 여자가 아니었다. 그러나 페르닐라의 눈에는 섬뜩하고 차가운 잔인함이 서려 있었다.

"이제 어떻게 할 거예요?"

"모르겠어요. 지금은 아무것도 모르겠어요. 그냥 집에서 나와야 했어요. 그 생각밖에 안 났어요. 그이를 보지도 못하겠더라고요."

에리카는 마음속으로 단을 동정했다. 단은 지금 그만의 지옥에 있을 것이 틀림없었다. 사실 위로받으려고 온 사람이 단이었다면 더 자연스럽게 느껴졌을 터였다. 그러면 뭐라고 말해야 할지, 어떤 말로 안심시켜야 할지 알았을 테니까. 그러나 페르닐라의 경우는 달랐다. 에리카는 이럴 때 어떻게 도와야 할지 알 정도로 그녀를 잘 알지는 못했다. 아마 그저 들어 주는 것으로 충분할지도 몰랐다.

"그이가 왜 그랬을까요? 그이가 그 여자에게서 얻고 내게서 얻지 못한 게 뭘까요?"

에리카는 그제야 페르닐라가 친구에게 가지 않고 자신에게 온 이유를 알게 되었다. 페르닐라는 자신이 단의 행동을 설명해 줄 수 있으리라고, 다시 말해 그가 왜 그랬는지 해답을 제시해 주리라고 믿은 것이었다. 유감스럽게도 에리카는 페르닐라를 실망시켜야 할 터였다. 그녀는 여태껏 단이 정직한 사람인 줄 알았고, 그가 바람을 피울지도 모른다는 생각은 해 본 적도 없었다. 그래서 알렉스의 전화에 남아 있던 마지막 발신번호로 전화를 걸어 음성 사서함에서 단의 목소리를 들었을 때 엄청난 충격에 휩싸였다. 정말 솔직하게 말하자면, 그 순간 대단한 실망감―가까운 사람이 자신이 생각했던 사람이 아니라는 사실을 알았을 때 느끼는 실망감―을 느꼈다고 인정해야 했다. 그래서 페르닐라가 배신당하고 속았다고 느낄 뿐만 아니라 지금까지 함께 산 남편 단이 정말 어떤 사람인지 묻는 것도 이해할 수 있었다.

"모르겠어요, 페르닐라. 난 사실 심하게 충격을 받았어요. 내가 아는 단이 아니었거든요."

페르닐라는 고개를 끄덕였다. 속은 사람이 자신만은 아니라는 사실이 조금 위로가 되는 모양이었다. 그녀는 헐렁한 카디건의 보이지 않는 실밥을 초조하게 만지작거렸다. 파마 기가 남아 있는 암갈색의 긴 머리카락은 허둥지둥 묶었는지 헝클어져 있었다. 에리카는 늘 페르닐라의 외모를 조금 경멸했다. 페르닐라는 외모에 훨씬 더 신경 써야 했다. 파마머리는 중간 길이의 남성 재킷처럼 한물갔건만 그녀는 항상 파마머리를 고집했다. 그리고 옷은 싸구려 백화점에서 값싸고 디자인도 형편없는 것을 우편 주문해서 입었다. 그러나 이렇게 추레한 모습은 처음이었다.

"페르닐라, 지금 몹시 힘들다는 거 알아요. 그러나 두 사람은 가족이에요. 예쁜 딸도 셋이나 있고 15년 동안 함께 잘 지냈잖아요. 성급하게 결정하면 안 돼요. 그렇다고 오해하지는 말아요, 난 단이 한 짓을 용서하지 않아요. 아마 두 사람은 이번 일 때문에 함께 살 수 없을지도 몰라요. 페르닐라 당신은 단을 용서할 수 없을지도 모르고요. 하지만 마음이 좀 가라앉을 때까지 결정을 미뤄요. 무슨 일을 하기 전에 신중히 생각해요. 난 단이 당신을 사랑한다는 걸 알아요. 오늘 아침에 나한테 그렇게 말했거든요. 또자기가 한 일을 깊이 뉘우치고 있다는 것도 알아요. 단은 알렉스와 헤어지고 싶었다고 했고, 난 그를 믿어요."

"이제 뭘 믿어야 할지 모르겠어요, 에리카. 전에 믿은 것 중에 진실인 게 하나도 없는데, 이제 뭘 믿어야 해요?"

에리카는 아무 대답도 하지 못했고, 두 사람 사이에 침묵이 무겁게 내려앉았다.

"그 여자는 어땠어요?"

페르닐라의 눈 저 안쪽에서 또다시 차가운 불꽃이 타올랐다. 그 여자가 누구냐고 물어볼 필요도 없었다.

"정말 오래전 일이에요. 난 알렉스를 안다고 할 수 없어요."

"그 여잔 아름다웠어요. 여름에 이 마을에서 그 여잘 봤죠. 난 그 여자처럼 되고 싶었어요. 아름답고 우아하고 교양 있는 여자요. 그 여잘 보니까 내가 촌뜨기처럼 느껴지더라고요. 그 여자처럼 되기 위해서라면 뭐든지 했을 거예요. 어떻게 보면 단을 이해할 수 있어요. 나랑 그 여자를 나란히 놓고 보면 누가 이길지 뻔하죠."

페르닐라는 자기 말을 증명이라도 하려는 듯, 실용적이지만 유행과는 거리가 먼 옷을 잡아당겼다.

"난 에리카 당신도 늘 부러웠어요. 젊은 시절에 그이가 무척이나 사랑한 사람, 그이를 떠나 대도시로 가 버린 사람, 그이가 애타게 그리워한 사람. 성공하고 이 마을로 돌아와서 이따금 우리처럼 평범한 사람들에게 뽐내는 스톡홀름의 작가. 단은 항상 당신이 오기 몇 주 전부터 기대에 부풀어 있었어요."

에리카는 페르닐라의 목소리에 깃든 신랄함에 당황했다. 처음으로, 페르닐라를 향한 자신의 거만한 태도가 정말 부끄러웠다. 이렇게 이해심이 부족했을 줄이야. 그녀는 페르닐라를 더 자세히 살펴보면서, 자신과 페르닐라의 차이를 알아차리고 만족했다는 점을 인정해야 했다. 스투레플란의 미용실에서 500크로나나 들여서 한 자신의 머리와 집에서 직접 파마한 페르닐라의 머리. 비블리오텍스가탄에서 구입한 자신의 고급스러운 옷과 페르닐라의 기성복 블라우스와 긴 치마. 그런 차이가 어쨌단 말인가? 왜 마음이 약해질 때마다 그런 차이에 기뻐했을까? 단을 떠난 사람은 자신이었다. 두 사람의 차이에 만족한 것은 단지 자존심을 세우기 위해서였을까, 아니면 페르닐라가 자신보다 단과 훨씬 더 많은 것을 나눈다는 사실이 부러워서였을까? 마음속 깊은 곳에서는 가족을 이룬 그들을 부러워하고 심지어 피엘바카에 그대로 머물지 않은 것을, 그래서 자신이 페르닐라의 자리에 있지 못하게 된 것을 후회하지 않았을까? 사실은 페르닐라에게 질투가 나서 의식적으로 그녀의 기를 죽이려고 한 것이 아닐까? 역겨운 생각이었지만 머릿속에서 밀어내기 힘들었다. 영혼의 밑바닥까지 부끄러웠지만, 동시에 자신은 가족을 보호하기 위해 어느 정도까지 할 수 있을지 궁금했다. 페르닐라는 어디까지 생각했을까? 에리카는 생각에 잠긴 표정을 지었다.

"애들이 뭐라고 할까요?"

페르닐라는 이번 일로 영향을 받을 사람이 자신과 단 두 사람만은 아니라는 사실을 처음으로 깨달은 듯했다.

"결국 알려질 거예요, 그렇죠? 그 여자가 임신했다는 사실 말이에요. 애들이 뭐라고 할까요?"

페르닐라는 공황에 빠진 듯했다. 에리카는 그런 그녀를 진정시키고자 최선을 다했다.

"경찰은 알렉스가 만나던 사람이 단이라는 사실을 알게 되겠지만, 모든 사람이 알게 되지는 않을 거예요. 당신과 단은 아이들에게 어떻게 말할지 결정할 수 있어요. 아직 상황을 통제할 수 있다고요, 페르닐라."

페르닐라는 에리카의 말에 안심했는지 커피를 두어 번 꿀꺽꿀꺽 마셨다. 분명 차가워졌을 텐데도 신경 쓰지 않는 듯했다. 에리카는 처음으로 단에게 정말 화가 났다. 훨씬 전에 화를 내지 않았다는 사실이 놀라웠지만 이제 마음속에서 분노가 치밀어 오르는 것을 느낄 수 있었다. 도대체 제정신인가? 매력적이든 아니든 어떻게 자기가 가진 모든 것을 내던져 버릴 수가 있단 말인가? 자기 인생이 얼마나 행복한지 깨닫지 못했단 말인가? 에리카는 무릎 위에서 손을 깍지 낀 채, 테이블 너머에 앉은 페르닐라에게 위로의 마음을 전하려고 노력했다. 페르닐라가 그 마음을 받아들였는지 못 받아들였는지는 알 수 없었지만.

"얘기 들어 줘서 정말 고마워요. 진심이에요."

두 사람의 눈이 마주쳤다. 페르닐라가 초인종을 울린 지 한 시간도 채 지나지 않았지만 에리카는 그동안 많은 것─특히 자기 자신─을 알게 되었다고 생각했다.

"괜찮겠어요? 어디 갈 데는 있어요?"

"집으로 갈 거예요." 페르닐라의 목소리는 분명하고 단호했다.

"그 여잔 내 집과 내 가족에게서 날 쫓아내지 못해요. 난 그 여자가 만족을 느끼도록 놔두지 않을 거예요. 난 남편이 있는 집으로 갈 거고, 우린 이 문제를 해결할 거예요. 그렇지만 요구할 건 할 거예요. 지금부터는 모든 걸 다르게 처리해야 할 테니까요."

에리카는 그 모든 불행 가운데서도 미소 짓지 않을 수 없었다. 단은 많은 문제와 씨름하게 될 터였다. 그것만큼은 확실했다. 한 짓이 있으니 그 정도는 감수해야 했다.

그들은 문 앞에서 어색하게 포옹했다. 에리카는 페르닐라가 차를 타고 도로로 빠져나가는 모습을 보면서 온 마음을 다해 페르닐라와 단에게 행운이 있길 빌었다. 그러나 동시에 불안이 마음을 좀먹는 것을 느꼈다. 페르닐라의 증오가 가득한 눈이 마음속에서 잊히질 않았다. 좀처럼 자비를 찾아볼 수 없는 눈이었기에.

❄

부엌 테이블 위에 온갖 사진들이 펼쳐져 있었다. 이제 베라에게 남은 것은 안데르스의 사진들뿐이었다. 대부분 오래되어 노랗게 변색된 사진들. 안데르스는 오래전부터 사진을 찍지 않았다. 아기 때 찍은 사진들은 흑백이었고, 더 자라서 찍은 사진들은 색이 바랬다. 안데르스는 행복한 아이였다. 조금 거칠긴 했지만, 늘 행복했다. 사려 깊고 공손했고. 안데르스는 진지하게 자신이 집안의 가장이라고 생각했다. 때로는 지나치게 진지했는지도 모르지만, 베라는 아들이 하고 싶은 대로 하게 내버려 두었다. 무엇이 옳고 그른지 구별하기란 무척 어려웠다. 어쩌면 달리 행동해야 했을 경우가 많았는지도 모른다. 어떻게 하든 상관없었을지도 모르고. 누가 알겠는가?

베라는 아주 좋아하는 사진들 가운데 한 장을 보며 미소 지었다. 안데르스가 자전거에 의기양양하게 앉아 있는 사진이었다. 베라는 아들에게 그 자전거를 사 주려고 수많은 저녁과 주말을 일하면서 보냈다. 암청색 자전거에는 바나나 시트라고 불리는 안장이 달려 있었다. 안데르스는 평생 그 자전거만 있으면 된다고 했다. 베라는 그 자전거를 무엇보다도 간절히 원하던 아들이 마침내 여덟 번째 생일선물로 그것을 받게 되었을 때 어떤 표정을 지었는지 결코 잊지 못할 것이었다. 안데르스는 틈날 때마다 그 자전거를 타고 돌아다녔고, 베라는 당시 움직이는 아들을 겨우 찍어서 이 사진을 남겼다. 길고 곱슬곱슬한 머리카락이 줄무늬 소매에 반들반들하고 꽉 끼는 아디다스 재킷 옷깃 아래로 늘어뜨려져 있었다. 베라는 아들의 모습을 늘 이렇게 기억할 생각이었다. 모든 것이 잘못되기 전의 모습으로.

그녀는 오랫동안 이 날을 기다렸다. 전화가 오고 누군가가 문을 두드릴 때마다 두려움이 엄습했다. 어쩌면 이 전화가, 아니면 저 누군가가 그렇게 오랫동안 두려워했던 소식을 가져올지도 몰랐다. 지금까지 이 날이 영원히 오지 않길 바랐다. 자식이 부모보다 먼저 죽는 것은 부자연스러운 일이기에, 그럴지도 모른다고 상상하기가 그렇게 힘든 듯했다. 베라는 끝까지 희망을 버리지 않고 어떻게든 일이 잘될 것이라고 믿었다. 그러려면 기적이 필요할지라도. 그러나 이제 남은 것은 절망과 노랗게 바랜 옛날 사진들뿐이었다.

조용한 가운데 부엌 시계가 홀로 째깍대고 있었다. 그녀는 처음으로 집이 얼마나 낡고 초라해 보이는지 깨달았다. 오랫동안 집에 전혀 신경 쓰지 않은 탓이었다. 먼지는 없었지만 벽과 천장에 달라붙은 무관심까지 닦아낼 수는 없었다. 모든 것이 활기 없는 잿빛이었다. 그리고 황폐했다. 그 점 때문에 가장 우울했다. 모든 것이 황폐해지고 못쓰게 되었기에.

행복해 보이는 안데르스의 얼굴이 사진 속에서 그녀를 비웃었다. 그녀가 잘못했다는 사실을 그보다 더 분명하게 말해 주는 것은 없었다. 그녀는 아들이 계속 미소 짓고 미래를 마주할 수 있도록 믿음과 희망과 사랑을 주었어야 했다. 그러나 그러기는커녕 아들이 모든 것을 빼앗길 때까지 묵묵히 지켜보기만 했다. 엄마로서 해야 할 일을 하지 않았으니 죽을 때까지 수치심에서 벗어나지 못하리라.

문득 안데르스가 살았다는 증거가 거의 없다는 생각이 들었다. 그림들은 사라져 버렸고, 안데르스의 아파트에 있던 몇 점 안되는 가구도 아무도 원치 않으면 곧 버려질 상황이었다. 그녀의 집에는 아들의 물건이 하나도 남지 않았다. 안데르스가 모두 팔거나 부숴 버렸기 때문이다. 아들이 정말로 존재했다는 증거는 눈앞의 테이블에 펼쳐진 한 줌의 사진들과 그녀의 기억뿐이었다. 물론 아들은 다른 사람들의 기억 속에도 존재할 터였다. 그리워하거나 애도할 사람이 아닌 술주정뱅이로. 안데르스의 좋았던 모습을 기억하는 사람은 그녀뿐이었다. 기억을 불러내기가 힘들 때도 있었지만, 잊은 적은 한 번도 없었다. 오늘 같은 날이면 그렇게 좋은 기억만 떠올랐다. 그 외에는 아무것도 떠오르지 않았다.

몇 분이 몇 시간으로 바뀌는 동안 베라는 부엌 테이블에 사진들을 펼쳐 놓은 채 계속 앉아 있었다. 관절이 점점 뻣뻣해졌다. 겨울의 어둠이 빛의 목을 서서히 조르면서, 눈으로 사진의 세세한 부분을 구별하기도 어려워졌다. 그러나 상관없었다. 이제 완전히, 무자비하게 혼자가 됐으니까.

❄

초인종 소리가 집 안에 울려 퍼졌다. 오랫동안 기다리다가 막 뒤돌아서

서 차로 돌아가려는데 안에서 소리가 들렸다. 잠시 후 집 안에서 누군가가 조심스럽게 문으로 다가왔다. 문이 안쪽으로 천천히 열리자, 곤혹스러운 표정으로 방문객을 바라보는 넬뢰 로렌트가 보였다. 그는 그녀가 직접 문을 열었다는 사실에 놀랐다. 제복을 입은 뻣뻣한 집사가 우아하게 집 안으로 안내하리라고 상상했기 때문이다. 그러나 집사를 두는 사람은 이제 아무도 없는 모양이었다.

"저는 파트리크 헤드스트룀이고 타눔스헤데 경찰서에서 나왔습니다. 댁의 아드님 얀을 뵈었으면 합니다."

파트리크는 공장 사무실에 먼저 전화했지만 얀이 오늘은 집에서 일한다는 이야기를 들었다. 노부인은 눈썹 하나 올리지 않고 그저 옆으로 비켜서서 그를 안으로 들였다.

"얀을 부를 테니 조금만 기다려요."

넬뢰는 아래층으로 내려가는 계단 쪽으로 열린 문을 향해 느릿하지만 우아하게 걸어갔다. 파트리크는 얀이 호화로운 저택의 지하 아파트에서 산다는 말을 들어서 알고 있었다.

"얀, 손님 오셨다. 경찰이야."

넬뢰의 약한 목소리가 아래층까지 들릴지 의심스러웠지만 예상과 달리 계단을 올라오는 발자국 소리가 들렸다. 얀이 현관에 서자, 모자의 얼굴에 비밀스러운 의미가 가득한 표정이 스쳐 지나갔다. 넬뢰는 파트리크에게 고개를 끄덕인 뒤 자기 방으로 들어갔고, 얀은 이가 많이 드러나는 미소를 지으며 손을 뻗은 채 다가왔다. 파트리크의 마음속에 갑자기 악어의 이미지가 떠올랐다. 미소 짓는 악어.

"안녕하십니까. 타눔스헤데 경찰서에서 나온 파트리크 헤드스트룀입니다."

"얀 로렌툽니다. 만나서 반갑습니다."

"전 알렉스 비크네르 살인 사건을 수사하고 있습니다. 괜찮으면 몇 가지 여쭤보고 싶은데요."

"물론 괜찮습니다. 어떻게 도와드려야 할지 모르지만, 그건 제 일이 아니라 형사님 일이죠. 그렇지 않습니까?"

악어가 다시 이를 드러내며 웃었다. 파트리크는 손가락이 근질근질했다. 얀의 얼굴에서 미소를 지워 버리고 싶어 안달이 날 지경이었다. 얀의 웃는 얼굴에는 파트리크를 미치게 하는 뭔가가 있었다.

"제 아파트로 내려가시죠. 여기 계신 어머니를 방해하지 않게요."

"네, 좋습니다."

파트리크는 얀을 따라 계단을 내려갔다. 얀이 사는 아래층은 지하 아파트치고는 그리 나쁘지 않았다. 아파트를 꾸미는 데 비용을 아끼지 않은 모양이었다. 재력은 과시해야 하는 법이라고 생각하는 사람이 집을 꾸민 듯했다. 금술 장식과 벨벳과 브로케이드(평직·능직·수자직 바탕에 다채로운 색사나 금은사를 사용하여 화초나 풍경 등의 무늬를 놓아 짠 견직물-옮긴이) 천지에 최고급 브랜드 가구가 즐비했지만, 유감스럽게도 햇빛이 들지 않아 그 장점이 제대로 드러나지 않았다. 오히려 약간 매음굴 같은 느낌을 풍겼다. 파트리크는 얀에게 부인이 있다는 사실을 알고 있었기에 둘 중 누가 집을 이렇게 꾸미자고 했는지 궁금했다. 경험으로 미루어 볼 때 아내일 것 같았다.

얀은 파트리크를 작은 사무실로 안내했다. 책상과 컴퓨터 외에 소파도 하나 있었다. 그들은 서로 소파의 반대쪽 끝에 앉았고, 파트리크는 가방에서 공책을 꺼냈다. 안데르스 닐손의 죽음에 관해 언급하는 것을 미루기로 마음먹었다. 꼭 말해야 하기 전까지는 얀에게 아무것도 말하고 싶지 않았다. 얀 로렌트에게서 유용한 정보를 이끌어 내려면 무엇보다 전략과 타이밍을 적절하게 이용해야 했다.

파트리크는 마주 보고 있는 남자를 유심히 살펴보았다. 그는 너무 완벽해 보였다. 주름 하나 없는 셔츠와 양복, 완벽하게 매인 넥타이, 산뜻하게 면도한 얼굴, 한 올도 흐트러지지 않은 머리카락, 온몸에서 흘러나오는 차분함과 자신감까지 얀은 너무 차분하고 자신 있어 보였다. 파트리크는 경찰에게 신문받는 사람들은 모두, 숨길 것이 없어도 어느 정도는 초조하게 행동한다는 사실을 경험으로 알고 있었다. 아주 침착하다면 문제의 인물이 뭔가를 숨기고 있다는 표시였다. 이는 파트리크가 직접 세운 이론이었는데, 대단히 많은 경우에서 옳다고 증명되었다.

"훌륭한 집이군요."

예의 바르게 행동해서 나쁠 것은 없었다.

"네, 제 아내 리사가 꾸몄죠. 꽤 잘한 것 같습니다."

파트리크는 어둡고 작은 사무실을 둘러보았다. 반짝이는 대리석과 금술 장식이 달린 쿠션들로 화려하게 꾸며져 있었다. 심미안이 없는 사람이 너무 많은 돈으로 할 수 있는 일이 무엇인지 보여 주는 훌륭한 예였다.

"사건이 해결될 조짐은 좀 보입니까?"

"상당히 많은 정보를 알아내서 무슨 일이 일어났는지 감을 잡기 시작했습니다."

100퍼센트 진실은 아니었지만, 얀을 조금 흔들어 보는 것도 괜찮을 것 같았다.

"알렉스 비크네르를 아십니까? 어머님이 장례식 연회에 가셨다고 들었습니다만."

"아뇨, 그녀를 알았다고 할 수는 없습니다. 물론 누군지는 알았죠. 피엘 바카에서는 모든 사람이 서로 어느 정도는 아니까요. 하지만 그녀의 가족은 오래전에 이사 갔습니다. 우린 길에서 만나면 인사 정도는 했지만 그 이상은 아니었어요. 어머니에 관해서 말씀드리자면 저도 왜 그러셨는지 모르겠군요. 직접 물어보셔야 할 겁니다."

"수사하면서 알게 된 사실 중 하나는 알렉스 비크네르가 안데르스 닐손과, 음, 그걸 뭐라고 해야 할까요, 관계를 맺었다는 겁니다. 그를 아시겠죠?"

얀이 미소 지었다. 사악하고 깔보는 듯한 미소.

"네, 이 마을에 사는 사람이라면 안데르스가 누군지 모를 수가 없습니다. 유명하다기보다는 악명 높다고 해야겠죠. 안데르스와 알렉스가 관계했다고 하셨습니까? 죄송하지만 상상하기가 어렵군요. 좀 이상한 커플입니다, 조심스럽게 말하면요. 안데르스가 알렉스에게서 뭘 봤을지는 이해할 수 있습니다만 알렉스가 왜 그와 연관되고 싶어 했는지는 정말 알 수가 없군요. 잘못 아신 게 아니라는 걸 확신하십니까?"

"저희는 두 사람이 관계했다고 확신합니다. 안데르스는 어떻습니까? 그를 아시는지요?"

얀이 또 한 번 거만한 미소를 지었는데, 이번에는 아까보다 더 환하게 웃었다. 그는 재미있다는 듯 고개를 흔들었다.

"그거 아십니까? 우린 같은 사회에 속하지 않았다고 말씀드려도 될 겁니다. 전 가끔 광장에서 다른 술주정뱅이들과 함께 있는 그를 봤습니다. 하지만 그를 아냐고요? 아뇨, 정말 모릅니다."

얀은 파트리크의 질문을 얼마나 어리석다고 생각하는지 말투로 분명히 드러냈다.

"전 그와는 아주 다른 계층의 사람들과 어울립니다. 술주정뱅이는 포함되지 않죠."

얀은 파트리크의 질문이 농담인 양손을 흔들어 내쫓는 시늉을 했지만 파트리크는 그의 눈에 불안한 기색이 스쳐 지나갔다고 생각했다. 그것은 나타났을 때와 마찬가지로 금세 사라졌지만 파트리크는 뭔가를 보았다고 확신했다. 얀은 안데르스에 관한 질문에 당황했다. 좋아, 방향을 제대로 잡았다.

그는 다음 질문을 던지기도 전에 미리 즐거워하면서, 효과를 노리고 잠시 뜸을 들였다가 짐짓 놀라는 표정으로 물었다.

"하지만 그게 사실이라면 최근에 안데르스가 당신 번호로 전화를 그렇게 많이 건 이유는 뭐였을까요?"

파트리크는 지극히 만족스럽게도, 얀의 입술에서 미소가 사라지는 모습을 보았다. 이 질문 때문에 자신이 생각하던 것을 잊어버린 듯했다. 그 덕분에 파트리크는 얀이 그렇게 부지런히 가꾼 멋쟁이 신사 이미지에 가려진 것을 잠시 볼 수 있었다. 그것은 순전한 공포였다. 얀은 마음을 가다듬을 시간을 벌고자 아주 조심스럽게 시가에 불을 붙이면서 파트리크의 눈을 바라보지 않으려고 애썼다.

"담배 피워도 되겠습니까?"

그는 대답을 기다리지 않았고, 파트리크도 대답하지 않았다.

"저로선 안데르스가 여기로 전화한 이유를 정말 모르겠습니다. 전 그와 이야기해 본 적이 없고, 아내도 마찬가지일 거라고 생각합니다. 그거 정말 이상하군요."

그는 시가를 빨면서 팔을 쿠션들 위로 태연하게 뻗은 채 소파에 등을 기댔다.

파트리크는 아무 말도 하지 않았다. 경험상, 사람들이 의도한 것보다 더 많이 말하게 하는 가장 좋은 방법은 그저 침묵을 지키는 것이었다. 사람들은 침묵이 너무 길어지면 아무 말이라도 해야 한다고 생각하게 되는 법이었다. 이 게임에 이미 통달한 파트리크는 기다렸다.

"생각해 보니, 무슨 일이 일어났는지 알 것 같습니다."

얀이 몸을 앞으로 숙이면서 시가를 흔들었다.

"우리 집이 비었을 때 어떤 사람이 전화를 했는데 자동응답기에 아무 말도 남기지 않았더군요. 테이프에 녹음된 거라곤 숨소리뿐이었습니다. 그리고 제가 몇 번 받았을 때는 전화가 이미 끊겨 있었죠. 안데르스가 우리 집 전화번호를 어떻게 해서 알게 된 게 틀림없습니다."

"왜 전화했을까요?"

"제가 어떻게 알겠습니까?"

얀이 두 팔을 내밀었다.

"아마도 질투가 나서겠죠. 우리에게 돈이 많다는 걸 불쾌하게 여기는 사람들이 몇몇 있습니다. 안데르스 같은 사람들은 자신들의 불행을 늘 남의 탓, 특히 성공한 사람들의 탓으로 돌리려고 하죠."

파트리크는 얀의 말이 약간 억지스럽다고 생각했다. 그에 반박하기는 어려울 테지만, 한순간도 얀을 믿지는 않았다.

"말씀하신 자동응답기 테이프에 기록된 내역을 아직도 갖고 계시진 않겠죠?"

"유감스럽게도 그렇습니다."

얀은 안타까워하는 것처럼 보이려고 얼굴을 찡그렸다.

"다른 메시지가 녹음되면서 지워졌거든요. 죄송합니다. 도와드릴 수 있다면 좋을 텐데요. 하지만 안데르스가 다시 전화하면 녹음 테이프를 꼭 보관하겠습니다."

"안데르스가 댁에 다시 전화하지 않을 거라고 안심하셔도 됩니다."

"음? 왜죠?"

파트리크는 얀의 어리둥절한 표정이 진짜인지 가짜인지 구별할 수가 없었다.

"왜냐하면 안데르스는 살해당했거든요."

시가의 재가 얀의 무릎 위로 툭툭 떨어졌다.

"안데르스가 살해당했다고요?"

"네, 오늘 아침에 시신이 발견됐습니다."

파트리크는 얀을 꼼꼼하게 살펴보았다. 지금 저 머릿속에서 무슨 일이 일어나고 있는지 들을 수 있다면 일이 훨씬 쉬워질 텐데. 이 남자는 진짜 놀란 것일까, 아니면 뛰어난 배우인 것뿐일까?

"범인은 알렉스를 살해한 사람과 동일인물입니까?"

"그렇게 말하기엔 너무 이릅니다."

아직은 얀이 벗어나게 내버려 두고 싶지 않았다.

"그럼 알렉산드라 비크네르나 안데르스 닐손을 모른다고 확신하시는 거죠?"

"전 제가 어울리는 사람과 어울리지 않는 사람을 아주 잘 알고 있습니다. 전 두 사람의 얼굴은 알지만, 그 이상은 모릅니다."

얀은 다시 미소 짓는, 차분한 상태로 돌아왔다. 파트리크는 다른 방향의 질문을 던져 보기로 했다.

"저희는 알렉스 비크네르의 집에서 형님 되시는 분의 실종 사건을 다룬 「보후슬레닝엔」 기사를 발견했습니다. 그녀가 왜 그 기사를 보관했는지 혹시 아십니까?"

얀은 또다시 정말 모르겠다고 말하려는 듯 두 팔을 내밀고 눈을 크게 떴다.

"그건 오래전에 피엘바카를 떠들썩하게 했던 사건이었습니다. 호기심에 보관했나 보죠."

"그럴지도 모르죠. 형님의 실종에 관해서는 어떻게 생각하십니까? 말들이 많던데요."

"흠, 형님은 어디 더운 나라에서 신나게 잘 지내고 있을 겁니다. 어머니는 형님이 사고를 당했다고 굳게 믿고 계시지만요."

"두 분이 아주 친했습니까?"

"아뇨, 그렇다고 할 순 없었습니다. 형님은 저보다 나이가 꽤 많고 어머니의 관심을 나눠 받을 젖형제가 생긴 걸 그리 기뻐하지 않았죠. 하지만 우린 철천지원수도 아니었습니다. 대체로 서로 무관심했던 것 같네요."

"로렌트 씨, 당신이 어머님께 입양된 건 형님이 실종되기 전이었죠, 그렇지 않습니까?"

"네, 맞습니다. 약 1년 전이었죠."

"그러면서 왕국의 절반도 손에 들어왔고요."

"네, 그렇게 말할 수 있을지도 모릅니다."

시가가 아주 짧아져서 얀의 손가락을 태우기 일보 직전이었다. 그는 무뚝뚝한 태도로 화려한 재떨이에 시가를 비벼 껐다.

"다른 사람의 희생으로 그렇게 된 게 꼭 유쾌하지만은 않습니다만, 오랜 세월에 걸쳐 그 대가를 치렀다고 솔직하게 말씀드릴 수 있습니다. 제가 통조림 공장 경영을 맡았을 때는 사업이 기울고 있었거든요. 전 밑바닥부터 시작해서 구조 조정을 단행했고, 이제 우리 공장은 통조림 생선과 해산물을 미국, 오스트레일리아, 남미 등 전 세계로 수출하고 있습니다."

"왜 형님이 외국으로 달아났다고 생각하시죠?"

"이런 얘기는 정말 하지 말아야 하는데, 형님이 모습을 감춘 직후 공장에서 거액의 돈이 사라졌거든요. 옷 몇 벌, 여행용 가방, 여권도 모두 사라졌고요."

"왜 돈이 없어졌다고 경찰에 신고하지 않으셨죠?"

"어머니가 거부하셨습니다. 착오일 거라고, 형님이 그런 짓을 할 리 없다고 주장하셨죠. 어머니들이 어떤지 아시잖습니까. 자기 자식이 착한 아이라고만 믿는 게 일이죠."

얀은 또 한 대의 시가에 불을 붙였다. 파트리크는 작은 방에 연기가 자욱해졌다고 생각했지만 아무 말도 하지 않았다.

"그나저나 한 대 피우시겠습니까? 쿠바산입니다. 손으로 직접 만 거고요."

"아뇨, 됐습니다. 전 담배 안 피웁니다."

"그거 유감이군요. 이 좋은 걸 모르시다니."

얀은 자신의 시가를 만족스럽게 살펴보았다.

"저희 기록에서 부모님이 돌아가신 화재 사건에 관한 자료를 읽었는데, 분명 끔찍했을 것 같습니다. 그때 나이가? 아홉 살, 열 살?"

"열 살이었습니다. 그리고 말씀하신 대로 끔찍했죠. 하지만 전 운이 좋았습니다. 대부분의 고아들은 로렌트 가와 같은 집안에서 보살핌을 받지 못하니까요."

파트리크는 그런 상황에서 행운을 말하다니 조금 품위 없는 게 아닌가 생각했다.

"제가 이해한 바로는 방화 가능성이 있었다던데요. 뭔가 다른 게 발견됐습니까?"

"아뇨, 보고서 읽어 보셨잖습니까. 경찰에선 수사를 더 진전시키지 못했습니다. 개인적으로는 아버지가 평소처럼 침대에서 담배를 피우다가 잠든 게 아닌가 생각합니다."

얀은 대화하면서 처음으로 조바심을 냈다.

"이런 얘기가 살인 사건과 무슨 상관이 있는지 여쭤 봐도 될까요? 전 두 명의 희생자 중 누구도 모른다고 이미 말씀드렸습니다. 제 불우한 어린 시절이 이 사건과 어떻게 연관이 되는지 정말 모르겠군요."

"지금 저희는 아주 사소한 증거라도 빠뜨리지 않으려고 조사하고 있습니다. 안데르스가 댁에 건 전화 기록을 발견하고 사정을 확인하고 싶었습니다. 하지만 그다지 영양가 있는 단서는 아닌 것 같습니다. 불필요하게 시간을 뺏어서 죄송합니다."

파트리크는 소파에서 일어나 손을 내밀었다. 얀도 일어나서 시가를 재떨이에 내려놓은 뒤 파트리크가 내민 손을 잡고 흔들었다.

"괜찮습니다. 정말로요. 만나서 반가웠습니다."

지독하게 알랑거리는군. 파트리크는 얀의 뒤에 바짝 따라붙어서 계단을 올라갔다. 대단히 멋지게 꾸며진 1층은 화려하기만 하고 멋은 없는 지하와 완전히 딴판이었다. 얀의 아내가 넬뤼의 실내 장식가 전화번호를 구하지 못한 것이 무척 유감스러웠다.

파트리크는 얀에게 고맙다고 인사한 뒤 뭔가 놓치고 있다는 느낌을 지우지 못한 채 저택을 떠났다. 첫째로, 그는 얀에게서 자신이 해석했어야하는 것, 사치스럽게 꾸며진 아파트와 어울리지 않는 점을 언뜻 보았다. 둘째로, 얀 로렌트는 어딘가 이상한 점이 있었다. 이전에 생각한 것처럼, 그는 너무 완벽했다.

❄

파트리크가 마침내 그녀의 현관문 앞에 선 시간은 눈보라가 심해진 저녁 7시경이었다. 에리카는 그를 볼 때 느끼는 감정이 얼마나 강렬한지, 그의 목을 껴안는 것이 얼마나 자연스러운지 깨닫고 깜짝 놀랐다. 파트리크는 ICA 식료품 봉지 두 개를 현관 바닥에 내려놓은 다음 그녀를 바싹 끌어안고 오랫동안 그대로 있었다.

"보고 싶었어."

"나도."

두 사람은 부드럽게 키스했다. 잠시 후 파트리크의 배가 꼬르륵거렸다. 그들은 그 소리를 신호 삼아 봉지를 부엌으로 가져갔다. 파트리크가 먹을 것을 너무 많이 사 온 바람에 에리카가 여분의 음식을 냉장고에 넣었다. 그들은 무언의 동의라도 한 듯 저녁을 차리는 동안 하루 종일 무슨 일이 있었는지 말하지 않았다. 함께 배를 채우고 테이블에 서로 마주 보고 앉은 뒤에야, 파트리크는 하루 일과가 어땠는지 이야기했다.

"안데르스 닐손이 죽었어. 오늘 아침에 그의 아파트에서 시신이 발견됐어."

"네가 발견했어?"

"아니, 그러나 발견되자마자 바로 갔어."

"어떻게 죽었어?"

파트리크는 한숨을 쉬었다.

"목매달려 있었어."

"목매달려 있었다고? 그가 살해당했다는 뜻이야?"

에리카는 감정의 동요를 숨길 수가 없었다.

"알렉스를 살해한 범인과 같은 사람이었을까?"

파트리크는 오늘 그 질문을 몇 번이나 들었을까 생각해 보았다. 그러나 그 질문은 분명 사건의 중요한 열쇠였다.

"그런 것 같아."

"다른 증거는? 뭘 본 사람이 있어? 두 건의 살인 사건을 하나로 묶어 줄 구체적인 증거가 있어?"

"잠깐만."

파트리크가 손을 들어 올렸다.

"더는 말할 수 없어. 좀 더 유쾌한 이야기를 하자고. 예를 들어, 네 하루는 어땠는지?"

에리카는 비틀린 미소를 지었다. 자신의 하루도 만만치 않게 불쾌했다는 사실을 그가 알면 얼마나 좋을까. 그러나 그에게 말할 수는 없었다. 단이 직접 말하도록 내버려 두어야 했으므로.

"꽤 늦게까지 자고 일어나서 거의 종일 글을 썼어. 네 하루에 비하면 별로 재미없었지."

두 사람의 손이 테이블 건너편에 있는 상대방의 손을 찾아 서로 깍지 꼈다. 집이 점점 어둠에 감싸이는 동안 둘이 함께 앉아 있으니 그렇게 기분 좋고 안심이 될 수가 없었다. 까만 하늘을 배경으로 커다란 눈송이가 조그만 유성처럼 떨어지고 있었다.

"얼마 동안은 안나와 집에 관해서도 생각했어. 며칠 전에 걔한테 전화로 막 퍼부었거든. 그러고 나선 화낸 걸 후회했어. 내가 이기적이었는지도 몰라. 집이 팔리면 내게 어떤 영향이 미칠지, 내가 얼마나 상실감을 느낄지 하는 것만 생각했거든. 하지만 안나도 마음이 편치는 않을 거야. 걔 자기가 처한 상황을 최대한 이용하려는 거지 못되게 굴려고 그러는 건 아니거든. 나야 걔가 잘못하고 있는 거라고 생각하지만. 확실히 안나는 가끔 경솔하고 순진한데, 보통은 사려 깊고 관대한 애야. 그래서 내가 최근에 걔한테 서운하고 실망한 거지. 결국 집을 파는 게 최선일지도 몰라. 다시 시작하는 거지. 난 새집을 살 수도 있을 거야. 돈 액수에 비해 훨씬 작은 집이 되겠지만. 내가 너무 감상적인가 봐. 이제 앞으로 나아가야 할 때야. 바꿀 수 없는 과거를 가정하면서 후회하는 대신 지금 내게 있는 걸 살펴보는 거지."

파트리크는 그녀가 이제 집 이야기를 하고 있지 않다는 것을 깨달았다.

"이런 거 물어봐서 미안한데, 사고는 어떻게 난 거야?"

"괜찮아."

그녀는 숨을 깊이 들이마셨다.

"우리 엄마 아빠는 고모네 방문차 스트룀스타드에 계셨어. 어둡고 비가 내리는 날이었는데 추워서 도로에 살얼음이 얼어 있었지. 아빠는 늘 조심해서 운전하셨는데 그날은 차 앞으로 동물이 뛰어들었다고 생각하셨나 봐. 아빠가 핸들을 확 꺾는 바람에 차가 미끄러져서 도로 옆에 서 있던 나무를 들이받았어. 아마 즉사하셨을 거야. 적어도 안나와 내가 들은 얘기는 그랬어. 사실인지 아닌지 알 방법은 없지만."

눈물 한 방울이 에리카의 뺨에 흘러내리자, 파트리크는 몸을 앞으로 숙여 눈물을 닦아 주었다. 그는 그녀의 턱을 잡고 자신을 똑바로 바라보게 했다.

"사실이 아니라면 그렇게 얘기하지 않았을 거야. 난 너희 부모님이 고통 없이 가셨다고 확신해, 에리카. 100퍼센트 확신해."

에리카는 말없이 고개를 끄덕였다. 그가 한 말을 믿었고, 갑자기 가슴을 짓누르던 커다란 짐이 사라진 듯했다. 부모님의 차에는 불이 붙었다고 했다. 그녀는 부모님이 당신들을 태우는 불꽃이 느껴질 만큼 오래 살아 계셨는지 궁금해하면서 두려움에 사로잡힌 채 수없이 많은 밤을 지새웠다. 그런데 파트리크의 말에 불안이 가라앉았고, 부모님이 돌아가신 사고를 생각하면서 처음으로 일종의 평온함을 느꼈다. 슬픔이 가시지는 않았지만, 불안은 사라졌다. 파트리크는 엄지손가락으로 그녀의 뺨에 흐르는 눈물을 몇 방울 닦아 주었다.

"불쌍한 에리카. 우리 불쌍한 에리카."

그녀는 파트리크의 손을 잡아서 뺨에 댔다.

"안쓰러워할 거 없어, 파트리크. 난 사실 지금 이 순간처럼 행복했던 적이 없는걸. 이상하지, 너랑 같이 있으면 믿을 수 없을 정도로 안심이 돼. 그냥 누군가와 잤을 때 느꼈던 불안함이 전혀 느껴지지 않아. 왜 그렇다고 생각해?"

"우리가 천생연분이라서 그렇다고 생각해."

에리카는 그의 말에서 느껴지는 무게감에 얼굴을 붉혔다. 그러나 자신
도 그렇게 느낀다는 사실을 부정할 수는 없었다. 마치 집으로 가는 길을 찾
은 것 같았다.

그들은 큐 사인을 받은 듯 테이블에서 일어나 접시를 그대로 내버려 두
고, 서로 팔짱을 낀 채 위층 침실로 올라갔다. 바깥에서는 눈보라가 본격
적으로 휘몰아치고 있었다.

❄

옛날에 쓰던 방에 다시 머무니 이상했다. 취향은 시간이 흐르면서 변했
는데, 방은 여전히 그대로여서 더욱 이상했다. 분홍색과 레이스는 이제 자
신의 스타일이 아니었다.

율리아는 어린 시절의 좁은 침대에 바로 누워서 배 위에 손을 깍지 낀
채 천장을 응시했다. 모든 것이 무너지려 했다. 삶이 산산조각 나면서 부
서진 조각들이 아무렇게나 쌓였다. 마치 지금까지, 아무것도 원래 모습대
로 보이지 않는 요술 거울이 달린 도깨비집에서 산 느낌이었다. 하던 공부
를 어떻게 할지도 알 수 없었다. 한 방에 모든 열정이 날아가 버려서 이제
학교에도 가지 않았다. 그러나 자신이 사라진 것을 눈치챌 사람은 아무도
없을 것 같았다. 쉽게 친구를 사귀어 본 적이 한 번도 없었으니까.

율리아는 늙은 노파가 될 때까지 분홍색 천지인 이 방에 누워서 천장을

바라보는 것이 낫다고 생각했다. 비리트와 칼 에리크는 감히 어떻게 하지 못하고 자신이 하고 싶은 대로 하게 내버려 둘 터였다. 필요하다면 남은 평생 그 두 사람에게 빈대 붙어서 살 수도 있었다. 양심의 가책이 그들의 지갑을 영원히 열어 놓을 테니까.

마치 물속에서 움직이는 듯했다. 모든 움직임이 둔하고 힘들었고 모든 소리가 여과 장치를 통해 들리는 것 같았다. 처음에는 이렇지 않았다. 정당한 분노로 가득 차 있었고 지독한 증오 때문에 두려울 정도였다. 물론 여전히 증오를 느끼긴 했지만, 처음과는 달리 강렬함 대신 체념이 섞여 있었다. 자신을 혐오하는 데 너무나도 익숙한 그녀는 순전히 육체적인 수준에서 증오가 어떻게 방향을 바꿨는지 느낄 수 있었다. 이제 증오는 바깥이 아닌 안으로 향하면서 가슴에 커다란 구멍을 뚫어 놓았다. 제 버릇 개 못 주는 법이었다. 자기혐오는 율리아가 완벽하게 갈고 닦은 예술 형태였다.

그녀는 옆으로 돌아누웠다. 책상 위에 알렉스와 함께 찍은 사진이 놓여 있었다. 새삼 사진을 내다 버려야겠다고 생각했다. 일어나자마자 저놈의 사진을 갈기갈기 찢어서 버릴 생각이었다. 그녀는 사진에 찍힌 자신의 흠모하는 시선에 움찔했다. 알렉스는 평소처럼 근사하고 아름다웠고, 옆에 있는 미운 오리 새끼는 투실투실한 얼굴을 돌려 숭배하는 표정으로 그녀를 바라보고 있었다. 율리아의 눈에 비친 알렉스는 한 번도 잘못된 일을 했을 리가 없는 사람이었다. 그녀는 늘 마음속 깊은 곳에, 자신이 언젠가는 알렉스처럼 아름답고 자신 있는 모습으로 고치에서 기어 나오게 되리라는 비밀스러운 희망을 품고 있었다. 율리아는 자신의 순진함을 비웃었다. 농담도 유분수지. 그 농담은 자신을 희생시킨 결과였다. 비리트와 칼 에리크가 등 뒤에서 자신을 험담하지는 않았는지, 멍청하고 아둔하고 못생겼다고 비웃지는 않았는지 궁금했다.

조심스럽게 문을 두드리는 소리가 들리자, 율리아는 태아처럼 몸을 웅크렸다. 누구인지 안 봐도 뻔했다.

"율리아, 우린 널 걱정하고 있단다. 잠깐 아래층으로 내려오지 않을래?"

율리아는 비리트의 말에 대답하지 않고 자신의 머리카락을 뚫어지게 살펴보았다.

"제발, 율리아, 제발."

비리트가 들어와서 책상 옆에 놓인 의자에 앉아 율리아를 마주 보았다.

"화난 거 이해한다. 우리가 미울지도 몰라. 하지만 내 말 믿으렴, 우린 널 다치게 할 의도가 없었단다."

율리아는 지치고 시달린 것처럼 보이는 비리트의 모습에 만족을 느꼈다. 비리트는 며칠 동안 잠을 자지 못한 사람처럼 보였다. 실제로 그랬을 테고. 율리아는 비리트의 눈가에 까마귀 발 모양의 새로운 주름이 생긴 것을 보고, 이 노인네가 60번째 생일을 맞이하여 내년에 계획한 주름 제거 수술을 예정보다 빨리 해야 할 것 같다고 심술궂게 생각했다. 비리트는 의자를 좀 더 가까이 당겨 앉아 율리아의 어깨에 손을 얹었다. 율리아가 곧바로 그 손을 털어 내자, 비리트는 상처받은 듯 움찔했다.

"얘야, 우린 모두 널 사랑한단다. 너도 알잖니."

놀고 있네. 이렇게 뻔한 속임수를 쓰는 게 무슨 소용이 있는데? 그들은 자신들이 서로 어떤 사이인지 아주 잘 알고 있었다. 사랑? 비리트는 사랑이 무엇인지 알지도 못했다. 비리트가 사랑했던 유일한 사람은 알렉스였다. 언제나 알렉스였다.

"우린 이 얘길 해야 해, 율리아. 지금은 서로 힘을 북돋워 줘야 할 때란다."

비리트의 목소리는 떨렸다. 율리아는 비리트가 몇 번이나 알렉스 대신 자신이 죽었으면 좋겠다고 바랐을지 궁금했다. 비리트는 결국 포기하고, 떨리는 손으로 의자를 제자리에 돌려놓았다. 그녀는 문을 닫고 나가기 전에 마지막으로 율리아에게 애원하는 눈빛을 보냈다. 율리아는 홱 돌아누워서 벽을 마주 보았다. 비리트의 등 뒤로 조용히 문이 닫혔다.

❄

파트리크는 아침 시간을 별로 좋아하지 않았는데, 오늘 아침은 더더욱 싫었다. 첫째로, 에리카의 따뜻한 침대에서 억지로 일어나 그녀를 내버려 두고 일하러 가야 했다. 둘째로, 눈 속에 빠진 차를 파내기 위해 30분 동안 삽질을 해야 했다. 셋째로, 기껏 파냈더니 망할 놈의 시동이 걸리지 않았다. 그는 몇 번이나 시도한 끝에 결국 포기하고 집으로 돌아가서 에리카에게 차를 빌릴 수 있겠느냐고 물어봐야 했다. 에리카는 괜찮다고 했고, 그녀의 차는 운 좋게도 한 번에 시동이 걸렸다.

그는 30분 늦게 사무실로 들어갔다. 삽질하느라 온몸이 땀으로 흠뻑 젖어서, 셔츠를 몇 번 펄럭펄럭 잡아당기면서 땀을 말리려고 애썼다. 파트리크는 일을 시작하기 전에 커피포트에서 커피를 뽑았다. 커피 컵을 손에 들고 책상 앞에 앉자 맥박이 서서히 느려졌다. 그는 잠시 공상에 잠겨서 아무 거리낌 없고 무분별한 사랑의 감정에 빠져 들었다. 어젯밤은 처음만큼이나 굉장했다. 그들은 가까스로 아주 약간의 분별력을 발휘하여 몇 시간 동안 잘 수 있었다. 피곤하지 않다고 하면 과장이겠지만 적어도 어제처럼 혼수상태에 빠져 있지는 않았다.

가장 먼저 처리해야 할 것은 어제 얀과 이야기하면서 메모한 내용이었다. 흥미를 불러일으키는 새로운 내용은 없었지만 시간을 낭비한 것은 아니었다. 수사할 때는 사건에 연루됐거나 연루됐을 가능성이 있는 사람들의 느낌을 새겨 두는 일이 중요했다.

"살인 사건을 수사하는 것은 사람들을 수사하는 것이다."

이는 경찰 아카데미에서 그를 가르친 강사가 자주 한 말이었고, 파트리크의 마음속에 남은 명언이었다. 게다가 그는 자신에게 사람 보는 눈도 있다고 생각했다. 목격자나 용의자와 이야기하는 동안 그는 늘 엄연한 사실에서 물러나 자신과 마주하고 있는 사람에게서 풍기는 인상을 흡수하려고 노력했다. 얀은 긍정적인 느낌을 풍기지 않았다. 그의 인상을 요약하다 보니 '믿을 수 없다', '교활하다', '쾌락주의적이다'라는 말들이 머릿속에 떠올랐다. 분명 그 남자는 자신이 말한 것보다 더 많은 것을 숨기고 있었다. 파트리크는 다시 한 번 로렌트 가에 관한 자료 더미를 집어 들었다. 안데르스가 얀에게 전화했다는 사실을 제외하면, 여전히 이 자료와 두 건의 살인 사건을 잇는 구체적인 연결 고리가 무엇인지 알 수가 없었다. 그러나 자동 응답기에 전화가 잘못 걸려 왔다는 얀의 이야기가 사실이 아니라고 증명할 방법이 없었다. 파트리크는 얀의 부모가 죽은 화재 사건 자료가 들어 있는 폴더를 집어 들었다. 그 사건을 말하던 얀의 말투에는 거슬리는 점이 있었다. 거짓말처럼 들린 어떤 점이. 파트리크에게 생각이 하나 떠올랐다. 그는 전화기를 집어 들고 머릿속으로 외운 번호를 돌렸다.

"안녕하세요, 비퀴. 어떻게 지내세요?"

수화기 저편의 사람은 잘 지낸다고 대답했다. 파트리크는 비퀴와 의례적인 이야기를 주고받은 뒤 본론으로 들어갔다.

"비퀴, 부탁 하나 들어주시겠어요? 1975년쯤 사회복지기관에 등록된 사람을 한 명 수사하고 있어요. 당시엔 열 살로, 얀 노린이라는 이름이었죠. 혹시 관련 자료를 갖고 계세요? 네, 기다릴게요."

사회복지기관의 비퀴 린드가 컴퓨터 기록을 확인하는 동안 파트리크는 조바심이 나서 손가락으로 컴퓨터를 두드렸다. 잠시 후 그녀가 다시 전화를 받았다.

"자료가 있다고요? 멋집니다. 당시 담당 사회복지사가 누군지 알 수 있을까요? 시브 페르손이오? 아주 좋아요. 전화번호는 아세요?"

파트리크는 포스트잇 메모지에 재빨리 번호를 받아 적고 나중에 비퀴에게 점심을 사겠다고 약속한 뒤 전화를 끊었다. 이내 비퀴가 알려 준 번호로 전화를 거니, 수화기 저편에서 곧바로 쾌활한 목소리가 들려왔다. 시브는 얀 노린 사건을 기억하고 있었고, 파트리크가 바로 와도 좋다고 했다.

그는 옷걸이에서 재킷을 너무 힘차게 잡아채는 바람에 옷걸이를 넘어뜨렸다. 설상가상으로 옷걸이는 벽에 걸린 그림과 책장에 놓인 꽃병을 함께 떨어뜨렸다. 둘 다 바닥에 부딪힐 때 굉장한 소리를 냈다. 파트리크는 바닥에 떨어진 물건들을 일단 놔두기로 했다. 복도로 나가니 온 사무실 문간에서 머리가 튀어나와 있었다. 그가 별일 아니라는 듯 손을 흔들면서 현관문으로 달려 나가자, 호기심에 찬 눈들이 그의 뒷모습을 유심히 바라보았다.

사회복지기관은 경찰서에서 180미터 정도만 가면 되었다. 파트리크는 눈을 헤치면서 중심가를 터벅터벅 걸었다. 길이 끝나는 곳에 자리한 타눔스헤데 여관에서 왼쪽으로 꺾은 그는 블록 중간 지점까지 계속 걸어갔다. 복지기관은 관청과 같은 건물에 있었고, 파트리크는 계단으로 걸어 올라갔다. 그를 기분 좋게 맞은 안내원은 고등학교 때 같은 반이었던 여학생이었다. 파트리크는 그녀의 안내를 받아 시브의 사무실로 들어갔다. 시브페르손은 악수를 하려고 굳이 일어나지 않았다. 여러 가지 사건 때문에 파트리크를 만난 적이 많았기 때문이다. 그들은 사건을 다루는 최선의 방식에 서로 다른 의견을 제시할 때도 있었지만 각자의 전문 지식을 존중했다. 그 이유 가운데 일부는 시브가 아주 좋은 사람이었기 때문이지만, 사회복지사가 사람들의 좋은 면만 보면서 일할 수는 없는 노릇이었다. 파트리크는 오랫동안 일하면서 별의별 흉한 꼴을 다 보고도 인간 본성은 선하다는 자신의 기본적인 견해를 바꾸지 않는 그녀에게 감탄했다. 시브와는 달리 자신은 정반대로 가 버린 듯했다.

"안녕, 파트리크. 그 눈을 헤치고 용케 여기까지 왔군요."

파트리크는 부자연스럽게 쾌활한 그녀의 목소리에 본능적으로 반응했다.

"네, 스노모빌이 있으면 더 좋을 뻔했죠."

그녀는 목에 건 줄에 매달린 안경을 들어 올려 코끝에 걸쳤다. 시브는 밝은 색깔을 좋아했고, 오늘 쓴 빨간 안경은 옷 색깔과 잘 어울렸다. 그녀의 헤어스타일은 파트리크가 그녀를 안 이후 바뀐 적이 없었다. 턱선까지 화살처럼 일직선으로 내려오는 단발에 눈썹 바로 위까지 오는 짧은 앞머리가 그것이었다. 머리 색깔은 반짝이는 구릿빛이었는데 워낙 밝은 색깔이어서 보기만 해도 생기발랄해지는 것 같았다.

"보고 싶다는 게 내 옛날 사건 중에 하나라고 했죠? 얀 노린?"

그녀의 목소리는 여전히 부자연스럽게 들렸다. 파트리크가 도착하기 전에 이미 자료를 찾아 놓았는지, 책상에 두꺼운 폴더가 놓여 있었다.

"음, 보시다시피 자료가 꽤 많아요. 부모가 둘 다 마약중독자였는데, 사고로 죽지 않았다면 우리가 조만간 개입해야 했을 거예요. 그 부부는 아들을 멋대로 행동하게 내버려 뒀고 얀은 기본적으로 혼자 자랐어요. 그 앤 지저분한 누더기를 걸치고 학교에 갔는데 학교 친구들에게 냄새 난다고 왕따당했죠. 아마 낡은 마구간에서 자고, 잘 때 입던 옷을 그대로 입고 학교에 가야 했을 거예요."

그녀는 안경 위로 파트리크를 보았다.

"내 신뢰를 악용하려고 온 게 아니라 필요한 허가를 받으려고 온 거겠죠? 그러고 나서 얀에 관한 자료를 얻으려고?"

파트리크는 그저 고개만 끄덕였다. 그는 규정을 따르는 것이 중요하다는 점을 알았다. 그러나 수사를 효율적으로 해야 할 때도 있는 법인데, 관료제의 바퀴는 사실관계가 있어야 움직였다. 시브와 그는 늘 훌륭하고 실용적인 업무 관계를 유지해 왔지만, 그녀는 그 질문을 해야 했다.

"왜 더 일찍 개입하지 않았죠? 어떻게 상황이 그렇게 악화되도록 내버려 둘 수 있었죠? 얘길 들어 보니 얀은 태어난 뒤 줄곧 방치됐던 것 같은데, 부모가 세상을 떠났을 때는 이미 열 살이었잖아요."

시브는 한숨을 깊이 내쉬었다.

"그래요. 무슨 뜻인지 알아요. 나도 같은 생각을 수없이 했어요. 하지만 내가 여기서 일하기 시작했을 땐 시대가 달랐어요. 화재 사건은 내가 일한 지 고작 몇 달 뒤에 일어났고요. 당시 국가에선 극단적인 상황이 아니면 한 가정에 개입해서 부모의 양육권을 제한하려고 하지 않았어요. 많은 사람들이 자유로운 자녀 교육을 주장하기도 했고요. 그래서 유감스럽게도 얀과 같은 아이들이 고통을 받았죠. 얀에게선 육체적인 학대의 흔적을 전혀 찾아볼 수 없었어요. 지독한 말이긴 하지만, 차라리 얀이 맞아서 병원에 갔더라면 좋았을 거예요. 그랬다면 적어도 우리가 그 가족을 주시했을 테니까요. 하지만 얀은 겉으로 드러나지 않게 학대당했거나 '단순히' 부모에게 무시당한 경우였죠."

시브는 '단순히'라는 단어를 말할 때 인용부호 모양으로 손가락을 움직였다.

갑자기 소년 얀이 안쓰러웠다. 그런 환경에서 자란 사람이 도대체 어떻게 평범한 인간이 될 수 있겠는가?

"그러나 최악의 부분이 아직 남아 있어요. 증거는 없지만 얀의 부모가 돈이나 마약을 챙기는 대가로 얀을 남자들에게 성적인 노리개로 던져 줬다는 징후가 보였어요."

파트리크의 입이 떡 벌어졌다. 이건 생각했던 것보다 훨씬 심하지 않은가.

"내가 얘기했듯이, 증거는 없지만 얀은 성적으로 학대당한 아이들에게서 보이는 전형적인 행동 양식을 따랐어요. 우선 학교에서 규율 문제가 있었죠. 다른 아이들은 얀을 왕따시키면서도 두려워했어요."

시브는 폴더를 열고 찾는 자료를 발견할 때까지 서류를 넘겼다.

"여기 있네요. 얀은 4학년 때 학교에 칼을 가져와서 자길 가장 못살게 굴던 아이를 위협했어요. 실제로 그 아이의 얼굴을 그었지만 학교 당국에서 모든 걸 쉬쉬하며 덮어 버렸죠. 내가 알기로 얀은 벌을 받지 않았어요.

그 뒤에도 몇 번 얀이 같은 반 아이들에게 극단적인 공격성을 보이면서 비슷한 사건을 일으켰지만, 칼로 위협한 사건이 가장 심각했어요. 또 얀은 같은 반 여학생들에게 부적절한 행동을 했다는 이유로 교장 선생님께 보고되기도 했어요. 그렇게 어린 나이에 정도가 지나친 성적 행동과 암시를 알고 있었다더군요. 하지만 학교에서는 또다시 아무런 조치도 취하지 않았어요. 주변 사람들에게 그처럼 폐를 끼치는 아이를 어떻게 해야 할지 아무도 몰랐던 거죠. 요즘엔 그렇게 뻔뻔한 행동을 절대 그냥 지나치지 않고 무슨 조치라도 취하겠지만, 그때는 70년대 초반이었다는 사실을 기억해야 해요. 당시 세상은 완전히 달랐죠."

파트리크는 동정과 분노로 거의 기절할 것 같았다. 어떻게 아이를 그런 식으로 대할 수가 있는가?

"화재 사건 이후에도…… 그런 일들이 있었나요?"

그가 물었다.

"아뇨. 이상한 일이죠. 얀은 화재 사건이 일어난 직후 로렌트 가로 들어갔는데, 그 뒤로는 문제를 일으켰다는 보고가 전혀 들어오지 않았어요. 얀이 어떻게 지내는지 확인하려고 몇 번 그 집에 갔는데, 완전히 다른 아이가 되었더군요. 깔끔하게 매만진 머리에 정장 차림으로 앉아서는 눈 한 번 깜박이지 않고 날 바라보면서 질문에 공손히 대답했죠. 사실 소름이 끼쳤어요. 사람은 하룻밤 사이에 그렇게 바뀌지 않거든요."

파트리크는 깜짝 놀랐다. 시브가 자기 사건에 관해 조금이라도 부정적으로 말한 것이 처음이었기 때문이다. 그는 더 깊이 파고들 가치가 있다고 깨달았다. 시브는 뭔가 말하고 싶어 했지만, 이야기를 이끌어 내려면 파트리크가 제대로 질문해야 할 터였다.

"그 화재 사건 말인데요."

그가 말끝을 잠깐 흐리자 시브가 의자에서 허리를 더 꼿꼿이 세웠다. 방향을 제대로 잡았다는 뜻이었다.

"소문을 들었어요."

그는 시브에게 질문하는 듯한 표정을 지었다.

"내가 소문을 책임질 순 없는 노릇이죠. 어떤 소문이었어요?"

"화재가 방화였다는 거요. 수사하면서 보니까 '방화 가능성 있음'이라고 기록되어 있던데, 범인의 흔적은 발견되지 않았어요. 불이 1층에서 났으니까 위층 방에서 잠들어 있던 얀의 부모는 범인이 될 수 없죠. 그런 짓을 저지를 만큼 노린 부부를 미워한 사람이 있었는지 혹시 얘기 들은 거 있어요?"

"네."

파트리크는 시브가 너무 짧고 조용하게 대답해서 자신이 정말 대답을 들었는지 확신하지 못했다.

그녀는 더 큰 목소리로 다시 말했다.

"난 누가 불을 지를 정도로 노린 부부를 미워했는지 알아요."

파트리크는 그녀가 원하는 속도로 이야기를 이어 가도록 잠자코 앉아 있었다.

"난 경찰과 함께 그 집에 갔어요. 현장엔 소방대원들이 먼저 와 있었죠. 소방대원 한 사람이 현장을 조사하고, 집에서 다른 곳으로 튄 불꽃이 연기를 내고 있지는 않은지 확인하러 들어갔다가 마구간에서 얀을 발견했다더군요. 그런데 얀이 그곳에서 떠나려고 하지 않자, 이곳 사회복지기관에 연락한 거예요. 난 신참 사회복지사였는데, 되돌아보니 그 일이 아주 흥미진진하다고 생각했다는 걸 인정해야겠네요. 얀은 마구간 뒤쪽 벽에 기대앉아 있었어요. 한 소방대원이 그 앨 주의 깊게 지켜보고 있었죠. 그 사람은 우리가 도착한 걸 보고 무척 안심했어요. 난 경찰을 내보낸 다음 얀을 위로해서 바깥으로 데리고 나오려고 안으로 들어갔어요. 얀은 앉은 자리에서 손을 계속 움직이고 있었는데, 너무 어두워서 뭘 하고 있는지 보이지 않았어요. 더 가까이 가니까 그 애가 무릎에 놓인 것을 만지작거리고 있는 게 보이더군요. 그건 성냥갑이었어요. 얀은 드러내 놓고 기뻐하면서 성냥을 분류하고 있었죠. 성냥갑 절반엔 까맣게 탄 성냥, 나머지 절반엔 새 성냥을 놓고 있었어요. 얀의 얼굴에 나타난 표정은 순전한 기쁨이었어요. 진심으로 행복해하는 것처럼 보였죠. 내 평생 그렇게 무서운 광경은 본 적이 없어요, 파트리크. 아직도 가끔씩 밤에 잘 때 그 얼굴이 눈앞에 보여요. 내가 다가가서 조심스럽게 성냥갑을 뺏었더니, 얀이 날 올려다보면서 묻더군요. '그 사람들 이제 죽었어요?' 그게 다였어요. '그 사람들 이제 죽었어요?' 그러더니 낄낄거리면서 기꺼이 날 따라 낡은 마구간에서 나왔죠. 그집을 떠나면서 마지막으로 본 건 헛간 구석에 있는 담요와 손전등, 그리고 옷 더미였어요. 그때서야 우리가 노린 부부의 죽음을 부추긴 거나 마찬가지라는 걸 깨달았죠. 우린 훨씬, 훨씬 더 일찍 조치를 취해야 했어요."

"이 얘길 다른 사람에게 한 적이 있어요?"

"아뇨, 내가 뭐라고 하겠어요? 얀이 성냥으로 장난치고 있었기 때문에 부모를 살해했다고 생각한다? 아니에요. 난 당신이 와서 방금 그걸 물어볼 때까지 입도 뻥끗하지 않았어요. 하지만 얀이 조만간 경찰과 싸우게 되지 않을까 하고 생각하긴 했죠. 무슨 일에 연루된 거예요?"

"아직 아무 말도 할 수 없어요. 하지만 뭔가 알아내면 바로 얘기하겠다고 약속할게요. 이 모든 걸 얘기해 줘서 정말 고마워요. 그리고 시브 당신에게 아무 문제도 생기지 않도록 서류 작업을 시작할게요."

그는 손을 흔들며 떠났다.

시브는 그가 떠난 뒤에도 여전히 책상 앞에 앉아 있었다. 그녀는 빨간 안경을 벗고 눈을 감으면서 엄지와 검지로 콧날을 문질렀다.

파트리크가 눈 쌓인 보도로 나온 순간 휴대전화가 울렸다. 손가락이 혹독한 추위에 벌써 뻣뻣해져서 휴대전화 폴더를 여느라 애를 먹었다. 그는 전화한 사람이 에리카이길 바랐지만 액정화면에 깜박이는 번호를 확인하고 실망했다.

"파트리크 헤드스트룀입니다. 네, 안니카. 아뇨, 방금 사회복지기관에서 나왔어요. 알았어요, 1∼2분 후면 서에 도착할 거예요."

그는 폴더를 탁 닫았다. 안니카가 또 해냈다. 알렉스의 이력에 포함되어 있지 않은 것을 찾아낸 것이다.

❄

경찰서로 뛰어가는 파트리크의 발에 밟힌 눈이 뿌득뿌득 하는 소리를 냈다. 그가 시브와 이야기하는 동안 제설차가 지나간 덕분에 돌아가는 길은 그렇게 힘들지 않았다. 추운 날씨에 위험을 무릅쓰고 바깥으로 나온 용감한 사람들은 거의 없었고 중심가는 추위를 막고자 옷깃을 세우고 모자를 눌러쓴 채 이따금씩 종종거리며 지나가는 사람들을 제외하면 텅 비어 있었다.

경찰서로 들어온 파트리크는 문간에서 발을 굴러 신발에 묻은 눈을 털어 냈다. 그는 단화를 신고 눈 속을 헤치며 걸어 다니면 양말이 푹 젖어 버린다는 사실을 기억해 두었다. 미리 알았어야 했지만.

"옷을 전부 빨기라도 한 거예요?"

처음에는 질문을 이해하지 못했지만, 안니카의 짓궂은 미소를 보니 자신을 놀리는 듯했다. 잠시 후 무슨 뜻인지 알아들은 그는 자신의 옷을 내려다보았다. 젠장, 그저께 옷차림 그대로였다. 자신에게서 냄새가 조금 날지 많이 날지 궁금했다.

파트리크는 안니카의 말에 뭐라고 중얼거리면서 그녀를 최대한 사악하게 노려보려고 했다. 그녀는 그런 그의 모습에 더 재미있어했다.

"네, 네, 알았습니다. 이제 본론으로 들어가죠. 말해요!"

그는 짐짓 화난 체하면서 주먹으로 그녀의 책상을 쾅 쳤다. 그 바람에 꽃병이 넘어져서 물이 사방에 엎질러졌다.

"아, 미안해요. 그러려고 한 게 아닌데. 난 왜 이렇게 서투르지……."

파트리크는 닦을 것을 찾았지만, 안니카는 늘 그렇듯 그보다 한발 앞서 책상 뒤쪽에서 종이 타월을 꺼냈다. 그녀는 차분하게 책상을 닦으면서 파트리크에게 이제는 익숙해진 명령을 내렸다.

"앉아요!"

그는 즉각 명령에 따르면서 이렇게 똘똘하게 구는데 상으로 사탕 하나 던져 주지 않는 건 좀 불공평하다고 생각했다.

"시작할까요?"

안니카는 파트리크의 대답을 기다리지 않고 컴퓨터 모니터에 떠 있는 자료를 읽기 시작했다.

"자, 어디 봅시다. 알렉스의 죽음부터 시작해서 역순으로 작업했어요. 그녀가 예테보리에 살던 시절에는 모든 게 앞뒤가 맞는 것 같아요. 알렉스는 1989년에 친구와 함께 갤러리를 열었어요. 그 전에는 프랑스의 대학에서 5년 동안 미술사를 공부했고요. 오늘 그녀의 성적 증명서를 팩스로 받았어요. 제때 시험을 치러서 합격했더군요. 고등학교는 예테보리 비트펠트스카에서 다녔고요. 고등학교 때 성적표도 받았는데, 공부는 아주 잘하지도 못하지도 않았더라고요. 성적이 항상 중간 정도였어요."

안니카는 잠시 말을 멈추고, 몸을 기울여 컴퓨터 모니터에 떠 있는 자료를 미리 읽으려고 애쓰는 파트리크를 바라보았다. 그녀는 자신이 발견한 사실을 그가 미리 읽지 못하도록 모니터를 살짝 돌렸다.

"그 전에는 스위스의 기숙학교에 있었어요. 학비가 많이 들어가는 국제학교 레콜 드 슈발리에에 다녔죠."

안니카는 학비가 많이 들어간다는 말을 유난히 강조했다.

"그 학교에 전화해서 입수한 정보에 따르면, 한 학기에 들어가는 비용이 10만 크로나 정도래요. 방값, 식사값, 옷값, 책값을 제외하고요. 또 확인해 봤더니 알렉산드라 비크네르가 다닐 때도 학비가 그렇게 비쌌어요."

그녀의 말을 들으면서 생각에 잠겨 있던 파트리크가 불쑥 말했다.

"그러면 문제는 칼그렌 부부가 어떻게 알렉스를 그 학교에 보낼 수 있었느냐 하는 거군요. 비리트는 늘 주부였으니, 칼 에리크 혼자서 그렇게 많은 돈을 벌지는 못했을 텐데. 혹시……."

안니카가 그의 말을 잘랐다.

"네, 알렉산드라의 학비를 내 준 사람이 누구였는지 물어봤어요. 하지만 그런 정보는 알려 주지 않더군요. 그 사람들이 더 협조하게 하려면 스위스 경찰의 도움을 받을 수밖에 없는데, 그쪽에서 협조지시 공문을 받아 내려면 적어도 6개월은 걸릴 거예요. 그래서 그 대신 칼그렌 가의 몇 년 치 재정 상황을 확인하기 시작했죠. 돈을 물려받았을지도 모르는 일이잖아요? 은행에서 확인 보고서가 오길 기다리고 있는데 이틀 정도 걸릴 거예요. 하지만……."

그녀는 또 한 번 수사적인 효과를 노리면서 말을 멈췄다.

"그것도 가장 흥미로운 정보는 아니에요. 칼그렌 가의 진술에 따르면, 알렉스는 1977년 봄 학기부터 기숙학교에 다녔어요. 하지만 그 학교의 등록부에 따르면, 알렉스는 1978년 봄 학기부터 기숙학교에 다녔죠."

안니카는 의기양양하게 의자에 기대앉아 팔짱을 끼었다.

"확실해요?"

파트리크는 흥분을 억누를 수가 없었다.

"확인하고 또 확인하고, 심지어 세 번이나 확인했어요. 1977년 봄부터 1978년 봄까지 1년이 비어요. 그동안 알렉스가 어디에 있었는진 모르죠. 칼그렌 가는 1977년 3월에 이곳을 떠났는데, 알렉스가 스위스에서 학교를 다닐 때까지 어디에 있었는지 알려 주는 정보가 하나도 없어요. 칼그렌 부부는 알렉스가 학교에 들어가자마자 예테보리에 나타났죠. 그들은 집을 샀고, 칼 에리크는 중간 규모의 도매업 회사 경영자로 새롭게 일하기 시작했어요."

"그러면 그 기간에 칼그렌 부부가 어디에 있었는지도 모르는 건가요?"

"그렇죠, 아직 몰라요. 하지만 계속 알아보고 있어요. 우리가 아는 건 그들이 그 1년 동안 스웨덴에 있었다고 증명해 주는 자료가 없었다는 사실뿐이에요."

파트리크가 손가락을 꼽아 세어 보았다.

"알렉스는 1967년에 태어났으니까, 어디 보자, 1977년엔 열 살이었군요."

안니카가 모니터를 다시 확인했다.

"1월 3일에 태어났으니까, 맞아요. 칼그렌 가가 이곳을 떠났을 땐 열 살이었네요."

파트리크는 생각에 잠겨 고개를 끄덕였다. 안니카가 찾아낸 정보는 유용했지만, 지금 당장은 더 많은 의문만 떠오르게 할 뿐이었다. 칼그렌 가는 1977년에서 1978년까지 어디에 있었을까? 일가족이 그냥 사라져 버릴 수는 없었다. 분명 어떤 흔적을 남겼을 테니 그것을 찾기만 하면 될 터였다. 그러나 그와 동시에 뭔가가 더 있어야 했다. 파트리크는 알렉스가 이전에 아이를 낳은 적이 있다는 정보에 아직도 당황스러웠다.

"알렉스의 인생에 다른 공백은 없었나요? 예컨대, 대학 시절에 다른 사람이 그녀의 이름으로 시험을 대신 치렀을 가능성은 없을까요? 아니면 갤러리를 공동운영하는 파트너가 혼자서 일한 적이 있다든지? 안니카 당신이 알아낸 정보를 믿지 못하는 건 아니지만, 그 사실을 다시 한 번 확인해야 해요. 그리고 알렉산드라 칼그렌이나 비크네르가 아이를 낳은 적이 있는지 병원 기록을 확인해 보고요. 예테보리 병원에서 시작하고, 그쪽에서 아무것도 찾지 못하면 지방 병원을 확인해 봐요. 분명히 어딘가에 출산 기록이 남아 있을 거예요. 아이가 연기처럼 사라질 수는 없으니까."

"외국에서 아이를 낳았을 수도 있지 않을까요? 예를 들면, 기숙학교에 다닐 때? 아니면 프랑스에서?"

"물론이에요, 내가 왜 그걸 생각 못했지? 국제적인 경로로 입수할 수 있는 정보가 있는지 알아봐요. 칼그렌 가의 행방을 추적할 방법이 있는지도 알아보고요. 여권, 비자, 대사관 등 분명히 어딘가엔 그들의 행방이 기록돼 있을 거예요."

안니카는 열심히 메모했다.

"그런데 다른 사람들은 뭔가 쓸모 있는 걸 찾았대요?"

"에른스트는 벵트 라르손의 알리바이를 확인했어요. 그러니 한 명은 용의자 선상에서 제외할 수 있죠. 마르틴은 헨리크 비크네르와 통화했지만 안데스르와 알렉스를 잇는 연결 고리를 찾아내지 못했어요. 그래서 안데르스의 주정뱅이 친구들에게 그가 혹시 무슨 말을 하지 않았는지 계속 물어볼 생각이래요. 그리고 예스타……. 예스타는 풀이 죽은 채로 자기 사무실에 앉아 있어요. 예테보리에 가서 칼그렌 부부를 신문할 힘을 모으려고 애쓰는 중이죠. 아무리 일러도 월요일까진 꼼짝도 안 하려고 할걸요."

파트리크는 한숨을 쉬었다. 이 사건을 해결하려면 동료들에게 의지하지 않는 것이 가장 좋을 듯했다. 그냥 혼자 발로 뛰어야 했다.

"칼그렌 부부에게 직접 물어볼 생각은 안 해 봤어요? 의심스러운 구석이 없을 수도 있잖아요. 납득할 수 있는 이유가 있을지도 모르고."

"알렉스에 관해 알려 준 건 칼그렌 부부예요. 그들은 어떤 이유에선지 자기들이 1977년에서 1978년까지 뭘 했는지 숨기려고 했어요. 칼그렌 부부와 이야기해 보겠지만, 먼저 증거가 좀 더 있어야 해요. 그들이 이 사건에서 빠져나가지 못하게 해야 하니까."

안니카는 뒤로 기대앉아서 교활하게 미소 지었다.

"자, 결혼식 종이 울리는 소리는 언제 들을 수 있죠?"

그녀는 이 흥미진진한 주제를 금방 포기할 생각이 없어 보였다. 파트리크는 한동안 서의 기쁨조가 되리라는 사실을 받아들여야 했다.

"음, 그런 얘길 하기엔 좀 이른 것 같은데요. 교회를 예약하기 전에 적어도 일주일은 사귀어야죠."

"그래서어어어, 둘이 사귀는 거군요, 그렇죠?"

그는 눈을 크게 뜬 채 발부터 덫에 빠졌다는 사실을 깨달았다.

"아뇨, 어, 네, 우린 아마⋯⋯. 모르겠어요. 지금까진 잘 지내고 있지만, 모든 게 너무 새롭고 그녀는 곧 스톡홀름으로 돌아갈 거예요⋯⋯. 아, 모르겠어요. 당분간은 그 정도로 만족해야 할 거예요."

파트리크는 의자에서 벌레처럼 꿈틀거렸다.

"좋아요, 그럼. 하지만 어떻게 돼 가는지 계속 알려 주세요, 알겠어요?"

안니카는 파트리크의 앞에서 손가락을 흔들었다. 그는 알겠다는 뜻으로 고개를 끄덕였다.

"알겠어요, 계속 알려 줄게요. 약속하죠. 만족해요?"

"흠, 지금은 그걸로 만족하죠, 뭐."

안니카는 일어나서 책상을 돌아오더니, 파트리크가 채 깨닫기도 전에 그를 열렬하게 꽉 끌어안았다. 그는 그녀의 풍만한 가슴에 짓눌리는 꼴이 되었다.

"정말 잘됐어요. 관계를 망치지 말아요, 파트리크, 약속해요."

안니카가 다시 한 번 꽉 끌어안자, 파트리크의 갈비뼈가 아우성을 쳤다. 그는 숨을 쉴 수가 없어서 대답하지 못했지만, 그녀는 침묵을 동의로 받아들인 모양인지 그의 볼을 세게 꼬집고 나서 풀어 주었다.

"이제 집에 가서 옷 갈아입어요. 냄새 나요!"

파트리크는 그 말과 함께 복도로 떠밀려 나왔다. 볼과 갈비뼈가 아팠다. 그는 갈비뼈를 조심스럽게 만져 보았다. 그는 안니카를 아주 좋아했지만, 때로는 몸이 점점 부실해지는 불쌍한 서른다섯 살짜리 남자를 좀 더 조심해서 대해 주길 바랐다.

❄

해수욕장으로 이용되는 섬인 바드홀멘은 인적이 끊기고 버림받은 것처럼 보였다. 여름에는 즐거워하는 해수욕객과 시끄러운 아이들로 발 디딜 틈 없이 북적였지만, 지금은 윙윙거리는 바람이 밤새 두꺼운 담요처럼 내려앉은 눈을 휩쓸고 있어 황량했다. 에리카는 바위에 덮인 눈을 조심조심 밟으면서 걸었다. 신선한 공기를 너무나도 마시고 싶었는데, 이곳 바드홀멘에서는 여러 섬들과 끝없이 펼쳐진 하얀 얼음을 한눈에 볼 수 있었다. 멀리서 차 소리가 들렸지만, 그 외에는 다행히도 조용했다. 생각하는 소리를 들을 수 있을 정도로. 옆에서 다이빙 탑이 어렴풋이 모습을 드러냈다. 어릴 때 생각했던 만큼 높지는 않았지만―그때는 하늘까지 솟은 것처럼 보였다―여전히 높아서 따뜻한 여름날 꼭대기에서 겁 없이 뛰어내리지는 못할 터였다.

이 자리에 영원히 서 있을 수 있을 것 같았다. 모피코트로 몸을 감싼 그녀는 옷을 뚫고 들어오려는 추위의 노력이 물거품으로 돌아가는 것을 느꼈다. 마음속에서 얼음이 녹고 있었다. 그녀는 외로움이 사라지고 나서야 자신이 얼마나 외로웠는지 깨달았다. 하지만 스톡홀름으로 돌아가게 되면 파트리크와는 어떻게 될까? 스톡홀름은 꽤 멀고, 그녀는 장거리 연애를 하기엔 나이가 너무 많다고 느꼈다.

어쩔 수 없이 집을 팔게 되면, 자신이 여기에 남을 가능성이 있을까? 그녀는 얼마 동안 자신과 파트리크가 잘 맞는지 확인해 보고 나서 그와 함께 살고 싶었다. 그러려면 피엘바카에서 살 다른 곳을 찾아보는 수밖에 없었다.

문제는 부모님의 집 외에는 그녀의 마음에 드는 곳이 하나도 없다는 점이었다. 집을 팔게 되면, 모르는 사람들이 자신의 고향집을 쿵쾅거리며 돌아다니는 모습을 보느니 차라리 피엘바카와 연을 끊는 것이 나을 터였다. 이곳 아파트에 세 들어 사는 것도 상상할 수 없었다. 매우 이상한 느낌이 들 테니까. 이렇게 부정적인 생각을 차곡차곡 쌓아 올리다 보니 행복이 스르르 빠져나가는 듯했다. 물론 이 딜레마에서 벗어날 방법이 있을지도 모르지만, 구닥다리가 아닌데도 워낙 오랫동안 자기 생각만 하면서 혼자 살았기 때문인지 융통성이 없어진 것 같았다. 그녀는 아주 곰곰이 생각한 뒤 스톡홀름을 떠날 준비가 되었다고 결론 내렸지만, 그것은 친숙한 자신의 고향집에서 계속 살 수 있을 경우에 한해서였다. 그렇지 않으면 갑작스럽게 너무 많은 것이 변할 텐데, 그런 것은 감당할 자신이 없었다. 아무리 사랑에 푹 빠졌다 해도.

부모님의 죽음도 큰 변화를 꺼리는 데 한몫했는지도 몰랐다. 앞으로 그 이상의 변화는 원치 않았다. 그녀는 안전하고 안정적이며 예측 가능한 삶을 살고 싶었다. 과거에는 관계에 자신을 맡기는 것이 두려웠지만, 지금은 그 무엇보다도 파트리크를 그 안정적이고 예측 가능한 삶에 포함시키고 싶었다. 그 모든 평범한 단계를 계획할 수 있길 바랐다. 함께 살고, 약혼하고, 결혼하고, 아이들을 낳고, 평범한 날을 보내다가 어느 날 서로 바라보며 그들이 함께 나이 들었다는 사실을 깨닫고 싶었다. 그 정도면 너무 많은 것을 바라는 게 아니리라.

에리카는 처음으로 알렉스를 생각하며 가슴을 에는 듯한 슬픔을 느꼈다. 이제야 알렉스의 삶이 돌이킬 수 없이 끝났다는 사실을 이해한 것 같았다. 두 사람은 오랫동안 만나지 못했지만, 에리카는 그동안에도 이따금씩 알렉스를 생각했다. 그녀는 알렉스의 삶이 자신의 삶과 만날 수 없으리라는 사실을 늘 알고 있었다. 그런데 이제 미래가 있고, 앞으로 살아갈 날들이 선사할 그 모든 기쁨과 슬픔을 겪을 사람은 오로지 자신뿐이었다. 지금뿐만 아니라 앞으로 평생 알렉스를 생각할 때마다 머릿속에 떠오를 이미지는 욕조에 누워 있는 창백한 시신이 될 터였다. 바닥에 묻은 피와 얼어붙은 후광처럼 보인 머리카락. 아마도 그 모습 때문에 알렉스에 관한 책을 쓰기로 마음먹었는지도 몰랐다. 책을 쓰면서 그들이 무척 친하게 지냈던 시절을 떠올리는 동시에, 헤어지고 나서 알렉스가 어떤 사람이 되었는지 알아 갈 수 있을 테니까.

지난 며칠 동안 에리카가 걱정한 것은 글이 너무 무미건조하게 느껴진다는 점이었다. 마치 3차원의 대상을 한 면에서만 살펴보는 듯했다. 그 대상이 전체적으로 어떻게 보이는지 알게 되면 다른 면들도 똑같이 중요해지겠지만, 아직은 전체 모습을 볼 수가 없었다. 그녀는 주연인 알렉스뿐만 아니라 주변 인물들, 즉 인생의 일부였던 조연들을 더 살펴봐야겠다고 마음먹었다. 그러자 어린 시절에 느끼고 직감으로 알아차렸지만, 한 번도 분명하게 이해하지 못했던 것으로 생각이 기울었다.

알렉스가 떠나기 1년 전에 어떤 일인가가 일어났지만, 아무도 에리카에게 그 일이 무엇인지 말해 주지 않았다. 속삭이던 사람들은 그녀가 다가오자마자 입을 다물었고, 그 일―이제 그녀가 필사적으로 알고 싶어 하는― 은 꽁꽁 숨겨져 있었다. 에리카는 그 문제를 도대체 어디서부터 살펴봐야 할지 알 수가 없었다. 엿들은 어른들의 대화에서 기억나는 것이라곤 '학교'라는 단어가 언급되었다는 점뿐이었다. 그다지 쓸 만한 정보는 아니었지만, 단서는 그것뿐이었다. 그녀는 중학교 때 자신과 알렉스를 가르쳤던 선생님이 아직 피엘바카에 산다는 사실을 알고 있었다. 거기에서 시작하면 될 것 같았다.

바람이 거세져서, 옷을 두껍게 껴입었는데도 추위가 슬며시 기어들었다. 이제 움직일 때였다. 에리카는 우뚝 솟은 뒷산에 보호받듯 자리 잡은 피엘바카를 마지막으로 흘긋 보았다. 여름에는 황금빛으로 감싸이는 마을이 지금은 헐벗은 회색빛이었지만, 그녀는 이런 마을이 훨씬 아름답다고 생각했다. 여름의 피엘바카는 끊임없이 북적이는 개미탑을 연상시켰다. 그러나 지금은 고요한 평화가 내려앉아 있었고, 마을 전체가 동면하는 것처럼 보이기도 했다. 물론 그 평화는 허구일 따름이었지만. 평화로운 겉모습 이면에 존재하는 악은 인간이 사는 다른 곳과 마찬가지로 많았다. 그래도 스톡홀름에서 본 수많은 악에 비하면 그 정도가 훨씬 덜한 편이었다. 증오, 질투, 탐욕, 복수, 이 모든 것이 '사람들이 뭐라고 할까?' 하는 마음이 만들어 낸 거대한 덮개 아래 숨겨져 있었다. 모든 악과 비열함과 악의가 늘 지극히 단정하고 깨끗해 보이는 겉모습 아래 조용히 끓어올랐다. 에리카는 바드홀멘 바위 위에 서서 눈 덮인 피엘바카를 뒤돌아보며, 저 작은 마을이 숨기고 있는 비밀이 무엇일지 조용히 생각해 보았다.

그녀는 몸을 부르르 떨면서 손을 주머니 깊숙이 넣고 마을로 돌아갔다.

해가 갈수록 삶은 점점 더 위험해졌다. 악셀 벤네르스트룀은 늘 새로운 위험을 발견했다. 위협적인 삶은 수없이 많은 세균과 박테리아가 주변에서 들끓고 있다는 사실을 날카롭게 인식하면서 시작되었다. 뭔가를 만져야 한다는 것 자체가 도전이 되었고, 어쩔 수 없이 그래야 할 때면, 박테리아가 떼로 몰려와서 오랫동안 고통스럽게 앓다가 죽는 무수한 병들―알려진 병이든 알려지지 않은 병이든―에 감염시키겠다고 협박하는 모습을 볼 수 있었다. 그러자 주변 환경이 위협적으로 느껴졌다. 넓은 표면이든 좁은 표면이든 관계없이 위험하다고 느꼈다. 사람들이 북적이는 곳에 있으면 온몸의 모공에서 땀이 배어 나왔고, 호흡이 가쁘고 약해졌다. 악셀이 부분적으로나마 통제할 수 있는 유일한 환경은 자신의 집뿐이었다. 그는 평생 문 바깥으로 발을 내딛지 않고도 살아갈 수 있다는 사실을 금세 깨달았다.

악셀이 마지막으로 외출한 때는 8년 전이었다. 위험을 무릅쓰고 밖으로 나가고 싶은 욕망을 워낙 효과적으로 억눌러서 이제는 바깥세상이 있는지 없는지도 알지 못했다. 그는 자신의 삶에 만족했기 때문에 아무것도 바꿀 생각이 없었다.

악셀 벤네르스트룀은 이제는 매우 익숙해진 일과에 따라 살았다. 매일 같은 하루가 반복되었고, 오늘도 예외가 아니었다. 그는 아침 7시에 일어나서 아침을 먹었다. 그러고 나면 냉장고에서 꺼내 아침으로 먹은 음식이 뿌렸을지도 모르는 박테리아를 없애기 위해 강력한 세정제로 온 부엌을 청소했다. 그 다음 몇 시간은 먼지를 털고 걸레질을 하고 집 안을 정돈하면서 보냈다. 오후 1시가 되어서야 베란다에 앉아 신문을 읽으면서 잠깐 쉴 수 있었다. 그는 우편집배원인 싱네와 특별히 합의하여, 매일 아침 비닐봉지에 담긴 신문을 받아 보았다. 그렇게 하면 신문이 우편함에 도착하기 전에 그것을 만졌던 온갖 더러운 손들의 이미지를 조금이나마 덜 떠올릴 수 있었다.

문을 두드리는 소리에 아드레날린이 솟구쳤다. 이 시간에 올 사람이 없는데. 유일한 방문자인 음식을 배달해 주는 사람은 보통 금요일 아침 일찍 왔다. 악셀은 문 쪽으로 조금씩 힘들게 다가갔다. 문 두드리는 소리가 또 들려왔다. 끈질기기도 하지. 그는 떨리는 손을 뻗어 문 위쪽의 잠금장치를 풀었다. 현대식 아파트 문에 나 있는 것과 같은 작은 구멍이 있었으면 했지만, 그가 사는 오래된 건물의 문에는 침입자를 볼 수 있는 창문도 하나 없었다. 악셀은 아래쪽의 빗장도 풀고 쿵쾅대는 심장 소리를 들으며 문을 열었다. 바깥에서 기다리고 있는 무시무시한 익명의 생물이 무엇이든, 보지 않으려고 눈을 감고 싶은 마음을 억눌러야 했다.

"악셀 선생님? 악셀 벤네르스트룀 선생님이신가요?"

그는 안심했다. 여자는 남자보다 덜 위협적이었다. 그래도 만약을 위해 안전 고리는 그대로 걸어 두었다.

"네, 무슨 일이시죠?"

그는 되도록 기운 빠진 목소리를 내려고 노력했다. 이 여자가 누구든 그저 자신을 평화롭게 내버려 두고 가길 바랐다.

"안녕하세요, 선생님. 기억하실지 모르지만, 학교 다닐 때 선생님 반에서 수업을 들은 학생이에요. 에리카 팔크인데요?"

그는 기억을 뒤져 보았다. 교사로 일한 것은 아주 오래전 일이고, 자신이 가르친 학생들은 무수히 많았다. 금발에 자그마한 소녀의 이미지가 어럼풋이 나타났다. 그래, 토레의 딸이다.

"이야기 좀 할 수 있을까요?"

에리카는 문틈으로 그에게 다급한 표정을 지었다. 악셀은 한숨을 깊이 내쉬며 문고리를 벗기고 그녀를 안으로 들였다. 이 깨끗한 집으로 얼마나 많은 미지의 유기체들이 묻어 들어올지 생각하지 않으려고 애썼다. 그는 신발을 벗으라는 뜻으로 신발 걸이를 가리켰다. 그녀는 예의바르게 그의 지시를 따랐고 코트와 목도리도 걸었다. 그는 온 집 안에 더러움이 묻지 않게 하려고, 그녀를 베란다의 고리버들 소파로 안내했다. 에리카가 소파에 앉자, 그는 그녀가 떠나자마자 쿠션을 빨아야겠다고 머릿속에 메모했다.

"정말 오랜만이네요."

"그래, 네가 내 수업을 들은 게 25년 전이니까. 내가 맞게 계산했다면."

"네, 맞아요. 세월이 참 빨리 지나가요."

악셀은 잡담을 나누는 데 좌절감을 느꼈지만, 어쩔 수 없이 그녀에게 맞춰 주었다. 그는 그녀가 본론으로 들어가서 왜 여기 왔는지 말하길 바랐다. 그래야 얼른 떠나서 자신이 다시 집을 독차지할 수 있게 될 테니까. 그로서는 에리카가 무엇을 원하는지 이해할 수가 없었다. 그동안 옛날에 가르치던 학생들이 수백 명은 오고갔지만, 그들 중 어느 누구와도 개인적으로 만난 적은 없었다. 그런데 이제 에리카 팔크가 자기 앞에 앉아 있었다. 고리버들 안락의자에 앉아 그녀를 마주 보고 있으려니 조바심이 났다. 이 불청객을 얼른 내보내고 싶어서 미칠 지경이었다. 에리카가 깔고 앉은 쿠션을 계속 시켜보다 보니, 그녀에게 묻어온 온갖 박테리아가 소파에서 기어 나와 바닥까지 퍼지는 모습이 정말로 보였다. 쿠션을 빼는 것만으로는 충분하지 않을 듯했다. 그녀가 가고 나면 집 전체를 청소하고 소독해야 할 터였다.

"제가 왜 왔는지 궁금하실 거예요."

그는 대답 대신 고개만 끄덕였다.

"알렉산드라 비크네르가 살해당했다는 소식을 들으셨죠."

그 소식 때문에 그가 오랫동안 애써 억눌러 온 것들이 꿈틀거리기 시작했다. 이제 악셀은 에리카 팔크가 일어나서 문밖으로 나가기를 더 간절히 바랐다. 하지만 에리카는 여전히 그 자리에 앉아 있었고, 그는 그녀가 앞으로 할 이야기를 듣지 않기 위해 손으로 귀를 막은 채 큰소리로 흥얼거리고 싶은 유치한 충동에 맞서 싸워야 했다.

"전 이유가 있어서 알렉스와 그 애의 죽음에 연관된 많은 것들을 조사하고 있어요. 괜찮으시다면 몇 가지 여쭤 보고 싶어요."

악셀은 눈을 감았다. 결국 이런 날이 오리라는 것을 알고 있었다.

"좋아. 괜찮을 거야."

그는 에리카가 알렉스에 관해 질문하는 이유를 묻고 싶지 않았다. 자신이 알 바는 아니니, 그녀가 원한다면 그 이유를 비밀로 해도 될 터였다. 질문하는 것은 그녀의 마음이었지만, 자신에게는 억지로 대답할 이유가 없었다. 그러나 놀랍게도, 악셀은 건너편에 앉은 금발의 여자에게 모든 것을 말하고 싶은 강한 충동도 느꼈다. 누군가, 아무에게든 자신이 25년 동안 지고 있던 마음의 짐을 모두 털어 놓고 싶었다. 그것은 그의 삶을 오염시켰다. 그것은 씨앗처럼 양심 깊숙한 곳에서 자라나, 독처럼 천천히 몸과 마음에 퍼졌다. 정신이 더 맑을 때는, 그것이 주변의 모든 것에 느끼는 공포심과 결벽증의 뿌리라는 사실을 이해했다. 에리카 팔크는 마음대로 질문하겠지만, 그는 대답하고 싶은 충동을 최선을 다해서 억누를 생각이었다. 일단 통제할 수 없게 되면, 둑이 터져서 자신이 그렇게 공들여 쌓아 올린 방어

벽을 무너뜨릴 게 뻔했기 때문이다. 그런 일이 일어나서는 안 되었다.

"학생 시절의 알렉산드라를 기억하세요?"

악셀은 쓸쓸하게 미소 지었다. 학교에서 가르쳤던 아이들은 대부분 희미하고 아련하게 기억날 뿐이었지만, 알렉산드라는 25년 전과 마찬가지로 또렷하게 기억났다. 그 말을 입 밖으로 낼 수는 없었지만.

"그래, 기억한다. 물론 알렉산드라 비크네르가 아닌 칼그렌으로 기억하는 거지만."

"네, 정확하게 기억하시네요. 알렉스는 그때 어땠어요?"

"조용하고, 약간 내성적이고, 나이보다 훨씬 어른스럽게 행동했지."

에리카는 악셀의 짧고 무뚝뚝한 대답에 실망하는 모습을 보였지만, 그는 말을 너무 많이 하면 말 자체에 힘이 생겨 제멋대로 흘러나올까 봐 의식적으로 되도록 적게 말하려고 했다.

"성적은 좋았나요?"

"음, 별로. 내 기억엔 그렇게 의욕적인 학생은 아니었어. 그래도 은근히 똑똑했지. 아마 성적은 중간 정도였을 거야."

에리카가 잠시 머뭇거리자, 악셀은 이제 그녀가 정말로 묻고 싶은 질문을 하리라고 생각했다. 지금까지 한 질문들은 그저 준비운동이었을 뿐이리라.

"알렉스네는 학기 중간에 이사 가 버렸죠. 알렉스의 부모님이 무슨 이유로 이사 간다고 하셨는지 기억하세요?"

그는 손가락을 모으고 턱을 받친 채 질문을 곰곰이 생각하는 척했다. 에리카가 대답을 간절히 기다리는 듯, 소파에서 약간 앞쪽으로 움직여 앉는 모습이 보였다. 그녀를 실망시켜야 할 터였다. 그녀에게 말할 수 있는 것은 오로지 부분적인 사실뿐이었으니까.

"그래, 아버님이 다른 마을에 일자리를 얻으셨던 것 같아. 솔직히 말하면 정확하게 기억나지는 않고, 막연히 그 비슷한 이유였다는 것만 기억나는구나."

에리카는 실망감을 감추지 못했다. 악셀은 다시 한 번, 가슴을 열어젖혀서 오랫동안 숨겨 온 것을 드러내고 싶은 충동을 느꼈다. 벌거벗은 진실을 털어놓고 편안해지고 싶었다. 그러나 그는 숨을 깊이 들이마시고 쏟아져 나오려는 것을 도로 밀어 넣었다.

에리카는 고집스럽게 물고 늘어졌다.

"하지만 제가 알기론 이사 결정이 좀 갑작스러웠는데요. 그 전에 무슨 얘기라도 들으셨어요? 알렉스가 이사 간다고 얘기했나요?"

"글쎄, 난 그게 그렇게 이상하다고 생각하지 않는데. 물론 네 말대로 얘기가 조금 갑작스럽게 나오긴 했지. 내가 제대로 기억하는 거라면 말이다. 하지만 그런 일들은 눈 깜박할 사이에 일어날 수 있어. 알렉스의 아버님이 갑자기 제의를 받으신 걸지도 모르지. 내가 어떻게 알겠니?"

자신의 추측이 에리카의 추측과 별다를 바 없다는 듯 팔을 불쑥 내밀자, 에리카의 미간에 생긴 주름이 깊어졌다. 이런 것은 그녀가 원하는 대답이 아니었다. 그러나 에리카는 그것으로 만족해야 했다.

"네, 하지만 나중에 뭔가가 더 있었어요. 그때 사람들이 알렉스에 관해서 뭐라고 말하던 게 어렴풋이 기억나요. 어른들이 학교에 관해서 뭐라고 하는 얘길 들은 것도 기억나고요. 그게 무슨 얘기였는지 아세요? 제가 말씀드린 대로 그저 어렴풋이 기억나는 거지만, 저 같은 아이들 앞에서는 쉬쉬했던 얘기였어요."

악셀은 온몸의 관절이 뻣뻣해지는 것을 느꼈다. 그는 경악한 모습이 자신의 느낌만큼 겉으로 훤히 드러나지 않길 바랐다. 물론 소문이 났으리라는 점은 알고 있었다. 소문이야 늘 나는 법이니까. 비밀을 유지하기란 불가능했지만, 그는 피해가 크지 않았다고 믿었다. 스스로 피해가 확산되지 않도록 돕기까지 했고. 그 사실이 안에서부터 줄곧 그를 좀먹고 있었다. 에리카는 대답을 기다리고 있었다.

"아니, 기억나지 않아. 그런 말이야 늘 많은 법이지. 사람들이 어떤지 알잖니. 대부분의 소문엔 알맹이가 없어. 내가 너라면 그런 소문을 중요하게 생각하지 않겠다."

에리카는 실망한 기색이 역력했다. 여기에 온 이유 가운데 아무것도 알아내지 못한 것이 틀림없었다. 악셀도 그 정도는 알 수 있었다. 하지만 선택의 여지가 없었다. 그 문제는 압력솥과 같아서, 뚜껑을 아주 조금만 열어도 모든 것이 폭발할 터였다. 그러나 그와 동시에, 뭔가가 자꾸 바깥으로 나오겠다고 고집을 부렸다. 누군가가 자신의 몸을 빼앗아 간 것 같았다. 입이 열리고 혀가 해서는 안 되는 말을 하려고 하는 것이 느껴졌다. 다행히도 에리카가 일어서면서 그 순간이 지나갔다. 그녀는 코트를 입고 부츠를 신은 다음 손을 내밀었다. 악셀은 그녀의 손을 보면서 몇 번 침을 꿀꺽 삼킨 뒤 손을 맞잡았다. 얼굴을 찌푸리지 않으려고 안간힘을 써야 했다. 다른 사람의 피부와 접촉하는 것을 말도 못할 정도로 싫어했기 때문이다. 에리카는 마침내 문밖으로 걸어 나갔지만, 그가 문을 닫으려는 순간 뒤돌아보았다.

"아, 그런데 닐스 로렌트가 알렉스나 제가 말씀드린 학교 문제와 무슨 연관이 있었나요?"

악셀은 주저하다가 결단을 내렸다. 자신이 아니어도 다른 사람에게서 조만간 그 사실을 알아낼 테니까.

"기억 안 나니? 닐스 로렌트는 우리 중학교에서 한 학기 동안 대리교사 였잖아."

악셀은 말을 끝내자마자 문을 닫고 잠금장치 두 개를 다 잠그고 문고리 를 건 다음, 문에 등을 기댄 채 눈을 감았다.

그는 재빨리 청소 도구를 꺼내서 반갑지 않은 방문자가 남긴 모든 흔적 을 닦아 냈다. 그러고 나니 비로소 그의 세상이 다시 안전하게 느껴졌다.

❄

저녁은 출발부터 좋지 않았다. 루카스는 기분이 상한 채로 집에 왔고, 그녀는 그의 짜증을 돋우지 않으려고 세심하게 주의를 기울였다. 안나는 그가 이렇게 기분이 상해서 집에 오는 날엔 분노를 터뜨릴 구실을 찾는다 는 것을 알았다.

그녀는 저녁식사 준비에 더욱 공을 들여서, 그가 좋아하는 요리를 만들 어 완벽한 모양새로 식탁을 차렸다. 엠마에게는 방에 얌전히 있으라고 〈라 이온 킹〉 비디오를 틀어 주었고, 아드리안은 우유를 먹여 누나 곁에서 재 웠다. 그녀는 루카스가 좋아하는 쳇 베이커 CD를 틀고 옷을 조금 신경 써 서 차려입은 뒤 머리를 더 예쁘게 매만지고 더 곱게 화장했다. 그러나 이내 오늘밤은 무엇을 하든 달라지지 않으리라는 점을 깨달았다. 루카스는 분 명히 회사에서 매우 안 좋은 하루를 보냈고 마음속에 차곡차곡 쌓은 분노 를 터뜨려야 했다. 안나는 그의 눈이 번쩍이는 것을 보았다. 마치 폭탄이

이 터지길 기다리면서 걸어 다니는 것 같았다.

아무 경고도 없이 구타가 시작되었다. 오른쪽 뺨을 얻어맞자 머리가 울렸다. 그녀는 그가 스스로 남긴 손자국을 보고 마음을 누그러뜨리길 바라는 양 여전히 뺨을 감싸고 루카스를 올려다보았다. 그러나 그는 그 모습을 보고 더 때리고 싶어 하는 것 같았다. 루카스가 구타를 즐긴다는 사실을 이해하고 받아들이는 데는 시간이 아주 오래 걸렸다. 안나는 그녀를 때릴 때 자신도 똑같은 고통을 느낀다는 그의 말을 오랫동안 믿었지만, 이제는 아니었다. 전에도 루카스 안에 있는 괴물을 종종 보았기에 이제는 제법 익숙했다.

안나는 계속될 구타에서 자신을 보호하려고 본능적으로 몸을 웅크렸다. 구타가 비 오듯 날아들자, 그녀는 루카스가 손댈 수 없는 내면의 한 점에 집중하려고 노력했다. 구타가 빈번해지면서 집중도 더 잘하게 되었다. 아픔을 의식하기는 했지만, 맞는 동안 대체로 고통에서 자신을 분리할 수 있었다. 마치 천장에 떠 있는 상태로, 루카스가 화풀이를 하는 동안 바닥에 누워 몸을 웅크린 자신을 내려다보는 것 같았다.

그녀는 어떤 소리에 재빨리 현실로 돌아와서 자신의 몸속으로 미끄러져 들어갔다. 엠마가 담요를 안은 채 엄지손가락을 빨면서 문간에 서 있었다. 손가락 빠는 버릇을 고친 것이 1년도 넘었건만, 지금 엠마는 자신을 달래려고 엄지손가락을 세게 빨고 있었다. 루카스는 엠마의 방을 등지고 서 있었기 때문에 딸이 온 것을 알아차리지 못했지만, 안나의 시선이 자신의 뒤에 있는 뭔가에 고정된 것을 보고 뒤돌아보았다.

그는 안나가 어떻게 해 볼 틈도 없이 재빨리 문간으로 가서 딸을 거칠게 들어 올리더니 난폭하게 흔들었다. 엠마의 이가 서로 부딪히는 소리를 들을 수 있을 정도였다. 안나는 바닥에서 일어났지만, 모든 것이 느릿하게 움직이는 듯했다. 그녀는 이 장면을 마음의 눈으로 언제든 다시 볼 수 있으리라는 것을 알았다—루카스가, 갑자기 무시무시한 남으로 돌변한 아빠를 이해할 수 없어 눈을 크게 뜨고 바라보는 엠마를 잡고 흔드는 모습을.

안나는 엠마를 보호하려고 루카스에게 몸을 던졌다. 그러나 손을 채 뻗기도 전에 루카스가 어린 딸을 벽에 내동댕이쳤다. 공포에 질려 그 모습을 지켜보던 안나는 뼈가 부러지는 끔찍한 소리를 들었고, 이제 자신의 삶이 돌이킬 수 없이 변했다는 사실을 깨달았다. 루카스의 눈에는 번쩍이는 막이 덮여 있었다. 그는 무슨 일이 일어났는지 이해하지 못한 표정으로 자신이 들고 있는 아이를 보다가 조심스럽고 부드럽게 바닥에 내려놓았다. 그러더니 이번에는 엠마가 자그마한 아기라도 되는 양 다시 안아 올리고는 로봇처럼 번쩍이는 눈으로 안나를 보았다.

"엠마는 병원에 가야 해. 엠마는 계단에서 넘어져서 다쳤어. 우린 병원에서 그렇게 설명해야 해. 엠마는 계단에서 넘어졌어."

그는 일관성 없는 말을 하면서 안나가 따라오는지 확인하지도 않고 현관문으로 향했다. 그녀는 충격에 휩싸인 상태로 멍하게 그를 따라갔다. 꿈속에서 움직이는 것 같았지만, 언제라도 깨어날 수 있었다.

루카스는 계속 되풀이해서 말했다.

"엠마는 계단에서 넘어졌어. 우리가 똑같이 얘기하면 병원에서 믿을 거야, 안나. 우린 똑같이 얘기할 거니까, 안나. 엠마는 계단에서 넘어졌어. 그렇지?"

루카스는 두서없이 말했지만 안나가 할 수 있는 일은 오로지 고개를 끄덕이는 것뿐이었다. 그녀는 아프고 혼란스러워서 병적으로 울고 있는 엠마를 루카스의 품에서 떼 놓고 싶었지만 감히 그렇게 할 수가 없었다. 층계참에 다다랐을 때에야 겨우 멍한 상태에서 깨어난 그녀는 아드리안이 아직 아파트에 있다는 사실을 기억해 내고, 황급히 아파트로 돌아가 아드리안을 데리고 나왔다. 안나는 응급실로 가는 동안 점점 심해지는 불안감을 느끼며 아들을 보호하듯 품에 안고 살살 흔들었다.

❄

"집에 와서 나랑 같이 점심 먹을래?"

"그럼, 좋지. 언제 가면 돼?"

"한 시간 정도면 준비할 수 있어. 괜찮아?"

"응, 아주 좋아. 그럼 청소할 시간이 좀 있겠다. 한 시간 뒤에 봐."

파트리크는 잠시 말을 멈췄다가 머뭇거리며 말했다.

"키스를 보낼게, 안녕."

에리카는 처음으로 둘의 관계에서 사소하지만 중요한 애정 표현을 들은 기쁨에 얼굴이 살짝 붉어지는 것을 느꼈다. 그녀는 똑같이 말하고 전화를 끊었다.

에리카는 점심을 준비하면서 자신의 계획에 양심의 가책을 조금 느꼈다. 그러나 달리 할 수 있는 일이 없었다. 한 시간 뒤에 초인종이 울리자, 그녀는 숨을 깊이 들이마시고 문을 열러 갔다. 파트리크였다. 에리카는 그를 열렬히 환영했지만, 스파게티가 다 되었다고 알리는 3분 시계가 울려서 도중에 부엌으로 돌아가야 했다.

"점심 메뉴는 뭐야?"

파트리크가 배고프다는 표시로 배를 두드렸다.

"볼로네제 스파게티."

"음, 그거 멋진데. 넌 모든 남자가 꿈꾸는 여자야, 그거 알았어?"

파트리크는 에리카의 뒤로 슬그머니 다가가서 그녀를 끌어안고 목에 코를 문질렀다.

"섹시하지, 똑똑하지, 침대에서 환상적이지, 하지만 무엇보다도 가장 중요한 건 요리도 잘한다는 거지. 남자가 뭘 더 바랄 수 있을까……."

초인종이 울렸다. 파트리크는 그녀에게 미심쩍은 표정을 지었다. 에리카는 그의 눈을 바라보지 않고 키친타월에 손을 닦은 뒤 문을 열러 갔다. 문 바깥에 단이 서 있었다. 그는 시달리고 지친 것처럼 보였다. 몸은 축 처져 있었고 눈에는 생기가 없었다. 에리카는 단의 모습에 충격을 받았지만 자신을 추스르고 그런 기색을 보이지 않으려고 노력했다.

단이 부엌으로 들어오자, 파트리크는 호기심 어린 눈으로 에리카를 바라보았다. 그녀는 헛기침을 하고 두 사람을 서로 소개했다.

"여긴 파트리크 헤드스트룀이고, 여긴 단 칼손이야. 단이 네게 할 말이 있대. 일단 앉자."

그녀는 미트소스 냄비를 들고 식당으로 갔다. 식사를 하려고 모두 자리에 앉았지만 분위기는 숨 막힐 듯 답답했다. 에리카는 그런 상황에 마음이 무거웠지만 어쩔 수 없다는 것도 알았다. 그녀는 그날 아침 단에게 전화해서 알렉스와의 관계를 경찰에게 말해야 한다고 설득했다. 그리고 자신의 집에서 이야기하자고 제의했다. 그렇게 하면 조금 덜 힘들지 않을까 하는 마음에서.

에리카는 파트리크의 어리둥절한 표정을 무시하고 말을 꺼냈다.

"파트리크, 단은 오늘 경찰인 네게 말할 게 있어서 여기 온 거야."

그녀는 단에게 시작하라는 뜻으로 고개를 끄덕였다. 단은 음식에는 손도 대지 않은 채 접시만 내려다보고 있었다. 잠시 당황스러운 침묵이 흘렀지만, 곧 그가 말하기 시작했다.

"전 알렉스가 만나던 남잡니다. 그녀가 임신한 아이의 아빠고요."

파트리크가 포크를 접시에 떨어뜨리면서 딸그랑 하는 소리가 났다. 에리카는 그의 팔에 손을 얹고 설명했다.

"단은 나랑 옛날부터 친하게 지낸 친구야, 파트리크. 난 알렉스가 여기 피엘바카에서 만나던 사람이 단이라는 사실을 알아냈어. 내가 두 사람을 점심식사에 초대한 건 경찰서보다는 이런 환경에서 얘기하는 게 더 수월할 거라고 생각했기 때문이야."

그녀는 파트리크가 이런 식의 간섭을 고마워하지 않는다는 것을 알 수 있었지만, 그건 나중에 해결해야 할 문제였다. 단은 좋은 친구였고, 그녀는 상황을 더 악화시키지 않기 위해 자신이 할 수 있는 일은 다 할 생각이었다. 에리카가 전화했을 때 단은 페르닐라가 아이들을 데리고 여동생이 사는 문케달로 갔다고 말했다. 페르닐라는 생각할 시간이 필요하다면서, 앞으로 어떤 일이 일어날지 모르겠고 아무것도 약속할 수 없다고 했다. 단은 자신의 인생이 산산조각 나는 것을 보았다. 어떤 면에서는 경찰에 말하는 편이 위안이 될 터였다. 지난 몇 주 동안 너무 힘들었다. 게다가 그는 알렉스의 죽음을 남몰래 슬퍼할 수밖에 없었고, 전화가 울리거나 문 두드리는 소리가 날 때마다 경찰에서 자신이 알렉스가 만나던 남자라는 사실을 알아냈다고 확신하며 놀라서 펄쩍 뛰었다. 하지만 이제 페르닐라가 알았으니, 경찰에 말하는 것이 두렵지 않았다. 예전보다 상황이 더 나빠질 수는 없었으므로.

가족을 잃지 않을 수만 있다면, 자신에게 어떤 일이 일어나든 상관없었다.

"단은 살인 사건과 아무 상관없어, 파트리크. 단과 알렉스에 관해 알고 싶은 걸 물어보면 단이 다 얘기해 줄 거야. 하지만 단은 어떤 식으로든 알렉스를 해치지 않았다고 맹세했고, 난 단을 믿어. 그리고 경찰이 이 문제를 비밀로 해 줄 수 있길 바라. 사람들이 어떻게 얘기하는지 알잖아. 단의 가족은 이미 충분히 고통받았어. 단도 마찬가지고. 단은 실수를 저질렀지만, 분명 아주 비싼 대가를 치르고 있어."

파트리크는 여전히 별로 만족스러워하지 않는 것 같았지만, 에리카의 말을 듣고 있다는 표시로 고개를 끄덕였다.

"단과 둘이서 얘기하고 싶어, 에리카."

그녀는 순순히 일어나서 설거지를 하러 부엌으로 갔다. 두 사람의 목소리가 오르락내리락하는 소리가 들렸다. 단의 목소리는 어둡고 깊은 데 반해 파트리크의 목소리는 다소 가벼웠다. 때때로 이야기가 열기를 띠는 듯했지만, 거의 30분 뒤 이야기를 끝낸 두 사람이 부엌으로 왔을 때 단은 안심한 것처럼 보였다. 하지만 파트리크는 여전히 단호한 표정을 짓고 있었다. 단은 떠나기 전에 에리카를 포옹하고 파트리크와 악수했다.

"더 질문할 게 있으면 알려 드리겠습니다. 아마 서에 오셔서 진술문도 작성하셔야 할 겁니다."

파트리크가 말했다. 단은 말없이 고개만 끄덕이고 두 사람에게 손을 흔든 뒤 떠났다.

파트리크의 눈빛은 험악했다.

"다시는 이런 짓하지 마, 에리카. 우린 살인 사건을 수사하고 있고 모든 걸 올바른 방식으로 해야 해."

그는 화낼 때 하는 버릇대로 이마를 찌푸렸고, 그녀는 키스로 주름을 없애고 싶은 충동을 억눌러야 했다.

"알아, 파트리크. 하지만 넌 알렉스 아이의 아빠를 가장 의심스러운 용의자로 지목했잖아. 단이 경찰서로 가면 넌 그를 신문실로 들여보내서 엄하게 대했을걸. 단은 지금 그런 걸 견뎌 내지 못할 거야. 아내는 아이들을 데리고 떠났고, 돌아올지 안 돌아올지 모르는 상황이야. 게다가 네가 어떤 눈으로 보든, 단은 중요한 사람을 잃었어. 알렉스 말이야. 그런데 지금까지 아무에게도 슬퍼하는 모습을 보이거나 슬프다고 얘기하지도 못했지. 그래서 다른 경찰이 없는 중립적인 환경에서 이야기하는 게 좋겠다고 생각했어. 네가 단을 좀 더 신문해야 한다는 건 알지만, 이제 최악의 상황은 끝났잖아. 널 속인 걸 제발 용서해 줘, 파트리크. 날 용서할 수 있겠어?"

에리카는 입술을 최대한 뾰족하게 내밀면서 유혹하듯 그에게 바싹 다가섰다. 그리고 그의 팔을 자신의 허리에 두른 다음 발끝으로 서서 그의 입술에 키스했다. 그녀가 시험 삼아 혀끝을 밀어 넣어 보자, 그가 곧 반응했다. 파트리크는 잠시 후 에리카를 밀어내고 그녀의 눈을 똑바로 응시했다.

"이번엔 용서하겠지만 다시는 그러지 마, 알았어? 이제 전자레인지에 남은 점심을 데워서 이 꼬르륵거리는 배를 채워야 할 것 같은데."

에리카는 고개를 끄덕이고 그와 팔짱을 낀 채 식당으로 돌아갔다. 접시 위의 음식이 대부분 그대로 남아 있었다.

"있지, 알렉스네가 이사 가기 전에 알렉스에 관한 소문이 돌았는데, 그게 학교와 연관이 있었다는 게 어렴풋이 기억한다고 했잖아. 그 소문을 확인하려고 했는데 별로 많이 알아내진 못했어. 하지만 칼 에리크 아저씨가 통조림 공장에서 일했다는 사실 외에도 알렉스와 닐스 사이에 또 다른 연결 고리가 있다는 게 기억났어. 닐스가 중학교 때 한 학기 동안 대리교사였다는 거. 우리 반은 한 번도 가르친 적이 없지만 알렉스네 반은 이따금씩 가르쳤거든. 이게 중요한 건진 모르겠지만 어쨌든 네게 얘기해야겠다고 생각했어."

"그래, 닐스가 알렉스의 선생님이었다 이거지."

파트리크는 생각하려고 현관에서 걸음을 멈췄다.

"네 말대로 그건 중요하지 않을지도 몰라. 하지만 지금은 닐스 로렌트와 알렉스를 이어 주는 모든 연결 고리가 흥미로워. 수사를 진행시킬 수 있는 게 그리 많지 않으니까."

그는 진지한 표정을 지었다.

"단의 이야기 중 한 가지가 마음에 걸려. 알렉스가 살해당하기 얼마 전부터 과거를 정리해야 한다는 얘길 많이 했다고 하더라고. 용기를 내서 어려운 일들을 정리해야 앞으로 나아갈 수 있다고. 그게 방금 네가 한 얘기와 연관이 있는지 모르겠다, 에리카."

그는 잠시 침묵하다가 불쑥 현실로 돌아와서 말했다.

"단을 용의자 선상에서 제외할 순 없어, 그 점은 이해해 주길 바라."

"응, 이해해, 파트리크. 그래도 가능하면 적당히 봐줘. 오늘 밤에 올 거야?"

"응, 집에 가서 옷도 좀 갈아입어야겠지만, 7시 정도면 올 거야."

그들은 작별 키스를 했다. 파트리크는 자기 차로 돌아갔고, 에리카는 계단에 서서 그의 차가 보이지 않을 때까지 지켜보았다.

파트리크는 곧장 서로 돌아가지 않았다. 서에서 나올 때 안데르스의 아파트 열쇠를 가지고 나왔는데, 그 아파트에 가서 차분하게 한번 돌아보기로 마음먹었다. 지금 그에게 필요한 것은 수사의 물꼬를 터 줄 수 있는 돌파구였다. 마치 돌아서는 곳마다 막다른 골목에 부딪히고, 살인범 또는 살인범들이 누구든 절대로 잡을 수 없을 것 같았다. 지금까지는 에리카가 말한 대로 알렉스의 숨겨진 애인을 가장 의심스러운 용의자로 지목했지만, 이제는 확신할 수가 없었다. 아직 단을 용의자 선상에서 제외할 생각은 없었지만, 이제 그 실마리가 그럴 듯하지 않다는 점을 인정해야 했다.

안데르스의 아파트는 섬뜩한 분위기를 풍겼다. 파트리크는 아직도 마음의 눈으로 안데르스가 밧줄에 매달려서 앞뒤로 천천히 흔들리는 모습을 볼 수 있었다. 비록 실제로 그를 보았을 때는 다른 사람이 이미 밧줄을 끊어서 내려놓은 상태였지만. 그는 자신이 무엇을 찾고 있는지 몰랐지만, 그 어떤 증거도 훼손하지 않으려고 장갑을 꼈다. 그리고 올가미가 매여 있던 천장의 전등 고리 바로 아래에 서서 안데르스가 어떻게 살해당했는지 생각해 보려고 애썼다. 안데르스는 어떻게 저 위로 끌어 올려졌을까? 도저히 생각할 수가 없었다. 천장은 높고 올가미는 고리 바로 아래 묶여 있었다. 안데르스의 몸을 그 높이까지 끌어 올리려면 분명 힘이 어지간하게 들었을 터였다. 마른 몸이었지만 키가 있어서 무게가 상당히 나갔을 테니까. 파트리크는 부검 보고서가 도착하면 안데르스의 체중을 확인해야겠다고 머릿속에 메모했다. 그가 생각할 수 있는 유일한 설명은 몇 사람이 함께 안데르스를 끌어 올렸다는 것이었다. 그러나 어떻게 했기에 안데르스의 몸에 아무런 흔적도 남지 않았을까? 수면제를 먹여서 의식을 잃게 했어도 저 위까지 몸을 끌어 올리면서 흔적을 남기지 않기란 불가능했다. 이해가 가지 않았다.

그는 아파트 안쪽으로 더 들어가서 자세히 살펴보았다. 거실의 매트리스, 부엌의 테이블 한 개와 의자 두 개를 제외하면 가구가 거의 없었기 때문에 조사할 것이 많지는 않았다. 파트리크는 부엌의 서랍장이 유일한 수납 공간이라는 사실을 알아차리고 서랍을 하나씩 차례대로 살펴보았다. 이미 전에 한 번 훑어보긴 했지만 빠뜨린 것이 없는지 다시 확인하고 싶었다.

파트리크는 네 번째 서랍에서 메모장을 발견하고는 더 자세히 살펴보려고 부엌 테이블 위에 올려놓았다. 그는 무슨 자국이 없는지 확인하고자 메모장을 들고 창문 쪽으로 기울였다. 그러자 맨 위 페이지에 쓴 글씨가 그 아래 페이지에 남긴 자국이 보였다. 그는 원래 문장을 보려고 이미 옛날에 검증받은 방법을 이용했다. 같은 서랍에서 발견한 연필을 비스듬히 기울여서 자국이 남은 페이지를 가볍게 문질러 본 것이다. 알아볼 수 있는 문장은 일부분뿐이었지만, 무슨 글씨인지 이해하기에는 충분했다. 파트리크는 낮게 휘파람을 불었다. 수사의 돌파구가 될 수 있는 매우 흥미로운 단서였다. 그는 차에서 가져온 비닐봉지에 종이를 조심스럽게 넣었다.

계속 서랍들을 살펴봤지만, 대부분의 내용물은 그야말로 허섭스레기였다. 그러나 마지막 서랍에서 또 한 가지 흥미로운 것을 발견했다. 그는 손가락으로 집어 든 가죽 조각을 바라보았다. 에리카와 함께 알렉스의 집에 갔을 때 본 것과 똑같았다. 알렉스의 집에 있던 가죽 조각은 침대 옆 테이블에 놓여 있었고 지금 눈앞에 보이는 것과 똑같이 불에 태운 글씨가 새겨져 있었다. 'T.T.M. 1976.'

가죽 조각을 뒤집자 알렉스의 집에 있던 조각의 뒷면에서 발견한 것과 똑같은 희미한 핏자국이 보였다. 알렉스와 안데르스 사이에 경찰이 아직 이해하지 못한 연결 고리가 있다는 사실은 새로울 것이 없었다. 그러나 그 가죽 조각을 보았을 때 뭔가 거슬렸다는 점이 당황스러웠다.

잠재의식이 주의를 기울이라고 요구하고 있었다. 그 작은 가죽 조각이 중요하다고 말하고 있었다. 분명히 놓친 것이 있는데, 그것이 무엇인지 알 도리가 없었다. 그러나 알렉스와 안데르스의 관계가 아주 오래전, 적어도 1976년으로 거슬러 올라간다는 점만큼은 확실히 알 수 있었다. 알렉스와 그녀의 가족이 피엘바카를 떠나서 12개월 동안 흔적도 없이 사라지기 1년 전. 닐스 로렌트가 영원히 사라지기 1년 전. 그리고 에리카의 말에 따르면, 닐스는 당시 알렉스와 안데르스가 다니던 학교의 교사였다.

파트리크는 알렉스의 부모와 이야기해 봐야겠다고 생각했다. 마음속 에서 구체화되기 시작한 의혹이 옳다면, 그들이야말로 그 모든 조각들을 한데 모을 수 있는 마지막 해답을 쥐고 있는 사람들이었다.

그는 종이와 가죽 조각을 각각 넣은 비닐봉지를 집어 들고 아파트를 떠나기 전에 거실을 한 번 더 훑어보았다. 마음의 눈은 또다시 안데르스 의 창백하고 깡마른 몸이 흔들리는 모습을 보여 주었다. 그는 이 사건의 진상을 철저히 밝히고, 안데르스가 슬픈 삶을 자살로 마감한 이유를 알 아내겠다고 맹세했다. 지금까지 어렴풋이 짐작한 것이 맞다면 이 사건은 도저히 이해할 수 없는 비극이었다. 그는 자신의 생각이 틀리길 진심으 로 바랐다.

※

파트리크는 전화번호부에서 예스타의 이름을 찾아 서의 내선번호로 전화를 걸었다. 예스타는 혼자서 카드놀이를 하고 있을 터였다.

"안녕하세요, 저 파트리큽니다."

"안녕, 파트리크."

수화기 저편에서 들리는 예스타의 목소리는 늘 그렇듯 지쳐 있었다. 권태와 낙담으로 몸과 마음이 다 지친 것이리라.

"저기, 칼그렌 부부를 만나러 예테보리에 가실 날짜는 잡으셨어요?"

"아니, 아직 그럴 여유가 없었어. 처리해야 할 일이 많았거든."

예스타가 방어적인 말투로 대답했다. 파트리크의 질문에 경계심을 품은 것이었다. 그는 여태 임무를 수행하지 않았다고 비판받을까 봐 불안했다. 그는 그저 일할 마음이 나지 않았다. 전화로 얘기하는 것은 불가능한 듯했고, 차를 타고 예테보리로 가는 것은 더더욱 불가능했다.

"혹시 제가 대신 가면 안 될까요?"

단순히 예의상 던진 질문이었다. 예스타는 분명 일에서 벗어나는 것을 대단히 기뻐할 테니까. 파트리크가 생각한 대로 예스타는 갑자기 기쁨에 찬 목소리로 대답했다.

"당연히 되지! 이 일을 대신하고 싶으면 그렇게 해. 난 다른 일이 너무 많아서 이 일을 어떻게 끼워 넣을지 모르겠더라고."

두 사람은 자신들이 게임을 하고 있다는 것을 알고 있었지만, 몇 년 전에 정해진 각자의 역할이 서로 아주 잘 맞았기에 불만이 없었다. 파트리크는 자신이 원하는 일을 할 수 있었고, 예스타는 파트리크가 일을 대신해 준다는 사실에 안심하며 도로 컴퓨터 게임을 할 수 있었다.

"칼그렌 부부의 전화번호를 알려 주시면 바로 전화할게요."

"어, 그래, 바로 여기 있어. 어디 보자……."

예스타가 전화번호를 불러 주었다. 파트리크는 자동차 계기판에 늘 붙여 놓는 메모지에 전화번호를 받아 적었다. 예스타에게 고맙다고 인사하고 전화를 끊은 그는 칼그렌 부부에게 전화를 걸면서 그들이 집에 있길 바랐다. 운이 좋았다. 신호음이 세 번 울린 뒤 칼 에리크가 전화를 받았다. 파트리크가 용건을 설명하자 잠시 망설이는 듯하던 그는 질문하러 와도 좋다고 했다. 칼 에리크는 어떤 질문인지 알아내려고 했지만, 파트리크는 그저 몇 가지 모호한 점을 분명히 해 주면 된다고만 말했다.

그는 아파트 단지 앞 주차장에서 후진하여 빠져나온 뒤, 먼저 우회전하고 다음 사거리에서 좌회전하여 예테보리로 향하는 고속도로 방면으로 접어들었다. 처음에는 숲속으로 나 있는 구불구불한 좁은 도로를 지나느라 천천히 달렸지만, 고속도로로 빠져나가자마자 속도를 올렸다. 딩글레와 문케달을 지나서 우데발라로 접어들자 그는 절반 정도 왔다는 사실을 알았다. 라디오 볼륨은 운전할 때면 늘 그렇듯 최대로 높인 상태였다. 그는 운전을 하면 왠지 모르게 긴장이 풀렸다. 파트리크는 콜토르프에 있는 커다란 담청색 빌라 바깥에서 잠시 앉은 채로 힘을 모았다. 직감이 틀리지 않았다면 자신은 곧 이 가족의 전원생활을 가차 없이 산산조각 낼 터였다. 그러나 때로는 그렇게 해야 했다. 그것이 경찰의 의무이므로.

차 한 대가 차도로 들어섰다. 보지는 못했지만 자갈 밟히는 소리를 듣고 알았다. 에리카는 현관문을 열고 바깥을 내다보다가, 차에서 내리는 사람을 보고 깜짝 놀라 입을 떡 벌렸다. 안나가 지친 얼굴로 그녀에게 손을 흔들고는 아이들을 내려 주려고 뒷문을 열었다. 에리카는 급히 나막신을 신고 안나를 도우러 나갔다. 안나가 집으로 온다는 말을 하지 않았기에 무슨 일인지 궁금했다.

까만 코트를 입은 안나는 창백해 보였다. 그녀는 엠마를 조심스럽게 들어 올려 땅에 내려놓았고, 에리카는 유아용 좌석 벨트를 풀고 아드리안을 들어 올려 품에 안았다. 이가 나지 않은 아드리안이 감사의 표시로 환하게 미소 짓자, 에리카의 얼굴에 미소가 퍼져 나갔다. 그녀는 궁금하다는 표정으로 동생을 바라보았지만, 안나는 '묻지 마.' 라고 말하듯 그저 고개만 흔들었다. 에리카는 동생을 잘 알았기에, 안나가 완전히 준비되어 먼저 입을 열 때까지 기다릴 생각이었다. 그 전에는 어차피 아무것도 알아내지 못할 테니까.

"오늘 이렇게 반가운 손님들을 맞게 될 줄 알았어. 너희가 이모를 보러 올 줄 알았지."

에리카는 재잘거리면서 자신의 품에 안긴 아드리안에게 미소 지은 뒤 엠마에게도 미소로 인사했다. 엠마는 늘 그녀를 무척 좋아했지만, 이번에는 그녀의 미소에 답하기는커녕 안나의 코트를 꽉 붙잡고 에리카를 의심스러운 눈으로 바라보았다.

아드리안을 안은 에리카가 집으로 들어갔고, 한 손으로 엠마의 손을 잡

고 한 손으로 작은 가방을 든 안나가 그 뒤를 바짝 따랐다. 에리카는 미니
밴의 트렁크가 꽉 차 있는 것을 보고 깜짝 놀랐지만, 아무것도 묻지 않으려
고 애썼다.

그녀는 미숙하고 서투른 손놀림으로 아드리안의 겉옷을 벗겼고, 안
나는 상당히 능숙한 손놀림으로 엠마가 코트 벗는 것을 도왔다. 에리카
는 그때서야 엠마가 한쪽 팔의 팔꿈치까지 깁스를 하고 있는 것을 보았
다. 그녀는 충격을 받은 표정으로 안나를 바라보았다. 그러나 안나는 또
다시 거의 알아차리지 못할 정도로 고개를 흔들었다. 엠마는 여전히 크
고 진지한 눈망울로 에리카를 바라보면서 엄마 곁에 찰싹 달라붙어 있었
다. 엄지손가락을 입에 문 모습도 심각한 일이 일어났다는 증거였다. 안
나가 엠마의 손가락 빠는 버릇을 드디어 고쳤다고 말한 때가 1년 전이었
기 때문이다.

에리카는 따뜻한 아드리안을 품에 꼭 안은 채 거실로 들어가서 소파에
앉았다. 그녀의 무릎에 앉은 아드리안이 이모를 황홀한 눈으로 바라보았
다. 웃을까 말까 결정하지 못한 듯, 아이의 얼굴에 미소가 살짝 스쳤다. 너
무 사랑스러워서 먹어 버릴 수도 있을 것 같았다.

"오는 길은 즐거웠어?"

에리카는 정확히 어떤 말을 해야 할지 몰랐지만, 안나가 무슨 일이 일
어났는지 말해 줄 때까지 잡담이라도 해야 했다.

"응, 꽤 멀더라. 달슬란드를 통과해서 왔어. 숲을 지나는 구불구불한 도
로에서 엠마가 차멀미를 하는 바람에 도중에 몇 번 멈춰서 신선한 공기를
마셔야 했지."

"별로 재미없었겠다, 엠마. 그렇지?"

에리카는 엠마를 만지려고 했지만, 엠마는 고개를 흔들면서 엄마에게 딱 달라붙은 채 앞머리 사이로 이모를 바라보기만 했다.

"이제 낮잠 좀 잘 수 있을 것 같은데, 엠마. 괜찮겠니? 오면서 한숨도 안 잤으니 아주 피곤할 거야."

엠마는 동의하는 표시로 고개를 끄덕이자마자 멀쩡한 손으로 눈을 비비기 시작했다.

"애들 위층에서 재워도 돼, 언니?"

"그럼, 물론이지. 부모님 침실에서 재워. 요새 거기서 자니까 잠자리가 준비돼 있을 거야."

안나가 아드리안을 안아 올리자, 아드리안은 편안한 이모의 품에서 떨어지기 싫다고 꿍얼거렸다.

"엄마, 담요."

엠마가 계단을 올라가는 도중에 말하자, 안나는 현관에 놓아둔 가방을 가지러 도로 내려왔다.

"도와줄까?"

고집스럽게 엄마를 놓지 않는 엠마를 매단 채로 아드리안을 한 팔에 안고 한 손으로 가방을 들면서 균형을 잡는 안나의 모습이 힘들어 보였다.

"아니, 괜찮아. 익숙해졌거든."

안나는 에리카가 이해하기 힘든, 비틀리고 냉소적인 미소를 지었다.

안나가 아이들을 재우는 동안 에리카는 커피를 새로 끓이느라 바빠 움직였다. 최근에 커피를 도대체 몇 잔이나 마셨을지 궁금했다. 위가 곧 항의하리라. 그녀는 커피 한 순갈을 여과기에 넣으려다 말고 얼어붙었다. 젠장. 파트리크의 옷이 온 침실에 널려 있으니, 안나가 제대로 상황을 판단하지 못한다면 바보나 마찬가지다. 잠시 후 계단을 내려온 안나의 놀리는 듯한 미소는 에리카의 의심을 확인해 주고도 남았다.

"자아아아, 언니. 나한테 말 안 한 게 있을 텐데? 옷 제대로 거는 걸 그렇게 힘들어하는 남자는 누굴까?"

에리카는 얼굴이 붉어지는 것을 느꼈다.

"음, 어, 일이 좀 빨리 진행됐어."

그녀가 말을 더듬자 안나는 더욱더 재미있어했다. 지쳐 보이는 얼굴에 주름이 잠깐 펴지니, 루카스를 만나기 전 안나의 모습이 언뜻 보였다.

"좋아, 누구야? 더듬거리지 말고 이 동생에게 흥미진진한 얘길 자세히 해 보라고. 일단 이름부터 말해 봐. 내가 아는 사람이야?"

"응, 실은 그래. 파트리크 헤드스트룀을 기억하는지 모르겠다."

안나는 우우 하고 야유하면서 무릎을 쳤다.

"파트리크! 당연히 기억하지! 강아지처럼 혀를 내밀고 언닐 쫓아다녔 잖아. 그럼 그가 드디어 기회를 잡은 거군."

"그래. 어릴 때 파트리크가 날 좀 좋아한다는 건 알았는데, 걔 진심은 몰랐어."

"아이고, 맙소사. 언닌 눈이 멀었던 게 틀림없어! 파트리크는 언니한테 홀딱 반해 있었다고. 세상에, 정말 낭만적이다. 파트리크는 수십 년 동안 언닐 애타게 사모했고, 언닌 마침내 그의 눈을 깊이 들여다본 거지. 그리고 인생의 위대한 사랑을 발견한 거야."

안나가 과장된 몸짓으로 심장께를 움켜쥐자, 에리카는 웃지 않을 수 없었다. 자신이 알고 사랑하는 동생의 모습이었다.

"음, 꼭 그렇지는 않아. 파트리크는 그 사이에 결혼도 했다고. 몇 년 전에 아내가 떠나는 바람에 이혼해서 지금은 타눔스헤데에 살고 있지."

"직업이 뭐야? 목수라고는 하지 마. 그럼 지이인짜 질투날 거야. 난 항상 섹시한 목수와의 섹스를 꿈꿨다고."

에리카가 안나에게 아이처럼 혀를 쏙 내밀자, 안나도 똑같이 혀를 내밀었다.

"아니, 파트리크는 목수가 아냐. 경찰이지. 네가 꼭 알아야겠다면."

"경찰이래! 어머, 어머. 달리 말하면 경찰봉을 찬 남자군. 흠, 그것도 바보 같진 않네."

에리카는 여동생이 얼마나 짓궂은지 거의 잊고 있었다. 그녀는 커피를 따르면서 그저 고개만 설레설레 흔들었다. 안나는 자기 집에 있는 것처럼 편하게 행동했다. 그녀는 냉장고에서 우유를 꺼내 자신과 에리카의 잔에 조금씩 따랐다. 안나의 얼굴에서 짓궂은 미소가 사라지자, 에리카는 이제 동생과 조카들이 갑자기 피엘바카에 나타난 이유를 알게 되리라고 생각했다.

"뭐, 내 사랑 얘긴 끝났어. 영원히. 실은 몇 년 전에 끝났지만 이제야 깨달았지."

안나는 입을 다물고 슬픈 표정으로 잔을 응시했다.

"언니가 루카스를 좋아하지 않았다는 건 알지만 난 그이를 정말 사랑했어. 그이가 날 때리는 이유를 어떻게든 합리화했지. 그인 늘 용서를 구했고 날 사랑한다고 맹세했거든. 적어도 한때는 그랬어. 난 모든 게 내 잘못이라고 생각했어. 내가 더 좋은 아내, 더 좋은 애인, 더 좋은 엄마가 되면, 그가 날 때리지 않을 텐데 하고 말이야."

안나는 에리카의 말없는 질문에 대답하고 있었다.

"그래, 나도 바보 같은 얘기라는 거 알아. 하지만 난 자신을 아주 잘 속였어. 그이가 엠마와 아드리안에게 좋은 아빠라는 이유로 많은 게 용서되더라고. 애들한테서 아빠를 뺏고 싶지 않았어."

"그런데 어떤 일이 일어났다?"

에리카는 안나를 부추겼다. 안나가 다음 이야기를 꺼내는 것이 얼마나 힘든지 알 수 있었다. 안나는 무척 자존심이 강해서 잘못을 해도 늘 마지못해 인정했으니, 자존심이 상할 만했다.

"응, 일이 있었지. 그인 어젯밤에 평소처럼 날 때렸어. 엄청 화가 나 있었는데, 도중에 엠마가 들어왔거든. 스스로 멈추질 못하더라고."

안나가 다시 침을 삼켰다.

"응급실에 갔더니 엠마 팔이 부러졌다고 하더라."

"경찰에 신고하지 그랬어?"

에리카의 속에서 분노가 단단히 똬리를 틀며 점점 커져갔다.

"아냐."

안나의 대답은 거의 들리지 않았고 창백한 뺨에는 눈물이 흘러내리기 시작했다.

"아냐, 우린 엠마가 계단에서 넘어졌다고 했어."

"맙소사, 병원에서 그 애길 정말 믿었어?"

안나는 비틀린 미소를 지었다.

"루카스가 얼마나 매력적으로 보이는지 언니도 알잖아. 의사랑 간호사들이 완전히 홀려서 엠마만큼이나 그일 안쓰러워했어."

"그래도 안나, 너 루카스를 경찰에 신고해야 해. 이번 일을 그냥 넘어갈 순 없잖아?"

에리카는 울고 있는 동생을 바라보았다. 동정과 분노가 교차했다. 안나가 눈앞에서 움츠러들고 있었다.

"다시는 그런 일 없을 거야, 내가 그렇게 할 테니까. 난 변명을 들어주는 척하고, 그이가 출근하자마자 짐을 꾸려서 차에 싣고 여기로 온 거야. 절대로 그이에게 돌아가지 않을 거야. 다시는 아이들에게 상처 입히지 못하게 할 거야. 루카스를 신고했다면 경찰에서 사회복지기관을 끌어들였을 테고, 그러면 거기서 애들을 데려갔을지도 몰라."

"루카스는 네가 애들을 데려가게 가만히 내버려 두지 않을 거야, 안나. 경찰 조사도 받지 않고 어떻게 너 혼자 애들을 보호해야 한다고 증명할래?"

"몰라, 모르겠어, 언니. 지금은 그런 걸 생각할 수가 없어. 난 그냥 그이한테서 도망쳐야 했어. 나머지 문제는 나중에 생각할래. 제발 나한테 소리 지르지 마!"

에리카는 잔을 테이블에 내려놓고 의자에서 일어나 동생을 끌어안았다. 그녀는 안나의 머리를 쓰다듬으면서 위로의 말을 속삭였다. 안나가 계속 울자 그녀의 점퍼가 점점 젖어들었다. 그와 동시에 루카스를 향한 증오심도 점점 끓어올랐다. 그녀는 진심으로 그 새끼의 아가리를 날리고 싶었다.

❄

비리트는 커튼 뒤에 숨어서 거리를 내다보았다. 칼 에리크는 아내의 구부정한 어깨를 보고 그녀가 무척 긴장했다는 사실을 알 수 있었다. 그녀는 경찰이 전화한 뒤로 줄곧 초조하게 서성거렸다. 그는 오랜 세월이 지난 뒤처음으로 마음이 완전히 차분해진 것을 느꼈다. 칼 에리크는 경찰관에게 모두 말할 생각이었다—제대로 질문하기만 하면.

비밀은 오랫동안 그의 마음속에서 불타고 있었다. 어떻게 보면, 비리트에게는 상황이 더 쉬웠다. 지금까지 그 일이 일어나지 않은 것처럼 행동했으니까. 그녀는 아무 일도 일어나지 않은 양, 평생 그 일에 관해 말하지 않으려 했고 안절부절못했다. 그러나 그 일은 일어났다. 하루라도 그 일을 생각하지 않고 그냥 보낸 날이 없었고, 매번 마음의 짐이 더 무거워지는 것을 느꼈다. 겉으로는 비리트가 자신보다 더 강해 보였다. 그녀는 모든 사교 행사에서 별처럼 반짝였지만, 그녀의 곁에 있는 자신은 평범했고 눈에 띄지 않았기 때문이다. 그녀는 갑옷을 챙겨 입듯 아름다운 옷을 입고 비싼 장신구를 매달고 화장을 했다.

그러나 화려하고 기분 좋은 저녁을 보낸 뒤 집으로 돌아와서 갑옷을 벗으면, 그녀는 실신하듯 무너졌다. 그럴 때면 그에게 매달려 불안으로 바들바들 떠는 어린아이가 남을 뿐이었다. 그는 결혼 생활 내내 아내에 대한 상반된 감정 때문에 괴로웠다. 그녀의 아름답고 연약한 모습은 남자로서 느끼는 애정과 보호본능을 불러일으켰지만, 삶의 힘든 면들을 보지 않으려는 모습은 분노를 불러일으켰다. 가장 화나는 점은 그녀가 멍청하지 않다는 사실이었다. 그러나 자라면서 여자는 어떤 일이 있어도 똑똑하다는 사실을 숨겨야 한다고 배웠기 때문에, 모든 에너지를 아름답고 순진하며 다른 사람들을 기쁘게 하는 일에 쏟아부었다. 갓 결혼했을 때는 그런 모습이 전혀 이상해 보이지 않았다. 그때는 다들 그렇게 살았으니까. 하지만 시대가 비꿔면서 남자와 여자에게 요구되는 것들도 완전히 달라졌다. 그는 바뀐 시대에 적응했지만 그녀는 결코 적응하지 못했다. 그렇기에 오늘은 그녀에게 매우 힘든 날이 될 터였다. 칼 에리크는 그녀가 마음속 깊은 곳에서는 자신이 무엇을 하려는지 안다고 생각했다. 그렇지 않으면 거의 두 시간 동안 방안을 서성거리고 다니지 않았을 테니까. 그러나 그는 그녀가 가족의 비밀을 순순히 공개하게 내버려 두지 않으리라는 것도 알았다.

"헨리크는 왜 와야 하죠?"

비리트는 그를 돌아보면서 맞잡은 손을 초조하게 비틀었다.

"경찰이 가족과 이야기하고 싶다고 하니까. 헨리크도 우리 가족이잖아?"

"그렇죠, 그래도 헨리크를 부를 필요는 없을 것 같은데. 경찰은 그냥 일반적인 질문만 할지도 모르잖아요. 그것 때문에 헨리크를 여기까지 오라고 해야 할까요? 아뇨, 난 그럴 필요 없다고 생각해요."

그녀의 목소리는 입 밖으로 내지 못한 질문들로 오르락내리락했다. 그는 그녀를 너무나 잘 알았다.

"경찰이 와요."

비리트는 창문에서 재빨리 비켜섰다. 잠시 후 초인종이 울렸다. 칼 에리크는 숨을 깊이 들이마시고 문을 열러 갔고, 비리트는 헨리크가 생각에 깊이 잠긴 채 소파에 앉아 있는 거실로 들어갔다.

"안녕하십니까? 파트리크 헤드스트룀입니다."

"칼 에리크 칼그렌입니다."

그들은 점잖게 악수했다. 칼 에리크는 이 경찰관이 알렉스의 나이쯤 됐겠다고 짐작했다. 요즘에는 알렉스를 기준으로 다른 사람들을 생각하는 때가 많았다.

"들어오세요. 거실에 앉아서 이야기하시죠."

파트리크는 헨리크를 보고 약간 당황했지만, 금세 회복하고 비리트와 헨리크에게 정중히 인사했다. 그들이 커피 테이블 앞에 둘러앉은 뒤 오랫동안 답답한 침묵이 흘렀다. 마침내 파트리크가 입을 열었다.

"음, 조금 갑작스러우셨을 텐데 이렇게 자리를 내주셔서 감사합니다."

"우린 무슨 일이 일어났는지 궁금했어요. 뭔가 새로운 거라도 알아냈나요? 얼마 동안 소식을 듣지 못해서……."

비리트는 말끝을 흐리면서 기대하는 표정으로 파트리크를 바라보았다.

"수사는 느리지만 착실하게 진행되고 있습니다. 이 시점에서 말씀드릴 수 있는 건 그게 답니다. 안데르스 닐손 살인 사건 덕분에 이 사건을 완전히 새로운 관점에서 보게 되었고요."

"네, 그렇겠죠. 헌데 안데르스를 살해한 사람이 우리 딸을 살해한 사람과 동일인이라고 단정하신 건가요?"

칼 에리크는 비리트의 목소리에서 흥분한 기색이 느껴지자, 진정하라는 뜻으로 몸을 기울여 그녀의 손 위에 자신의 손을 얹고 싶은 충동을 억눌러야 했다. 그는 오늘, 너무나 능숙한 보호자 역할을 냉정하게 거부해야 했다.

칼 에리크는 마음이 현재에서 이제는 너무 멀게 느껴지는 과거로 흘러가게 잠시 내버려 두었다. 그는 혐오감 비슷한 감정을 느끼며 거실을 둘러보았다. 그들은 돈의 유혹에 너무 쉽게 넘어갔다. 콜토르프의 집은 아이들이 어릴 때는 감히 꿈도 꾸지 못할 만한 것이었다. 크고 널찍하며 1930년대부터 보존된 고급스러운 장식품들이 있는 집. 게다가 그들은 현대적인 편안함을 즐길 수 있는 온갖 물건들을 사들이기도 했다. 비리트는 칼 에리크가 예테보리 직장을 다니면서 버는 돈으로 그 모든 것들을 살 수 있었다.

그들이 앉아 있는 거실은 이 집에서 가장 넓은 공간이었다. 그가 보기에는 가구며 살림살이가 지나치게 많았지만, 비리트는 반짝반짝 빛나는 물건들을 매우 좋아해서 모든 것이 금방 사온 것 같았다. 그녀는 약 3년마다 한 번씩 모든 것이 낡아 보인다고 불평하면서, 그에게 집에 있는 모든 것이 싫증났다고 말했다. 그렇게 몇 주 동안 애원하는 표정을 지으면, 그는 대체로 항복하고 지갑을 꺼냈다. 그녀는 모든 것을 바꾸면서 자신과 자신의 인생을 몇 번이고 다시 창조하는 듯했다. 지금은 로라 애슐리에 빠져 있어서, 거실이 숨 막힐 정도로 여성스럽게 느껴지는 장미꽃 무늬와 주름 장식 천지였다. 칼 에리크는 그런 모습이 최대로 잡아도 1년 이상은 가지 않으리라는 점을 알았다. 운이 좋으면 다음에는 비리트가 체스터필드 안락의자와 영국식 사냥에 푹 빠지게 되리라. 하지만 운이 나쁘면 호랑이 줄무늬로 도배된 집을 보게 될지도 모를 일이었다.

파트릭이 헛기침을 했다.

"여쭤볼 것이 많습니다. 세 분이 몇 가지 문제를 분명히 하는 데 도움을 주시면 고맙겠습니다."

아무도 대답하지 않자 파트릭이 말을 이었다.

"알렉스와 안데르스 닐손이 서로 어떻게 알게 되었는지 아십니까?"

헨리크는 충격을 받은 듯했고, 칼 에리크는 모른다고 했다. 그렇게 대답하기가 괴로웠지만 어쩔 수 없었다.

"학교 다닐 때 같은 반이었어요. 하지만 아주 오래전 일이죠."

비리트는 헨리크 옆에 앉아서 초조하게 꿈지럭거렸다.

헨리크가 말했다.

"그 이름, 생각납니다. 알렉스가 갤러리에서 그의 그림을 몇 점 팔지 않았습니까?"

파트리크가 고개를 끄덕이자 헨리크가 말을 이었다.

"이해할 수가 없습니다. 두 사람이 그보다 더 깊이 연관되어 있다고 생각하시는 겁니까? 범인은 왜 내 아내와 그녀가 관리하는 화가들 중 한 명을 살해했을까요?"

"바로 그 점이 제가 알아내려고 하는 겁니다."

파트리크는 잠시 말을 멈췄다가 다시 이었다.

"유감스럽게도 저희는 두 사람이 친밀한 관계였다는 사실도 확인했습니다."

그 말에 뒤따르는 침묵 속에서 칼 에리크는 건너편에 앉은 두 사람, 비리트와 헨리크의 얼굴에 만감이 교차하는 것을 보았다. 그 자신은 아주 약간 놀랐지만, 곧 받아들였다. 경찰관이 말한 것은 틀림없는 사실이리라. 상황을 생각하면 그저 당연했다.

비리트는 공포에 질린 표정을 지으며 손으로 입을 가렸고, 헨리크는 얼굴이 점점 창백해졌다. 칼 에리크는 파트리크 헤드스트룀이 나쁜 소식을 전하는 자신의 역할을 마땅찮게 여기고 있다는 점을 깨달았다.

"그럴 리가 없어요."

비리트는 당황해서 남편과 사위를 보았지만 아무도 도와주지 않았다.

"알렉스가 왜 그런 사람이랑 관계하겠어요?"

그녀는 다급한 눈으로 칼 에리크를 바라보았지만 그는 그녀의 시선을 피해 자신의 손을 내려다보았다. 헨리크는 아무 말도 하지 않았다. 그는 좌절한 것처럼 보였다.

"이사 간 뒤 두 사람이 계속 연락했는지 모르십니까?"

파트리크가 물었다.

"아뇨, 걔들은 그러지 않았을 거예요. 알렉스는 우리가 피엘바카에서 이사 갈 때 모든 인연을 끊었어요."

이번에도 대답한 사람은 비리트였다. 헨리크와 칼 에리크는 침묵을 지키며 앉아 있었다.

"또 한 가지 여쭤 보고 싶은 게 있습니다. 알렉스가 8학년 때 학기 중간에 예테보리로 이사하셨죠. 왜 그러셨습니까? 아주 갑자기 이사하신 것 같은데요."

"이상할 건 아무것도 없었어요. 남편이 도저히 거절할 수 없는 환상적인 일자리를 제의받았거든요. 이이는 빨리 결정해야 했어요. 거기서 바로 일할 수 있는 사람을 원했거든요. 그래서 그렇게 빨리 이사한 거죠."

그녀는 말하면서 계속 손을 비틀었다.

"알렉스를 예테보리에 있는 학교로 보내지 않으셨죠? 알렉스는 스위스에 있는 기숙학교에 들어갔습니다. 왜 그러셨는지요?"

"이이의 새 직장 덕분에 경제 형편이 많이 나아져서 알렉스에게 되도록 좋은 기회를 주고 싶었던 것뿐이에요."

비리트가 대답했다.

"예테보리에는 좋은 학교가 없었습니까?"

파트리크는 집요하게 물고 늘어졌다. 칼 에리크는 그의 노력에 감탄하지 않을 수 없었다. 한때는 자신도 저렇게 젊고 열정적이었지만 이제는 그저 피곤할 따름이었다. 비리트가 계속 대답했다.

"물론 있었어요. 하지만 알렉스가 그런 기숙학교에 다니면서 만날 수 있었던 사람들을 상상해 봐요. 그 학교엔 심지어 왕자도 몇 명 있었다고요. 그런 만남이 한 소녀에게 미칠 영향을 한번 생각해 봐요."

"알렉스와 함께 스위스에 가셨습니까?"

"당연히 학교에 등록하려고 같이 갔죠. 그런 뜻으로 물어본 거라면요."

"흠, 전 그런 뜻으로 여쭤 본 게 아닙니다."

파트리크는 기억을 되살리고자 공책을 들여다보았다.

"알렉산드라는 1977년 봄 학기 중간에 이곳을 떠났습니다. 따님은 1978년 봄에 기숙학교에 등록했고 아버님도 그때 이곳 예테보리에서 일을 시작하셨습니다. 따라서 제 질문은 이겁니다. 그 1년 동안 어디에 계셨습니까?"

헨리크가 미간을 찌푸린 채 비리트와 칼 에리크를 번갈아 바라보았다. 두 사람 다 그의 시선을 피했다. 칼 에리크는 심장 부근에서 욱신거리는 고통이 퍼져 나가면서 그 강도가 서서히 세지는 것을 느꼈다.

"이런 질문을 해서 도대체 뭘 알아내려는 건지 모르겠네요. 우리가 1977년에 이사했든 1978년에 이사했든 그게 무슨 상관이죠? 우리 딸은 죽었는데 당신은 이 집에 와서 우리가 죄인이라도 되는 것처럼 질문하는군요. 착오가 있었나 보죠. 등록할 때 잘못 써넣은 게 분명해요. 우린 1977년 봄에 여기로 이사 왔고, 알렉산드라도 그때 스위스 학교에 들어갔다고요."

비리트가 점점 더 화를 내자, 파트리크는 그녀에게 사과하는 표정을 지어 보였다.

"불쾌하게 해서 죄송합니다, 칼그렌 부인. 부인께서 힘든 시기를 보내고 계시다는 건 알지만, 전 이런 질문을 해야 합니다. 그리고 제 정보는 맞습니다. 두 분은 1978년 봄까지 이곳에 이사 오지 않으셨고, 그 전 1년 동안 두 분이 스웨덴에 계셨다는 증거도 없습니다. 그러니 저는 다시 한 번 여쭤 봐야 합니다. 1977년 봄부터 1978년 봄까지 1년 동안 어디에 계셨습니까?"

비리트는 절망적인 눈빛으로 칼 에리크를 돌아보며 도움을 청했지만, 그는 그녀를 도와줄 수 없었다. 이것은 길게 보면 가족을 위하는 일이었지만, 당장은 아내를 좌절시키는 일이 될지도 몰랐다. 그러나 그에게는 선택의 여지가 없었다. 그는 슬픈 표정으로 아내를 바라보고는 목청을 가다듬었다.

"우린 스위스에 있었습니다. 알렉스, 내 아내, 나, 셋이오."

"쉬, 여보, 더 말하지 말아요!"

그는 그녀를 무시했다.

"열 살 난 우리 딸이 임신해서 우리는 스위스에 있었습니다."

그는 파트리크가 경악해서 펜을 떨어뜨리는 모습을 보고 놀라지 않았다. 이 경찰관이 기대하거나 의심한 것이 무엇이든, 그것은 분명 방금 한 말과 차원이 달랐을 터였다. 무슨 수로 그렇게 끔찍한 일을 상상할 수 있었겠는가?

"우리 딸은 강간을 당했습니다. 그저 어린애일 뿐이었는데요."

칼 에리크는 목소리가 갈라지는 것을 느끼고 감정을 추스르고자 주먹으로 입술을 세게 눌렀다. 잠시 후 그는 말을 계속할 수 있었다. 비리트는 그를 쳐다보려고 하지도 않았지만, 이제 돌이킬 수 없었다.

"우린 뭔가 잘못됐다는 걸 알았지만, 그게 뭔지는 몰랐습니다. 알렉스는 항상 행복하고 걱정이 없어 보였습니다. 그런데 8학년 초부터 변하더군요. 내성적이고 말수가 없는 아이가 됐습니다. 친구들도 놀러 오지 않았고 한 번 나가면 몇 시간 동안 들어오지 않았죠. 우린 알렉스가 어디 있는지 몰랐습니다. 그냥 그러다 말겠지 하고 심각하게 생각하지 않았던 겁니다. 사춘기가 왔다고 생각했던 걸까요. 모르겠습니다."

그는 다시 목청을 가다듬었다. 가슴의 통증이 심해지고 있었다.

"우린 알렉스가 임신 4개월째로 접어들었을 때 비로소 그 사실을 알았습니다. 더 빨리 알아차렸어야 했지만 누가 믿을 수 있겠습니까? 우린 상상도 못했습니다."

"칼 에리크, 제발."

비리트의 얼굴은 회색 가면 같았다. 헨리크는 자신이 듣고 있는 이야기를 믿을 수 없다는 듯 멍해 보였다. 실제로 믿을 수 없을지도 몰랐고. 칼 에리크도 자신의 말을 믿을 수가 없었다. 그 이야기는 25년 동안 그의 마음을 좀먹고 있었다. 지금까지는 비리트를 생각해서 말해야 한다는 생각을 억눌렀지만, 이제는 이야기가 줄줄이 쏟아져 나와서 멈출 수 없었다.

"우린 낙태를 생각하지 않았습니다. 상황이 상황이었으니까요. 그리고 알렉스에게 선택할 기회를 주지도 않았습니다. 그 애가 선택할 수 있었더라도 말이죠. 우린 딸에게 기분이 어떤지, 어떻게 하고 싶은지 물어보지도 않았습니다. 그저 모든 것을 쉬쉬하고 덮어 버렸을 뿐. 우린 알렉스를 학교에서 데리고 나왔습니다. 그리고 외국으로 가서 그 애가 아이를 낳을 때까지 머물러 있었죠. 아무도 그 사실을 알아선 안 됐습니다. 사람들이 뭐라고 하겠습니까?"

칼 에리크 자신의 귀에도 마지막 문장이 무척 모질게 들렸다. 그보다 중요한 것은 아무것도 없었다. 딸의 행복과 안녕도 그보다 중요하지는 않았던 것이다. 그는 심지어 비리트만 탓할 수도 없었다. 그녀는 누구보다도 겉모습에 신경 쓰는 사람이었다. 그러나 그는 몇 년 동안 자신을 돌아본 끝에, 흠 없는 겉모습을 유지하고 싶은 마음에서 그녀가 마음대로 하도록 내버려 두었다는 사실을 인정할 수밖에 없었다. 칼 에리크는 시큼한 위액이 목구멍으로 올라오는 것을 느낄 수 있었다. 그는 힘들게 침을 삼키고 말을 이었다.

"우린 알렉스가 아이를 낳은 뒤, 그 앨 기숙학교에 입학시키고 예테보리로 돌아와서 우리 인생을 살았습니다."

그의 말 한 마디 한 마디에 냉소와 자기 비하가 진하게 묻어났다. 비리트의 눈은 분노와 증오로 가득 차 있었다. 그녀는 자신의 의지로 남편의 입을 다물게 하려는 듯 그를 강렬하게 쏘아보았다. 그러나 그는 알렉스가 욕조에서 죽은 채로 발견된 순간 이 모든 과정이 시작되었다는 것을 알고 있었다. 경찰이 샅샅이 뒤지고 돌아다니며 어둠속에서 기어 다니던 모든 것을 밝은 태양 아래로 끄집어 내리라는 것도 알고 있었고. 경찰이 그들의 방식으로 진실을 말하는 것이 나았다. 아니면 결국 이렇게 되었듯, 자신의 방식으로 말하든지. 어쩌면 좀 더 일찍 말했어야 하는지도 모르지만 그는 용기를 낼 시간이 필요했다. 그리고 파트리크 헤드스트룀의 전화가 결정적으로 그의 등을 떠민 덕분에, 마침내 입을 열 수 있었다.

칼 에리크는 많은 이야기를 생략했지만, 담요처럼 자신을 덮은 피로 때문에 파트리크가 알아서 실마리를 잡고 빈틈을 채울 질문을 던지도록 내버려 두었다. 그는 안락의자에 등을 기대고 팔걸이를 세게 움켜쥐었다.

먼저 입을 연 사람은 헨리크였다. 그는 심하게 떨리는 목소리로 말했다.

"왜 아무에게도 말씀하지 않으셨죠? 알렉스는 왜 아무 말도 하지 않았죠? 전 그녀가 제게 숨기는 게 있다는 건 알았지만 이런 건 아니었어요."

칼 에리크는 체념한 듯 손을 내밀었다. 알렉스의 남편에게는 할 말이 없었다.

파트리크는 경찰로서 침착성을 잃지 않으려고 무진 애를 썼지만, 동요했다는 사실을 감출 수는 없었다. 그는 바닥에 떨어뜨린 펜을 집어 들고 눈앞의 공책에 집중하려고 노력했다.

"알렉스를 성폭행한 사람은 누구였죠? 학교에 있는 사람이었습니까?"

칼 에리크는 고개만 끄덕였다.

"혹시……."

파트리크는 잠시 망설였다.

"닐스 로렌트였습니까?"

"닐스 로렌트가 누굽니까?"

헨리크가 물었다. 비리트가 냉담한 목소리로 대답했다.

"학교의 대리 교사였어. 넬뤼 로렌트의 아들이었지."

"그놈 지금 어디 있습니까? 알렉스에게 그런 짓을 했으니 감옥에 갔겠죠? 그렇죠?"

헨리크는 칼 에리크가 한 말을 이해하려고 애쓰는 것처럼 보였다.

"그는 25년 전에 실종됐습니다."

파트리크가 설명했다.

"그 뒤로 아무도 그를 보지 못했습니다. 하지만 저는 왜 경찰에 신고가 들어오지 않았는지도 알고 싶습니다. 신고 기록을 찾아봤는데 닐스 로렌트에 관한 건 하나도 없더군요."

칼 에리크는 눈을 감았다. 파트리크는 비난하려고 질문한 것이 아니었지만, 그에게는 비난하는 것처럼 들렸다. 파트리크의 한 마디 한 마디가 바늘처럼 그의 피부를 콕콕 찌르면서 그들이 25년 전에 저질렀던 끔찍한 실수를 상기시켰다.

"우린 신고하지 않았습니다. 전 알렉스가 임신했다는 사실을 알고 그 애에게 무슨 일이 있었는지 들은 뒤, 넬뤼의 집에 쳐들어가서 그 집 아들이 무슨 짓을 했는지 얘기했습니다. 전 무슨 일이 있어도 그놈을 경찰에 신고할 생각이었고, 넬뤼에게 그렇게 얘기했습니다. 하지만……."

"하지만 넬뤼가 제게 와서 경찰을 끌어들이지 않고도 문제를 해결할 수 있다고 얘기했어요."

비리트가 부지깽이처럼 허리를 꼿꼿하게 세운 채 소파에 앉아서 말했다.

"그 여잔 피엘바카 사람들이 알렉스에게 일어난 일에 관해 수군거리게 해서 그 앨 더 모욕할 이유가 없다고 했어요. 우린 동의할 수밖에 없었고, 그 문제를 가족 내에서 해결할 수 있다면 알렉스에게 이로울 거라고 생각했죠. 넬뤼는 자기가 닐스를 적절한 방식으로 책임지겠다고 약속했어요."

"또 넬뤼는 이곳 예테보리에 보수가 아주 좋은 일자리를 마련해 주기도 했습니다. 우린 황금에 눈이 먼 대부분의 사람들과 다를 바 없었던 거죠."

칼 에리크는 적나라하게 솔직해져 있었다. 부정하던 시간은 이미 지나갔으므로.

"그런 거랑은 아무 상관없어요. 어떻게 그런 말을 할 수가 있어요, 여보? 우린 단지 알렉스에게 가장 좋은 게 뭔지 생각했던 것뿐이잖아요. 모든 사람이 알았다면 그 애한테 무슨 도움이 됐겠어요? 우린 알렉스에게 그 애의 인생을 계속 살아갈 기회를 준 거예요."

"아냐, 여보, 우린 *우리* 인생을 계속 살아갈 기회를 스스로 준 거야. 알렉스는 우리가 일을 쉬쉬해서 덮어 버리기로 결정했을 때 그 기회를 잃었어."

그들은 커피 테이블 너머로 상대방을 응시했고, 칼 에리크는 어떤 것들은 결코 회복될 수 없다는 점을 알았다. 비리트는 이해하지 못하리라.

"그러면 아기는요? 아기는 어떻게 됐습니까? 양자로 보냈습니까?"

파트리크가 물었다.

침묵이 흘렀다. 그런데 문간에서 웬 목소리가 들려왔다.

"아뇨, 아기는 양자로 가지 않았어요. 그들은 아기를 데리고 있으면서 그 애에게 거짓말하기로 했죠."

"율리아! 위층 방에 있는 줄 알았는데."

칼 에리크는 고개를 돌려 문간에 서 있는 율리아를 보았다. 율리아는 계단을 살금살금 내려온 것이 틀림없었다. 아무도 저 애가 오는 소리를 듣지 못했으니까. 율리아가 얼마나 오랫동안 저기에 서 있었는지 궁금했다.

율리아는 팔짱을 낀 채 문설주에 기대고 있었다. 볼품없는 몸 전체가 악의를 발산했다. 율리아는 오후 4시인 지금도 여전히 잠옷 차림이었다. 적어도 일주일은 샤워하지 않은 것처럼 보였다. 칼 에리크는 가슴의 고통과 함께 동정을 느꼈다. 불쌍하고 불쌍한 나의 미운 오리 새끼 같으니.

"넬뤼, 아니 '할머니'가 없었다면 아무 말도 하지 않았을 거예요, 그렇죠? 엄마는 엄마가 아니라 외할머니고, 아빠는 아빠가 아니라 외할아버지고, 무엇보다도 언니는 언니가 아니라 엄마라고 절대 얘기해 주지 않았을 거예요. 내 말 이해했어요? 아니면 한 번 더 얘기할까요? 좀 복잡해서 말이죠."

빈정대는 말은 파트리크를 향한 것이었다. 율리아는 파트리크의 얼굴에 나타난 당황한 표정을 보면서 즐기는 듯했다.

"심술궂어요, 그렇죠?"

율리아는 연극 무대에서 속삭이듯 목소리를 낮추고 손가락을 입술에 갖다 댔다.

"쉬, 아무에게도 말하면 안 돼요. 사람들이 뭐라고 하겠어요? 부유한 칼그렌 가에 관해서 쑥덕이기 시작한다고 상상해 봐요."

율리아는 다시 목소리를 키웠다.

"고맙게도 넬뤼가 작년 여름에 내가 공장에서 일할 때 다 얘기해 줬어요. 내가 당연히 알아야 할 얘기를 해 준 거죠. 내가 정말로 누군지 말이에요. 난 지금까지 살면서 내가 이 가족에 속하지 않는 외부인이라고 느꼈어요. 알렉스 같은 언니를 둔 것도 마음이 편하진 않았지만, 난 언닐 숭배했죠. 언닌 내가 되고 싶은 사람 그 자체였고, 내가 되지 못한 사람 그 자체였거든요. 난 당신들이 언닐 어떤 눈으로 보고 날 어떤 눈으로 보는지 알았어요. 또 언니는 날 별로 신경 쓰지 않는 것 같았어요. 그래서 더욱 언니를 숭배하게 됐죠. 이제 왜 그랬는지 알겠어요. 날 보는 게 참을 수 없었던 거겠죠. 강간으로 태어난 사생아니까. 당신들은 엄마가 날 볼 때마다 그 일을 떠올리게 한 거예요. 그게 얼마나 잔인한 일인지 정말 모르겠어요?"

칼 에리크는 율리아의 말에 뺨을 얻어맞은 듯 움찔했다. 율리아가 옳았다. 율리아를 집에서 키운 것은 지독하게 잔인한 일이었다. 알렉스는 율리아를 볼 때마다 자신의 어린 시절을 끝장내 버린 끔찍한 사건을 몇 번이고 떠올려야 했으리라. 물론 율리아에게도 공평한 일이 아니었다. 그와 비리트는 율리아가 어떻게 해서 생긴 아이인지 잊을 수가 없었다. 율리아는 처음부터 그 사실을 알아차린 듯, 비명을 지르면서 세상에 나왔다. 그러고도 어린 시절 내내 비명을 지르면서 세상과 싸웠다. 율리아는 나쁜 짓만 골라서 했고 그와 비리트는 어린아이, 특히 율리아처럼 요구가 많은 아이를 다루기에는 나이가 너무 많았다.

율리아가 작년 여름에 온몸으로 분노를 뿜어내며 집에 와서 대들었을 때 어떤 면에서는 안심이 되었다. 넬뤼가 마음대로 율리아에게 진실을 말한 것은 놀랍지 않았다. 넬뤼는 자기 이익만 생각하는 심술궂은 늙은이였으니까. 그녀는 율리아에게 자신이 아는 사실을 말하는 것이 어떻게든 이익이 된다면 그렇게 할 사람이었다. 그래서 율리아가 여름 아르바이트 제의를 받아들이지 못하게 하려고 했지만, 율리아는 여느 때처럼 황소고집을 꺾지 않았다.

넬뤼가 진실을 말해 주었을 때 율리아에게는 전혀 새로운 세상이 열렸다. 처음으로 자신을 진정으로 원하고 가족으로 여기는 사람이 나타난 것이었다. 얀이 있었지만 넬뤼에게는 피붙이가 중요했다. 그녀는 때가 되면 율리아에게 재산을 물려주겠다고 했다. 넬뤼의 이야기가 율리아에게 어떤 영향을 미쳤을지는 불 보듯 뻔했다. 율리아는 부모라고 생각했던 사람들에게 잔뜩 화를 냈고, 알렉스 대신 넬뤼를 열렬하게 숭배하기 시작했다.

율리아가 부엌에서 들어오는 부드러운 빛을 등지고 문간에 서 있는 모습을 보자, 이 모든 것이 칼 에리크의 마음속을 스쳐 지나갔다. 그와 비리트가 손녀를 보면서 끔찍한 과거를 떠올린 것이 사실이라고 해도, 그 미운 오리 새끼를 무척 사랑한다는 사실을 율리아가 깨닫지 못하리라고 생각하니 슬펐다. 그러나 율리아는 집에서 줄곧 낯선 사람 취급을 받았고, 그들은 손녀 앞에서 어색함과 무력함을 느꼈다. 사실은 여전히 그랬다. 이제 그들은 율리아를 영원히 잃어버렸다는 사실을 어쩔 수 없이 받아들여야 할 터였다. 율리아의 몸은 아직 이 집에 살고 있지만 마음은 벌써 그들을 떠난 상태였다.

헨리크는 숨 쉬기가 힘들었다. 그는 고개를 무릎 쪽으로 숙이고 눈을 감았다. 헨리크를 오라고 한 것이 옳은 일이었는지 잠시 생각해 보았다. 자기 딴에는 헨리크도 진실을 알 권리가 있다고 생각해서 부른 것이었다. 헨리크도 알렉스를 사랑했으니까.

"그렇지만 율리아……."

비리트가 애원하듯 어색한 몸짓으로 율리아에게 팔을 뻗었다. 그러나 율리아는 등을 홱 돌려서 비리트를 무시하고 쿵쾅거리며 계단을 올라갔다.

"정말 죄송합니다. 전 뭔가가 이상하다는 건 알았지만, 일이 이렇게 되리라곤 상상도 못했습니다. 뭐라고 말씀드려야 할지 모르겠습니다."

파트리크가 단념한 듯 손을 내민 채 말했다.

"우리도 뭐라고 해야 할지 모르겠습니다. 특히 서로에게요."

칼 에리크가 아내를 바라보았다.

"학대가 얼마나 계속된 겁니까? 혹시 아시는지요?"

"잘 모릅니다. 알렉스가 말하고 싶어 하지 않았거든요. 아마 적어도 두어 달에서 1년 정도일 겁니다."

칼 에리크는 잠시 망설였다.

"이제 먼젓번 질문의 대답도 알게 됐군요."

"어떤 질문을 말씀하시는 건지?"

파트리크가 물었다.

"알렉스와 안데르스가 어떻게 연관되어 있냐는 질문 말입니다. 안데르스도 희생자였어요. 우린 이사하기 전날, 알렉스가 안데르스에게 쓴 쪽지를 발견했습니다. 안데르스도 닐스에게 강간당했던 모양이에요. 그 애들은 분명 자기들이 같은 처지라는 걸 알았거나 알아냈습니다. 어떻게 알았는지는 모르겠습니다만. 그래서 서로 의지하며 위로한 거죠. 전 그 쪽지를 베라 닐손에게 가져갔습니다. 그리고 알렉스에게 일어난 일과 안데르스에게 일어났을지도 모르는 일을 얘기했지요. 정말 힘든 일이었습니다. 안데르스는 베라의 모든 것이었으니까요. 난 베라가 겁쟁이인 우리와는 달리 닐스를 신고하고 그놈에게 책임을 지울 수 있길 바랐어요. 헌데 아무 일도 일어나지 않은 걸 보니 베라도 우리처럼 무력하다고 느꼈던 모양입니다."

칼 에리크는 자신도 모르게 주먹으로 가슴을 문지르기 시작했다. 고통이 점점 심해져서 손가락으로 뿜어져 나오고 있었다.

"그러면 닐스가 어디로 갔는지는 모르십니까?"

"모릅니다. 헌데 어디에 있든 그 악마가 고통받고 있길 바랍니다."

이제 고통은 산사태 같았다. 그는 손가락이 마비되기 시작하자 뭔가가 잘못되었다는 것을 알았다. 그것도 심각하게. 고통 때문에 시야가 흐릿해져서 다른 사람들의 입이 움직이는 모습은 보였지만 영상은 느릿하게 흘러가고 소리는 늘어지는 듯했다. 처음에는 비리트의 눈에서 분노가 사라진 것을 보고 기뻤지만 분노가 걱정으로 바뀐 것을 보고 심각한 일이 벌어지고 있다고 깨달았다. 다음 순간 어둠이 몰려들었다.

❆

정신없이 구급차를 불러서 칼 에리크를 살그렌스카 병원으로 데려온 뒤 파트리크는 차에 앉아서 한숨 돌리려고 애썼다. 그는 자기 차를 몰고 구급차를 따라와서 칼 에리크의 심장 발작이 심각하기는 하지만 가장 위험한 고비는 넘겼다는 말을 들을 때까지 비리트와 헨리크 곁에 있었다.

지금까지 살면서 이렇게 당혹스러웠던 날은 별로 없었다. 경찰관으로 일하는 동안 수많은 불행을 목격했지만, 오늘 오후 칼 에리크에게 들은 이야기처럼 가슴을 에는 비극은 처음이었다.

이제 진실을 알았지만 아직도 자신이 들은 이야기를 받아들이기가 힘들었다. 어떻게 그런 일을 겪고도 계속 살아갈 수 있단 말인가? 알렉스는 강간당하고 어린 시절을 빼앗겼을 뿐만 아니라 그 사건을 끊임없이 기억나게 하는 이와 억지로 같이 살아야 했다. 아무리 노력해도 칼그렌 부부의 행동을 이해할 수가 없었다. 자식이 강간당했는데 범인이 도망가게 내버려 둔다거나, 모든 일을 쉬쉬하며 덮어 버리기로 결정한다는 것은 파트리크로서는 상상도 할 수 없는 일이었다. 어떻게 체면 유지가 자식의 인생과 건강보다 더 중요할 수 있단 말인가? 도무지 이해가 가지 않았다.

그는 눈을 감고 머리를 머리 받침에 기댄 채 차 안에 앉아 있었다. 땅거미가 지고 있었고 이제 집으로 돌아가야 했지만, 기운도 없고 감각도 느껴지지 않았다. 에리카가 기다리고 있다고 생각해도 집으로 가고 싶은 마음이 들지 않았다. 오늘, 인생을 대하는 타고난 낙관주의가 뿌리까지 흔들렸다. 인간에게 깃든 선이 정말 악보다 강한지 처음으로 의심스러웠다.

한편으로는 죄책감도 약간 느꼈다. 충격적인 이야기에 무척 가슴 아팠지만, 퍼즐 조각이 하나씩 제자리를 찾아가는 모습에 경찰로서 만족했기 때문이다. 오늘 오후에 대단히 많은 의문이 풀렸다. 그러나 좌절감은 오히려 전보다 더 깊어졌다. 많은 것을 알아내긴 했지만 알렉스와 안데르스를 죽인 범인의 정체는 여전히 오리무중이었기 때문이다. 살해 동기는 과거에 숨어 있을지도 모르지만, 과거와 아무 상관이 없을지도 몰랐다. 후자일 가능성은 별로 없을 테지만. 무엇보다도 오늘 들은 이야기는 자신이 찾아낸 알렉스와 안데르스 사이의 유일한 연결 고리였다.

하지만 범인은 왜 강간 사건이 일어난 지 25년도 더 지난 지금에서야 그 사건을 이유로 그들을 죽이고 싶어 한 걸까? 무엇이 그토록 오랫동안 잠잠하게 있던 것을 깨워서 2주 만에 두 건의 살인을 저지르게 한 걸까? 가장 당혹스러운 점은 이제 어디로 방향을 돌려야 할지 모르겠다는 것이었다.

오후의 신문 덕분에 수사에 중요한 돌파구를 마련했지만, 그와 동시에 막다른 골목에 다다르기도 했다. 파트리크는 머릿속으로 오늘 한 일과 들은 이야기를 다시 떠올려보다가, 차 안에 아주 구체적인 단서가 있다는 사실을 기억해 냈다. 칼그렌 부부에게 충격적인 이야기를 듣고 뒤이어 칼에리크가 극적인 심장 발작을 일으키는 바람에 잊어버린 것이었다. 그는 다시 한 번 오늘 아침처럼 열의에 찼다. 그 단서를 더 자세히 알아볼 특별한 기회가 있었다. 필요한 것은 오로지 약간의 행운뿐이었다.

그는 휴대전화를 켜고 음성 사서함에 들어온 세 개의 메시지를 무시한 채, 살그렌스카 병원의 전화번호를 알아내려고 번호 안내 서비스에 전화를 걸었다. 교환원은 전화를 받아서 병원으로 연결해 주었다.

"살그렌스카 병원입니다."

"네, 안녕하세요. 저는 파트리크 헤드스트뢰름이라고 합니다. 혹시 법의학 분과에 로베르트 에크라는 사람이 일하고 있는지 알 수 있을까요?"

"잠시만 기다리세요. 확인해 보겠습니다."

파트리크는 숨을 죽였다. 로베르트는 경찰 아카데미 동창생으로, 법의학 전문가가 되려고 공부하던 친구였다. 그들은 아카데미에서 교육받는 동안 친하게 지냈지만 어느 때부터 서로 연락이 끊긴 상태였다. 파트리크는 로베르트가 현재 살그렌스카에서 일하고 있다는 소문을 들었는데, 그 소문이 맞길 기도했다.

"어디 보자. 네, 있네요. 연결해 드릴까요?"

파트리크는 조용히 쾌재를 불렀다.

"네, 그렇게 해 주십쇼."

신호음이 두 번 정도 울린 뒤 귀에 익은 로베르트의 목소리가 들려왔다.

"법의학 분과 로베르트 에쿰니다."

"어이, 로반, 내가 누군지 알겠어?"

잠시 침묵이 흘렀다. 파트리크는 로베르트가 자신의 목소리를 알아차릴 리 없다고 생각하면서 그를 도와주려고 했다. 그런데 그때 껄껄거리는 웃음소리가 들려왔다.

"파트리크 헤드스트룀, 이 자식! 도대체 이게 얼마 만이냐! 웬일로 전화했어? 사소한 일은 아니겠구먼."

로베르트는 그를 놀렸고, 파트리크는 약간 부끄러웠다. 그는 사람들과 꾸준히 연락을 주고받는 일에 젬병이었다. 로베르트는 그래도 연락을 자주 하는 편이었지만 파트리크가 한 번도 전화하지 않자 연락하는 것을 포기했다. 그런데 오랜만에 전화한 이유가 부탁할 것이 있기 때문이라는 사실에 더욱 부끄러웠다. 하지만 지금은 물러날 수가 없었다.

"그래, 아냐. 난 정말 연락하는 일에 젬병이지. 사실은 나 지금 살그렌스카 주차장에 있어. 근데 네가 여기서 일하고 있다는 얘길 들은 게 기억나서 말이야. 있으면 잠깐 들어가서 인사나 할까 했지."

"물론이지, 빌어먹을. 들어와, 괜찮으니까."

"어떻게 찾아가? 사무실이 어디야?"

"지하에 있어. 정문으로 들어와서 엘리베이터를 타고 내려와서 오른쪽으로 꺾어 복도 끝까지 걸어와. 맨 끝에 문이 있는데 거기가 우리 사무실이야. 벨을 울리면 문을 열어 줄게. 다시 보게 돼서 좋다."

"나도 마찬가지야. 곧 보자."

파트리크는 옛 친구를 이용하려는 자신이 또 한 번 부끄러웠다. 그러나 한편으로 생각하면 로베르트는 그에게 큰 빚을 지고 있었다. 아카데미 룸메이트였던 로베르트는 수산네라는 여자와 약혼한 상태였는데, 같은 반 여학생인 마리에—그녀도 약혼한 상태였다—와 바람을 피우고 있었다. 두 사람의 관계는 거의 2년 동안 계속되었는데, 파트리크는 그동안 로베르트를 수없이 구해 주었다. 그는 수산네가 전화해서 로베르트가 어디 있는지 아느냐고 물을 때마다 온갖 상상력을 발휘해서 다양한 알리바이를 댔다.

나중에야 그런 짓이 그나 로베르트에게 별로 명예로운 행동은 아니었다고 생각했지만, 당시에는 둘 다 너무 어리고 미숙했다. 솔직히 말하면 파트리크는 그렇게 하는 것이 좀 멋지다고 생각했고, 심지어 두 여자를 한 번에 후리는 로베르트가 부럽기도 했다. 물론 마침내 거품이 터져서 아파트도 애인도 없는 신세가 되었지만. 그래도 타고난 매력남인 로베르트는 파트리크의 소파에서 잔 지 몇 주지나지 않아 새로운 여자를 찾아서 그녀의 집으로 이사했다.

파트리크는 로베르트가 살그렌스카 병원에서 일한다는 소문과 함께 결혼해서 아이들을 낳았다는 소문도 들었다. 도무지 상상이 안 되는 이야기였다. 그는 소문이 사실인지도 알아볼 생각이었다.

그는 끝이 없어 보이는 병원 복도를 걸어갔다. 로베르트가 방향을 일러 줄 때는 간단한 것 같았는데, 실제로는 두 번이나 길을 잃고 헤매다가 마침내 법의학 분과 사무실 문 앞에 섰다. 그는 벨을 울리고 기다렸다. 문이 활짝 열렸다.

"이야!"

그들은 기분 좋게 얼싸안고 나서 그동안 서로 얼마나 변했는지 보려고 한 걸음 물러났다. 로베르트는 별로 변한 것이 없었다. 파트리크는 로베르트도 자신을 그렇게 생각해 주길 바랐다. 그는 만약을 위해 배를 집어넣고 가슴을 좀 더 폈다.

"들어와, 들어와."

로베르트는 그를 사무실 안으로 안내했다. 두 사람은커녕 한 사람도 겨우 쓸까 말까할 정도로 비좁은 공간이었다. 파트리크는 책상 앞 의자에 로베르트와 마주 보고 앉아서 그를 더 자세히 살펴보았다. 금발은 예전처럼 깔끔하게 빗질되어 있었고, 하얀 실험 가운 아래 입은 옷도 빳빳하게 다림질되어 있었다. 파트리크는 깔끔한 것을 좋아하는 로베르트의 성향이 그가 사생활에서 툭하면 일으키는 혼란을 상쇄한다고 생각했다. 책상 뒤쪽 선반에 놓여 있는 사진이 눈길을 끌었다.

"가족이야?"

파트리크는 놀란 기색을 완전히 감추지 못했다. 로베르트는 자랑스럽게 미소 짓더니 선반에서 사진을 내렸다.

"응, 이 사람은 내 아내 카린이고 이 녀석들은 오스카르랑 마야야."

"애들은 몇 살이야?"

"오스카르는 두 살이고 마야는 6개월이야."

"멋진데. 결혼한 지 얼마나 됐어?"

"이제 3년 됐어. 날 애 아빠로 만들 수 있는 사람은 없을 거라고 생각했지?"

파트리크가 웃었다.

"그래, 인정해야겠다. 정말 그렇게 생각했어."

"흠, 너도 알다시피 악마가 늙으면 신앙심이 깊어진다고. 넌 어때? 벌써 식구를 떼로 거느리고 있을지도 모르겠군."

"아냐, 그렇지 않아. 나 사실 이혼했거든. 애도 없고. 사정이 사정이니 다행인지도 몰라."

"안됐다."

"그렇게 나쁘지 않아. 지금 아주 전도유망한 연애를 하는 중이거든. 곧 알게 되겠지."

"자, 오랫동안 코빼기도 안 보이더니 이렇게 갑자기 나타난 이유가 뭐야?"

파트리크는 약간 꿈지럭거렸다. 오랫동안 연락하지 않다가 갑자기 부탁하려고 찾아온 것이 새삼 부끄러웠다.

"경찰 업무 때문에 왔어. 네가 이 병원 법의학 분과에서 일한다는 얘길 들었거든. 좀 도와줬으면 하는 사건이 있어. 평소처럼 절차를 밟을 시간이 없거든. 절차를 제대로 밟으면 결과가 나오기까지 몇 주는 기다려야 할 텐데, 그럴 시간도 없고 인내심도 없어서 말이야."

로베르트의 얼굴을 보니 호기심이 생긴 듯했다. 그는 손끝을 모으고 이어질 말을 기다렸다.

파트리크는 몸을 숙여 가방에서 비닐봉지에 싸인 종이를 꺼냈다. 그에게 종이를 건네받은 로베르트는 자세히 확인하려고 전기스탠드 불빛 아래 비추어 보았다.

"그 종이, 살인 희생자 집에 있던 메모장에서 뜯은 거야. 앞장에 쓴 글이 남긴 자국이 있다는 건 알겠는데, 너무 희미해서 일부밖에 알아보질 못하겠더라고. 이런 자국을 선명하게 할 수 있는 기계가 있지 않아?"

"그러어어엄, 있지."

로베르트는 스탠드 아래에서 종이를 살펴보며 약간 내키지 않는다는 듯이 대답했다.

"그런데 네 말대로 요청을 다루는 방식과 순서에 관한 규칙이 엄연히 있어. 처리해야 할 것들도 쌓여 있고."

"물론 나도 알아. 하지만 이건 오래 걸리지도 않고 쉽게 확인할 수 있을 거라고 생각했어. 잠깐 보고 뭘 건질 수 있는지 얘기해 달라고 너한테 부탁하면, 아마도⋯⋯."

로베르트는 파트리크의 말을 듣고 곰곰이 생각하면서 얼굴을 찌푸렸다. 그러더니 장난기 어린 미소를 지으며 의자에서 일어났다.

"좋아, 너무 뻣뻣하게 굴면 안 되겠지. 몇 분밖에 안 걸릴 거야. 따라와."

그들은 비좁은 사무실에서 나와 바로 맞은편에 있는 방으로 들어갔다. 그 방은 넓고 밝았으며, 이상하게 생긴 온갖 종류의 기계들로 꽉 차 있었다. 그뿐만 아니라 무척 깨끗했고 하얀 벽과 번쩍이는 크롬으로 만든 작업대와 사물함 때문에 병원 같아 보였다. 로베르트가 쓰려는 기계는 방 저쪽에 있었다. 그는 매우 조심스럽게 비닐봉지를 벗긴 다음 종이를 유리판에 올려놓았다. 로베르트가 버튼을 누르자 푸르스름한 빛이 들어왔다. 곧 종이 위의 글씨가 또렷하게 드러났다.

"한번 봐. 네가 바라던 게 이거였어?"

파트리크는 재빨리 글을 읽어 보았다.

"정확히 내가 바라던 거야. 잠깐 받아 적을 테니까 그대로 놔둬 줘."

로베르트가 미소 지었다.

"그보다 더 좋은 수가 있지. 이 기계로 사진을 찍어서 줄 테니까 가져가."

파트리크의 얼굴에 환한 미소가 번졌다.

"훌륭해! 그럼 더할 나위 없지. 고마워!"

30분 뒤, 파트리크는 안데르스의 메모장에서 뜯어낸 종이의 사진 복사본을 들고 병원에서 나왔다. 그는 로베르트에게 더 자주 연락하겠다고 엄숙하게 약속했고, 그 약속을 지킬 수 있게 되길 바랐다. 그러나 유감스럽게도 그는 자신을 너무 잘 알았다.

파트리크는 차를 몰고 집으로 돌아가면서 이것저것 많이 생각했다. 그는 밤에 운전하는 것을 아주 좋아했다. 가끔씩 다가오는 차들이 내는 불빛을 제외하면 벨벳처럼 새카맣고 고요한 어둠에 싸인 채 더 분명하게 생각할 수 있었다. 그는 이미 알고 있는 사실을 방금 읽은 글에 조금씩 더해 보았다. 타눔스헤데 집 차도로 들어왔을 때는 자신을 괴롭히던 수수께끼 가운데 적어도 한 가지는 풀었다고 확신할 수 있었다.

에리카 없이 자려니 이상했다. 기분 좋은 것이라면 무엇이든 금세 익숙해지니 얼마나 이상한 일인지. 그는 이제 혼자 자기가 힘들다는 것을 깨달았다. 집으로 돌아가는 길에 여동생이 갑자기 찾아왔다는 에리카의 전화를 받고 무척 실망했다는 사실이 놀라웠다. 에리카는 파트리크가 그의 집에서 자는 것이 나을 것 같다고 했다. 그는 더 물어보고 싶었지만, 설명할 수 없다는 분위기를 풍기는 에리카의 목소리 때문에 내일 전화하겠다고, 보고 싶다고 말한 뒤 전화를 끊었다.

이제 그의 머릿속은 내일 아침에 해야 할 일에 관한 생각과 에리카의 이미지로 꽉 차 있었다. 밤이 매우 길게 느껴졌다.

❄

아이들이 잠들자 마침내 이야기를 나눌 기회가 생겼다. 에리카는 안나가 뭔가 먹어야 할 것처럼 보여서 냉동한 저녁식사를 재빨리 데웠다. 에리카도 저녁 먹는 것을 잊어버려서 배가 꼬르륵거리고 있었다.

안나는 그저 포크로 음식을 쿡쿡 찌르기만 했다. 에리카는 그런 안나를 보고 익숙한 불안감을 느꼈다. 어릴 때처럼. 그녀는 안나를 품에 안고 흔들면서 다 괜찮을 거라고 말하며 상처를 낫게 해 주고 싶었다. 그러나 이제 그들은 성인이었고 안나의 문제는 까진 무릎의 고통을 훨씬 넘어서는 것이었다. 에리카는 그 문제를 어떻게 해결해야 좋을지 몰라 무력함을 느꼈다. 처음으로 여동생이 낯설게 보였고 어색해서 어떻게 말을 걸어야 할지 알 수가 없었다. 그래서 안나가 먼저 말하길 기다리면서 잠자코 앉아 있었다. 안나는 한참 뒤에 겨우 말문을 열었다.

"어떻게 해야 할지 모르겠어, 언니. 나랑 애들한테 무슨 일이 일어날까? 우린 어디로 가지? 내가 어떻게 애들을 먹여 살리지? 너무 오랫동안 집에만 있었더니 다른 일은 어떻게 해야 할지 모르겠어."

에리카는 상황을 통제하고 싶은 마음을 몸으로 표현하려는 듯 테이블을 움켜잡은 안나의 주먹 관절이 하얗게 변하는 모습을 보았다.

"쉬, 지금은 그런 거 생각하지 마. 다 잘될 거야. 그냥 하루하루 조금씩 생각해 나가자. 그리고 애들이랑 같이 네가 원하는 만큼 여기 있어도 돼. 이 집은 네 집이기도 하니까. 기억하지?"

그녀는 비틀린 미소를 지었고, 기쁘게도 똑같이 비틀린 미소로 답하는 안나를 보았다. 안나는 손등으로 코를 닦고 멍하게 테이블보를 만지작거렸다.

"난 일이 그렇게 될 때까지 내버려 둔 나 자신을 용서할 수가 없어. 그이가 엠마에게 상처를 입혔다고. 어떻게 그이가 엠마를 상처 입히게 내버려 둘 수 있었을까?"

다시 콧물이 흘러내리자 안나는 손 대신 휴지로 코를 닦았다.

"왜 그이가 엠마를 상처 입히게 내버려 뒀을까? 마음속 깊은 곳에선 언젠가 그런 일이 일어날 거라는 걸 알지 않았을까? 난 나 혼자 편하자고 눈을 감아 버리기로 한 걸까?"

"안나, 내가 100퍼센트 확신하는 게 있다면, 그건 네가 아무도 아이들을 상처 입히게 그냥 내버려 두지 않을 거라는 거야."

에리카는 테이블 너머로 손을 뻗어 안나의 손을 잡았다. 깜짝 놀랄 만큼 야윈 손이었다. 안나의 뼈는 너무 가늘어서 세게 쥐면 부러질 것 같았다.

"아직도 이해할 수 없는 건, 그이가 그런 짓을 했는데도 내 안에 그이 사랑하는 마음이 남아 있다는 거야. 루카스를 너무 오랫동안 사랑해서 그런지 그 사랑이 내 안에 뿌리를 내리게 됐어. 내 일부가 된 거야. 그이가 무슨 짓을 했든, 난 그 사랑을 지울 수가 없어. 칼로 내 몸에서 그 부분을 잘라내 버릴 수 있으면 얼마나 좋을까. 내가 역겹고 더럽게 느껴져."

안나는 악이 어디에 있는지 보여 주려는 듯 떨리는 손을 자신의 가슴에 댔다.

"그건 흔히 있는 일이야, 안나. 부끄러워할 필요 없어. 지금 네가 해야 할 일은 오로지 건강을 되찾는 데 집중하는 거야."

에리카는 잠시 말을 멈췄다. "하지만 루카스는 정말 경찰에 신고해야 해."

"안 돼, 언니. 안 돼, 난 못해."

안나의 뺨에 눈물이 흘러내렸고 몇 방울은 턱에 매달려 있다가 떨어져서 테이블보를 적셨다.

"할 수 있어, 안나, 해야 돼. 루카스를 이 일에서 빠져나가게 할 순 없어. 루카스가 네 딸의 팔을 부러뜨리고 아무 대가도 치르지 않게 내버려 두면 넌 자존심도 없는 거야!"

"아냐, 맞아, 모르겠어, 언니. 제대로 생각할 수가 없어. 머리가 솜으로 가득 찬 것처럼 멍해. 지금은 생각할 수가 없어, 나중엔 몰라도."

"안 돼, 안나. 나중에는 안 돼. 나중엔 너무 늦어. 지금 해야 돼! 내일 경찰서에 함께 가 줄게. 그래도 신고는 네가 해야 해. 애들뿐만 아니라 널 위해서도."

"나한테 그럴 힘이 있는지 모르겠어."

"난 알아. 너랑 나와는 달리, 엠마와 아드리안에겐 자기들을 사랑하고 자기들을 위해서라면 뭐든지 할 준비가 돼 있는 엄마가 있어."

에리카는 자신의 목소리에 스며드는 쓸쓸함을 어찌할 수가 없었다.

안나가 한숨을 쉬었다.

"그만 좀 해, 언니. 난 우리 부모가 사실상 아빠밖에 없다는 걸 오래전에 받아들였어. 왜 그런지 걱정하는 것도 그만뒀고. 내가 어떻게 알겠어? 엄만 아이를 낳고 싶지 않았는지도 모르지. 엄마가 낳고 싶었던 애들이 우리가 아니었는지도 모르고. 이젠 절대 알 수 없어. 계속 생각해 봐야 아무 소용도 없고. 그래도 우리 둘 중엔 내가 더 운이 좋은 애였는지도 몰라. 나한텐 언니도 있었으니까. 언니한테 말한 적은 없을지 몰라도, 난 언니가 나한테 얼마나 많은 걸 해 줬는지 알아. 우리가 자랄 때 언니가 나한테 얼마나 중요한 사람이었는지도 알고. 언니한텐 엄마 말곤 돌봐줄 사람이 없었지. 하지만 비통해해선 안 돼, 나랑 약속해. 언니가 남자를 만나면서 관계가 진지해질 것 같으면 바로 물러나 버리는 걸 내가 몰랐을 줄 알아? 언닌 상처받을 각오를 하기도 전에 뒷걸음질을 쳐. 과거를 놓을 줄도 알아야지. 지금 사귀는 사람이랑 아주 잘 지내는 것 같은데, 이번에도 움츠러들면 안 돼. 나도 언젠가는 이모가 되고 싶단 말이야."

그들은 눈물을 흘리면서 웃기 시작했고, 이제는 에리카가 종이 냅킨으로 코를 닦을 차례였다. 부엌에 감도는 온갖 감정 때문에 공기가 지나치게 꽉 찬 느낌이었지만, 동시에 봄맞이 영혼 대청소를 하는 느낌이기도 했다. 말하지 않은 것이 너무 많았고, 구석에 낀 먼지도 너무 많았다. 에리카와 안나는 이제 대걸레를 꺼내야 할 때라는 것을 느낄 수 있었다.

그들은 겨울밤의 짙은 어둠이 아침의 회색 안개에 자리를 내주기 시작할 때까지 밤새 이야기했다. 아이들은 평소보다 더 오래 잤다. 마침내 아드리안이 귀청 떨어지는 비명을 지르며 깨어나자, 에리카가 아이들을 돌보러 가면서 안나가 몇 시간이라도 잘 수 있게 배려했다.

에리카는 과거 그 어느 때보다도 마음이 가벼웠다. 엠마에게 일어난 일 때문에 여전히 화가 나 있긴 했지만, 간밤에 안나와 오래전에 했어야 할 이야기를 많이 나누었기 때문이다. 몇 가지 사실은 불쾌했지만 들을 필요가 있었는데, 안나는 놀랍게도 자신을 매우 쉽게 간파할 수 있었다. 동생을 과소평가했을지도 모른다는 사실을 인정해야 했다. 지금까지 자신은 보호자인 척하면서, 동생을 몸만 자랐지 책임감은 없는 아이로만 보았는지도 몰랐다. 그러나 안나는 그보다 훨씬 어른스러웠고, 에리카는 드디어 동생의 참모습을 보게 되어 기뻤다.

그들은 파트리크에 관해서도 많은 이야기를 나누었다. 이제 에리카는 아드리안을 품에 안은 채 그에게 전화했다. 집 전화는 받지 않아서 휴대전화로 걸어 보았다. 아드리안이 이모의 손에 들려 있는 신기한 장난감을 보고 무척 기뻐하면서 자기 것으로 만들려고 필사적으로 애를 쓰는 바람에, 전화 걸기가 만만치 않았다. 파트리크는 신호음이 울리자마자 전화를 받으면서, 간밤의 피로가 거짓말처럼 싹 가시는 것을 느꼈다.

"안녕, 자기."

"음, 그렇게 부르니까 좋은데."

에리카가 말했다.

"별일 없지?"

"응, 고마워. 가족 문제가 좀 있긴 하지만. 만나면 다 얘기해 줄게. 많은 일이 있었어. 안나랑 난 밤새 얘기했고. 지금은 애들 돌보고 있어. 안나 좀 자게 해 주려고."

그는 에리카가 하품 참는 소리를 들었다.

"너도 피곤한 것 같은데."

"정말 피곤해. 졸면서 벽에 부딪히고 있어. 하지만 나보다 안나가 더 자야 해서 몇 시간은 더 깨어 있어야 해. 애들이 아직 어려서 스스로 돌보질 못하거든."

아드리안이 동의한다는 듯 뭐라고 재잘거렸다. 파트리크는 바로 결정했다.

"다른 방법도 있지."

"아, 그래, 그게 뭔데? 애들을 몇 시간 동안 난간에 묶어 놓을까?"

에리카가 웃었다.

"내가 가서 애들을 봐 줄게."

에리카가 믿을 수 없다는 듯 코웃음을 쳤다.

"네가? 애들을 돌본다고?"

그는 짐짓 매우 불만스러운 목소리로 말했다.

"그거 지금 내가 그 일을 하기에 부족한 남자라는 뜻이야? 한 손으로 강도 두 명을 제압할 수 있으면, 아주 작은 인간 두 명도 당연히 다룰 수 있다고. 아님 날 못 믿는 거야?"

그는 극적인 효과를 노리며 잠시 말을 멈추었다. 이내 에리카가 수화기 저편에서 과장되게 한숨을 쉬었다.

"좋아, 네가 애들을 다룰 수 있을지도 모르지. 그렇지만 경고하는데, 애들은 정말 작은 야생동물들이야. 정말로 감당할 수 있겠어? 네 나이에 말이야."

"해 볼게. 만약의 경우를 대비해서 상심세를 가져가야 할지도 모르겠군."

"좋아, 그 제의 받아들일게. 언제 올 수 있어?"

"바로 갈 수 있어. 실은 다른 일 때문에 피엘바카로 가는 중이었는데 방금 미니골프장을 지났거든. 5분쯤 뒤에 보자."

파트리크가 차에서 내릴 때 에리카는 문간에 서서 그를 기다리고 있었다. 볼 살이 통통하게 오른 남자아이가 그녀의 품에 안겨서 팔을 휘두르고 있었다. 그리고 잘 보이지는 않았지만, 그녀의 뒤에서 한 팔에 깁스한 여자아이가 엄지손가락을 입에 문 채 서 있었다. 그는 아직도 안나가 왜 갑자기 나타났는지 몰랐지만, 에리카가 그녀의 제부에 관해 들려준 이야기를 떠올리면서 깁스한 여자아이의 모습을 보니 불쾌한 상황을 의심할 수 있었다. 그러나 묻지는 않았다. 때가 되면 에리카가 무슨 일이 일어났는지 말해 줄 테니까.

파트리크는 세 사람에게 차례로 인사했다. 에리카의 입술에 키스하고 아드리안의 뺨을 쓰다듬은 다음, 쪼그리고 앉아서 심각한 표정을 짓고 있는 엠마에게 인사했다. 그는 엠마의 성한 손을 잡고 말했다.

"안녕, 아저씨 이름은 파트리크야. 네 이름은 뭐니?"

엠마는 한참 꾸물거리다가 대답했다.

"엠마."

그러고는 엄지손가락을 다시 입에 물었다.

"차차 풀어질 거야."

에리카는 파트리크에게 아드리안을 안겨 주고 엠마를 돌아보았다.

"엄마랑 이모는 잠깐 자야 해서, 파트리크 아저씨가 그동안 너흴 돌봐 주려고 온 거야. 그래도 괜찮지? 아저씨는 이모 친구고 아주아주 좋은 사람이거든. 네가 아주 아주 착하게 굴면 파트리크 아저씨가 냉장고에서 아이스크림을 꺼내 줄지도 몰라."

엠마는 의심스러운 눈으로 에리카를 바라보았지만, 아이스크림을 먹을 수 있을지도 모른다는 말에 혹해서 마지못해 고개를 끄덕였다.

"그럼 애들 좀 맡길게. 이따 봐. 내가 깰 때까지 애들이 무사해야 해."

에리카가 위층으로 사라졌다. 파트리크는 여전히 자신을 의심스럽게 바라보는 엠마에게 눈을 돌렸다.

"자, 뭘 할까? 체스 한 게임할까? 싫어? 점심으로 아이스크림을 좀 먹는 건 어때? 괜찮은 거 같아? 좋아. 냉장고에 제일 늦게 도착하는 사람은 아이스크림 대신 당근이야."

❅

안나는 천천히 정신을 차리려고 애썼다. 잠자는 숲속의 공주처럼 100년은 잔 것 같았다. 처음 눈을 떴을 때는 자신이 어디에 있는지 분간하기가 힘들었다. 그러나 어릴 때 쓰던 방의 벽지를 알아본 순간 현실이 무서운 기세로 와르르 쏟아져 내렸다. 그녀는 벌떡 일어나 앉았다. 아이들! 그때 아래층에서 기쁨에 겨운 엠마의 비명소리가 들려왔고, 그제야 자신이 자는 동안 언니가 아이들을 돌봐 주기로 한 것이 기억났다. 도로 자리에 누운 그녀는 따뜻한 침대에서 조금 더 졸기로 마음먹었다. 일어나자마자 온갖 일을 처리해야 할 테니까. 이렇게 누워 있으면 잠시나마 현실에서 도피할 시간을 벌 수 있었다.

그런데 아래층에서 엠마와 아드리안의 웃음소리에 섞여 들려오는 것이 언니의 목소리가 아니라는 생각이 서서히 떠올랐다. 안나는 순간적으로 얼어붙어서 루카스가 왔다고 생각했지만, 이내 언니라면 루카스를 집에 들이느니 그 자리에서 총으로 쏴 버렸을 것이라는 데 생각이 미쳤다. 방문자가 누구일지 짐작이 가서 호기심에 층계참으로 몰래 기어나가 난간살 사이로 아래층을 내려다보았다. 거실은 폭탄이 터진 것처럼 엉망진창이었다. 식당 의자 네 개와 담요와 소파 쿠션들은 요새로 변해 있었고, 아드리안의 블록은 온 바닥에 흩어져 있었다. 그녀는 커피 테이블 위를 뒤덮은 아이스크림 껍데기를 보고 파트리크가 아이스크림광이길 바라며 한숨을 쉬었다. 딸에게 점심이나 저녁을 먹이기는 대단히 어려울지도 몰랐다. 문제의 딸은 검은 머리 남자의 어깨에 올라가 있었다. 남자의 얼굴은 친근해 보였고 눈은 따뜻한 갈색이었다. 딸은 깔깔거리고 웃느라 거의 숨이 넘어갈 지경이었다. 기저귀만 찬 채 바닥에 깔아 놓은 담요 위에 누워 있는 아드리안도 누나처럼 즐거워서 어쩔 줄 몰라 하는 것 같았다. 그러나 가장 즐거워 보이는 사람은 파트리크였고, 안나는 그가 마음에 쏙 들었다.

그녀는 일어서서 세 놀이 동무의 주의를 끌고자 헛기침을 했다.

"엄마, 이거 봐, 나 말 생겼어."

엠마는 그의 머리카락을 세게 잡아당기면서 '말'에 대한 자신의 절대 권력을 보여 주었다. 파트리크는 항의했지만 작은 폭군에게 영향을 미치기에는 역부족이었다.

"엄마, 말한테 잘해 줘야지. 안 그러면 더 이상 말을 못 타게 될지도 몰라."

그 말에 조심스러워진 엠마는 혹시나 하는 마음에 말 타는 특권을 잃어버리지 않으려고 성한 손으로 파트리크의 머리를 쓰다듬었다.

"어이, 안나, 오랜만이야."

"그러게요. 애들이 너무 힘들게 하지 않았길 바라요."

"아냐, 우린 아주 재밌게 놀고 있었어."

그는 갑자기 조금 걱정스러운 표정을 지었다.

"엠마 팔에 신경 아주 많이 썼어."

"그 말 믿어요. 애를 보니 잘 놀고 있었네요, 뭐. 언니는 자고 있어요?"

"응, 오늘 아침에 통화할 때 목소리를 들어 보니까 너무 피곤한 것 같아서 내가 잠깐 들르겠다고 했어."

"그리고 아주 신나게 놀았죠? 뻔해요."

"응, 좀 어지르긴 했지만. 에리카가 일어나서 내가 거실을 엉망진창으로 만들어 놓은 걸 보고 화내지 않으면 좋겠는데."

안나는 파트리크가 걱정하는 모습을 보고 매력적이라고 생각했다. 언니가 벌써 그를 휘어잡은 모양이었다.

"청소하는 거 도와줄게요. 하지만 먼저 커피 한잔 마셔야 할 것 같아요. 한잔할래요?"

그들은 커피를 마시면서 옛 친구들처럼 이야기했다. 안나의 마음에 들려면 아이들의 마음에 들어야 했는데, 파트리크에게 자꾸 기어오르는 엠마의 동경하는 눈빛을 보니 의심할 여지가 없었다. 그는 안나가 엠마에게 아저씨 좀 내버려 두라고 하자 오히려 됐다고 손사래만 쳤다. 에리카가 한 시간 정도 있다가 졸린 눈을 하고 아래층으로 내려왔을 때는, 이미 안나가 파트리크에게 신발 사이즈부터 이혼한 이유까지 오만 가지를 다 물어본 뒤였다. 마침내 파트리크가 가야 한다고 말하자, 세 여자가 모두 항의했다. 낮잠을 자고 있지 않았다면 아드리안도 그랬을 터였다.

안나는 그의 차가 떠나는 소리를 듣자마자 눈을 크게 뜨고 에리카를 바라보았다.

"세상에, 모든 장모가 바라는 이상적인 사윗감이네. 남동생은 없나?"

에리카는 대답 대신 그저 기분 좋게 웃었다.

❄

파트리크는 처리해야 할 일—밤새 잠 못 이루고 뒤척이면서 고민한 일—을 몇 시간 미룬 것이었다. 이제 하려는 일처럼 뭔가가 두려웠던 적은 거의 없었지만, 자신이 택한 직업인 만큼 피할 수는 없었다. 그는 두 건의 살인 사건 가운데 한 건을 해결했지만 기분이 좋지는 않았다.

파트리크는 셸비크에서 마을 중심가 쪽으로 천천히 차를 몰았다. 미룰 수 있는 만큼 미루고 싶었지만, 가려는 곳이 멀지 않아서 생각보다 일찍 도착했다. 그는 에바스 마트 주차장에 차를 세우고 나머지 길은 걸어서 갔다. 집은 바닷가에 늘어서 있는 보트하우스 쪽으로 가파르게 경사진 거리의 꼭대기에 서 있었다. 낡긴 했지만 멋진 집이었는데, 마치 오랫동안 방치된 듯했다. 그는 문을 두드리기 전에 숨을 깊이 들이마셨지만, 주먹 관절이 나무에 닿자마자 완벽한 경찰의 모습으로 돌아왔다. 개인적인 감정을 개입시킬 수는 없었다. 파트리크라는 시민이 이 일을 어떻게 생각하든 그는 경찰로서 의무를 다해야 했다.

베라는 거의 곧바로 문을 열었다. 그녀는 파트리크를 의심쩍은 눈으로 바라보았지만, 그가 들어가도 되느냐고 묻자 즉시 옆으로 비켜섰다. 그는 베라를 따라 부엌으로 들어가서 부엌 테이블에 앉았다. 그녀가 자신에게 무엇을 바라냐고 묻지 않아서 깜짝 놀랐다. 벌써 알고 있기 때문인지도 몰랐다. 이유야 어쨌든 그는 하고 싶은 말을 최대한 사려 깊게 해야 했다.

베라는 파트리크를 차분하게 응시했지만 아들의 죽음을 슬퍼하느라 눈 밑은 그늘져 있었다. 테이블 위에는 오래된 사진 앨범이 놓여 있었는데, 그것을 열면 안데르스의 어린 시절 사진들을 볼 수 있을 듯했다. 죽은 지 며칠밖에 안 된 아들 때문에 슬퍼하는 어머니를 만나러 오는 것은 힘든 일이었다. 그러나 파트리크는 다시금 타고난 보호본능을 밀어내고 일에 집중해야 했다. 안데르스의 죽음에 관한 진실을 알아내는 일에.

"아주머니, 지난번에 뵈었을 때는 아주 슬픈 상황이었지요. 먼저 아드님의 죽음이 정말 유감이라고 말씀드리고 싶습니다."

그녀는 대답 대신 고개만 끄덕이고는 이어질 말을 잠자코 기다렸다.

"이번 일로 얼마나 힘드실지 이해합니다만, 안데르스에게 무슨 일이 일어났는지 수사하는 게 제 일이어서요. 이해해 주시길 바랍니다."

파트리크는 베라가 아이인 양 천천히 또박또박 말했다. 이유는 알 수 없었지만, 그녀가 자신이 하는 말을 진심으로 이해하는 것이 중요하다고 느꼈다.

"저희는 안데르스의 죽음을 살인 사건으로 보고 수사했습니다. 그리고 안데르스와 관계를 맺었던 여인 알렉산드라 비크네르의 살인 사건과 연관이 있는지도 수사했습니다. 저희는 살인 용의자가 남긴 그 어떤 흔적도, 살인이 어떻게 자행됐는지 알려 주는 증거도 찾지 못했습니다. 솔직히 말씀드리면, 이번 사건 때문에 정말 당혹스러웠습니다. 아무도 사건이 어떻게 일어났는지 제대로 설명할 수 없었거든요. 그런데 제가 안데르스의 아파트에서 이걸 발견했습니다."

파트리크는 종이의 사진 복사본을 글씨가 베라 쪽으로 향하게 해서 부엌 테이블 위에 올려놓았다. 베라는 깜짝 놀라서 종이와 파트리크의 얼굴을 몇 번이나 번갈아 가며 쳐다보았다. 그녀는 종이를 집어서 뒤집어 보고 손가락으로 글씨를 훑더니, 충격이 가시지 않은 얼굴로 테이블 위에 종이를 다시 내려놓았다.

"이걸 어디서 찾았죠?"

그녀의 목소리는 슬픔으로 쉬어 있었다.

"안데르스의 집에서요. 아주머니가 가져가신 이 편지가 한 장밖에 없다고 생각하셨기 때문에 놀라신 거죠, 맞습니까?"

그녀는 고개를 끄덕였다.

"실은 한 장밖에 없었습니다. 하지만 저는 안데르스가 편지지로 쓴 메모장을 찾았고, 종이에 펜을 눌러서 글씨를 썼을 때 뒷장에 생긴 자국을 발견했습니다. 그렇게 해서 편지 내용을 알아낼 수 있었던 겁니다."

베라는 그에게 쓴웃음을 지었다.

"그건 생각도 못했어요. 그렇게 해서 알아내다니 똑똑하군요."

"무슨 일이 일어났는지 대강 알 것 같지만 직접 듣고 싶습니다."

그녀는 잠시 종이를 만지작거리면서 점자를 읽듯 손끝으로 단어들을 느꼈다. 그러더니 한숨을 깊이 내쉬고 파트리크의 우호적이지만 단호한 요청에 응했다.

"난 먹을 걸 사들고 안데르스의 아파트에 갔어요. 문이 열려 있었지만, 거의 항상 그랬기 때문에 그냥 내가 왔다고 소리치고 바로 들어갔어요. 집안은 고요했어요. 정말 조용했죠. 난 곧바로 그 앨 봤어요. 그 순간 심장이 멈추는 것 같았죠. 정확히 그런 느낌이었어요. 심장이 멈춰서 가슴속에 고요함만 남는 느낌. 그 애는 약간 흔들리고 있었어요. 앞뒤로. 방 안에 바람이 부는 것 같았죠. 물론 그럴 리 없다는 건 알았지만."

"왜 구급차나 경찰을 부르지 않으셨죠?"

그녀는 어깨를 으쓱했다.

"모르겠어요. 처음엔 그 앨 어떻게든 내려야겠다고 생각했지만, 거실에 들어가서 보니 이미 늦었더군요. 내 아들은 죽어 있었어요."

말하기 시작한 뒤 처음으로 목소리가 살짝 떨렸지만, 그녀는 꾹 참고 초인적인 침착함을 발휘하여 계속 말했다.

"난 부엌에서 이 편지를 발견했어요. 젊은이도 읽어 봤으니까 뭐라고 쓰여 있는지 알겠죠. 계속 살아갈 수가 없다고. 사는 게 오랫동안 고통스러웠고 이제 더 싸울 수 없다고. 계속 살아갈 이유가 사라져 버렸다고. 난 부엌에 한 시간, 어쩌면 두 시간 동안 앉아 있었을 거예요. 사실 얼마나 오래 앉아 있었는진 모르겠네요. 난 순식간에 편지를 핸드백에 집어넣고, 그 애가 목을 매려고 올라갈 때 쓴 의자를 부엌으로 돌려놓을 수밖에 없었어요."

"왜요, 아주머니? 왜 그러셨죠?"

베라의 눈빛은 차분했지만 덜덜 떨리는 손은 침착한 겉모습이 가짜라는 사실을 알려 주었다. 파트리크는 혀가 파랗게 부어오르고 눈이 튀어나온 채 천장에 매달린 아들을 보는 것이 얼마나 끔찍했을지 상상도 할 수 없었다. 자신도 그 광경을 보기가 무척 힘들었는데, 그의 어머니는 이제 죽는 날까지 그 모습을 마음속에 담은 채 살아가야 할 터였다.

"그 애를 더 창피하게 하고 싶지 않았어요. 사람들은 오랫동안 그 앨 경멸하는 눈으로 봤어요. 손가락질하고 비웃었죠. 그 앨 지나쳐 갈 때마다 우월감에 고개를 쳐들었고요. 안데르스가 복매달아 죽었다는 얘길 들으면 그 사람들이 뭐라고 하겠어요? 그 애에게 마지막까지 창피를 주고 싶진 않았어요. 의자를 치운 건 그 방법밖에 생각나질 않아서였고요."

"하지만 전 아직도 이해가 안 갑니다. 아드님이 스스로 목숨을 끊은 게 살해당한 것보다 더 나쁠 게 뭐죠?"

"너무 젊어서 이해하지 못하는군요. 여기 바닷가에 사는 사람들은 아직도 자살을 마음속 깊이 경멸해요. 난 사람들이 내 아들을 그런 식으로 얘기하게 내버려 두고 싶지 않았어요. 여태 충분히 욕했으니까."

베라의 목소리에는 강철 같은 완고함이 깃들어 있었다. 지금까지 아들을 보호하고 돕는 데 몸을 바쳤기에, 아들이 죽은 뒤에도 당연히 계속 보호해야 한다고 생각했는지도 몰랐다.

베라는 손을 뻗어 테이블 위에 놓인 사진 앨범을 열었다. 옷차림을 보니 1970년대에 찍은 사진들 같았다. 약간 노랗게 변색된 사진들 속에서 안데르스가 솔직하고 태평한 얼굴로 미소 짓고 있었다.

"아주 잘생긴 아이였어요, 나의 안데르스는."

베라는 꿈꾸는 듯한 목소리로 말하면서 손가락으로 사진을 쓰다듬었다.

"그 앤 늘 아주 착했어요. 아무 문제도 없었죠."

파트리크는 사진들을 흥미롭게 바라보았다. 이 아이가 자신이 만났던 폐인과 같은 사람이라는 사실을 믿을 수가 없었다. 사진 속의 소년은 다행히도 어떤 운명이 자신을 기다리고 있는지 몰랐다. 여러 사진들 가운데 한 장이 유독 시선을 끌었다. 바나나 시트와 개조한 핸들이 달린 자전거에 앉아 있는 안데르스 옆에 금발의 마른 소녀가 서 있는 사진이었다. 소녀는 앞머리에 가린 눈으로 카메라 렌즈를 수줍게 바라보면서 보일 듯 말 듯한 미소를 짓고 있었다.

"이 여자앤 알렉스죠?"

"네."

퉁명스러운 목소리였다.

"둘이 어릴 때 자주 같이 놀았습니까?"

"자주는 아니었지만 가끔 같이 놀았어요. 같은 반이었으니까요."

파트리크는 조심스럽게 민감한 영역으로 들어갔다. 마음속에서 한 걸음 디딜 때마다 미리 발끝으로 수심을 확인해 보았다.

"닐스 로렌트가 잠깐 그 반 아이들을 가르쳤다죠?"

베라가 날카로운 눈으로 쳐다보았다.

"네, 그럴 수도 있겠죠. 워낙 오래전 일이라서요."

"제가 듣기론 닐스 로렌트에 관한 소문이 있었다던데요. 특히 그가 사라진 뒤에요."

"피엘바카 사람들은 별 얘길 다해요. 그러니 닐스 로렌트에 관해서도 얘기했겠죠."

그는 분명 곪은 상처를 쑤시고 있었지만, 계속 더 깊이 파고들어야 했다.

"전 알렉스의 부모님과 이야기했습니다. 닐스 로렌트에 관해 어떤 주장을 하시더군요. 안데르스에게도 해당되는 주장이었습니다."

"그렇군요."

그녀의 반응을 보니 확실히 일이 쉽게 풀릴 것 같지 않았다.

"그분들 말씀에 따르면 닐스 로렌트는 알렉스를 성폭행했답니다. 그분들은 안데르스도 폭행당했다고 주장하셨어요."

베라는 부엌 의자 가장자리에 앉은 채로 등을 꼿꼿하게 세웠고, 파트리크가 질문 삼아 한 말에 대답하지 않았다. 그는 그녀가 말하길 기다리기로 마음먹었다. 그녀는 잠시 망설이더니, 천천히 사진 앨범을 닫고 의자에서 일어났다.

"옛날 얘기는 하고 싶지 않아요. 이제 가 줬으면 해요. 내가 안데르스를 발견했을 때 한 일을 고발하고 싶으면 여기로 와서 날 찾으면 돼요. 하지만 젊은이가 그냥 묻어 두는 게 최선일 문제들을 파헤치고 다니는 걸 도울 생각은 없어요."

"하나만 여쭤 보겠습니다. 알렉산드라와 그 문제를 얘기해 보셨는지요? 과거를 청산하기로 마음먹었다고 하니, 당연히 아주머니와도 이야기했을 것 같은데요."

"네, 얘기했어요. 알렉스가 죽기 일주일 전쯤 그 애의 집에 갔더니 과거를 정리하겠다는 둥, 해묵은 얘길 전부 끄집어내겠다는 둥 순진하기 짝이 없는 소리만 하더군요. 요즘 사람들의 철없는 얘기죠. 최근엔 다들 자기 치부를 만천하에 공개해야 한다는 생각에 사로잡혀 있는 것 같아요. 온갖 비밀과 죄를 드러내는 게 정신 건강에 좋다고 주장하면서 말이죠. 그러나 어떤 것들은 비밀인 채로 내버려 둬야 해요. 난 그 애에게도 그렇게 얘기했죠. 내 말을 귀담아들었는진 모르지만, 그랬길 바라요. 아니면 얼어붙을 듯이 추운 집에 앉아 있느라 고생한 대가로 좀처럼 낫지 않는 방광염에만 걸린 셈이니까요."

베라는 그 말을 마지막으로 이야기가 끝났다는 신호를 보내고 현관문을 향해 걸어갔다. 그녀는 파트리크를 위해 문을 열어 주고 매우 조심스럽게 작별인사를 했다.

모자를 귀 위까지 끌어내리고 벙어리장갑을 낀 채 다시 추운 바깥으로 나오자, 그야말로 어느 쪽 발을 딛고 서야 할지 알 수가 없었다. 그는 몸을 따뜻하게 하려고 몇 번 껑충껑충 뛴 다음 주차한 차가 있는 곳으로 힘차게 걸어갔다.

베라는 복잡한 여인이었다. 방금 나눈 대화로 그 정도는 알 수 있었다. 그녀는 완전히 다른 세대에 속했지만, 여러 가지 면에서 그 세대의 가치와 어긋나 있었다. 어린 아들을 혼자 힘으로 일해서 키웠고, 아들이 다 커서 혼자 앞가림을 해야 했을 때도 여전히 품 안의 자식으로 보호했다. 그녀는 나름대로 오랜 세월 동안 남자 없이 혼자서 살아온, 자유로운 여인이었다. 그러나 동시에 남녀역할을 규정하던 그녀 세대의 규칙에 얽매인 여인이기도 했다. 그는 내키지는 않지만 베라에게 감탄하지 않을 수 없었다. 그녀는 강한 여인이었다. 지금까지 살면서 그 누구보다도 많은 것을 견뎌 낸, 복잡한 여인이었다.

그는 베라가 안데르스의 자살을 살인으로 보이게 하려고 간섭했다는 사실이 어떤 결과를 불러올지 몰랐다. 분명 그 정보를 경찰서에 전달해야겠지만, 그러고 나면 무슨 일이 일어날지 알 수 없었다. 자신이 결정한다면 못 본 체하고 넘어가는 쪽을 선택하겠지만, 그렇게 되리라는 보장은 없었다. 순전히 법적인 관점에서 보면 베라를 예컨대 수사 방해죄로 고발할 수 있지만, 그런 일이 일어나지 않기를 진심으로 바랐다. 그는 베라가 좋았다. 그 점을 부정할 수는 없었다. 그녀는 전사였고, 그녀 같은 사람은 많지 않았다.

차로 돌아와 휴대전화 폴더를 열어 보니 메시지 한 개가 와 있었다. 에리카의 메시지였다. 그녀는 세 명의 숙녀와 한 명의 아주 작은 신사가 오늘 저녁 그와 함께 식사하게 되길 바란다고 했다. 파트리크는 시계를 흘긋 보았다. 벌써 다섯 시였다. 그는 별로 갈등하지 않고, 서로 돌아가기에는 이미 너무 늦었다고 결론 내렸다. 그리고 집에서 무슨 할 일이 있겠는가? 그는 출발하기 전에 서의 안니카에게 전화해서 간단하게 보고했지만, 자세한 이야기는 생략했다. 전체적인 상황은 멜베리에게 직접 보고하고 싶었기 때문이다. 그는 어떤 대가를 지불하더라도 상황이 잘못 해석되어 멜베리가 자신의 기쁨을 위해 대규모 경찰력을 동원하는 일만큼은 막고 싶었다.

에리카의 집으로 운전해서 가는 길에, 알렉스 살인 사건에 관한 생각이 자꾸만 떠올랐다. 또 막다른 골목에 부딪혔으니 좌절하지 않을 수 없었다. 두 건의 살인은 범인이 실수했을 확률도 두 배로 높아진다는 뜻이었는데. 이제 다시 원점으로 돌아온 그는 처음으로, 알렉스를 살해한 범인을 찾지 못할지도 모른다고 생각했다. 그러자 이상하게 슬퍼졌다. 왠지 자신이 누구보다도 알렉스를 잘 아는 것 같았다. 그녀의 어린 시절과 성폭행당한 뒤의 삶이 어땠는지 알게 되자 진심이 움직였다. 그는 지금까지 바랐던 그 무엇보다도 더 간절히 살인범을 찾을 수 있길 바랐다.

그러나 그는 현재 상황을 받아들여야 했다. 또다시 막다른 골목에 다다랐지만 어디로 가야 하는지, 어디를 살펴보아야 하는지 알 도리가 없었다. 파트리크는 당분간 그 생각을 하지 않으려고 애썼다. 지금은 에리카와 그녀의 여동생과 아이들을 보러 가는 길이고, 그것이야말로 오늘 저녁에 필요한 일이었다. 그 모든 불행 때문에 마음이 닳아서 해진 것 같았으니까.

❄

멜베리는 손가락으로 초조하게 컴퓨터를 두드렸다. 도대체 이 건방진 애송이는 어디 있는 거야? 여기가 무슨 빌어먹을 보육원이라고 생각하나? 아무 때나 왔다 갔다 하게? 물론 오늘은 일요일이지만, 이 사건이 완전히 해결되기 전에 하루 휴가를 낼 수 있다고 생각했다면 단단히 오해한 것이다. 뭐, 곧 그런 생각에서 깨어나게 해 주겠지만. 이 경찰서에서 중요한 것은 엄격한 규칙과 분명한 규율이었다. 훌륭하고 정직한 리더십. 이것은 시대를 풍미하는 표어였다. 만약 세상에 지도자 자질을 타고난 사람이 존재한다면, 그 사람은 바로 자신이었다. 어머니는 늘 그가 대단한 일을 해낼 것이라고 입버릇처럼 말씀하셨다. 어머니나 자신의 예상보다 좀 오래 걸리는 것 같다는 점은 인정해야겠지만, 그는 자신의 훌륭한 자질이 조만간 보상받으리라는 점을 의심치 않았다.

그렇기 때문에 이번 사건 수사가 진전을 보이지 않는다는 사실이 무척 실망스러웠다. 엎어지면 코 닿을 데 있는 절호의 기회를 잡을 수 있을 것 같은데, 이 형편없는 부하들이 조만간 결과를 내놓지 않으면 자신도 승진이나 예테보리 서 복귀 희망을 버리는 것이 나을 터였다. 게으름뱅이들. 부하들에게 딱 맞는 호칭이었다. 두 손과 손전등이 없으면 자기 엉덩이도 제대로 찾지 못하는 시골 경찰들. 그나마 젊은 경찰 파트리크 헤드스트룀에게 희망을 걸었지만, 그도 자신을 곧 실망시킬 듯했다. 아직도 예테보리에 다녀온 결과를 보고하지 않는 꼴을 보니 애꿎은 경비만 지출한 셈인 듯했다. 9시 10분인데 아직 코빼기도 보이지 않았다.

"안니카!"

열린 문을 향해 소리 질렀는데, 그녀가 한참 있다가 대답하는 바람에 더 짜증이 났다.

"네, 무슨 일이시죠?"

"헤드스트룀한테 소식 없나? 여태 따뜻한 침대에서 자고 있대? 뭐래?"

"그런 것 같지는 않은데요. 전화가 왔는데 오늘 아침에 자동차 시동이 안 걸려서 애를 좀 먹었지만 지금 오는 길이라고 했습니다."

그녀가 시계를 보았다.

"15분 정도면 도착할 거예요."

"도대체 뭐야, 여기까지 걸어올 수도 있잖아."

놀랍게도, 잠시 망설이는 안니카의 입가에 미소가 살짝 걸려 있었다.

"흠, 집에 있었던 것 같지는 않은데요."

"그럼 도대체 어디에 있었던 거야?"

"파트리크에게 직접 물어보셔야 할 거예요."

안니카가 뒤돌아서면서 말했다.

파트리크가 늦는 데 그럴 듯한 이유가 있다고 생각하니 왠지 더 짜증이 났다. 시동이 걸리지 않을 경우에 대비해서 미리 여유 있게 나왔으면 됐잖아?

15분 뒤, 파트리크가 조심스럽게 문을 두드리고 들어왔다. 그는 뺨이 벌게진 채 숨을 헐떡이고 있었지만, 상관을 거의 30분이나 기다리게 해 놓고도 뻔뻔하게 아주 즐겁고 활기차 보였다.

"이게 아르바이트라고 생각하는 거야, 뭐야? 그리고 어젠 도대체 어디에 있었나? 예테보리에 다녀온 건 이틀 전 아니었나?"

파트리크는 책상 건너편 방문자용 의자에 앉아서 멜베리의 질문 공세에 차분하게 대답했다.

"늦어서 죄송합니다. 오늘 아침에 자동차 시동이 걸리질 않아서 출발하는 데 30분이 넘게 걸렸습니다. 네, 그저께 예테보리에 다녀왔습니다. 먼저 그 얘기부터 보고하고 나서 제가 어제 뭘 했는지 말씀드리겠습니다."

멜베리는 마지못해 동의하면서 툴툴거렸다. 파트리크는 알렉스의 어린 시절에 관해 알아낸 것들을 역겨운 부분까지 모두 자세하게 말했다. 율리아가 알렉스의 딸이라는 말에, 멜베리는 아래턱이 가슴 쪽으로 툭 떨어지는 것을 느꼈다. 그런 이야기는 한 번도 들어 본 적이 없었다. 파트리크는 계속해서 칼 에리크가 응급실로 실려 갔고, 자신이 안데르스의 아파트에서 찾은 종이를 현장에서 분석했는데 자살하기 전에 쓴 유서로 밝혀졌다고 말했다. 그런 다음 자신이 어제 무엇을 왜 했는지 설명했다. 마지막으로는 평소답지 않게 조용한 멜베리를 위해 모든 이야기를 요약했다.

"그래서 두 건의 살인 사건 중 하나는 자살로 드러났고, 다른 하나는 누가 왜 그랬는지 아직 모르는 상탭니다. 알렉산드라의 부모가 해 준 이야기와 연관이 있다는 생각이 듭니다만, 제 생각을 뒷받침할 증거나 사실은 전혀 없습니다. 이제 제가 아는 모든 걸 아신 겁니다. 수사를 어떻게 진행할지 생각하신 게 있습니까?"

침묵을 지키던 멜베리는 가까스로 평정을 되찾았다.

"어, 거 참 놀라운 얘기로구먼. 나라면 25년 전에 일어난 옛 사건의 재탕보다는 그 여자랑 바람피운 남자한테 돈을 걸겠어. 알렉스의 바람 상대랑 얘기하되 이번엔 그놈을 좀 더 쥐어짜 보라고. 우리가 아는 기술 뒀다 뭐에 쓰겠나."

멜베리는 파트리크가 아이 아빠의 정체를 말하자마자 단을 용의자 목록 맨 위에 올렸다. 파트리크는 의심스럽게도, 너무 기꺼이 고개를 끄덕이고 의자에서 일어났다.

"아, 어, 잘했어, 헤드스트룀."

멜베리가 마지못해 말했다.

"지금 그거 조사할 건가?"

"물론입니다, 서장님. 당장 할 겁니다."

비꼬는 건가? 그러나 파트리크가 천진난만한 표정으로 자신을 바라보자 멜베리는 의심을 털어 버렸다. 저 친구는 경험자의 목소리를 알아들을 만큼 분별이 있는지도 몰라.

✻

하품하는 목적은 뇌에 더 많은 산소를 공급하는 것이다. 그러나 파트리크는 하품이 자신에게 도움이 되는지 매우 의심스러웠다. 그제는 집에서 밤잠을 이루지 못하고 뒤척거리느라 피곤했는데, 어제는 다수결에 따라 에리카와 같이 자지도 못했다. 그는 책상 위에 쌓여 있는 서류 더미—이제는 익숙해진—를 싫증난 얼굴로 바라보면서, 그것들을 전부 쓰레기통에 던져 넣고 싶은 충동을 억눌러야 했다. 이제 이 사건을 수사하는 것이 진심으로 지긋지긋했다. 실제로는 겨우 2주밖에 지나지 않았는데, 마치 한 달은 지난 것 같았다. 그동안 그렇게 많은 일이 일어났는데 수사는 이렇다 할 진전을 보이지 않았다. 안니카가 그의 사무실 앞을 지나가다가 눈을 비비고 있는 그를 보았다. 그녀는 파트리크에게 무척이나 필요한 커피 컵을 들고 돌아와서 그의 앞에 놓았다.

"진창에 빠진 느낌?"

"네, 지금은 상황이 좀 안 좋다고 해야겠네요. 하지만 내가 해야 할 일은 처음부터 다시 시작하는 것뿐이에요. 이 서류 더미 어딘가에 답이 있어요, 확실해요. 내게 필요한 건 이전에 놓친 아주 작은 단서 하나죠."

그는 체념했다는 듯 연필을 서류 더미 위로 가볍게 던졌다.

"다른 건요?"

"뭐가요?"

"내 말은, 일 말고 생활은 어떠냐는 거죠. 무슨 뜻인지 알면서."

"네, 안니카, 무슨 뜻인지 정확히 알죠. 뭘 알고 싶어요?"

"여전히 빙고예요?"

파트리크는 그녀의 말뜻을 정말 알고 싶은지 확신할 수 없었지만, 신중하지 못하게도 결국 물어보았다.

"빙고요?"

"네, 알잖아요. 한 줄에 다섯 개……."

그녀는 입술에 장난기 어린 미소를 머금은 채 사무실을 나가면서 문을 닫았다.

파트리크는 혼자 킬킬거렸다. 네, 어쩌면 그렇게 부를 수도 있겠네요.

그는 코앞에 닥친 일을 억지로 생각하며 연필로 머리를 긁었다. 딱 떨어지지 않는 점이 있었다. 베라가 한 이야기 중에 어떤 점이 맞아떨어지지 않는 듯했다. 그는 그녀와 이야기하면서 메모했던 공책을 꺼내 자신이 쓴 것을 순서대로 하나하나 꼼꼼히 살펴보았다. 한 가지 생각이 천천히 떠올랐다. 아주 사소한 것이었지만, 중요할지도 몰랐다. 그는 책상 위에 쌓인 서류 더미에서 종이를 한 장 빼냈다. 언뜻 엉망진창으로 보이는 책상이었지만, 그는 모든 것이 어디에 있는지 정확히 알았다.

파트리크는 그 종이를 대단히 꼼꼼하고 신중하게 읽어 본 다음 전화기로 손을 뻗었다.

"네, 안녕하십니까. 저는 타눔스헤데 경찰서의 파트리크 헤드스트룀이라고 합니다. 혹시 집에 계신가 해서요. 몇 가지 여쭤 볼 게 있거든요. 계실 거라고요? 아주 좋습니다. 그럼 제가 20분 있다가 그리로 가겠습니다. 정확히 어디에 사시죠? 피엘바카로 들어가는 길. 가파른 언덕을 지나서 바로 우회전하면 왼쪽에서 세 번째 집. 가장자리가 하얀 빨간 집이오? 좋습니다, 제가 찾을 수 있어야 할 텐데요. 못 찾으면 다시 전화하겠습니다. 곧 뵙죠."

파트리크는 20분이 채 지나지 않아 문 앞에 섰다. 그는 어렵지 않게 찾은 이 작은 집에서, 에일레르트가 가족과 함께 아주 오랫동안 살았으리라고 짐작했다. 문을 두드리자 거의 곧바로 문이 열리고 초췌해 보이는 여자가 나타났다. 그녀는 자신을 에일레르트의 아내인 스베아 베리라고 과장되게 소개한 뒤, 그를 자그마한 거실로 안내했다. 파트리크는 자신의 전화가 한바탕 난리를 일으켰다는 사실을 알아차릴 수 있었다. 질 좋은 도자기 그릇이 식당 테이블에 올라와 있었고, 일곱 가지 종류의 패스트리가 케이크 접시에 세 겹으로 쌓여 있었다. 이번 사건이 끝날 때쯤이면 뱃살이 두둑하게 쪄 있겠구먼. 파트리크는 한숨을 쉬었다.

스베아 베리는 왠지 모르게 싫었지만, 힘차게 악수하면서 활기차고 맑은 파란색 눈으로 자신을 바라보는 에일레르트 베리는 바로 좋아졌다. 파트리크는 맞잡은 손으로 느껴지는 에일레르트의 굳은살에서 그가 평생 열심히 일한 남자라는 사실을 알 수 있었다.

에일레르트가 일어나면서 소파 덮개에 주름이 지자, 인상을 잔뜩 찌푸린 스베아가 비난하는 눈초리로 남편을 쏘아보면서 주름을 폈다. 집 전체가 주름 하나 없이 반짝반짝 윤이 나서 사람 사는 집 같지가 않았다. 파트리크는 에일레르트가 안쓰러웠다. 자기 집에서 난감한 표정을 짓고 있는 그가.

파트리크를 마주 볼 때는 싹싹하게 미소 짓다가 남편에게는 힐난하듯 얼굴을 찌푸리는 스베아의 빠른 표정 변화는 거의 우스꽝스러울 지경이었다. 파트리크는 남편이 무슨 짓을 했기에 스베아가 저렇게 못마땅해하는지 궁금했다. 어쩌면 에일레르트의 존재 자체가 짜증나는 것인지도 몰랐다.

"자, 경관님, 앉아서 커피와 케이크 좀 드세요."

파트리크가 창문이 마주 보이는 의자에 순순히 앉자, 에일레르트가 건너편 의자에 앉으려고 움직였다.

"거긴 안 돼요. 에일레르트, 알면서 그래요. 저기 앉아요."

스베아는 독재자처럼 테이블 머리맡에 놓인 의자를 가리켰고, 에일레르트는 아내의 말을 공손히 따랐다. 파트리크는 스베아가 커피를 따르는 동시에 테이블보와 커튼의 보이지 않는 주름을 펴면서 길 잃은 영혼처럼 정신없이 돌아다니는 동안 집 안을 둘러보았다. 집은 실제와는 반대로 풍족해 보이고 싶어 하는 사람이 꾸민 듯했다. 주름 장식과 장미꽃 무늬 천지인 '전위적인' 디자인의 가짜 실크 커튼에서부터 은도금하거나 모조금으로 만든 자지레한 장식품까지 모든 것이 조악한 모조품이었다. 이 가짜투성이 집 안에서 에일레르트는 물 밖으로 나온 물고기처럼 보였다.

곤혹스럽게도, 파트리크는 금방 본론을 꺼내지 못했다. 스베아가 커피를 후루룩 마시면서 쉴 새 없이 재잘거렸기 때문이다.

"이 커피는 말이죠, 미국에 사는 제 여동생이 보내 준 거예요. 그 앤 거기서 부유한 남자와 결혼해선 늘 이렇게 좋은 선물들을 보내 준답니다. 이거 아주 비싼 거예요."

그녀는 대단히 뽐내면서 맵시 있게 장식된 커피 잔을 들어올렸다. 파트리크는 커피 가격에 회의가 들었지만 현명하게 아무 말도 하지 않기로 했다.

"물론 몸이 이렇게 약하지 않았다면 저도 미국에 갔을 거예요. 몸만 건강했어도 거기서 부유한 남자와 결혼했을지도 모르는데, 그렇질 못해서 50년 동안 이 오두막에서 썩고 있네요."

스베아는 자신의 말을 침착하게 귓등으로 흘리는 에일레르트에게 비난하는 시선을 던졌다. 보아하니 전에도 여러 번 들은 이야기 같았다.

"전 통풍(痛風)을 앓고 있어요. 경관님도 아셔야 해요. 관절이 전부 닳아서 아침부터 밤까지 고통스럽답니다. 제가 불평하는 사람이 아니니 다행이죠. 편두통도 심하니 불평할 일이 많을 법도 한데, 불평하는 건 제 천성이 아니거든요. 자기 고통을 차분하게 견뎌야 한다는 말도 있잖아요. '그렇게 약한 몸으로 하루하루 살아가다니 당신은 정말 강해요, 스베아.' 이런 얘길 얼마나 많이 들었는지 몰라요."

그녀는 겸손하게 눈을 내리깔면서 과시하듯 손을 비틀었는데, 문외한인 파트리크의 눈에는 통풍에 시달린 손으로 보이지 않았다. 탐욕스럽고 추악하기 짝이 없는 여자로군. 파트리크는 생각했다. 스베아는 싸구려 장신구로 온몸을 도배한 데다 화장도 무척 진하게 했다. 그녀의 외모에서 유일하게 긍정적인 점은, 적어도 이 집의 실내장식과 어울린다는 것이었다. 에일레르트와 스베아처럼 어울리지 않는 부부가 도대체 어떻게 50년 동안이나 결혼 생활을 유지할 수 있었을까? 아마도 그 세대의 분위기 때문이었으리라. 두 사람이 속한 세대에서 성격 차이 정도는 이혼 사유가 되지 못했다. 하지만 너무한 일이었다. 에일레르트는 인생을 살면서 별다른 즐거움을 누리지 못했을 터였다.

파트리크는 스베아가 쏟아내는 이야기를 멈추려고 헛기침을 했다. 그녀는 순순히 침묵하면서, 흥미진진한 소식을 들으려는 마음에 그의 입술을 뚫어지게 바라보았다. 파트리크가 이 집을 나가자마자 소문이 돌 게 뻔했다.

"저, 알렉산드라 비크네르의 시체를 발견하기 전의 일들에 관해 몇 가지 여쭙겠습니다. 집을 살피러 가셨을 때 말입니다."

파트리크는 말을 멈추고 에일레르트의 대답을 들으려고 기다렸다. 그러나 스베아가 먼저 입을 열었다.

"네, 정말 놀랐어요. 이이가 시체를 발견하다니. 사람들은 지난 몇 주 동안 그 얘기만 했죠."

그녀의 뺨이 흥분으로 빨갛게 달아오르자, 파트리크는 날카로운 말을 던지지 않도록 자제해야 했다. 그 대신 그는 교활하게 미소 지으면서 말했다.

"죄송하지만 부군과 잠깐 조용히 얘기할 수 있을까요? 사건과 직접 연관되지 않은 사람들이 없는 상황에서만 증언을 수집하는 게 경찰의 기본 규정이거든요."

새빨간 거짓말이었지만, 스베아는 한창 흥미진진한 가운데 쫓겨나게 되어 대단히 불쾌해하면서도 그의 권위를 받아들이고 마지못해 테이블에서 일어났다. 그 모습을 만족스럽게 지켜보던 파트리크는 곧바로 감사와 기쁨이 가득한 에일레르트의 시선을 상으로 받았다. 에일레르트는 재미있는 소문거리를 불명예스럽게 빼앗긴 스베아를 보면서 기쁨을 감추지 못했다. 그녀가 억지로 부엌에서 나가자 파트리크가 말을 이었다.

"자, 어디까지 얘기했죠? 네, 그 전 주에 알렉산드라 비크네르의 집에 가셨을 때 어땠는지 말씀해 주시면 되겠네요."

"그게 왜 중요하우?"

"아직 모르겠습니다. 하지만 중요할 수도 있어요. 그러니까 되도록 자세하게 말씀해 주셨으면 합니다."

에일레르트는 잠시 생각하는 동안, 세 개의 닻이 그려진 담뱃갑에서 조심스럽게 담배 가루를 꺼내 파이프에 채워 넣었다. 그는 파이프에 불을 붙이고 몇 번 빤 다음에야 입을 열었다.

"자, 어디 보자. 난 그 아가씨를 금요일에 발견했어요. 금요일 저녁마다 그 아가씨가 도착하기 전에 그 집으로 가서 별 문제가 없는지 확인했거든. 그러니까 내가 마지막으로 그 집에 간 건 그 전 주 금요일이었지. 아, 아니구면. 금요일에 우리 막내아들의 마흔 번째 생일 파티에 가야 해서, 목요일 저녁에 갔다오."

"그때 집은 어땠습니까? 이상한 점은 없습니까?"

파트리크는 흥분을 감추지 못했다.

"이상한 점?" 에일레르트는 파이프를 천천히 빨면서 생각했다. "아니, 아무 문제도 없었소. 집과 지하실을 다 둘러봤지만 모든 게 그대로였다오. 그 집에서 나올 때는 늘 그랬던 것처럼 조심스럽게 문을 잠갔지. 그 아가씨가 내게 열쇠를 줬거든."

파트리크는 계속 신경 쓰였던 점을 대놓고 물어볼 수밖에 없었다.

"난로는요? 작동되고 있었습니까? 집이 따뜻했나요?"

"아, 그럼, 물론이지. 그때는 난로에 아무 문제도 없었어요. 내가 다녀온 다음에 꺼진 게 틀림없어. 그런데 그게 왜 중요한지 모르겠구면. 난로가 언제 꺼졌냐는 거 말이지."

에일레르트가 입에 물고 있던 파이프를 잠시 뺐다.

"솔직히 말씀드리면 저도 그게 왜 중요한지 모르겠습니다. 하지만 도 와주셔서 감사합니다. 중요할지도 모르거든요."

"그냥 호기심에서 묻는 건데, 전화로 물어볼 수도 있지 않았나?"

파트리크가 미소 지었다.

"제가 좀 구식인가 봅니다. 전 전화하는 게 얼굴을 맞대고 말하는 것만 못하다고 생각하거든요. 가끔은 제가 100년 전에 태어났어야 하지 않았 나 하는 생각도 합니다. 이 모든 현대적인 물건들이 발명되기 전에요."

"말도 안 되는 소리야, 젊은이. 옛날이 더 좋았다는 쓰레기 같은 얘기 따윈 믿지 마쇼. 춥지, 가난하지, 아침 8시부터 해질 때까지 일해야 하지, 부러워할 게 하나도 없다니까. 난 현대 문명의 이기를 최대한 이용하고 있 지. 심지어 인터넷이 연결된 컴퓨터도 있다오. 나 같은 늙은이가 컴퓨터를 쓸 줄은 몰랐을 게야."

그가 다 안다는 듯 파이프로 파트리크를 가리켰다.

"실은 별로 놀라지 않았는데요. 저, 이제 가 봐야겠습니다."

"내가 도움이 좀 됐길 바라요. 군걸음한 게 아니어야 할 텐데."

"전혀요. 정확히 제가 바라던 정보를 얻었습니다. 부인의 훌륭한 패스 트리도 맛있게 먹었고요."

에일레르트는 내키지 않는다는 듯 코웃음을 쳤다.

"그래, 마누라가 빵 하난 잘 굽지. 내 그건 인정해요."

그는 그 말을 끝으로 조용해졌다. 50년 동안 고생한 것이 떠오르는 모 양이었다.

문에 귀를 대고 서 있었던 것이 분명한 스베아가 더 참을 수 없었는지 부엌으로 들어왔다.

"자아, 필요한 걸 다 알아내셨나요?"

"네, 감사합니다. 부군께서 아주 많이 도와주셨습니다. 커피와 맛있는 패스트리를 대접해 주셔서 감사합니다."

"뭘요. 맛있었다니 기쁘네요. 자, 에일레르트, 당신이 테이블을 치우고 있으면 내가 경관님을 문까지 바래다드릴게요."

에일레르트가 순순히 커피 잔과 접시를 모으자, 스베아는 파트리크를 현관문까지 배웅하면서 끊임없이 재잘거렸다.

"문을 꽉 닫으세요. 전 외풍을 못 견디거든요."

파트리크는 등 뒤로 문을 닫고 안도의 한숨을 쉬었다. 정말 무시무시한 여자군. 하지만 궁금했던 점은 확인했다. 이제 누가 알렉스 비크네르를 살해했는지 분명히 알았다.

❅

안데르스의 장례식 날은 알렉스 때보다 날씨가 좋지 않았다. 바람이 바깥으로 드러난 살을 할퀴고 사람들의 뺨을 추위로 붉게 물들였다. 파트리크는 최대한 옷을 따뜻하게 입었지만 무자비한 추위를 막기에는 역부족이었다. 그는 관이 무덤 속으로 천천히 내려가는 모습을 지켜보면서 덜덜 떨었다. 장례식은 짧고 음울했다. 몇 안 되는 사람들만 교회에 왔고, 파트리크는 뒷좌석에 조심스레 앉아 있었다. 앞에 앉은 사람은 오로지 베라뿐이었다.

그는 매장지까지 따라가야 할지 고민했지만, 마지막 순간에 그것이 안데르스를 위해 할 수 있는 최소한의 일이라고 결론 내렸다. 베라는 관을 매장하는 내내 표정을 바꾸지 않았지만, 그는 그녀의 슬픔이 그만큼 얕다고 생각하지 않았다. 그녀는 그저 감정을 공공연하게 드러내고 싶어 하지 않는 사람일 뿐이었다.

파트리크는 그런 그녀를 이해하고 동정했다. 어떻게 보면 감탄스럽기도 했다. 베라는 정말 강한 여인이었다.

장례식이 끝나자 몇 안 되는 참석자들이 뿔뿔이 흩어졌다. 베라는 고개를 숙인 채, 교회로 향하는 자갈길을 천천히 걸었다. 세차게 불어오는 차가운 바람 때문에 스카프를 머릿수건처럼 쓰고 있었다. 파트리크는 잠시 망설였다. 베라와의 거리가 점점 멀어지는 만큼 마음의 갈등이 심해졌지만, 결국 결단을 내리고 서둘러서 그녀를 따라잡았다.

"아름다운 장례식이었습니다."

그녀는 씁쓸하게 미소 지었다.

"안데르스의 장례식이 그 애 인생처럼 애처로웠다는 건 젊은이도 나만큼이나 잘 알 텐데요. 어쨌든 고맙네요. 그렇게 얘기해 주니."

베라의 목소리에는 오랫동안 쌓인 피로의 흔적이 묻어났다.

"난 정말 감사해야 할지도 몰라요. 몇 년 전이었다면 그 앤 교회 공동묘지에 묻히지 못했을 테니까요. 아마 교회의 신성한 땅 바깥에, 자살한 사람들을 위해 따로 마련된 자리에 묻혔을 거예요. 노인네들 중엔 자살하면 천국에 가지 못한다고 생각하는 사람들이 아직도 많거든요."

그녀는 잠시 침묵했다. 파트리크는 그녀가 말을 잇길 기다렸다.

"안데르스의 자살을 감추려고 한 일 때문에 법적으로 처벌받게 되나요?"

"아뇨, 그렇지 않을 거라고 장담할 수 있습니다. 아주머니께서 하신 일이 유감스럽고 그에 관한 법도 분명히 있긴 합니다만, 법적으로 처벌받진 않을 겁니다."

그들은 교회에서 얼마 떨어져 있지 않은 베라의 집 쪽으로 천천히 걸어갔다. 파트리크는 어떻게 말해야 할지 밤새 고민하다가, 잔인하지만 그럴듯한 방법을 생각해 냈다.

그는 무심하게 말했다.

"안데르스와 알렉스의 죽음에서 가장 비극적인 건 아이도 죽었다는 사실입니다."

베라가 고개를 홱 돌렸다. 그녀는 걸음을 멈추고 그의 소매를 움켜잡았다.

"무슨 아이요? 지금 무슨 소릴 하는 거예요?"

파트리크는 그 정보가 용케 알려지지 않았다는 사실에 감사했다.

"알렉산드라의 아이요. 살해당했을 때 임신 중이었거든요. 3개월째였습니다."

"헨리크의……."

베라는 말을 더듬었지만, 파트리크는 일부러 냉담하게 말을 이었다.

"남편의 아이는 아니었습니다. 그들은 몇 년 동안 전혀 관계하지 않았거든요. 아이 아버지는 알렉스가 피엘바카에서 만나던 사람인 것 같습니다."

그의 소매를 움켜잡은 베라의 주먹 관절이 하얗게 변했다.

"하느님, 맙소사. 아아, 하느님, 맙소사."

"네, 정말 잔인하죠. 태어나지도 않은 아이를 죽이다니. 부검 보고서에 따르면 남자 아이였답니다."

그는 내심 얼굴을 찌푸렸지만 더 말하지 않으려고 애쓰면서, 자신이 기대하는 반응이 나오길 기다렸다.

그들은 베라의 집에서 50미터 정도 떨어진 커다란 밤나무 아래 서 있었다. 파트리크는 베라가 갑자기 뛰는 바람에 깜짝 놀랐다. 그녀는 그 나이답지 않게 놀라운 속도로 빨리 뛰었고, 파트리크는 몇 초가 지나서야 충격에서 벗어나 그녀를 뒤쫓았다. 베라의 집에 도착한 그는 활짝 열린 현관문으로 조심스럽게 들어갔다. 화장실에서 흐느끼는 소리가 복도까지 들렸고, 다음 순간 격하게 토하는 소리가 들려왔다.

복도에 서서 그녀가 토하는 소리를 들으며 모자를 들고 기다리면 안 될 것 같다는 생각에, 젖은 신발을 벗고 코트를 건 다음 부엌으로 들어갔다. 몇 분 뒤 베라가 나왔을 때 부엌에서는 커피가 보글보글 끓고 있었고 테이블 위에는 두 개의 컵이 놓여 있었다. 그녀는 창백했고, 처음으로 눈물을 보였다. 눈가에서 약간 반짝이는 정도였지만 그것으로 충분했다. 베라는 부엌 의자에 뻣뻣하게 앉았다.

그녀는 몇 분 사이에 몇 년은 더 늙은 것처럼 느릿하게 움직였다. 파트리크는 커피를 따르면서 그녀가 몇 분 더 쉴 수 있게 배려했다. 그러나 자리에 앉는 순간 단호한 표정을 지으면서 그녀에게 진실을 말할 때가 되었다고 알렸다. 그녀는 파트리크가 다 안다는 사실을 알았다. 이제 되돌아갈 수 없었다.

"난 손자를 죽인 거군요."

파트리크는 그 말을 수사적인 질문으로 받아들이고 대답하지 않았다. 대답한다면 그는 거짓말을 할 수밖에 없을 터였다. 일단 여기까지 왔으니 물러날 수 없었다. 조만간 그녀도 진실을 알게 되겠지만, 그보다 먼저 파트리크 자신이 진실을 알아야 했다.

"전 아주머니께서 알렉스가 죽기 전 주에 그 집에서 있었던 일을 말씀하시면서 거짓말하셨을 때 범인이 누군지 알았습니다. 아주머니께선 얼어붙을 듯이 추운 집에 앉아 있었다고 하셨지만, 난로가 고장 난 건 그로부터 일주일 뒤였습니다. 알렉스가 죽은 주죠."

베라는 허공을 응시했는데, 파트리크의 이야기조차 듣지 못하는 것처럼 보였다.

"이상한 일이에요. 이제야 내가 다른 사람의 목숨을 빼앗았다는 게 실감이 나다니. 알렉산드라의 죽음은 별로 현실 같지 않았는데, 안데르스의 아이라니……. 그 애가 눈앞에 보이는 것 같네요."

"알렉스는 왜 죽어야 했습니까?"

베라는 손을 들어 올렸다. 모든 것을 털어놓되, 자신의 속도로 말할 생각이었다.

"추문이 났을 거예요. 사람들이 모두 안데르스를 손가락질하면서 수군거렸을 거고요. 난 내가 옳다고 생각한 일을 했어요. 그 애가 아직도 사람들의 비웃음거리가 될 줄 몰랐죠. 내 침묵이 그 앨 안에서부터 먹어 치우고 소중한 것들을 빼앗을 줄도 몰랐고요. 일은 아주 간단했어요. 칼 에리크가 내게 와서 무슨 일이 일어났는지 얘기했죠. 나한테 오기 전에 넬뤼와 이야기해서 둘이 합의했더군요. 온 마을 사람들이 그 일을 알게 되면 좋을 게 하나도 없었어요. 그 일은 우리의 비밀이 될 거고, 안데르스에게 무엇이 최선인지 안다면 나도 입을 다물 테죠. 그래서 입을 다물었고요. 난 계속 침묵을 지켰어요. 그러나 해가 갈수록 안데르스는 점점 더 많은 걸 빼앗겼어요. 매년 그 애만의 지옥에서 야위어 갔죠. 그런데 난 안데르스가 그렇게 되는 데 내가 한몫했다는 사실을 모르는 척했어요. 난 그 애 뒤치다꺼리를 하고 최대한 정성껏 돌봤지만, 이미 일어난 일을 사라지게 할 수는 없었죠. 침묵으론 과거를 되돌리지 못해요."

그녀는 커피를 벌컥벌컥 마시고 나서 파트리크에게 컵을 내밀었다. 그는 일어나서 커피포트를 가져와 그녀의 컵에 커피를 더 따랐다. 커피를 마시는 습관이 현실을 통제하는 데 도움이 되는 모양이었다.

"가끔은 침묵이 성폭행보다 더 나빴다는 생각이 들어요. 우린 그 일에 관해 한 번도 얘기하지 않았거든요. 이 집 안에서조차요. 그런데 이제야 그게 안데르스에게 어떤 의미였을지 알겠어요. 그 앤 내 침묵을 비난으로 받아들였을지도 몰라요. 그것만큼은 못 견디겠어요. 내가 그 일을 자기 탓으로 돌린다고 생각했을지도 모른다는 거요. 난 한순간도 그렇게 생각한 적이 없는데, 이젠 그 애가 내 맘을 알았는지 확인할 수도 없게 됐네요."

베라는 잠시 무너질 것 같은 모습을 보였지만, 곧 자세를 바로 하고 가까스로 말을 이었다. 파트리크는 그녀가 얼마나 애를 써야 하는지 그저 상상만 할 수 있을 뿐이었다.

"세월이 흐르면서 우린 일종의 균형을 찾았어요. 안데르스나 나나 삶이 비참하긴 마찬가지였지만, 우린 우리에게 무엇이 있고 서로 어디에 서 있는지 알았죠. 물론 그 애가 가끔 알렉스를 만나는 건 알았지만, 난 우리가 그 전처럼 살 수 있을 거라고 생각했어요. 그런데 안데르스가 그러더군요. 알렉스가 자기들에게 일어난 일을 드러내고 싶어 한다고요. 케케묵은 과거를 정리하고 싶다고 했나, 아마 그랬을 거예요. 그 앤 무심하게 얘기했지만, 난 감전된 것 같았어요. 알렉스가 이제 와서 오래된 비밀을 끄집어내면 모든 게 변할 테니까요. 그게 무슨 도움이 되겠어요? 또 사람들이 뭐라고 하겠어요? 안데르스는 아무렇지도 않은 척했지만, 난 그런 모습에 속지 않을 만큼 그 앨 잘 알았어요. 그 앤 나처럼 알렉스가 그 일을 공개하지 않길 바랐을 거예요. 난 알아요. 아니, 알았죠. 내 아들을."

"그래서 알렉스를 보러 가셨군요."

"네. 그 금요일 저녁에요. 알렉스를 타이를 수 있길 바랐죠. 우리 모두에게 영향을 미칠 일을 혼자서 결정할 순 없다고 설득하려 했어요."

"하지만 알렉스는 이해하지 못했군요."

베라는 씁쓸하게 미소 지었다.

"네, 이해하지 못했죠."

그녀는 파트리크가 첫 커피 컵을 반도 채 비우기 전에 두 번째 컵을 비웠지만, 이번에는 컵을 옆에 두고 테이블 위에 두 손을 포갰다.

"난 알렉스에게 간청했어요. 과거의 일을 공개하면 안데르스가 얼마나 힘들어하겠냐고 얘기했죠. 하지만 그 앤 내 눈을 똑바로 쳐다보면서 그러더군요. 난 안데르스가 아닌 나 자신만 생각하고 있다고. 안데르스는 이제라도 그 일을 드러내는 게 기쁠 거라고. 안데르스는 우리에게 잠자코 있으라고 부탁하지 않았고, 나와 넬뤼와 칼 에리크와 비리트가 모든 것을 비밀로 할 때 자기들을 배려하지 않았다고. 우린 우리 평판을 더럽히지 않는 데만 관심이 있었다고. 어쩌면 그렇게 뻔뻔스러운지!"

베라의 눈에서 불타오른 분노는 순식간에 꺼졌고, 무심하고 생기 없는 표정으로 돌아가서 단조로운 목소리로 말을 이었다.

"그렇게 괘씸한 주장을 들으니 내 안의 감정이 폭발하더군요. 난 지금까지 모든 일을 할 때 안데르스에게 가장 득이 되도록 했거든요. 머릿속에서 뚜껑 열리는 소리가 들리는 것 같았어요. 그래서 무턱대고 행동한 거죠. 알렉스가 부엌으로 들어갔을 때 내 핸드백에 있던 수면제 몇 알을 부스러뜨려서 그 애의 사과주스 잔에 넣었어요. 그 앤 내가 왔을 때 와인을 한 잔 따라 줬죠. 알렉스가 자리로 돌아오자 난 그 애 말을 받아들이는 척하면서 떠나기 전에 친구로서 건배를 하자고 했어요. 그 앤 내 말에 고마워하는 것 같았고 나는 와인을, 그 앤 사과주스를 마셨어요. 그러곤 잠시 후 소파에서 잠들었죠. 난 뭘 해야 할지 미리 생각하지 못했어요. 수면제는 충동적으로 넣었지만, 그 애가 자살한 것처럼 보이게 해야겠다는 생각이 들더군요. 갖고 있던 수면제가 충분치 않아서 치사량을 먹일 수는 없었거든요. 유일하게 생각해 낸 게 손목을 긋는 거였어요. 욕조에서 손목을 긋는 사람들이 많다는 걸 알았기 때문에, 그럴 듯해 보였죠."

그녀의 목소리는 단조로웠다. 마치 살인이 아니라 지극히 평범한 일상사를 말하는 것 같았다.

"난 그 애의 옷을 다 벗겼어요. 오랫동안 청소하는 일을 해서 팔 힘이 세니까 그 앨 들어 올릴 수 있을 거라고 생각했는데, 도저히 못하겠더군요. 그래서 화장실까지 질질 끌고 가서 욕조에 넣었죠. 그런 다음 약장에서 찾은 면도칼로 양쪽 손목을 그었어요. 일주일에 한 번씩 몇 년 동안 집을 청소한 덕분에, 뭐가 어디에 있는지 속속들이 알았거든요. 난 내가 마신 와인 잔을 씻고 불을 끈 다음, 문을 잠그고 여분의 열쇠를 원래 있던 자리에 돌려놨어요."

파트리크는 떨렸지만, 억지로 목소리를 차분하게 냈다.

"지금 저랑 같이 가셔야 하는 거 아시죠? 제가 지원을 요청할 필요는 없겠죠?"

"그럴 필요 없어요. 몇 가지 가져갈 것 좀 챙겨도 될까요?"

그는 고개를 끄덕였다.

"네, 괜찮습니다."

그녀는 일어서서 부엌을 나가다가 문간에서 뒤돌아보았다.

"그 애가 임신한 줄 내가 어떻게 알았겠어요? 물론 와인을 전혀 안 마시긴 했지만, 임신해서 그러는 건진 몰랐어요. 그냥 술을 적당히 마시거나, 운전할 일이 있나 보다 했죠. 내가 어떻게 알았겠어요? 나로선 그 사실을 알 수가 없었어요, 그렇죠?"

파트리크는 베라의 애원하는 목소리에 그저 말없이 고개를 끄덕일 수밖에 없었다. 때가 되면 아이가 안데르스의 자식이 아니라고 말하겠지만, 당분간은 그들이 확립한 신뢰의 균형을 깨뜨리고 싶지 않았다. 알렉산드라 비크네르 사건을 영원히 종결하기 전에 베라가 이야기를 들려주어야 할 사람들이 몇 명 더 있었다. 하지만 신경에 거슬리는 점이 있었다. 베라가 아직 모든 것을 말하지 않았다는 직감이 들었다.

나중에 파트리크는 안데르스가 세상에 남긴 마지막 메시지인 편지 사본을 들고 나와 차에 탔다. 그는 안데르스가 쓴 편지를 천천히 읽으면서, 글 뒤에 숨겨진 고통이 얼마나 극심한지 다시 한 번 느꼈다.

삶이 얄궂게 느껴질 때가 많았다. 손가락과 눈으로 아름다움을 창조할 수 있는 반면, 그 외의 것으로는 추함과 파괴만 창조할 수 있는 내 삶이. 그 때문에 마지막으로 내 그림들을 없애려고 하는 것이다. 내 삶에 일종의 일관성을 부여하기 위해서. 어울리지 않게 괜히 복잡한 사람처럼 보이느니, 일관성 있게 더러운 것만 남기고 가는 게 낫겠지.

사실 나는 아주 단순하다. 내가 하고 싶었던 일이라곤 오로지 내 삶에서 몇 달의 시간과 몇 가지 사건을 지우는 것뿐이었다. 그 정도면 많은 걸 바란 게 아니었다고 생각한다. 어쩌면 나는 그런 일을 당할 만했는지도 모른다. 전생에 아주 나쁜 짓을 한 탓에 이번 생에서 그 대가를 치러야 했는지도 모른다. 그렇다고 달라지는 건 없지만, 내가 무슨 일에 대한 대가를 치르고 있는지 알았으면 좋았을 거라는 생각이 든다.

오랫동안 의미도 없었던 삶을 왜 하필 지금 마감하느냐고 물을 텐가? 그래, 마음대로 얘기해라. 왜 하필 그 시점에 그런 걸까? 알렉스를 너무 사랑해서 살아갈 의미를 전부 잃어버린 걸까? 아마 그렇게 설명하려고 하는 사람들도 있을 것이다. 난 그게 전적으로 사실일지 잘 모르겠다. 죽음은 오랫동안 함께 산 친구지만, 이제야 준비가 되었다고 느낀다. 알렉스가 죽었다는 사실이 나를 자유롭게 풀어 줬는지도 모른다. 그녀는 언제나 잡을 수 없는 사람이었다. 그녀의 껍데기를 아주 살짝 우그러뜨리는 것조차 불가능했다. 그녀가 갑자기 죽을 수 있다는 사실을 안 덕분에 나도 똑같이 갈 수 있다는 걸 깨달았다. 나는 오랫동안 준비되어 있었다. 이제 남은 건 올라가는 것뿐이다.

날 용서해, 엄마.

안데르스

그는 일찍 또는 사람들이 말하듯이 한밤중에 일어나는 버릇을 고치지 못했다. 그런데 그 버릇이 지금은 아주 쓸모 있었다. 새벽 4시에 일어났을 때 스베아는 아무 반응도 보이지 않았지만, 그는 만약을 대비해서 옷을 손에 들고 계단을 살금살금 조심스럽게 내려갔다. 에일레르트는 거실에서 조용히 옷을 입고 찬장 맨 뒤에 신경 써서 숨겨 둔 여행 가방을 꺼냈다. 그는 몇 달 동안 이 일을 계획하면서, 아무것도 운에 맡기지 않았다. 오늘은 남은 생의 첫날이었다.

차는 추운 날씨에도 한 번 만에 시동이 걸렸다. 새벽 4시 20분, 에일레르트는 지난 50년 동안 산 집을 뒤로했다. 그는 모두 잠든 피엘바카를 통과했다. 오래된 방앗간을 지나 딩글레 방면으로 접어들 때까지 액셀러레이터를 세게 밟지 않았다. 예테보리 란드베테르 공항까지는 족히 200킬로미터나 됐지만, 서두르지 않았다. 스페인행 비행기는 오전 8시나 되어야 떠날 테니까.

그는 마침내 자신이 원하는 삶을 살게 될 터였다.

에일레르트는 오랫동안, 몇 년에 걸쳐서 이 일을 계획했다. 해가 갈수록 온몸이 더 심하게 쑤시고 아팠고, 스베아와 함께하는 삶도 점점 절망스러워졌다. 그는 자신에게 더 나은 삶을 기대할 자격이 있다고 생각했다. 그래서 인터넷으로 코스타 델 솔의 작은 마을에서 자그만 보트하우스를 한 채 찾았다. 그 집은 해변과 관광지에서 약간 떨어져 있어서 비싸지 않았다. 그는 이메일을 보내서, 자신이 원하면 1년 내내 살 수 있는지 확인했다. 집주인 여자는 그렇게 하면 가격을 더 낮춰 주겠다고 했다. 눈에 불을 켜고 자신의 일거수일투족을 감시하는 스베아에게 들키지 않고 돈을 모으는 데는 오랜 시간이 걸렸지만, 마침내 성공했다. 그는 검소하게 살면 지금까지 모은 돈으로 2년은 먹고살 수 있으리라고 생각했다. 그 뒤에는 다른 방법을 찾아야겠지만, 지금은 아무것도 자신의 열의를 누를 수 없었다.

에일레르트는 50년 만에 처음으로 자유롭다고 느꼈고, 기쁨에 겨워 낡은 볼보에 휘발유를 좀 더 넣었다. 차는 장기 주차장에 세워 둘 생각이었다. 스베아는 차가 어디에 있는지 곧 알게 될 터였다. 그래도 상관은 없었지만. 운전면허를 따지 않은 그녀는 어디 갈 때마다 자신을 무보수 운전기사로 부려 먹었다. 유일하게 마음에 걸리는 것은 자식들이었다. 그러나 녀석들은 늘 자신의 자식들이라기보다는 스베아의 자식들이었고, 슬프게도 자라면서 그녀처럼 인색하고 좀스러워졌다. 그렇게 된 데는 부분적으로 그의 책임도 있었다. 늦게까지 일한 데다 웬만하면 집에 들어가지 않으려고 오만 가지 이유를 다 댔기 때문이다. 그는 란드베테르 공항에서 자식들에게 자신은 자유의지로 떠난 것이니 걱정하지 말라고 엽서를 써서 보내기로 마음먹었다. 자식들이 경찰을 대대적으로 동원해서 자신을 찾아내려고 애쓰는 것도 바라지 않았기 때문이다.

그는 어둠 속에서 텅 빈 도로를 달리며 고요함을 만끽하려고 라디오도 켜지 않았다. 자신의 삶이 시작되고 있었으므로.

❄

"난 이해가 잘 안 돼. 베라 아주머니가 25년 전에 알렉스와 안데르스가 성폭행당한 일이 알려질까 봐 알렉스를 살해했다니 믿을 수가 없어."

에리카는 생각에 잠겨 와인 잔을 빙빙 돌렸다.

"작은 마을에서 풍파를 일으키지 않으려는 욕망을 과소평가하면 안 돼. 옛날에 두 사람이 성폭행당했다는 얘기가 알려지면, 사람들이 손가락질할 이유가 새로 생기잖아. 그런데 난 안데르스를 위해서 그렇게 했다는 베라 아주머니의 말을 믿지 않아. 안데르스가 자신과 알렉스에게 일어난 일을 모든 사람이 알게 되길 바라지 않았다는 말은 사실일지도 모르지. 하지만 사람들이 등 뒤에서 수군거리는 걸 참을 수 없었던 사람은 내가 보기엔 아주머니 자신이야. 특히 안데르스가 어릴 때 성폭행을 당했을 뿐만 아니라, 그의 어머니가 아무 조치도 취하지 않았다는 사실, 정확히 말해서 모든 것을 덮어 버리는 데 한몫했다는 사실이 알려진다고 생각해 봐. 난 베라 아주머니가 그런 치욕을 참을 수 없었던 거라고 생각해. 아주머닌 알렉스가 생각을 바꾸지 않으리라는 걸 깨닫고 충동적으로 살해했어. 충동이 치밀하고 냉혹하게 드러난 셈이지."

"지금은 어때? 이제 범인이라고 밝혀졌잖아."

"놀랄 정도로 차분해. 아이 아버지가 안데르스가 아니라고 했더니 아주 안심하는 눈치더라고. 태어나지도 않은 손자를 살해한 게 아니니까. 이제 자신에게 무슨 일이 일어나든 상관하지 않는 것 같아. 그럴 이유가 없잖아? 아들은 죽었고, 친구도 없고, 삶도 없는데. 모든 게 밝혀졌으니 더 잃을 게 없어. 자유밖에. 지금은 그것도 별 의미가 없어 보이고."

그들은 파트리크의 아파트에서 저녁식사를 함께한 뒤 와인을 마시고 있었다. 에리카는 평화로운 고요를 만끽했다. 안나와 아이들이 집에 머무는 것은 좋았지만 숨이 막힐 때도 있었는데, 오늘이 바로 그런 날이었다. 파트리크는 하루 종일 심문하느라 바빴지만, 일이 끝나자 작은 여행 가방을 챙긴 그녀를 데리러 왔다. 이제 그들은 한평생 열심히 일한 노부부처럼 소파에 웅크리고 앉아 있었다.

에리카는 눈을 감았다. 이 순간이 멋지다고 생각했지만 두렵기도 했다. 모든 것이 너무 완벽해서, 이제 내리막길만 남은 건지도 모른다는 생각이 들었다. 스톡홀름으로 돌아가면 어떻게 될지는 생각하고 싶지 않았다. 그녀와 안나는 암묵적인 합의라도 한 듯 며칠 동안 집 문제를 언급하지 않았다. 아직 그 문제를 생각하지 않기로 결정한 것이다. 에리카는 안나가 중요한 결정을 내릴 수 있는 상태가 아니라고 생각하고 그 문제를 내버려 두었다.

그러나 오늘밤에는 미래를 생각하고 싶지 않았다. 내일을 생각하는 대신 지금 이 순간을 최대한 즐기려고 노력하는 것이 더 나으리라. 그녀는 우울한 생각을 모두 밀어냈다.

"나 오늘 출판사 사람이랑 얘기했어. 알렉스에 관한 책 얘길 간단히 했지."

"그쪽에선 뭐래?"

파트리크의 궁금해하는 눈빛이 에리카에게 기쁨을 선사했다.

"아주 멋진 생각이라고 하면서 당장 초고를 보내 달라고 하더라. 셀마 라예를뢰프 전기 쓰던 걸 마쳐야 하지만, 출판사에서 시간을 한 달 더 줬어. 그래서 9월까지 전기를 끝내기로 약속했지. 두 가지 작업을 동시에 할 수 있을 것 같아. 지금까지 진도가 꽤 잘 나가고 있거든."

"출판사에서 법적인 문제에 관해선 뭐라고 했어? 알렉스의 가족에게 고소당할 위험이 있다고 생각한대?"

"출판의 자유에 관한 법은 아주 분명해. 내겐 그 사람들의 동의가 없어도 알렉스에 관해 쓸 권리가 있어. 물론 알렉스의 가족이 이 계획과 책에 날 지지해 주길 바라. 알맹이 없는 선정적인 얘긴 정말 쓰고 싶지 않거든. 실제로 무슨 일이 일어났는지, 알렉스는 어떤 사람이었는지 쓰고 싶은 거지."

"그러면 시장성은 어때? 이런 책에 관심 있는 독자들이 있을 것 같대?"

파트리크의 눈은 빛나고 있었다. 에리카는 그가 자신의 일에 이렇게 열렬한 관심을 보이는 것이 기뻤다.

"우린 관심 있는 독자들이 꽤 많을 거라고 생각해. 미국에는 실제로 일어난 범죄에 관한 책들을 읽고 싶어 하는 독자가 무척 많아. 그쪽에서 가장 인기 있는 작가는 앤 룰인데, 그 사람 책은 몇 백만 부가 팔려 나갔어. 스웨덴에선 사실상 새로운 장르지. 비슷한 책이 몇 권 있긴 해. 몇 년 전에 출간된, 의사와 병리학자 사건에 관한 책 같은 거 말이야. 하지만 그건 순수하게 실제 범죄를 다룬 책이 아냐. 난 앤 룰처럼 자료 조사에 공을 들이고 싶어. 사실을 확인하고 관련된 사람들을 인터뷰한 다음, 실제로 일어난 사건에 최대한 가깝게 책을 쓰는 거지."

"알렉스의 가족이 인터뷰에 응할 거라고 생각해?"

"모르겠어."

에리카는 손가락으로 머리카락을 비비 꼬았다.

"정말 모르겠어. 그래도 분명히 물어볼 거야. 만약 인터뷰하고 싶지 않다고 하면 어떻게든 다른 방법을 찾아야겠지. 난 벌써 많은 걸 알고 있으니까 아주 유리하긴 해. 사실 알렉스의 가족에게 인터뷰를 요청하는 게 좀 망설여지는데, 어차피 해야 할 일이니까, 뭐. 이 책이 잘 팔리면 계속해서 흥미로운 법률 사건들에 관한 책을 쓰고 싶어. 그러려면 관련된 사람들에게 약간 뻔뻔해지는 데 익숙해져야겠지. 그것도 책 쓰는 일의 일부니까. 또 난 사람들이 자신의 관점에서 말하고 싶어 한다고 생각해. 희생자의 관점에서든 범인의 관점에서든."

"다른 말로 하면, 베라 아주머니와도 이야기해 볼 생각이라는 거지?"

"응, 물론이야. 아주머니가 인터뷰에 응할진 모르지만, 어쨌든 시도는 해 보려고. 아주머닌 얘기를 할지도 모르고, 안 할지도 몰라. 내가 강요할 순 없는 일이니까."

에리카는 상관없다는 듯 어깨를 으쓱했지만, 베라의 이야기를 포함하면 분명 더 좋은 책이 나올 터였다. 지금까지 그녀가 쓴 것은 단지 개요일 뿐이었고, 이제부터는 뼈대에 살을 붙여야 했다.

"넌 오늘 어땠어?"

에리카는 소파에서 몸을 약간 돌려 파트리크의 무릎에 다리를 올렸다. 그녀가 무엇을 원하는지 알아차린 그는 고분고분하게 그녀의 발을 마사지하기 시작했다.

"이제 경찰서에서 대단한 영웅이 됐겠네?"

파트리크는 그렇지 않다는 뜻으로 한숨을 깊이 내쉬었다.

"아니, 설마 멜베리가 마땅히 공을 받아야 할 사람에게 공을 돌릴 거라고 생각하진 않겠지? 서장은 오늘 하루 종일 신문실과 온갖 기자회견 자리를 왔다 갔다 했어. 기자들과 인터뷰하면서 가장 자주 쓴 대명사는 '저'였지. 멜베리가 내 이름을 언급했으면 내가 놀랐을 거야. 하지만 알게 뭐야, 젠장. 누가 신문에서 자기 이름을 보고 싶어 하겠어? 어제 살인범을 체포했으니까 그걸로 충분해."

"너무 고상한 척하는데?"

에리카는 장난스레 그의 팔을 툭 쳤다.

"인정할 건 인정해. 우르르 몰려온 기자들을 상대로 마이크 앞에 서서, 자랑스럽게 가슴을 펴고 범인의 정체를 어떻게 알아냈는지 말하고 싶었다고 말이지."

"알았어. 지역 신문에 내 얘기가 아주 조금이라도 언급되면 꽤 기분 좋겠지. 그렇지만 그럴 일은 없을 거야. 멜베리가 모든 공을 빼앗아 갈 테니까. 내가 할 수 있는 일은 하나도 없어."

"서장이 그렇게 가고 싶어 하던 예테보리 서로 돌아갈 것 같아?"

"그렇게 되면 얼마나 좋겠어. 하지만 예테보리 서장은 멜베리를 여기로 보내고 아주 기뻐하는 것 같단 말이지. 멜베리는 은퇴할 때까지 여기에 있을지도 몰라. 우린 아주 멀게만 느껴지는 그날이 올 때까지 참고 견뎌야 할 테고."

"불쌍한 파트리크."

에리카가 그의 머리를 쓰다듬자, 그는 그것을 신호로 갑자기 달려들어 그녀를 소파에 넘어뜨렸다.

와인 때문에 팔다리가 무거웠고, 파트리크의 몸에서 뿜어 나오는 열기가 서서히 전해졌다. 그의 숨결이 거칠어졌다. 그러나 에리카는 아직 물어보고 싶은 것이 있었다. 그녀는 버둥거리면서 일어나 앉았고, 적당히 힘을 주어 그를 원래 앉아 있던 구석으로 밀어냈다.

"그냥 그걸로 만족해? 예컨대, 닐스의 실종 사건은 어떻게 되는 거야? 베라 아주머니에게서 알아낸 거 없어?"

"없어. 아주머닌 그 사건에 관해선 아는 게 없다고 주장하더라고. 하지만 유감스럽게도 난 아주머닐 믿지 않아. 내 생각에 아주머닌 단순히 안데르스가 닐스에게 성폭행당했다는 사실이 알려질까 봐 두려워하는 게 아니야. 더 심각한 이유가 있는 것 같아. 아주머닌 닐스에게 일어난 일을 분명히 알지만, 무슨 일이 있어도 비밀을 지키려는 것 같아. 이건 내 추측일 뿐이지만 마음에 걸리는 게 사실이야. 사람이 연기처럼 사라질 순 없는 법이니 닐스는 어딘가에 있을 거고, 그가 어디 있는지 아는 사람도 있을 거야. 하지만 생각하는 게 있긴 해."

파트리크는 일어났을 법한 일들을 차근차근 짚어 가면서 자신의 생각을 뒷받침하는 상황들을 설명했다. 집이 따뜻한데도 몸서리가 쳐졌다. 이야기는 믿을 수 없었지만, 이상하게 그럴 듯했다. 그는 자신의 이야기를 결코 증명할 수 없을 터였다. 혹 증명할 수 있다고 해도 아무 도움이 되지 않을 테고. 너무 오랜 세월이 지났다. 또 이미 너무 많은 사람들이 희생되었다. 거기에 한 사람 더 추가해 봐야 무슨 소용이 있겠는가.

"이게 어떤 결과도 내지 못할 거라는 건 알아. 하지만 알고 싶어, 날 위해서. 이 사건을 몇 주 동안 수사했으니 이제 해답을 찾고 싶어."

"그럼 어떻게 하려고? 네가 할 수 있는 게 뭔데?"

파트리크는 한숨을 쉬었다.

"그냥 몇 가지 물어볼 거야. 호랑이 굴에 들어가야 호랑이를 잡지, 안 그래?"

에리카는 그를 살피듯 바라보았다.

"별로 좋은 생각은 아닌 것 같지만, 네가 가장 잘 알겠지."

"나도 그러길 바라. 우리 이제 죽음과 슬픔은 잊어버리고 서로에게 집 중할까?"

"그거 멋진 생각인걸."

그는 다시 그녀의 위로 기어올랐고, 이번에는 그녀도 그를 밀어내지 않 았다.

❄

파트리크가 집에서 나올 때 에리카는 여전히 자고 있었다. 그는 차마 그녀를 깨울 수가 없어서 조용히 일어나 옷을 입고 떠났다.

그는 오늘의 만남을 약속할 때 놀라기도 했지만 조심스레 기대하기도 했다. 조건은 사람들의 눈을 피해서 만나자는 것이었고, 파트리크는 흔쾌 히 동의했다. 화요일 아침 7시에 일어난 이유는 그 때문이었다. 어둠 속에 서 피엘바카로 운전해 가는 동안 마주친 차는 고작해야 몇 대뿐이었다. 그 는 '베뫼'라고 쓰인 표지판에서 옆길로 빠진 다음, 조금 더 가서 주차장에 차를 세웠다. 그의 차를 제외하면 주차장은 텅 비어 있었다. 파트리크는 기다렸다. 10분 뒤, 차 한 대가 주차장으로 들어와 옆자리에 섰다. 운전자는 차에서 내리더니 파트리크의 차 조수석 문을 열고 들어왔다. 그는 히터를 끄지 않으려고 시동을 켜 놓았다. 히터가 꺼지면 금세 꽁꽁 얼어붙을 테니까.

"어둠을 틈타서 이렇게 몰래 만나는 거, 꽤 흥분되는데요. 제 유일한 질문은 '왜?' 입니다."

얀은 지극히 편안해 보였지만, 궁금하다는 표정을 짓고 있었다.

"전 수사가 종결됐다고 생각했는데요. 알렉스를 살해한 범인은 잡지 않으셨나요?"

"네, 잡았죠. 하지만 여전히 잘 들어맞지 않는 것들이 몇 가지 있어서 마음에 걸립니다."

"그렇군요. 정확히 뭐가 들어맞지 않는 겁니까?"

얀의 얼굴은 아무 감정도 드러내지 않았다. 파트리크는 이렇게 터무니없이 이른 시간에 일어나 여기까지 와서 아무것도 건지지 못하면 어쩌나 하는 생각이 들었다. 그러나 여기까지 왔으니, 자신이 시작한 일을 끝내는 것이 나을 터였다.

"들으셨는지 모르겠지만, 알렉산드라와 안데르스는 로렌트 씨 당신의 이복형 닐스에게 성폭행당했습니다."

"네, 얘기 들었습니다. 끔찍하죠. 특히 어머니를 생각하면요."

"어머니께는 새로운 소식이 아니라고 해도요. 어머님은 벌써 알고 계셨죠."

"물론 알고 계셨죠. 어머닌 당신이 아는 유일한 방식으로 일을 처리하셨습니다. 최대한 신중하게 말이죠. 가문의 이름을 더럽혀서는 안 됐으니까요. 다른 것들은 부차적인 문제였습니다."

"로렌트 씨는 어떻게 생각하십니까? 형님이 소아성애자였고 어머님이 그걸 알면서도 형님을 보호하셨다는 사실 말입니다."

얀은 파트리크의 질문에 흔들리지 않았다. 그는 보이지 않는 먼지를 옷 깃에서 털어 냈다. 그러더니 잠시 생각한 다음 한쪽 눈썹을 올리면서 대답했다.

"물론 전 어머니를 이해합니다. 어머닌 당신이 할 수 있는 유일한 일을 행동으로 옮기신 겁니다. 일은 이미 벌어졌잖습니까?"

"네, 그렇게 볼 수도 있겠죠. 하지만 문제는 그 사건이 일어난 뒤 닐스가 어디로 갔느냐는 겁니다. 식구 중에 형님 소식을 들은 사람이 있습니까?"

"그 문제로 말씀드리자면, 저흰 선량한 시민답게 당연히 경찰에 신고했습니다."

얀은 알아차리기 힘들 만큼 교묘하게 빈정거렸다.

"하지만 전 형님이 왜 사라졌는지 이해할 수 있습니다. 여기 있어서 좋을 게 뭐가 있겠습니까? 자신이 어떤 사람인지 어머니께 들킨 데다, 학교에서 일을 계속할 수도 없었죠. 어머니께서 그렇게 조치하셨으니까요. 그래서 형님은 떠난 겁니다. 아마 소년 소녀들에게 쉽게 접근할 수 있는 어느 더운 나라에 살고 있을 거예요."

"전 그렇게 생각하지 않습니다."

"어이쿠, 저런. 왜죠? 어디 벽장에서 유명한 해골이라도 찾으셨습니까?"

파트리크는 얀의 놀리는 듯한 말투를 무시했다.

"아뇨, 찾지 못했습니다. 하지만 생각하는 게 하나 있습니다."

"두근두근하는데요."

"전 닐스가 알렉스와 안데르스만 성폭행하지는 않았다고 생각합니다. 주된 피해자는 가까이 있는 사람이었을 겁니다. 닐스가 가장 쉽게 접근할 수 있는 사람 말이죠. 전 당신도 성폭행당했다고 생각합니다."

파트리크는 처음으로 얀의 반짝반짝 세련된 외모에 금이 가는 모습을 보았다고 생각했지만, 다음 순간 얀은 평정을 되찾았다—아니면, 적어도 그렇게 보였다.

"흥미로운 추측이군요. 근거가 뭡니까?"

"별로 없다고 해야겠습니다. 하지만 전 당신들 세 사람을 잇는 연결 고리를 발견했습니다. 어린 시절에서 말이죠. 지난번에 뵈러 갔을 때 로렌트 씨 사무실에서 작은 가죽 조각을 봤습니다. 꽤 중요한 것 같더군요. 그렇지 않습니까? 그건 어떤 걸 상징하는 거죠. 어떤 약속, 연대, 피의 맹세. 로렌트 씨는 그걸 25년도 넘게 보관하셨습니다. 안데르스와 알렉스도 마찬가지였고요. 가죽 조각 뒷면에는 피로 찍은 지문 얼룩이 있더군요. 그것 때문에 당신들 세 사람이 아이들 특유의 감상적인 방식으로 피의 맹세를 했다고 생각한 겁니다. 또 앞면에는 불로 태운 글자가 새겨져 있더군요. T.T.M. 그건 무슨 뜻인지 알아내지 못했습니다. 로렌트 씨가 절 도와주실 수 있을 것 같은데요?"

파트리크는 얀의 내면에서 서로 다른 두 개의 힘이 말 그대로 격렬하게 싸우는 모습을 볼 수 있었다. 상식적으로는 아무 말도 하지 말아야 했지만 비밀을 나누고 싶은 욕망, 즉 다른 사람에게 비밀을 털어놓고 싶은 충동도 무시할 수 없었다. 파트리크는 얀의 자만심을 의심하지 않았고, 이 남자가 자신의 이야기를 흥미롭게 들어줄 사람에게 흥금을 털어놓지 않고는 못 배기리라고 장담했다. 그는 얀의 결정을 부추기기로 마음먹었다.

"오늘 여기서 하는 모든 얘기는 우리 둘 외에는 아무도 모를 겁니다. 제 겐 25년 전에 일어난 일을 추적할 힘도, 방법도 없거든요. 설사 추적하려 고 해도 증거를 찾기가 힘들 겁니다. 그러니 이건 저 개인을 위한 거죠. 전 알아야겠습니다."

파트리크의 말은 얀에게 너무나도 유혹적이었다.

"'삼총사(The Three Musketeers)', 그게 'T.T.M.'의 뜻입니다. 바보 같 고 우스꽝스러울 정도로 낭만적이지만, 우린 스스로 그렇게 생각했어요. 우리 대(對) 세상이죠. 우린 함께 있을 때 우리에게 일어난 일을 잊을 수 있 었습니다. 서로 그 얘길 한 적은 없지만, 그럴 필요가 없었죠. 우린 말하지 않아도 이해했으니까요. 우린 서로에게 늘 충실하겠다고 약속했습니다. 깨진 유리조각으로 손가락을 그어서 낸 피를 한데 섞은 다음 그 글자와 함 께 찍었죠. 전 우리 셋 중 가장 강했습니다. 가장 강할 수밖에 없었죠. 알렉 스와 안데르스는 적어도 집에선 안전했지만, 전 항상 어깨너머를 조마조 마한 심정으로 바라보았거든요. 밤에는 이불을 턱까지 끌어올린 채 누워 서 제가 아는 발소리가 복도를 따라 점점 다가오지 않는지 귀를 기울였습 니다."

마치 댐이 터진 듯했다. 얀은 엄청난 속도로 말했고, 파트리크는 이야 기의 흐름을 방해하지 않으려고 침묵을 지켰다.

얀은 담배에 불을 붙이고, 연기가 나가도록 창문을 조금 연 뒤 계속 말 했다.

"우리 셋은 우리만의 세계에 살았습니다. 아무도 보지 않을 때 만나서

서로 위안을 찾았죠. 이상한 점은 우리가 사실상 서로에게 끔찍한 기억을 되살리는 역할을 했는데도, 셋이 함께 있을 때만 그 기억에서 잠시나마 벗어날 수 있었다는 겁니다. 전 우리가 어떻게 알았는지 모르겠습니다. 처음에 왜 서로 찾아냈는지도 모르겠고요. 하지만 어떻게든 안 거겠죠. 우리가 서로 찾아내리라는 건 불 보듯 뻔한 일이었습니다. 전 우리가 우리만의 방식으로 문제를 해결해야 한다고 확신했어요. 알렉스와 안데르스는 그냥 게임이라고 생각했지만, 전 그게 심각한 일이 되리라는 걸 알았습니다. 달리 벗어날 방법이 없었거든요.

어느 춥고 맑은 겨울날, 닐스와 저는 바깥으로 나가서 얼음이 언 곳으로 갔습니다. 닐스를 유혹해서 따라오게 하는 건 어렵지 않았습니다. 제가 앞장서는 걸 보고 좋아서 어쩔 줄 모르더군요. 닐스는 우리의 탐험을 기대했어요. 전 그 해 겨울에 얼음 위에서 많은 시간을 보냈기 때문에 닐스를 정확히 어디로 데려가야 할지 알았습니다. 알렉스와 안데르스는 거기서 기다리고 있었죠. 닐스는 걔들을 보고 놀랐지만, 워낙 거만해서 우릴 위협적으로 생각하지 않았습니다. 우린 그저 애들이었을 뿐이니까요. 나머지는 쉬웠습니다. 얼음 구멍으로 민 거죠. 닐스는 사라졌습니다.

처음엔 무척 안심했어요. 며칠 동안은 정말 좋았습니다. 어머니는 닐스가 어디로 갔는지 걱정하느라 제정신이 아니었지만, 전 밤에 침대에 누워서 미소를 지었죠. 발소리가 들리지 않았으니까요. 그런데 난리가 난 겁니다. 알렉스의 부모님이 닐스가 한 짓을 알고 어머닐 찾아온 거죠. 어떻게 알았는지는 모르겠습니다. 알렉스가 온갖 압박과 질문에 굴복해서 모든 걸 얘기했는지도 모르죠. 저와 안데르스 얘기도요. 우리가 닐스에게 한 일은 얘기하지 않았지만, 그전에 일어난 일들은 전부 얘기한 것 같았습니다. 제가 양어머니에게 동정심을 얻을 거라고 생각한 적이 있다면, 그때 뼈저린 교훈을 얻은 셈입니다. 어머닌 그 뒤로 다시는 제 눈을 보지 않았습니다. 닐스가 어디 있느냐고 묻지도 않았고요. 가끔은, 어머니가 뭔가 의심하고 있지는 않았는지 궁금합니다."

"베라 아주머니도 성폭행 얘길 들으셨죠."

"네, 하지만 어머니는 머리가 좋았습니다. 안데르스를 보호하고 체면을 유지하려는 베라 아주머니의 마음을 이용했죠. 어머닌 아주머니의 입을 다물게 하려고 돈을 주거나 좋은 일자리로 매수할 필요도 없었어요."

"베라 아주머니도 닐스에게 일어난 일을 언제가 됐든 알아냈다고 생각하십니까?"

"100퍼센트 확신합니다. 안데르스가 그런 일을 오랫동안 자기 어머니에게 숨길 수 있으리라고 생각하진 않거든요."

파트리크는 자신의 생각을 소리 내어 말했다.

"그럼 베라 아주머니가 알렉스를 살해한 건 그녀가 성폭행 사건을 얘기하지 못하게 막고 싶었을 뿐만 아니라, 안데르스가 살인죄로 기소당할까 봐 두려웠기 때문이겠군요."

미소 짓는 얀은 거의 기뻐하는 것처럼 보였다.

"우스꽝스럽죠. 첫째로, 살인 사건엔 공소시효가 있고, 둘째로, 아주 오랜 세월이 지난 지금 굳이 우리를 기소하려는 사람은 없을 테니까요. 여러 가지 상황과 당시 우리가 기껏해야 어린애들이었다는 사실을 고려하면 말이죠."

파트리크는 마지못해 얀에게 동의할 수밖에 없었다. 알렉스가 경찰서에 가서 과거에 일어난 일을 모두 얘기했다고 한들, 무슨 일이 일어나지는 않았을 터였다. 그러나 베라는 그 점을 이해하지 못한 듯했다. 그녀는 안데르스가 살인죄로 기소당할 위험이 실제로 있다고 생각한 것이다.

"그 뒤로 계속 연락하고 지내셨습니까? 로렌트 씨와 알렉스와 안데르스 셋이?"

"아뇨. 알렉스는 곧바로 이사 갔고 안데르스는 자기만의 작은 세계로 틀어박혔죠. 물론 가끔 보긴 했지만 알렉스가 그렇게 죽을 때까지 25년 동안 서로 얘기한 적은 없습니다. 안데르스는 전화를 해서 제가 알렉스를 죽였다고 고래고래 소리를 지르더군요. 물론 전 아니라고 했죠. 전 알렉스의 죽음과 아무 상관도 없다고 했지만, 안데르스는 그만두지 않았습니다."

"알렉스가 경찰에 가서 닐스의 죽음에 관해 얘기하려고 했다는 사실을 모르셨습니까?"

"아뇨, 알렉스가 죽기 전까진 몰랐습니다. 그 뒤에 안데르스가 얘기해서 알았죠."

얀은 무심하게 차 안에 연기 고리를 내뿜었다.

"아셨다면 무슨 일이 일어났을까요?"

"모르는 일이죠, 그렇지 않습니까?"

그는 고개를 돌려 차가운 푸른 눈으로 파트리크를 바라보았다. 파트리크는 몸서리를 쳤다. 그래, 모르는 일이지.

"말씀드렸듯이, 우리가 한 일로 우릴 굳이 감옥에 보내려고 할 사람은 없을 겁니다. 하지만 그 일 때문에 저와 어머니의 관계가 약간 복잡해진 건 사실이죠."

그러더니 얀은 갑자기 화제를 바꾸었다.

"듣자하니 두 사람이 같이 잔 모양이더군요. 안데르스와 알렉스 말입니다. 미녀와 야수가 따로 없죠. 저도 그랬어야 했는지도 모릅니다. 옛 정을 생각해서……."

파트리크는 옆에 앉은 남자에게 눈곱만큼도 동정을 느끼지 않았다. 그가 어린 시절에 지옥 같은 경험을 한 것은 사실이었지만, 얀에게는 그 이상의 무언가가 있었다. 온몸에서 배어 나오는 사악하고 썩어 문드러진 기운이. 파트리크는 순전히 충동적으로 말했다.

"로렌트 씨의 친부모님은 비극적으로 돌아가셨죠. 수사로 밝혀진 것 외에 더 아는 게 있습니까?"

얀의 입가에 미소가 걸렸다. 그는 창문을 조금 더 내린 다음 담배꽁초를 바깥으로 휙 던졌다.

"사고란 건 참 쉽게 일어날 수 있습니다. 그렇지 않습니까? 램프가 넘어지고, 커튼이 펄럭이고. 별것 아닌 우연들이 한데 모여 큰 사건을 일으키죠. 또 한편으로, 사고가 일어날 만한 사람들에게 일어나는 걸 보면 순전히 신의 의지라고 할 수도 있을 겁니다."

"왜 제가 만나자고 할 때 응하셨습니까? 왜 이런 얘기를 하시는 거죠?"

"사실 저도 놀랐습니다. 나오지 않으려고 했거든요. 하지만 호기심이 절 이긴 셈이죠. 또 사람은 자기가 한 일을 다른 사람에게 얘기하고 싶어 하는 법이잖습니까. 특히 얘기를 들어도 그 사람이 할 수 있는 일이 없을 때는 더 그렇죠. 닐스의 죽음은 아주 먼 옛날에 일어난 일이고, 형사님껜 안된 얘기지만 아무도 형사님 얘길 믿지 않을 겁니다."

얀은 차에서 내렸지만 뒤돌아서서 차 안으로 몸을 기댔다.

"사실 전 범죄가 어떤 사람들에겐 이익이 된다고 생각합니다. 언젠가 저는 상당한 재산을 물려받게 되죠. 닐스가 살아 있다면 이렇게 되지 않았을 겁니다."

그는 두 손가락을 눈썹에 대고 익살맞게 인사한 뒤, 차 문을 닫고 자기 차로 돌아갔다. 파트리크의 얼굴에 심술궂은 미소가 번져 나갔다. 얀은 율리아와 넬뤼의 관계나, 유언장이 공개될 날 율리아가 맡을 역할을 모르는 것이 분명했다. 신의 뜻은 정말 이루 다 헤아릴 수 없었다.

❄

따스한 산들바람이 작은 발코니에 앉은 그의 주름진 뺨을 스쳤다. 태양이 그의 쑤시는 관절을 따뜻하게 치유해서, 날이 갈수록 더 쉽게 움직일 수 있었다. 그는 매일 생선 시장에 가서 아침 일찍 들어온 갓 잡은 생선 파는 일을 도왔다.

이곳에서는 아무도 나이 든 사람들에게서 일할 권리를 빼앗아 가지 않았다. 오히려 그는 그 어느 때보다도 존경받고 인정받으면서 천천히, 하지만 확실히 친구들을 사귀었다. 언어 문제가 약간 있기는 했지만, 몸짓과 좋은 의도로 말을 대신하면서 그럭저럭 잘 지냈고 어휘도 꾸준히 늘고 있었다. 기분 좋은 하루 일과가 끝난 뒤에 마시는 한두 잔의 술도 수줍음을 없애는 데 도움이 되었다. 놀랍게도 자신이 수다쟁이가 되어 간다는 사실을 알았다.

발코니에 앉아 무성한 식물과 눈이 시리도록 푸른 바다가 맞닿아 있는 모습을 내다보면서, 에일레르트는 이보다 더 천국에 가까이 갈 수는 없으리라고 생각했다.

그의 삶에 약간의 묘미를 더해 주는 것은 통통하고 귀여운 여주인 로사와 매일 시시덕거리는 일이었다. 때때로, 시간이 지나면 그들의 관계가 지금보다 더 발전할지도 모른다고 장난스럽게 생각해 보기도 했다. 그들이 서로 끌리고 있다는 사실에는 의문의 여지가 없었으니까. 사람은 혼자 살도록 만들어진 존재가 아니었다.

문득 스웨덴 집에 있는 스베아가 생각났다. 그러나 잠시 후 불쾌한 생각을 떨어내 버린 그는 눈을 감고, 스스로 노력해서 얻은 달콤한 낮잠을 즐겼다.

얼음공주

펴낸날	초판 1쇄 2009년 8월 1일
	초판 7쇄 2015년 2월 11일

지은이	카밀라 라크베리
옮긴이	임소연
펴낸이	심만수
펴낸곳	(주)살림출판사
출판등록	1989년 11월 1일 제9-210호

주소	경기도 파주시 광인사길 30
전화	031-955-1350 팩스 031-624-1356
홈페이지	http://www.sallimbooks.com
이메일	book@sallimbooks.com

ISBN 978-89-522-1194-1   03890